성(城)

카프카

일신서적출판사

성(城)

차례

성(城)

1

K가 도착한 것은 밤이 꽤 늦은 시간이었다. 마을은 온통 깊은 눈 속에 갇혀 있었다. 성이 있는 산은 아무것도 보이지 않고 짙은 안개와 어둠만이 깔려 있었다. 큰 성의 존재를 나타내는 희미한 불빛조차도 보이지 않았다. K는 오랫동안 국도에서 마을로 통하는 나무다리 위에 서서 멍하니 허공만 쳐다보고 있었다.

이윽고 묵을 장소를 찾으러 나섰다. 여관은 아직도 문을 닫지 않고 있었다. 빈 방은 하나도 없었으나 여관 주인은 이 밤늦은 시간에 찾아온 손님에게 놀라 식당이라도 괜찮다면 식당의 짚방석 위에서라도 자도록 하라고 했다. K는 물론 그 말에 반대할 리가 없었다. 몇 사람의 농부가 아직도 맥주를 마시고 있었으나 K는 아무하고도 말을 하고 싶지가 않아 다락방에 직접 올라가서 짚방석을 가져다가 난로 옆에 깔고 드러누웠다. 방은 따뜻했다. 그리고 농부들은 조용했다. K는 피곤한 눈으로 잠시 그들의 모습을 바라보고 있었으나 이윽고 잠이 들어버렸다.

그러나 잠이 들려는 참에 곧 다시 깨고 말았다. 도시 사람 같은 몸차림을 하고 마치 배우 같은 얼굴을 한, 눈이 가늘고 눈썹이 짙은 한 젊은 사내가 주인과 함께 바로 옆에 서 있었다. 농부들도 아직 남아 있어서 의자를 이쪽으로 돌려놓고 일이 어떻게 되어가는지 알려고 지켜보고 있었다. 젊은 사내는 K를 깨운 것을 매우 정중히 사과하고 자기는 이 성의 집사의 아들이라고 소개한 다음 이렇게 말했다.

"이 마을은 성의 영지입니다. 따라서 여기에 거주하는 사람이나 머무는 사람은 성 안에서 살고 묵는 것과 같습니다. 그러기 위해서는 백작님의 허가가 반드시 필요합니다. 그런데 당신은 그런 허가증을 갖고 있지 않습니다. 혹은 갖고 있더라도 보여주지를 않았습니다.”

K는 몸을 약간 일으키고 흐트러진 머리를 단정하게 쓰다듬은 다음 두 사람을 밑에서 올려다보면서 말했다.

“내가 엉뚱한 곳으로 길을 잘못 든 모양입니다. 그럼 이 마을이 성이란 말씀입니까?”

주위의 농부들 가운데에는 K를 향해 고개를 갸우뚱하는 자도 있었으나 젊은 사내는 천천히 대답했다.

“물론입니다. 웨스트웨스트 백작님의 성입니다.”

“그래서 숙박 허가가 필요하다는 말씀입니까?”

하고 K는 물었다. 그것은 마치 젊은이가 방금 한 말이 꿈은 아닌가 하고 확인하려는 듯한 말투였다.

“그렇습니다. 아무래도 백작님의 허가가 없으면 안 됩니다.”

하고 젊은이는 대답했다. 그러고는 여관 주인이나 손님을 향해 팔을 펼치고 말했다.

“어때? 허가가 없어도 되는가?”

그 말투에는 K에 대한 조롱이 담겨 있는 듯했다.

“그렇다면 허가증을 받아오지 않으면 안 되겠군요.”

K는 하품을 하면서 말하고는 일어나려는 듯이 이불을 밀어젖혔다.

“대체 누구의 허락을 받아오려는 겁니까?”

하고 젊은이가 물었다.

“그야 백작님한테서지요. 달리 무슨 방법이라도 있는 겁니까?”

“아니 이런 밤중에 백작님의 허락을 받아오신다구요?”

하고 젊은이는 외치면서 한 걸음 뒤로 물러섰다.

“안 된다는 말입니까?”

K는 서두르지 않고 말했다.

“그렇다면 왜 나를 깨웠습니까?”

그러자 젊은이는 잔뜩 화가 나서 말했다.

“마치 부랑자 같은 사람이군그래!”

그러면서 그는 계속 외쳤다.

“백작님의 관청에 경의를 표하시오! 당신을 깨운 것은 당장 이 백작님의 영토에서 나가줘야 한다는 것을 말하기 위해서였소.”

“여보시오, 농담은 그만두시오.”

K는 낮은 목소리로 그렇게 말하고는 다시 누워서 이불을 뒤집어썼다.

“이봐요, 젊은이! 당신은 좀 말이 지나친 것 같군. 당신의 태도에 대해서는 내일이라도 다시 이야기합시다. 증인이 필요하다면 이곳 주인과 저기에 계시는 손님들이 있소. 그러나 이것만은 미리 알아두시오. 나는 백작님의 부름을 받고 온 측량기사요. 도구를 가진 조수들은 내일 차를 타고 뒤쫓아오게 되어 있소. 나는 눈 때문에 지체하고 싶진 않았지만 오는 길에 두세 번 길을 잃어 이렇게 밤늦게야 도착했소. 성에 도착을 알리러 가기에는 너무 늦다는 것쯤은 당신이 가르쳐주지 않아도 이미 잘 알고 있소. 이런 잠자리를 참고 있는 것도 그래서요. 그런데 당신은 그것마저 방해하다니 정말 예의를 모르는 사람이군. 이것으로 내 할 말은 다했어요. 자, 그러면 여러분들, 편히 쉬세요.”

그렇게 말하고는 난로 쪽으로 몸을 돌렸다.

“측량 기사라고?”——주저하듯이 그렇게 묻는 소리가 잠시 뒤에서 들리더니 이윽고 모두들 조용해졌다. 그러나 젊은이는 잠시 뒤에 침착을 되찾고는 K의 잠을 방해하지 않으려고 목소리를 한껏 낮췄지만 그러나 분명히 알아들을 수 있는 목소리로 주인에게 말했다.

“전화로 확인을 해봅시다.”

아니, 이런 시골 여관에까지 전화가 있단 말인가? 제법 설비가 잘돼 있는걸. K는 전화에 관해서는 놀랐지만 물론 예기하지 않았던 일은 아니다. 전화는 거의 그의 머리 위 가까운 곳에 가설되어 있었다. 아까는 졸려서 미처 보지 못했던 것이다. 젊은이가 전화를 걸려고들자 아무래도 K의 잠을 방해하지 않을 수 없었다. 문제는 사나이가 전화를 걸려고 하는 것을 그대로 내버려두느냐 어쩌느냐 하는 것이었다. K는 방해하지 않기로 결심했다. 그러나 그렇게 하기로 하면 자고 있는 체해봤자 결국 아무런 의미도 없는 것이 되므로 벌렁 드러눕고 말았다. 농부들은 스름스름 모여 앉아서 무어라고 쑥덕거리고 있었다. 측량 기사가 도착했다는 것은 이들에게 있어서는 중대한 소식인 것이다. 부엌 문이 열리고 몸집이 큰 안주인이 문간을 가로막고 서 있었다. 주인은 사정을 설명하기 위해서 발끝으로 살금살금 그쪽으로 다가가고 있었다.

그러는 새에 전화가 연결되어 통화가 시작됐다. 성의 집사는 벌써 잠들어 있었으나 몇 사람의 하급 집사 중 한 사람인 프리츠 씨가 전화를 받았다. 시바르처라고 자기 이름을 알린 이 젊은 사내는 K를 발견하게 된 경위를 다음과 같이 설명했다.

——초라한 몸차림을 한 30살 남짓한 사나이가 작은 배낭을 베개로 삼고 마디가 있는 지팡이를 가까이에 놓고 짚을 넣은 요 위에서 편안하게 잠들어 있었습니다. 당연한 일이지만 이 사나이는 어딘가 수상쩍다고 생각했습니다. 그리고 분명히 여관 주인은 자기의 의무를 다한 것이니까 사정을 알아보는 것은 나의 의무라고 생각했습니다. 내가 사나이를 깨워서 심문을 하고 의무에 따라서 백작령에서 추방하겠다고 위협했더니 그는 극히 당돌한 태도를 취했습니다. 이것은 나중에야 알게 된 일이지만 그가 그러한 태도를 취한 것은 어쩌면 당연한 일이었는지도 모릅니다. 그것은 그 자신의 말에 의하면 백작님으로부터 임명받은 측량 기사라는 것입니다. 말할 것도 없이 그의 주장을 확증하는 것은 적어도 형식상의 의무가 아닌가 생각합니다. 그래서 프리츠 씨에게 부탁하는 것은 중앙 관방에 조회해보시고 백작께서 정말로 그러한 측량 기사를 부르셨는지 어떤지를 확인하셔서 그 결과를 곧 전화로 연락해주십시오——.

전화가 끝나자 주위가 조용해졌다. 성에서 프리츠가 중앙 관방에 조회를 하고 있는 동안 이쪽에서는 그 회답을 기다리고 있었다. K는 지금까지의 태도를 바꾸지 않고 뒤척이는 일도 없이 전혀 무관심한 듯한 표정으로 멍하니 앞을 바라보고 있었다. 악의와 신중함이 뒤섞인 시바르처의 말투로 미루어보아 성에서는 시바르처 정도의 말단 직원들도 이를테면 외교적 교양을 몸에 지니고 있어서 그것을 마음대로 구사하고 있음을 알 수 있었다. 게다가 그들은 부지런함에 있어서도 부족함이 없었다. 중앙 관방은 야근까지도 하고 있었기 때문에 회답이 오는 것도 매우 빨랐다. 재빨리 프리츠에게서 전화 벨이 울렸다. 그 회답은 극히 간단히 것인 듯했다. 그 증거로 시바르처는 분연히 화를 내면서 수화기를 내동댕이치며 이렇게 말하는 것이었다.

"역시 내 말이 맞아! 측량 기사란 새빨간 거짓말이야. 비천한 협잡꾼이고 부랑배야. 아니, 어쩌면 더 질이 나쁜 놈인지도 몰라."

순간 K는 시바르처와 농민들, 그리고 주인 내외 할 것 없이 일제히 자기에게 덤벼들 것이라고 생각했다. 우선 최초의 공격을 피하기 위해서 그는 이불 밑으로 기어들었다. 그때 또 다시 전화 벨이 울렸다. 이번에는 특별히 더 요란하게 울리는 것 같아서 K는 머리를 천천히 내밀었다. 있을 수 없는 일이었지만 어쩐지 K에 관한 전화인 것 같아서 모두들 이야기를 그치고 시바르처가 전화를 받는 것을 지켜보았다. 그는 꽤 오랫동안 상대방의 이야기를 듣고 있다가 이윽고 목소리를 낮추어 상대방에게 물었다.

“그러면 무슨 착오가 있었단 말입니까? 그것은 불쾌한 일인데요. 국장이 직접 전화를 걸어오셨다구요? 그거 이상하군요. 아무리 생각해도 이상하군요. 측량 기사에게 어떻게 설명하면 좋지요?”

K는 조용히 귀를 기울이고 있었다. 그러고 보니 성은 역시 그를 측량 기사로 임명한 셈이다. 이것은 한편으로는 K에게 불리한 것이었다. 왜냐하면 분명히 성 쪽에서는 K에 대해 필요한 모든 것을 알고 있고 이미 양자의 역학 관계를 계산에 넣고 말하자면 자신만만한 미소를 지으며 K와의 싸움에 응하고 있기 때문이다. 하지만 한편으로는 K에 대해 유리한 점이 없는 것도 아니었다. 그것은 K의 생각으로는 상대방이 K의 힘을 과소평가하고 있어서 그로서는 처음부터 자기가 기대했던 것보다도 많은 자유를 가질 수 있으리라는 것이 분명했기 때문이다. 또 K를 측량 기사로서 인정했다는 것은 확실히 상대방의 정신적 우위를 나타내고 있음에 틀림없지만 그러나 이 일로 해서 K를 언제까지나 위협할 수 있다고 생각한다면 터무니없는 착각이라는 것이다. 그는 약간 소름이 끼치는 생각이 들기는 했지만 결국 그것은 그것만으로 끝났다.

시바르처가 머뭇거리면서 다가왔지만 K는 그것을 손짓으로 제지하는 동작을 취했다. 아무쪼록 주인 방으로 옮겨달라는 부탁을 받았지만 그것도 굳이 마다하고 주인으로부터는 잠을 청하는 술을 받고 안주인으로부터는 세면기와 비누 그리고 수건을 빌리는 데 그쳤다. 이 홀에서 사람들을 나가게 해달라고 부탁할 필요조차도 없었다. 만일 내일이라도 K에게 얼굴을 비쳤었다는 얘기가 돌면 곤란하므로 모두들 얼굴을 돌리고 저마다 먼저 나가버렸기 때문이다. 불이 꺼지고 K는 비로소 잠을 청할 수가 있었다. 그는 옆을 뛰어다니는 쥐 때문에 한두 번 잠이 깼을 뿐 그 다음날 아침까지 깊이 잠들 수 있었다.

아침 식사 후(아침 식사 대금은 K의 다른 모든 음식 대금과 마찬가지로 주인의 신고에 의해 성에서 지불하게 되어 있었다) 그는 곧 마을로 나가려고 생각하고 있었다. 그때까지는 어젯밤의 주인 태도를 생각하여 이 사나이와는 필요한 최소한의 말밖에는 하지 않고 있었으나 상대방은 비록 입 밖에 내지는 않고 있었으나 무언가 초조한 모습으로 자꾸만 K의 주변을 맴돌고 있었으므로 약간 불쌍한 생각이 들어 잠시 동안 자기 옆에 앉게 했다.

"나는 아직 백작을 만나뵙지는 못했지만 이런 일에는 보수를 많이 준다고 하던데 사실인가요? 나처럼 처자식과 떨어져서 이렇게 멀리까지 나와 있으면 번 돈을 조금은 집에 가져다주고 싶은 생각이 들어서 말이오."

"그 점에 관해서라면 걱정하실 필요가 없습니다. 보수가 나쁘다는 불평은 지금까지 들은 적이 없으니까요."

"그래요? 나는 보통 시정 잡배들과는 근본이 달라요. 상대가 백작님이든 무엇이든 자기 의견은 당당하게 말할 수 있는 그런 사나이란 말이오. 그러나 다른 나리들과도 사이좋게 지낼 수가 있다면 물론 그쪽이 훨씬 더 좋을 것은 말할 것도 없지요."

주인은 K와 마주보며 창 옆의 의자 언저리에 앉아 있있는데 좀더 편안한 자리로 옮겨앉을 생각은 하지 않고 애기를 하고 있는 동안 줄곧 겁먹은 듯한 갈색의 눈으로 K를 바라보고만 있었다. 처음에는 자기 쪽에서 K 옆에 오고 싶어했지만 지금은 될 수만 있으면 멀리 달아나고 싶어하는 눈치였다. 백작의 일을 이것저것 묻고 있는 것에 겁을 먹고 있는 것일까. 혹은 이른바 '나리'라고 불리는 사람들의 믿을 수 없음을 두려워하며 K를 그러한 인간이라고 생각하고 있는 것일까. K는 상대방의 기분을 다른 곳으로 돌려주지 않으면 안 되겠다고 생각했다. 그래서 시계를 보며 말했다.

"그런데 이제 곧 조수들이 도착할 시간인데 그들도 이곳에 묵게 할 수가 있을까요?"

"그야 쉬운 일이지요. 하지만 그 사람들도 당신과 함께 성에 살게 되지는 않을 것 아닙니까?"

왜 이 사나이는 특별히 K에게 성에 살라고 권하면서 실은 깨끗이 손님을 내쫓으려고 하는 것일까?

"그것이 아직은 분명하지 않아요. 우선 성이 나에게 어떤 일을 시킬는지를 확인하지 않으면 안 돼요. 가령 내가 이 성에서 일을 하게 되면 숙소도 이곳으로 정하는 것이 이치에 맞는 애기가 되겠지요. 게다가 성에서의 생활이 내 성미에 맞는지 어떤지도 아직 모르겠고요. 나는 언제나 답답한 것은 딱 질색이니까요."

"당신은 성을 모르세요."

주인은 나지막한 소리로 말했다.

"물론이지요. 너무 성급하게 판단해서는 안 되지요. 지금 내가 성에 대해서 알고 있는 것이라고는 성에서는 진짜 올바른 측량 기사를 찾아내는 재간을 제법 알고 있다는 것뿐이지요. 아마도 성에는 이 밖에도 좋은 점이 얼마든지 많이 일을 테지만요."

K는 그렇게 말하고 일어서서는 불안스럽게 입술을 깨물고 있는 주인을 풀어주었다. 이 사나이의 신용을 얻는다는 것은 그리 쉬운 일이 아닐 것 같았다.

지나치는 길에 까만 액자에 들어 벽에 걸려 있는 곰팡내 나는 초상화가 K의 눈에 들어왔다. 잠자리에 누워 있을 때부터 이미 깨닫고는 있었지만 멀리서 보아 세밀한 곳까지는 잘 분간할 수가 없어서 액자에서 그림을 떼내어 검은 뒷판만 보이는 것이라고 생각했던 것이다. 그런데 지금 보니까 뒷판이라고 생각했던 것은 역시 그림이었고 50세쯤 되어보이는 사나이의 반신상이었다. 사나이는 머리를 가슴에 깊이 묻고 있어서 눈은 거의 보이지 않았다. 그렇게 머리를 숙이고 있었기 때문에 잘생긴 육중한 이마와 뾰족한 매부리코만이 또렷이 보였다. 얼굴에 가득한 수염은 역시 머리를 숙이고 있기 때문에 턱 쪽에 달라붙어 털이 아래로 비어져 나와 있었다. 왼손은 펴서 텁수룩한 머리칼 속에 찔러넣고 있다. 그 때문에 더 이상 머리를 들 수가 없는 모양이었다.

"이 사람은 누구시죠? 백작님이신가요?"

K는 그림 앞에 선 채 주인 쪽은 돌아다보지도 않고 물었다.

"아니오, 성의 집사입니다."

"허어, 정말 성에는 훌륭한 집사가 있군그래. 저렇게 버릇없고 형편없는 자식을 둔 것이 유감이긴 하지만요."

"아니오, 그렇지 않습니다."

주인은 이렇게 말하고는 K를 조금 자기 쪽으로 끌어당기면서 귓가에 대고 소곤거리듯이 말했다.

"시바르처는 어제 좀 심한 말을 했지요. 그의 부친은 하급 집사에 지나지 않습니다. 그것도 제일 아래 집사의 한 사람입니다."

그때 K에게는 주인이 마치 어린애처럼 생각되었다.

"망할 놈의 자식!"

K는 웃으면서 말했으나 주인은 그 웃음에 말려들지 않았다.

"그 사람의 부친도 권력은 가지고 있어요."

"당치 않은 소리! 당신은 누구를 보더라도 권력이 있다고 생각하겠지요. 혹시 나도 그렇다고 생각하는 것은 아니오?"

주인은 겁먹은 듯이 쭈뼛거리면서도 진지한 얼굴로 말했다.

"당신을 권력이 있다고는 생각지 않아요."

"그러고 보니 당신도 꽤 사람을 보는 눈이 있는 모양이오. 터놓고 말하면 나는 정말로 권력이 없소. 그렇기 때문에 권력이 있는 사람들에 대해서는 당신 못지않게 존경하는 마음을 품고 있소. 다만 당신만큼 순진하지가 않기 때문에 그것을 입 밖에 내놓지를 않는 것뿐이오."

K는 그렇게 말하여 주인을 위로했다. 그리고 자기에게 좀더 호감을 갖게 하기 위해 그 뺨을 가볍게 두드려주었다. 그러자 멋없는 주인도 약간 미소를 지었다. 그는 실제로 거의 수염이 없는 부드러운 얼굴을 가진 청년이었다. 식당 창구의 저쪽 조리장에서는 안주인이 팔을 걷어올리고 부지런히 일을 하고 있는 것이 보였다. 이 젊은이가 어쩌자고 저렇게 왈살스러운 중년의 여편네와 같이 살게 되었을까? 그러나 K는 이 이상 깊이 파고들어 모처럼 얻어낸 상대방의 미소를 사라지게 하고 싶지는 않았다. 그래서 주인더러 문을 좀 열어달라는 몸짓만을 하고는 맑게 갠 겨울의 아침 속으로 나갔다.

지금은 산 위의 맑은 공기 속에 윤곽이 뚜렷한 성의 모습이 보였다. 도처에 얇은 눈이 쌓여 모든 물상을 있는 그대로 그려내고 있어서 성의 모습은 한층 더 명확하게 떠오르고 있었다. 그러나저러나 산 위는 이쪽 마을보다도 눈이 적게 쌓인 것처럼 보였다. 어젯밤 국도에 있을 때보다도 마을 안을 걷기가 더 고생스러웠던 것이다. 이곳에서는 눈이 작은 집들의 창문에까지 미쳐 있으며 낮은 지붕 위에도 무겁게 얹혀져 있다. 그러나 산 위에 있는 모든 건물은 거의 눈을 덮어쓰지 않고 가볍게 솟아 있다. 적어도 여기에서는 그렇게 보였다.

대체로 성은 이곳 멀리에서 보기에는 K가 예상했던 그대로였다. 그것은 오래 묵은 기사(騎士)의 성도 아니었고 새로 지은 호화스러운 건조물도 아니었다. 광대한 시설로서 몇 안 되는 3층 건물을 중심으로 하여 비좁게 들어서 있는 많은 낮은 건물들로 이루어져 있었다. 이것이 성이라는 것을 몰랐다면 시골 마을 정도로 생각되었을 것이었다. 탑이 하나 보였으나 이것이 주택 건물의 일부인지 아니면 교회의 탑인지는 잘 구별이 안 되었다. 까마귀떼가 탑 주위를 날고 있었다.

K는 눈을 성으로만 돌린 채 계속 걸었다. 성 이외의 것은 전혀 안중에 없었다. 그러나 가까이 감에 따라 성은 그에게 환멸을 안겨주었다. 그것은 별다른 것이 아니라 농가가 모여서 된 초라한 시골 마을에 지나지 않았던 것이다. 다만 한 가지 눈에 띄는 것이라고는 그 건물들이 모두 돌로 만들어졌다는 것뿐이었다. 그러나 겉에 칠한 빛깔은 벌써 오래 전에 빛이 바래고 돌도 낡아서 이미 허물어질 지경이었다. K는 문득 자기 고향의 작은 마을을 연상했다. 고향의 마을도 이 성이라고 불리는 것에 비해 거의 손색이 없었다. 이 성을 구경하기 위해서만 온 것이라면 긴 여로는 그야말로 헛수고라고밖에 할 수가 없다. 그 정도라면 벌써 오랫동안 가보지 못한 고향 마을을 찾는 것이 훨씬 현명했을 것이다. K는 고향의 교회 탑과 저쪽에 보이는 성의 탑을 머릿속에서 비교해보았다. 고향의 탑은 의연하게 하늘을 향해 뻗어 있고 첨단의 지붕은 넓고 붉은 기와로 덮여 있었다. 그것은 지상의 건조물임에는 틀림이 없었으나(우리들은 지상의 것이 아닌 듯한 건축물을 지을 수 있을까?) 마을의 다른 낮은 집들보다 훨씬 높은 지표를 가지고 있고 우울하게 일하는 평일보다는 훨씬 밝은 표정에 넘쳐 있었다. 그런데 저쪽에 솟아 있는 이 성의 탑——여기에서는 그것이 눈에 보이는 유일한 탑이었다——은 지금 알게 된 바로는 사람들의 주거에 사용하고 있는 탑, 아마도 성의 주요부에 속해 있는 탑으로서 단조롭고 원통형의 건물이었다. 일부는 상춘등(常春藤)에 덮여 있고 작은 창들이 몇 개 나 있었다. 그 창들은 지금 햇볕을 받아 반짝이고 있었으나 그 빛에는 무슨 광기 어린 불길한 인상을 풍기고 있었다. 탑의 정상은 여느 다락방과 같아서 그 흉벽은 겁먹은 어린애나 또는 방종한 어린애의 손이 그린 것처럼 불확실하고 불규칙하게 흐트러져서 푸른 하늘을 마구 갈라놓고 있었다. 그것과 마치 재판 결과 집의 가장 구석진 방에 유폐당하게 된 우울증 환자가 자신의 모습을 세상에 알리기 위해 지붕을 뚫고 몸을 일으킨 형성과도 같았다.

K는 마치 서 있는 쪽이 판단력을 더해주기나 하는 것처럼 다시 걸음을 멈추었다. 그러나 그는 곧 방해를 받았다. 그가 발을 멈춘 곳은 바로 마을 교회 옆이었지만(교회라고는 하나 본래는 다만 예배당에 지나지 않고 신도들을 받아들이기 위해 창고처럼 증축한 것이었다) 교회 뒤가 바로 학교였던 것이다.

임시로 지은 것과 아주 낡은 것의 두 성격이 기묘하게 어우러진 나지막하고 긴 건물이 울타리에 둘러쳐져서 지금은 눈벌판이 된 교정 저쪽에 가로놓여 있었다. 마침 학생들이 선생님과 함께 교사에서 나오는 중이었다. 학생들은 선생님을 둘러싸고 모두 선생님을 바라보며 사방에서 떠들어댔다. K에게는 그들의 빨리 지껄이는 말이 도무지 이해되지 않았다. 젊고 몸집이 작은 젊은 선생은 어깨 폭이 아주 좁은 사나이였으나 부동의 자세로 (그렇다고는 해도 별로 우스꽝스럽게 보이지는 않았다) 이미 멀리에서부터 K의 모습을 바라보고 있었다. 물론 교사와 학생들 이외에는 K가 주변에 있는 유일한 인물이었다. K는 다른 지방에서 온 사람이었기 때문에 이렇게 건방져보이는 작은 사나이에 대해서도 자기편에서 먼저 인사를 하기로 했다.

"안녕하십니까, 선생님."

K가 인사를 했다. 갑자기 어린애들이 입을 다물었다. 교사는 학생들의 이 갑작스러운 침묵을 자기가 입을 열어줄 준비 시간을 준 것이라고 해석하고 아무래도 기분이 좋았던 모양이었다.

"성을 구경하고 있습니까?"

교사는 K가 예기했던 것처럼 부드럽게 물었다. 물론 거기에는 K가 성을 구경하고 있는 것이 좀처럼 납득이 안 된다는 뜻도 내포되어 있었다.

"네, 나는 이곳에는 처음입니다. 실은 어젯밤에 막 도착했습니다."

"성이 마음에 안 드시는 것 아닙니까?"

교사는 빠른 어조로 물어보았다.

"네? 무슨 말씀인가요?"

K는 약간 당혹해하면서 그렇게 되물었다. 그러나 곧 부드러운 말투로 상대방의 질문을 되풀이했다.

"성이 마음에 안 드느냐고 물으셨습니까? 성이 마음에 안 들 것이란 생각을 어떻게 하게 되었지요?"

"딴 고장 사람들에게는 마음에 들지 않습니다."

K는 이런 곳에서 상대방 마음에 거슬리는 말을 해서는 안 되겠다는 생각에서 화제를 바꾸었다.

"선생님은 물론 백작님을 아실 테지요?"

"아니오, 모릅니다."

교사는 그렇게 말하고는 돌아서려고 했다. 그러나 K는 끈질기게 또 한 번

물고 늘어졌다.

"뭐라구요? 백작을 모르신단 말입니까?"

"어째서 내가 꼭 백작을 알아야 합니까?"

교사는 나지막한 목소리로 그렇게 말하고는 음성을 높여 프랑스 말로 덧붙였다.

"순진한 어린애들이 있는 앞이라는 것을 잊지 마십시오."

K는 그것 참 다행이라는 듯이 말했다.

"그럼 한번 선생을 찾아뵈면 안 될까요? 나는 당분간 이곳에서 머물 생각입니다만 벌써부터 약간 불안한 생각이 듭니다. 나는 농민들의 편도 아니고 그렇다고 해서 성 사람도 아닙니다."

"농민들과 성 사이에는 그렇게 큰 차이가 있는 것은 아닙니다."

"그럴지도 모르겠습니다만 그렇다고 해서 내 입장이 달라지는 것도 아닙니다. 정말로 언제 한번 찾아가도 좋겠습니까?"

"나는 백조(白鳥) 거리에 있는 푸줏간에 살고 있습니다."

이 대답은 초대라기보다는 단순히 주소를 가르쳐준 것뿐이지만 K는 고마운 생각에서 말했다.

"감사합니다. 조만간 한번 찾아가 뵙겠습니다."

교사는 머리를 끄덕이고는 다시 떠들어대기 시작한 어린애들을 이끌고 가버렸다. 그들은 이윽고 험한 비탈길 아래로 사라졌다.

그러나 K는 교사와의 대화에 화를 내며 멍하니 그들을 바라보고 있었다. 이 마을에 도착하고 나서 처음으로 지쳤다는 생각이 들었다. 처음에는 지금까지의 먼 여정 때문에 지쳤다고는 전혀 생각되지 않았다. 그는 매일매일을 덤비지 않고 착실하게 한 걸음 한 걸음씩 옮겨놓았으니까 말이다. 그러나 지금에 와서 이 지나친 긴장의 결과가 갑자기 나타난 것이다. 아무리 생각해도 형편이 좋지 않은 때에 그것은 갑자기 나타났다. K는 새로운 친구를 사귀고 싶다는 욕구를 강하게 느꼈다. 그러나 새로운 친구가 생길 때마다 피로가 더해졌다. 오늘과 같은 상태로는 무리하게 성의 입구까지 산책한다는 것은 그것만 하더라도 무척 힘이 들 것이었다.

그러나 K는 다시 걸음을 재촉했다. 길은 멀었다. 그가 걷고 있는 길은 마을의 큰길이었으나 성이 있는 산으로는 통하고 있지 않았다. 다만 가까이 가고 있을 뿐이었다. 그리고 성에서 멀어지는 것은 아니었으나 그 이상 가까이

가지도 않는 것이었다. 그러나 K는 결국 자기는 성 쪽으로 꺾어지는 길목에 접어들 것이라는 기대를 가지고 있었다. 그리고 그 기대 때문에 마냥 걷고 있었다. 과단성있게 이 길을 단념할 수 없는 것은 분명 너무나 지쳐 있었기 때문이었다. K는 끝없이 계속되는 마을의 길이에도 놀라지 않을 수 없었다. 가고 또 가도 조그마한 집들과 얼어붙은 유리창문이 나타나고 주변 일대는 눈뿐으로서 고양이 새끼 한 마리 나타나지 않았다. 그러나 어지간한 K도 자꾸만 말려들어 떨어지지 않는 이 길목에서 드디어 몸을 떼냈다. 그는 좁은 골목으로 접어들었다. 여기는 눈이 더 내렸는지 눈 속으로 쑥쑥 빠져드는 발을 잡아빼는 것만도 여간 힘들지가 않았다. 땀이 온몸에 흥건히 흘렀다. 갑자기 그는 걸음을 멈추었다. 이제 그 이상은 한 발짝도 더 내디딜 수가 없었던 것이다.

물론 인가도 없는 곳에 서 있던 것은 아니었다. 오른편에도 왼편에도 조그마한 농가는 있었다. 그는 눈덩이를 빚어서 한 농가의 창을 향해 던졌다. 곧 문이 열렸다. 그가 이 마을의 길을 걷기 시작하고 나서 처음으로 열린 문이었다. 갈색 윗도리를 입은 늙은 농부 한 사람이 고개를 갸우뚱하고 밖을 내다보았다. 친절해보이는 인상이었지만 아주 미심쩍어하는 표정으로 문 앞에 서 있었다.

K는 말했다.

"잠깐만 들어가게 해주시겠습니까? 아주 피곤해서 그럽니다."

그는 노인이 하는 말을 알아들을 수 없었지만 판자 하나를 내밀어주는 것을 고맙게 받아들었다. K는 판자 덕분에 눈 속에서 구출되었는데 두세 걸음 걷자 이미 방 안에 서 있었다.

방은 넓었고 어둠침침했다. 바깥에서 들어오자 처음에는 아무것도 보이지 않았다. K는 세탁통에 걸려서 비틀거렸으나 누군가 여자의 손이 그의 몸을 붙들어주었다. 한쪽 구석에서는 시끄럽게 울어대는 어린애의 목소리가 들렸다. 다른 한쪽 구석에서는 연기가 자욱이 피어올라 방 안을 캄캄하게 만들었다. K는 마치 구름 속에 서 있는 것 같았다.

"이건 주정뱅이야."

하고 누군가가 말했다.

"당신은 누구요?"

하고 주인인 듯한 사람이 소리쳤는데 그 다음은 아까의 노인을 향해 말하고 있는 것 같았다.

"왜 이런 사람을 끌어들였지요? 거리를 방황하는 사람은 아무라도 끌어들여도 좋단 말인가요?"

"나는 백작님의 측량 기사입니다."

K는 이렇게 말하고 여전히 모습이 보이지 않는 사나이를 향해서 어떻게든지 변명을 하려고 했다.

"아아, 측량 기사예요?"

하고 여자의 목소리가 말했다. 그러자 모두들 조용해졌다.

"나를 알고 계십니까?"

하고 K는 물었다.

"물론이죠."

같은 목소리가 간단하게 대답했다. 어쩐지 기사를 알고 있다는 사실도 그의 입장을 유리하게 해주지는 않는 것 같았다.

가까스로 연기가 조금 가라앉고 차츰 방 안의 동정을 알게 되었다. 빨래를 하는 날인 것 같았다. 문간 가까이에서 속옷 종류를 빨고 있었다. 그러나 연기가 나는 곳은 다른 구석이어서 거기에는 아직 한 번도 본 적이 없는 큰 나무대야——아마도 침대 두 개의 부피는 될 것 같았다——가 있어서 수증기가 자욱한 더운 물 속에서 두 사람의 사나이가 목욕을 하고 있었다. 그러나 그보다도 더 놀라운 것은 오른쪽 구석이었다. 다만 무엇이 사람을 놀라게 하는지 그 점은 확실치 않았다. 방 구석에 있는 유일의 채광창으로부터, 아마 안뜰에서부터일 테지만, 창백한 눈빛이 스며들어 구석진 곳의 높은 안락의자에 거의 지친 모습으로 누워 있다시피 하고 있는 여자의 옷에 마치 비단과 같은 광택을 던져주고 있었다. 여자는 젖먹이를 품에 안고 있었다. 그 주변에서는 두세 명의 어린애들이 놀고 있었는데 그들이 농민의 아이들임은 쉽게 알 수 있었다. 그러나 이 여자가 어린애들의 어머니라고는 도저히 생각되지 않았다. 하기는 질병과 피로는 농민들을 제법 고상하게 보이게는 하는 것이지만——.

"앉으시오."

남자들 중의 한 사람이 말했다. 얼굴 가득히 수염을 기르고 있었고 수염 밑에서 숨을 몰아쉬듯이 입은 벌린 채로 있었다. 그는 익살맞게 보이려는 듯이 대야 너머의 나무 궤짝을 가리키며 K의 얼굴에 온통 더운 물을 튀겼다. 나무 궤짝 위에는 아까 K를 끌어들인 노인이 멍하니 앉아서 깊은 생각에 잠겨 있었다. 앉으라는 말에 K는 우선 고마웠다. K가 앉자 이제 누구도 K에 대해서 관심을 나타내는 사람이 없었다. 세탁통 옆에 있는 여자는 금발의 머리결을 지닌 활력이 넘치는 여자로서 일을 하면서도 나지막한 소리로 노래를 흥얼거리고 있었다. 목욕을 하고 있는 사나이들은 발을 구르기도 하고 몸을 빙글빙글 돌리기도 했다. 어린애들은 그쪽으로 다가가려 했지만 그때마다 어른들이 더운 물을 튕기는 바람에 번번이 쫓겨나곤 했다. 그 때문에 K도 더운 물을 뒤집어쓰지 않으면 안 되었다. 안락의자의 여자는 죽은 듯이 누워 있었다. 가슴에 품고 있는 갓난아기를 보려고도 않고 멍하니 허공만 바라보고 있었다.

K는 이 꼼짝도 않는 아름답고 슬픈 여인의 모습을 아마 오랫동안 바라보고 있다가 잠들었음에 틀림없다. 그것은 큰소리로 부르는 바람에 깜짝 놀라 눈을 떴을 때에는 그의 머리가 옆에 있는 노인의 어깨 위에 얹혀져 있었기 때문이다. 사나이들은 이미 목욕을 끝내고 옷을 입은 다음 K 앞에 서 있었다. (그 대신 목욕통 속에서는 지금 어린애들이 금발의 여인이 지켜보는 가운데 더운 물 속에서 떠들어대고 있었다). 큰소리 지르기를 좋아하는 털보는 두 사람 가운데 지위가 낮다는 것을 알 수 있었다. 이 털보와 키는 비슷하지만 훨씬 말이 적은 사나이는 조용하고 신중한 성격의 사람으로서 체격이 훌륭한 미남이었다. 그는 머리를 숙인 채 말했다.

"측량 기사님, 당신은 여기에 계실 수가 없습니다. 아무쪼록 무례함을 용서해주십시오."

"저 역시 오랫동안 방해하고 싶은 생각은 없습니다. 단지 잠깐 동안만 쉬어가고 싶었을 따름입니다. 자아, 그럼 이제 충분히 쉬었으니까 그만 가보기로 하겠습니다."

그러자 사나이는 말했다.

"대접이 허술했던 것을 아마 이상하게 생각하실 것입니다. 하지만 이곳에서는 손님을 대접하는 습관이 없습니다. 손님을 필요로 하지 않기 때문이지요."

잠을 잤기 때문에 약간 기운도 회복되고 아까보다는 잘 들을 수 있었기 때문에 K는 이 솔직한 말을 듣고 반가워했다. 몸을 움직이는 것도 전보다는 훨씬 가벼워져서 지팡이로 이곳 저곳을 짚어보기도 하고 안락의자에 앉은 여인에게 가까이 가보기도 했다. 그러고 보니 그 방 안에서 자기의 키가 제일 크다는 것을 알 수 있었다.

"그렇겠지요. 무엇 때문에 당신들에게 손님이 필요하겠습니까? 그러나 때와 경우에 따라서는 손님이 필요한 때도 있을 것입니다. 가령 나와 같은 측량기사를 만났을 때와 같은 경우 말입니다."

"그것은 내가 알 바가 아닙니다. 당신이 부름을 받고 온 것이라면 그것은 아마 당신이 필요해서겠지요. 그것은 예외에 속하는 것일 겁니다. 그러나 우리처럼 신분이 낮은 사람은 어디까지나 규칙을 지켜나가지 않으면 안 됩니다. 아무쪼록 나쁘게 생각하지 마십시오."

하고 사나이는 천천히 대답했다.

"원 별말씀을 다 하십니다. 나는 당신에게 오히려 고맙다는 말을 해야겠습니다. 당신에게도 또 여기에 계시는 다른 모든 이들에게도——."

그렇게 말하고는 누구도 예기하지 않았던 일이지만 K는 홱 몸을 돌려 안락의자의 여인 앞에 가서 섰다. 여인은 지친 눈으로 K를 물끄러미 바라보고 있었다. 머리에 쓴 비단으로 만든 수건이 이마 한가운데까지 덮여 있었다. 갓난아기는 품에 안겨 잠자고 있었다.

"당신은 누구지요?"

하고 K는 물어보았다. 여자는 경멸하는 듯이 대답했다. 물론 그 경멸이 K를 향한 것인지 아니면 자기의 말을 향한 것인지는 분명치 않았지만 여하튼 이렇게 대답했다.

"성에서 온 여자예요."

이것은 거의 순식간에 일어난 일이었지만 그때 이미 K는 두 사나이에게 좌우로부터 붙잡히고 있었다. 그렇게 성의 규칙을 알게 하는 수밖에 없다는 듯이 그들은 억지로 K를 문간 쪽으로 끌고 갔다. 그것을 보고 있던 노인은 무엇이 그리 우스운지 손뼉을 치며 웃어댔다. 갑자기 미친 듯이 떠들어대는 어린 애들 옆에서 빨래를 하고 있던 여자도 소리내어 웃었다.

K는 거리에 서 있었다. 사나이들은 문지방 옆에서 K의 동태를 살피고 있었다. 또다시 눈이 내리고 있었으나 그래도 아까보다는 한결 밝아진 듯한 느낌이었다. 털보가 참을 수 없다는 듯이 소리질렀다.

"어디로 가려는 거요? 이쪽은 성으로 가는 길이고 저쪽은 마을로 나가는 길이오."

K는 거기에는 대답하지 않고 약간 거만해보이기는 하지만 이야기가 통할

것 같은 다른 한 남자를 향해 말했다.

"나는 피혁 가게의 주인 라제만이라고 해요. 그러나 누구에게도 고맙다는 얘기를 할 필요는 없어요."

하고 K는 말했다.

"그런 일은 없을 거요."

그때 털보가 한쪽 손을 높이 치켜들고 외쳤다.

"안녕, 아르투르! 안녕, 예레미아스!"

K는 뒤를 돌아다보았다. 그러고 보니 이런 마을의 이런 길에도 사람이 다니고 있었구나! 성 쪽에서 두 명의 젊은 사나이가 다가오고 있었다. 두 사람 모두 중간 정도의 키에 비쩍 말라 있었고 옷은 몸에 착 달라붙어 있었다. 게다가 얼굴까지도 꼭 닮았다. 얼굴빛은 암갈색이고 뾰족한 수염이 유난히 검어서 얼굴빛과 아주 뚜렷한 대조를 이루고 있었다. 그들은 이 지독한 눈길에도 불구하고 놀라운 정도의 빠른 걸음으로 보조를 맞추어 가느다란 다리를 앞으로 내디디며 다가오고 있었다.

"어떻게 된 일이오?"

털보가 외쳤다. 큰소리를 지르지 않으면 이야기가 통하지 않는 것이다. 두 사람은 그만큼 빨리 걸었고 또 멈추어 서려고도 하지 않았다.

"일이 있어요!"

두 사람은 웃으면서 큰소리로 대답했다.

"어디서요?"

"여관에서요."

K는 갑자기 누구에게도 지지 않을 만큼 큰소리로 고함을 질렀다.

"나도 여관에 가는 길이오!"

함께 데려가주었으면 하고 K는 생각했던 것이다. 그들과 알게 되었다고 해서 별로 이득이 될 것은 없을 것 같았으나 길동무로서는 친절하고 원기를 북돋워줄 것임에는 틀림없었다. 두 사람은 K의 말에 잠시 귀를 기울였으나 고개를 끄덕거렸을 뿐 그대로 지나가버리고 말았다.

K는 여전히 눈 속에 서 있었다. 발을 눈 속에서 들어올려 다시 앞의 눈 속에 옮겨놓을 생각은 도저히 나지 않았다. 푸줏간 주인과 그 동료들은 K를 깨끗이 쫓아낸 것에 만족하여 연신 K를 돌아보면서 약간 열어놓았던 문을 통해 천천히 집안으로 자취를 감추어버렸다. K는 전신에 퍼붓는 눈 속에 홀로 남

게 되었다. '내가 일부러가 아니라 우연한 장난으로 이런 곳에 서 있다고 한다면 약간 절망에 사로잡힐 듯한데'라는 생각이 머리에 떠올랐다.

그때 왼편에 있는 집의 작은 창문이 열렸다. 닫혀 있을 때는 눈의 반사를 받아서겠지만 짙은 청색으로 보였었다. 열린 창문이 매우 작았기 때문에 안에서 내다보고 있는 사람의 얼굴이 전부는 보이지 않고 눈만 보였다. 나이를 먹은 갈색의 눈이었다.

"저기에 서 있어요."

떨리는 여자의 목소리가 들렸다.

"저 사람이 측량 기사야."

이번에는 남자의 목소리가 말했다. 남자는 곧 창 옆으로 와서 K에게 친절하게 물었다. 그러나 그의 말투에는 자기 집 문 앞에서 일어나는 일은 깨끗이 해결해두지 않으면 마음이 놓이지 않는다는 뜻도 포함되어 있었다.

"누구를 기다리고 있소?"

"썰매라도 지나가면 좀 태워달라고 하려구요."

"썰매 같은 건 통 지나다니지 않아요. 여기는 탈것이라고는 아무것도 없어요."

하고 사나이는 말했다.

"그렇지만 이곳은 성으로 가는 길 아니오?"

하고 K는 되물었다.

"하지만 여기에는 탈것이라고는 아무것도 없어요."

사나이는 매정한 투로 말했다.

그러고 나서 두 사람은 아무 말도 하지 않았다. 그러나 사나이는 분명히 무언가를 생각하고 있는 눈치였다. 그것은 연기가 나오는 창을 여전히 연 채로 있었기 때문이다.

"지독한 길이군요."

하고 K는 상대방의 궁리를 도와주려고 말을 꺼냈다.

그러나 사나이는 그렇다고만 간단히 대답하고는 조금 있다가 다시 말을 이었다.

"원하신다면 내 썰매로 모셔다드려도 좋지만——."

"그것 참 고맙군요. 꼭 그래주었으면 합니다. 그런데 요금은 얼마 정도를 내면 되겠소?"

K는 기뻐하면서 물었다.

사나이는 말했다.

"한푼도 필요없습니다."

K는 몹시 놀랐다.

사나이는 계속해서 말했다.

"당신은 측량 기사시죠? 그러니 성의 직원인 셈이죠. 그런데 대체 어디로 가는 길이오?"

"성으로 가는 길입니다."

K는 재빨리 대답했다.

"그렇다면 가지 않겠소."

사나이는 즉시 대답했다.

"그렇지만 나는 성에 소속되어 있는 사람입니다."

하고 K는 상대방이 한 말을 되씹어 말했다.

"그럴는지도 모르지요."

사나이는 떨떠름한 기색으로 말했다.

"그렇다면 여관까지만 데려다주겠소?"

"그거야 좋지요. 그럼 곧 썰매를 가져오겠소."

하고 사나이는 즉시 승락했다.

　이상과 같은 흥정은 사나이가 특별히 친절심을 발휘했다기보다는 어떻게 해서든지 K를 문전에서 쫓아내려는 이기적이고 겁많은, 아니 거의 소심하기 이를 데 없는 노력을 하고 있다는 듯한 인상을 풍겼다.

　안뜰의 문이 열리고 평평한 좌석이라고는 아무것도 없는 가벼운 짐을 나르기 위한 조그마한 썰매가 빈약한 말에 이끌려서 나왔다. 그 뒤로 사나이도 따라나왔다. 사나이는 허리를 구부리고 기운이 없어보였으며 게다가 절뚝거리고 있었다. 얼굴은 야위고 붉은 빛을 띠고 있었는데 코감기 기운까지 겹쳐 있었다. 또 머리에 단단히 맨 털목도리 때문에 굉장히 작아 보였다. 분명히 사나이는 앓고 있으면서 K를 쫓아버리고 싶은 심정에서 나온 것이었다. K는 그러한 뜻의 말을 하려고 했으나 사나이가 말을 가로막았다. K가 알 수 있었던 것은 사나이가 마부인 게르스테커라는 것과 마침 준비가 되어 있었기 때문에 불편하지만 이 썰매를 끌고 나왔다는 것, 다른 썰매를 끌고 나오려면 몹시 시간이 걸렸을 것이라는 정도였다.

“어서 타세요.”

사나이는 채찍으로 뒤의 썰매를 가리키면서 말했다.

“당신과 나란히 앉고 싶소.”

“나는 걸어서 가요.”

“그건 왜지요?”

“글쎄 나는 걸어서 간다니까요!”

하고 게르테스커는 같은 말을 되풀이했으나 기침이 발작해서 전신이 떨리기 시작했다. 그는 두 발을 눈 속에 버티고 서서 두 손으로 썰매 언저리를 잡고 있지 않으면 안 되었다. K는 더 이상 아무 말도 하지 않고 썰매 뒤에 가서 앉 았다. 사나이의 기침은 서서히 가라앉았다. 이윽고 썰매는 달리기 시작했다.

K가 오늘 중이라도 도착할 수 있으리라고 생각했던 저 건너편의 성은 벌써 이상하게도 어두워지고 다시 멀어져가고 있었다. 그러나 당분간의 이별 정도 는 허용한다고 말하듯이 성 쪽에서 반가운 종소리가 울려왔다. 적어도 일순 간은 가슴을 떨리게 하는 종소리였다. K는 줄기차게 동경을 하면서도 그것이 이루어질지 어떨지 모르는 것에게 위협을 받고 있는 듯한 기분이었다. 사실 이 종소리에는 무언지 모르게 슬픈 울림이 담겨 있는 것도 같았다. 이윽고 이 큰 종소리는 사라지고 아마도 산 쪽에서이겠지만 마을 근처에서 이번에는 가 냘프고 단조로운 작은 종소리가 울리기 시작했다. 물론 이 작은 종소리가 느 릿느릿한 썰매와 초라하지만 완고한 마부에게는 훨씬 잘 어울렸다.

“이봐요!”

하고 K는 갑자기 소리질렀다. 벌써 교회 가까이 와 있었으니까 여관까지의 거리도 그다지 멀지는 않았다. K로서 본다면 이쯤에서 한 번 상대방에게 소 리를 질러도 좋았던 것이다.

“정말 한심한 일이오. 당신은 나를 제멋대로 이리저리 끌고 다니는데 도대 체 그럴 권리가 당신에게 있다고 생각하오?”

게르스테커는 무슨 소리냐는 듯이 아주 시침을 뚝 떼고 말과 함께 나란히 걸어가고 있었다.

“이봐!”

하고 K는 버럭 소리를 지르고는 썰매에 쌓인 눈을 뭉쳐서 게르스테커의 귀에 보기좋게 명중시켰다. 그러자 게르스테커는 걸음을 멈추고 뒤를 돌아보았다. 이렇게 아주 가까이에서 상대방을 바라보자(마부는 정지했지만 썰매는 서지 않고 그대로 조금 앞에까지 나갔기 때문에) 이 허리가 굽은 이를테면 혹사를 당할 대로 당한 모습, 붉게 지친 가느다란 얼굴, 한쪽은 평평하고 다른 한쪽은 푹 패인 어딘가 모르게 좌우가 고르지 못한 뺨, 두서너 개의 이가 드문드문 나 있는 멍하니 벌리고 있는 입을 하고 있는 마부에 대한 적의를 금세 동정심으로 바꾸지 않을 수 없었다. 그래서 K는 나를 실어다준 죄명으로 벌을 받게 되지는 않는가 하고 물어보았다.

"무슨 얘기지요?"

게르스테커는 무슨 영문인지를 모르고 이렇게 물었으나 그 이상의 설명을 들으려고도 하지 않았다. 그러고는 말을 향해서 소리질렀다. 썰매는 다시 움직이기 시작했다.

2

여관 바로 옆에까지 왔을 때(K는 길이 구부러진 곳에서 여관 건물을 알아보았다) 놀랍게도 주위는 벌써 어두워져 있었다. 이렇게 오랫동안 바깥을 돌아다녔는가? 그의 생각으로는 기껏해야 한 시간이나 두 시간밖에 쏘다니지 않은 것 같았는데 말이다. 떠난 것은 아침이었는데 배도 전혀 고프지 않았다. 게다가 방금 아까까지도 대낮처럼 밝았었는데 이렇게 갑자기 해가 지다니!

"이곳은 해가 짧군, 해가 짧아!"

그는 혼잣말로 그렇게 중얼거리며 미끄러지듯 썰매에서 내려 여관 쪽으로 걸어갔다.

고맙게도 여관 입구의 작은 층계 위에 주인이 서 있다가 칸델라를 그에게 비춰주었다. K는 문득 마부 생각이 나서 걸음을 멈추었다. 어딘가 어둠 속에서 기침 소리가 들렸다. 아아, 저것은 마부의 기침 소리로군. 일간 또 만나게 되겠지. 층계 위에서 공손하게 인사를 하고 있는 주인 옆에 섰을 때 비로소 문간 양쪽에 각기 한 사람씩의 사나이가 서 있는 것을 깨달았다. K는 주인의 손에서 칸델라를 받아들고 그 두 사람을 비춰보았다. 그들은 다른 사람이 아닌 아까 만났던 아르투르와 예레미아스였다. 두 사람은 이번에는 군대식 경례를 했다. K는 자기가 군대에 있을 때의 그 행복했던 날들을 생각하며 그만 자기도 모르게 웃고 말았다.

"자네들은 누구인가?"

K는 이렇게 묻고 나서 한 사람씩 차례로 바라보았다.

"선생님의 조수입니다."

두 사람은 대답했다.

"이 사람들은 조수예요."

하고 주인도 나지막한 소리로 확인해주었다.

"뭐라고? 그럼 너희들은 나중에 오도록 일러놓고 내가 기다리고 있던 조수들이란 말인가?"

두 사람은 그렇다고 대답했다.

"그렇다면 좋아. 자네들이 와준 것은 참으로 고마운 일이다."

그러고 나서 K는 잠시 후에 다시 덧붙였다.

"그러나저러나 도착하는 것이 너무 늦었지 않나? 자네들은 지독한 게으름뱅이야."

"길이 워낙 멀어서요."

하고 한 사람이 대답했다.

"길이 워낙 멀었기 때문이라고? 그렇지만 나는 아까 자네들이 성에서 돌아오는 것을 봤었지 않은가?"

하고 K는 되받았다.

"네."

하고 두 사람은 대답했으나 더 이상 자세한 설명은 하지 않았다.

"도구는 어디에 있지?"

하고 K는 물었다.

"도구 같은 것은 없습니다."

"내가 너희들에게 맡겨놓은 도구 말이다."

"글쎄 도구 같은 것은 없다니까요."

두 사람은 같은 말을 되풀이했다.

"참, 모두 하나같이 한심하군. 그래 측량 기술은 좀 알고 있나?"

"아니오, 모릅니다."

"그러나 자네들이 옛날부터 내 조수였다면 잘 알고 있어야 할 텐데."

두 사람은 말이 없었다.

"하여간 들어가세."

K는 두 사람을 뒤에서 집안으로 밀어넣었다.

그러고는 셋이서 식당의 조그마한 테이블에 둘러앉아 별로 말이 없이 맥주를 마셨다. K를 가운데에 두고 오른쪽과 왼쪽에 조수들이 앉았다. 그 밖에는 농부들이 하나의 테이블을 차지하고 앉아 있을 뿐 어젯밤과 마찬가지였다.

"자네들 때문에 참 골치가 아프군."

하고 K는 말하고 이미 몇 번이나 그랬듯이 두 사람의 얼굴을 자세히 비교해 보았다.

"도대체 어떻게 자네들 두 사람을 구별하면 되지? 틀린 것은 이름뿐이고 그 외에는 두 사람이 똑같으니까 말야, 마치——."

하고는 말이 막혔으나 이윽고 자기도 모르는 사이에 이렇게 말이 나와버렸다.

"그 외에는 마치 두 마리 뱀처럼 서로 닮았지 뭐야."

두 사람은 빙그레 웃으면서 말했다.

"그렇지만 다른 사람들은 제대로 우리를 구별하던데요."

그것은 마치 변명하는 듯한 말투였다.

"하긴 그럴 것 같군. 아까 그것을 목격했으니까. 그러나 나는 내 눈으로만 보는 거야. 내가 보기에는 자네들을 분간할 수가 없어. 그러니까 나는 자네들을 한 사람처럼 취급하고 두 사람 모두 아르투르라고 부르기로 하지. 자네들 두 사람 중의 어느 한쪽은 분명히 아르투르라고 했으니까 말이야. 누구였더라——, 아마 자네지?"

하고 K는 한 남자에게 물었다.

"아니오, 나는 예레미아스입니다."

"그래? 하여간 그것은 아무래도 좋아. 나는 자네들을 아르투르라고 부를 테니까 말야. 내가 아르투르에게 어딘가 갔다 오라고 이르면 두 사람이 모두 가는 거야. 아르투르에게 무슨 일을 시키면 둘이 함께 하는 거구. 이것은 나로서는 자네들에게 따로따로 일을 시킬 수가 없으니까 큰 손해지만 그 대신 내가 명령한 것은 무엇이든지 공동으로 책임을 물을 수가 있으니까 그 점에선 아주 유리하거든. 자네들 둘이 어떻게 일을 분담하든지 간에 그것은 내 알 바가 아니야. 다만 서로가 책임을 미루는 것만은 용서할 수 없어. 나에게 있어서 자네들은 한 인간이나 마찬가지니까 말이야."

두 사람은 K의 말을 한참 동안이나 되새겨보았다. 그러고 나서 두 사람은 대답했다.

“그건 우리들로서는 매우 불쾌한 일인데요.”

“그야 그렇겠지. 물론 자네들에게는 불쾌한 일일 게 틀림없어. 하지만 일단 정해진 이상에는 그렇게 하는 거야.”

K는 아까부터 농부 한 명이 테이블 근처를 몰래 서성거리고 있는 것을 눈여겨보고 있었다. 사나이는 마침내 뜻을 결정하기나 한 것처럼 한 사람의 조수 쪽으로 다가와 귀엣말로 무언가 속삭이려고 했다.

“여보시오, 그만두시오!”

K는 버럭 소리를 지르고 일어나서 한 손으로 테이블을 치면서 말했다.

“이 사람들은 내 조수요. 우리들은 지금 일에 대해서 의논을 하고 있소. 방해할 권리는 아무에게도 없을 것이오.”

“아, 네, 엉뚱한 실례를 했습니다.”

농부는 겁먹은 듯한 소리로 말하고는 뒷걸음질을 쳐서 동료들의 테이블로 되돌아갔다.

K는 다시 자리에 앉으면서 말했다.

“이것만은 특히 조심해줘야 해. 자네들은 내 허가 없이는 아무하고도 이야기해서는 안 돼. 나는 여기에서는 타관 사람이야. 자네들이 전부터의 내 조수라고 한다면 자네들도 역시 타관 사람이야. 그러니까 우리들 타관 사람 셋은 일치단결하지 않으면 안 돼. 자아, 그럼 내 말을 알아들었으면 맹세하는 뜻에서 손을 내밀게.”

두 사람은 놀라울 정도로 깍듯이 K쪽으로 손을 내밀었다.

“좋아. 못생긴 손들은 이제 그만 치워. 하지만 내 명령만은 어디까지나 지켜줘야 해. 자아, 그러면 이제 그만 자야겠어. 자네들도 그렇게 하는 것이 좋을 거야. 오늘은 모처럼 일을 못했으니까 내일은 아침 일찍부터 일을 서두르지 않으면 안 돼. 자네들은 성으로 타고 갈 썰매를 한 대 준비해가지고 와서 여섯시에 이곳 집앞에서 떠날 준비를 하고 있어야만 하네.”

“네, 알았습니다.”

하고 한 사람이 말했다. 그러나 다른 한 사람이 그 말을 가로막았다.

“뭐, 알았다고? 무슨 소리야? 그것이 불가능하다는 사실은 자네도 잘 알고 있지 않나!”

그 말을 듣자 K는 화가 나서 소리질렀다.

“시끄러워, 좀 조용히 해. 너희들은 벌써부터 따로따로 놀고 싶어하는 모양이구나?"

그러자 그때 최초의 사나이까지도 이렇게 말했다.

"이 친구의 말이 백 번 옳습니다. 그건 불가능한 이야깁니다. 타향 사람은 허가없이는 성에 들어갈 수도 없습니다."

"허가를 얻으려면 어디에 신청하면 되나?"

K가 물었다.

"자세히는 모르지만 아마 집사에게 해야 할 것입니다."

"그럼 집사에게 전화로 신청하기로 하지. 곧 전화를 걸어주게. 자네들 둘이서 말일세."

두 사람은 전화기에 다가가서 성으로 연결해달라고 부탁하고(두 사람은 전화가 있는 곳에서 서로 옥신각신하고 수선을 떨었다. 그 모양은 보기에도 이상할 만큼 양순했다) K가 내일 성에 가도 좋으냐고 물었다.

"안 돼!"

하는 대답 소리가 K가 있는 테이블에까지 들려왔다. 그러나 대답은 좀더 자세했다.

"내일도 안 되고 다른 날도 안 된다."

라는 것이었다.

"내가 받아보지."

K는 그렇게 말하며 자리에서 일어섰다. K와 조수들은 방금 전 농부의 소동을 제외하고는 지금까지 별로 사람들의 주목을 받고 있지 않았으나 지금의 K의 말이 모든 사람의 주의를 끌고 말았다. 사람들은 K와 함께 의자에서 일어났다. 주인이 그들을 밀어내려고 기를 쓰고 덤볐으나 그들은 전화 옆에 모여들어 K를 반원형으로 둘러쌌다. 그들 사이에서는 K가 승락을 받을 수 없으리라는 의견이 단연 우세했다. K는 그들에게 아무쪼록 조용히 해주기 바란다, 당신들의 의견을 듣고 싶은 것은 아니니까 하고 부탁하지 않으면 안 되었다.

수화기에서는 지금까지 전화에서 들은 일이 없는 것 같은 이상한 소리가 들려왔다. 마치 수많은 어린애들이 왁자지껄하게 떠들고 있는 소리 같았다. 그러나 실제는 어린애들의 떠드는 소리가 아니라 아득히 멀리에서 들려오는 노랫소리였다. 어떻든 이 이상한 소리 속에서 하나의 높고도 힘찬 소리가 형성되어 귀에 쩌렁쩌렁 울려왔다. 게다가 단순히 청각보다도 좀더 깊은 곳에 침투하기를 요구하고 있는 것 같았다. K는 왼팔을 전화대 위에다 올려놓고 아무 얘기도 하지 않고 단지 수화기에 귀를 기울이고 있었다.

　얼마나 시간이 지났는지 자기도 알 수 없었으나 마침내 주인이 그의 윗도리를 잡아당기며 K에게 심부름꾼이 찾아왔다고 알려주었다.

　"저리 가 있어!"

　K는 자기도 모르게 버럭 소리를 질러버렸으나 아마 수화기를 향해 외쳤던 모양이다. 왜냐하면 수화기 속에서 사람의 목소리가 들려왔기 때문이다. 그리고 둘 사이에 다음과 같은 대화가 시작되었다.

　"오스왈트입니다. 당신은 누구시지요?"

　그것은 엄숙하고 거만한 듯한 목소리였다. 약간 발음이 잘못된 것처럼 느껴졌으나 엄숙함을 과장함으로써 발음의 과오를 감추려고 하고 있는 것처럼 느껴졌다. K는 자기 이름을 대기를 주저했다. 상대방에 대해서 K는 전혀 무방비 상태인 것이다. 그러나 상대방은 하고 싶은 말을 마음대로 지껄일 수 있고 경우에 따라서는 수화기를 놓아버릴 수도 있다. 그렇게 되면 모처럼의 좋은 기회가 가로막혀버리게 된다. K가 머뭇거리고 있자 상대방 사나이는 초조해지기 시작했다.

　"당신은 누구시죠?"

하고 상대방은 되풀이해서 묻더니 계속해서 말했다.

　"그쪽에서 자주 전화를 하지 않았으면 합니다. 조금 전에도 막 전화가 걸려왔었습니다."

　K는 그 말을 무시하고 갑자기 이렇게 말했다.

　"나는 측량 기사의 조수입니다만."

　"어느 조수지요? 어느 측량 기사의 조수냔 말입니다."

　K는 어젯밤의 전화 생각이 문득 떠올랐다. 그래서 아주 짤막하고 무뚝뚝하게 말했다.

　"그것은 프리츠에게 물어보십시오."

　자기도 놀랐을 정도로 무성의한 대답이었는데 그래도 그 말에 당장 효과가 있었다. 그러나 효과가 있었다는 것 이상으로 그를 놀라게 한 것은 성 안의 일이 일관성과 통일성을 가지고 움직이고 있다는 사실이었다.

　곧 대답이 있었다.

　"네에, 알겠어요. 영원한 측량 기사시군요. 네에, 네. 그런데 어느 조수이시죠?"

“요제프입니다.”

하고 K는 말했다. 뒤에 있는 농부들이 수근거리는 소리가 조금은 방해가 되었다. 분명히 그들은 K가 진짜 이름을 대지 않은 것을 가지고 군소리를 하고 있는 것이다. 그러나 K는 그런 것에 관심을 기울이고 있을 수가 없었다. 지금의 경우 전화 쪽이 더 중요했던 것이다.

“요제프라고 했소?”

하고 상대방은 물어왔다. 그러고는 이상하다는 듯이 말을 이었다.

“조수들은 분명히 ——.”

하고 여기에서 잠깐 말이 끊겼다. 누군가 다른 사람에게 이름을 묻고 있음에 틀림없다.

“조수들은 아르투르와 예레미아스라는 이름일 텐데 ——.”

“그것은 새로운 조수이지요.”

하고 K는 대답했다.

“아니오, 오래된 조수입니다.”

“새로운 조수예요. 내가 진짜 오래된 조수로서 측량 기사의 뒤를 따라 어제 막 도착했습니다.”

“아니오!”

전화 속의 사나이는 이번에는 버럭 소리를 질렀다.

“그러면 나는 누구란 말인가요?”

하고 K는 지금까지와 같이 침착하게 물었다. 잠시 뜸을 들이고 나서 같은 목소리가 역시 발음의 착오를 범하면서 대답했다. 그러나 그것은 지금까지와는 다르게 좀더 깊이가 있고 무게가 있는 목소리처럼 들렸다.

“당신은 오래된 낡은 조수요.”

K는 그 목소리에 정신을 빼앗기고 있다가 하마터면 상대방의 다음 질문을 놓칠 뻔했다.

“그래, 무슨 용건이오?”

K는 될 수만 있으면 전화를 끊어버리고 싶었다. 이런 대화에서는 더 이상 기대할 것은 아무것도 없었다. 그래도 달리 어떻게 할 수도 없었기 때문에 빠른 어투로 이렇게 물어보았다.

“우리 주인은 언제 성으로 찾아가면 되겠습니까?”

“영원히 안 돼요.”

"알겠습니다."

하고 K는 수화기를 내려놓았다.

뒤에 있던 농부들은 이미 그의 옆에까지 몰려와 있었다. 조수들은 K를 곁눈질로 힐끔힐끔 쳐다보면서 이 농부들을 밀어내려고 안간힘을 쓰고 있었다. 그러나 그것은 어디까지나 연극일 뿐 그들이 진심으로 그렇게 하고 있다고는 생각되지 않았다. 게다가 농부들도 전화 결과에 만족한 듯이 천천히 물러갔다. 그때 뒤에서 어떤 사나이가 황급히 사람들을 헤치고 K앞에 나타나 인사를 하더니 편지 한 통을 내놓았다. K는 편지를 받아들고 상대방의 얼굴을 물끄러미 바라보았다. 지금의 그에게는 이 사나이 쪽이 더 귀중하다고 생각되었던 것이다. 사나이와 조수들 사이에는 매우 흡사한 점이 있었다. 조수와 마찬가지로 그들은 비쩍 마르고 몸에 착 달라붙은 답답한 옷을 입고 게다가 동작이 절도가 있고 민첩했다. 그러면서도 사람은 완전히 달랐다. K는 오히려 이 사람을 조수로 썼으면 하고 생각했을 정도였다. 이 사나이에게는 피혁가게 아저씨네집에서 본 적이 있는 젖먹이를 안은 여자를 연상시키는 점이 있었다. 거의 흰색의 옷을 입고 있었는데 비단옷은 아닌 것 같았다. 다른 사람들이 입고 있는 옷과 마찬가지로 방한복이었는데 비단으로 만든 것같이 부드럽고 게다가 품위가 있어 보였다. 얼굴은 밝고 명랑해보였으며 눈은 매우 컸다. 그의 미소는 남달리 즐거워 보였다. 이 미소를 쫓아버리기라도 하려는 듯이 그는 손으로 얼굴을 문질렀으나 뜻대로 되지 않았다.

"자네는 누구지?"

하고 K는 물었다.

"바르나바스라고 합니다. 심부름꾼입니다."

말을 할 때의 그의 입술은 사내다웠고 게다가 부드러워 보였다.

"이곳 모습은 마음에 들었나?"

K는 그렇게 말하면서 농부들 쪽을 가리켰다. 농부들은 여전히 그에 대한 흥미를 잃지 않고 있었던 것이다. 그들은 문자 그대로 고생에 찌든 듯한 얼굴을 하고——그 두개골은 위에서 납작해지도록 얻어맞은 것처럼 보이고 그 표정은 머리를 얻어맞았을 때의 고통이 그대로 굳어버린 것 같았다——두툼한 입술에 입은 멍청하니 벌린 채 K와 바르나바스를 보고 있었다. 그러나 또 어떻게 보면 그들을 보고 있지 않은 것도 같았다. 왜냐하면 그 시선은 그들을 쳐다보는 듯했지만 때로는 엉뚱한 곳에 쏠려 있기도 하고 또 쓸데없는 대상

에 물끄러미 못박혀 있는 수가 있었기 때문이다. K는 그러고 나서 다시 조수들 쪽도 가리켰다. 두 사람은 서로 끌어안고 볼과 볼을 맞댄 채 히죽히죽 웃고 있었다. 비굴한 웃음이라고도 할 수가 있고 비웃음이라고도 할 수가 있는 그런 웃음이었다. K는 바르나바스에게 이들 모든 무리들을 마치 무슨 특별한 사정이라도 있어서 자기에게 떠맡겨진 심부름꾼이라도 소개하듯이 했고 동시에 바르나바스가 앞으로도 자기와 그들을 동일시하지 말 것을 기대했다. 이 기대감 속에는 친밀감이 내포되어 있었다. K로서 본다면 바르나바스에게 친밀감을 느끼지 않을 수가 없었던 것이다.

그러나 바르나바스는——매우 순진하다는 것은 이해할 수 있었으나—— K의 질문에는 대답하지 않고 잘 교육을 받은 하인이 외견상으로만 자기에게 던져진 주인의 겉잡을 수 없는 말에 그렇게 하듯이 싫은 얼굴도 하지 않고 들어넘기고 다만 상대의 질문을 알았다는 것에 나타내기 위해서만 주위를 둘러보고 있었다. 농부들 중의 낯익은 얼굴에는 손을 흔들어 인사를 하고 조수들하고도 잠깐씩 말을 나누고는 했으나 모든 동작이 자유로워서 확실히 이 무리들과는 다른 데가 있었다. K는 깨끗이 무시당한 셈이었지만 별로 부끄럽다는 생각도 들지 않았다. 그래서 손에 받아든 편지를 뜯어보았다. 거기에는 다음과 같은 사연이 적혀 있었다.

'삼가 아룁니다. 아시는 바와 같이 귀하는 백작가(家)에 근무하도록 부르심을 받았습니다. 귀하의 직속 상관은 이 마을의 촌장입니다. 귀하의 일과 노임에 관한 상세한 이야기는 촌장이 귀하에게 전할 것입니다. 아울러서 귀하도 촌장에게 일에 대해 보고하고 설명할 의무가 있다는 것을 알아주시기 바랍니다. 그러나 본관도 귀하의 동정에 대해 끊임없는 관심을 기울일 것입니다. 이 서한의 전달자인 바르나바스는 때때로 귀하를 방문하여 귀하의 희망 사항이나 요구 사항을 알아보고 본관에게 전달하기로 되어 있습니다. 본관은 가능한 한 귀하의 뜻에 어긋나지 않도록 할 방침입니다. 근로자가 만족스럽게 일할 수 있도록 해주는 것이 본관의 무엇과도 바꿀 수 없는 소망입니다.'

서명은 잘 알아볼 수가 없었으나 'X청 장관'이라는 직인이 옆에 찍혀져 있었다.

"잠깐 기다려!"

K는 인사를 하고 물러나려는 바르나바스에게 말했다. 그러고는 여관 주인을 불러서 자기의 방에 안내해달라고 부탁했다. 잠시 혼자서 편지의 내용을

검토해보고 싶었던 것이다. 그러나 바르나바스에게는 매우 호감을 느끼고 있었음에도 불구하고 결국은 단순한 심부름꾼에 지나지 않는다는 것을 생각하고 맥주를 대접해주도록 일렀다. 그가 어떻게 맥주를 받아 마시는가를 주의해서 보고 있었으나 분명히 크게 만족하고 단숨에 들이키는 것이었다. 이윽고 K는 주인을 따라갔다. 이 작은 여관에서 K를 위해 제공할 수 있는 유일한 방은 조그마한 다락방밖에는 없었다. 그것도 여러 가지로 무리를 해서 마련한 것이었다. 그것은 지금까지 그 방에서 자고 있던 두 사람의 하녀를 일으켜 깨워 다른 방으로 옮기게 하지 않으면 안 되었기 때문이다. 정확하게 말하면 실은 하녀들을 쫓아냈을 뿐으로 방 그 자체는 달라진 것이 하나도 없는 것 같았다. 하나밖에 없는 침대에는 시트도 덮여 있지 않고 그 밖에는 베개 두서너 개와 말 안장 가리개가 있었을 뿐인데 이것들은 어젯밤부터 흩어져 있는 그대로의 상태로 놓여 있었다. 벽에는 두서너 장의 성자상(聖者像)과 군인의 사진이 걸려 있었다. 환기조차도 제대로 되어 있지 않았다. 여관 사람들은 이 새로운 손님에게 오래 있어달라고는 생각지 않는 것 같았고 따라서 그를 붙잡을 만한 것은 하나도 눈에 띄지 않았다. 그러나 K는 군소리 한 마디 없이 안장 가리개를 몸에 칭칭 감고는 촛불 아래에서 다시 한 번 편지를 읽으려고 책상에 걸터앉았다.

이 편지에는 어딘가 일관된 것이 없어 보였다. 예를 들면 독립된 의지를 가지고 있는 자유로운 인간에게 말하듯이 K에 대해 이야기하고 있는 대목이 있다. 겉봉이 그러했고 그의 희망에 대한 대목도 그러하다. 그러나 한편으로는 노골적이든 우회적이든 장관의 입장에서는 거의 문제도 되지 않을 만한 미미한 근로자 취급을 하고 있는 대목도 있다.

장관은 '그의 동정에 끊임없는 주의를 기울이겠다'고 말하고 있으나 K에 있어서 직속 상관이라고 한다면 마을의 촌장뿐이고 K는 이 촌장에게 보고할 의무까지 지고 있는 것이다. 촌장에게 동료가 있다고 하더라도 고작 마을에 주둔하고 있는 경찰관 정도일 것이다. 의심할 것도 없이 이것은 모순이다. 일부러 그렇게 했음에 틀림없다고 생각되는 명백한 자가 당착(自家撞着)이다. 그리고 이것은 결단력이 부족한 탓이라고도 생각할 수 없었다. 이렇게 관리가 철저하게 잘된 관청에 있어서는 그것은 엉뚱한 상상이다. 그것보다도 오히려 K는 이 편지가 자기에게 어떤 선택의 자유를 제공하고 있다는 사실을 알게 되었다. 다시 말하면 그가 이 편지의 지령을 어떻게 받아들이느냐, 즉 성과의 사이에 어떻든 특별한——그러나 실은 외견상만의——관계를 가지는데 그치는 단순한 마을 노동자가 되느냐, 아니면 외견상으로는 단순한 마을 노동자이기는 해도 실제는 그 일의 모든 것을 바르나바스의 보고에 의해 결정되도록 하느냐 하는 것은 K의 자유에 맡겨져 있는 것이다. K는 선택을 주저하지는 않았다. 설사 지금까지 쌓아온 여러 가지 경험이 없더라도 주저하지는 않았을 것이다. 성 안의 높은 사람들과는 될수록 멀리 떨어져서 마을의 노동자가 되었을 때만이 성에서 어느 정도의 성과를 올릴 수가 있는 것이다. 지금은 아직도 그에게 불신감을 품고 있는 마을의 주민들도 그가 그들과 같은 마을의 동료라는 것을 알게 되면 말을 걸어올 것에 틀림없다. 일단 게르스테커나 라제만과 구별할 수 없는 인간이 된다면——그것도 되도록 빨리 그렇게 되지 않으면 안 된다. 모든 것은 그 일의 성패 여부에 달려 있다——성의 높은 분과 그 보살핌만에 의존하고 있던 경우는 영원히 막혀버릴 뿐 아니라 언제까지나 눈에 보이지 않는 채로 남아 있을지도 모를 모든 길이 대번에 열릴는지도 모른다. 물론 위험은 있다. 그 점은 편지에도 충분히 강조되고 있는 마치 피할 수 없는 운명이기라도 하듯이 일종의 만족감을 가지고 언급되고 있다. 그것은 마치 일개의 노동자로 전락되고 만다는 것을 뜻한다. 근무, 상관, 일, 노임, 보고, 노동자 등. 편지에는 이러한 말들이 수없이 강조되고 있다. 그것은 전혀 엉뚱한 개인적인 사항에 언급하고 있을 때조차 그러한 관점에서 서술되어 있다. K는 노동자가 되려고 하면 얼마든지 될 수가 있다. 그러나 그럴 경우에는 다른 희망이나 기대는 모조리 단념해야 하고 뿐만 아니라 가차없는 심각한 사태를 각오하지 않으면 안 된다. K는 현실적인 강제력으로 위협받고 있는 것은 아니라는 것을 잘 알고 있었다. 그런 것은 무섭다고도 생각하지 않았고 하물며 이 경우는 조금도 두렵다고 생각하지 않았다. 그러나 기운을 꺾어버리는 것 같은 환경의 압력, 환멸에 익숙해버리는 것, 미세할는지는 모르지만 끊임없이 엄습해오는 여러 가지 영향이 미치는 힘 같은 압력에 패배해버리지 않을까 하는 것이 두려웠다.

　그러나 이러한 위험에 대해서야말로 감히 대결할 필요가 있었다. 편지에도 만일 싸움이 벌어진다면 K쪽이 뻔뻔스럽게도 먼저 싸움을 걸어온 것이 되리라는 사실을 언급하고 있었다. 그것은 극히 은밀히 표현하고 있어서 가슴에 불안을 품고 있는 사람——불안을 품고 있다고 해서 결코 양심이 없는 사람은 아니다——만이 깨달을 수 있는 것이었다. 그것은 그를 채용한 데 대해서

‘아시는 바와 같이’라고 한 말이 바로 그것이다. K는 자기가 도착했다는 것을 알렸으나 통지한 이상에는 편지 속에 나타나 있는 것처럼 자기가 채용된 몸이라는 것을 스스로 알고 있었다는 애기가 된다.

K는 벽에 걸려 있는 그림을 하나 떼내고 편지를 못에 걸어놓았다. 자기가 아마 이 방에서 묵게 될 모양이었으므로 편지도 이 방에 걸어놓은 것이 좋으리라고 생각한 것이었다.

그러고는 아래층 식당으로 내려갔다. 바르나바스는 조수들과 함께 작은 탁자에 앉아 있었다.

“아아, 여기에 있었군.”

하고 K는 아무런 이유도 없이 다만 바르나바스의 얼굴을 보는 것이 기뻤기 때문에 말을 걸었다. K가 식당에 나타나자마자 농부들은 일어서서 그에게로 다가왔다. 언제나 그의 뒤를 쫓아다니는 것이 이미 그들의 습관이 되어버린 듯했다.

“대체 나에게 밤낮 무슨 볼일이 있나?”

K는 소리질렀다. 농부들은 별로 화도 내지 않고 순순히 각기 자기 자리로 돌아갔다. 지나가면서 한 농부가 말했다.

“언제나 무슨 새로운 애기를 듣고 싶어서요.”

그는 변명하듯이 중얼거리고는 이상한 미소를 지었다. 그러자 몇 사람인가의 얼굴에도 같은 미소가 떠올랐다. 그리고 사나이는 새로운 이야기가 맛있는 반찬이기라도 하듯이 혀를 쩝쩝 다시는 것이었다. K는 그들의 기분을 돋우어 줄 이야기는 한 마디도 하지 않았다. 그에게 대해서 조금은 존경심을 갖게 되는 것이 그들에게 있어서도 결코 나쁜 일이 아닌 것이다. 그러나 K가 바르나바스의 곁에 앉자마자 목덜미 근처에 누군가 한 사람 농민의 숨결이 느껴졌다. 본인의 말에 의하면 소금을 담은 그릇을 가지러 왔다는 것이었다. 그러나 K는 화가 나서 발을 동동 굴렀다. 아니나 다를까 상대방은 소금 그릇도 찾지 않고 황급히 도망갔다. K를 놀림감으로 만드는 것 정도는 이들에게는 쉬웠던 것이다. 예를 들면 그를 향해 농민들을 대들기만 하면 되는 것이다. 그들의 집요한 관심이 K에게는 다른 사람들의 비타협적인 태도보다도 더 싫었던 것이다. 더욱이 이 관심이라는 것도 어딘지 모르게 비타협적인 데가 있었던 것이다. 왜냐하면 만일 K가 농부들의 테이블에 함께 앉아 있었다고 한다면 그들은 아마 그대로 그 자리에 앉아 있지는 않았을 것이기 때문이다.

K가 한바탕 난리를 피우고 싶은 것을 꾹 참은 것은 그 자리에 바르나바스가 있었기 때문이다. 그러나 그래도 노려보듯이 그들 쪽을 돌아다보았더니 그들도 그를 바라보고 있었다. 그러나 이들이 이처럼 각자의 자리에 앉아 서로 이야기를 나누는 것도 아니고 서로 의기가 투합한 것도 아니며 단지 그들이 K를 뚫어지게 응시하고 있는 것만으로 인연이 맺어져 있다는 것을 생각하면 그들이 K의 뒤를 쫓아다니는 것도 결코 악의 때문에 빚어진 것은 아닌 듯한 느낌이 들기도 했다. 어쩌면 정말로 K에게 무엇인가를 기대하고 있으면서 단지 그것을 입 밖에 낼 수 없는 것인지도 모른다. 그렇지도 않으면 이것은 아마 단지 어린애와 같은 천진난만함에서 온 것인지도 모른다. 이 여관에서는 어린애같이 천진한 것이 일종의 가풍으로 되어 있는 것 같다. 저 주인만 하더라도 손님에게 날라다주는 맥주컵을 두 손에 들고 선 채로 K쪽의 눈치를 살피면서 조리장의 창구로 목을 내밀고 큰 소리를 지르고 있는 안주인의 말을 건성으로 들어넘기곤 하는 것이 그야말로 어린애처럼 천진한 것이 아니고 무엇일까.

K는 기분을 가라앉히고 나서 바르나바스를 돌아보았다. 가능하면 조수들에게 자리에서 일어나도록 하고 싶었으나 적당한 구실이 생각나지 않았다. 더욱이 두 사람은 얌전하게 앉아서 각자의 맥주를 들여다보고 있었다.

K는 말했다.

"편지는 읽어보았어. 자네는 그 내용을 알고 있겠지?"

"아니오, 모릅니다."

하고 바르나바스는 대답했다. 그러나 그 눈은 입보다도 더 많은 것을 말해주고 있었다. 어쩌면 K는 농부들의 악의를 오해하고 있는 것처럼 이 사나이의 선의에 대해서도 혼자서 속단하고 있는지도 모른다. 그러나 바르나바스가 눈앞에 있어준다는 것은 역시 K의 기분을 흐뭇하게 해주었다.

"편지에는 자네 얘기도 씌어 있네. 즉 자네는 때때로 나하고 장관 사이의 연락을 맡아주도록 되어 있지. 그래서 나는 자네도 필시 편지 내용을 알고 있으리라고 생각했었네."

"저는 다만 편지를 전해드리고 다 읽으실 때까지 기다렸다가 만일 선생님이 필요하시다면 구두나 서면으로 된 회답을 가지고 돌아오라는 명령을 받고 왔을 뿐입니다."

"좋아. 별로 문서로 꾸밀 것까지도 없겠지. 아무쪼록 장관의 —— 참, 장관의 성함이 무엇이더라? 서명을 알아볼 수가 없던데."
하고 K가 말했다.

"클람입니다."

"그럼 그 클람 장관에게 말야, 채용해주셔서 감사하다는 것과 각별한 친절을 베풀어주셔서 대단히 고마워하더라도 말씀드려주게. 나처럼 이곳에 갓 와서 자기에게 얼마 만한 값어치가 있는지 아직 증명해보이지도 않은 인간에게 있어서는 이러한 후의는 각별히 고맙게 생각되는 법이야. 나는 완전히 장관의 지시대로 행동할 것일세. 오늘은 달리 바라는 바는 없네."

조심스럽게 듣고 있던 바르나바스는 지금 말씀하신 것을 이 자리에서 복창을 해도 좋으냐고 물었다. K는 그렇게 하라고 했다. 바르나바스는 한 마디도 틀리지 않게 복창했다. 그러고는 자리에서 일어나 작별을 고하려고 했다.

아까부터 줄곧 K는 바르나바스의 얼굴을 물끄러미 관찰하고 있었으나 마지막으로 한 번 더 바라보려고 했다. 바르나바스는 키가 거의 K와 같은 정도였으나 그 시선은 K쪽을 내려다보고 있는 듯이 보였다. 그러나 그것은 거의 빌붙은 태도로 바라보고 있는 것 같았다. 이러한 사나이가 누군가에게 부끄러움을 안겨주는 일은 결코 없다. 물론 그는 일개의 심부름꾼에 지나지 않고 자기가 배달하고 다니는 편지의 내용도 모른다. 그러나 심부름의 내용은 아무것도 모르는지 모르나 그의 눈초리와 미소 그리고 걸음걸이를 보더라도 심부름꾼으로서는 아주 적합하다는 것을 알 수 있었다. K는 친밀감을 보이며 손을 내밀었다. 그러자 바르나바스는 이 동작에 몹시 놀라는 듯한 표정이었다. 왜냐하면 그는 꾸벅 절만 하고 돌아갈 셈이었던 것이다.

바르나바스가 나가자마자——그는 문을 열기 전에 계속 한참 동안을 문간에 기댄 채 어느 한 사람만을 상대로 하지 않은 눈으로 방 안을 둘러보았다——K는 조수들을 향해 말했다.

"방 안에 돌아가서 서류를 가져오겠어. 우선 어떤 일부터 시작해야 할는지를 의논해보자구."

조수들은 K를 따라오려고 했다.

"자네들은 여기서 기다려주게!"
하고 K는 말했다. 그래도 그들은 여전히 따라오려고 했다. K는 더욱 엄숙한 어조로 명령을 되풀이하지 않으면 안 되었다. 현관에는 이미 바르나바스의 모습은 보이지 않았다. 지금 막 나갔는데 말이다. 여관 바깥은 아직도 눈이 내리고 있었는데 거기에도 그의 모습은 보이지 않았다.

　"바르나바스！"

하고 그는 불러보았다. 대답이 없었다. 아직 여관 안에 있는 것일까? 다른 가능성은 생각할 수 없었다. 그럼에도 불구하고 다시 한 번 힘껏 바르나바스의 이름을 불러보았다. 이름은 밤의 어둠 속으로 울려퍼졌다. 그러자 역시 멀리에서 희미한 대답이 들려왔다. 그러고 보니 벌써 그렇게 멀리에까지 가 있는 건가? K는 돌아오라고 소리를 지름과 동시에 자기 쪽에서도 그리로 향해 걷기 시작했다. 두 사람이 마주친 곳은 벌써 여관에서는 멀리 떨어진 곳이었다.

　"바르나바스！"

하고 K는 말했으나 목소리가 떨리는 것은 어쩔 수 없었다.

　"아직도 자네에게 하고 싶은 말이 있어서 말야. 실은 이쪽에서 성에 부탁할 일이 있었서 갔을 때 자네가 우연히 나와주기를 바라고만 있어서는 아무래도 큰 낭패라는 것을 깨달았어. 지금만 하더라도 어쩌다가 자네를 용케도 따라잡기는 했지만 말야――자네는 정말 날으는 새처럼 발이 빨라. 나는 자네가 아직도 여관에 있는 줄만 생각했었거든――어떻든 만일 자네를 따라잡지 못했다면 다음에 자네가 와줄 때까지 얼마나 오랫동안 자네를 기다려야 했는지 모른단 말야."

　"제가 당신이 원하시는 때에 언제든지 찾아가 뵐 수 있도록 장관에게 부탁을 하면 어떻겠습니까？"

　"그것만 가지고는 충분하지 않지."

하고 K는 말했다. 그리고 또 다음과 같이 덧붙였다.

　"어쩌면 한 일 년 동안이나 자네에게 부탁할 일이 없을는지도 모르고 반대로 또 자네가 돌아가고 나서 한 십오분도 되기 전에 갑자기 또 긴급한 용건이 생길는지도 모르니까 말일세."

　"그렇다면 장관과 당신 사이에 저를 심부름시킬 뿐만 아니라 다시 별도의 연락 방법을 취하도록 장관에게 부탁드리는 것이 어떨까요."

　"아니, 아니. 그렇게까지 할 필요는 없어. 이 문제는 단지 겸사겸사 말했을 뿐이야. 오늘밤은 여하튼 운이 좋아서 자네를 따라잡았으니까."

　"새로운 지시를 받을 겸 여관에까지 되돌아갈까요？"

　바르나바스는 그렇게 말하고는 벌써 여관 쪽을 향해 걸음을 내디디고 있었다.

“바르나바스, 그럴 필요까지는 없어. 잠시 자네와 함께 걸으면 돼.”

“어째서 여관에는 돌아가려고 하지 않는 것입니까?”

하고 바르나바스는 의아해서 물었다.

“거기에 있는 사람들이 귀찮아서 그래. 그 농부들이 얼마나 뻔뻔스러운지는 자네도 잘 보았을 테지.”

K가 대답했다.

“그러면 당신의 방으로 갈 수도 있습니다.”

“그것은 하녀들의 방이야. 지저분하고 게다가 통풍도 잘 안 돼. 그런 곳에 처박혀 있기가 싫어서 자네와 함께 걷고 싶은 거야. 자네는——.”

K는 주저하고 있는 바르나바스를 납득시키기 위해 거기에 덧붙여서 이렇게 말했다.

“자네는 나에게 팔짱을 끼게 해주기만 하면 돼. 자네의 걸음걸이가 좀더 확실하니까 말야.”

그렇게 말하고 K는 바르나바스의 팔을 붙들었다. 주위는 아주 캄캄해서 상대방의 얼굴도 전혀 보이지 않고 그 모습도 그저 윤곽이 희미하게 보일 뿐이었다. K는 조금 전부터 바르나바스의 손을 더듬고 있었던 것이다.

바르나바스는 더 이상 딴소리를 하지 않았다. 두 사람은 여관 쪽과는 반대 방향으로 걸어갔다. 물론 K가 느꼈듯이 아무리 기를 써보았자 K가 바르나바스와 같은 속도로 걸을 수는 없고 다만 상대방의 짐이 될 뿐이었다. 보통때 같았으면 이런 하잘것 없는 일을 가지고도 꼼짝할 수 없는 정도로 녹초가 되어버리고 오늘 아침에 길을 잃었듯이 샛길에서 눈에 발목을 잡혀버렸을 것이다. 바르나바스가 뒤를 받쳐주지 않는다면 이 눈길에서 아마 헤어날 수가 없었을 것이다. 그러나 K는 그러한 일에는 신경을 쓰지 않기로 했다. 게다가 바르나바스가 잠자코 있어주는 것이 무척이나 고마웠다. 이렇게 잠자코 걷고 있는다면 바르나바스에게 있어서도 다만 K와 함께 걷고 있다는 것만이 목적이 되어 그만큼 마음이 편안해질지도 모르는 일이었다.

그들은 계속 걸었다. 그러나 K는 어디로 가고 있는지도 몰랐고 무엇 하나 분간도 할 수 없었다. 벌써 교회 옆을 통과했는지 어떤지도 모르는 형편이었다. 걸어가는 것만으로 몸이 지쳐버렸고 그 피로 때문에 생각을 정리할 수도 없었다. 그의 생각은 목표를 뚜렷이 유지하기는커녕 천 갈래 만 갈래로 찢

길 뿐이었다. 끊임없이 고향의 일이 생각나서 그 추억만으로 머리가 가득 찼다. 고향에서도 마을의 한가운데에 교회가 서 있었다. 교회의 일부는 묘지에 둘러싸이고 묘지에는 높은 담이 둘러쳐져 있었다. 그 담에 기어오른 소년은 아주 극소수뿐이었다. K도 아직 한 번도 성공한 일이 없었다. 소년들이 담에 올라가고 싶어하는 것은 단순한 호기심 때문만은 아니었다. 담 안쪽에 있는 묘지는 그들에게는 이미 아무런 비밀도 아니었다. 작은 격자문이 달려 있는 입구로부터는 벌써 몇 번씩이나 안에 들어가보았었기 때문이다. 담이 밋밋하고 높다는 것만으로도 소년들의 정복욕을 자극하기에는 충분했다. 어느 날 오전——조용하고 인기척이 없는 광장은 밝은 빛으로 가득 차 있었다. K는 이전에도 또 그 뒤에도 광장이 이러한 것을 한 번도 본 적이 없었다——그는 놀라울 정도로 깨끗하게 이 담장을 정복한 것이다. 지금까지 몇 번이나 실패한 곳이지만 작은 깃발을 입에 물고 깨끗이 한 번에 기어오를 수가 있었던 것이다. 발 밑에서는 아직도 조약돌들이 와르르 구르고 있었지만 그는 이미 담 위에 있었다. 그는 담 위에 깃발을 꽂았다. 깃발은 바람에 펄럭펄럭 나부꼈다. 그는 밑을 내려다보며 또 주위를 한 바퀴 빙 둘러보았다. 또 어깨 너머로 땅에 꽂혀 있는 십자가들을 바라보았다. 지금 여기에는 그보다 위대한 자는 아무도 없었다. 그러나 잠시 있으려니까 재수없게도 학교의 선생님이 지나가다가 무서운 눈초리로 K를 노려다보며 어서 내려오려고 야단을 치는 것이었다. 내려올 때 무릎에 상처를 입어 가까스로 집에까지 도착했다. 어떻든 그는 보기좋게 담 위에 올라간 것이었다. 이 승리감은 그 무렵의 그에게 있어서 오랫동안 마음의 발판이 되주었다. 이것은 결코 하찮은 일이라고는 할 수가 없었다. 왜냐하면 그로부터 오랜 세월이 지난 지금에 와서까지 눈쌓인 밤길을 바르나바스의 팔에 매달려 가는 K에게 있어서 그것이 큰 도움이 되어주었기 때문이다.

그는 아까보다도 더 단단히 바르나바스에게 매달렸다. 거의 바르나바스에게 끌려간다고 해도 좋았다. 침묵은 여전히 계속되었다. 길에 대해서 말한다면 걷고 있는 거리의 상태로 미루어 보아 아직도 옆길로는 구부러지지 않았다는 것밖에 알 수 없었다. 그는 길이 어떻게 나쁘건, 또 돌아가는 일이 아무리 걱정이 되든 결코 걸음을 멈추지 않겠다는 것을 마음속으로 굳게 다짐했다. 결국은 끌려다니는 정도니까 아직은 그만한 힘이 얼마든지 있었다. 또 길이 무한이 계속되는 일도 없을 것이다. 낮에 걸었을 때는 성은 곧 도착할 수 있을 듯한 거리에 있었지 않았는가. 바르나바스는 성의 심부름꾼이니까 틀림없이 제일 가까운 지름길을 알고 있을 것이 뻔하다.

그러나 그때 바르나바스가 걸음을 멈추고 섰다. 여기는 어디쯤일까? 벌써 길이 막힌 것일까? 바르나바스는 여기에서 자기와 작별해버리려는 걸까? K는 바르나바스의 팔에 단단히 매달려 있었으므로 자기 자신의 몸이 아플 지경이었다. 혹시 믿을 수 없는 기적이라도 일어나서 벌써 성 안에 와 있거나 성문 앞에 와서 서 있는 것은 아닐까? 그러나 K가 기억하고 있는 한 언덕길을 걸어온 일은 없었다. 그렇다면 바르나바스가 미처 그것을 깨닫지 못할 정도로 완만한 언덕길로 안내한 것은 아닐까?

"여기는 어디지?"

K는 상대방에게라기보다도 자기 자신에게 나지막한 소리로 물어보았다.

"집입니다."

하고 바르나바스도 역시 작은 소리로 말했다.

"집이라고?"

"네. 발 밑을 조심하십시오. 미끄러우니까요. 여기는 내리막길입니다."

"뭐? 내리막길이라고?"

"네, 하지만 고작 두서너 걸음뿐입니다."

바르나바스는 그렇게 말하기가 무섭게 문을 두드렸다.

젊은 여자 하나가 문을 열어주었다. 두 사람이 서 있던 것은 큰 방의 문지방으로서 방 안은 거의 캄캄했다. 왼쪽 구석에 있는 테이블 위에 조그만 석유 램프가 한 개 걸려 있을 뿐이었다.

"함께 오신 분은 누구세요, 바르나바스?"

하고 아가씨가 물었다.

"측량 기사님이야."

"측량 기사님이시래요!"

하고 아가씨는 테이블 쪽을 향해 큰소리로 되풀이했다.

그러자 테이블 쪽에 있는 부모인 듯한 두 사람의 노인과 또 한 사람의 아가씨가 일어섰다. 일동은 K에게 인사를 했다. 바르나바스는 가족들을 K에게 소개했다. 그의 양친과 자매인 올가와 아말리아였다. K는 그들의 얼굴을 거의 보지 않았다. 가족들은 K의 젖은 윗도리를 벗겨 난로 옆에서 말려주었다. K는 그들이 하는 대로 내버려두었다.

42

　그렇다면 집에 돌아왔다는 것은 바르나바스 한 사람뿐이고 K에게 있어서는 전혀 자기 집하고는 상관이 없다. 그나저나 어쩌자고 이런 데에 데리고 온 것일까? K는 바르나바스를 옆으로 끌고 가서 물어보았다.
　"왜 자네 집으로 데리고 왔나? 혹시 이곳은 성의 영내가 아닌가?"
　"성의 영내라고요?"
하고 바르나바스는 K의 말을 이해할 수가 없다는 듯이 되물었다.
　"바르나바스, 자네는 여관에서부터 성으로 가려고 생각했던 거지?"
　K는 다그쳐 물었다.
　"당치도 않습니다. 저는 집으로 돌아오려고 했습니다. 성에는 아침 일찍 갑니다. 성에서 묵는 일은 절대로 없습니다."
하고 바르나바스는 대답했다.
　"그래? 자네는 집으로 돌아올 생각뿐이지 성에 갈 생각은 전혀 없었단 말이지?"
　바르나바스의 미소는 전과 같은 생기가 없어지고 그 모습도 어쩐지 초라한 인간처럼 느껴졌다.
　"그렇다면 왜 그것을 진작 나한테 말하지 않았지?"
　"그것은 당신이 아무것도 저에게 묻지를 않으셨기 때문입니다. 당신은 저에게 용건을 말씀하셨을 뿐이고 여관의 식당에서도 당신의 방에서도 일체 아무 말씀도 않으셨습니다. 그래서 저는 제 양친이 계시는 집이라면 누구에게도 방해를 받지 않고 당신의 마음대로 말씀하실 수 있으리라고 생각했습니다. 명령만 하신다면 곧 모두들 여기서 나갈 수 있게 할 수도 있습니다. 그리고 누추한 곳이지만 마음에 드시기만 한다면 여기서 묵으실 수도 있습니다. 제가 한 일에 혹시 무슨 잘못이라도 있습니까?"
　K는 대답할 수가 없었다. 그러고 보니 이것은 오해였던 것이다. 그것도 아주 어리석고 야비한 오해였던 것이다. 그리고 그 오해에 보기좋게 한 방 얻어맞았던 것이다. 바르나바스의 착 달라붙은 비단처럼 윤기가 있는 윗도리에 정신이 팔려버렸던 것이다. 바르나바스는 지금 윗도리의 단추를 벗기려들었는데 그 밑에서는 허름하고 쥐색으로 더럽혀진 누덕누덕 기운 셔츠가 하인의 굳세고 모진 가슴 위로 내다보였다. 그리고 그 주변에 있는 모든 것이 이 셔츠의 더러움에 어울릴 뿐 아니라 오히려 그것을 능가하고 있었다. 나이를 먹은 중풍을 앓는 아버지. 이 사나이는 자유롭지 못한 발을 사용한다기보다는

손으로 더듬는 듯한 모습으로 두 손을 움직여 앞으로 나아가고 있었고, 가슴에 두 손을 깍지낀 어머니는 너무 뚱뚱하기 때문에 아주 느리게 뒤뚱거리며 겨우 걸었다. 이 두 사람은 K가 들어왔을 때부터 그들이 앉아 있던 한쪽 구석에서 K쪽으로 걷기 시작했으나 아직도 그에게는 다가오지 못하고 있었다. 금발의 누이들은 서로 얼굴이 닮았고 바르나바스와도 비슷했으나 그보다는 얼굴의 선이 굵고 몸집도 다부진 아가씨들이었다. 두 사람은 가까스로 가까이까지 온 양친 옆에 서서 K로부터의 인사를 기다리고 있었다. 그러나 K는 한마디도 인사말을 할 수가 없었다. K는 이 마을의 사람이라면 누구라도 자기에게 있어서 중요한 사람이라고 생각하고 있었고 또 사실이 그러했으나 이 집 사람에 대해서만은 아무런 관심도 생기지 않았다. 길을 알아서 혼자서 여관까지 갈 수만 있다면 지금 당장이라도 여기를 뛰쳐나가고 싶었다. 내일 아침이면 바르나바스와 함께 성에 갈 수 있다는 것에도 전혀 흥미를 느낄 수가 없었다. 그저 오늘 밤 안으로 사람들의 눈에 띄지 않게 바르나바스의 안내를 받아 성으로 스며들어가고 싶은 생각뿐이었다. 그것도 지금까지 자기가 상상하고 있었던 것 같은 바르나바스, 이 마을에서 지금까지 만난 누구보다도 가까이 느껴지고 동시에 그 지위보다는 훨씬 성과 밀접한 관계를 가지고 있다고 생각되던 그 바르나바스의 안내를 받고 싶었던 것이다. 그러나 지금 여기에 있는 바르나바스는 완전히 이 집의 일원이고 사실 이미 가족과 함께 같은 테이블에 앉아 있었다. 이 집의 아들로서의 바르나바스, 놀랍게도 성에서 묵는 것조차 아직도 허용되고 있지 않은 바르나바스에 이끌려 대낮에 성을 찾는다는 것은 아무래도 불가능한 일이며 우스울 정도로 희망이 없는 시도라고 생각되었다.

K는 창가의 의자에 앉아서 오늘 밤만은 여기에서 묵지만 그 이외는 일체 이 집의 신세를 지지 않겠다고 결심했다. 그를 내쫓거나 그를 두려워하기도 한 마을 사람들 쪽이 훨씬 위험이 적을 것 같다는 생각이 들었다. 그들은 결국 자기 자신만을 의지할 수 있다는 것을 K에게 가르쳐주었고 그가 자기의 힘을 집중시키는 것을 도와준 셈이 되기 때문이다. 그러나 이 일가와 같은 허울뿐인 원조자는 하찮은 겉모양뿐으로서 성이 아니라 자기의 집으로 데리고 왔고, 스스로 의도적이지는 않았다고 하더라도 K를 본래의 목적에서 일탈시켜 그의 힘을 무너뜨리고 마는 역할밖에 하지 않은 것이다. 가족의 테이블에 함께 앉도록 권유를 받았으나 K는 그런 소리는 들은 둥 만 둥 고개를 숙인 채

자기 자리에서 움직이려고 하지 않았다.

그러자 두 사람의 자매 중 비교적 얌전해보이는 올가가 일어나서 그야말로 소녀다운 일말의 당혹한 빛을 보이면서 K의 옆으로 다가와 말하는 것이었다.

"빵과 베이컨이 준비되었고 맥주도 가져오겠어요."

K는 물었다.

"여관에서예요."

하고 그녀는 대답했다. 이것은 K에게는 귀가 솔깃해지는 얘기였다. 그는 맥주 같은 것은 사오지 않아도 좋으니까 자기를 여관에까지 데려다주었으면 좋겠다, 여관에 아주 중요한 일을 남겨놓고 왔으니까 하고 부탁했다. 그러나 올가가 간다는 것은 K가 묵고 있는 먼 여관이 아니라 또 다른 좀더 가까이에 있는 진신관(縉神館)이라는 곳이었다. 그래도 K는 함께 데려가주었으면 좋겠다고 부탁했다. 어쩌면 하나쯤은 방이 비어 있을지도 모른다고 생각한 것이었다. 어떤 방일는지는 모르지만 이 집의 가장 좋은 침대보다는 그래도 나으리라고 생각한 것이다. 올가는 즉답을 피하고 테이블 쪽을 돌아보았다. 그러자 바르나바스가 일어나서 좋다고 고개를 끄덕거렸다.

"이분이 원하신다면 그렇게 해드려라."

K는 바르나바스가 동의하는 말을 듣고 자기의 부탁을 철회하고 싶은 생각이 들었다. 이 사나이가 동의한다는 것은 같잖은 일임에 틀림없다. 그러나 이 손님을 여관에까지 안내해도 좋겠는지를 의논하게 되었을 때 모두들 거기에 대해 걱정을 했으나 K는 아무래도 동행하게 해주었으면 좋겠다고 고집을 피웠다. 그러면서도 자기의 소원을 납득시킬 수 있는 이유를 도무지 생각하려고도 하지 않았다. 이 가족은 그의 멋대로의 구실을 그대로 인정하지는 수밖에 없었다. 그는 이 가족에 대해서는 손톱만한 체면도 느끼지 않았다. 다만 아말리아의 진지하면서도 꾸밈이 없는, 그러면서도 조금도 동요하지 않는, 어떻게 보면 약간 무서워 보이기도 하는 시선에 약간 당황했을 뿐이었다.

여관까지의 거리는 가까웠으나 K는 올가의 팔에 매달린 채 아까 바르나바스에게 그랬듯이 거의 끌려가다시피하는 모습으로 따라갔다. 걸어가면서 들은 바에 의하면 이 진신관이라는 여관은 본래 성 사람들만이 이용하는 여관으로서 그들은 마을에 일이 있을 때 이곳에서 식사를 하거나 때로는 묵기도 한다는 것이었다. 올가는 K와 나지막한 목소리로 마치 친밀한 사이인 것처럼 이야기를 했다. 그녀와 함께 걷는 것은 몹시 즐거웠다. K는 이런 쾌감을 억제하려고 애썼으나 억제할 수가 없었다.

여관은 K가 유숙하고 있는 여관과 겉으로 보기에는 아주 흡사했다. 일반적으로 이 마을에서는 어느 집이나 외면상으로는 그다지 큰 차이가 없는 것처럼 보였다. 그러나 조그만 차이는 곧 깨달을 수가 있었다. 가령 입구의 층게에는 난간이 달려 있었고 문간 위에는 아름다운 등이 설치되어 있었다. 문을 들어서자 머리 위에서 펄럭펄럭 날리는 것이 있었다. 그것은 백작가의 가문을 나타내는 물들인 깃발이었다. 두 사람은 느닷없이 현관에서 주인과 마주쳤다. 분명히 관내를 순찰하고 있던 것에 틀림없었다. 주인은 지나가면서 상대방의 인물 평가를 하고 있는 것인지 아니면 졸리운 것인지 알 수 없는 작은 눈으로 K를 바라보면서 불쑥 말했다.

"측량 기사는 술집까지밖에는 가지 못합니다."

올가는 K를 감싸주려는 듯 순간적으로 말했다.

"물론이에요. 이분은 나를 배웅해주러 오셨을 뿐이에요."

그러나 K는 그러한 올가의 모처럼의 호의를 무시하고 올가에게서 떨어져 주인을 한쪽 옆으로 데리고 갔다. 올가는 그 동안 현관의 한쪽 귀퉁이에서 참을성있게 기다리고 있었다.

"실은 여기서 묵고 싶은데요."

하고 K는 말을 꺼냈다.

"유감이지만 그것은 안 됩니다. 당신은 아직도 잘 모르시는 모양인데 여기는 성에서 오신 분밖에 묵으실 수가 없습니다."

"글쎄 규칙은 그렇게 되어 있는지 모르겠지만 어느 한쪽 귀퉁이에서 재우는 것쯤은 될 수 있을 법도 한데."

그러자 주인은 대답했다.

"손님의 뜻을 받아들이면 좋겠지만 규칙에 대해서 그런 식으로 말씀하시는 것은 아무래도 다른 나라에서 오신 분 같군요. 규칙의 엄격함은 차치하고라도 다른 이유도 있어서 아무래도 손님은 묵게 할 수가 없습니다. 그것은 성의 분들은 매우 감수성이 예민하다고 할까요. 아주 신경이 과민한 사람들만 살고 계십니다. 내 확신으로는 그분들은 적어도 아무 예고도 없이 갑자기 타국 사람과 얼굴을 마주하는 것을 참을 수 없는 것이 아닌가 합니다. 그러니까 만일 당신을 이곳에 묵게 했다가 어떤 우연으로——우연이라는 것은 언제나 저 사람들의 편을 들고 있다는 것은 정한 이치입니다——당신이 들키기라도 하는 날이면 파멸의 운명을 맞이하는 것은 비단 나뿐만이 아닙니다. 당신도 아마 몸이 성치는 못할 것입니다. 우스운 이야기라고 생각하실는지 모르지만 이것은 어디까지나 사실입니다.”

키가 크고 윗도리의 단추를 꼭 낀 이 주인은 한 손을 벽에, 또 한 손은 허리에다 대고 약간 K쪽에 상반신을 기울이면서 제법 다정하게 말했다. 이 주인은 검은 옷을 입고 있었다. 그것은 시골 사람들의 나들이옷으로밖에는 생각할 수 없었으나 아무리 보아도 마을에 속하고 있지는 않은 것 같았다.

“나는 당신의 말씀이 거짓말이라고는 생각지 않습니다. 게다가 내 표현이 좀 잘못되었는지도 모르겠습니다만 규칙의 중요성도 결코 경시하고 있지는 않습니다. 하지만 한 가지 말씀드릴 것은 나는 성 사람들과 꽤 중요한 관련을 가지고 있고 앞으로는 더 중요한 사람들과 관계를 가지게 될 것이라는 사실입니다. 내가 여기에 묵음으로써 당신이 어떠한 위험에 봉착하게 되는지는 모르겠습니다만 그 사람들이 당신을 보호해줄 것이고 또 내가 아무리 사소한 일이라도 호의에 대해서는 충분한 사례를 할 수 있는 사람이라는 것을 보증해줄 것입니다.”

하고 K는 말했다.

“알고 있습니다.”

하고 주인은 말하더니 다시 한 번 되풀이했다.

“거기에 대해서는 충분히 알고 있습니다.”

여기에서 K는 자기가 원하는 것을 좀 더 강하게 밀고 나갈 수도 있었을 것이다. 그러나 주인의 이 대답을 듣고는 약간 계면쩍었다. 그래서 그는 이렇게밖에 물어볼 수가 없었다.

“오늘 밤은 성 사람들이 많이 묵나요?”

그러자 상대방은 마치 K의 마음을 유혹하듯이 이렇게 대답했다.

“그 점에 관해서는 오늘 밤은 형편이 좋습니다. 단지 한 분만이 묵고 계실 뿐입니다.”

그 말을 듣고도 K는 우격다짐으로 나가지를 못했으나 그럭저럭 받아줄 것도 같아서 묵고 있는 손님의 이름만을 물어보았다.

“클람입니다.”

주인은 대수롭지 않게 대답하고는 자기 아내 쪽을 돌아보았다. 그의 아내는 유행에 뒤떨어지고 주름과 구김살이 많기는 하지만 제법 고급스러운 도시

풍의 옷자락을 질질 끌면서 가까이 다가왔다. 그녀는 장관님이 볼일이 있다고 해서 남편을 부르러 온 것이다. 남편은 떠나기에 앞서 숙박을 하고 안 하고는 이미 자기가 결정할 문제라는 듯이 다시 한 번 K쪽을 바라보았다. 그러나 K는 한 마디도 대답할 수가 없었다. 특히 K를 당혹시킨 것은 다름 아닌 클람 장관이 여기에 있다는 사실이었다. 스스로도 납득할 수 없는 이야기지만 K는 성 안의 다른 사람들에 대해서보다도 클람에 대해서만은 마음대로 행동할 수 없다는 생각이 들었다. 이 여관에서 클람에게 발각된다고 하더라도 주인이 말했듯이 무섭다고는 생각지 않았지만 그래도 역시 께름한 생각이 들었다. 말하자면 신세를 진 사람에게 어떤 쓰라린 고통을 주는 것 같은 그런 기분이었다. 그와 동시에 이렇게 끙끙 앓고 있는 것 자체가 이미 자기는 하급의 신분이며 일개 노동자에 지나지 않는다는 것을 의미했다. 그리고 그러한 결과가 이렇게 뚜렷이 나타난 바로 이 시점에 와서도 극복할 수 없다는 것을 생각하니 마음이 지극히 편치 못했다. 그는 그렇게 선 채로 지그시 입술을 깨물고 한 마디도 말을 하지 않았다. 주인은 문 저쪽으로 사라지기 전에 다시 한 번 K 쪽을 돌아보았다. 그 뒷모습을 한참 바라보았으나 그 자리에서 움직이려고는 하지 않았다. 마침내 올가가 옆에 와서 그를 잡아끌었다.

"여관 주인에게 무슨 볼일이 있었나요?"

하고 올가가 물었다.

"응, 실은 여기서 재워달라고 했어."

"하지만 저희 집에 묵기로 하셨잖아요?"

"응, 확실히 그래."

하고 K는 말했으나 그 말을 어떻게 해석할지는 상대방에게 맡겼다.

3

술을 마시는 곳은 넓은 방이었다. 가운데에는 테이블도 의자도 없고 창가에 즐비하게 늘어놓인 술통 옆과 위에 몇 사람의 농부만이 앉아 있었다. 그러나 이곳 농부들은 K가 묵고 있는 여관의 농부들과는 어딘가 모습이 달라보였다. 회색빛을 띤 누렇고 거친 천으로 된 옷을 입고 있는데 보기에도 산뜻하고 게다가 디자인도 통일되어 있었다. 윗도리는 헐렁헐렁했고 바지는 몸에 착 달라붙어 있었다. 얼핏 보기에 모두가 서로 비슷해 보였다. 몸집이 작고 넓적한 데다 뼈가 드러난 얼굴에 볼은 동글동글했다. 모두가 조용히 앉아 있었는데 거의 움직이지도 않았다. K와 올가가 들어갔을 때도 그들은 눈으로 그 모습을 좇을 뿐이었다. 그것도 느리고 아주 무관심한 태도였다. 그래도 상대는 인원이 많은데다 너무도 조용했기 때문에 K는 어딘지 모르게 침착할 수 없는 인상을 받았다. 그는 다시 올가의 팔을 잡고 자기가 이곳에 온 이유를 설명하려고 했다. 구석에 있던 올가와 아는 사이인 듯한 사나이가 일어나더니 두 사람 쪽으로 가까이 오려고 했다. K는 끼고 있던 팔을 잡아당겨 올가를 다른 방향으로 향하게 하고 말았다. 올가 이외의 누구도 이 동작을 눈치채지 못했다. 올가는 방긋 웃고 곁눈질을 하면서 K가 하는 대로 따라하고 있었다.

맥주를 잔에 따라주고 있는 여자는 프리다라고 하는 젊은 아가씨였다. 그다지 사람의 눈을 끌지 못하는 몸집이 작은 금발의 아가씨였다. 눈에는 슬픈 빛을 띠고 있고 뺨은 야위었으나 그 시선만은 무언가 사람의 마음을 뒤흔들어놓는 것이 있었다. 즉 독특한 오만함과 우월감을 가지고 있었던 것이다. K는 그 시선과 마주쳤을 때 자기의 일신상의 몇 가지 운명이 이미 이 시선에 의해 결정된 듯한 느낌이 들었다. 그 자신은 이 시선에 의해 좌우되지 않으면 안 될 운명이 있다고는 전혀 생각지 않고 있었으나 이 시선은 그에게 그러한 운명의 존재를 확신시킬 만한 힘을 가지고 있었다. 그는 프리다가 올가와 이야기를 나눌 때도 옆에서 그녀를 계속 바라보고 있었다. 올가와 프리다는 그다지 친한 사이인 것 같지는 않았다. 그저 냉정하게 두서너 마디의 말을 나누었을 뿐이었다. K는 두 사람에게 좀더 이야기를 시키고 싶었기 때문에 프리다에게 불쑥 이렇게 물었다.

"혹시 당신은 클람 씨를 아십니까?"

그러자 올가가 웃음을 터뜨렸다.

"왜 웃는 거지?"

하고 K는 화를 냈다.

"어머, 웃는 게 아니에요."

올가는 그렇게 대답은 했으나 계속 웃는 것이었다.

"올가는 아직도 어린애로군."

K는 그렇게 말하고는 카운터 너머로 상반신을 내밀어 프리다의 시선을 다시 한 번 자기 쪽에 끌어들이려고 했다. 그러나 프리다는 눈을 내리깐 채 나지막한 목소리로 말했다.

"클람 씨를 만나고 싶으세요?"

K는 그렇게 해달라고 부탁했다. 프리다는 자기의 바로 왼쪽에 있는 문을 가리켰다.

"저곳에 조그마한 구멍이 있습니다. 그곳으로 들여다보면 보실 수가 있습니다."

"여기에 있는 다른 사람들의 눈치는 보지 않아도 됩니까?"

프리다는 아랫입술을 삐죽 내밀고 몹시 부드러운 손으로 K를 문이 있는 곳으로 끌고 갔다. 이 작은 구멍은 분명히 옆방을 들여다보기 위해서 뚫어놓은 것이었다. 거의 방 안 전체를 들여다볼 수 있었다. 방 안 한가운데 놓인 책상을 앞에 하고 쾌적한 듯한 둥근 안락의자에 앉아서 눈 앞에 매달린 전등빛에 눈부실 정도로 얼굴을 비추고 있는 것은 영낙없는 클람 씨였다. 키는 중간 정도인데 뚱뚱하고 게다가 육중한 몸매였다. 얼굴에는 아직 주름이 없었으나 양쪽 뺨은 이미 나이 탓으로 약간 쳐져 있었다. 검은 콧수염은 길고 보기 좋게 뻗쳐 있었다. 비스듬히 걸쳐져 있는 반사가 강한 코안경에 가려져 눈은 잘 보이지 않는다. 클람 씨가 아마 곧바로 책상을 향해 앉아 있었다면 K에게는 그 옆얼굴밖에는 볼 수 없었을 것이다. 그러나 K 쪽을 향해 몸을 반쯤 돌리고 있었기 때문에 얼굴을 완전히 볼 수가 있었다. 클람은 왼쪽 팔꿈치로 책상을 받치고 버지니아산 담배를 든 오른쪽 손을 무릎 위에 올려놓고 있었다. 책상 위에는 맥주잔 하나가 놓여져 있었고 책상의 테두리가 높기 때문에 무슨 서류라도 얹혀져 있는지 어떤지는 분명치 않지만 아무래도 책상 위에는 아무것도 없는 것 같았다. K는 자세히 알기 위해 구멍으로 들여다보고 서류가 있는지 없는지를 프리다에게 알아봐달라고 부탁했다. 그러나 프리다는 방금 아까 방에 들어갔기 때문에 책상 위에 서류 같은 것은 있을 수 없다고 아주 간단하게 보증했다. K는 이제 그만 이 자리를 떠나야 하지 않겠느냐고 프리다에게 물었다. 그러나 프리다의 대답은 마음이 내킬 때까지 암만 들여다봐도 상관이 없다는 것이었다. 지금은 프리다와 단 둘뿐이었다. 힐끔 올가 쪽을 보니 그녀는 아는 남자 옆으로 가서 높은 술통 위에 앉아 다리를 흔들거리고 있었다.

"프리다, 클람 씨와는 잘 아는 사이인가요?"

하고 K는 속삭이듯이 물었다.

"네, 잘 알고 있어요."

그녀는 K쪽에 몸을 기대고 지금 비로소 깨달았는지 빈약한 몸매에는 그다지 어울리지도 않는 가볍고 앞가슴이 넓게 패인 우윳빛 블라우스를 만지작거리면서 바로잡고 있었다. 그러고 나서 이렇게 물었다.

"아까 올가가 웃은 것을 기억하고 계시죠?"

"기억하고말고요. 버릇이 없는 여잡니다."

그러나 프리다는 K의 마음을 달래듯이 말했다.

"하지만요, 웃을 만한 이유가 있었어요. 제게 클람을 아느냐고 물으셨죠? 하지만 저는——."

여기에서 그녀는 무의식적으로 몸을 약간 일으키고는 지금 이야기하고 있는 것과는 아무런 상관이 없는 예의 뻐기는 듯한 자랑스러운 눈초리로 또다시 K를 바라보았다.

"——저는 클람의 애인이에요."

"네? 클람의 애인이라고요?"

하고 K는 되물었다. 그녀는 고개를 끄덕거렸다.

K는 두 사람 사이가 너무 딱딱해지지 않도록 부드러운 미소를 섞어가면서 말했다.

"그러면 당신은 나에게 있어서는 아주 대단한 명사(名士)이시군요."

"선생님에게 대해서만이 아니에요."

하고 프리다는 친밀감을 가지고 대답했으나 K의 미소에는 응하지 않았다. K는 상대방의 오만한 콧대를 꺾는 방법을 터득하고 있었기 때문에 곧 그것을 활용하여 다음과 같이 물어보았다.

"당신은 성에 가본 적이 있습니까?"

그러나 모처럼의 질문은 표적이 어긋났다. 프리다는 다음과 같이 대답했기 때문이다.

"아아뇨, 하지만 제가 이 술집에 있는 것만으로도 충분하지 않아요?"

그녀의 자존심은 확실히 끝이 없었고 지금은 K를 붙잡고 그것을 만족시키려 하고 있는 것 같았다.

"그것만으로는 충분하다고 할 수 없지요. 이 술집에서 당신은 주인이 해야 하는 일까지 떠맡고 있으니까요."

"물론 그래요. 하지만 저는 '교반관'이라는 여관의 가축 담당 하녀부터 시작했으니까요."

하고 그녀는 말했다.

"이 아름다운 손으로 말입니까?"

하고 K는 반은 물어보듯이 말했다. 상대방에게 비위를 맞추려고 하는 소린지 또는 정말로 마음이 이끌려서 하는 소리인지는 말하는 그 자신도 잘 알 수가 없었다. 확실히 프리다의 손은 작고 아름다웠으나 가냘프고 아무런 매력도 없는 손이라고 해도 좋았다.

"그 무렵은 아무도 그런 일에 대해서 신경을 쓰지 않았어요. 그리고 지금도 역시 그래요."

K는 반문하려는 듯이 프리다를 지그시 바라보았다. 그러나 상대방은 고개를 가로 흔들며 더 이상 말을 하려고 하지 않았다.

"물론 당신에게는 당신 자신의 비밀이 있을 것이고 또 사귄 지 반 시간도 채 안 되어서 자기의 신상을 털어놓을 기회도 없었던 사나이에게 그것을 말할 기분도 아니겠지요."

하고 K는 말했다.

그러나 이것은 아주 섣부른 말이었다. K에게 있어서는 아주 기회가 좋았던 환각 상태에 빠진 프리다를 일부러 눈을 뜨게 하는 결과가 되어버렸던 것이다. 그녀는 허리에 차고 있던 가죽 주머니에서 작은 나무 조각을 꺼내어 그것으로 엿보는 구멍을 막아버렸다. 그러고는 자기의 마음이 변한 것을 K에게 눈치채이지 않게 하기 위해 애써 태연한 척하면서 말했다.

"선생님에 대해서는 모든 것을 다 알고 있어요. 선생님은 측량 기사예요."

그러고는 다시 말을 이었다.

"이제 그만하고 또 일을 시작해야 되겠어요."

그렇게 말하고는 카운터 뒤의 자기 자리로 돌아갔다.

여기저기서 손님들이 일어서서 그녀에게 잔에 맥주를 따라달라고 했다. K는 사람들의 눈에 띄지 않게 한 번 더 그녀와 이야기하고 싶었다. 그래서 선반에서 새로운 잔을 내려가지고 그녀 곁으로 다가갔다.

"프리다 양, 한 마디만 더 해주세요. 가축 담당 하녀에서 시작해서 술집 호스테스가 된다는 것은 보통 일이 아니오. 꽤나 힘이 들었을 거요. 하지만 당신과 같은 사람에게 있어서는 그것으로 자기의 궁극적인 목표를 달성했다고는 할 수가 없을 겁니다. 어리석은 질문을 하고 있는지는 모르겠습니다. 그러나 프리다 양, 아무쪼록 웃지 말고 들어주세요. 당신의 눈은 과거의 승리보다도 오히려 미래의 싸움을 향해 달리고 있는 모습입니다. 하지만 세상에는 여러 가지 장애가 있게 마련입니다. 목표가 높으면 거기에 따라서 장애도 커지게 마련입니다. 그러므로 아무런 힘도 없고 하찮은 인간일지는 모르겠습니다만 당신과 같이 싸우고 있는 사나이의 조력을 확보해두는 것은 결코 불명예스러운 일이 아닙니다. 아마 언젠가는 단 둘이서 많은 사람들이 의아스럽게 힐끔힐끔 쳐다보지 않는 분위기 속에서 조용하게 이야기할 수 있는 기회가 올는지도 모릅니다."

"무슨 말씀을 하시는지 저로서는 잘 알 수가 없군요."

하고 프리다는 말했다. 그러나 그 목소리에서 K는 그녀의 의지와는 달리 지금까지의 자기 인생의 승리가 아니라 끝없는 환멸과 실망의 소리가 담겨져 있는 것을 느꼈다.

"아마도 선생님은 저를 클람에게서 떼어놓으려는 것이겠지요. 참 지독한 사람이군요."

그렇게 말하고 그녀는 두 손을 마주치며 웃었다.

"내 마음을 꿰뚫어보았군요."

하고 K는 말했다.

그것은 그렇게도 심한 불신의 태도에 자못 지쳐버린 듯한 말투였다. 그러나 그는 지지 않고 계속 이렇게 말했다.

"그것이야말로 내가 가슴속 깊이 간직했던 계획이었소. 당신은 클람을 버리고 내 애인이 되어주세요. 자아, 이 말을 했으니 이제는 가겠습니다. 올가! 집으로 가자구."

하고 K는 소리질렀다.

올가는 고분고분하게 술통에서 미끄러져 내렸으나 자기를 둘러싸고 있는 사나이들의 곁을 곧 떠나려고는 하지 않았다. 그때 프리다가 위협하듯이 아니 어쩌면 애원하듯이 K를 노려보면서 말했다.

"언제 선생님과 이야기를 할 수 있을까요?"

"여기서 묵어도 되겠습니까?"

하고 K는 물었다.

"네."

"그럼 지금 곧 이리로 와도 되겠습니까?"

"일단 올가와 함께 나가주세요. 그 동안에 저 사람들을 모두 여기서 나가게 할 테니까. 그러고 나서 조금 있다가 돌아오면 돼요."

"알겠습니다."

K는 그렇게 대답하고 초조한 기색으로 올가가 돌아오기를 기다리고 있었다. 그러나 농부들은 좀처럼 올가를 놓아주지 않았다. 그들은 일종의 춤을 생각해냈고 올가가 그 춤의 중심이 되어 있었던 것이다. 둥근 원을 그리면서 춤을 추었는데 모두 일제히 소리를 지르면 그때마다 누군가가 올가의 옆으로 다가와서 한 손으로 그녀의 허리를 끌어안고 두 세번 그녀를 뱅글뱅글 돌렸다. 춤은 점점 빨라졌다. 무엇에 굶주린 듯 목쉰 고함소리는 차츰 하나의 부르짖음으로 변해갔다. 아까부터 웃으면서 원을 뚫고 나오려던 올가도 이제는 머리카락을 풀어헤친 채 신들린 듯 이 사나이에서 저 사나이로 비틀거리며 옮겨다닐 뿐이었다.

"글쎄 저런 사람들을 저한테 보내는 거예요."

프리다는 화가 난 듯이 엷은 입술을 깨물었다.

"저 사람들은 대체 누굽니까?"

"클람의 하인들이지요. 언제나 저 사람들을 데리고 온답니다. 저 사람들이 오면 저까지 머리가 핑핑 돌아요. 측량 기사님, 오늘 제가 선생님과 나눈 이야기도 거의 생각이 안 날 정도예요. 기분이 나쁘시겠지만 아무쪼록 용서해주세요. 모두 저 사람들 때문이니까요. 저 사람들은 제가 알고 있는 한 가장 천박하고 가장 싫은 사람들이에요. 그런데도 저 사람들에게 맥주를 따라주지 않으면 안 되는 게 제 직업이에요. 제발 데리고 오지 말아달라고 몇 번씩이나 클람에게 부탁을 했어요. 성에 있는 다른 사람들의 하인 때문에 제가 속을 썩혀야 한다면 클람도 저를 불쌍히 여기는지도 모르지요. 그러나 저 사람들에 대해서만은 막무가내예요. 클람이 이곳에 도착하기 한 시간쯤 전이면 마치 축사에 돼지가 찾아들 듯이 저 사람들이 우르르 몰려오는 거예요. 하지만 이제 저들이 마땅히 있어야 할 우리 속으로 쫓아버리고야 말겠어요. 선생님이 나가신 후 저는 이 문을 열어주겠어요. 그러면 클람이 틀림없이 저 사람들을 내쫓을 거예요."

하고 프리다가 말했다.

"클람에게는 저들의 떠드는 소리가 들리지 않는 겁니까?"

"네, 클람은 지금 자고 있어요."

"네, 자고 있어요? 아까 저 방을 들여다보았을 때 분명히 눈을 뜨고 책상을 마주하고 있었는데요 ?"

K는 놀라서 외쳤다.

"언제나 그런 식으로 앉아 있지요. 아까 선생님이 보셨을 때도 이미 자고 있었어요. 그렇지 않다면 선생님이 들여다보시게 하지 않았겠지요. 그는 언제나 그런 모양을 하고 자고 있답니다. 성 사람들은 참 잠도 많아요. 거의 이해가 안 될 정도입니다. 어떻든 그 정도로 잘 자지 않으면 어떻게 이 사람들의 떠드는 소리를 참을 수가 있겠어요? 하여간 이제는 제가 직접 이 사람들을 쫓아내지 않으면 안 될 것 같군요."

프리다는 그렇게 말하더니 방구석에 있는 채찍을 집어들었다. 그러고는 마치 염소 새끼처럼 —— 물론 좀 서툴기는 했지만 —— 펄쩍 높이 뛰어오르더니 사람들이 춤을 추고 있는 곳에 사뿐히 내려앉았다. 사람들은 처음에는 새로운 무용수가 온 것으로 착각하고 그녀 쪽을 돌아보았다. 사실 프리다는 하마터면 채찍을 떨어뜨릴 뻔했으나 곧 다시 채찍을 들어올렸다.

"클람의 분부시다 ! 모두들 외양간으로 가요 ! 한 사람도 남김없이 외양간으로 가란 말이에요 !"

그들은 이것이 농담이 아니라는 것을 곧 안 모양이었다. K에게는 이해가 안 되는 어떤 불안에 떨면서 그들은 일제히 퇴각하기 시작했다. 앞장서서 도망가는 사람들이 부딪쳤기 때문에 출구가 활짝 열리고 밤바람이 사정없이 쏟아져 들어왔다. 사람들은 모두 프리다와 함께 어디론가 사라졌다. 프리다는 안뜰을 지나 그들을 축사로 몰고 갔을 것에 틀림없었다.

이렇게 갑자기 조용해졌을 때 현관에서 누군가의 발자국 소리가 들려왔다. 여기는 안전할 것이라고 생각하고 K는 카운터 뒤에 숨었다. 거기밖에 몸을 숨길 만한 데가 따로 없었던 것이다. 물론 술집에 남아 있는 것이 금지되어 있는 것은 아니었지만 그로서는 오늘 밤 여기에서 묵을 생각이었기 때문에 지금 발각되어서는 아무래도 곤란한 것이었다. 그래서 드디어 문이 열렸을 때 냉큼 카운터 밑으로 기어들어갔다. 이런 곳에 숨어 있는 것이 탄로나면 물론 위험할 것에 틀림없지만 그래도 농부들이 난폭한 행동을 하려고 했기 때문에 몸을 숨겼노라고 한다면 그런대로 곧이 들을 법도 했다. 들어온 것은 여관 주인이었다. 그는 큰소리로 "프리다 !" 하고 외치며 방 안을 두서너 번 왔다갔다 했다.

다행히도 프리다가 곧 돌아왔다. K의 이야기는 입에도 담지 않고 농부들에 대한 불평만을 늘어놓았다. 그러면서 K의 모습을 찾으려고 카운터 뒤로 왔다. 그래서 K는 프리다의 다리를 만질 수가 있어서 이제는 마음을 놓을 수가 있다고 생각했다. 프리다가 K에 대해서는 말을 않기 때문에 드디어 주인 쪽에서 K의 이야기를 끄집어냈다.

"그런데 측량 기사는 어디로 갔어요?"

이 주인은 본래 성격이 정중한데다 자기보다도 훨씬 높은 사람들과 항상 자유롭게 접촉하고 있기 때문에 예의도 남다르게 바른 남자였다. 그가 프리다와 이야기할 때는 특별히 공손한 말투를 사용하는 것이었다. 이것은 그가 말을 할 때는 어디까지나 고용인(게다가 프리다는 정말로 뻔뻔스럽기 짝이 없는 피고용인이지만)에 대한 고용주라는 태도를 견지하고 있다는 데서 더욱 눈에 잘 띄는 것이었다.

"어머, 측량 기사의 일을 깜빡 잊고 있었군요."

프리다는 그렇게 말하면서 조그마한 발을 K의 가슴 위에 올려놓았다. 그러면서 이렇게 말을 덧붙였다.

"아마 벌써 나가버렸는지도 몰라요."

"그렇지만 나는 아까부터 내내 현관에 있었는데 그의 모습은 전혀 보이지를 않았어요."

하고 주인은 말했다.

"하지만 여기에는 없어요."

프리다는 시치미를 뚝 떼고 말했다.

"어쩌면 숨어 있을지도 몰라요. 내가 받은 인상으로는 그 사나이는 꽤 대담한 사람 같았어요."

"그런 대담한 짓을 할 사람 같지도 않았어요."

그렇게 프리다는 말하면서 K의 가슴 위에 올려놓은 발을 한층 더 세게 꾹 눌렀다.

지금까지는 전혀 깨닫지 못했으나 프리다라는 여자에게는 어딘가 쾌활하고 자유스러운 점이 있었다. 그런데 지금 갑자기 그것이 표면화한 것 같았다. 그것은 그녀가 갑자기 웃으면서,

"어쩌면 이 카운터 밑에라도 숨어 있지 않을까요?"

하고 말하고는 K쪽에 몸을 구부리고 재빠르게 키스를 하고 나서 냉큼 일어나더니 자못 실망한 듯한 표정으로,

  "이곳에는 없어요."
하고 시치미를 뗐기 때문이다.

  그러나 주인은 주인대로 K를 깜짝 놀라게 하는 말을 했다.

  "그 사나이가 나갔는지 어떤지를 확실히 모른다는 것은 실로 불쾌하기 짝이 없는 일이오. 굳이 클람 씨 때문만이 아니라 여관의 규칙 때문이지요. 게다가 프리다 양, 이 규칙은 나에게만 적용되는 것이 아니라 당신에게도 적용되는 것이에요. 술집의 일은 당신이 책임을 지세요. 나는 지금부터 다른 방들을 돌아보고 오겠어요. 그럼 피곤할 테니 잘 쉬세요!"

  주인이 아직 방을 나갔을까 말까 하는 동안에 프리다는 재빠르게 스위치를 비틀어서 전등을 끄더니 카운터 밑으로 들어와서 K옆에 드러누웠다.

  "좋은 사람! 내가 좋아하는 사람!"
하고 그녀는 속삭였지만 K의 몸은 건드리지 않았다. 사랑 때문에 정신이 나간 사람처럼 벌렁 드러누운 채 두 팔을 쭉 뻗쳤다. 지금부터 시작될 사랑의 도취 앞에서는 시간도 무한인 듯 싶었다. 그녀는 무슨 노래를 흥얼거렸으나 노래라기보다는 차라리 한숨을 쉬고 있는 듯한 느낌이었다. 이윽고 K가 언제까지나 말을 않고 생각에 잠겨 있는 것을 보자 갑자기 일어나서는 마치 어린애가 그러하듯 K를 끌어당겼다.

  "자아 오세요, 이런 곳에서는 숨이 막히겠어요."

  두 사람은 서로 끌어안았다. K의 팔 안에서 여인의 작은 몸이 불타오르기 시작했다. 그들은 실신한 상태에서 뒹굴었다. K는 이 실신 상태에서 빠져나오려고 했지만 어떻게도 할 수가 없었다. 한동안 뒹굴고 있는 중에 쿵 하고 둔한 소리를 내고 클람의 방문에 부딪쳤다. 그들은 쏟아진 맥주와 방바닥에 흐트러져 있는 지저분한 먼지 속에 뒹굴고 있었다. 그리고 두 사람의 호흡과 심장의 고동이 한 덩어리가 된 채 몇 시간인가 흘러갔다. 그러는 동안 K는 자기는 길을 잃었을지도 모른다, 또는 자기가 오기 전에는 아직 한 사람도 발을 들여놓은 적이 없는 먼 이국 땅에 와 있는지도 모른다는 느낌이 들었다. 여기에서는 공기조차도 고향과 달라서 그 이질적인 공기 때문에 숨이 막히는 듯하면서도 그 요상한 매력에 이끌려서 이대로 걸음을 계속할 수밖에는 없고 또 길을 잃고 헤맬 수밖에 없다는 생각이 끊임없이 들었다. 그렇기 때문에 클람의 방에서 굵고 낮은 명령조의 목소리로 프리다의 이름을 부르는 목소리가 들려왔을 때도 적어도 처음 한동안은 놀랐다기보다도 오히려 안도 비슷한 기분이 들었던 것이다.

"프리다!"

하고 그는 여자의 귓가에 속삭여 그녀를 부르는 소리가 날 때마다 그것을 일깨워주었다. 프리다는 거의 태어났을 때와 같은 유순한 태도로 퍼뜩 일어났으나 자기가 지금 어디에 있는가를 생각해내고는 다시 뒹굴면서 생긋 웃었다. 그러면서 이렇게 말했다.

"하지만 나는 안 가요. 이제 그 사람한테는 절대로 안 가요."

그러나 K는 거기에 대해 반대하려고 했다. 억지로라도 그녀를 클람에게 보내려고 흩어진 블라우스 등을 주워모으려고 했으나 그것을 차마 입 밖에 낼 수는 없었다. 프리다를 품안에 안고 있으면 더할 나위없이 행복했다. 불안할 정도로 행복하기도 했다. 왜냐하면 만일 프리다가 자기를 떠난다면 자기가 가지고 있던 모든 것을 잃는 듯한 기분이 들었던 것이다. 프리다도 K의 동의에 큰 힘을 얻은 듯이 주먹을 불끈 쥐고 문을 두드리며 외쳐댔다.

"나는 측량 기사와 함께 있어요! 측량 기사와 함께라구요!"

이것으로 클람은 어떻든 조용해졌다. 그러나 K는 일어나서 프리다와 함께 무릎을 꿇고 앉아서는 희미하게 밝아오는 새벽빛을 바라보았다. 도대체 일이 어떻게 되었단 말인가? 나의 희망은 어디로 가버렸단 말인가? 프리다가 모든 것을 까밝히고 난 지금에 와서 대체 그녀에게서 바랄 수 있는 것은 무엇이란 말인가? 적의 무서움과 내 목표의 소중함에 걸맞는 세심한 신중성을 가지고 한 걸음 한 걸음 전진하려던 참인데 그만 이런 엉뚱한 곳에서 밤새도록 맥주의 물웅덩이 속에서 뒹굴고 말다니――. 맥주 냄새는 지금도 가슴이 메슥메슥할 정도였다.

"도대체 무슨 일을 저지르고 만 거야? 이것으로 우리 두 사람은 모두가 끝장이야."

하고 K는 누구에게랄 것도 없이 중얼거렸다.

"아니에요. 끝장이 난 것은 나 혼자뿐이에요. 그 대신에 나는 당신을 내 것으로 만들었어요. 너무 속상해하실 것 없어요. 하지만 보세요. 저 두 사람이 웃고 있어요?"

"누구 말이오?"

하고 K는 마치 모든 것이 너희들 조수 때문이라는 듯이 사나운 표정으로 소리질렀다. 그러고는 어젯밤 프리다가 사용한 채찍은 어디에 갔을까 하고 주위를 두리번거렸다.

　"우리들은 당신을 찾지 않으면 안 되었지요. 어떻든 당신은 우리들이 기다리고 있는 식당에 내려오지 않았으니까요. 그래서 바르나바스의 집에 찾으러 갔다가 결국 마지막으로 여기까지 와본 겁니다. 그리고는 밤새껏 여기에 앉아서 기다렸지요. 정말 근무라는 것은 그다지 쉽지가 않군요."

하고 조수들은 대답했다.

　"너희들을 필요로 하는 것은 낮 동안이지 밤은 아니란 말이야. 두 사람 모두 꺼져버려!"

K는 화가 나서 외쳤다.

　"하지만 벌써 낮인걸요."

하고 두 사람은 움직이려고 하지 않는 채 대답했다. 실상 벌써 낮이었다. 안뜰로 통하는 문이 열리더니 농부들이 올가를 데리고 떼를 지어 몰려왔다. K는 올가의 일은 완전히 잊고 있었던 것이다. 올가는 옷도 머리카락도 흐트러진 채였지만 어젯밤과 마찬가지로 여전히 생기가 넘치고 그 눈은 안으로 들어서자마자 이미 K를 찾고 있었다.

　"왜 간밤에는 저와 함께 가시지 않았어요?"

　그녀는 거의 눈물을 글썽거리면서 말했다. 그러고는,

　"저런 여자 때문에!"

하고 같은 말을 두세 번 되풀이했다.

　잠시 모습이 보이지 않던 프리다가 이윽고 속옷 종류가 든 작은 보따리를 들고 돌아왔다. 올가는 슬픈 기색으로 옆으로 물러섰다.

　"자아, 나갈 준비가 되었어요."

하고 프리다는 말했다. 그녀가 '교반관'으로 가자고 말하고 있는 것은 묻지 않고도 알 수 있었다. K와 프리다, 그리고 그 뒤로 두 사람의 조수——네 사람만의 조촐한 행렬이었다. 농부들은 프리다에게 노골적인 경멸의 태도를 나타냈는데 지금까지 프리다가 그들을 가혹하게 억눌러왔던 것을 생각하면 이것은 어쩌면 당연한 태도였다. 농부들 중의 한 사람은 지팡이를 가지고 와서 이것을 넘지 않는 한 여기에서 한 걸음도 내보내지 않겠다는 몸짓까지 해보였다. 그러나 이 사나이를 물리치는 데는 그녀가 한 번 노려보기만 하는 것으로 충분했다. 바깥의 눈 속으로 나가자 K는 약간 안도의 숨을 쉬었다. 옥외에 있다는 것만으로도 충분히 행복해서 이번에는 힘든 길도 별로 고통스럽지

가 않았다. 자기 혼자였다면 아마 좀 더 발걸음도 가벼웠을 것이다. 여관에
도착하자 K는 곧 자기 방으로 올라가 침대에 드러누웠다. 프리다는 침대 곁
의 바닥 위에 자기의 잠자리를 마련했다. 조수들도 함께 방에 들어왔으나 쫓
아내자 이번에는 창문으로 들어왔다. K는 그들을 다시 한 번 쫓아내기에는
너무나도 피로했다. 여관의 안주인은 프리다에게 인사를 하기 위해 일부러
방에까지 올라왔다. 프리다는 그녀를 ‘아주머니’라고 불렀다. 그녀들은 서로
키스를 하기도 하고 오랫동안 서로 포옹하기도 했다. 이 다정한 인사법에는
그야말로 K도 두 손을 들었을 정도였다. 대체로 이 작은 방은 그다지 조용
하다고는 할 수가 없었다.
　하녀들은 남자용 장화를 시끄럽게 끌고 다니며 무엇인가를 날라오기도 하
고 들고 나가기도 했다. K의 침대 밑에는 여러 가지 물건이 가득 들어 있어서
거기에 필요한 것이 있으면 하녀들은 K의 밑으로 들어가서 사정없이 그것을
끄집어냈다. 하녀들은 프리다에게 동료로서 인사를 했다. 조그만 잔심부름은
프리다가 맡아서 해주었다. 다음날 아침 매우 상쾌한 기분으로 그가 일어났
을 때는 K가 이 마을에 묵게 된 지도 벌써 나흘째가 되는 날이었다.

4

　K는 프리다와 단 둘이서 이야기하고 싶었지만 조수들이 끈질기게 옆에 붙
어 있어서 그것을 방해했고 프리다만 하더라도 때때로 조수들과 농담을 하거
나 웃거나 하는 형편이었다. 그들은 물론 뻔뻔스럽다거나 시건방지다는 것은
아니었다. 그들은 마룻바닥의 한쪽 구석에 여자의 헌 스커트를 깔고 거기에
앉아 있었다. 그들이 곧잘 프리다와 이야기하고 있는 바로는 되도록 측량 기
사의 방해가 되지 않도록 하고 될 수 있는 대로 많은 장소를 차지하지 말아야
한다는 것이었다. 그리고 이러한 뜻을 나타내기 위해 언제나 몰래 속삭이기
도 하고 또 쿡쿡 찌르면서 저희끼리 웃기도 하는 등 실로 여러 가지 시도를
해보였다. 예를 들면 팔이나 다리를 마주 꼬거나 둘이 함께 앉아 웅크리고 있
었다. 어슴푸레한 속에서 그들이 있는 한쪽 구석을 보자 두 사람은 하나의
커다란 실뭉치로밖에는 보이지 않았다. 그럼에도 불구하고 한낮의 밝은 빛
속에서 경험한 바에 의하면 이 실뭉치는 극히 조심스러운 관찰자여서 노상 K
쪽을 유심히 주시하고 있는 것이었다. 얼핏 보기에 어린애들의 장난스러운

기분으로 손을 오므려 망원경을 만들어 보일 때도 그랬고 또는 그와 비슷한 하찮은 짓을 하고 있을 때도 그랬다. 심지어는 콧수염의 손질에 여념이 없어 보일 때도 아무런 뜻도 없이 K에게 눈을 깜빡거려 보이는 것이었다. 두 사람은 콧수염에는 몹시 신경을 써서 몇 번이고 서로 수염의 길이와 분량을 비교해보기도 하고 또 프리다에게 판정을 부탁하기도 했다. K는 곧잘 침대에서 이러한 세 사람의 행동을 완전히 무관심한 눈으로 바라보고 있었다.

그런데 K가 이제는 침대에서 일어나도 좋을 만큼 체력이 회복되었다고 느꼈을 때 세 사람은 저마다 먼저 K의 신변을 보살피려고 다가왔다. 그러나 그들의 보살핌을 거절할 수 있을 만큼 아직도 원기가 회복되지는 않았다. 그는 그것 때문에 좋지 않은 결과를 가져올지도 모를 일종의 의존 관계에 빠져드는 것 같은 생각이 들었으나 그들이 하는대로 내버려두는 수밖에는 없었다. 게다가 식탁에서 프리다가 가져다주는 좋은 커피를 마시고 프리다가 피워준 난로에서 불을 쬐며 열심이기는 하지만 서투른 조수들에게 층계를 오르내리게 하면서 세숫물이나 비누, 빗이나 거울, 나중에는 은근히 작은 목소리로 그것을 희망했다고 해서 럼주를 한 컵 가져다주었을 때는 그다지 나쁜 기분이 드는 것도 아니었다.

이렇게 명령을 내리기도 하고 또는 자발적인 시중을 받기도 하는 동안 K는 그것이 꼭 성공하리라고 기대해서보다는 오히려 일종의 변덕스러운 마음에서 이렇게 말했다.

"자아, 자네들 두 사람은 이제 그만 나가주게. 이제 더 필요한 것은 없으니까. 그리고 나는 프리다 양과 둘이서만 이야기하고 싶단 말이야."

그러나 조수들의 얼굴에 각별히 반항하는 빛도 보이지 않았기 때문에 덧붙여서 이렇게 말했다.

"나중에 우리 셋이서 촌장의 집에 갈 테니까 자네들은 아래층 방에서 기다려주게."

이상하게도 두 사람은 그 명령대로 따랐으나 나가기 전에 이렇게 말했다.

"우리들도 여기서 기다려도 되는데요."

K는 대답했다.

"그것은 알고 있어. 그러나 그것은 내가 원하는 것이 아니야."

조수들이 나가자마자 프리다가 K의 무릎에 앉아 다음과 같이 말했을 때는 K는 약간 흥분했으나 어느 면에서는 별로 기분 나쁜 일도 아니었다.

"어째서 조수들을 그렇게 송충이 보듯 싫어하세요? 알고 보면 상당히 충실한 사람들인데 ——."

그러자 K는 이렇게 말했다.

"암, 충실하고말고. 노상 내 동정을 살피기만 하지. 별다른 뜻은 없을는지 모르지만 나로서는 지긋지긋한 일이야."

"당신의 말씀을 이해할 수 있다고 생각해요."

프리다는 그렇게 말하고 K의 목을 끌어안고는 또 무엇인가를 말하려고 생각했으나 말문이 막혀버렸다. 그리고 두 사람이 앉아 있던 의자가 침대의 바로 옆에 있었으므로 두 사람은 침대 쪽으로 비틀거리며 가서 그 위에 쓰러졌다. 두 사람은 침대에 누웠으나 전날 밤처럼 몰아의 경지에는 빠질 수 없었다. 그녀는 무언가를 요구하고 있었고 그도 또한 무언가를 바라고 있었다. 반쯤 미친 사람처럼 얼굴을 일그러뜨리면서 머리를 상대방의 가슴에 파묻고 서로가 무언가를 요구하고 있었다. 아무리 포옹을 거듭하고 아무리 육체를 서로 내던져도 무언가를 구하지 않으면 안 된다는 의무를 잊기는커녕 오히려 그것은 더 간절히 생각나는 것이었다. 개가 절망적인 상황에 내몰리면 마구 땅을 파헤치듯이 서로의 육체를 끝없이 더듬고 파헤쳤다. 어쩔 줄을 모르고 환멸하면서도 여전히 최후의 행복을 발견하려고 혓바닥으로 상대방의 얼굴을 몇 번이나 핥고 또 문질렀다. 이윽고 찾아온 피로가 가까스로 두 사람의 마음을 조용하게 가라앉히고 서로 상대방에게 고마운 마음을 가지게 했다. 그때 하녀들이 방에 올라왔다.

"저런, 이런 모습을 하고 자고 있다니!"
하고 한 사람의 하녀가 말하더니 보기에 민망한지 이불을 그들의 몸에 덮어주었다.

그뒤 꽤 시간이 지난 뒤에 K가 침대에서 이불을 벗기고 일어나 방 안을 둘러보니까 조수들이 아직도 한쪽 구석에 앉아 있다가 손가락으로 K를 가리키면서 서로 쿡쿡 찌르며 짐짓 점잖은 척 경례를 했다. 게다가 침대 바로 곁의 의자에는 여관의 안주인이 앉아서 양말 뜨개질을 하고 있었다. 뜨개질은 온 방 안을 거의 어둡게 하고 있는 거대한 이 여인의 몸집에는 별로 어울리지 않는 조그마한 일이었다.

"꽤 오랫동안 기다리고 있었어요."

비록 주름은 많이 잡혔으나 전체적으로는 아직도 매끌매끌하고 옛날에는 미인이었음에 틀림이 없는 넓적한 얼굴을 들고 그녀는 말했다. 이 말은 마치 비난하는 뜻을 내포하고 있는 것처럼 들렸는데 K가 생각하기에는 얼토당토 않은 비난으로밖에는 생각되지 않았다. 그것은 K로서 본다면 그녀에게 와달라고 부탁한 일이 없었기 때문이다. 그래서 K는 그녀의 말을 알아들었다는 표시로 고개만 끄덕거리고 몸을 일으켰다. 프리다도 일어났으나 K의 옆을 떠나 안주인이 앉아 있는 의자에 몸을 기대었다.

K는 거의 방심 상태로 말했다.

"아주머니, 용건은 내가 촌장에게 다녀와서 들으면 안 되겠습니까? 촌장과 아주 중요한 일을 상의해야 하니까요."

"내 이야기가 더 중요해요. 거짓말이 아니에요, 측량 기사님. 촌장과 이야기할 것은 아마 일에 관한 것이겠지요. 하지만 내 이야기는 한 사람의 인간에 관한 것이에요. 내 사랑하는 하녀인 프리다에 관한 이야기지요."

하고 안주인은 말했다.

"네, 그래요? 하지만 말을 되받는 것 같아서 미안하지만 그 이야기라면 왜 우리 두 사람에게 맡겨두지 않습니까? 나는 그것을 알 수 없군요."

"그건 이 애가 귀엽기 때문이에요. 이 애의 일이 걱정되기 때문이지요."

안주인은 대답하면서 앉아 있는 자기의 어깨 정도밖에 못 미치는 프리다의 머리를 끌어당겼다.

"프리다가 아주머님을 그처럼 믿고 있다면 나도 그러지 않을 수가 없을 것 같군요. 게다가 프리다는 방금 전에 내 조수들을 충실한 사람들이라고 말했으니까 그렇다면 우리들은 모두 한 집안 식구 같은 사이가 되는 셈입니다. 그래서 아주머니, 나는 안심하고 아주머님에게 이렇게 이야기할 수가 있습니다. 프리다와 나는 결혼한다, 그것도 아주 가까운 장래에 결혼하는 것이 최선의 길이라는 내 생각을 말씀드릴 수가 있습니다. 물론 그렇다고는 하더라도 프리다가 나 때문에 잃어버린 모든 것, 이를테면 진신관에서의 지위라든가 클람과의 다정한 관계를 벌충시켜줄 수 없다는 것은 매우 유감입니다만."

하고 K는 말했다.

프리다는 얼굴을 들었다. 그 눈에는 눈물이 가득 차 있었지만 사랑의 승리감 같은 것은 어디에도 없었다.

"왜 일이 이렇게 되어버렸나요? 어째서 저만이 이런 난처한 꼴을 당하게 되었나요?"

"뭐라고?"

K와 안주인은 동시에 물었다.

"이 애는 불쌍하게도 정신이 돌았어요. 너무나도 많은 행복과 불행이 겹쳐 있으니까 완전히 정신이 나간 거예요."

하고 안주인이 말했다.

그러자 프리다는 이 말을 뒷받침하기라도 하듯이 이번에는 K쪽에 몸을 내던지고 마치 이 방에는 자기들 둘밖에는 없다는 듯이 열렬한 키스를 K에게 퍼부었다. 그러더니 마구 울어대면서 K를 끌어안은 손을 여전히 풀지도 않은 채 그의 무릎에 쓰러졌다. 그는 두 손으로 프리다의 머리카락을 어루만지면서 안주인에게 이렇게 물었다.

"아무래도 내가 한 말을 옳다고 인정한 모양이군요."

"당신은 명예를 존중하는 훌륭한 신사예요."

하고 안주인은 대답했으나 그녀도 눈물에 잠긴 목소리가 되어 지친 듯하고 숨이 가쁜 모양이었다. 그래도 더욱 힘 있는 목소리로 이렇게 말했다.

"이렇게 되면 이제 다음에 남은 문제는 당신이 프리다에게 어떤 보장을 해주지 않으면 안 된다는 것뿐이에요. 왜냐하면 아무리 내가 당신을 존경하고 있지만 당신은 아무래도 타향 사람이에요. 당신의 보증인이 되어줄 사람은 아무도 없고 당신의 가정에 대해서도 아무도 모릅니다. 때문에 몇 가지 보증이 필요하다는 말이지요. 측량 기사님, 이것은 당신도 납득해주실 거예요. 당신도 분명히 말씀하셨듯이 프리다는 당신과 맺어지게 되는 바람에 실로 많은 것을 잃어버리게 되었으니까요."

"물론입니다. 말씀하시는 대로 보증을 해야 한다는 것은 필요한 일이지요."

하고 K는 맞장구를 쳤다. 그리고 덧붙여서 다음과 같이 말했다.

"그러기 위해서는 공증인에게 부탁해서 보증을 서게 해주는 것이 가장 좋다고 생각하지만 이것을 백작가에 속하지 않는 다른 곳에서 어쩌면 방해를 할는지도 모릅니다. 그리고 나 자신도 결혼식 전에 아무래도 처리해두지 않으면 안 될 일이 있습니다. 즉 클람을 만나서 깨끗하게 결말을 지어야 하는 것입니다."

"당신은 도대체 무슨 말씀을 하시는 거예요?"

"아니, 꼭 만나야 돼요. 만일 내가 만날 수 없다면 대신 당신이 만나주어야 해요.”

“안 돼요, K. 나도 그렇게는 못 해요. 클람은 절대로 당신과 이야기를 하지 않을 거예요. 어떻게 당신은 클람이 당신과 이야기를 할 것이라는 엉뚱한 생각을 하셨지요?”

“그럼 당신하고라면 이야기를 해주겠소?”

하고 K가 물었다.

“안 돼요! 나하고도 안 되고 당신하고도 안 돼요. 그것은 전혀 불가능한 일이에요.”

그리고 그녀는 양쪽 팔을 뻗치고 안주인 쪽을 향해서 다시 이렇게 말하는 것이었다.

“아주머니, 이 사람은 되지도 않을 것을 왜 바라고 계실까요?”

“당신은 참 이상한 사람이군요. 측량 기사님. 안 될 일만 바라고 계시다니.”

하고 안주인은 말했다. 몸을 꼿꼿이 세우고 두 다리를 깍지낀 채 엷은 스커트 너머로 억세고 굵은 무릎이 솟아오른 그 모습은 마음이 약한 남자라면 졸도하고도 남음이 있었다.

“당신은 되지도 않을 것을 바라고 계세요.”

안주인은 마지막으로 한 마디 더했다.

“왜 안 된다는 겁니까?”

하고 K는 다그쳐 물었다.

“그럼 설명해드리지요.”

안주인의 말투에는 이 설명은 마지막 호의라기보다도 이미 그녀가 내린 최초의 처벌인 것같이 들렸다. 그녀는 말을 계속했다.

“기꺼이 설명해드리지요. 나는 확실히 성 사람이 아니라 한낱 여자에 불과하고 여관의 안주인, 그것도 제일 하급인(물론 정말은 최하급이 아닙니다만 그저 거기에 가깝지요) 여관의 안주인에 지나지 않습니다. 그래서 당신은 내가 말씀드리는 것을 그다지 중요하게 여기지 않을는지도 모릅니다. 하지만 나는 지금까지의 인생을 두 눈을 똑바로 뜨고 살아왔고 여러 종류의 사람들과 접촉도 해왔습니다. 또 때로는 힘든 일이나 고생을 혼자서 짊어지고 살아오기도 했답니다. 우리 주인은 물론 좋은 사람이기는 하지만 그러나 여관 주인으로는 적당치가 않아요. 게다가 책임이 어떤 것인지 그 양반에게는 도무지 이해가 되지 않으니까요. 가령 말이에요, 당신은 지금 이 마을에 있고 이 침대에 아주 평화롭고 안전하게 앉아 계세요. 이것은 실은 그 양반이 칠칠치 못했기 때문이에요. 나는 그날 밤 금세 쓰러질 정도로 지쳐 있었으니까요."

"뭐라고요?"

하고 K는 화가 났다기보다는 오히려 호기심에 자극되어 일종의 방심 상태에서 눈을 떴다.

"그 양반이 칠칠치 못한 덕분이라니까요."

안주인은 다시 한 번 그렇게 외치고 K를 향해 삿대질을 했다. 프리다는 그녀를 달래려고 애썼다.

"왜 그래, 너는. 측량 기사님이 나에게 물어보셨어. 그러니까 나는 대답하지 않으면 안 돼. 이것은 우리들은 다 아는 사실이지만 이것을 이 사람에게 이해시키려면 어떻게 하면 좋지? 클람 씨는 절대로 이 사람과 이야기를 하지 않으리라고 말했지만 사실은 이 사람과는 절대로 이야기를 할 수가 없는 것이에요. 자아, 들어보세요, 측량 기사님! 클람 씨는 성 사람입니다. 그 외의 그분의 지위에 대해서는 전혀 말하지 않더라도 이것만으로도 벌써 그분의 신분이 매우 높다는 것을 알 수 있습니다. 그런데 우리들은 지금 여기에서 당신에게 공손히 결혼에 동의해줄 것을 요구하고 있지만 그러한 당신은 대체 누구십니까? 당신은 성 사람도 아니고 이 마을 사람도 아닙니다. 당신은 그 누구도 아닙니다. 그러나 유감스럽게도 당신은 역시 그 무엇이기는 하죠. 당신은 즉 다른 나라 사람입니다. 불필요하고 어디엘 가더라도 방해가 되는 사람, 끊임없이 말썽의 근원이 되는 사람, 덕분에 하녀들의 방까지 비워주지 않으면 안 되는 사람, 늘 무슨 생각을 하고 있는지 마치 뜬구름을 잡는 것 같고 우리들의 귀여운 프리다를 유혹해서 마음에도 없이 이 애를 아내로 주지 않을 수 없는 그러한 타국 사람이에요. 이런 말을 하면 당신은 섭섭할는지 모르지만 이것은 결코 당신을 책망하고 있는 것은 아니에요. 당신은 있는 그대로의 당신밖에는 아무것도 아니니까요. 우리들은 지금까지 수많은 것을 보면서 살아왔기 때문에 이제 와서 이런 것을 본다고 해서 견딜 수 없다든가 하는 일은 결코 있을 수 없습니다. 다만 잘 생각해주었으면 하는 것은 당신이 원하는 게 대체 무엇인가 하는 것입니다. 당신이 클람 씨 같은 분과 감히 이야기를 하고 싶다고요? 프리다가 당신을 엿보는 구멍으로 클람의 방을 들여다보게 했다더군요. 그 이야기를 듣고 마음이 괴로웠어요. 이 애는 당신을 그 구멍으로 들여다보게 했을 때 이미 당신에게 반해 있었어요. 그런데 당신은 어떻게 클람 씨를 태연한 모습으로 바라볼 수가 있었지요? 그것이 자못 궁금했어요. 아니, 대답해주시지 않아도 알고 있어요. 당신은 태연히 그를 보고 있었어요. 그러나 정말로 그를 볼 수는 없었을 거예요. 이것은 내가 과장해서 말하고 있는 게 아니에요. 이렇게 말하는 나 자신도 그것은 도저히 불가능한 일이니까요. 당신은 클람 씨와 이야기를 하고 싶다고 생각하고 있어요. 그러나 그는 마을 사람들하고도 이야기를 하고 싶어하지 않습니다. 그는 지금까지 단 한 번도 마을 사람들과 이야기를 나눈 적이 없습니다. 그 사람은 적어도 프리다의 이름은 언제나 부르고 있고 프리다도 제가 원할 때 클람 씨와 이야기를 할 수가 있고 또 구멍으로 엿보는 것도 허용되고 있습니다. 이것은 확실히 프리다에게만 허용되는 특별한 명예이고 나는 죽을 때까지 이 명예를 내 자랑처럼 여길 거예요. 하지만 클람 씨는 프리다와도 이야기를 나눈 적은 없어요. 게다가 그분이 때때로 프리다를 부르는 것도 세상 사람들은 의미를 붙이고 싶어하지만 의미 같은 것은 전혀 없어요. 그 사람은 단지 프리다라는 이름을 불렀을 뿐이에요. 그 사람의 속셈은 아무도 모르니까요. 그리고 물론 프리다는 그분에게 급히 달려가지만 그것도 이 애의 일에 지나지 않아요. 이 애가 마음대로 클람 씨에게 드나드는 것이 허용되고 있는 것도 물론 클람 씨의 호의임에는 틀림이 없지만 그분에게 무슨 생각이 있어서 이 애를 불렀다고는 아무도 단언할 수가 없어요. 물론 이것도 지금은 과거의 일로서 영원히 지나가버리고 말았지요. 아마 앞으로도 클람 씨는 프리다라는 이름을 계속 부를 거예요. 이것은 충분히 생각할 수 있는 일이에요. 그러나 이 애는 이미 클람 씨의 방에 드나들지 않을 거예요. 당신에게 몸을 맡겨버린 아가씨이니까요. 그러나 단 한 가지 내 둔한 머리로는 아무래도 납득할 수 없는 점이 있어요. 그것은 클람 씨의 애인이라고 불리기까지 했을 정도의 아가씨가——내 의견을 말씀드린다면 애인이란 너무 과장된 표현이라고 생각합니다만——어째서 당신과 같은 사나이에게 몸을 허락해버렸을까 하는 점이에요."

"확실히 이상한 일일는지도 모르겠군요."

하고 K는 프리다를 무릎 위로 끌어당겼다. 프리다는 고개를 숙이고 있었지만 곧 거기에 응했다. K는 말을 계속했다.

"그러나 그것은 다른 점에 있어서도 모두가 꼭 당신 생각과 같지는 않다는 것을 증명하고 있다고 생각해요. 예를 들면 당신은 클람 씨와 비한다면 나 같은 것은 아무것도 아니라고 말씀하셨고 그 말에는 확실히 일리가 있어요. 그러나 나는 지금도 클람과 이야기를 하고 싶다고 생각하고 있고 당신의 설명을 듣고서도 그 생각을 반복할 마음을 가지고 있지는 않아요. 또 당신은 내가 클람 씨가 모습을 나타냈을 뿐인데도 방에서 도망쳐버리리라고 단언할 수는 없겠지요. 그러나 아무리 당신의 걱정이 옳은 생각이라고는 해도 내가 보기에는 이러한 걱정만으로는 아직도 내 소원을 단념할 이유가 되지는 않습니다. 그러나 클람 씨를 만나서 내 입장을 의연하게 지키는 데 성공한다면 그가 나와 이야기하는 것 따위는 전혀 필요하지 않게 됩니다. 내 말이 상대방에게 어떤 인상을 주었느냐 하는 것을 알기만 하면 나는 충분합니다. 내 말이 아무런 인상도 주지 않았다든가 그가 내 말에 전혀 귀를 기울이지 않았다고 하더라도 나로서는 권력의 자리에 있는 한 사람의 인간을 앞에 놓고 자유롭게 이야기할 수가 있었다는 만족을 얻을 수가 있는 것입니다. 그러나 아주머니, 당신은 인생과 인간을 잘 알고 있고 프리다도 방금 어제까지는 클람 씨의 애인——내가 구태여 이 말을 피할 이유가 있을까요? ——이었으니까 당신들은 틀림없이 내가 클람 씨와 이야기를 할 기회를 만들어줄 것입니다. 다른 방법이 없다면 진신관이라도 좋습니다. 아마 클람 씨는 오늘도 그 여관에 있을 겁니다.”

“그것은 안 됩니다. 그것을 이해할 능력이 당신에게는 없다는 것을 나는 잘 알고 있어요. 그나저나 한 가지 묻겠는데 도대체 클람 씨를 만나서 무슨 이야기를 할 생각이에요?”

K는 대답했다.

“물론 프리다의 일입니다.”

“프리다의 일이라구요?”

안주인은 무슨 이야기인지 알 수 없다는 듯한 얼굴로 프리다 쪽을 향해 몸을 돌리더니 말했다.

“들었어? 프리다. 네게 관한 일로 이 사람은 클람 씨와 이야기를 하고 싶다는구나. 글쎄 이 사람이 네게 관한 일로 클람 씨와 이야기를 하고 싶대.”

K는 그 말을 가로막고 말했다.

“아주머니, 당신은 참 총명한 사람 같은데 어지간히 하찮은 일을 가지고 놀라시는군요. 즉 내가 프리다의 일로 클람 씨와 이야기를 하고 싶다는 것은 별로 놀라운 일이 아니라 오히려 당연한 일이에요. 그것은 내가 나타난 순간부터 프리다가 클람에게 있어서 의미없는 존재가 되어버렸다고 생각하신다면 당신은 또 엄청난 착각을 하고 계시는 것이 됩니다. 정말로 그렇게 생각하신다면 클람이라는 사나이를 너무 가볍게 생각하고 있는 것입니다. 나와 프리다가 한 일에 대해서 당신한테 가르침을 받으려는 것은 그야말로 불손하기 짝이 없다는 것은 물론 잘 알고 있습니다. 그렇지만 역시 그렇게 하는 수밖에는 다른 도리가 없습니다. 클람 씨와 프리다의 관계가 나 때문에 변했다는 것은 있을 수가 없는 일입니다. 문제는 다음 두 가지 중에 어느 하나밖에는 없는 것입니다. 우선 두 사람 사이에 아무런 특별한 관계도 없었다고 한다면(이것은 사실을 말하면 프리다로부터 애인이라는 명예로운 이름을 거두어들이고 싶어하는 사람들이 주장일 테지만) 두 사람 사이에는 지금도 그러한 관계는 존재하지 않을 것입니다. 반대로 만일 그러한 관계가 있었다고 한다면 당신이 지금 명확하게 말씀하신 것처럼 클람 씨의 입장에서 본다면 실로 없는 것과 마찬가지인 나와 같은 인간이 어떻게 그것을 훼방할 수 있다고 생각하겠습니까? 이러한 사실은 당황한 처음 순간에는 정말 그럴 수 있으리라고 믿어버리기 쉽지만 아주 조금만 생각을 해보면 곧 자기 잘못을 정정하지 않을 수가 없을 것입니다. 하여간 그것은 어떻든 간에 어디 프리다에게도 한번 의견을 물어보는 것이 어떻겠습니까?”

프리다는 아득히 멀리 바라보는 눈초리로 뺨을 K의 가슴에다 댄 채 이렇게 말했다.

“확실히 아주머니가 말씀하신 그대로예요. 클람 씨는 이제 내게 관해서는 전혀 아무 관심도 없어요. 그렇기는 하지만 물론 사랑스러운 당신이 오셨기 때문이 아니에요. 그 사람은 그러한 일로 당황하거나 동요되는 사람이 아니거든요. 그러나 우리들이 저 카운터 밑에서 마주친 것은 아무래도 그 사람이 미리 짜놓은 각본인 것처럼 생각되어요. 아아, 그때의 일을 제발 저주하지는 마세요. 아무쪼록 축복을 받았으면 좋겠어요.”

“그렇다고 한다면.”

하고 K는 천천히 말했다. 그것은 프리다의 이야기가 그야말로 감미롭게 들렸기 때문이다. 그리고 그 감미로움을 마음껏 음미하기 위해서 그는 잠시 동안 눈을 감았다. 이윽고 눈을 뜨고 그는 다시 말을 계속했다.

“만일 그렇다고 한다면 클람 씨와 만나는 것을 두려워할 이유는 더더욱 없어지는 셈이군요.”

안주인은 고압적인 태도로 K를 바라보면서 말했다.

"정말 당신이라는 사람은 가끔 우리집 양반을 생각나게 하는군요. 우리 주인과 쏙 닮아서 당신도 몹시 고집스럽고 어린애 같은 데가 있어요. 당신은 이곳에 온 지 이제 겨우 이삼 일밖에는 안 돼요. 그런데 벌써 당신은 이 고장 사람보다도 무엇이든 잘 알고 있는 듯이 말씀하세요. 이 늙은 나나 진신관에서 여러 가지 일을 보고 들은 프리다도 말이에요. 여러 가지 규칙이나 예로부터의 관습에 어긋나더라도 언젠가는 운수 좋게 무엇인가를 달성할 수도 있다는 것을 나도 부인하지는 않아요. 내가 그러한 경험을 한 것은 아니지만 어쨌든 그러한 실례가 몇 가지는 있다고 하더군요. 그것은 어쩌면 그럴는지도 모르지만 틀림없이 그것은 당신이 하려는 그러한 방법과는 수법이 다르다고 생각해요. 당신이 취하고 있는 방법이란 노상 '아니다, 아니다' 하고 말하면서 자기의 의견만을 고집하고 아무리 호의에 넘치는 충고도 귀담아 듣지를 않고 그대로 흘려버린단 말이에요. 대체 당신은 내가 당신의 일을 걱정하고 있다고 생각이나 하세요? 당신이 혼자 계신 동안 내가 당신에게 대해서 공연한 신경을 쓴 일이 있던가요? 물론 신경을 썼던 편이 좋았을는지도 모르겠고 여러 가지 귀찮은 일을 막을 수 있었을는지도 모르기는 하지만요. 당신에 대해서 내가 우리집 양반에게 한 이야기는 '그 사람을 되도록 멀리하세요'라는 한 마디뿐이었어요. 만일 프리다가 당신의 운명에 휘말려들지를 않았다면 이 말은 지금까지도 나에게 통용되고 있을 겁니다. 당신의 마음에 드실는지 어떤지는 모르겠습니다만 지금 이렇게 상심을 걱정하고 있는 것도, 그리고 당신을 각별히 고려하고 있는 것도 그야말로 프리다의 덕분인 줄만 아세요. 뿐만 아니라 당신은 이제 함부로 나를 대해서는 안 돼요. 왜냐하면 나는 귀여운 프리다를 친어머니처럼 걱정하고 보살펴주는 오직 하나의 인간이기 때문이지요. 그러므로 당신은 나에게 대해서는 확실히 책임을 지지 않으면 안 돼요. 아까 프리다가 한 말이 옳고 일어난 모든 사건은 클람 씨의 소행이었는지도 몰라요. 그러나 클람 씨의 일은 이 경우 문제로 삼지 맙시다. 나는 결코 클람 씨와는 이야기를 하지 않을 거예요. 내 손이 전혀 미치지 않는 곳에 계시는 분이니까요. 그러나 당신은 지금 여기에 앉아서 내 프리다를 안고 계십니다. 그리고——말해서 안 될 것은 없으니까 분명히 말씀드리지요——그렇게 함으로써 실은 내 품에 안겨 있는 것이나 마찬가지예요. 그래요, 당신은 내 품 안에 안겨 있어요. 왜냐고요? 만일 내가 당신을 이 집에서 쫓아낸다면 설사

개집이라도 좋으니까 이 마을의 어디에 당신이 묵을 만한 데가 있는지 어디
한번 찾아보세요."
하고 안주인은 말했다.
 "고마워요, 솔직히 말씀해주셔서, 나는 당신이 말씀하신 것을 그대로 믿겠
어요. 그러고 보면 내 입장도 그리고 또 그와 관련된 프리다의 입장도 매우
불안정한 셈이군요."
하고 K는 말했다.
 "아니에요!"
 안주인은 사나운 어조로 K의 말을 가로막으면서 말했다.
 "그러한 점에서는 프리다의 입장은 당신과는 상관이 없어요. 프리다는 우
리집 식구예요. 여기에서 프리다의 입장을 불안정하다고 말할 수 있는 권리
는 아무에게도 없어요."
 "그렇겠군요, 그 점에서도 당신의 말이 옳다고 인정하겠습니다. 특히 프
리다가 나로서는 알 수 없는 어떤 이유 때문에 당신을 몹시 두려워하고, 이
논쟁에는 개입하려고도 하지 않으니까 말입니다. 그렇다면 우선 이야기를 내
문제에만 국한시키겠습니다. 내 입장은 지극히 불안합니다. 이 문제는 당신
도 부정하지 않을 뿐만 아니라 오히려 그것을 증명해보이려고 애를 쓰고 있
습니다. 당신이 말씀하시는 모든 일과 마찬가지로 이것도 대체적으로는 옳다
고 생각하지만 그러나 전부가 옳은 것은 아닙니다. 예를 들면 말입니다, 나를
언제나 기꺼이 맞이해줄 근사한 여관을 하나 알고 있으니까요."
하고 K는 말했다.
 "어디에요? 그곳이 대체 어디냔 말이에요?"
 프리다와 안주인은 이구동성으로 외쳤다. 더욱이 둘은 질문을 할 같은 동
기가 생겼다는 듯이 요란한 말투로 부르짖었다.
 "바르나바스네 집이지요."
 "뭐라구요! 원 저런 빌어먹은 놈 같으니라구! 바르나바스네 집이래요,
좀 들어봐요——."
하고 안주인은 조수들이 있는 구석 쪽을 돌아다보았다. 조수들은 벌써 구석
에서 나와 팔짱을 끼고 안주인 뒤에 버티고 서 있었다. 안주인은 무언가 버팀
목이 필요하듯이 그 가운데 한 사람의 손을 붙잡고는 이렇게 말했다.
 "당신들 들어봐요. 당신들의 주인이 어디를 헤매고 다녔는지——. 바르나

바스의 집에 갔었대요. 물론 거기라면 묵을 수 있겠지. 아아, 그렇다면 진신
관 따위보다도 바르나바스의 집에 묵어주었으면 좋았는데! 그나저나 대체
당신들은 어디에 있었지?"

그러나 조수들이 대답하기 전에 K가 먼저 말했다.

"아주머니, 이 사람들은 내 조수입니다. 그런데 당신은 마치 이 두 사람이
당신의 조수이고 내 감시인이기라도 하듯이 그렇게 취급하고 있어요. 다른
일에 대해서라면 어떠한 일이라도 당신과 고분고분하게 토론에 응할 준비가
되어 있습니다. 그러나 내 조수에 관해서만은 그렇게 할 수가 없습니다. 왜냐
하면 이 경우는 너무나도 사리가 분명하기 때문입니다. 그러니까 아무쪼록
내 조수와는 이야기하지 말아주세요. 이렇게 부탁하는 것만으로 충분치 않다
면 나는 내 조수들에게 당신에게 답변하지 말도록 하겠습니다."

"그렇다면 이제 당신들과는 이야기해서는 안 된다는 뜻이군요."
하고 안주인은 말했다. 그러고는 세 사람이 함께 웃었다. 안주인의 웃음소리
는 비웃는 투였지만 K가 예상한 것보다는 그래도 부드러웠다. 조수들의 웃음
은 뜻이 있는 것 같으면서도 뜻이 없는 그야말로 모든 책임을 거부하는 듯한
평소의 웃음 그대로였다.

프리다가 옆에 있다가 말했다.

"그다지 화를 내지 마세요. 당신은 우리들이 흥분하고 있는 기분을 잘 알아
야 해요. 그러고 보니 우리들 둘이 지금 이렇게 사이가 좋아진 것도 전적으로
바르나바스의 덕택인지도 몰라요. 내가 처음 술집에서 당신을 보았을 때 ——
당신은 올가와 팔짱을 끼고 들어오셨어요 —— 나는 이미 당신에 대해서 조금
은 들어서 알고 있었어요. 그러나 솔직히 말해서 당신 같은 사람은 나에게는
아무래도 좋았어요. 그래요, 아무래도 좋았던 것은 비단 당신뿐이 아니었어
요. 거의, 모든 일에 대해서 별로 흥미가 없었어요. 사실 그 무렵의 나는 많
은 일에 대해서 불만이었고 또 화가 치밀기도 했어요. 하지만 지금에 와서 생
각하면 그것은 공연한 불만이었고 모두가 부질없는 불평이었어요. 예를 들면
술집에서 어떤 손님이 나를 모욕한 일이 있었어요. 그들은 노상 내 뒤를 쫓
아다니고만 있었으니까요. 당신은 아까 저기에 있던 젊은이들을 보셨지요?
하지만 그들은 아직도 나은 편이에요. 좀더 지독한 사람들도 얼마든지 온답
니다. 클람 씨의 하인들이 제일 지독한 것은 아니에요. 그래서 한 사람의 손
님에게 불쾌한 짓을 당했다고 해서 그것이 별로 대단한 일은 아니었어요. 벌

써 몇 년 전에 일어났던 일 같기도 하고 아무 일도 일어나지 않았던 것 같기도 했어요. 또는 남에게서 들었던 이야기 같기도 하고 내가 벌써 잊어버리고 있던 일 같기도 했어요. 지금은 그것을 잘 설명할 수도 없고 또 떠올릴 수조차도 없어요. 클람 씨에게 버림을 받고 난 이후부터는 모든 것이 그렇게도 달라졌어요.”

프리다는 여기에서 이야기를 중단했다. 슬픈 듯이 고개를 숙이고 손을 무릎 위에서 깍지끼고 있었다.

“그것 봐요.”

하고 안주인은 말했는데 그것은 그녀 자신이 이야기하고 있는 것이 아니라 단지 프리다에게 자기의 목소리를 빌려주고 있는 듯한 말투였다. 그녀는 프리다에게 더욱 가까이 다가가서 그 바로 옆자리에 앉았다. 그러고는 다음과 같이 이야기를 계속했다.

“자아, 측량 기사님, 당신이 하신 일의 결과가 바로 이겁니다. 그리고 나는 말할 자격이 없지만 당신의 조수들도 훗날의 교훈을 위해서 잘 보아두는 것이 좋을 것 같군요. 당신은 프리다를 지금까지 이 애에게 주어졌던 가장 행복한 환경으로부터 끌어내린 거예요. 당신이 거기에 성공한 것은 무엇보다도 우선 프리다가 어린애처럼 순진했기 때문이에요. 당신이 올가의 팔에 매달려서 완전히 바르나바스 일가의 수중에 빠져들 것 같은 모습을 보고 거기에 동정했기 때문이에요. 이애는 당신을 구하고 그 대신 자기 자신을 희생해버리고 만 거예요. 그런데 당신은 그러한 일이 이미 일어나서 프리다가 당신의 무릎 위에 앉는다는 행복을 위해서 자기가 갖고 있던 모든 것을 허사로 만든 이 지경에 이르러 자기는 바르나바스의 집에 묵을 수도 있다는 최후의 술수를 쓰고 계신 거예요. 그것으로 당신이 나에게 내세우고 싶은 것은 아마 ‘이제는 당신의 뜻대로는 되지 않겠다’는 것일 테지요. 만일 당신이 정말로 바르나바스의 집에 묵었다고 한다면 지금 이렇게 나에게 이러쿵 저러쿵 말을 들을 필요도 없겠지만 그 대신 지금 당장이라도 이 집에서 나가주지 않으면 안 될 거예요.”

“나는 바르나바스 일가가 어떤 나쁜 짓을 했는지 몰라요.”

하고 K는 말하면서 죽은 듯이 축 늘어져 있는 프리다를 조심스럽게 들어올려 천천히 침대 위에 앉혔다. 그리고 자기는 일어나서 말을 계속했다.

“아마 그 점에 있어서는 당신의 말씀이 옳을 것입니다. 하지만 프리다와 나와의 문제는 우리들만에게 맡겨달라고 부탁했을 때는 틀림없이 내 주장이 옳았던 것입니다. 그때 당신은 프리다가 귀엽기 때문이라든가 이 애의 일이 걱정되기 때문이라고 말씀하셨습니다. 나는 그 점은 잘 몰랐지만 당신이 그래서 나를 미워하고 비웃고 또는 집에서 내쫓으려 하고 있다는 기분은 잘 알 수 있었습니다. 만일 프리다를 나에게서 또는 나를 프리다에게서 떼어놓으려는 것이 당신의 목적이었다면 당신의 솜씨는 그야말로 훌륭했습니다. 하지만 당신은 아마 그것을 성공시킬 수는 없을 것 같군요. 또 설사 성공한다고 하더라도──나도 한 번쯤 위협조의 말씀을 하게 해주십시오──당신은 몹시 후회하게 될 것입니다. 또 당신이 호의로 빌려주신 이 집에 관해서도──물론 당신이 생각해낸 이 거처란 고작해야 가슴이 답답한 쥐구멍 같은 곳에 지나지 않지만──당신이 확실히 자기 의사로 빌려주셨는지 어떤지 몹시 의심스럽습니다. 오히려 이 점에 대해서는 백작부에서 모종의 지시가 있지 않았는가 생각합니다. 그러니까 내가 여기에서 쫓겨나게 되었다는 사실을 백작부에 신고하겠습니다. 그러면 다른 주거를 지정해줄 것이고 당신은 아마 안도의 숨을 내쉬게 되겠지요. 그러나 그보다도 좀더 마음이 편해지는 것은 내 쪽입니다. 자아, 그건 그렇고 이런 일 저런 일로 해서 나는 이제부터 촌장에게 좀 다녀오겠습니다. 미안하지만 프리다만은 잘 보살펴주십시오. 친어머니와 같은 당신의 충고 덕분에 혼쭐이 났으니까요."

그리고 그는 조수들 쪽을 향해서 말했다.

"따라와!"

하고는 못에 걸려 있는 클람의 편지를 뽑아들고 나가려고 했다. 안주인은 잠자코 방관만 하고 있다가 이윽고 K가 문의 손잡이에 손을 대었을 때 가까스로 입을 열었다.

"측량 기사님, 헤어지기 전에 말씀드리지 않으면 안 될 것이 있어요. 어떻든 당신이 아무리 훌륭한 연설을 하든 또 나 같은 할머니를 상대로 아무리 횡설수설을 하든 당신은 미래의 프리다 남편이니까요. 그래서 말하겠는데 당신은 이곳 사정에 관해서 아주 깜깜하세요. 당신의 말씀을 듣거나 또 들은 말씀과 생각을 마음속에서 실제 상황과 비교해보면 정말 머리가 지끈지끈해요. 당신의 무지는 곧 낫지는 않을 것이고 어쩌면 영원히 고쳐지지 않을지도 몰라요. 하지만요. 내가 하는 말을 조금이라도 믿고 자기가 무지하다는 것을 항상 마음에 두고 있으면 좀더 좋아질 수는 있어요. 가령 내게 대해서도 좀더 공정한 태도를 취할 수가 있을 것이고 또 귀여운 프리다가 발없는 도마뱀 같은 사나이와 정사를 나누기 위해 독수리를 버렸다는 사실을 알게 되었을 때 내가 얼마나 충격을 받았을까 하는 것을 조금이라도 알기 시작할 거예요(그 충격은 아직도 계속되고 있어요). 물론 독수리와 발없는 도마뱀이라고 말했지만 실제는 그것보다 더 심한 것이에요. 나는 항상 그것을 잊으려고 노력하지 않으면 안 될 정도예요. 그렇지 않으면 당신과 조용하게 말을 나눌 수도 없을 거예요. 당신은 또 다시 화를 내시는 모양이군요. 네, 아직도 가시면 안 돼요. 이 부탁만은 들어주세요. 어디에 가시든 이곳에서는 프리다가 옆에 있기 때문에 큰 봉변을 당하지 않아도 되고 우리집에 있기 때문에 당신은 가슴속에 있는 것을 마음놓고 털어놓을 수 있는 것이에요. 가령 클람 씨와 만나서 어떤 얘기를 하려고 하는가를 안심하고 우리들에게 말할 수도 있어요. 다만 실제로는 제발 그런 짓을 하지 말아주세요."

그리고 그녀는 일어섰다. 흥분 때문에 약간 비틀거리고 있었으나 K에게 다가가더니 그 손을 잡고 애원하듯이 쳐다보았다.

K는 말했다.

"아주머니, 왜 이렇게 사소한 일을 가지고 그렇게 굽실거리면서 나에게 부탁을 해야 하는지 나로서는 그 이유를 도무지 알 수가 없습니다. 당신이 말씀하셨듯이 클람 씨와 얘기하는 것이 나에게는 불가능한 일이라면 당신이 애원을 하든 말든 어차피 내게는 가망이 없는 것 아닐까요? 그러나 만일 그것이 가능하다면 왜 클람 씨와 얘기를 해서는 안 된단 말인가요? 하물며 그렇다면 당신이 반대하시는 중요한 이유가 무효화될 뿐만 아니라 그 이외의 당신의 걱정도 매우 의심스러운 것이 되고 말 것이니까요. 물론 나는 무지하고 이곳 사정도 잘 모릅니다. 어쨌든 사실은 어디까지나 사실이고 이것은 내게 있어서 아주 슬픈 일입니다. 하지만 무지한 인간이 오히려 대담하게 일을 결행할 수 있다는 이점도 있습니다. 그래서 나는 내 무지와 거기에서 초래되는 형편없는 결과까지도 내 힘이 미치는 한 당분간은 참고 견디어보려는 것입니다. 그러나 그 결과는 본질적으로 나에게만 닥치는 것입니다. 당신이 애원하는 이유를 알 수 없는 것도 바로 그것 때문입니다. 물론 당신은 프리다에 대해서 언제나 걱정을 하고 계시겠지요. 내가 프리다의 눈이 미치지 않는 곳에 자취를 감추어버리면 당신으로서는 아마 뜻밖의 행운이겠지요. 그렇다면 당신은 무엇을 두려워하고 계십니까. 설마 당신은——어쨌든 무지한 인간에게는 어떤 일이라도 다 가능하리라고 생각되는 것이니까요.”

　여기에서 K는 잠깐 말을 끊고 문을 열었다.

“설마 당신은 클람 씨를 생각하고 두려워하고 있는 것은 아니겠지요?”

　안주인은 K가 서둘러 층계를 내려가고 조수들이 그 뒤를 따라가는 것을 다만 물끄러미 바라보고 있었다.

5

　K는 스스로도 이상하게 생각했을 정도로 촌장과의 회담에 대해서는 거의 걱정하고 있지 않았다. 지금까지의 경험으로 보아 백작부와의 직무상 교섭은 그에게 있어서는 극히 간단한 것이었다. 그는 촌장과의 회담이 마음에 안 걸리는 것도 그것으로 설명지으려고 시도했다. 이것은 한편으로는 그의 문제 처리에 관해서 외면적으로는 그에게 극히 편리한 일정한 원칙이 뚜렷이 서 있다는 사실에 입각한 것이었으나 다른 한편으로는 백작부에서 하는 일이 모두 훌륭하게 통일되어 있기 때문이기도 했다. 더욱이 설마 이런 데까지는 통일이 미치고 있지 않으리라고 생각되는 곳에까지도 오히려 통일이 지배하고 있다고까지 느껴지기도 했다. K는 이따금 이 일을 생각할 때마다 자기가 놓여 있는 상황이 지극히 만족스러운 것이라고 생각하지 않을 수 없었다. 물론 그렇게 만족을 느끼고 기분이 좋아진 다음에는 언제나 재빠르게 여기에야말로 위험이 내재해 있는 것이라고 자기 자신에게 타이르는 것을 잊지 않았다.

　백작부와 직접 교섭하는 것은 그다지 어렵지 않았다. 그것은 관청이 아무리 잘 조직되어 있다고 하더라도 멀리 떨어져 있고 눈에 보이지 않는 사람들의 이름으로 역시 눈에 보이지 않는 일을 옹호하는 것이 임무인 데 반해 K는 살아있는 신변의 일 때문에, 즉 자기 자신 때문에 싸우고 있었기 때문이다. 게다가 적어도 처음 한동안은 자기 자신의 의사로 싸우고 있던 것이 아니다. 즉 그는 공격자였던 것이다. 더욱이 그만이 자기를 위해 싸우고 있던 것이 아니라 그 이외의 여러 가지 힘이 분명히 그의 싸움을 도와주고 있었던 것이다. 그것이 어떤 힘이었는지 그것은 몰랐으나 관청의 여러 가지 대응 방법으로 미루어 보아 그러한 힘이 존재한다는 것만은 확실히 믿을 수 있었다. 그러나 관청은 하찮은 일을 가지고——지금까지 그 이상의 일로 문제가 된 적은 없었다——K의 의향을 되도록 들어주었다. K로서 본다면 오히려 그것 때문에 조그마하고 용이한 승리를 맛보는 가능성을 빼앗기고 말았다. 그와 동시에 그럴 듯한 만족감과 거기에서 생기는 안도감, 즉 장래의 보다 큰 승리에 대한 확신을 가질 수 있는 기회를 놓쳐버리게 되었다. 그 대신 K는 물론 마을 안에 한정된 것이기는 했지만 거의 어디에라도 갈 수가 있었다. 관청은 그렇게 함으로써 K를 나쁜 버릇에 물들게도 유약하게도 만들었다. 모든 싸움의 가능성을 배제하고 그 대신 K를 직무 외의 아주 걷잡을 수 없는 음울하고도 기이한 생활 속에 몰아넣고 말았다. 이렇게 하여 만일 K가 항상 조심을 하지 않았더라면 관청이 아무리 친절하게 해주었더라도 또 K가 극히 간단한 직무상의 모든 의무를 거의 완전히 수행했더라도 언젠가는 자기에게 보여준 이 허울뿐인 호의에 눈이 어두워 일상 생활을 극히 조심스럽지 못하게 영위해나갔을 것이었다. 그 결과 그의 일상 생활은 파탄에 빠지게 되고 관청은 여전히 부드럽고 친절하면서도 말하자면 본의가 아니게도, 그러나 K의 입장으로서는 알 수 없는 공적인 질서의 이름으로 그를 추방해버리지 않을 수가 없을 것이었다. 그런데 이 고장에서 직무와는 상관없는 일상 생활이란 도대체 무엇일까? K는 직무와 생활이 여기처럼 복잡하게 교차되어 있는 곳을 일찍이 본 적이 없었다. 때로는 직무와 생활이 서로 뒤엉켜 있는 것은 아닐까 하는 느낌이 들 정도로 뒤바뀌어 있었다. 가령 클람이 K의 직무상에 미치고 있는, 지금까지는 단순히 형식적인 것에 지나지 않았던 권력은 클람이 K의 침실 속에서 여실히 발휘하고 있는 힘에 비한다면 과연 얼마 만한 중요성을 가지고 있는 것일까? 결국 약간 경솔한 행동을 취한다 하더라도 또 어느 정도 긴장을 늦추고 있더라도 관청과 직접 관계가 있는 경우라면 별로 대단한 트러블이 되지는 않지만 그 밖의 경우는 매우 조심할 필요가 있으며 한 발짝 한 발짝 내디딜 때마다 눈을 사방에 돌리고 있지 않으면 안 되는 것이다.

이곳 관청에 대한 K의 견해는 촌장을 만나서 얘기해본 결과 옳다는 것이 입증되었다. 촌장은 친절하고 뚱뚱한 수염을 곱게 깎은 사나이였으나 병약하고 심한 중풍의 발작 때문에 침대에서 K를 맞았다.

"아니, 이게 누구십니까! 측량 기사님이시군요."

촌장은 그렇게 말하면서 인사를 하기 위해 자리에서 일어나려고 했으나 아무리 애를 써도 일어날 수가 없었다. 그래서 변명하듯이 다리를 가리키면서 다시 눕고 말았다. 창문이 작은데다가 커튼 때문에 한층 더 어둡게 보이는 이 방의 어슴푸레한 분위기 속에서 거의 그림자처럼 보이는 조용한 부인이 K를 위해서 의자를 가져다가 침대 옆에 놓았다.

"자아, 앉으세요, 어서 앉으세요, 측량 기사님. 그리고 나서 무엇을 원하는지 들어봅시다."

하고 촌장은 말했다.

K는 클람의 편지를 읽어주고 나서 거기에다 두서너 가지 의견을 덧붙여서 말했다. 또다시 그는 관청과 교섭을 하는 일은 아주 손쉬운 것이라는 느낌을 받았다. 관청은 글자 그대로 아무리 무거운 짐이라도 날라다 준다. 자기 자신은 손가락 하나 까딱하지 않고 짐은 관청에게 맡기고 자유스럽게 시간을 보낼 수가 있는 것이다. 촌장도 아마 같은 생각을 하고 있는 듯 부자유스러운 몸을 침대 속에서 억지로 움직였다. 한참만에야 그는 겨우 입을 열었다.

"측량 기사님, 당신도 말씀하셨듯이 나는 이 문제의 자초지종을 샅샅이 알고 있었어요. 지금까지 내가 아무 일도 착수하지 않은 것은 첫째로 내가 병을 앓고 있었기 때문이고 두 번째로는 당신이 너무 오랫동안 찾아오지를 않았기 때문에 나는 당신이 이 일에 대해서 손을 뗀 줄로만 알고 있었지요. 하지만 당신이 이렇게 친절하게 찾아주신 이상 불쾌하기는 하지만 사실을 있는 그대로 말씀드리지 않을 수가 없지요. 말씀하신 대로 당신은 측량 기사로서 채용이 되었어요. 그러나 유감스럽게도 우리는 측량 기사를 필요로 하지는 않습니다. 우리 마을의 조그마한 농지의 경계선은 말뚝으로 표시되어 있고 모든 것이 다 기록에 올라 있습니다. 소유지의 교환 같은 문제는 거의 일어나지 않을 것이고 사소한 경계 다툼은 자기들끼리 잘 해결합니다. 그러니 측량 기사가 와주었다고 해서 우리들이 어떻게 할 수가 없지 않겠습니까?"

K는 물론 예전에 이 문제를 생각한 것은 아니지만 마음속에서는 이와 비슷한 회답을 예기하고 있었다는 확신이 있었다. 그랬기 때문에 즉시 이렇게 대답한 것이다.

"이것 참 난처하게 됐군요. 그 말씀을 듣고 보니 내 계산은 모두가 뒤죽박죽이 되고 말았습니다. 혹 내가 촌장님의 말씀을 오해하고 있는 것은 아닐까 하는 것이 유일한 내 희망입니다."

"유감스럽지만 그렇지 않습니다. 지금 말씀드린 것이 있는 그대로의 사실입니다."

하고 촌장은 말했다.

"하지만 그런 터무니없는 얘기는 있을 수가 없습니다! 내가 이렇게 먼 길을 온 것은 지금 이렇게 덧없이 쫓겨나기 위한 것이 아닙니다!"

K는 흥분해서 말했다.

하지만 촌장의 대답은 여전했다.

"그것은 별개의 문제지요. 그것을 결정할 권한이 나에게는 없으니까요. 그러나 그러한 오해가 어떻게 해서 생겼는가 하는 것은 물론 설명해드릴 수가 있습니다. 백작부같이 큰 관청에서는 어떤 부서가 이러이러한 지령을 내리고 다른 부서가 또 다른 지령을 내리는 일이 있을 수 있습니다. 더욱이 서로 다른 부서의 일을 모르고 있다는 것은 흔히 있을 수 있는 일이지요. 확실히 상급기관의 감시는 극히 정확하지만 그 성질상 감시의 눈이 미쳤을 때는 이미 늦은 감이 있습니다. 그래서 조그만 혼란은 곧잘 일어납니다. 당신의 경우처럼 언제나 사소한 일이 말이에요. 내가 아는 한 중요한 일이 잘못된 것은 아직 한 번도 없어요. 그러나 사소한 일로는 곧잘 속을 태우곤 하지요. 그런데 당신의 문제에 관해서입니다만 그 경위에 대해서 솔직히 말씀드리지요. 직무상의 비밀 따위는 나는 모릅니다. 나는 본래 관리가 아닙니다. 나는 원래 뿌리가 농부이고 언제까지나 농부에서 벗어날 수가 없습니다. 지금부터 벌써 훨씬 전에, 그래요, 내가 촌장이 된 지 겨우 두서너 달 지났을까 말까한 때였는데 하루는 한 통의 훈령이 왔습니다. 어느 부서에서 왔는지는 지금 기억에 없습니다만 거기에 의하면 성의 관리 특유의 단정적인 어투로 이렇게 씌어 있었습니다. 즉 측량 기사를 한 사람 불러오라, 그리고 마을에서는 측량 기사의 일에 필요한 모든 도면과 문서를 준비해두지 않으면 안 된다라고 말입니다. 이 훈령은 물론 당신의 일은 아니었습니다. 벌써 몇 년 전의 일이니까요. 나 역시 지금 이렇게 병으로 앓아 누워서 이런 어처구니없는 문제를 이것저것 생각할 틈이 없었다면 아마 기억조차 나지 않았을 겁니다."

여기에서 촌장은 갑자기 말을 중단하고 아주 바쁘게 방을 지나가는 부인에게 말을 걸었다.

"미치! 거기 있는 장 속을 좀 찾아봐줘요. 아마 그때 온 훈령이 그 속에 있을 거야."

그리고 이번에는 K를 향해서 설명을 했다.

"이 훈령은 내가 촌장이 된 지 얼마 되지 않았을 때의 것이지요. 그 무렵은 아무것이나 다 보관을 하고 있었지요."

부인은 곧 장 속을 열어보았다. K와 촌장은 그것을 바라보고 있었다. 장

속은 서류가 가득히 들어 있었다. 장 속을 열자마자 마치 장작 묶음처럼 동그랗게 묶어놓은 큰 서류 뭉치가 두 개 굴러 나왔다. 부인은 깜짝 놀라서 황급히 옆으로 비켜섰다.

"아래에 있는 것인지도 몰라요, 아래쪽에——."

촌장은 침대 속에서 이렇게 지시했다. 부인은 촌장이 말하는 대로 아래쪽 서류를 끄집어내기 위해 장 속에 있는 것을 모조리 꺼냈다. 당장 방 안의 절반이 서류로 가득차버렸다.

"쌓이고 쌓여서 대단한 일거리가 되었군."

하고 촌장은 고개를 끄덕거리면서 혼자 중얼거렸다. 그러고는 K에게 이렇게 말했다.

"이것은 겨우 일부분에 지나지 않아요. 중요한 것은 창고 속에 넣어두었지만 대부분은 물론 분실해버리고 말았지요. 이런 것을 누가 소중히 간직하겠어요? 하지만 아직도 창고 속에는 많이 있어요."

그리고는 또다시 부인을 향해서 말했다.

"그 명령서를 찾을 수 있을 것 같아요? 표지의 '측량기사'라는 글자 밑에 파란 줄이 그어져 있는 서류를 찾으면 돼요."

"이 방은 너무 어두워요. 촛불을 가져와야겠어요."

부인은 그렇게 말하고 서류 위를 밟고는 방에서 나갔다.

촌장은 K에게 말했다.

"이런 귀찮은 일을 할 때는 집사람의 힘이 큰 도움이 되지요. 더욱이 이런 일만 가지고는 먹고 살 수가 없으니까 이것은 부수적으로 해결하지 않으면 안 됩니다. 문서 작성을 위해서 학교 선생을 조수로 한 사람 고용하고 있지만 그래도 전부 처리할 수가 없어서 언제나 남는 일이 많습니다. 그때는 저기 있는 저 상자 속에 넣어둡니다."

그러면서 또다른 하나의 상자를 가리켜 보였다. 그러면서 거기에 덧붙여서 이렇게 말했다.

"게다가 나는 지금 병중에 있으니까 노상 쌓이기만 하지요."

그리고는 피곤한 듯이, 그러나 동시에 무척 자랑스러운 듯이 다시 침대에 누워버렸다.

부인이 촛불을 가지고 와서 상자 앞에 무릎을 꿇고 명령서를 찾기 시작할 때 K는 말했다.

"내가 부인을 도와서 찾아드릴까요?"

촌장은 빙그레 웃으면서 고개를 흔들었다.

"아까도 말씀드린 것처럼 당신에 대해서는 직무상 비밀 따위는 없습니다. 그렇다고 해도 당신더러 직접 찾으시게 할 수는 없는 노릇입니다."

방 안은 아주 조용해졌다. 단지 종이가 바스락거리는 소리가 들릴 뿐이었다. 촌장은 조금 졸고 있는 것 같았다. 문을 가볍게 노크하는 소리가 들려서 K는 뒤를 돌아다보았다. 물론 조수들이었다. 그들도 지금은 약간 예의가 몸에 배어서 당장 방 안에 뛰어들어오지는 않고 우선 문을 조금 열고 거기에서 방 안에 대고 소근거렸다.

"바깥은 굉장히 추워요."

"아니, 누구지?"

하고 촌장은 깜짝 놀란 듯이 물었다.

"내 조수들입니다. 어디서 기다리게 해야 좋을는지 몰라서 그냥 바깥에 있게 했습니다. 바깥은 몹시 춥고 그렇다고 해서 이 방 안에 들어오면 시끄러워서 견딜 수가 없습니다."

K는 설명했다.

"뭐, 내 방해가 될 것은 없습니다. 들어오라고 하세요. 게다가 이 사람들은 나도 잘 알고 있습니다. 벌써 오래 전부터 아는 사이지요."

촌장은 친절하게 말했다.

"하지만 나는 시끄러워서 지장이 있습니다."

하고 K는 무뚝뚝하게 말하고 조수들에게서 촌장으로 그러고는 다시 조수들 쪽으로 시선을 옮겼다. 세 사람이 입 언저리에 짓고 있는 미소는 서로 닮아서 얼핏 구별이 안 될 지경이었다.

K는 어떤 실험을 해보려는 생각에서 이렇게 말했다.

"벌써 이 방에 들어와버렸으니까 할 수 없지. 그대로 여기에 있게. 그 대신 촌장 사모님을 도와서 서류를 찾아주게. 표지에 '측량 기사'라고 씌어 있고 거기에 파란 밑줄이 그어져 있는 서류를 찾는 거야."

촌장은 굳이 반대를 하지 않았다. K에게는 시킬 수 없지만 조수들에게는 그래도 무방하다는 투였다. 조수들은 곧 서류에 달려들었다. 그러나 그들은 찾고 있다기보다는 서류 뭉치를 헤집고 있다는 것이 옳았다. 그리고 한 사람이 문서를 한 자 한 자 천천히 읽어나가면 다른 한 사람은 그것을 옆에 있다가 상대방의 손에서 빼앗아버리는 것이었다. 한편 부인은 텅 빈 상자를 앞에 놓고 그대로 주저앉아 있는 꼴이었다. 찾고 있는 것 같지도 않았다. 그리고 촛불은 그들에게서 훨씬 떨어진 곳에 그냥 서 있는 채였다.

촌장은 만족스러운 듯 미소를 띠고 말했다. 그것은 모든 것은 자기의 지시에서 나왔지만 그것을 눈치챌 정도의 상대는 어디에도 없다는 듯한 미소였다.

"그러면 당신은 조수들이 귀찮다는 얘기군요. 그러나 이 사람들은 당신 자신이 고용한 조수입니다."

"원, 당치도 않습니다. 이 사람들은 내가 여기에 온 후에야 들이닥친 사람들입니다."

K는 냉랭하게 대답했다.

"네? 뭐라구요? '들이닥쳤다'는 말씀입니까? 아마 '배정되었다'는 뜻이겠지요."

"그럼 배정되었다고 해두어도 좋습니다. 그러나 그들은 마치 하늘에서 떨어진 것과 같습니다. 이 배정이란 마치 아닌 밤중에 홍두깨 식이어서 그야말로 엉터리 그것입니다."

"아닙니다, 여기에서는 엉터리 같은 일은 단 한 가지도 일어나지 않습니다."

촌장은 그렇게 말하고 발이 쑤시고 아픈 것조차도 잊어버린 듯이 상반신을 일으켜 세웠다.

"엉터리 같은 일은 없다고 말씀하시는 겁니까? 그렇다면 내가 이곳에 불려온 일은 대체 어떻게 되는 것입니까?"

"당신을 초빙한 것도 충분히 고려해서 한 일이었습니다. 다만 부수적인 여러 가지 사정이 얽혀서 사태를 혼란하게 만들었을 뿐입니다. 그것을 공문서에 의해 증명해 보이지요."

"서류는 아무래도 발견될 것 같지가 않습니다."

그러자 촌장은 소리쳤다.

"미치, 아직도 발견하지 못했어? 좀 더 빨리 찾아줘! 그러나 우선 경위 뿐이라면 서류 같은 것이 없어도 말씀드릴 수가 있어요. 이미 말씀드린 훈령에 대해서 우리들은 유감스럽지만 측량 기사는 필요없다고 대답을 했지요. 그러나 이 회답은 그 명령을 내린 본래의 부서 —— 가령 A과라고 불러두지요

――그 A과로 돌아가지 않고 잘못돼서 B과로 돌아간 모양이에요. 따라서 A과로 본다면 아무리 기다려도 감감무소식이라는 이야기지요. 그런데 난처하게도 B과에서도 우리들의 회답을 온전히 받은 것은 아니었지요. 서류의 알맹이가 우리들에게 그대로 남아 있었는지 혹은 도중에서 분실되어버렸는지는 모르겠습니다만――저쪽 과에서 분실하지 않은 것만은 확실해서 이것은 내가 보증할 수 있습니다――어떻든 B과에 도착한 것은 서류의 겉봉투뿐이었지요. 그 겉봉투에는 이 봉투의 알맹이 (실제로는 아무것도 들어 있지 않지만)는 측량 기사의 초빙에 관한 문서라는 것밖에는 아무것도 씌어 있지 않았지요. 그러는 동안 A과에서는 우리들의 회답을 기다리고 있었습니다. A과에는 이 문제에 관한 기록이 남아 있었지만 이러한 일은 잘 아시다시피 흔히 있는 일이지요. 또 결재를 아무리 정밀하게 해도 일어날 수 있는 일이지요. 그래서 우리들의 일을 담당하고 있는 부서는 그 동안 이쪽에서 회답이 올 것이라고 기대를 하고 있었고 회답이 오는 대로 측량 기사를 초빙하거나 필요에 따라 다시 이 문제에 관해서 우리들과 연락을 취하면 되리라고 생각하고 있었던 것이지요. 그 결과 그는 비망록에 적어두는 것을 게을리해서 문제 전체를 다 잊어버리고 말았던 것입니다. 그런데 B과에서는 예의 봉투가 양심적인 것으로 소문이 난 담당자에게로 넘어갔습니다. 그는 소르디니라는 이탈리아 사람으로서 사정을 잘 알고 있는 내가 보더라도 그 정도의 능력을 가지고 있는 사람이 왜 언제까지나 아랫자리에 머물러 있어야 하는지 이해하기가 힘들 정도였습니다. 이 소르디니는 당연한 일이지만 알맹이가 없는 듯 하다면서 봉투를 우리들에게로 돌려보냈습니다.

그런데 그때는 이미 A과에서 최초의 문서가 도착하고 나서 몇 년까지는 안 됐지만 몇 달이라는 세월이 흐르고 있었습니다. 잘 아실 테지만 서류라는 것은 규칙 대로 올바른 수순을 거치면 늦어도 그 다음날에는 목표하는 과에 전달되어 그날 중에 처리가 되지만 일단 길을 잘못 들면――그리고 관청 조직이 뛰어나면 뛰어날수록 서류는 그 잘못 든 길을 필사적으로 찾아 헤매지 않으면 안 되는 것입니다. 그렇지 않으면 길이 없으니까요――매우 시간이 걸리는 것입니다. 그래서 소르디니가 보낸 주의서를 받았을 때도 우리들은 이 문제를 다만 모호하게밖에는 생각할 수가 없었습니다.

당시에는 두 사람이 이 일을 하고 있었습니다. 즉 미치와 나 두 사람뿐이고 학교 선생은 그 무렵 아직 배정되어 있지를 않았었지요. 그래서 우리들은 아주 중대한 문제가 아니면 사본을 보관해두지 않았지요. 요컨대 우리로서 할 수 있는 유일한 일은 그러한 초빙에 관해서는 아무것도 모르고 있고 또 마을에서는 측량 기사 따위는 전혀 필요로 하지 않는다는 극히 애매한 해답밖에는 아무것도 없었던 것입니다.

여기에서 잠깐 말을 멈췄다가,

"그런데."

하고 촌장은 자기가 너무 이야기에 열중했다는 듯이, 아니면 너무 열중했는지도 모른다는 듯이 이렇게 물었다.

"이러한 이야기는 너무 따분하지 않아요?"

"아니오. 퍽 재미있게 듣고 있습니다."

하고 K는 대답했다.

그러자 촌장은 다시 이렇게 말했다.

"뭐, 당신을 재미있게 하려고 말하고 있는 것은 아닙니다."

"내가 재미있다고 말씀드린 것은 경우에 따라서는 한 인간의 일생을 좌우하게 될지도 모를 하찮은 실수나 혼란이 있을 수도 있다는 것을 어느 정도 알게 되었기 때문입니다."

하고 K가 말했다.

"아닙니다. 알게 되었다고 말씀하시지만 실은 아직도 전혀 알고 계시지 않습니다. 다시 설명을 하지요. 소르디니 같은 사나이는 물론 우리들의 회답에 만족할 까닭이 없었습니다. 그는 아주 멋있는 사람이었습니다. 물론 그가 내게는 두통거리였지만 말입니다. 왜냐하면 그 사나이는 어떠한 인간도 신용하지 않습니다. 예를 들면 몇 번씩이나 그러한 기회가 있어서 신용할 수 있는 사람이라는 것을 알고 있으면서도 다음 기회에는 마치 모르는 사람인 것처럼, 아니 좀더 정확히 표현하자면 마치 건달이나 무엇을 대하는 것처럼 신용하지 않는 것입니다. 나는 그의 그러한 방법이 옳다고 생각합니다. 관리들은 모름지기 그래야만 합니다. 유감스럽게도 나 자신은 성격적으로 봐서 이 원칙을 끝까지 지켜나갈 수가 없어요. 보시다시피 타향 사람인 당신에게 대해서조차 무슨 얘기든 죄다 털어놓고 있으니까요. 나는 이렇게밖에 살아갈 수가 없습니다. 그런데 소르디니는 우리들의 회답에 대해서 이것은 이상하다고 의심을 품게 된 것입니다. 그래서 엄청난 문서가 오고가기 시작한 것입니다. 그는 왜 갑자기 측량 기사 따위는 필요가 없다고 생각하게 되었는가를 물어

84

왔습니다. 나는 미치의 뛰어난 기억력의 도움을 받아 측량 기사를 고용하라고 처음에 발의한 것은 백작부라고 대답해주었습니다(나는 그것이 소르디니가 속한 과와는 전혀 다른 과라는 사실을 아주 오래 전에 까맣게 잊어버리고 있었지요).

여기에 대해 소르디니는 지금에 와서 그런 최초의 공문서 얘기를 꺼내는 것은 어째서인가 하고 물어왔기 때문에 나는 지금에야 그 일이 생각났기 때문이라는 답장을 보냈지요. 이어서 소르디니와 나 사이에는 다음과 같은 실랑이가 오고갔지요.

소르디니——그것은 참으로 괴상한 일이다.

나——문제를 이렇게 오래 끌었으니까 조금도 이상한 일이 아니다.

소르디니——그래도 역시 이상하다. 왜냐하면 당신이 생각해냈다는 그 통지서는 존재하지 않으니까.

나——서류 전체가 분실되었으니까 그 통지서가 없어진 것은 너무도 당연한 일이다.

소르디니——최초의 통지문에 관해서는 비망록이 남아 있지 않으면 안 될 텐데 그러한 것이 존재하지 않는다.

이러한 서신들이었는데 그만 나는 여기에서 말문이 꽉 막히고 말았지요. 왜냐하면 나로서는 소르디니의 과에 무슨 실수가 있었던 것은 아닌가 하고 주장할 용기도 없었거니와 그런 것을 믿을 수도 없었기 때문입니다. 측량 기사님, 소르디니가 만약 내 주장을 고려했더라면 적어도 이 문제를 다른 과들에 조회해볼 수도 있었을 것이라고 생각하고 아마 당신은 마음속으로 그를 비난하고 계시겠지요. 그러나 그러한 방법이야말로 틀린 것입니다. 나는 말입니다. 이 인물에 대해서는 설사 당신의 마음속에만이라도 오점을 남기고 싶지 않습니다. 실수의 가능성 따위는 전혀 고려하지 않는다는 것이 백작부의 집무상 원칙입니다. 이 근본 원칙을 정당화하는 것은 관청의 조직이 아주 잘 되어 있기 때문입니다. 또 결재를 매우 서두르지 않으면 안 될 때야말로 이 원칙이 필요해지는 것입니다. 그래서 소르디니로서는 다른 과에 조회할 수가 없었던 것입니다. 그리고 또 설사 조회를 했다고 하더라도 상대방 과에서는 곧 실수의 가능성을 탐지하고 있다는 것을 깨닫고 전혀 회답을 보내오지 않았을 것입니다.”

“촌장님, 말씀 도중에 실례입니다만 잠깐 여쭤보겠습니다. 당신은 아까부터 감시 기관 같은 것이 있다고 말씀하시지 않았던가요? 백작부의 조직 전체는 당신의 설명에 의하면 감시라든가 조정이 행해지지 않고 있다고 생각하니 위태로워서 그냥 보고 있을 수 없는 조직이군요."
하고 K는 말했다.

"매우 엄격한 말씀을 하시는군요. 하지만 그 엄격성을 천 배 만 배로 곱하더라도 당국이 자기 스스로에게 부과하고 있는 엄격성에 비한다면 아무것도 아니라고 생각합니다. 그런 질문을 하시는 것은 당신이 타향 사람이기 때문입니다. 감시 기관이 있느냐고 물으셨지만 실은 있는 것은 감시 기관뿐입니다. 물런 그러한 관청은 일반적인 의미에서의 과오를 찾아내는 것이 목적이 아닙니다. 왜냐하면 과오 같은 것이 일어날 까닭이 없기 때문입니다. 그래도 당신의 경우처럼 과오가 일어났다고 하더라도 대체 그것이 과오라고 누가 단정을 내릴 수 있겠습니까?"

"그러한 의견은 난생 처음 들어보는군요."
하고 K는 외쳤다.

그러나 촌장은 태연하게 말했다.

"뭐, 흔히 있는 생각이지요. 과오가 있었다고 믿고 있는 점에서는 당신도 나도 별다른 차이가 있습니다. 소르디니도 그 일로 절망하여 무거운 병을 앓았을 정도입니다. 과오가 어디에서부터 유래되었는가를 규명해준 최초의 감독국도 이 경우는 명백한 과오였다는 것을 인정하고 있습니다. 그러나 제2의 감독국도 그것과 똑같이 판단하고 다시 제3, 제4의 감독국도 그렇게 판단해주리라고 누가 주장할 수 있겠습니까?"

"그건 그럴는지도 모르겠습니다. 그러나 나로서는 그런 까다로운 수수께끼 풀이에는 관여하고 싶지 않습니다. 그리고 그 감독국이라는 것도 처음 들었기 때문에 물론 어떤 것인지조차 아직도 잘 모릅니다. 다만 여기에서는 두 가지 경우를 구별해서 생각할 필요가 있을 것 같습니다. 즉, 첫째는 관청 내부에서 일어나고 있는 일, 더욱이 그것이 관청의 입장에서 이렇게 해석되기도 하고 또 저렇게 해석되기도 한다는 것입니다. 둘째는 나라는 인간, 즉 현실에 존재하고 있는 인간에 대한 일입니다. 이 나라는 인간은 관청의 외부에 있기 때문에 관청으로부터 어떤 손해를 당하고 있는데 그것이 너무나도 엄청난 처분이므로 여전히 그 위험의 중대성을 정말로 믿지는 못하고 있는 형편입니다. 촌장님, 당신이 놀라운 전문적인 지식을 기울여서 말씀하고 있는 것은 아마 첫 번째 경우라고 생각합니다. 그러나 이번에는 나 자신의 일에 대해서도 무언가 한 마디 해주시지 않겠습니까?”
하고 K는 말했다.

그러자 촌장은 말했다.

“그것도 말씀드리지요. 그러나 그 전에 우선 두서너 가지 설명해두지 않으면 아마 이해하실 수 없으리라고 생각합니다. 지금 감독국 말씀을 드렸지만 그것조차도 시기 상조였습니다. 따라서 소르디니와의 의견이 맞지 않고 서로 이야기가 어긋났던 일로 화제를 돌리겠습니다.

이미 말씀드린 것처럼 내 방어력은 점점 약해져갔습니다. 그러나 소르디니라는 사나이는 누구에게 대해서도 사소한 이점이라도 손 안에 넣으면 그것으로 벌써 승리는 그의 것입니다. 왜냐하면 그렇게만 되면 그의 주의력과 에너지, 그리고 침착성은 한층 더 고조되기 때문입니다. 그러한 때의 그는 그의 먹이가 되는 자에 대해서는 무서운 존재가 되고 먹이가 되는 자의 적인 사람에게는 훌륭한 사람으로 비쳐지게 마련입니다. 내가 그에 대해서 이렇게 말씀드릴 수 있는 것도 다른 여러 가지 기회에 후자 쪽을 내가 직접 체험했기 때문입니다. 그것은 어쨌든 나는 아직도 그를 이 눈으로 보지는 못했습니다. 그는 마을에 내려올 수가 없는 것입니다. 일이 무섭게 산적해 있기 때문입니다. 이것은 들은 이야기입니다만 그의 방은 벽이라는 벽이 온통 서류 다발로 가득 메워져 있다는 것입니다. 그리고 그것은 그때 그때 그가 일에 사용하고 있는 서류들뿐입니다. 노상 서류 다발을 잡아빼거나 집어넣기도 하고 더욱이 매사가 매우 빠르게 행해지는 바람에 서류 뭉치가 노상 무너져내립니다. 그리고 끊임없이 그 서류가 무너져내리는 소리가 소르디니 사무실의 특징으로 되어 있다고 합니다. 그런데 소르디니라는 사람은 대단한 일꾼이어서 아무리 사소한 일이라도 극히 중요한 상황에 대한 것과 다름 없이 세심한 주의를 기울인단 말입니다.”

“촌장님, 당신은 언제나 내 일을 아주 하찮은 문제의 하나처럼 말씀하시는데 그것 때문에 아주 많은 관리가 바쁘게 움직이지 않으면 안 되었어요. 아마 처음에는 극히 사소한 일이었겠지만 소르디니 씨 같은 관리가 열심히 일을 하는 덕분에 나중에는 아주 중대한 문제가 되고 말았습니다. 이것은 아무래도 유감스러운 일이고 또 내 기분에도 매우 어긋나는 일입니다. 왜냐하면 내 공명심이랄까 희망이랄까 그것은 내게 관한 서류가 산더미처럼 쌓였다가는 와르르 소리를 내며 무너져내리는 일이 아니라 한 사람의 측량 기사로서 조촐한 제도대(製圖臺) 위에 앉아서 일을 하는 것이니까요.”

“아니, 당신의 문제는 중대한 사건이 아닙니다. 이 점에 관해서는 불평할 계제가 못 돼요. 이것은 조그마한 사건 중에서도 가장 사소한 문제의 하나입니다. 사건이 중대하고 안 하고는 거기에 필요한 일이 많고 적고에 의해 결정되는 것이 아닙니다. 그런 것을 믿고 계시다는 것은 아직도 백작부의 일을 잘 모르고 계시다고밖에는 할 수가 없습니다. 그러나 설사 일의 다과가 문제가 된다고 하더라도 당신의 경우는 아주 미미한 것이에요. 보통의 경우, 즉 이른바 착오가 없는 경우라면 좀더 일이 많아집니다. 물론 그 대신 일에 대한 보람도 훨씬 더 커지게 마련이지만요. 그것은 어쨌든 당신은 당신 사건에 의해 야기된 일의 실체를 아직 전혀 모르고 계시니까 이제부터 그것을 말씀드리겠습니다. 우선 소르디니는 나를 상대로 하지 않았지만 그의 부하 관리들이 찾아와서 매일 진신관에서 마을의 유력한 사람들을 신문하고 조서를 꾸몄습니다. 대개의 사람들은 내 편을 들었지만 약간이긴 하지만 기회주의적인 태도를 취한 무리도 있었습니다. 문제가 측량 기사의 일이고 보면 농부들이란 쓸데없이 관심을 가지게 되지요. 무슨 비밀 거래나 부정은 없는가 하고 냄새를 맡고 돌아가고 또 마침내 그러한 주모자를 한 사람 발견한 것입니다. 그래서 소르디니로서는 그들의 진술로 미루어 보아 만일에 내가 이 문제를 구의회에 제출했다면 반드시 전원이 측량 기사의 초빙을 반대했다고는 볼 수 없다는 확신을 갖게 되었지요. 그래서 일은 자명해졌습니다. 즉 측량 기사는 필요없다는 것으로 말입니다. 그러나 적어도 아직도 불확실한 점을 남기고 있다는 것이 되었지요. 여기에서는 특히 브룬스빅크라는 자가 유난히 많은 활동을 했어요. 당신은 아마도 이 사나이를 모르실 테지만 결코 나쁜 사람은 아닌 것 같습니다. 다만 머리가 나쁘고 게다가 주변머리없는 공상가라는 것이 흠이라면 흠입니다. 라제만이라는 사람과는 의형제를 맺고 있는 사이지요.”

“피혁 가게의 라제만 말입니까?”

하고 K는 묻고 라제만의 집에서 만났던 턱석부리의 이야기를 들려주었다.

“그래요, 그 사나이예요.”

하고 촌장은 대답했다.

“나는 그 사람의 부인도 알고 있어요.”

하고 K는 어림짐작으로 말했다.

"그럴 테지요."

촌장은 그렇게만 말하고 입을 다물어버렸다.

"미인이더군요. 하지만 조금 혈색이 나쁘고 어딘가 환자같이 보이더군요. 그 부인은 아마 성 출신인 모양이지요?"

하고 K는 말했다. 그러나 이 마지막 말은 반은 질문을 하는 투였다.

촌장은 시계를 쳐다보더니 숟가락에 가득히 약을 따라서 황급히 그것을 마셔버렸다.

"당신은 성의 일은 관청 조직밖에는 잘 모르시는 모양 같군요."

하고 K는 무뚝뚝하게 내뱉듯이 말했다.

"그렇습니다."

하고 촌장은 아니꼬운 듯 그러면서도 즐거운 듯이 미소를 띠고 말했다. 그러면서 다음과 같이 말을 이었다.

"사실 그것이 가장 중요한 일이니까요. 그런데 브룬스빅크의 일이지만 그 사나이를 마을에서 내쫓을 수가 있다면 거의 모든 사람이 기뻐할 것입니다. 아마 라제만도 크게 기뻐할 겁니다. 하지만 브룬스빅크는 그 무렵은 적잖은 세력을 가지고 있었지요. 물론 그는 웅변가는 아니지만 무엇이든 고래고래 소리를 지르고 허풍을 떠는 사람이지요. 그래서 거기에 속아넘어가는 사람들이 많았지요. 그래서 나는 문제를 구의회의 제기하지 않을 수가 없었습니다. 처음에는 브룬스빅크 한 사람의 무대였습니다. 왜냐하면 구의회에 대다수 사람들은 측량 기사 따위는 아무래도 좋다는 태도였기 때문입니다. 이것도 벌써 몇 년 전의 일이지만 그 이후 줄곧 문제는 아직도 결말이 나지 않은 상태입니다. 이것은 우선 한 가지 이유는 소르디니가 너무 양심적으로 일을 처리했기 때문입니다. 어쨌든 그는 다수파에 대해서든 반대파에 대해서는 그 주장의 동기를 각각 신중하게 조사하려고 했으니까요. 둘째로는 브룬스빅크의 우둔한 머리와 그 야심 때문이었습니다. 이 사나이는 백작부의 관청과 여러 가지 개인적인 연관을 가지고 있어서 그의 특유한 공상력을 발휘해가지고 연달아 새로운 술수를 생각해내서는 그러한 사람들을 계속 움직인 것입니다. 물론 소르디니는 브룬스빅크의 술수에는 넘어가지 않았습니다. 소르디니 정도의 사람이 어째서 브룬스빅크 같은 사나이에게 속겠습니까.

그러나 말입니다, 속지 않기 위해서는 새로운 조사가 필요하고 그 조사가 끝나기도 전에 브룬스빅크 쪽은 또 새로운 수법을 생각해낸다는 식이었습니다. 브룬스빅크는 그야말로 변덕스러운데 그것도 그의 바보스러움이 갖는 특징의 하나이죠. 자아, 그럼 이제는 슬슬 우리 행정 기구의 특징에 대해서 이야기할 단계가 된 것 같습니다. 우리의 행정 조직은 그 정밀함에 비례해서 지극히 예민하게 되어 있습니다. 가령 말입니다. 어떤 문제가 아주 오랫동안에 걸쳐서 검토되고 있을 경우 검토가 아직 끝나지도 않았는데 어딘지 예상할 수도 없는 장소, 나중에는 이미 어디였던가를 알 수도 없는 장소에서 뜻밖에 재빨리 결정이 내려지곤 하는 것입니다. 그것이 대개는 옳은 것이지만 그래도 멋대로 이 문제에 결말을 지어버리고 마는 일이 종종 일어나곤 하는 것입니다.

가령 예를 들면 아마도 그 자체로서는 사소한 한 가지 문제 때문에 몇 년씩이나 긴장되고 자극을 받게 되는 일에 염증을 느끼고 행정 조직 자체가 관리들의 도움을 빌리지 않고 스스로 결정을 내리고 말았다고나 할까요. 물론 기적이 하늘에서 떨어진 것은 아닙니다. 어떤 관리가 결재 문서를 작성했든지 또는 문서로 작성하지는 않았더라도 어떻든 적어도 우리들의 입장에서 보면, 아니 관청의 입장에서 보더라도 이 경우 결정을 내린 것은 대체 어떤 관리인지 또 무슨 이유 때문인지는 아무래도 확인할 수가 없습니다. 그것을 확인할 수 있는 것은 감독국뿐이지만 그것도 훨씬 나중에 와서의 일입니다. 그러나 그것은 벌써 우리들에게는 알려지지도 않고 그 무렵에는 거의 누구도 이 문제에는 흥미조차 느끼고 있지 않으니까요. 그런데 아까도 말씀드렸지만 이러한 결정은 대개 잔소리를 할 수 없을 정도로 정당한 것이지요. 다만 한 가지 곤란한 것은 보통 이러한 일에는 흔히 있는 일이지만 그러한 결정이 알려지는 시간이 너무 늦다는 것, 따라서 이쪽에서는 이미 결정이 끝난 문제를 가지고 여전히 토의하고 있다는 것이지요. 당신의 경우 이러한 결정이 이미 내려졌는지 어떤지 나는 모릅니다. 여러 가지 점으로 보아서 행해졌다고도 생각할 수 있고 행해지지 않았다고도 생각할 수 있습니다. 만일 그러한 결정이 내려졌다고 한다면 초청장이 당신에게로 보내져서 당신은 이곳까지 먼 여행을 해야 하고 그 때문에 실로 오랜 시일을 소모해야 했습니다. 더욱이 그 동안에 소르디니는 여전히 같은 문제를 가지고 씨름해야 하고 결국은 기운이 다 빠져서 지칠대로 지치고 브룬스빅크는 브룬스빅크대로 연달아 다음 음모를 꾸며 나는 이 두 사람 때문에 고통을 받았을 것입니다. 이것은 이렇게 될 가능성도 없지는 않았다는 것을 잠깐 말씀드렸을 뿐이지만 다음에 말씀드리는 것은 내가 분명히 알고 있는 사실입니다. 즉 이럭저럭하고 있는 동안에 어떤 감독국이 벌써 몇 년 전에 A과에서 마을 앞으로 측량 기사에 관한 문의가 있었는데 지금에 이르기까지 그 회답이 도착하지 않았다는 사실을 발견한 것입니다. 최근 그 일로 내게 조회가 왔는데 그 때에 모든 사정이 밝혀졌어요. A과는 측량 기사가 필요없다는 내 회답에 만족했고 소르디니도 이 문제는 자기의 소관 밖이어서 물론 자기의 실수는 아니었다고 해도 지금까지 쓸데없는 귀찮은 일에 매달려왔다는 것을 인정하지 않을 수 없었지요. 만일 새로운 일이 언제나처럼 줄줄이 밀려오지 않았더라면, 또 당신의 문제가 아주 사소한 사건——실상 아주 사소한 문제 가운데서도 가장 사소한 일이라고 해도 좋을 정도이지만——에 지나지 않는 것이 아니었다면 우리 일동은 아마 안도의 숨을 내쉬었을 것입니다. 소르디니조차도 그랬으리라고 생각합니다. 단지 브룬스빅크만은 불평을 늘어놓았지만 그것은 한갖 웃음거리에 지나지 않았지요. 그런데 말입니다. 측량 기사님, 내가 얼마나 실망을 했겠는지 한 번 상상해보세요. 문제가 모두 잘 해결되고 더욱이 그 이후 상당한 세월이 흐른 지금에 와서 갑자기 당신이 등장하는 바람에 문제가 다시 처음으로 되돌아갈 듯한 형세가 되어버린 것입니다. 나는 내 자신에 관한 한 이 문제를 어떤 일이 있어도 다시 원상태로 되돌리지는 않을 생각입니다. 이것은 아마 당신도 잘 이해하시리라고 생각합니다.

촌장은 장황하게 설명했다.

"물론 이해하지요. 그런데 그보다도 더욱 잘 알게 된 것은 여기에서 나는 어쩔 수 없이 법률이나 규칙까지 동원해서 마구 짓밟히고 채이는 지독한 꼴을 당하고 있다는 사실입니다. 물론 나 자신은 거기에 대해서 나를 지킬 줄을 알고 있습니다만——."

하고 K는 대답했다.

"어떻게 하시려는 겁니까?"

하고 촌장이 물었다.

"그것은 말씀드릴 수가 없습니다."

하고 K는 대답했다.

"나는 내 생각을 당신에게 강요하고 싶은 생각은 없습니다. 다만 꼭 생각해 주셨으면 하는 것은 나를——친구라고는 말씀드리지 않습니다. 우리들은 전혀 생면부지의 남남끼리이니까요——이를테면 당신의 작업상의 동료라고 생각해도 좋다는 것입니다. 당신을 측량 기사로서 고용한다는 것은 인정할 수가 없습니다만 그 밖의 일은 무슨 일이라도 안심하고 나와 의논해주십시오. 물론 나는 미력한 인간이고 따라서 그러한 도움도 내가 할 수 있는 범위 안의 일에 한정됩니다만——.”

“당신은 나를 측량 기사로서 채용할 수는 없다고 노상 말하고 있지만 나는 이미 채용되었습니다. 여기에 클람의 편지가 있습니다.”
하고 K는 말했다.

“클람 씨의 편지라고요? 그분의 서명이 있다면 그야말로 귀중한 것이고 함부로 다룰 수는 없겠군요. 음, 확실히 진짜 서명 같은데요. 그러나 내 판단만으로 그렇게 단정하기는 어렵고——미치 !”
하고 그는 부인을 불렀다. 그러고는,

“대체 자네들은 무엇을 하고 있나 ?”
하고 조수들을 향해서 말했다. 오랫동안 잊혀져 있던 조수들과 미치는 분명히 서류가 발견되지 않은 듯 이번에는 꺼냈던 서류를 모두 장 속에 다시 집어넣으려고 하고 있었다. 그러나 엄청나게 많은 서류가 뒤범벅이 된 탓에 본래대로 잘 들어가지가 않았다. 결국 조수들이 묘안을 생각해내어 지금 그것을 실행에 옮기려 하고 있었다. 즉, 장을 바닥에 눕혀놓고 서류를 전부 그 속에 집어넣은 다음 장을 세운다는 것이었다. 미치도 조수들과 함께 장의 문 위에 올라앉아 지금 막 서류뭉치를 짓누르고 있었다.

“그럼 문서는 발견하지 못했단 말이로군.”
하고 촌장은 말했다. 그러더니 이번에는 K를 향해서 이렇게 말했다.

“유감스럽지만 지금 말씀드린 대로입니다. 실은 서류 같은 것은 벌써 필요 없게 되었습니다. 그것은 어쨌든 언젠가는 꼭 발견되겠지요. 어쩌면 학교 선생네 집에 있을지도 몰라요. 그에게는 아직도 굉장히 많은 서류가 남아 있으니까요. 그런데 참 미치, 촛불을 좀 가져다주지 않겠어 ? 그리고 이 편지를 나와 함께 읽어줘요.”

미치 부인은 촌장 곁으로 다가와서 침대 언저리에 앉았다. 그리고는 크고 기운에 넘친 남편에게 몸을 기대었다. 남편은 그녀를 포옹해주었다. 이렇게 가지런히 앉아보니 그녀는 한층 더 파리하고 초라해 보였다. 다만 그 작은 얼굴만은 촛불빛 속에서 선명하게 떠올랐다. 뚜렷하고 날카로운 선을 부드럽게

92

해주고 있는 것은 그 나이에서 오는 쇠약함 때문이었다. 그녀는 그 편지를 보자마자 가볍게 두 손을 마주잡고 말했다.

"어머, 클람 씨의 편지군요."

두 사람은 함께 편지를 읽고는 한참 동안 작은 소리로 서로 속삭거렸다. 이윽고 조수들이 갑자기,

"만세!"

하고 외쳤다.

장롱의 문을 몸으로 눌러서 닫는 데에 성공했던 것이다. 미치가 조용히 고맙다는 시선을 조수들에게 보내고 있는 동안 마침내 촌장이 입을 열었다.

"미치도 완전히 나와 같은 의견이니까 이번에는 분명히 말씀드릴 수가 있습니다. 이 편지는 결코 공문서가 아니고 사신에 지나지 않습니다. 그것은 '삼가 아룁니다'라는 첫머리만 보더라도 알 수 있습니다. 게다가 이 문면에서는 당신이 측량 기사로서 채용되었다는 말은 단 한 마디도 없습니다. 오히려 일반적으로 '백작가의 근무'라는 말밖에는 없습니다. 그것도 구속력을 가진 보증이 아니라 '주지하는 바와 같이' 당신을 채용하게 되었다고만 씌어 있습니다. 이것은 무엇을 뜻하는가 하면 당신이 채용되었음을 증명할 책임은 당신 자신에게 있다는 것을 말합니다. 마지막으로 직무상의 일에 관해서는 전적으로 당신의 직속 상관의 촌장, 즉 나의 지시를 받으라고 되어 있고 나는 자세한 내용을 당신에게 전하지 않으면 안 된다고 씌어 있습니다.

그리고 물론 이것은 대부분 이미 전했습니다. 공문서를 제대로 읽는 기술을 알고 있고 따라서 공무상의 것이 아닌 편지도 제대로 읽을 줄 아는 사람에게는 모든 것이 명약관화한 일입니다. 물론 타향 사람인 당신이 그것을 모른다고 해서 별로 이상할 것은 없습니다. 전체적으로 말씀드리면 이 편지가 뜻하는 것은 당신이 만약 백작가에서 일하도록 채용되었을 경우 클람 씨가 개인적으로 당신에게 특별히 관심을 가져줄 생각이라는 것 외에 아무것도 아닙니다."

촌장의 이야기는 이러했다.

"촌장님, 당신은 이 편지를 아주 훌륭하게 해석해주셨는데 결국 당신 해석에 의하면 아무것도 씌어 있지 않은 백지 위에 서명만이 남아 있다는 이야기가 되었군요. 당신은 결국 귀하신 분이라고 당신 자신이 말한 클람이라는 이름에 흙탕물로 튀긴 결과가 되었다는 사실을 모르겠습니까?"

"아니, 그것은 오해예요. 나는 이 편지의 중요성을 모르고 있지는 않고 나만의 해석으로 그 가치를 경시하고 있지도 않아요. 아니, 오히려 그 반대입니다. 말할 것도 없이 클람 씨의 사신은 공문서 따위보다는 몇 배나 큰 값어치가 있습니다. 다만 당신이 거기에 부여하고 있는 값어치와는 다르다는 것뿐입니다."

"당신은 시바르처를 아십니까?"

하고 K는 물었다.

"아니 모릅니다. 미치, 아마 당신은 알고 있을는지 모르겠군. 뭐, 당신도 모른다고? 두 사람 다 모릅니다."

"거 참 이상하군요. 시바르처는 어느 하급 집사의 아들인데요."

K의 말에 촌장은 다시,

"측량 기사님, 대체 어째서 우리가 모든 하급 집사의 아들을 다 알고 있지 않으면 안 된단 말입니까?"

하고 말했다.

"알겠습니다. 그럼 여기에서는 일단 시바르처가 어떤 하급 집사의 아들이라는 내 얘기를 믿어주세요. 그런데 나는 이곳에 도착한 바로 첫날 그 시바르처라는 사나이와 지겨운 싸움을 벌였습니다. 그때 그는 전화로 프리츠라는 이름의 하급 집사에게 물어 내가 측량 기사로 채용되었다는 보고를 받았습니다. 촌장님, 당신은 이 사실을 어떻게 설명하시겠습니까?"

"그건 아주 간단한 일이에요. 당신은 아직 우리들의 관청과 정식으로 접촉한 일이 한 번도 없어요. 당신이 말씀하시는 것 같은 접촉이나 교섭은 모두가 허울뿐인 것에 지나지 않는데 그것을 당신은 사정을 잘 모르시니까 진짜 접촉이나 교섭이라고 착각하고 있는 것입니다. 그리고 전화 얘기입니다만 관청과 정말로 절충을 벌이지 않으면 안 되는 일이 산더미처럼 많은 나도 보시다시피 전화가 없습니다. 술집이라든가 그와 비슷한 곳에서는 전화도 돈을 집어넣으면 음악이 울려나오는 자동 피아노와 마찬가지로 도움이 될는지도 모르겠습니다만 결코 그 이상의 것은 아닙니다. 여기에 오셔서 벌써 전화를 하신 적이 있군요. 그렇다면 당신은 이미 아실 것입니다. 성에서는 전화가 기막힌 활동을 하고 있는 것 같습니다. 들은 바에 의하면 성 안에서는 끊임없이 전화를 걸고 있다고 하더군요. 물론 그래서 사무 능률은 크게 오르겠지요. 성 안에서 끊임없이 결려오는 이 전화 목소리는 마을 전화로 들으면 무슨 술렁이는 소리나 노랫소리처럼 들리기도 합니다. 이것은 확실히 당신도 들으셨을 것입니다. 그런데 이 술렁이는 소리와 노랫소리야말로 마을의 전화가 우리들에게 전해주는 가장 올바르고 믿을 만한 것이지요. 다른 것은 모두 가짜고 믿을 만한 것이 못 됩니다. 이곳 마을의 성 사이에는 일정한 전화 회선도 없고 이쪽에서 성을 불러내어 연결시켜줄 교환대도 없습니다. 마을에서 성의 누군가에게 전화를 걸면 그쪽에서는 여러 하급 과의 전화기가 일제히 울리는 것입니다. 아니, 그렇다기보다 오히려 이것은 내가 알고 있는 사실입니다만 대개의 전화기는 벨이 울리는 장치를 떼어놓았으니까 망정이지 만일 그렇지 않다면 온 성 안의 전화가 일제히 울릴 참입니다. 그런데 때때로 지칠대로 지친 관리가 잠깐 쉬려고——이것은 특히 저녁때나 한밤중에 많은 일이지만——벨이 울리는 장치를 연결시켜놓는 일이 있습니다. 그런 때는 대답을 해주지요. 물론 농담 이외의 아무것도 아니지만 말입니다. 이런 일은 실상 잘 이해할 수 있는 일입니다. 왜냐하면 극히 중요한 일이 맹렬한 속도로 진행되어가고 있는데 그 와중에 개인적인 사소한 용무 때문에 전화를 걸어 상대방의 일을 방해하는 일이 대체 누구에게 허용되겠습니까? 그리고 내가 이해할 수 없는 또 한 가지 이유는 타향에서 금세 도착한 사람이 가령 소르디니에게 전화를 걸었다고 해서 저쪽에서 대답을 해주고 있는 사람이 정말로 소르디니라는 것을 어떻게 믿을 수가 있을까요? 오히려 전혀 소속이 다른 과의 말단 기록 담당인지도 모를 일이지요. 한편——이것은 극히 드문 일이기는 합니다만——말단 기록 담당에게 전화를 걸었는데 실제는 소르디니 자신이 직접 전화를 받을 수도 있는 일이지요. 그런 때는 최초의 한 마디를 듣자마자 전화기 옆에서 재빨리 도망을 치는 것이 좋지요.”

촌장의 말이었다.

“물론 그러한 일이 있으리라고는 생각도 못 했었습니다. 그런 세밀한 점까지는 알 수가 없어서요. 그러나 나는 본래 이러한 전화를 통한 대화는 별로 신뢰하고 있지도 않고 정말로 중요한 것은 성에서 직접 경험하거나 달성하는 것뿐이라는 것을 늘 염두에 두고 있습니다.”

K는 말했다.

그러나 촌장은 이 말을 그냥 들어넘길 수는 없다는 듯이 댓바람에 말했다.

“그렇지가 않습니다. 정말로 중요한 것은 실은 그러한 전화를 통한 대답입니다. 성의 관리로부터 주어진 통지가 어째서 무의미할 수가 있겠습니까?

이 일은 이미 클람 씨의 편지 이야기가 나왔을 때 말씀드린 그대롭니다. 이러한 발언에는 모두 직무상의 의미는 없습니다. 그리고 직무상의 의미를 부여하게 되면 미로(迷路)에 빠져들고 맙니다. 그 대신 그러한 발언이 가지고 있는 개인적인 중요성은 설사 그것이 호의에서 나왔든 적의에서 나왔든 매우 큰 것입니다. 대개는 직무상의 의미 따위보다 훨씬 큰 것입니다."

"그렇군요. 모든 일이 그렇다고 한다면 나는 성 안에 좋은 친구를 많이 가지고 있는 셈이군요. 잘 생각해보면 벌써 몇 년 전에 예의 과가 어디 측량 기사를 한번 불러볼까 하고 생각했다는 것도 내게 대한 우정의 표시였던 셈입니다. 그리고 그 후 줄곧 그러한 우정어린 행위가 계속되어 끝내는 나를 여기에 유인해놓고 이번에는 쫓아내겠다고 나를 위협하고 있는 것입니다."

하고 K는 말했다.

"당신의 생각도 일리가 있어요. 성의 발언을 액면 그대로 받아들여서는 안 된다는 점은 확실히 당신이 말씀하신 그대롭니다. 그러나 비단 이곳뿐만이 아니라 어디에 가더라도 신중성은 필요한 것입니다. 그리고 문제가 된 발언이 중대하면 중대할수록 신중성은 그만큼 더 필요집니다. 그러나 당신은 지금 유인당했다고 말씀하셨는데 나는 그것이 무엇을 뜻하는지 도무지 이해가 되지를 않습니다. 내가 말씀드린 설명을 좀더 자세히 들었다면 당신의 초빙 문제를 매우 까다로운 문제여서 여기에서 잠시 말씀드린 것만으로는 도저히 해답을 찾을 수가 없다는 것쯤은 아실 수 있을 텐데요."

그러자 K는 따지듯이 말했다.

"그렇다면 결과적으로는 마치 뜬구름을 잡는 듯한 상태가 계속되다가 끝내는 내가 추방을 당하고야 말겠군요."

"누가 당신을 추방한다고 말했나요, 측량 기사님. 당신의 초빙 문제가 애매하게 되어 있는 것은 곧 당신을 더할 수 없이 정중히 대우하고 있다는 것을 말해주고 있을 뿐입니다. 당신은 참으로 신경 과민인 것 같군요. 누구도 당신을 이곳에 붙잡아두려고는 하지 않습니다. 하지만 그것은 또 뒤집어서 말하면 당신을 추방할 사람도 이곳에는 없다는 얘기지요."

촌장은 다짐하듯이 말했다.

"촌장님, 여러 가지 일을 너무 단순하게 생각하고 있는 것은 내가 아니라 바로 당신입니다. 나를 이곳에 붙잡아두고 있는 예를 두서너 가지 들어보지요. 고향을 떠나올 때 내가 지불해야 했던 몇 가지 희생, 길고 고생스러웠던 여행길, 이곳에서 채용될 것을 전제로 해서 품었던 몇 가지 장미빛 희망, 게다가 나는 이제 완전히 무일푼의 건달이라는 것, 그리고 이제 고향에 돌아가서 다른 적당한 일을 찾기란 도저히 불가능하다는 것, 마지막으로 이것도 중요한 일이지만 이 마을 사람인 내 약혼녀 문제도 있습니다.”

“아아, 프리다 얘기로군요.”

하고 촌장은 조금도 놀라는 기색이 없이 말했다. 그러고는 다시 다음과 같이 덧붙였다.

“잘 알고 있습니다. 그러나 프리다는 당신이 가는 곳이라면 어디든지 따라나서겠지요. 그 밖의 일들에 대해서는 물론 깊이 생각해볼 필요가 있지요. 그리고 그 문제들에 대해서는 내가 성에다 보고를 해놓겠습니다. 어떠한 결정이 내려지더라도, 또는 그 전에 다시 한 번 당신의 사정을 알아볼 필요가 생기더라도 좌우간 당신을 부르러 보내겠습니다. 이것으로 양해가 되셨습니까?”

“아니오. 그렇지 않습니다. 내가 성에 대해서 요구하는 것은 무슨 은총이나 자선이 아니라 어디까지나 내 권리입니다.”

K는 분명히 말했다.

그러자 촌장은 옆에 있는 부인을 불렀다.

“미치!”

부인은 여전히 남편에게 몸을 기대고 앉아 꿈꾸는 듯 클람의 편지를 만지작거리면서 그것으로 종이배 같은 것을 만들고 있었다. K는 깜짝 놀라서 황급히 그것을 빼앗았다.

“미치, 다리가 다시 쑤시고 아프기 시작했어. 찜질약을 갈아붙여야겠어.”

“그럼 이만 실례하겠습니다.”

그러나 미치는 남편을 향해서만 “네”라고 대답하고 재빨리 연고를 준비하면서 말했다.

“문바람이 너무 세요.”

K는 뒤를 돌아다보았다. 조수들은 평소와 다름없이 종잡을 수 없는 근면성을 발휘하여 K의 말을 듣자마자 문을 좌우로 활짝 열어젖혔다. K는 세차게 불어오는 찬바람으로부터 환자의 방을 지키기 위해 촌장에게 부랴부랴 작별 인사를 했다. 그러고는 조수들을 끌어당기기라도 하듯 방에서 뛰쳐나와서는 서둘러 문을 닫았다.

6

여관 앞에서는 주인이 기다리고 있었다. 이쪽에서 먼저 묻지 않으면 입을
열 것 같지도 않아서 K는 무슨 일이냐고 물어보았다.

"벌써 새 여관이 정해졌나요?"

주인은 시선을 땅으로 내리깔면서 물었다.

"안주인이 물어보라고 해서 묻는 거겠지? 아무래도 당신은 마누라에게 쥐
어서 사는 모양이군."

"아닙니다. 집사람의 부탁을 받고 물어보는 게 아니에요. 하지만 집사람은
선생님의 일로 몹시 흥분해서 슬퍼하기도 하고 또 풀이 죽어 있기도 하답
니다. 일도 손에 잡히지 않고 침대에 누운 채 노상 한숨만 쉬고 또 가끔씩 푸
념을 늘어놓곤 합니다."

"그럼 안주인한테 가봐야겠군."

K가 말하자 주인은 기다렸다는 듯이 말했다.

"제발 부탁합니다. 실은 촌장네 집에까지 마중을 가려 했었지만 촌장네 집
문 앞에서 엿듣고 있자니까 말씀을 하고 계시더군요. 방해를 해서도 안 되겠
고 또 마누라의 일도 걱정이 되었기 때문에 서둘러서 집에 돌아왔습니다. 그
런데 마누라는 나를 옆에 얼씬도 못 하게 하므로 이렇게 선생님이 돌아오시
기만을 기다리고 있었습니다."

"그렇다면 어서 갑시다. 곧 안주인의 마음을 가라앉혀드릴 테니까."

K의 말에 주인은 살았다는 듯이 반색을 하며,

"그렇게만 해주신다면 더 바랄 것이 없겠습니다."
하고 말했다.

두 사람은 밝은 주방을 지나갔다. 3, 4명의 하녀가 서로 멀리 떨어진 곳에
서 제각기 무슨 일을 하고 있다가 K의 모습을 보자 놀라서 멈칫하고 섰다. 이
미 안주인의 한숨 소리가 주방에까지 들려오고 있었다. 안주인은 얇은 판자
벽 한 장으로 주방과 격리된 창문이 없는 칸막이 방에 혼자 누워 있었다. 그
방은 큰 부부용 침대와 옷장 하나를 겨우 들여놓을 정도의 넓이밖에 되지 않
았다. 침대는 주방 전체를 내다볼 수가 있어 하녀들의 일하는 모습을 바라볼
수 있는 위치에 놓여 있었다. 그와는 반대로 주방에서는 칸막이 방 안의 모습

이 거의 보이지 않았다. 칸막이 방은 상당히 어두워서 희고 빨간 침구가 희미하게 보일 뿐이었다. 안에 들어가서 어둠에 눈이 익숙해지기 전에는 아무것도 분간하지 못할 지경이었다.

"드디어 와주셨군요."

하고 안주인은 힘없는 소리로 말했다. 그녀는 손발을 늘어뜨린 채 천장을 보고 드러누워 있었는데 숨을 쉬기가 몹시 괴로운 듯 새털 이불을 발치로 걷어차고 있었다. 이렇게 침대에 드러누워 있으니까 제대로 옷을 입고 일어나 있을 때마다도 훨씬 젊어 보였다. 다만 머리에 쓴 레이스를 두른 침대용 모자──그것은 너무 작아서 머리 위에 불안정하게 얹혀져 있었지만──가 파리한 얼굴을 더욱 애처롭게 보이게 하고 있었다.

"어째서 내가 이곳에 오지 않으면 안 되었을까요? 부르시지도 않았는데 말입니다."

하고 K는 부드럽게 말했다.

"나를 이렇게 오래 기다리게 하시다니 정말 너무해요."

하고 안주인은 환자만이 갖는 특유의 고집스러움을 노골적으로 드러내며 말했다. 그리고는 침대 모서리를 가리키며,

"앉으세요. 그리고 다른 사람들은 모두 나가주세요!"

하고 소리쳤다.

조수들뿐만이 아니라 하녀들까지도 어느 틈엔가 방 안에 가득 들어와 있었던 것이다.

"나도 나가지, 가르데나."

하고 주인이 말했다. K는 이때 비로소 안주인의 이름을 알았다.

"물론이에요."

하고 그녀는 천천히 말했다. 그러고는 다른 생각에 잠겨 있는 듯한 방심한 어조로 물었다.

"무엇 때문에 당신 같은 사람이 언제까지나 이런 곳에 남아 있어야 하나요?"

사람들이 모두 주방으로 물러가자(조수들도 이번에는 곧 말을 들었다. 물론 하녀 한 사람의 꽁무니를 쫓아서였지만) 그래도 칸막이 방에서 말하는 것은 모두 주방으로 새나갈 것이라는 사실을 깨달았는지 안주인은 다시 주방에서도 나가달라고 말했다. 사람들은 모두 그 명령에 순종했다.

모두 나가자 가르데나는 말했다.

"측량 기사님, 저 장롱을 열면 맨 앞에 숄이 걸려 있을 거예요. 그것을 좀 집어주세요. 그것을 몸에 걸치고 있을래요. 새털 이불은 도저히 답답해서 덮고 있을 수가 없어요. 숨이 막힐 것만 같아요."

그래서 K는 숄을 가져다주었다.

"보세요, 참 아름다운 숄이죠?"

K에게는 흔해빠진 털실로 짠 숄처럼 생각되었다. 그래도 예의상 다시 한 번 만져는 보았으나 아무런 대답도 하지 않았다.

"정말로 이쁜 숄이에요."

가르데나는 다시 한 번 말하고는 그 숄로 몸을 감쌌다. 그리고 그녀는 이제 편안하게 누워 있었다. 모든 근심 걱정이 다 사라져버린 것 같은 그런 모습이었다. 뿐만 아니라 잠으로 흐트러진 머리를 매만지기 위해 잠시 몸을 일으켜서는 침대용 모자 주변의 머리카락을 매만졌다. 참으로 소담스러운 머리카락이었다.

K는 침묵이 멋쩍어서 자기가 먼저 말을 꺼냈다.

"아주머니, 아주머니는 내가 다른 여관을 정했는지 어떤지를 주인 양반더러 물어보라고 하셨나요?"

"내가 물어보라고 했다고 하시던가요?"

하고 안주인은 되물었다. 그러고는 고개를 가로저으며,

"아니에요, 그것은 오해예요."

하고 부인했다.

"방금 주인 양반이 내게 묻던데요?"

"그럴 줄 알았어요. 그이는 딱 질색이에요. 내가 선생님을 여기에 묵게 하고 싶지 않다고 할 때는 당신을 여기에 붙들어놓고, 지금 이렇게 당신이 여기 계셔주셨으면 하고 있을 때는 또 반대로 당신을 내쫓으려고 해요. 그 사람이 하는 일이란 매사가 이런 식이라니까요."

"그러면 당신은 내게 대한 견해를 아주 달리 하셨군요. 그것도 불과 한두 시간 사이에."

K가 놀라운 듯이 물었다.

그러자 안주인은 또 다시 기운이 없는 투로 말했다.

"견해가 달라진 것은 아니에요. 손을 잠깐 내밀어주세요. 이렇게 악수를 하고 모든 것을 속시원히 털어놓겠다고 약속해주세요. 나도 당신에게 그렇게 하겠어요."

"좋아요. 그럼 두 사람 중에서 누가 먼저 시작하지요?"

"나부터요."

하고 안주인은 말했다. 그것은 K의 비위를 맞추기 위해서보다는 자기부터 먼저 말하고 싶어서 견딜 수 없다는 듯한 태도였다.

그녀는 베개 밑에서 사진 한 장을 꺼내 K에게 건네주었다.

"이것을 자세히 보세요."

K는 그것이 잘 보이도록 주방으로 한 걸음 옮기면서 들여다보았지만 사진에 무엇이 찍혔는지를 알아내기란 여간 힘들지 않았다. 왜냐하면 이 사진은 너무 오래되고 빛이 바래서 전체가 희미했고 게다가 곳곳이 찢어져서 형체를 알아보기 힘들 만큼 엉망이 되어 있었기 때문이다.

"꽤 많이 싱했군요."

K가 말했다.

"정말 아까워요. 몇 년 동안이나 몸에 지니고 다녔더니 그렇게 되어버렸어요. 하지만 자세히 보면 죄다 알게 될 거예요. 그리고 내가 도와드리겠어요. 무엇이 보이는가 말씀해보세요. 나는 이 사진 이야기를 들으면 무척 재미있어요. 그래, 무엇이 찍혀 있지요?"

"젊은 사나이로군요."

안주인이 계속 물었다.

"글쎄요, 자세히는 모르겠지만 판자 위에 드러누워서 기지개를 켜며 하품을 하고 있는 것 같군요."

"아니에요, 전혀 빗나갔어요."

하며 안주인은 웃었다.

"하지만 여기에 판자가 있고 분명히 그 사나이가 여기에 드러누워서 자고 있지 않습니까?"

K는 자기 견해를 고집했다.

그러자 안주인은 안타까운 듯이 말했다.

"좀 더 자세히 들여다보세요. 정말로 자고 있어요?"

"으음, 이것은 자고 있지 않군. 어쩐지 허공에 떠 있는 것 같군요. 아아, 이제야 알았습니다. 이것은 판자가 아니라 노끈인 것 같군요. 즉, 이 청년은 높이뛰기를 하고 있군요.”

“맞아요.”

하고 안주인은 반가운 듯이 말했다. 그리고 이어서,

“높이뛰기를 하고 있는 장면이에요. 관청의 심부름꾼은 그런 연습을 하는 거예요. 당신이라면 틀림없이 그것을 아시리라고 생각하고 있었어요. 그럼, 얼굴도 혹시 아시겠어요?”

“글쎄요. 얼굴은 거의 보이지를 않는군요. 그러나 몹시 안간힘을 쓰고 있다는 것을 알 수 있어요. 입을 딱 벌리고 눈은 감고 게다가 머리카락은 바람에 휘날리고 있군요.”

그러자 안주인은 K를 칭찬했다.

“잘 아셨어요. 그 사람하고 개인적으로 만난 적이 없는 사람은 그 이상은 알 수 없어요. 하지만 아주 멋진 젊은이예요. 나는 딱 한 번 그를 만난 적이 있는데 그 이후 그를 영 잊을 수가 없어요.”

“이 사람은 대체 누굽니까?”

K가 궁금해서 물었다.

“이 사람은 말이에요. 클람 씨가 나를 처음으로 불렀을 때 심부름을 왔던 사람이에요.”

K는 말을 잘 알아들을 수가 없었다. 창문이 덜커덩거리는 소리가 자꾸만 귀에 들려 어쩔 수가 없었던 것이다. 이 방해의 원인은 곧 알 수가 있었다. 조수들이 안뜰의 눈 속에서 좌우를 번갈아가며 한쪽 발로 뜀뛰기를 하고 있었는데 K의 모습이 다시 보이는 것이 즐거워서 견딜 수 없다는 듯이 서로 K 쪽을 가리키며 노상 주방의 창문이 두들기고 있었던 것이다. K가 위협하는 듯한 동작을 취하면 곧 뒤로 물러나 서로 상대방을 앞으로 내세우는 듯한 태도를 취하지만 곧 누가 다시 빠져나와서 창가로 돌아와버리는 것이었다. K는 재빠르게 칸막이 방으로 들어가서 몸을 숨겼다. 이곳이라면 문 바깥에 있는 조수들로부터 보이지도 않고 또 K쪽에서도 그들을 보지 않을 수가 있었다. 그러나 창문을 덜커덩거리는 소리는——그것은 희미하고 또 애원하는 듯한 소리였다—— 언제까지나 K의 귓전에 아련히 울려퍼지고 있었다.

“또 조수란 놈들이——.”

K는 안주인에게 빌 듯이 말하고 바깥을 가리켰다. 그러나 안주인은 K의 말에는 조금도 관심을 기울이지 않았다. 그녀는 이미 K의 손에서 빼앗았던 사

진을 그윽이 바라보며 정중하게 주름잡힌 곳을 펴서 베개 밑에 도로 밀어넣었다. 그녀의 동작은 완만해져 있었으나 그것은 피로한 탓이 아니고 갖가지 추억이 가슴속에 떠올랐기 때문이었다. 그녀는 K에게 자기의 신세 타령을 할 생각으로 이야기를 시작했으나 이야기를 하고 있는 동안에 K의 존재를 잊어버리고 만 것 같았다. 지금은 숄의 레이스를 만지작거리고 있었다.

잠시 뒤에 겨우 얼굴을 들고 손으로 눈 위를 비비면서 말했다.

"이 숄도 클람 씨에게서 받은 것이에요. 그리고 이 침대용 모자도 말예요. 아까 그 사진과 숄, 그리고 이 침대용 모자——이 세 가지는 내가 가지고 있는 클람 씨의 기념품이에요. 나는 프리다처럼 젊지도 않고 야심도 없고 또 감수성이 예민하지도 않아요. 프리다는 참 예민한 애예요. 하지만 요컨대 나는 인생이라는 것과 적당히 타협할 수가 있어요. 그러한 나조차도 터놓고 얘기하면 이 세 가지 물건이 없었더라면 여관 안주인의 생활을 이렇게 오랫동안 버텨오지는 못했을 거예요. 아니, 아마 단 하루도 견디지 못했을 거예요. 이 세 가지 기념품은 당신이 볼 때는 그야말로 하찮은 것일지도 몰라요. 하지만 프리다를 보세요. 그 애는 클람 씨와 그토록 오래 교제를 하고 있으면서도 한 개의 기념품도 갖고 있지를 않아요. 그래서 그 애에게 잔소리를 해주었는데 그 애는 너무 공상을 좋아하고 게다가 만족을 몰라요. 그런데 나는 클람 씨에게 불려간 것은 단 세 번 뿐이었어요. 그 후 그 사람은 갑자기 나를 부르지 않았지요. 그 이유는 지금까지도 모르고 있어요. 그래도 나는 내 행복이 오래 계속되지 않을 것을 미리 예감하고 있었는지 이 기념품들을 가지고 돌아왔어요. 물론 나 자신이 그렇게 생각하지 않으면 안 되지요. 클람 씨 스스로는 아무것도 내게 주지를 않았어요. 그렇지만 무엇이라도 적당한 것을 발견하면 부탁을 해서라도 클람 씨에게서 얻을 수는 있어요."

K는 그것이 아무리 자기와 관계가 있는 일이라고는 하나 이러한 이야기를 들으니 불쾌해졌다.

"대체 그 이야기는 얼마나 오래 전의 일입니까?"

"벌써 이십 년 전의 일이에요. 아니, 이십 년도 더 된 일이에요."
하고 안주인은 대답했다.

"그렇게 오랫동안 클람 씨를 진심으로 좋아하고 순정을 바쳐오셨습니까? 그런데 아주머니, 당신은 깨닫지 못했는지도 모르지만 아주머니의 그런 고백을 듣고 보니까 내 이제부터의 결혼 생활이 크게 걱정이 되는군요."

안주인은 이야기 속에 K가 자기 문제를 끄집어내려고 한 것을 못마땅하게 생각한 듯 무서운 얼굴을 하고 K를 노려보았다.

"그렇게 화를 내지 마십시오, 주인 아주머니! 뭐 클람 씨를 굳이 나쁘게 얘기하려고 한 것은 아니었으니까요. 하지만 나도 여러 가지 피할 수 없는 사건 때문에 클람 씨와는 이미 뗄래야 뗄 수 없는 어떤 관계가 성립되고 말았어요. 클람 씨를 아무리 존경하고 있는 사람이라도 이 사실은 부정할 수가 없을 거예요. 그렇지 않습니까? 그래서 나는 클람 씨의 얘기가 나올 때마다 언제나 내 문제를 생각하지 않을 수가 없는 거예요. 이것은 어쩔 도리가 없는 일입니다. 그런데, 그것은 어떻든 주인 아주머니!"

여기에서 K는 주저하는 상대방의 손을 붙잡고 다시 한 번 정식으로 화해를 요청했다.

"일전에는 이야기가 아주 이상하게 끝나고 말았는데 이번에는 사이좋게 헤어지고 싶군요."

"네, 옳은 말씀이에요."

하고 안주인은 머리를 수그려보이더니 이어서 다음과 같이 말하는 것이었다.

"하지만 내 일도 조금은 위로해주세요. 나는 다른 사람들만큼 민감하지는 못해요. 누구든 신경이 과민해지는 점이 여러 가지가 있지만 나는 그와는 정반대예요. 내가 과민해지는 것은 단지 이 문제에 대해서뿐이에요."

"유감스럽지만 그것은 나에게 있어서도 역시 마찬가지입니다."

하고 K가 말했다. 그러나 곧 이어서 다음과 같이 말했다.

"그러나 나는 틀림없이 그것은 자제할 수 있다고 생각합니다. 그런데 주인 아주머니, 한 가지만 설명해주십시오. 프리다도 이 점에서는 당신과 똑같다고 한다면 나는 앞으로의 부부 생활에 있어서 클람 씨에 대한 그러한 프리다의 미칠 정도의 정조를 대체 어떻게 참아내면 되겠습니까?"

"미칠 정도의 정조라고요?"

하고 안주인은 앵무새처럼 그 말을 되뇌었다. 그러고는 곧,

"대체 그것이 정절이라는 것일까요? 나는 남편에 대해서는 정절을 지키고 있어요. 그러나 클람 씨에 대해서 정절을 지키란 말예요? 클람 씨가 한 번 과거에 나를 애인으로 삼았던 이상 내가 그 명예로운 지위를 언제 다시 상실하는 일이 있을 수 있을까요? 그런데 당신은 프리다와 결혼하고 나서 이러한 사실을 어떻게 참아내면 좋은가를 묻고 계세요. 측량 기사님, 그런 말씀을

하시다니 당신도 정말 한심한 사람이군요.”

“주인 아주머니!”

하고 말하는 K의 어조에는 어딘가 모르게 경고하는 듯한 기색이 있어 보였다.

“알고 있어요. 미안해요.”

안주인은 자기 감정을 억누르면서 말했다. 그러고는 곧 이어서 다음과 같이 말하는 것이었다.

“하지만 우리 주인은 그런 질문을 하지 않았어요. 그 무렵의 나와 지금의 프리다를 놓고 볼 때 어느 쪽이 더 불행하다고 말할 수 있을는지 물론 나는 몰라요. 프리다는 스스로 과단성있게 클람 씨를 버렸고 나는 이미 클람에게 부름을 받을 수 없게 된, 다시 말하면 클람에게 버림을 받은 꼴이 되었지만 글쎄 어느 쪽이 더 불행했다고 할 수 있을는지는 모르겠어요. 그러나 역시 프리다 쪽이 더 불행했다고 할 수 있지 않을까요? 물론 그 애는 자기가 얼마나 불행한지를 아직 잘 모르고 있는 것 같아요. 그러나 그때의 나는 자기가 이 세상에서 가장 불행하다는 생각밖에는 없었어요. 왜냐하면 그 무렵은 노상 한 가지 질문을 나 자신에게 계속할 수밖에 없었고 그 물음을 나 자신에게 계속하고 있으니까요——즉, 어째서 일이 이렇게 되었을까 하는 것을 말이에요.

클람 씨는 세 번 심부름꾼을 나에게 보내주었지만 네 번째는 이미 부르지 않았어요. 네 번째에 드디어 끝장이 났어요. 당시에는 이것 말고 달리 생각할 것이 무엇이 있었겠어요. 그 뒤 곧 결혼을 했지만 남편과 무슨 얘기를 할 수 있었겠어요? 낮에는 이야기를 할 틈도 없었지요. 우리들은 이 여관을 형편 없는 상태에서 인수했기 때문에 어떻게 해서든지 궤도에 올려놓으려고 비지땀을 흘리면서 일하지 않으면 안 되었어요. 하지만 밤에는 그 얘기를 했지요. 몇 년 동안이나 우리들의 밤의 화제는 클람 씨와 일과 그의 마음이 왜 변했을까 하는 것이었어요. 내가 이야기를 하고 있는 동안에 남편이 잠들어버리면 나는 그를 흔들어 깨워서 또 얘기를 계속하는 것이었어요.”

“그런데 당신이 만일 허용하신다면 대단히 실례되는 질문을 한 가지 하고 싶습니다만.”

K의 물음에 안주인은 대답이 없었다.

“그럼 질문을 하면 안 되는 모양이군요. 그렇다면 좋습니다.”

그러자 안주인이 말했다.

"그야 당신으로서는 그래도 괜찮을 것이고 특히 그것이 좋을 거예요. 당신이라는 사람은 무엇이든지 오해를 하시는군요. 내 침묵도 오해를 하시는 거예요. 정말 당신은 오해하는 재주밖에는 아무 능력도 없는 사람이에요. 하지만 나는 당신에게 질문을 허용하겠어요."

안주인의 말을 받아 이번에는 K가 입을 열었다.

"내가 무엇이든 오해를 하는 인간이라고 한다면 아마 이러한 내 질문 자체도 오해일는지 모르고 어쩌면 내가 그렇게 생각하고 있을 정도로 실례의 질문이 아닐는지도 모르겠습니다. 내가 묻고 싶었던 것은 당신이 어떻게 해서 지금의 주인을 알게 되었는가 하는 것과 그리고 당신들이 어떻게 해서 이 여관을 손에 넣게 되었는가입니다."

안주인은 잠시 동안 이마에 주름살을 짓더니 이윽고 짐짓 태연한 어조로 말하기 시작했다.

"그것은 아주 기막힌 얘기예요. 우리 아버지는 대장간을 경영하고 있었어요. 지금의 남편인 한스는 큰 부농의 말을 부리는 하인으로서 노상 아버지한테 드나들고 있었어요. 그것은 마침 내가 클람 씨에게 마지막으로 불려간 직후의 일이었어요. 나는 무척이나 불행한 기분이었지만 사실은 자기를 불행하다고 생각할 권리 따위는 전혀 나에게 없었던 거예요. 그럴 수밖에 없었던 것이 내 몸에 닥친 모든 일에 대해서 무엇 하나 군소리를 할 수 있는 형편이 아니었으니까 말이에요. 내가 클람 씨를 만나러 갈 수 없게 된 것도 클람 씨가 결정한 일이고 따라서 나는 군소리를 할 수가 없었던 것이에요. 다만 클람 씨가 그렇게 결정한 이유는 잘 알 수가 없었어요. 나로서는 그 이유를 이것저것 짐작을 해볼 수는 있었지만 그것을 불행하다고 할 권리는 없었어요.

그래도 역시 불행함에는 틀림이 없고 일도 손에 잡히지를 않아 하루 종일 집 앞 작은 마당에 나와 앉아 있었지요. 그러한 나를 한스가 눈여겨보고 때때로 내 옆에 와서 앉곤 했지요. 나는 그를 상대로 우는 소리 한 마디 한 적이 없지만 그는 내가 어째서 슬퍼하고 있는지를 잘 알고 있었어요. 그리고 그는 사람이 좋은 젊은이였으므로 함께 울어준 적도 있었어요. 그 무렵 이 여관의 주인이었던 사람은 마누라가 먼저 죽어 여관을 할 수 없게 되고 게다가 이미 노인이었어요. 어느 날 우리집 뜰앞을 지나다가 우리들이 앉아 있는 것을 보고는 걸음을 멈추었어요. 그리고 그 자리에서 느닷없이 우리들에게 여관을 임대해주겠다고 말하는 것이었어요. 그리고 우리들을 신용하고 있다고 하면서 선금도 요구하지 않고 그야말로 싼 값으로 세를 놓아주었어요. 나로 말한다면 아버지의 짐이 되고 있는 것이 괴로울 뿐 그 밖의 일은 아무것도 문제될 것이 없었어요. 그래서 본격적으로 여관 경영의 일을 생각하게 된 것이에요. 그리고 이 새로운 일 덕분에 어느 정도 고통을 잊을 수도 있을는지 모르겠다는 생각에서 한스의 청혼을 받아들이기로 했지요. 이야기는 단지 그것뿐이에요.”

잠시 동안 침묵이 이어지고 나서 K는 말했다.

“이 여관의 먼젓번 주인의 행동은 훌륭했지만 한편으로는 경솔했던 것 같군요. 그렇지 않으면 그 사람이 당신들 두 사람을 믿을 무슨 특별한 이유라도 있었습니까?”

“그 사람은 한스를 잘 알고 있었어요. 한스의 숙부님이시니까요.”
하고 안주인은 대답했다.

“그렇다면 당연한 일이겠군요. 그러고 보면 한스네 일가에 있어서는 당신과의 혼담이라는 것이 퍽 중요한 문제였음에 틀림없는 것 같군요.”

K의 말에 대해 안주인은 대답했다.

“그럴는지도 모르죠. 그것은 나도 잘 몰라요. 어쨌든 그런 것은 조금도 신경을 쓰지 않았으니까요.”

“하지만 역시 그랬을 것에 틀림없습니다. 일가 친척이 그렇게 큰 희생을 치를 각오를 하고 더군다나 여관을 아무런 담보도 없이 깨끗이 당신에게 넘겨줄 생각을 했으니까요.”

“나중에 와서야 알았지만 한스의 숙부님이 하신 일은 조금도 경솔하지가 않았어요. 나는 그야말로 일에 온 정성을 다 기울였어요. 대장장이의 딸이었으니까 원체 몸이 튼튼해서 하인도 하녀도 필요없었어요. 식당 일이든 주방 일이든 또는 가축을 돌보는 일이든 안뜰을 보살피는 일이든 무엇이든 가리지 않고 집안 일을 혼자서 다 처리했어요. 요리 솜씨도 좋아서 진신관의 손님을 모조리 뺏어왔을 정도였으니까요.

당신은 아직도 우리 식당에서 점심을 드신 적이 없기 때문에 우리집 손님을 모르실 거예요. 본래는 좀더 많이 오셨지만 요사이는 무척 줄었어요. 그러한 노력의 보람이 있어서 우리는 임대료를 제때에 꼬박꼬박 냈을 뿐 아니라 몇 년 뒤에는 이 집을 고스란히 사고 지금은 거의 빚도 없을 정도예요. 물론 좋은 일만 있는 것은 아니었어요. 나는 너무 일을 많이 했기 때문에 몸을 망쳤어요. 심장병을 앓고 지금은 이렇게 할머니가 되어버렸지요. 아마 당신은 내가 한스보다 훨씬 나이가 많을 것이라고 생각하겠지만 실제로는 그보다 두 살인가 세 살 많을 뿐이에요. 물론 그 사람은 이제 더 이상 늙을 일이 없어요. 그러한 일만 하고 있으면—— 파이프 담배에 불을 붙여 물고 손님들 얘기에 귀나 기울이면서 또 파이프 소제를 하고는 때때로 맥주를 한 잔씩 기울이는——나이를 먹을 까닭이 없으니까요.”

“허허어, 당신의 일솜씨는 정말 대단합니다. 그것은 의심할 여지가 없습니다. 그러나 우리들이 얘기하고 있던 것은 당신의 결혼 전 이야깁니다. 그런데 한스 일가가 재산을 희생해가면서까지, 이렇게 말하는 게 듣기에 거북하다면 적어도 이 여관을 제공할 정도의 위험을 저지르면서까지 어떻게든 당신과의 혼담을 성사시키려고 애썼다는 사실, 더욱이 단 한 가지 희망이라면 당신과 한스의 노동력뿐이었습니다. 게다가 당신이 얼마나 일을 잘 하는지 그때는 아직 모르고 있었고 한스의 무능력은 그 무렵부터 이미 잘 알고 있었을 것입니다. 그렇다면 이 혼담은 당시로서는 꽤 희한한 일이 아니었을까요?”

하고 K가 말했다.

“그러고 보면 정말 그렇군요.”

하고 안주인은 말하고 이어서 다음과 같이 말하는 것이었다.

“당신이 무엇을 알아내려고 하는지도 또 그것이 엉뚱한 데로 빗나가고 있다는 것도 잘 알았어요. 이 문제는 클람 씨와는 전혀 무관했어요. 어째서 클람 씨가 내 일을 걱정해주지 않으면 안 되었을까요? 좀더 정확하게 말하면 클람 씨가 어떻게 내 문제를 걱정해줄 수가 있었을까요? 클람 씨는 내 문제 따위는 벌써 염두에도 없었는걸요. 그가 나를 부르지 않게 되었다는 것은 나를 잊어버렸다는 증거였어요. 그는 벌써 부르지 않게 된 상대의 일은 완전히 잊어버리고 있는 거예요. 프리다 앞에서 이런 이야기를 하지 않은 것은 그 애에게 이 이야기를 들려주고 싶지 않았기 때문이에요. 더욱이 그는 잊어버리는 것만이 아니에요. 그것보다도 훨씬 더 잔인해요. 왜냐하면 잊어버린 상대라면 다시 알게 될 수도 있을 거예요. 그러나 클람 씨의 경우는 그것이 아니에요. 그가 부르지 않게 된 상대방 여성을 잊어버린다는 것은 그 과거만을 잊어버리는 게 아니에요. 문자 그대로 미래까지도 완전히 잊어버리는 것이지요. 기를 쓰고 노력하면 나도 당신의 생각을 따라갈 수 있지요. 하지만 당신의 생각은 먼 당신의 고향에서는 아마 온당한 생각으로 통할 수 있을지 모르지만 이곳에서는 전혀 무의미해요. 아마 당신 생각으로는 클람 씨가 장차 나를 다시 부르고 싶어졌을 때 내가 그와 만나는 것을 꺼려하지 않도록 하기 위해 나를 한스 같은 얼간이 사나이와 결혼을 시켰으리라고 생각하고 계시겠죠. 그러나 그건 터무니없는 상상이에요. 네, 그 이상 바보스러운 일은 생각할 수도 없어요. 클람 씨에게서 신호가 왔을 때 내가 그에게로 달려가는 것을 막을 사나이가 대체 이 세상 어디에 있을까요? 어리석은 생각이에요, 정말 어리석기 짝이 없는 생각이에요! 그런 바보 같은 생각을 계속하고 있으면 나중에 정말로 미쳐버리고 말 거예요.”

“아니, 서로 머리가 이상해진다는 것은 좀 곤란하지요. 나는 당신이 생각하고 있는 것까지는 미처 생각이 미치지 못했어요. 물론 사실을 말씀드리면 그 중간까지는 생각하고 있었지요. 하지만 내가 약간 이상하다고 생각한 것은 한스의 친척들이 이 결혼에 무척 기대를 걸고 있었다는 것과 더욱이 그 기대가 이루어졌다는 것이지요. 물론 그것은 당신의 심장과 건강을 희생으로 해서 실현되기는 했지만 말입니다. 이 두 가지 사실과 클람 씨 사이에는 무슨 관계가 있을 것 같다는 생각이 당신의 이야기를 듣고 있는 동안에 퍼뜩 머리에 떠올랐습니다만 그것은 당신이 말하는 것처럼 그렇게 야비한 생각은 절대로 아니었습니다. 아니면 아직 거기까지는 생각이 미치지 않았다고 해야 옳을는지도 모르겠습니다. 당신이 그런 말씀을 하신 것은 나를 여지없이 골탕 먹이고 또 못 견디게 재미가 있어서였을 것입니다. 하여간 적당히 즐거워하십시오. 그러나 말해두지만 내가 생각했던 것은 이 결혼의 계기가 된 것은 뭐니 뭐니 해도 우선 클람 씨가 틀림없으리라는 것이었습니다. 클람 씨와의 사건이 없었더라면 당신은 불행해지지도 않았을 것이고 아무 일도 손에 잡히지를 않아 집 앞의 작은 뜰에 나와서 앉아 있지도 않았을 겁니다. 또 클람 씨와의 일이 없었더라면 한스가 작은 뜰 안에서 시름에 잠겨 있는 당신을 눈여겨 보지도 않았을 것이고 당신이 슬퍼하지 않았다면 내성적인 한스가 당신에게 말을 걸어오지도 못했을 겁니다. 클람 씨와의 일이 없었더라면 당신은 한스와 함께 눈물을 흘리는 일도 없었을 것이고 늙은 여관 주인인 한스의 숙부가 당신과 한스가 사이좋게 앉아 있는 광경을 아마 목격하지도 못했을 겁니다. 클람 씨와의 일이 없었더라면 당신은 인생 같은 것은 아무래도 좋다고는 생각하지 않았을 것이고 따라서 한스와도 부부가 되지는 않았을 겁니다. 요컨 대 이러한 모든 일들 속에 이미 충분히 클람 씨의 그림자가 깃들어 있는 것처럼 나에게는 느껴지더란 말입니다.

그리고 그것뿐이 아닙니다. 당신은 클람 씨와의 일을 잊어버리려고 노력하지 않았더라면 그토록 억척같이 몸도 돌보지 않고 무리를 해가면서까지 일을 하지는 않았을 것이고 따라서 사업을 이렇게까지 번창시키지는 못했을 것입니다. 따라서 여기에도 클람 씨의 그림자가 꼬리를 드리우고 있는 셈이지요. 그러나 그 점은 모두 도외시하더라도 클람 씨는 우선 당신 질병의 원인이라고 할 수 있어요. 왜냐하면 당신의 심장은 결혼하기 전부터 벌써 불행한 정열 때문에 좀먹었기 때문이지요. 그래서 이제 남아 있는 유일한 문제는 어째서 한스 일족이 이 결혼에 그렇게까지 집착했는가 하는 것뿐입니다. 아까 당신은 클람 씨의 애인이 된다는 것은 다시없는 출세라는 뜻의 말씀을 하셨지요. 그렇다면 그 사실이 어쩌면 한스 일족의 마음을 사로잡았는지도 모르겠군요. 그러나 그것뿐이 아니라 당신을 클람 씨에게로 인도한 행운의 별——물론 그것이 행운의 별이라고 한다면 말입니다. 그리고 당신의 주장에 의하면 그것은 행운의 별입니다——은 어쨌든 당신 것이고 따라서 언제까지나 이것은 당신 주변을 맴돌 것에 틀림없고 클람 씨가 당신을 저버렸듯이 그렇게 빠르게, 더욱이 갑작스럽게 이 별이 당신을 저버리지는 않을 것이다라고 한스 일족은 기대하지 않았었나 생각합니다.”

“그런 것을 모두 진심으로 생각하고 계신가요?”
하고 안주인은 물었다.

“물론 진심이고말고요.”

K는 재빨리 대답하고 이어서 다음과 같이 말을 이었다.

“다만 한스 일족이 그렇게 기대했던 것은 완전히 옳았던 것은 아니지만 그렇다고 해서 완전히 틀린 것도 아니었다는 생각이 드는군요. 그리고 그들이 저지른 실패까지도 이해할 듯한 기분이 듭니다. 왜냐하면 외면적으로는 모두가 성공한 것처럼 보이기 때문입니다. 한스는 무엇 한 가지 부족하지 않은 신세가 되었고 훌륭한 아내를 얻었으며 장사도 잘되어 빚도 갚을 수 있었습니다. 하지만 사실은 모든 것이 전부 잘된 것은 아닙니다. 한스는 소중한 첫사랑을 자기에게 바친 소박한 아가씨와 결혼을 한 것이 훨씬 더 행복했을 것입니다. 당신이 비난하듯이 그는 때때로 식당에서 우두커니 서 있는 일이 있곤 하는데 그것은 정말로 자기가 빈 껍질처럼 느껴졌기 때문입니다. 물론 그렇다고 해서 그것 때문에 그가 불행한 인간이라고는 할 수 없을는지도 모릅니다. 그것은 확실합니다. 나도 한스에 대해서 그 정도는 알고 있다고 생각합니다. 그러나 말입니다. 이 핸섬하고 사리 분별이 있는 젊은이가 다른 여성과 결혼을 했더라면 지금보다 좀더 행복해졌으리라는 것도 그것 못잖게 확실한 일입니다. '좀더 해복해졌다'는 것은 좀더 독립심이 있고 일에 열심이고 사내다운 인간이 되어 있었을 것이라는 얘기입니다. 그리고 당신 자신도 확실히 행복한 것은 아닙니다. 당신이 말씀하셨듯이 만일 세 가지 기념품이 없었다면 도저히 살아나갈 의욕도 없었을 것이고 게다가 당신은 심장 질환까지 앓고 계십니다. 그러고 보면 한스의 일가 친척들이 기대를 걸었던 것이 잘못이었다는 얘기가 될까요? 아니오, 나는 그렇게 생각하고 있지 않습니다. 축복은 바로 당신들의 머리 위에 매달려 있었던 것입니다. 그러나 당신들은 그것을 어떻게 끌어내려야 할지를 미처 몰랐던 것입니다."

"대체 어떤 실수를 했다는 말인가요?"

하고 안주인은 물었다. 그녀는 이제 손발을 쭉 뻗고 누워서 천장을 올려다보고 있었다.

"그것은 클람 씨에게 물어보셔야지요."

하고 K가 말했다.

"그렇다면 우리는 또다시 당신 문제로 되돌아가야 되겠군요."

하고 안주인은 말했다.

"어쩌면 당신 문제일지도 모르지요. 어차피 우리들의 문제는 서로 밀접하게 관련되어 있으니까요."

하고 K는 말했다.

"그렇다면 당신은 클람 씨에게 무엇을 바라는 거죠?"

안주인은 벌렁 누운 채 상반신을 일으키고 등을 기댈 수 있도록 베개를 부풀리고 나서 K의 눈을 지그시 바라보았다.

"나는 당신에게 나 자신의 일을 하나도 숨김없이 이야기했어요. 약간은 참고가 되셨을 것으로 알아요. 자아, 이번에는 당신이 클람 씨에게 무엇을 물으려고 하시는지 그것을 숨김없이 말해주세요. 프리다를 가까스로 설득해서 이층에 있는 자기 방에서 기다리게 했어요. 프리다가 있는 곳에서는 마음놓고 솔직한 이야기를 하지 못할 것이라고 생각했으니까요."

"나에게는 숨겨야 할 일은 아무것도 없어요. 그보다도 먼저 당신의 주의를 환기시키고 싶은 일이 한 가지 있어요. 클람 씨는 곧 잊어버릴 것이라고 당신은 아까 말했지요? 그러나 내가 보기에는 이것은 우선 있을 수 없는 일이라고 생각해요. 그리고 그것은 도무지 증명이 불가능한 일이지요. 클람 씨의 총애를 받던 아가씨들이 적당히 생각해낸 전설 이외의 아무것도 아니지요. 내가 이상하게 생각하는 것은 당신같이 알 만한 사람까지도 이런 허무맹랑한 지어낸 이야기를 믿고 있다는 사실입니다."

"그것은 전설이 아니에요. 오히려 모든 아가씨의 경험에서 나온 한결같은 결론이에요."

하고 안주인은 말했다.

"그럼 새로운 경험에 의해서 그것을 부정할 수도 있다는 얘기군요. 어쨌든 똑같이 경험을 했다고 하더라도 당신의 경우와 프리다의 경우는 상당한 차이가 있을 수 있어요. 즉 클람 씨는 프리다를 이미 부르지 않게 되었다는 점인데 정말로 그렇게 단언할 수가 있을까요? 오히려 클람 씨는 그녀를 불렀는데 그녀 쪽에서 그 부름에 응하지를 않았습니다. 그뿐만이 아니라 클람 씨는 여전히 프리다를 기다리고 있을지도 모릅니다."

안주인은 입을 다문 채 살피는 눈으로 K를 유심히 바라보고 있었다. 이윽고 그녀는 입을 열었다.

"당신의 가슴에 응어리진 것을 모두 침착하게 들어드리지요. 내 감정을 해칠까 하고 두려워 마시고 솔직히 이야기해주세요. 다만 한 가지 부탁이 있어요. 아무쪼록 클람이라는 이름을 입에 올리지 말아주세요. 클람 씨의 이야기를 하실 때는 '그'라든가 '그분'이라든가 어떤 대명사로 불러주시고 이름만은 제발 들먹이지 말아주세요."

"알았습니다. 그러나 내가 그에게서 무엇을 바라고 있는지는 그렇게 간단히 설명할 수가 없습니다. 우선 첫째로 그를 좀더 가까이에서 보고 싶습니다. 그리고 다음에는 그의 목소리를 듣고 싶습니다. 그리고 그가 우리들의 결혼에 대해 어떤 태도로 나오는가를 직접 그의 입을 통해서 듣고 싶습니다. 그리고 그에게 더 이상 부탁할 일이 있는지 없는지는 그와의 이야기가 어떻게 되는가에 따라 결정될 성질의 문제입니다. 아마 여러 가지 일이 화제에 오를 것이라고 생각되지만 나에게 있어서 제일 중요한 것은 그와 대면한다는 것입니다. 왜냐하면 나는 아직도 진짜 관리와 단 한 번도 이야기를 해본 적이 없기 때문입니다. 이것은 생각하고 있었던 것보다도 훨씬 어려운 일인 것 같더군요. 하지만 나로서는 개인적으로 그와 이야기하지 않으면 안 될 의무가 있어서 내 생각으로는 이쪽이 훨씬 수월할 것이라고 생각돼요. 관리로서의 그를 만나려고 한다면 그의 사무실로 찾아가야 하는데 사무실에서는 좀처럼 만나줄 것 같지가 않아요. 도대체 그의 사무실이 성 안에 있는지 아니면 진신관 안에 있는지 그것조차도 나는 아직 잘 몰라요. 그러나 그를 사적으로 만난다면 집 안이든 거리든 그를 만날 수만 있는 곳이면 어디에서든지 그를 만날 수가 있을 것입니다. 그리고 그를 만났을 때 관리로서의 그를 대면하게 되더라도 그것은 오히려 내가 환영하는 바입니다. 그러나 이것은 나의 첫 번째 목적은 아닙니다."

"알겠어요."

하고 안주인은 말하고 무슨 파렴치한 이야기라도 입에 담으려는 듯 얼굴을 베개에 파묻고서 말을 이었다.

"만일 클람 씨와 이야기를 하고 싶어하는 당신의 희망이 내 힘으로 클람 씨에게 전해진다면 그이에게서 회답이 올 때까지 당신 멋대로 독단적인 행동을 취하지 않겠다는 것을 약속할 수 있겠어요?"

"당신이 원하는 대로 또는 당신의 기분에 맞추고 싶은 생각은 간절합니다만 그 약속만은 할 수가 없습니다. 왜냐하면 사태가 급박하기 때문입니다. 특히 촌장과 담판한 결과가 신통치 못해서 말입니다."

하고 K는 말했다.

"그런 말씀을 하셔도 소용이 없어요. 촌장은 그야말로 하찮은 인물이에요. 당신 같은 분이 아직도 그것을 깨닫지 못하셨나요? 마나님이 모든 일을 처리해주니까 망정이지 만일 마나님이 없었더라면 단 하루도 촌장의 지위를 유지할 수가 없었을 거예요."

안주인의 말이었다.

"미치 부인 말인가요?"

하고 K는 물었다.

안주인은 고개를 끄덕거렸다.

"내가 갔을 때 그 사람도 옆에 있었습니다."

K가 말하자 안주인이 물었다.

"그분이 자기 생각이나 의견을 말씀하시던가요?"

"아니오. 하지만 내 인상으로는 미치 부인에게 그런 능력이 있으리라고는 생각되지 않던걸요."

K의 말에 안주인이 댓바람에 말했다.

"원 저런. 그러니까 당신은 이곳에서 일어나는 모든 것을 하나에서 열까지 잘못 보고 계신 거예요. 그것은 어쨌거나 촌장이 당신의 일로 취한 조치 따위는 전혀 아무런 의미도 없어요. 만일 기회가 주어진다면 내가 촌장 부인과 상의를 해보겠어요. 그런데 아까 얘기한 클람 씨의 회답 말인데 아마 그에게는 늦어도 일주일 안으로 회답이 있을 거예요. 여기까지 말씀을 드렸으니 아마 당신은 내가 하라는 대로 하지 않을 이유가 없을 거예요."

"그 정도의 일을 가지고는 어떻게도 할 수 없습니다. 내 결심은 이미 확고한 것이니까요. 설사 그에게서 거부하는 회답이 오더라도 이 결심은 이미 어디까지나 확고합니다. 처음부터 이러한 결심이니까 사전에 당신을 통해서 면담을 부탁할 필요는 없어요. 면담 신청을 하지 않더라도 그것은 어디까지나 대담하고 더욱이 악의가 없는 시도입니다. 만일 신청을 했다가 거절당한다면 당장 노골적인 반항으로 변해버릴 것이 틀림없습니다. 그리고 말할 것도 없이 이것이 훨씬 더 난처한 경우라고 생각하는데요."

K의 말이 끝나자 안주인은 말했다.

"난처해진다고요? 어차피 어느 쪽이든 당신이 하는 일은 반항하는 것임에 틀림이 없어요. 그렇다면 당신 좋으실 대로 하세요. 미안하지만 스커트를 좀 집어주세요."

안주인은 K의 존재 따위는 전혀 무시한 채 스커트를 입고는 냉큼 주방 쪽으로 달려나갔다. 꽤 오래 전부터 식당에서 시끄러운 소리가 들려왔던 것이다. 주방과 식당 사이의 칸막이 창을 두들기는 소리도 들려오고 있었다. 두 사람의 조수가 그 칸막이 창을 열어젖히고는 배가 고프다고 외쳐대고 있었다. 그러자 다른 사람들도 차례로 그곳에 얼굴을 나타냈다. 작은 목소리로 합창하는 노랫소리까지도 들려오기 시작했다.

물론 K와 안주인이 이야기를 하고 있었기 때문에 점심 준비가 무척 늦어지고 만 것이었다. 아직 요리가 되지도 않았는데 이미 손님들은 가득 몰려들고 있었다. 그래도 안주인이 주방에 들어오는 것은 금하고 있었기 때문에 주방 안에까지 들어오는 손님은 한 사람도 없었다. 그러나 칸막이 창을 들여다보고 있던 사람들이 안주인이 나타났다고 말하자 하녀들은 황급히 주방 쪽으로 뛰어들어갔다. K가 식당에 들어가보니 놀랍도록 많은 사람이 모여 있었다. 20명도 넘었고 거기에는 남자들도 있었고 여자들도 있었다. 시골 사람 같기는 했으나 농부들과는 다른 차림을 하고 있었다. 그들은 칸막이 창이 있는 곳에 모여 있다가 테이블을 차지하려고 일제히 앞을 다투어 쇄도했다. 다만 구석에 있는 작은 테이블만은 이미 한 쌍의 부부가 두서너 명의 어린애를 거느리고 앉아 있었다. 텁수룩한 잿빛 머리털과 수염을 가진, 사람이 좋아 보이는 눈이 파란 남편과 어린애들 쪽에 허리를 구부리고 서서 나이프를 한 손에 들고 어린애들의 노랫소리에 장단을 맞추고 있었다. 노랫소리가 너무 커지지 않도록 노상 신경을 곤두세우면서. 아마 어린애들에게 노래를 부르게 하므로써 배고픔을 잊게 하려는 생각인 것 같았다. 안주인은 손님들 앞에서 두어 마디 적당한 변명을 늘어놓았는데 누구 한 사람 거기에 대해 불만을 말하지는 않았다. 안주인은 주변을 휘둘러보며 남편을 찾아보았으나 남편은 사태가 심상치 않음을 깨닫고 재빨리 자취를 감추고 있었다. 이윽고 안주인은 천천히 주방으로 되돌아갔다. 프리다가 기다리고 있는 자기 방으로 K는 바쁘게 걸음을 옮겼는데 안주인은 이미 그러한 K를 거들떠보려고도 하지 않았다.

7

K는 2층에 올라가서 학교 선생을 만났다. 다행히도 방은 몰라볼 만큼 개끗해져 있었다. 프리다가 열심히 청소를 해준 것이었다. 후텁지근했던 방 안의 공기는 신선한 공기로 바뀌어져 있었고 난로는 훈훈한 열기를 내뿜고 있었다. 바닥은 깨끗하게 씻겨져 있었고 침대도 깔끔하게 정돈되어 있었다. 하녀들의 소지품인 그 지긋지긋한 잡동사니들도 예의 그림과 함께 깨끗이 치워져 있었다. 테이블도 전에는 어디를 보아도 덕지덕지 묻은 오물 때문에 보기가 흉했는데 이제는 수놓은 흰 테이블 클로스가 덮여 있어서 보기에 좋았다. 이만하면 안심하고 손님을 맞을 수가 있겠다.

K의 얼마 안 되는 속옷 종류는 프리다가 아침에 세탁을 해놓은 모양으로 말리기 위해서 난로 옆에 널어놓았는데 이것도 과히 눈에 거슬리지는 않았다. 교사와 프리다는 테이블 옆에 가지런히 앉아 있다가 K가 방 안에 들어서자 자리에서 일어났다. 프리다는 K에게 인사의 키스를 하고 교사는 가볍게 허리를 구부려 절을 했다.

안주인과의 이야기로 아직도 마음의 평정을 되찾지 못하고 있던 K는 방심한 듯한 태도로, 교사를 찾아뵙겠다고 약속을 했으면서 아직까지 약속을 지키지 못해 죄송하다는 구차스러운 변명을 늘어놓았다. 그것은 마치 K가 언제까지 기다려도 찾아가지를 않기 때문에 교사 쪽이 참다 못해 먼저 찾아온 것으로 믿고 있는 듯한 그런 변명이었다. 그러나 교사는 어디까지나 침착한 태도를 잃지 않고 K와의 사이에 방문 약속이 있었다는 사실조차도 이제야 겨우 깨달았다는 듯이 애써 태연한 척하면서 말했다.

"아아, 그러고 보니 생각이 나는군요. 이삼 일 전에 교회 앞에서 이야기를 나눈 적이 있는 타향 사람이 바로 당신이었군요, 측량 기사님."

"그렇습니다."

K는 짤막하게 대답했다. 그때는 자기가 혼자였으니까 그것을 견딜 수밖에 없었지만 지금 자기 방에서까지 타향 사람이라고 천대를 받아야 할 이유가 없다고 생각한 것이다. 그는 프리다를 돌아다보며 이제부터 중요한 방문을 하지 않으면 안 되는데 그러자면 될 수 있는 대로 좋은 옷을 입고 갈 필요가 있을 것이라고 얘기했다. 프리다는 K에게 그 이상 자세한 이야기는 묻지 않고 곧 새로운 테이블 클로스의 품평을 하고 있던 두 사람의 조수를 불러 K가 벗기 시작한 옷과 장화를 아래로 가지고 가서 안뜰에서 잘 손질을 하고 닦아놓도록 명령했다. 그리고 그녀 자신도 말리기 위해 줄어 걸어놓았던 와이셔츠를 한 장 걸어 다림질하기 위해 주방 쪽으로 달려내려갔다.

K는 이제 그때까지 테이블 곁에 잠자코 앉아 있던 교사와 단 둘만이 남게 되었다. 그는 상대방에게 잠시 기다리라고 이르고는 와이셔츠를 벗고 세면대로 가서 얼굴을 씻기 시작했다. 그리고 그때에야 비로소 그는 등을 교사 쪽으로 돌린 채 찾아온 이유를 물어보았다.

"촌장님의 부탁을 받고 왔습니다."

하고 교사는 말했다.

K는 '용건을 들어봅시다'라고 대답했으나 물소리 때문에 K의 말이 잘 들리지를 않았는지 교사는 부득이 가까이에 다가와서 K 옆의 벽에 기대어 섰다. K는 이렇게 허둥대며 얼굴을 씻고 수선을 떠는 것은 지금부터 아주 바쁜 일정이 있기 때문이라고 양해를 구했다. 교사는 거기에는 개의치 않고 불쑥 이렇게 말했다.

"당신은 촌장님한테 대단히 실례되는 일을 하신 모양이더군요. 그래도 그분은 공적이 있고 경험을 쌓은 존경할 만한 노인인데요.”

“내 태도가 실례였다고는 생각지 않습니다만.”

하고 K는 얼굴을 수건으로 닦으면서 말했다. 그러고는 이렇게 덧붙이는 것을 잊지 않았다.

“그러나 나로서는 예의 같은 것보다도 다른 것을 더 생각하고 있었다는 것이 옳을는지도 몰라요. 왜냐하면 나로서는 내 존재에 관한 중요한 문제였으니까요. 내 존재는 저 괘씸한 관청의 관료주의 때문에 위협을 받고 있었으니까요. 당신 자신이 이 관청의 일에 종사하고 계시는 일원이기 때문에 세밀한 것까지 말씀드릴 필요는 없을는지도 모르겠지만 말입니다. 그런데 혹시 촌장님이 내게 대해서 무슨 불평이라도 늘어놓던가요?”

“그 사람이 불평을 늘어놓을 수 있는 상대가 있을 수 있을까요? 그리고 설사 있다고 하더라도 불평을 늘어놓는 사람일까요? 나는 촌장님의 구술에 의해서 당신들의 회담 내용을 간단한 조서로 작성했을 뿐인데 그것으로서도 촌장님의 선의와 당신의 응답하는 모습을 충분히 알 수 있었습니다.”

K는 프리다가 어디엔가 넣어두었을 빗을 찾으면서 자기도 모르게 K에게 이렇게 대꾸했다.

“뭐라구요? 조서라구요? 나중에 내가 없을 때에 조서를 꾸민다——그것도 그 회담 장소에 없었던 사람이 작성한단 말이지요? 그런 것을 기록해두는 것은 물론 나쁘지 않습니다. 그러나 그것이 대체 어째서 조서가 된단 말입니까? 대체 우리들의 이야기가 공적인 회담이었던가요?”

“네, 반은 공적인 것이지요. 그러니까 조서도 반만이 공적인 것입니다. 이곳에서는 어떤 사항이라도 잘 정리해두지 않으면 안 되기 때문에 그렇게 했을 뿐이지요. 어쨌든 조서는 벌써 작성되어 있는 것이고 그것은 당신에게는 결코 명예스럽지 못한 것입니다.”

침대 속에 들어가 있던 빗을 겨우 발견한 K는 아까보다는 훨씬 침착한 어조로 말했다.

“멋대로 생각하십시오. 그래, 그 사실을 나에게 알리기 위해서 이렇게 일부러 오셨나요?”

“아닙니다. 하지만 나라고 로봇은 아니니까 부득이 내 의견을 말했을 뿐입니다. 내가 부탁받고 온 용건은 촌장님의 호의를 더욱 확실하게 증명하는 것입니다. 분명히 말씀드리지만 촌장님이 어째서 그렇게 당신에게 친절히 대하시는지 나로서는 도무지 납득하기 어려울 지경입니다. 내가 이 용건을 수행하는 것은 내 지위상 어쩔 수 없다는 것과 촌장님을 존경하고 있기 때문입니다.”

세수를 하고 머리에 빗질을 끝낸 K는 테이블 옆에 앉아서 와이셔츠와 옷을 가져오기를 기다리고 있었다. 그는 교사가 자기에게 끄집어내려는 용건에는 별로 호기심이 없었다. 그리고 아까 촌장은 별로 문제삼을 게 못 된다는 안주인의 말에 다분히 영향을 받고 있었다.

“벌써 정오는 지났겠지요?”

하고 K는 이제부터 가야 할 노정을 생각하고 물었으나 이윽고 생각을 달리한 듯이 이렇게 물어보았다.

“참, 촌장님으로부터 내게 전달할 말씀이 있다고 하셨지요?”

“네, 있습니다.”

하고 교사는 그것으로 자기의 책임을 모조리 털어내기라도 하려는 듯이 어깨를 으쓱해 보였다.

“촌장님은 당신 사건이 너무 결재가 늦어지면 당신이 엉뚱한 짓을 독단적으로 저지를지도 모른다고 염려하고 있습니다. 하지만 나는 촌장님이 무엇 때문에 그런 걱정을 하시는지 모르겠습니다. 당신에게는 무엇이든 하고 싶은 일을 멋대로 하게 하는 것이 좋다는 게 내 생각이지요. 우리들은 당신을 보호하는 수호신도 아니고 당신이 계시는 곳이면 어디까지나 쫓아가서 돕지 않으면 안 될 의무도 없으니까요. 그것은 우선 그것으로 좋다고 해둡시다. 하지만 촌장님의 의견은 다릅니다. 결재 그 자체는 백작부의 일이고 아무리 촌장이라고 하더라도 그것을 빨리하게 할 수는 없습니다. 그러나 촌장님은 자기의 힘이 미치는 범위 내에서 매우 관대한 결재권을 행사하려고 합니다. 그것을 받아들이고 안 받아들이고는 전적으로 당신에게 달려 있습니다. 즉, 촌장님은 우선 당장 학교 급사 자리를 당신에게 주고 싶다고 말하고 있습니다.”

K는 자기에 대해 마련된 이 제안에 처음에는 거의 아무런 관심도 가지고 있지 않았다. 그러나 자기에게 무엇인가가 제공되었다는 사실 자체는 결코 무의미하지는 않다는 생각이 들었다. 그것은 K라는 사나이는 자기 자신을 방어하기 위해서라면 여러 가지 일을 해낼 수 있는 능력을 가지고 있다. 그리고 그것을 저지하기 위해서는 마을로서도 어느 정도의 출자는 불가피하다는 것을 촌장이 스스로 깨닫고 있다는 것을 암시하고 있기 때문이다. 고작 이 정도

의 일을 가지고 이들은 얼마나 과장해서 생각하고 있는 것일까! 이 교사라는 놈은 여기에서 벌써 꽤 오랫동안 K를 기다렸을 것이고 그 전에는 조서를 꾸미고 있었을 테지만 마침내 촌장에게 쫓기다시피 하면서 여기로 달려왔을 것에 틀림없다.

교사는 K가 깊은 생각에 잠긴 것을 보고는 거기에 힘을 얻은 듯이 다시 말을 계속했다.

"나로서는 내 나름대로 여러 가지로 반대 의견을 말했습니다. 나는 지금까지 급사 같은 것을 필요로 한 적이 없었다고 지적했습니다. 교회지기의 아내가 이따금씩 청소를 해주고 있고 여교사인 기자 양이 그것을 감독하는 것입니다. 나는 어린애들을 보살피는 것만으로도 지겨울 정도인데 그 외에 다시 급사의 일로 화를 낸다거나 해서는 도저히 몸이 지탱하지를 못할 것이니까요. 그러나 촌장님은 학교 안은 매우 더럽지 않은가 하고 말씀하셨습니다. 나는 그것은 사실이지만 그렇게까지 심하지는 않습니다 하고 대답했지요. 그리고 거기에 덧붙여서 그 사람을 급사로 고용하면 무엇이 나아질까요 하고 반문했습니다. 그렇지 않을 것은 거의 확실하기 때문입니다. 당신이 급사의 일에 대해서 아는 바가 없음은 도외시하더라도 우리들의 교사(校舍)에는 교실이 불과 두 개 있을 뿐이고 거기에 딸린 대기실도 없습니다. 따라서 급사는 가족과 더불어 어느 쪽 교실인가에 살고 밤에도 거기에서 자야 할 것이고 아마 취사도 거기에서 하지 않으면 안 될 것입니다. 물론 그렇게 되면 교실이 깨끗해질 리가 없습니다.

그러나 촌장님은 이 자리는 곤란해진 당신을 구해주는 것이 될 것이고 따라서 당신도 전력을 다해 임무를 수행하게 될 것이라고 말했습니다. 더욱이 촌장님의 생각으로는 당신을 고용함으로써 당신의 부인과 당신의 조수 두 사람의 힘까지도 빌릴 수 있게 되니까 교사뿐이 아니라 교정까지도 말끔히 정리가 될 것이라고 하시는 것입니다. 나는 그 의견에 대해서 서슴없이 반박했습니다. 마침내 촌장님은 당신을 위해서 더 이상 아무 변론을 할 수가 없게 되어 하는 수 없이 웃으면서 이렇게 말했습니다. 여하튼 측량 기사니까 교정의 화단만큼은 특별히 아름답게 꾸밀 수 있을 것이라고 말입니다. 아무튼 그런 농담에 대해서 기를 쓰고 반박해보았자 아무 소용도 없는 노릇입니다. 그래서 촌장님의 뜻을 받들어 이렇게 당신을 찾아온 것입니다."

"당신의 걱정은 그야말로 기우입니다, 선생. 그 직무를 맡을 생각은 조금도 없어요.”
하고 K는 말했다.

　교사는 그렇게 말하고 모자를 집어들더니 인사를 하고는 황급히 밖으로 나
가버렸다.

　그가 나가자 프리다가 흥분한 얼굴을 하고 돌아왔다. 손에 들고 있는 와이
셔츠는 아직 다림질도 하지 않았고 무엇을 물어보아도 대답도 하지 않았다.
K는 그녀의 마음을 돌리기 위해 학교 선생 이야기와 촌장이 제안해온 이야기
를 해주었다. 프리다는 그 이야기를 듣자마자 와이셔츠를 침대 위에 집어던
지고 황급히 방을 뛰쳐나갔다. 이윽고 교사를 데리고 그녀는 되돌아왔다. 교
사는 몹시 못마땅한 얼굴로 인사조차도 하지 않았다. 프리다는 교사에게 잠
시만 더 참아달라고 부탁하고(분명히 이곳으로 데리고 오던 도중에도 몇 번
인가 부탁했을 것에 틀림없다) K가 지금까지 전혀 모르고 있던 옆문을 통해
다락방으로 K를 끌고 가더니 흥분한 어조로 숨을 헐떡거리면서 이야기하기
시작했다. 프리다의 말에 의하면 안주인은 K앞에서 신세 타령을 했고 더욱이
좀더 곤란한 것은 K가 클람과 면담하는 일에 관해서는 자신이 상당히 양보하
는 태도를 보였는데도 K의 태도가 매정할 뿐 아니라 몹시 성의가 없었으므로
이 일에 몹시 분개하였다는 것이다. 그래서 K를 더 이상 이 집에 둘 수 없다
고 결심을 하기에 이르렀다는 것이었다. 그리고 안주인은 프리다에게 다음과
같이 말했다는 것이다. ‘만일에 K가 성과 어떤 연관이 있다면 냉큼 그것을
이용하는 것이 좋을 거야. 왜냐하면 나는 오늘 중이라도, 아니, 지금 당장이
라도 이 집을 나가주었으면 좋겠고 성 당국으로부터 직접 명령이나 지시가
없는 한 두 번 다시 이곳에 맞아들일 생각은 없으니까 말야. 그러나 그렇게는
절대로 되지 않으리라고 생각해. 나도 성과는 어떤 연결이 있고 본때를 보여
줄 방법 정도는 알고 있으니까. 애당초 K가 이 집에 들어오게 된 것은 우리
주인이 멍청했기 때문이니 K로서는 별로 곤란한 일이 없을 거라고 생각해.
오늘 아침만 하더라도 자기를 언제든지 기꺼이 묵게 해줄 집이 있다고 자랑
하고 있었으니까 말이야. 물론 프리다는 여기에 그냥 남아주었으면 좋겠어.
프리다까지 K와 함께 나가버린다면 나는 아주 슬프거든. 아까 밑에 있는 주
방에 있을 때도 그 일을 생각하고 그만 난로 옆에서 울음을 터뜨렸을 정도니
까.’ 불쌍하게도 주인 아주머니는 심장이 나빠요. 하지만 지금에 와서 주인
아주머니로서는 다른 방법이 없어요. 적어도 주인 아주머니는 클람과의 추억

을 소중하게 마음속에 간직한 채 오직 거기에서만 삶의 보람을 찾고 계시니까요. 주인 아주머니는 대충 그러한 상태예요. 그러나 나는 물론 당신을 따라가겠어요. 눈 속이든 얼음 속이든 당신이 가는 곳이면 어디든지 따라가겠어요. 물론 이제 와서 이런 구차스런 이야기는 더 이상 할 필요도 없어요. 하지만 어떻게 됐든 우리 두 사람이 놓인 입장은 아주 곤란해요. 촌장님의 제안을 듣고 크게 기뻐한 것은 그 때문이에요. 물론 당신에게 어울리는 직책은 아니겠지요. 그러나 분명히 말해두지만 이것은 어디까지나 일시적인 직책이에요. 그러면 자연히 시간의 여유가 생길 테니까 다른 일자리가 생기겠지요. 설사 마지막 결재에서 불리한 결과가 되더라도 말이에요.”

프리다는 이렇게 말하고 나서 마지막으로 K의 목에 매달리면서 이렇게 말하는 것이었다.

“끝내 어떻게도 할 수 없다면 이 고장을 떠나고 말아요. 굳이 이런 마을에 집착할 필요는 없어요. 하지만 지금 당장은 촌장님의 그 제안을 받아들이기로 해요. 그래서 이 선생님을 다시 데리고 왔어요. 당신은 이 선생님에게 ‘승락한다’고 한 마디만 하는 되는 거예요. 그 이상 아무런 말씀도 하실 필요가 없어요. 그리고 우리들은 학교로 이사를 가면 되는 거예요.”

“그건 곤란한데.”

하고 K는 말했지만 진심으로 그렇게 생각하는 것은 아니었다. 왜냐하면 그는 주택 문제 같은 것은 별로 걱정을 하고 있지 않았던 것이다. 다만 이 다락방은 양쪽에 창이나 벽이 없어 살을 에이는 듯한 한풍이 불어닥치면 속옷바람으로는 추워서 견딜 수 없는 것만이 문제였던 것이다.

“당신이 방을 이렇게 깨끗이 치워주었는데 여기를 또 나간단 말이오? 이 직책을 맡는 것은 아무래도 기분이 내키지를 않소. 아무래도 참을 수가 없는 일이오. 더욱이 그자가 내 상관이 된단 말이오. 어떻게 해서라도 여기서 잠깐만 버티면 아마 내 입장이 오늘 오후에라도 바뀔는지 모르는데 말이오. 당신만이라도 여기에 남아준다면 잠깐 되어가는 모습을 바라보면서 교사에게는 애매하게 대답을 해두면 되겠는데 말요. 나만이라면 언제든지 필요하다면 묵을 수 있는 집쯤은 물색할 수 있단 말요. 실제로 바르──.”

프리다는 손으로 K의 입을 막았다.

“그것은 싫어요.”

하고 그녀는 걱정스러운 듯이 말했다.

"제발 그런 말씀은 두 번 다시 하지 말아주세요. 다른 일이라면 어떤 짓이라도 당신이 시키는 대로 하겠어요. 원하신다면 아무리 쓸쓸해도 이곳에 혼자 남아 있겠어요. 원하신다면 좋지 않은 일이라고 생각은 하지만 촌장님의 제의도 거절하겠어요. 오늘 오후에라도 다른 가능성이 발견된다면 그 따위 학교 급사 자리 같은 것은 거절해버리는 것이 너무나 당연한 일이니까요. 누구든 그것을 막을 수는 없을 거예요. 교사에게 머리를 숙이기가 싫다고 하셨지만 그 일은 나에게 맡겨두세요. 당신이 비굴하다는 생각을 하지 않아도 되게끔 내가 처리할 테니까요. 내가 직접 선생과 담판을 지을 테니까 당신은 가만히 옆에 서 계시기만 하면 돼요. 그것은 앞으로도 그렇게 하겠어요. 싫으시다면 당신이 그분과 직접 이야기하지 않아도 좋아요. 실제로 그 선생의 부하가 되는 것은 나뿐이지만 나라고 해서 결코 그 사람에게 호락호락 혹사당하지는 않을 거예요. 왜냐고요? 나는 그 사람의 약점을 알고 있으니까요. 그러니까 급사 자리를 받아들인다고 해서 당신으로서는 무엇 한 가지 잃을 것이 없어요. 하지만 만일 거절하신다면 굉장히 큰 손해를 보게 돼요. 특히 오늘 안으로라도 성으로부터 무슨 좋은 기별이 없으면 정말로 당신은 마을의 어디서고 묵을 곳이 없어지고 말아요. 장차 당신의 아내가 될 내가 적어도 부끄럽지 않게 생각할 정도의 숙소에서 지내야 할 텐데 말예요. 게다가 당신은 설사 묵을 곳이 없더라도 나에게는 이 따뜻한 방에서 혼자서라도 자라고 말씀하실 테죠. 당신이 이 추운 겨울밤을 헤매고 다니시는 걸 알면서 어떻게 내가 따뜻하게 잠을 잘 수 있을까요?"

아까부터 줄곧 조금이라도 따뜻해지라고 두 손을 깍지끼고 프리다의 등을 두드리고 있던 K는 말했다.

"그럼 받아들이는 수밖에 도리가 없겠군. 자아, 이리 와요!"

그는 방 안에 들어서자 서둘러 난로 옆으로 갔다. 교사 따위는 알은 체도 안 했다. 교사는 테이블 옆에 앉아 있었으나 시계를 꺼내보더니 말했다.

"퍽 늦었는데요."

"하지만 그 대신 우리는 완전히 의견의 일치를 보았어요. 선생님, 우리는 급사의 직책을 맡기로 했어요."

하고 프리다가 말했다.

"좋습니다. 하지만 이 직책은 측량 기사에게 주어진 것입니다. 따라서 측량 기사가 자신의 입으로 직접 대답하지 않으면 안 됩니다."

하고 교사는 말했다.

프리다가 옆에서 K를 도와주었다.

"물론이죠. 이분이 직책을 맡아요. 그렇죠, K?"

덕분에 K는 아주 간단하게,

"아암, 그렇지요."

라는 대답만으로 의사 표시를 할 수 있었으나 이 대답은 결코 교사에게 한 것이 아니라 프리다에게 한 소리였다.

그러자 교사는 말했다.

"그렇다면 이제 나에게 남겨진 임무는 당신에게 근무상 의무를 알려주는 것뿐입니다. 이런 것으로 앞으로는 절대로 의견 차이가 일어나지 않도록 해두고 싶은 것입니다. 측량 기사 양반, 앞으로 당신이 할 일은 매일 두 개의 교실을 청소하고 난로를 피우는 일, 교사(校舍)의 간단한 수선과 교실에서 사용하는 도구와 운동 기구를 수리하는 일, 운동장의 통로에 쌓인 눈을 말끔히 치우고 나와 여선생을 위해 잔심부름을 하는 일, 또 따뜻한 계절이 오면 교정을 잘 손질해주는 일이에요. 그 대신 당신에게는 두 개의 교실 가운데 어느 쪽이든 당신이 원하는 곳에 살 권리가 주어지는 것입니다. 물론 양쪽 교실에서 동시에 수업이 이루어지는 것은 아니며 어쩌다가 당신이 살고 있는 교실에서 수업이 있을 때는 다른 한쪽 교실로 옮겨가야 합니다. 학교 안에서 취사를 하는 것은 허용되지 않습니다. 그 대신 당신과 당신 가족의 식사는 마을이 비용을 부담해서 이 여관에서 해결하도록 되어 있습니다. 당신은 학교의 품위에 어울리게 행동을 조심하지 않으면 안 되고 특히 어린이들에게 수업 중에는 말할 것도 없고 당신 가정 생활에 있어서도 불미스러운 점을 노출해서는 안 됩니다. 이것은 겸사겸사 말씀드렸을 뿐이고 절대로 다른 뜻은 없습니다. 왜냐하면 교양이 있는 당신은 잘 아실 것이기 때문입니다. 그것과 관련해서 또 하나 말씀드리고 싶은 것은 당신과 프리다 양의 관계를 되도록 빨리 합법적인 것으로 만들어주었으면 하는 것입니다. 이상 말씀드린 모든 것과 다시 또 약간의 자질구레한 일에 관해서는 고용계약서를 작성하겠습니다. 학교에 이사 오시는 대로 거기에 서명을 하셔야 합니다."

K에게는 이러한 모든 것은 아무래도 좋은 일처럼 생각되었다. 자기와는 아무 관계가 없거나 설사 있다고 하더라도 그런 것에 얽매일 필요가 전혀 없는 일처럼 생각되었다. 다만 교사의 거만한 태도만이 못마땅하게 생각되었다.

그래서 아무렇지도 않게 이렇게 말했다.

"뭐, 좋겠지요. 극히 평범한 의무뿐이군요."

이 말이 주는 인상을 약간 부드럽게 하기 위해 프리다는 보수에 대한 것을 물어보았다.

"보수를 지불하느냐 않느냐 하는 것은 우선 한 달 동안의 일하는 태도를 보고 결정하게 될 것입니다."

교사의 이 말에 프리다가 말했다.

"하지만 그건 우리에게는 너무나도 가혹해요. 거의 돈 한푼 없이 결혼을 하고 무일푼으로 가정을 꾸려나가라는 말씀인가요? 이것 보세요, 선생님. 마을에 청원서를 내서 약간이라도 좋으니가 보수를 받을 수 있게 해볼 수 없을까요? 그렇지 않으면 선생도 그렇게 하는 것이 좋다고 생각하나요?"

"그렇게는 생각지 않습니다."

하고 교사는 대답했으나 그 말은 줄곧 K에게 향해진 것이었다.

"그러한 청원은 내가 직접 하면 물론 받아들여지겠지만 나는 그러한 청원을 하지 않을 것입니다. 이 일자리를 주는 것 자체가 당신에 대한 호의에서 나온 것 외에 아무것도 아니니까요. 자기의 공적인 책임을 잊어버리는 않는 한 호의라는 것은 정도를 지나쳐서는 안 되는 것이니까요."

교사의 말이 끝나자 K는 거의 본의 아니게 다음과 같은 말을 뱉어내고 말았다.

"지금 호의라고 말씀하셨는데 선생, 아무래도 당신은 무엇인가 착각을 하고 계시는 것 같군요. 호의라면 오히려 내가 베풀고 있는 것입니다."

"당치도 않아요."

하고 교사는 빙긋이 웃으면서 말했다. 그것은 그가 마침내 K를 이야기에 끌어들이는 데 성공했기 때문이었다.

"그 점에 대해서는 잘 알고 있다고 생각합니다. 우리들 입장에서 본다면 학교 급사나 측량 기사는 똑같이 골칫거리입니다. 이런 인건비 지출의 이유를 구의회에 어떻게 설명해야 되는지 이제부터 여러 가지 지혜를 짜내지 않으면 안 될 것입니다. 이 의안(議案)을 느닷없이 책상 위에 내동댕이치고 그 이상 아무 설명도 하지 않는 것이 가장 상책이고 또 가장 정직한 방법일지도 모르겠습니다만."

그 말에 K는,

"그 점은 나도 동감입니다. 당신은 싫더라도 나를 고용하지 않으면 안 됩니다. 비록 골칫거리일는지는 모르지만 나를 채용하지 않으면 안 되게 되어 있습니다. 그런데 어떤 사람이 다른 누군가를 고용하지 않으면 안 되는 지경에 있을 때 고용당하는 쪽이 그것을 승낙한다면 호의는 후자 쪽이 베풀고 있는 것이지요."

하고 말했다.

그 말에 교사가 다시,

"좀 색다른 사고방식이군요. 당신을 고용하도록 우리들에게 강요하고 있는 무엇이라도 있다고 생각하십니까? 우리들을 강요하고 있는 것이 있다면 그것은 바로 촌장님의 선의, 그야말로 선의에 찬 마음뿐입니다. 측량 기사 양반, 나는 잘 알고 있지만 당신이 제대로 된 한 사람의 급사가 되기 위해서는 우선 여러 가지 공상을 그만둘 필요가 있어요. 어떻게 해서든지 보수를 받을 수 있게 해주려고 해도 그러한 발언을 함부로 한대서는 만사가 깨지고 말아요. 게다가 유감스럽게도 당신의 태도는 앞으로도 계속 내 속을 상하게 하리라는 것을 걱정하지 않을 수가 없어요. 왜냐하면 나는 아까부터 줄곧 당신을 보아오면서 거의 내 눈을 의심하고 있습니다만 당신은 나와 이야기를 계속하고 있는 동안 내내 와이셔츠와 핫바지 차림이 아닙니까?"

하고 말했다.

"아아 참, 그렇군요."

하고 K는 웃으면서 손뼉을 쳤다.

"빌어먹을 조수놈들, 대체 어디에들 갔어!"

프리다가 급히 문 쪽으로 갔다. 이제 K에게 이 이상 말을 하게 할 필요는 없으리라고 체념한 교사는 이번에는 프리다를 향해 언제 학교로 이사오겠느냐고 물어보았다.

"오늘요."

하고 프리다는 대답했다.

"그럼 내일 아침 검사하러 가겠습니다."

교사는 이렇게 말하고 프리다가 조수들을 찾으러 나가기 위해서 열어놓은 문으로 나가려고 했으나 하녀들과 딱 마주쳤다. 하녀들은 어느 새 방의 모양새를 바꾸기 위해 자기들의 소지품을 가지고 들이닥친 것이었다. 하녀들은 그것이 누구든 길을 비키거나 양보할 기색을 보이지 않았기 때문에 교사는 그 사이를 뚫고 간신히 빠져나가지 않으면 안 되었다. 프리다도 그 뒤를 따랐다.

 "그나저나 무척 동작이 빠르군그래."
하고 K는 이번에는 하녀들에게 무척 호감을 느끼면서 말했다.

 "우리들이 아직도 이 방 안에 있는데 당신네들은 벌써 이 방 안에 몰려들지 않으면 안 되나요?"

 하녀들은 대답하지 않고 다만 당혹해하면서 자기네들의 손에 들고 있는 보따리를 흔들어댔다. 그러자 낯익은 더러운 누더기가 비죽이 나와 있는 것이 눈에 띄었다.

 "당신네들은 옷을 한 번도 세탁한 일이 없는 모양이군."
하고 K는 말했으나 그것은 못마땅해서 한 말이 아니라 농담삼아 한 말이었다. 하녀들도 그것을 깨닫고는 무뚝뚝한 입을 동시에 벌리고 아름답고 튼튼한 동물과 같은 이빨을 드러내보이며 소리를 내지 않고 웃었다.

 "자아, 들어와서 방을 치워요. 당신들이 사용할 방이니까."
하고 K는 말했다. 그러나 하녀들이 주저하고 있었기 때문에 (그녀들로서는 아마 자기네들의 방이 너무나 빨리 변해버린 데에 놀라고 있는 모양이었다) K는 하녀들 가운데 한 사람의 팔을 붙들고 좀더 안으로 끌어들이려고 했다. 그러나 곧 팔을 놓아버리고 말았다. 왜냐하면 하녀 두 사람이 서로의 의중을 확인하려는 듯이 얼굴을 마주 쳐다보고는 계속해서 K를 뚫어지게 쳐다보았는데 그 두 사람의 시선에는 무척 놀라는 기색이 엿보였던 것이다.

 "나를 그만큼 바라보았으면 이제 충분할 텐데."

 K는 불쾌한 기분을 쫓아내기 위해 그렇게 말하고는 마침 프리다가 겁먹고 따라들어온 조수들과 함께 가지고 온 옷과 장화를 받아들이고는 그것들을 몸에 걸치고 있었다. K에게는 언제나, 그리고 지금도 그러했지만, 프리다가 어째서 이 따위 조수들을 그렇게 관대하게 봐주고 있는지 도무지 알 수가 없었다. 프리다는 안뜰에서 옷에 솔질을 하고 있을 조수들을 한참 찾았는데 웬걸 그들은 아래층 식당에서 마음 편하게 점심을 먹고 있는 것이었다. 옷에는 아직 솔질도 하지 않고 온통 구겨진 채로 무릎 위에 올려놓고 있었다. 그래서 그녀는 옷도 신발도 자기가 손질하지 않으면 안 되었다. 그런데도 그러한 미천한 사람들을 잘 부릴 줄을 알고 있을 그녀가 그들에게 단 한 마디 잔소리도 않고 그뿐만 아니라 그들이 있는 앞에서 그들의 지독한 태만을 마치 사소한

장난인 것처럼 이야기하고 조수 한 사람의 뺨을 마치 쓰다듬기라도 하듯이 가볍게 두드리기까지 하는 것이었다. K는 이 일로 가까운 장래에 그녀를 한 번 꾸짖어주려고 마음먹었다. 그런데 지금은 벌써 떠나지 않으면 안 될 절박한 시간이 다가오고 있었다.

"조수들은 이곳에 남아 있다가 이 사람이 이사하는 것을 도와줘야 해."
하고 K는 말했다.

그러나 조수들을 냉큼 그 말에 승복하려 하지 않았다. 배는 부르겠다, 기분은 만족스럽겠다, 이제는 조금 운동이 하고 싶었던 것이다.

"그래요, 당신네들은 이곳에 남아 있어요."
하고 프리다가 말하자 겨우 그들은 그 말에 따랐다.

"당신은 내가 어디로 가려는지 알고 있소?"
하고 K가 물었다.

"네, 알고 있어요."
하고 프리다는 대답했다.

"그럼 이제는 나를 붙잡지 않는 거요?"

"당신은 아마 많은 장애에 부닥칠 거예요. 그런 때 내가 뭐라고 해봤자 무슨 소용이 있겠어요?"

그녀는 K에게 작별의 키스를 하고 K가 아직도 점심을 먹고 있지 않았으므로 아래 주방에서 가지고 온 빵과 소시지의 작은 꾸러미를 건네주고 일이 끝나면 이곳에 돌아오지 말고 직접 학교로 와달라고 했다. 그리고 한쪽 손을 K의 어깨에 얹고는 문 밖까지 나와서 배웅했다.

8

K는 무엇보다도 우선 하녀들이나 조수들이 득실거리고 있는 더운 방에서 빠져나온 것을 기쁘게 생각했다. 게다가 바깥은 약간 추워져서 눈도 얼어붙었기 때문에 걷기가 한결 수월했다. 다만 벌써 어두워지기 시작하고 있는 것이 흠이었다. 그는 걸음을 재촉했다.

이미 윤곽이 희미해지기 시작한 성은 언제나처럼 조용히 누워 있었다. K는 아직까지 한 번도 성에 사람이 살고 있는 것 같은 기색을 느껴본 일이 없었다. 아마 이렇게 멀리에서는 무엇인가를 분간한다는 것이 전혀 불가능한 일일는지도 몰랐다. 그러나 그의 눈은 무엇인가 보기를 원했고 성의 이 죽은 듯이 고요한 것은 도저히 참을 수가 없었다. K는 성을 바라보고 있으면 조용히 앉아서 멍하니 앞을 바라보고 있는 인간의 모습을 엿보고 있는 듯한 착각에 사로잡히는 일이 종종 있었다. 상대방은 생각에 잠겨 있어서 그것 때문에 모든 일에 무관심하다기 보다는 자기는 완전히 혼자여서 아무도 자기를 관찰하고 있지 않다는 듯한 태연하고 마음 편한 모습이었다. 그러나 그러는 중에 누가 자기를 관찰하고 있다는 것을 깨달을 것임에 틀림없다. 그래도 그의 평온한 태도에는 조금도 변함이 없다. 그러면 이것이 그 원인인지 아니면 결과인지는 알 수 없지만 관찰자의 눈은 초점을 잃고 미끄러져 떨어졌다. 이러한 인상은 오늘도 너무 빨리 스며든 어둠 때문인지 한층 더 심해졌다. 오래 바라보고 있을수록 점점 더 분간할 수 없게 되고 모든 것은 점점 더 깊은 황혼 속에 묻혀버렸다.

K가 아직도 불이 켜져 있지 않은 진신관까지 왔을 때 2층 창문이 하나 열리면서 털가죽 윗도리를 입은 뚱뚱하고 수염을 곱게 깎은 젊은 사나이 하나가 몸을 앞으로 내밀듯이 하면서 언제까지나 창문 아래를 내려다보고 있었다. K가 인사를 했는데도 가벼운 답례조차도 하는 것 같지 않았다. K는 현관에서도 술집에서도 사람의 그림자조차 발견하지 못했다. 김빠진 맥주 냄새가 지난번보다도 더 심했다. 이런 일은 '교반옥' 같은 데라면 있을 수 없는 일이었다. K는 일전에 클람의 모습을 엿본 일이 있는 문 옆으로 뚜벅뚜벅 걸어가서는 조심스럽게 손잡이를 돌렸다. 그러나 문은 안에서 잠겨져 있었다. 그래서 들여다보는 구멍이 있는 곳을 손으로 더듬어서 찾아보려고 했다. 그러나 구멍을 막는 판자가 매우 잘 들어박힌 탓인지 손으로 더듬어서는 아무래도 찾을 수가 없었다. 하는 수 없이 성냥불을 켜보았다. 순간 비명 소리가 들려 그는 깜짝 놀랐다. 문과 밥상머리 사이, 나로에 가까운 구석에 한 소녀가 쭈그리고 앉아 있다가 졸리운 눈을 가까스로 뜨고 성냥불빛을 받으면서 K를 물끄러미 쳐다보고 있었다. 짐작컨대 프리다의 뒤를 이은 아가씨임에 틀림없었다. 그녀는 곧 정신을 차리고 전등을 켰는데 여전히 불쾌한 듯한 얼굴을 하고 있었다. 그러나 상대방이 K라는 것을 알고는 이윽고 생긋이 웃으면서 말했다.

"어머, 측량 기사님 아니세요? 저는 뻬뻬라고 해요."

소녀는 몸집은 작지만 붉은 볼을 하고 있었고 건강해 보였다. 숱이 많고 불그스름한 금발의 머리칼은 단단하게 땋아 내렸는데 그래도 곱슬곱슬한 머리는 관자놀이 근처에 비져나와 있었다. 회색빛 광택이 나는 천으로 만든 주름 하나 없는 옷을 입고 있었는데 그것은 그녀에게는 아주 어울리지 않았다. 끝에 술이 달린 비단 리본으로 보기 흉하게 졸라매고 있어서 아무래도 옷 입은 품이 답답해 보였다. 그녀는 프리다의 일을 묻고 곧 그녀가 다시 돌아오지 않느냐고 물었다. 그것은 악의(惡意)와 종이 한 장 차이의 질문이었다.

"저는 프리다가 나간 뒤 곧 이 술집으로 돌려졌어요. 왜냐하면 아무나 임시 방편으로 사람을 쓸 수는 없으니까요. 지금까지는 손님의 방을 맡은 하녀였어요. 하지만 이번에 이리로 옮겨온 것은 별로 나을 것이 없어요. 이곳은 저녁부터 밤 사이의 일이 많아서 아주 피곤하거든요. 거의 참을 수 없을 정도예요. 프리다가 그만둔 것도 무리는 아니라고 생각해요."

"프리다는 여기에서 매우 만족하고 있었는데——."

하고 K는 말했다. 그것은 뻬삐와 프리다 사이에 있는 뻬삐가 무시하고 있는 차이점을 어떻게 해서든지 상대방에게 눈치채게 하기 위해서였다.

"그 사람의 말을 곧이들어서는 안 돼요."

하고 뻬삐는 말했다. 그리고 이어서 다음과 같이 말했다.

"프리다는 다른 사람이 도저히 흉내를 낼 수 없을 정도의 자제력을 가지고 있어요. 그녀는 자기가 털어놓고 싶지 않다고 생각한 일은 절대로 털어놓지 않아요. 저는 이 가게에 벌써 몇 년째나 그 사람과 같이 근무하고 언제나 같은 침대에서 둘이 함께 자곤 했지만 아무래도 친해질 수가 없었어요. 아마 그 사람은 벌써 제게 대한 것 따위는 잊어버렸을 거예요. 그 사람과 친한 오직 한 사람의 친구는 아마 '교반옥'의 늙은 안주인 정도일 거예요. 이건 역시 어디까지나 프리다다운 일이에요."

"프리다는 내 약혼자요."

하고 K는 말했으나 눈은 여전히 문에 나 있는 들여다보는 구멍을 열심히 찾고 있었다.

"벌써 알고 있어요. 그러니까 이런 말씀을 드린 거예요. 그렇지 않으면 이런 말씀을 드려봤자 선생님한테는 아무 소용도 없을 거예요."

하고 뻬삐는 말했다.

"알겠어요 즉, 당신이 말하는 뜻은 그렇게 자기 마음속을 좀처럼 드러내보이지 않는 아가씨의 마음을 사로잡았다는 것을 내가 자랑으로 여겨도 좋다는 것이겠지요 ?"

"맞아요."

하고 뻬삐는 프리다의 일에 대해서 K와 은밀히 뜻을 통했다는 듯이 만족스럽게 웃었다.

실상 K의 마음을 흐트러뜨려 엿보는 구멍을 찾는 것을 어느 정도 방해했던 것은 그녀의 말이 아니라 그녀의 용모였고 또 그녀가 이런 장소에 있었다는 그 사실 자체였다. 물론 그녀는 프리다보다도 훨씬 젊고, 말하자면 아직 소녀 티를 벗어나지 못했고, 복장도 우습기 한량없었다. 그녀로서 본다면 술집 아가씨라는 것에 대해 자기가 품고 있는 과장된 이미지에 어울리는 옷차림을 하고 있을 것임에 틀림없다. 그리고 이러한 생각은 나름대로 충분한 타당성을 가지고 있었다. 그것은 이 직장이 그녀에게는 전혀 어울리지 않았고 따라서 자기가 희망한 것도 아니며 그 솜씨를 높이 평가받은 것도 아니기 때문이다. 아마도 당장의 방편으로, 말하자면 임시 변통으로 이리로 옮겨진 것일 게다. 프리다가 늘 허리에 차고 있던 가죽으로 된 지갑도 뻬삐에게는 배정이 안 됐던 것이다. 자기는 이 직업이 불만스럽다고 말하고 있지만 그것은 자기 자신을 높이 평가하고 있기 때문이었다.

그러나 어린애 같고 아직 분별도 없음에도 불구하고 그녀도 아마 성과 무슨 관계가 있는 것 같았다. 본인이 거짓말을 하고 있는 것이 아니라면 본래는 객실을 담당하고 있던 하녀였다지 않는가. 그녀는 자기가 성과 관계를 가지고 있다는 사실을 자각하지도 못한 채 매일 이런 곳에서 낮잠이나 자면서 지내고 있는 것이다. 그러나 이 몸집이 작고 통통한, 그리고 약간 동그란 등을 가지고 있는 육체를 껴안는다면 그녀의 재산이라고 할 수 있는 성과의 관계를 빼앗을 수는 없지만 이제부터 곤란한 길을 헤쳐나가는 데에 필요한 용기는 얻을 수 있을지도 모른다. 그렇다면 이건 프리다의 경우와 다를 게 뭐가 있는가? 아니, 그래도 다르다. 그 차이점을 이해하기 위해서는 프리다의 저 시선을 생각해보기만 하면 되는 것이다. K는 되도록이면 뻬삐의 몸에 손가락 하나도 대지 않으려고 했다. 그러나 잠시동안 K는 눈을 가리고 있지 않으면 안 되었다. 그처럼 탐욕스러운 눈초리로 K는 뻬삐를 바라보고 있었던 것이다.

"전등을 켜둘 필요가 없군요."

하고 뻬삐는 스위치를 내려버렸다.

"선생님 때문에 몹시 놀라서 켰을 뿐인걸요. 그런데 여기에는 대체 무슨 일로 오셨어요? 혹시 프리다가 무얼 잊어버리기라도 했나요?"

"아, 그래요."

하고 K는 문 쪽을 가리키면서 말했다.

"이 옆방에 테이블 클로스를 깜박 잊어버리고 왔대요. 희고 뜨개질로 뜬 것인데——."

"아아, 그 테이블 클로스 말이군요. 나도 기억하고 있어요. 아주 훌륭하고 멋진 물건이죠. 그것을 만들 때 저도 도와주었어요. 하지만 이 방안에는 아마 없을 거예요."

"프리다는 분명히 이 방에 있을 거라고 말하던데요. 대체 여기에는 누가 묵고 있지요?"

하고 K는 물었다.

"아무도 묵고 있지 않아요. 이곳은 성의 높은 양반늘이 사용하는 특별한 방이에요. 대개 술을 드시거나 식사를 하시곤 하지요. 즉, 그런 목적을 위해서 특별히 마련된 방이에요. 하지만 대개의 분들은 2층에 있는 자기 방에 계시고 여기에는 잘 내려오지 않으세요."

"그럼 지금 이 방에 아무도 없는 것이 확실하다면 안에 들어가서 테이블 클로스를 찾아봤으면 좋겠는데. 하지만 아무도 없는지 어떤지는 모르지 않겠소? 예를 들면 클람 같은 분은 항상 이곳에 계시는 것 같던데 말이오."

K가 말했다.

"클람이 지금 없는 것은 확실해요. 지금 곧 나가셔야 하니까요. 이미 안뜰에서 썰매가 기다리고 있어요."

삐삐의 말이었다.

K는 한 마디 설명도 없이 술집에서 곧 뛰쳐나와버렸다. 그러고는 현관에서 출구 쪽으로 가지 않고 건물의 내부를 향해 돌진했다. 불과 몇 걸음만에 안뜰로 나왔다. 아아, 얼마나 아름답고 조용한 곳인가! 네모난 안뜰은 삼면이 건물에 둘러싸이고 거리에 면한 쪽은——그것은 K가 모르는 뒷거리였다——크고 육중한 문이 달린 희고 높은 담이 경계를 이루고 있었다. 그러나 문은 마침 열려 있었다. 이 안뜰에서 보면 건물이 정면보다도 높게 보였다. 적어도 2층은 곁에서 보기보다는 한층 더 당당했다. 왜냐하면 2층은 나무로 된 복도가 둘러쳐져 있어서 틈새라고는 눈높이 정도에 있는 채광창(採光窓) 하나 뿐

이었기 때문이다. K와 비스듬히 마주한 쪽에는 주건물에 속하고는 있지만 맞은편 옆건물과 연결된 모퉁이 근처에 문이 안 달린 건물 출입구가 하나 있었다. 그리고 그 앞에는 두 필의 말이 끄는 거무스름한 썰매가 서 있었다. 마부를 제외하고는 사람의 그림자조차도 안 보였다. 물론 벌써 어둑어둑했기 때문에 마부라는 것을 분명히 알아보았다기보다는 먼 눈에 마부일 것이라고 짐작이 갔을 뿐이었다.

K는 두 손을 주머니에 찔러넣고 조심스럽게 주위를 둘러보면서 담을 끼고 안뜰을 우회하여 썰매 옆으로 갔다. 마부는 며칠 전에 술집에 있던 그 농부들 중의 한 사람이었는데 털가죽으로 몸을 감싼 채 K가 다가오는 것을 무심히 바라볼 뿐이었다. 그것은 마치 살금살금 걸어가는 고양이를 쫓는 것과 같은 그런 무관심한 눈초리였다. K가 이미 그의 옆에 서서 인사를 해도, 더욱이 어둠 속에서 사람이 갑자기 나타났기 때문에 말이 약간 놀랐을 때도 마부는 전혀 모르는 체하고 있었다. 이것은 K로서는 매우 고마운 일이었다. 담에 기대어 서서 빵 꾸러미를 열고 자기의 일을 이렇게 걱정해주는 프리다에게 마음속으로 감사하면서 건물 내부의 모습을 엿보았다. 직각으로 구부러진 층계가 아래로 나 있고 천장은 낮았으나 훨씬 아래쪽에 있는 듯한 복도와 서로 교차하고 있었다. 모든 것은 깨끗하고 흰색으로 칠해져 있었다. 그리고 명확한 선이 선명하게 드러나 있었다.

K는 생각했던 것보다 오랫동안 거기에서 기다려야 했다. 이미 오래 전에 빵은 다 먹어버렸다. 추위가 몸에 스며들고 어느덧 황혼이 완전한 어둠으로 바뀌었는데도 클람은 좀처럼 나타나지 않았다.

"아직도 시간이 더 걸릴는지도 모르겠는걸."

하고 바로 가까이에서 목쉰 소리가 들렸으므로 K는 소스라치게 놀랐다. 그것은 마부였다. 잠에서 깨어난 것처럼 손발을 쭉 뻗고 기지개를 켜더니 큰 소리로 하품을 했다.

"무엇이 오래 걸린단 말이오?"

하고 K는 물었으나 방해가 된 것을 별로 못마땅하게 생각하지는 않았다. 왜냐하면 언제까지 계속될는지도 모를 정적과 긴장에 이제 적당히 싫증이 나 있었기 때문이다.

"당신이 물러날 때까지 말이오."

하고 마부는 대답했다. K는 상대방의 말이 무슨 뜻인지 알 수 없었으나 더 이

132

상 캐물으려고는 하지 않았다. 이렇게 거만하게 구는 상대방에게 말을 하게
하기 위해서는 더 이상 묻지 않고 그대로 내버려두는 것이 상책이라고 생각
한 것이다. 이런 캄캄한 어둠 속에서 아무 대답도 하지 않고 잠자코 있으면
상대방은 오히려 도발을 당한 듯한 느낌이 드는 것이다. 아니나 다를까 잠시
있으니까 마부가 먼저 수작을 걸었다.

"코냑 좀 마시겠어요?"

"아, 좋지요."

하고 K는 상대방 제의에 몹시 유혹을 느껴 얼김에 대답하고 말았다. 아무튼
추워서 견딜 수 없었던 것이다.

"그럼 썰매의 문을 여세요. 문에 달린 주머니에 두서너 병 들어 있으니까
한 병 꺼내서 마셔보세요. 마시다가 내게 돌리세요. 이렇게 털가죽 속에 들어
가 있으니까 운전대에서 내려서기가 좀 거북해서 그래요."

K에게 코냑을 꺼내게 하려는 속셈인 것이다. 괘씸한 놈 같으니라구! K는
불쾌하기 짝이 없었지만 마부와 말을 하기 시작한 이상, 또 썰매 옆에 있다가
클람에게 불의의 습격을 당해도 안 되겠다 싶어 그가 말하는 대로 하기로
했다. 그는 썰매의 폭이 넓은 문을 열었다. 문 안쪽에 부착시켜놓은 주머니에
서 곧 병을 끄집어낼 수가 있었는데 이렇게 문이 열려 있으니까 썰매 안에 들
어가보고 싶은 충동이 강하게 일어나 그것을 도저히 억제할 수가 없었다. 잠
시라도 거기에 앉아보고 싶다고 생각했다. 그래서 그는 냉큼 썰매 안으로 미
끄러져 들어갔다. 썰매 안은 매우 따뜻했다. 마음이 씌어서 문을 미처 닫지
못했는데도 언제까지나 온기가 가시지 않았다. 그는 자기가 자리에 앉아
있다고는 도저히 믿어지지 않았다. 그는 푹신푹신한 담요와 쿠션, 그리고 털
가죽 속에 파묻혀 있었다. 어느 방향으로도 몸을 돌리거나 몸을 뻗을 수가 없
었다. 이 부드럽고 따뜻한 속으로 점점 더 깊이 가라앉아버리는 느낌이었다.

K는 팔을 쭉 뻗고는 언제라도 받아줄 것 같은 쿠션에 머리를 기대고 썰매
안에서 어두운 여관 쪽을 들여다보았다. 클람이 내려오는데 왜 이렇게 시간
이 걸린다지? 눈 속에 오래 서 있은 뒤였기 때문에 따뜻한 썰매 안에 있으려
니까 정신이 몽롱해져서 K는 클람이 빨리 와주었으면 좋겠다고 생각했다. 여
기에 있는 것을 클람에게 들키면 곤란하다는 생각이 머리에 떠올랐으나 그것
은 극히 희미한 생각이어서 이 쾌적한 기분을 약간 흔들어놓았을 뿐이었다.
K가 이렇게 기분 좋은 상태에 잠길 수 있는 것은 그야말로 마부의 태도 덕분

이었다. 마부는 K가 썰매 안에 있는 것을 알고 있으면서도 빨리 나오라고 말하지도 않고 코냑을 내놓으라고 요구하지도 않는 것이다. 상당히 고마운 태도였다. 그래서 K도 마부에게 서비스를 해주고 싶은 생각이 들었다. K는 자세를 바꾸지 않고 천천히 문 안쪽의 주머니에 손을 뻗쳤으나 열려진 채로 있는 문은 너무 멀어서 손이 미치지 않았으므로 자기 뒤편에 있는 닫혀져 있는 문을 더듬어보았다. 결과는 역시 좋았다. 이쪽에도 몇 병의 술이 들어 있었던 것이다. 한 병을 꺼내서는 마개를 열고 냄새를 맡아보았다. 자기도 모르게 빙긋이 미소를 띠우지 않을 수 없었다. 그것은 마치 자기가 매우 사랑하고 있는 사람으로부터 칭찬을 들었을 때 무엇을 칭찬하고 있는지를 잘 모르겠고 또 알려고 하지를 않으면서도 다만 자기를 칭찬해주고 있는 사람이 자기가 무척 좋아하는 사람이라는 것을 알고 무척이나 행복을 느끼는, 마치 그런 느낌이 드는 향긋한 내음이었다.

'이것이 코냑인가?'

K는 의아해하면서 스스로에게 물어보고 호기심에 못 이겨 몇 모금 마셔보았다. 영낙없는 진짜 코냑이었다. 가슴속이 불타오르고 온 몸이 후끈후끈 달아올랐다. 거의 감미로운 향기에 지나지 않는다고만 생각했던 것이 마셔보니까 당장 마부에게 안성맞춤의 술이라는 것을 알 수 있었다.

"이런 일이 있을 수 있을까?"

하고 K는 자기의 무지를 나무라는 듯이 혼잣말을 하고는 다시 한 모금 마셔보았다.

그런데 마침 K가 단숨에 술을 들이키려고 했을 때 갑자기 주위가 환하게 밝아졌다. 건물 내부의 층계와 복도, 현관, 외부의 건물 입구 처마 밑에도 전등이 켜진 것이다. 층계를 내려오는 발소리가 들려왔다. 술병이 K의 손에서 미끄러져 떨어지고 코냑이 털가죽 위에 엎질러 쏟아졌다. K는 당황해서 썰매에서 뛰어내렸다. 가까스로 문을 닫을 여유는 있었으나 쾅 하고 큰소리를 내고 말았다. 그 순간 한 사람의 신사가 천천히 건물 속에서 걸어나왔다. 다만한 가지 안심할 수 있는 것은 그것이 클람은 아니라는 것이었다. 그런데 이것은 오히려 더 유감스러운 일이라고 해야 할까? 나타난 사람은 K가 이미 2층 창문에서 본 일이 있었던 젊은 사나이로서 매우 훌륭한 외모를 갖추고 있었다. 피부는 희고 뺨은 불그스레했지만 퍽 고지식해 보였다. K는 침울한 기색으로 상대방을 바라보았는데 이 가라앉은 듯한 시선은 실은 자기 자신에게 향하고 있었다. 이런 일이라면 차라리 두 사람의 조수를 대신 보냈더라면 좋았을 것을! 오늘 밤에 자기가 한 것 같은 이 서투른 행동이라면 조수들도 충분히 해낼 수 있었을 텐데——. K와 마주한 상대방 신사는 여전히 잠자코 있었다. 그 넓은 가슴속에는 말하고 싶은 것을 입에 담는데 필요한 숨이 아직도 모자라다는 듯한 표정이었다.

"정말 너무했군."

이윽고 그는 말하고 모자를 이마에서 약간 추켜올렸다. 무어라고? 이 사람은 내가 썰매 안에 있던 것을 모르고 있을 텐데 무엇이 너무했다고 씨부렁대고 있는 것일까? 어쩌면 내가 이 안뜰에 들어온 것을 가지고 이런 지독한 말을 하는 것일까?

"어떻게 이런 곳에 계시지요?"

신사는 가라앉은 목소리로 천천히 숨을 토하면서 말했다. 일단 벌어진 일은 이쩔 수 없다는 듯한 체념하는 말투였다. 대체 무슨 질문일까? 어떻게 대답을 하면 좋단 말인가? 많은 희망을 안고 걷기 시작한 길이 헛되어 좌절되어버리고 말았다는 것을 이 사나이에게도 분명히 말해야 할까? 그러나 K는 대답하지 않고 썰매 쪽을 향해서 돌아섰다. 그리고 문을 열고 그 안에 놓고 내렸던 모자를 집어들었다. 코냑이 썰매의 발판 위에 엎질러진 것을 보자 공연한 혐오감이 생겼다.

그리고 K는 다시 신사 쪽으로 몸을 돌렸다. 자기가 썰매 안에 있었다는 것을 이렇게 상대방에게 보여주는 것도 이제는 태연했다. 실상 그 사실만이라면 그리 나쁠 것도 없었다. 그는 만일 이런 상황이 된 경위에 대해서 신사가 묻는다면(물론 물었을 경우에 한하지만) 마부에게 보기 좋게 속았다, 적어도 썰매의 문을 열 기분이 생긴 것은 순전히 그 때문이었다고 말해버리리라고 생각했다. 그러나 정말로 안타까웠던 것은 상대방의 출현에 놀라 숨어서 클람을 기다릴 만한 여유가 없었다는 것, 또는 썰매 속에서 문을 숨기고 있을 만한 침착성과 분별력이 없었다는 사실이었다. 물론 그때는 클람이 나오지 않으리라는 것은 알 까닭도 없었지만 만일 나타난 것이 클람이었다고 한다면 말할 것도 없이 썰매 밖에서 그를 마중한 것이 훨씬 좋았을 것임에 틀림없다. 정말 그때 여러 가지로 생각을 했어야 할 것이지만 이제 와서는 아무런 소용이 없었다. 이미 지나간 일이니까.

"나를 따라오시지요."

하고 신사는 말했다. 그것은 명령적인 말투는 아니었다. 그러나 말 그 자체가 아니라 그 말에 입에 담으면서 일부러 냉담하게 한쪽 손을 약간 흔들어보인 그 동작 속에 명령의 의미가 포함되어 있었다.

"나는 여기서 어떤 사람을 기다리고 있어요."

하고 K는 말했으나 이미 클람을 만난다는 확실한 보장은 없이 다만 있는 사실 그대로를 말했을 뿐이었다.

"어쨌든 따라오세요."

신사는 K가 누군가를 기다리고 있다는 것은 조금도 의심치 않는다는 것을 나타내려는 듯이 다시 한 번 단호한 어조로 말했다.

"당신을 따라가면 기다리는 사람을 만나지 못해요."

하고 K는 고개를 세차게 흔들었다. 여러 가지 일이 일어났지만 그의 기분으로서는 얼핏 보기에는 가까스로 확보하고 있는 것 같지만 모처럼 손에 넣은 재산을 그런 하찮은 명령 따위로 놓쳐버려서는 안 된다고 생각한 것이다.

"여기서 기다리든 또는 나와 함께 가든 어차피 당신은 그 사람을 만날 수는 없어요."

신사는 뜻밖에도 자기 의견을 분명히 말했는데 그 말투 속에서 K의 생각에 대한 배려가 담겨져 있음을 알 수 있었다.

"어차피 만나지 못할 바에야 차라리 이곳에서 기다리고 있는 편이 더 편하겠습니다."

하고 K는 반항적인 어조로 말했다. 젊은 신사는 말만 가지고는 도저히 이 자리를 떠날 것 같지 않았다. 신사는 고개를 젖히고 깔보는 듯한 표정으로 잠시 눈을 감았다. 마치 K의 어리석은 무분별로부터 탈출하여 자기 자신의 이성으로 되돌아가려는 것 같았다. 그리고 조금 벌린 입술 근처를 손가락 끝으로 문지르더니 마부를 향해서 말했다.

"말을 썰매에서 떼어놓게."

마부는 K를 심술궂게 곁눈질로 흘겨보았지만 주인이 명령하는 대로 이번에야말로 털가죽 옷을 입은 채 운전석에서 내려오지 않으면 안 되었다. 그리고 주인이 명령을 취소하는 것은 기대하지 않지만 K가 생각을 달리 해주기를 바란다는 듯이 몹시 느릿느릿하게 말을 썰매에 매단 채 옆건물 쪽으로 썰매를 후진시키기 시작했다. 이 옆건물 어딘가에 큰 문이 있고 그곳에 아마 마구간과 수레를 놓아두는 곳이 있을 것이다. K는 혼자만 남아 있는 것을 깨달왔다. 한쪽에서는 썰매, 그리고 다른 한쪽, 즉 K가 걸어온 길에서는 젊은 신사가 느릿느릿하게 멀어져갔다——그것은 마치 K가 마음먹기 나름으로 두 사람을 다시 불러 세울 수도 있다는 것을 알게 하기나 하려는 것처럼.

K는 아마 두 사람을 다시 부를 수도 있었을 테지만 그런 일을 해봤자 무슨 소용이 있겠는가. 썰매를 되돌아오게 한다는 것은 결국 자기 자신을 이 자리에서 물러나게 하는 것이다. 그래서 그는 이 자리를 끝까지 고수하는 마지막 한 사람이 되어서 언제까지나 그 자리에 서 있었다. 이것은 분명히 하나의 승리였으나 K에게 아무런 기쁨도 가져다주지 않았다. 그는 신사와 마부의 뒷모습을 번갈아가며 바라보았다. 신사는 K가 처음 이 안뜰에 나올 때 지나온 문간에 이미 도착해서 다시 한 번 K쪽을 돌아다보았다. 아무래도 K의 완고한 고집스러움에 놀라 고개를 설레설레 흔들고 있는 것 같았다. 그리고는 이것이 마지막이라는 듯이 단호하게 짧은 동작으로 방향을 바꾸고는 이윽고 현관 쪽으로 들어갔다. 그리고는 곧 보이지 않게 되었다.

마부는 좀더 오래 안뜰에 남아 있었다. 썰매의 뒷처리에 상당히 애를 먹었던 것이다. 육중한 문을 열고 썰매를 후진시키면서 제자리에 갖다놓고 말을 분리시켜 마구간에 데려가지 않으면 안 되는 것이다. 그는 이러한 모든 일을 지극히 성실하게, 그리고 한눈 파는 일없이 해냈는데 곧 다시 떠날 채비는 전혀 하지 않고 있는 것 같았다. K쪽은 돌아다보지도 않고 묵묵히 일을 계속하고 있는 이 태도야말로 K에게 있어서는 젊은 신사의 태도보다도 훨씬 더 냉혹한 비난인 것처럼 생각되었다. 마구간에서의 일을 끝내자 마부는 특유의 느릿느릿하고 몸을 좌우로 뒤흔드는 듯한 걸음으로 안뜰을 비스듬히 가로질러가서 큰 문을 잠갔다. 그리고 그는 다시 되돌아왔다. 모든 일을 천천히 끝내고 문자 그대로 눈 속에 남아 있는 자기의 발자취를 바라보고 있을 뿐이었다. 그런 다음 그는 마구간 속으로 들어가버렸다. 그러자 모든 전등은 꺼지고——실상 누구를 위해 전등을 켜놓을 필요가 있을까?——겨우 2층의 나무로 된 복도 틈새에서 불빛이 새어나와 어둠 속을 헤매는 K의 시선을 붙잡아두는 것이었다.

그때 K는 이것으로 타인과의 모든 연결끈이 끊어지고 자기는 지금까지보다도 더 자유로워지고 보통때 같으면 감히 들어올 수도 없을 이 장소에서 기다리고 싶은 만큼 기다릴 수가 있다, 그리고 이 자유는 자기가 쟁취한 것이며 다른 사람 같았으면 도저히 흉내도 낼 수 없었을 것이다, 이제 아무도 나에게 손을 댈 수 없으며 여기에서 쫓아낼 수도 없다, 그뿐만 아니라 나에게 함부로 말을 걸 수도 없을 것이라고 생각했다.

그러나 그것과 동시에 거기에 버금갈 만큼 강한 또다른 확신도 있었다. 그것은——이 자유, 이렇게 기다리고 있다는 것, 그리고 이렇게 누구로부터도 간섭을 받지 않고 있을 수 있다는 것보다 더 무의미하고 절망적인 것이 있을 수 있을까 하는 것이었다.

9

그래서 K는 용감하게 안뜰을 떠나기로 하고 건물 속으로 되돌아갔다. 이번에는 담을 따라서가 아니라 눈 속을 곧장 가로질러갔다. 그러자 복도에서 주인을 만났다. 주인은 잠자코 인사를 하며 술집 문 쪽을 가리켰다. K는 춥기도 하고 사람이 그리워서 견딜 수 없었기 때문에 주인이 하라는 대로 따랐다. 그런데 술집에 발을 들여놓는 순간 그야말로 어이가 없었다. 그곳의 작은 테이블(이 테이블은 특별히 준비한 것 같았다. 왜냐하면 이 술집에서는 평상시 테이블 대신에 술통을 사용하고 있었기 때문이다)에는 방금 전의 그 젊은 신사가 앉아 있고 게다가 더욱 놀란 것은 그 신사 앞에는 교반옥의 안주인이 서 있었던 것이다. 삐삐는 거만한 태도로 고개를 뒤로 젖히고 언제나 변함없는 미소를 띠우고 있었는데 K가 볼 때는 그녀는 자기의 위엄을 지나치게 의식하고 있는 것 같았다. 몸의 방향을 바꿀 때마다 땋아 내린 머리를 일부러 흔들어대며 여기저기 분주히 왔다갔다 하더니 먼저 맥주를 가져오고 다음에는 잉크와 펜을 가져왔다. 왜냐하면 젊은 신사는 눈 앞에 서류를 펼쳐놓고 있었던 것이다. 신사는 한 서류의 날짜를 발견하고 이번에는 테이블의 가장자리에 있는 다른 서류의 날짜를 발견해서는 두 날짜를 비교해가며 무엇인가 메모를 하고 있었다. 안주인은 한숨 돌리는 듯한 모습으로 입술을 약간 위로 올려 선 채로 신사와 서류를 잠자코 내려다보고 있었다. 이미 필요한 말은 상대방에게 모두 해버렸고 그것도 상대방이 충분히 납득을 했다는 듯한 모습이었다.

"측량 기사 양반, 이제야 나타났군요."

신사는 K가 들어오는 것을 보고 잠깐 얼굴을 들었으나 곧 다시 서류에 얼굴을 파묻었다. 안주인도 전혀 놀란 기색이 없이 무관심한 눈으로 K를 힐끔 바라보았을 뿐이었다. 삐삐도 K가 카운터 있는 쪽으로 가서 코냑을 주문했을 때 비로소 그를 알아본 것 같았다.

K는 카운터에 기대고 서서 한쪽 손으로 눈두덩이를 누르고 그저 멍하니 앞만 바라보고 있었다. 그리고 이윽고 코냑을 한 모금 찔끔 마시고는 이런 것은 맛이 없어서 마실 수가 없다면서 잔을 밀어놓았다.

"다른 분들은 잘들 마시던데요."

하고 뻬삐는 짤막하게 한 마디 하고는 남아 있던 코냑을 버리고 술잔을 선반 위에 되엎어놓았다.

"성 사람들은 좀더 고급스러운 것을 가지고 있단 말요."

하고 K는 말했다.

"그럴는지도 모르지요. 하지만 이곳에는 없어요."

뻬삐는 그렇게만 말하고 더 이상 K를 상대하지 않고 다시 한 번 신사에게로 가서 무언가를 서비스하려고 했지만 신사는 아무것도 필요치 않다고 했다. 그녀는 신사의 뒤를 노상 원을 그리며 왔다갔다 하면서 신사의 어깨 너머로 서류를 들여다보려고 했다. 그러나 그것은 아무런 의미도 없는 단순한 호기심과 잘난 체하려는 허영심의 발로에 지나지 않았다. 교반옥의 안주인조차도 눈살을 찌푸리며 어이가 없다는 듯한 태도를 보이고 있었다.

그러다가 안주인은 갑자기 귀를 곤두세우며 온몸의 신경을 청각에 집중시키면서 뚫어지게 허공을 바라보았다. K도 뒤를 돌아다보았으나 특별한 소리는 아무것도 들리지 않았다. 다른 사람들도 아무 소리를 듣지 못한 것 같았다. 그러나 안주인은 발꿈치를 들고 큰 걸음걸이로 안뜰로 통하는 뒤쪽 문으로 달려가더니 열쇠 구멍으로 안을 들여다보았다. 이윽고 눈을 크게 뜨고 얼굴을 붉히면서 모두에게 자기쪽으로 오라고 손가락으로 신호를 보냈다. 그래서 모두들 번갈아가며 열쇠 구멍을 들여다보았다. 물론 제일 오래 들여다본 것은 안주인이었다. 그리고 뻬삐도 어떻게든 안을 들여다보았다.

그러나 젊은 신사는 별로 마음이 내키지 않는 것 같았다. 뻬삐와 신사는 곧 제자리로 돌아갔으나 안주인만은 여전히 열심히 들여다보았다. 몸을 구부리고 거의 무릎을 꿇을 정도의 낮은 자세로 구멍 속을 들여다보고 있었다. 그것을 보고 있자니까 마치 자기 몸을 통과시켜달라고 열쇠 구멍에게 애원을 하고 있는 것 같았다. 왜냐하면 그때는 이미 볼 만한 것이라곤 아무것도 없었기 때문이다.

그녀는 이윽고 가까스로 몸을 일으켰다. 그리고 두 손으로 얼굴을 쓰다듬고 머리칼을 매만진 다음 깊이 심호흡을 했다. 그리고 우선 방 안에 있는 사람들에게 볼 낯이 없다는 듯한 모습을 하고 있는 것을 보고 K가 먼저 입을 열었다. 그것은 자기가 이미 알고 있는 사실을 확인하려는 것이 아니라 상대방이 먼저 공격을 가해올는지도 모를 것을 선수를 써서 봉쇄하지 않으면 안 되겠다는 생각이 거의 공포심에 가깝도록 들었기 때문이다. 그 정도로 지금 그는 상처를 받기 쉬운 상태에 있었다.

"그럼 클람 씨는 벌써 떠났군요?"

안주인은 아무 대답도 하지 않고 K의 옆을 스쳐서 지나갔으나 젊은 신사가 테이블 옆에 앉아 있다가 K를 향해서 말했다.

"말씀하시는 대로입니다. 당신이 감시를 그만두었기 때문에 떠날 수가 있었지요. 그나저나 클람 씨가 저렇게까지 신경이 예민한 것은 아무래도 이상하군요. 주인 아주머니, 클람 씨가 얼마나 불안한 듯이 사방을 돌아보는지를 보셨지요?"

안주인은 그런 것은 미처 깨닫지 못한 것 같았지만 신사는 거기에 구애받지 않고 다시 계속했다.

"그럼 다행히 아무것도 눈에 띄지 않은 것 같군요. 마부가 눈 속의 발자국까지도 깨끗이 쓸어 없앴으니까."

"주인 아주머니는 아무것도 깨닫지 못했습니다."

K는 그렇게 말했으나 아직도 무슨 희망이 있어서가 아니라 상대방이 반론을 제기하는 것을 허용하지 않겠다는 듯이 너무 단정적으로 말한 데에 화가 치밀었기 때문이었다.

"아마 내가 열쇠 구멍으로 들여다보고 있지 않을 때인가 보지요."

안주인은 그렇게 말하며 처음에는 신사를 두둔했다. 그러나 다음에는 클람 씨의 입장을 세워주지 않으면 안 되겠다고 생각했는지 곧 이렇게 덧붙였다.

"난 클람 씨가 그렇게까지 신경이 예민하다고는 생각지 않아요. 물론 우리는 그 사람에 대해 여러 가지로 신경을 쓰고 어떻게 해서든지 지켜드리려고 하고 있어요. 이것은 클람 씨가 아주 신경질적인 사람이라고 생각해서예에요. 그것은 그것대로 좋은 일이고 아마 클람 씨도 그러기를 바라고 있을 거예요. 그러나 실제는 어떤 상황인가 하면 우리는 마치 뜬구름을 잡는 식이어서 도대체 어림잡을 수가 없어요. 확실히 클람 씨는 자기가 만나고 싶지 않으면 어느 누구도 결코 만나지 않아요. 그 사람이 아무리 애쓰고 참을 수 없을 정도로 뻔뻔스러운 태도로 나오더라도 결코 만나지 않아요. 어쨌든 클람 씨의 성격이 예민하다는 것은 그런 사람과는 절대로 말을 나누지도 않고 자기 앞에 나오지도 못하게 한다는 사실만 가지고도 충분히 알 수 있어요. 실제로 여러 가지 획책을 꾸미고 있는 사람의 얼굴을 그 사람이 어떻게 바라볼 수가 있을까요. 어차피 이런 일은 시험해볼 수는 없으니까 그것을 증명해보일 수도 없지요."

신사는 정말로 그렇다는 듯이 열심히 맞장구를 치고 있었다.

"근본적으로는 나도 같은 의견입니다. 내 표현이 조금 달랐던 것은 측량 기사에게 그것을 알게 하기 위해서였습니다. 하지만 클람 씨가 안뜰에 나왔을 때 몇 번이나 주위를 살펴본 것은 사실입니다."

"아마 나를 찾고 있었을 거요."

하고 K는 말했다.

"허어, 그럴 듯한데요. 거기까지는 나도 미처 생각을 못 했는데요."

신사는 말했다.

"굉장히 많이 씌어 있는데요."

K는 그렇게 말하고 멀리서 서류를 바라보았다.

"네, 하지만 그런 어투로 말하는 것은 나쁜 버릇입니다. 당신은 아마 내가 누군지를 모르실 겁니다. 나는 클람 씨의 재야 비서인 모무스라고 합니다."

이 한 마디로 방 안 전체에 무거운 공기가 감돌았다. 안주인과 뻬삐는 물론 이 신사를 알고는 있었으나 그 이름과 위엄있는 직분을 듣고는 무척 놀라는 시늉을 했다. 게다가 이 젊은 신사는 마치 자기가 분에 넘치는 말을 했다는 듯이, 또 자기의 말 속에 담긴 엄숙한 음향이 뒤에 남는 것만은 피하고 싶다는 듯이 다시 서류 속에 얼굴을 파묻고는 글을 쓰기 시작했다. 방 안에는 신사의 글씨 쓰는 소리만이 사각사각 들려오고 있었다.

"도대체 재야 비서가 무엇하는 사이죠?"

K는 잠시 후에 그렇게 물어보았다. 모무스는 자기 소개를 해버린 이 마당에 자기 스스로가 이것을 설명하는 것은 적당치 않다고 생각했는지 잠자코 있었다. 대신 안주인이 나서서 설명을 했다.

"모무스 씨는 다른 비서들과 마찬가지로 클람 씨의 비서 중 한 사람이죠. 그러나 이 양반의 근무지와——내가 잘못 알고 있는 것이 아니라면——직무상의 권한을 보면——."

그때 모무스는 쓰던 손을 멈추고 세차게 고개를 내둘렀다. 그러자 안주인은 잠시 말을 멈추었다.

"그러면 권한 문제가 아니고 단지 직무상의 문제를 말씀드리지요. 그것은 지역적으로 보아서 이 마을에 국한되어 있지요. 모무스 씨는 이 마을에서 클람 씨의 문서상 사무를 볼 필요가 있을 때는 여러 가지 일을 처리하고 또는 집행하셔요. 또 마을에서 일어난 사건으로 클람 씨에게 보내온 청원서는 모조리 이분이 접수하지요."

이런 여러 가지 설명을 듣고도 K는 전혀 감동하지 않았다. 아니, 오히려 허탈한 눈초리로 안주인을 쳐다보고만 있었다. 그러자 안주인은 약간 당황한 듯이 이렇게 덧붙였다.

"조직이 그렇게 되어 있어요. 성 사람들은 모두 재야 비서를 가지고 있는 셈이지요."

모무스는 K보다도 훨씬 주의 깊게 이 말에 귀를 기울이고 있었는데 그녀의 말을 보충이라도 하려는 듯이 안주인을 향해 이렇게 말했다.

"재야 비서는 대개 한 분을 위해서만 일을 하지만 나는 클람 씨와 발라베네 두 사람의 일을 하고 있지요."

"그래요, 참."

하고 안주인은 그 얘기를 한다는 것을 그만 빠뜨렸다 싶은지 K쪽을 향해 얼른 말했다.

"모무스 씨는 클람 씨와 발라베네 씨 두 사람의 일을 맡아보고 계셔요. 그러니까 결국 겸임 재야 비서라고나 할까요!"

"허어, 더군다나 겸임이라고요!"

하고 K는 말하고 사람들 앞에서 칭찬받기를 좋아하는 어린애를 대하듯이 모무스에게 고개를 끄덕여보였다. 모무스는 이제 아주 몸을 앞으로 내밀다시피 하면서 K를 정면으로 쳐다보고 있었다. 이때 K의 태도에는 일종의 멸시하는 빛이 보였다. 마치 '응, 좋아, 좋아!'하고 고개를 끄덕여보이는 것과 다름이 없었다. 상대방은 그것을 미처 깨닫지 못했거나 아니면 스스로 자청하여 경멸을 당하고 싶어한 꼴이었다. 일부러는 고사하고 우연히라도 클람이 한 번 만나줄 리가 없는 K에게 인정을 받고 칭찬을 받고 싶어서 클람의 가장 측근에 있는 인물의 자랑거리가 누누이 설명된 것이다.

하지만 K는 이런 인물에게 경의를 표할 감각을 가지고 있지 않았다. 그는 전력을 다해 단 한 번이라도 클람과 만나고 싶다고 노력은 하고 있었지만 그렇다고 해서 비록 매일 클람과 얼굴을 대하고 있다고는 하지만 모무스 같은 인물을 높이 평가하고 싶은 생각은 털끝만치도 없었다. 왜냐하면 K에게 있어서 애쓸 보람이 있는 것은 클람의 측근자를 만나는 것이 아니라 오직 자기 자신이 직접 자기의 소망을 가지고 클람에게 접근하는 것이었다. 더욱이 클람에게 접근하여 거기에 안주하려는 것이 아니라 클람을 거쳐서 다시 성 안으로 들어가려는 것이었다.

그래서 K는 시계를 꺼내 들여다보면서 말했다.

"이제는 슬슬 돌아가봐야겠는데요."

그러자 순식간에 입장이 바뀌어 모무스가 유리해졌다. 그는 말했다.

"네, 그렇겠지요. 그러나 잠시만 내게 시간을 내주세요. 두서너 가지 간단히 물어볼 게 있어서 그래요."

"별로 마음이 안 내키는데요."

K는 그렇게 말하고 문 쪽으로 걷기 시작했다. 그러자 모무스는 서류를 테이블 위에 내던지더니 일어나서 소리쳤다.

"클람 씨의 이름으로 내 질문에 대답할 것을 요구합니다!"

"뭐라고요? 클람 씨의 이름으로라고요?"

하고 K가 되받았다.

"대체 클람 씨가 나 같은 사람을 염두에나 두고 있나요?"

"그 점에 관해서는 나도 잘 모릅니다. 당신은 더욱이 그럴 테지요. 그러니 이 점은 서로 안심하고 클람 씨에게 맡겨두는 게 어떻겠소. 그러나 나는 클람 씨에게 위임받은 직책상의 권한으로서 당신이 이곳에 남아서 내 질문에 대답해줄 것을 요구합니다."

"측량 기사님."

하고 안주인이 말참견을 했다.

"나는 더 이상 당신에게 조언하는 것을 삼가하겠어요. 지금까지 당신에게 해드린 여러 가지 충고는 다시없는 호의에서 나온 충고였습니다. 그것을 당신은 여지없이 거절하고 말았어요. 게다가 굳이 숨길 것도 없으니까 말씀드리지만 내가 지금 여기에 온 것은 당신의 태도와 의도를 관청에 알리고 당신이 두 번 다시 우리집에 묵는 일이 없도록 하기 위한 것이에요. 우리들의 관계는 이런 형편이 되어버렸지만 이 점은 아마 앞으로도 변함이 없을 거예요.

따라서 이제부터 내 의견을 말씀드리는 것도 결코 당신을 돕기 위한 것이 아니에요. 어쨌든 당신 같은 사람을 상대로 교섭을 벌인다는 것은 예사로운 일이 아니니까요. 그래서 나는 비서님의 수고를 조금이라도 덜어드리려고 하는 것이에요. 하지만 나는 이래보여도 아주 정직한 여자이니까——그럴 수밖에 없는 것이 나로서는 무리를 하고 있는 셈이지만 당신과 상대하려면 솔직히 얘기하는 수밖에는 없으니까요——당신은 그럴 마음만 있으면 내 말을 당신 자신에게 유리하도록 얼마든지 이용할 수가 있어요. 이 기회에 당신에게 분명히 주의를 환기시켜두지만 당신이 클람 씨에게 통하는 길은 오직 하나 여기에서 모무스 씨의 조서에 충실하게 답변하는 길밖에는 없다는 것이에요. 그렇다고 해서 나는 큰 보자기를 펼쳐보이고 싶은 마음은 없어요. 어쩌면 이 길은 클람 씨에게까지는 도달하지 않고 모무스 씨에게서 끝날는지도 몰라요. 그것을 결정하는 것은 비서인 모무스 씨의 판단 나름이에요. 그러나 어쨌든 이 길은 당신에게 있어서는 적어도 클람 씨에게 도달할 수 있는 오직 한 가지 길이에요. 그런데도 당신은 이 길을 저버리려고 하는 것이에요? 그것도 단순히 고집을 부리기 위한 것 외에 아무런 이유도 없이 말예요.”

그러자 K는 말했다.

“이것 보세요, 아주머니. 그것은 클람 씨에게로 가는 유일한 길도 아니고 다른 방법보다 더 좋은 방법도 아닙니다. 그런데 비서 양반, 내가 여기에서 하는 말을 클람 씨에게 전달하느냐 마느냐를 결정하는 것은 정말 당신입니까?”

하고 K는 도중에 이야기의 화살을 모무스에게 돌렸다.

“물론이지요!”

하고 모무스는 자랑스러운 듯이 말하고 눈을 아래로 내리깐 채 좌우를 둘러보았다. 그러나 거기에는 아무도 없었다.

“”그렇지 않다면 내가 무슨 할 일이 없어서 비서 노릇을 하고 있겠소?

“그것 보세요, 아주머니. 내게 필요한 것은 클람 씨에게로 가는 길이 아니라 우선 비서 양반에게 가는 길 아녜요?”

하고 K가 말했다.

“내가 당신에게 길을 터주려고 생각한 것도 바로 그 길이에요.”

하고 안주인은 말하고 거기에 덧붙여서 다시 이렇게 말했다.

“클람 씨에 대한 당신의 소망을 전하는 방법을 오전 내내 말씀드렸지 않았던가요? 당신의 소망은 비서인 모무스 씨를 거쳐야만 클람 씨에게 전달이 가능해요. 그런데 당신은 그것을 거절해버렸어요. 하지만 지금에라도 당신에게는 이 길밖에는 남아 있지 않아요. 물론 오늘 그러한 행동으로 클람 씨를 골탕먹이려고 한 이상 성공의 가능성은 훨씬 적어졌지만 말예요. 그러나 이 최후의 아주 사소한, 방금이라도 꺼져버릴 것 같은, 아니 어쩌면 벌써 꺼져버렸다고 해도 좋을 이 실날 같은 희망이 당신에게는 역시 마지막으로 남은 오직 한 가지 방법이에요.”

“이상하군요, 아주머니. 당신은 내가 억지로라도 클람 씨에게 쳐들어가려는 것을 한사코 막으려고 했어요. 그런데 지금은 내 소망을 대단히 진지하게 생각하면서 만일 내 계획이 실패하면 나는 벌써 파멸한 것이나 다름없다고 생각하고 있어요. 이것은 대체 어떻게 된 노릇입니까? 애당초에는 클람 씨에게 접근하는 깃을 단념하라고 솔직히 충고해주시던 분이 입에 침도 채 마르기 전에 그에 못잖은 솔직함으로 클람 씨에게로 가는 길을 계속 모색하라고 충동질하고 있으니 말입니다. 설사 그 길이 클람 씨에게는 전혀 통하고 있지 않더라도 말입니다. 그런 일이 도대체 있을 수 있을까요?”
하고 K는 말했다.

“내가 한 일이 당신을 충동질한 것이 될까요? 당신이 시도하고 있는 일이 성공할 가능성이 없다고 말했다고 해서 그것이 곧 당신을 충동질한 것이 될까요? 그런 식으로 자기의 잘못을 나에게 떠넘기려고 하시다니 당신은 참 뻔뻔스럽기 한량없는 사람이군요. 그런 괘씸한 생각을 가지는 것도 아마 모무스 씨가 앞에 계시기 때문이겠죠. 그러나 측량 기사님, 나는 결코 당신을 충동질하려고 이러는 것이 아니에요. 그것은 참말입니다. 다만 한 가지 고백을 한다면 내가 처음 당신을 만났을 때 나는 당신이라는 사람을 너무 높이 평가했던 것 같아요. 눈깜짝할 사이에 프리다를 손에 넣고 말아 나는 기겁할 정도로 놀라고 말았지요. 이러다간 또 어떤 기막힌 솜씨를 발휘하게 될지도 모른다는 생각에서 더 이상의 문제가 생기지 않게 하기 위해서는 애걸하기도 하고 위협하기도 해서 당신의 마음을 움직여 보는 수밖에는 달리 도리가 없다는 생각이 든 것이에요. 그러는 중에 점차 일을 차분하게 생각하게 되었지요. 어떻든 좋도록 일을 추진하세요. 당신이 할 수 있는 일이란 아마 저 안뜰의 눈 속에 깊은 발자국을 남기는 일이 고작일 거예요.”

안주인의 말에 K는 대답했다.

"지금의 그 말씀으로 모순이 완전히 해명되었다고는 생각지 않는데요. 그래도 당신에게 모순을 가르쳐드린 것만으로도 만족하기로 하지요. 그런데 모무스 씨, 당신에게 한 가지 부탁이 있습니다. 주인 아주머니는 내게 관한 일로 당신이 작성하려고 하는 조서에 의해 어쩌면 내가 클람 씨 앞에 나갈 수 있을는지도 모른다고 말하고 있는데 그 의견이 옳은지 그른지를 말씀해주시지 않겠습니까? 만일 그것이 사실이라면 나는 어떠한 질문에도 대답할 용의가 있습니다. 클람 씨와 만날 수만 있다면 어떤 짓이라도 사양치 않겠습니다."

그러자 모무스는 대답했다.

"아니오, 조서를 꾸몄다고 해서 반드시 만날 수 있는 것은 아닙니다. 이것은 클람 씨의 관할하에 있는 마을의 기록부에 오늘 오후에 일어났던 일을 정확히 기록해두지 않으면 안 된다는 것뿐입니다. 이미 기록은 끝났습니다. 단지 두서너 군데 빠진 곳이 있어서 기록을 잘 정리하기 위해 당신은 그것을 메워주기만 하면 됩니다. 그 이외의 다른 목적이 있을 수 없고 또 설사 있다고 하더라도 그것이 이루어질 까닭이 없습니다."

K는 말없이 안주인의 얼굴을 쳐다보았다.

"왜 당신은 내 얼굴을 노려보고 있지요?"

하고 안주인은 묻고 계속해서 다음과 같이 말을 이었다.

"내가 무슨 틀린 말을 했나요? 모무스 씨, 이 사람은 언제나 이렇다니까요. 내가 가르쳐준 얘기를 제멋대로 뜯어고치고는 나중에 와서는 틀린 말을 가르쳐주었다고 우겨요. 나는 클람 씨를 만날 가망은 전혀 없다고 전부터 얘기했고 또 오늘도 그랬어요. 말하자면 누누이 그것을 강조하고 있는 셈이죠. 그래 가망이 없는 일이 이 조서에 응했다고 해서 가망이 생길 리는 없죠. 이 이상 분명한 일이 또 어디에 있겠어요? 더 자세히 말씀드리면 이 조서는 이 사람이 클람 씨와의 사이에 관계를 맺을 수 있는 유일한 직무상의 연결 고리예요. 이것도 전혀 의심할 여지가 없는 명백한 사실이에요. 그런데 이 사람이 내 말을 믿지 않고 언제까지나 클람 씨를 만날 수 있다고 생각한다면(왜 그런 희망을 가지는지 나로서는 그 이유도 목적도 알 수 없어요) 고작해야 기대해볼 만한 것은 클람 씨와의 사이에 있는 이 유일한 직무상의 연결 고리, 즉 이 조서뿐이지요. 내가 한 말은 단지 이 사실뿐이에요. 그런데 그 이외의 주장을 내세우다니 그것은 내 말을 일부러 악의를 가지고 멋대로 해석하는 것이에요.”

“아주머니, 그렇다면 용서해주세요. 당신의 말을 내가 오해하고 있었으니까요. 지금에 와서야 내 잘못을 알았지만 당신이 아까 한 말을 듣고는 극히 희박하기는 하지만 그래도 한 가닥의 희망이 있다고 생각했었습니다.”
하고 K는 말했다.

“확실히 희망은 있어요.”
하고 안주인은 말하고 계속해서 이렇게 말했다.

“물론 이것은 내 개인적인 견해지만요, 당신은 또 내 말을 곡해했어요. 더욱이 이번에는 반대 방향으로 말예요. 내 생각으로는 물론 당신에게 그런 희망은 있어요. 그리고 그런 희망을 가질 수 있는 근거는 전적으로 이 조서 한 장에 달려 있어요. 하지만 그간의 사정은(당신의 질문에 대답하기만 하면 클람 씨를 만날 수가 있지요?) 모무스 씨에게 대들 수 있는 그렇게 간단한 것이 아니에요. 만일 어린애가 이런 질문을 하면 웃어 넘길 수가 있지만 어엿한 어른이 그런 질문을 한다면 그것은 관청에 대한 모욕이 되는 거예요. 비서님은 상당히 관대하게 배려해서 당신의 입장을 살려주었지만 말예요.

어쨌든 내가 말하는 희망이라는 것은 당신이 이 조서에 의해 클람 씨와 모종의 연관을 —— 그것도 물론 요행스러운 경우 말입니다만 —— 가질 수 있다는 사실이에요. 그것만이라도 희망이라도 할 수 있지 않겠어요? 그러한 희망을 부여받을 만한 공적이 당신에게 있는가라고 묻는다면 당신은 아주 조그만한 공적이라도 내세울 수가 있겠어요? 물론 이 희망에 대해서는 더 이상 자세한 말씀을 드릴 수가 없고 특히 모무스 씨는 비서라는 직책상 여기에 대해서 털끝만한 암시도 줄 수가 없겠지요. 이 사람에게 있어서 중요한 것은 아까 직접 말씀하신 것처럼 오늘 오후에 일어난 사실을 잘 기록해두는 일이에요. 그 이상의 일은 절대로 입 밖에 내지를 않으실 거예요. 당신이 방금 한 내 말을 방패삼아 설사 이 사람에게 어떤 질문을 하더라도 말예요.”

“모무스 씨, 대체 클람 씨는 이 조서를 읽어봅니까?”
하고 K가 물어보았다.

“아니오, 읽지 않습니다. 당연한 얘기이지요. 왜냐하면 모든 조서를 다 읽는다는 것은 도저히 할 수 없는 일이니까요. 뿐만 아니라 클람 씨는 대체적으로 어떤 조서도 읽어보지 않는 습관을 갖고 있습니다. ‘너희들 조서는 정말 지긋지긋해!’라고 입버릇처럼 말하고 있을 정도니까요.”

"측량 기사님!"

하고 이번에는 안주인이 말했다.

"그런 질문만 해서 당신은 우리들을 어리둥절하게 만드는군요. 대체 클람 씨가 이 조서를 읽어서 당신 생활의 하찮은 자초지종까지 일일이 알아야만 할 필요가 있을까요? 혹은 필요치는 않더라도 바람직한 일이라고 생각하고 계시나요? 그것보다는 오히려 이 따위 조서는 클람 씨에게 보일 필요가 없다고 말하는 것이 어떻겠어요? 그리고 이 소원만 하더라도 당신이 전에 말씀한 소원과 마찬가지로 미련스럽기 짝이 없는 것은 마찬가지일 테지만——그럴 수밖에 없는 것이 클람 씨 앞에서는 누구도 일을 숨긴다는 것은 생각할 수가 없으니까요——그러나 이쪽이 더 동정의 여지는 있을 거예요. 그런데 이러한 것은 당신 자신의 희망이라고 부르고 있는 일에 있어서도 필요한 것일까요? 당신은 설사 클람 씨가 얼굴도 보여주지 않고 또 귀도 기울여주지 않더라도 어쨌든 클람 씨 앞에서 애기할 기회만 주어진다면 그서으로 만족할 것이라고 자기 자신이 직접 말씀하시지 않았어요? 그리고 당신은 이 조서에 의해 적어도 그 정도의 일은 충분히 이루어질 것이 아녜요? 아니, 어쩌면 그 이상의 일이 달성될는지도 몰라요."

"그 이상의 일이라고요? 그것은 어떻게 하면 가능하지요?"

K는 물어보았다.

안주인이 대답했다.

"당신은 무엇이든 곧 먹을 수 있도록 요리해서 내놓지 않으면 직성이 풀리지 않는 성미인데 그런 어린애 같은 흉내를 내지 않으면 되는 것이에요. 누가 당신의 그런 질문에 대답할 수 있겠어요? 조서는 마을에 관한 클람 씨의 기록부 속에 추가되는 것이에요. 이것은 아까도 말씀드린 대로예요. 그 이상의 일은 분명히 말씀드릴 수가 없어요. 그나저나 당신은 조서라든가 비서 또는 마을에 관한 기록부라든가가 가지고 있는 의미를 제대로 알고나 계셔요? 예를 들면 비서인 모무스 씨가 당신을 신문한다는 것이 어떤 일인지를 알고 계셔요? 어쩌면, 모무스 씨 자신도 이것을 제대로 알고 계시지는 못할 거예요. 이 사람은 여기에 조용히 앉아서 자기의 의무를 다하고 계셔요. 자기 자신이 말씀하신 것처럼 매사를 반듯하게 처리하지 않으면 안 되니까요. 그러나 잘 생각해보세요. 이 사람을 임명한 것은 클람 씨에요. 이 사람은 클람 씨의 이름으로 일을 하고 있어요. 이 사람이 하는 일은 설사 한 번도 클람 씨에게 보고되지 않았더라도 처음부터 클람 씨의 동의가 있는 거예요. 그리고 클람 씨의 정신이 반영되지 않은 것이 어떻게 클람 씨의 동의를 얻을 수 있겠어요? 나는 이런 말을 해서 모무스 씨에게 아부를 하려는 것은 절대로 아니에요. 모무스 씨도 그런 아부는 싫어하실 거예요. 하지만 지금 내가 말하는 것은 이분의 독립된 인격에 대해서가 아니에요. 마치 지금이 그렇듯이 클람 씨의 동의를 얻고 있을 때의 모무스 씨에 대해서 말하고 있는 거예요. 이런 때 이분은 말하자면 클람 씨가 손을 대고 있는 연장과 같은 것이니까 이 사람의 말을 듣지 않으면 누구에게나 좋은 일은 없을 거예요.”

K는 안주인의 협박을 조금도 무섭다고는 생각지 않았고 그의 환심을 사려고 상대방이 노상 들먹거리고 있는 희망이라는 말에도 식상했다. 클람은 까마득히 먼 곳에 있었다. 안주인은 언젠가 클람을 독수리에 비유한 적이 있었다. K는 그때는 우습다고 생각했으나 지금은 그렇지가 않았다. 생각해보면 클람이라는 인물은 멀리 떨어져 있어서 그 주기를 침범할 수가 없고 K는 아직도 들어본 일이 없지만 아마 고함을 지를 때 이외에는 침묵을 지키고 있다. 확증할 수도 없고 반증할 수도 없는 날카로운 눈으로 내려다보고 있고 이해할 수 없는 법칙에 따라 유유히 원을 그리고 있다. K가 있는 까마득한 밑에서는 그것을 방해할 수도 없고 아주 잠깐 동안밖에는 그것을 올려다볼 수도 없다. 이런 모든 점에서 클람은 독수리와 아주 흡사했다. 그러나 그것은 이 조서와는 아무런 관계도 없는 일이었다. 모무스는 그때 마침 조서 위에서 소금을 뿌린 비스킷을 쪼개어가며 맥주 안주로 삼고 있었다. 덕분에 어느 서류나 온통 소금과 과자 부스러기 투성이가 되었다.

“그만 쉬십시오. 신문은 딱 질색이에요.”

하고 K는 말했다. 그러더니 정말로 문 쪽으로 걸어갔다.

“역시 돌아가고 말잖아요?”

하고 모무스는 자못 걱정스러운 듯이 안주인에게 말했다.

“설마 그럴 용기까지는 없을 거예요.”

하고 안주인은 대답했다.

K에게는 그 이상 아무 소리도 들리지 않았다. 그는 벌써 현관에까지 나와 있었다. 밖의 날씨는 몹시 추웠고 바람이 거세게 불고 있었다. 맞은편 문에서 이 여관의 주인이 나왔다. 그는 엿보는 구멍 뒤에서 현관의 모습을 감시하고 있었던 모양이었다. 그는 저고리 옷자락을 손으로 꼭 붙들고 있었다. 현관 안

에 있어도 옷자락이 뒤집힐 정도로 바람이 거세었기 때문이다.

"측량 기사님, 벌써 돌아가시렵니까?"

하고 그는 물었다.

"왜요, 지금 가면 이상한가요?"

하고 K가 물었다.

"네, 신문은 받지 않으십니까?"

"신문 따위는 딱 질색입니다."

"어째서지요?"

하고 주인은 재차 물어보았다.

K는 대답했다.

"어째서 내가 신문을 받아야 하는지, 또 장난이나 관청의 기분에 따라가야 하는지를 나는 알 수가 없어요. 어쩌면 다음 번에는 나도 마찬가지로 농담이나 장난삼아서 신문에 응할는지도 모르겠습니다만 어쨌든 오늘은 싫습니다."

"네, 그건 확실히 그렇습니다."

하고 주인은 맞장구를 쳤으나 그것은 예의상 그랬을 뿐으로 거기에 설득되어 동의한 것은 아니었다. 그것을 증명이라도 하듯이 주인은 계속해서 이렇게 말하는 것이었다.

"그럼 하인들을 술집으로 들여보내지 않으면 안 되겠습니다. 벌써 시간이 그렇게 되었는걸요. 나로서는 신문하는 데 방해가 되어서는 안 되겠다는 생각에서 지금까지 시간을 미루어왔습니다."

"아니, 신문이 그렇게 중요한 일이라고 생각하고 있나요?"

놀라서 묻는 K의 말에 주인은 대답했다.

"물론이지요."

"그렇다면 신문을 거절해서는 안 되겠군요?"

K의 말에 주인은 대답했다.

"그렇습니다. 거절하다니 당치도 않습니다."

K가 잠자코 있으려니까 주인은 K를 위로하려고 생각했는지 아니면 될 수 있는 대로 빨리 이 자리를 떠나려고 생각했는지는 모르겠지만 여하튼 이렇게 덧붙이는 것이었다.

"뭐, 그렇다고 해서 하늘에서 곧장 유황이 비처럼 쏟아져내리는 일은 없을 것입니다."

“맞습니다, 그런 날씨처럼 보이지도 않는 걸요.”

K는 그렇게 말했다. 그리고 두 사람은 웃으면서 헤어졌다.

10

K는 바람이 거칠게 부는 바깥 층계로 나와서는 어둠 속을 뚫어지게 바라보았다. 정말 지독한 날씨였다. 그는 어째서인지 이 악천후와 관련해서 방금 전의 일을 생각했다. 교반옥의 안주인은 그를 조서에 응하게 하려고 기를 쓰고 노력하고 있었으나 그는 그녀의 권고를 물리치고 말았다. 물론 그녀의 그러한 노력은 솔직한 심정에서 우러나온 노력이 아니라 내심으로는 자기를 조서로부터 멀어지게 하려는 속셈이었음에 틀림없다. 결국 자기는 끝까지 저항했는지 아니면 굴복했는지 분간할 수가 없었다. 아무래도 잔꾀에 능한 사람이어서 아무 뜻도 없이 부지런히 움직이는 것처럼 보이지만 이쪽에서는 도무지 어림잡을 수가 없다. 멀리 미지의 영역으로부터 임무를 부여받고 있어서 그대로 바람과도 같이 움직이고 있을는지도 모른다.

국도를 몇 걸음 걸어가자마자 멀리 두 개의 등불이 흔들리고 있는 것이 보였다. 이 생명의 표상은 K를 즐겁게 했다. 그는 그 등불 쪽으로 걸음을 재촉했다. 상대방도 흔들거리면서 이쪽으로 다가오고 있었다. 그리고 그것이 두 사람의 조수라는 것을 알았을 때 어째서인지 자기도 모르지만 그는 몹시 실망했다. 두 사람은 아마 프리다가 시킨 것이겠지만 K를 마중나왔던 것이다. 또 그의 주위에서 시끄러운 바람 소리를 내고 있는 어둠으로부터 그를 구해준 칸델라도 어쩐지 그의 소유물인 것 같았다. 그럼에도 불구하고 그는 환멸을 느낀 것이다. 그가 기대하고 있던 것은 미지의 존재이지 이처럼 무거운 짐밖에 되지 않는 케케묵은 조수들이 아니었던 것이다. 그러나 두 사람의 조수들만은 아니었다. 두 사람 사이의 어둠 속으로부터 바르나바스가 불쑥 나타났던 것이다.

“바르나바스!”

하고 K는 외치며 손을 내밀었다. 그러고는,

“그래, 나를 마중나왔나?”

하고 말했다.

재회의 기쁨 때문에 K는 전에 바르나바스 때문에 맛보아야 했던 모든 화가 풀리고 말았다.

"네, 선생님을 마중나왔습니다."

하고 바르나바스는 예전과 조금도 다름 없는 친밀감이 담긴 어조로 말했다. 그러고는 다음과 같이 덧붙이는 것이었다.

"클람 씨의 편지를 가지고 왔습니다."

"뭐? 클람 씨의 편지라고!"

K는 고개를 뒤로 젖히고 그렇게 말하고는 서둘러 바르나바스의 손에서 편지를 받아들었다.

"불을 비춰주게!"

K는 조수들에게 명령했다. 두 사람은 좌우에서 K에게 몸을 찰싹 갖다 붙이듯이 하고 칸델라를 치켜들었다. K는 큰 편지지를 작게 접어 바람에 날리지 않도록 하고 읽지 않으면 안 되었다. 편지의 사연은 이러했다.

'교반옥에 묵고 계시는 측량 기사에게!

당신이 지금까지 행한 측량의 업적을 나는 높이 평가하고 있습니다. 조수들의 활동도 또한 칭찬할 만합니다. 당신은 그들에게 일을 시킬 줄 압니다. 앞으로도 그들의 열의가 저하되지 않도록 각별히 유념해주시기 바랍니다. 일을 끝까지 완수해주셨으면 합니다. 일을 미완성인 채로 중단하면 내 분노를 일으킬 것입니다. 어쨌든 안심하십시오. 당신이 일을 완료했을 때에 드릴 보수에 대해서는 가까운 장래에 결정될 것입니다. 나는 항상 당신을 지켜보고 있습니다.'

K보다도 훨씬 읽는 속도가 느린 조수들이 이 반가운 소식을 기뻐하며 칸델라를 흔들면서 세 번이나 '만세!'를 부르고 났을 때야 K는 겨우 편지에서 눈을 뗐다.

"조용히들 해!"

하고 K는 조수들에게 고함을 질렀다. 그러고는 바르나바스를 향해 이렇게 말했다.

"이건 무엇인가를 오해하고 있다."

바르나바스는 K의 말을 이해하지 못했다.

"이것은 무엇인가를 오해하고 있어."

하고 K는 되풀이해서 말했다. 오후의 피로가 되살아나서 학교까지 돌아가는 길이 아직도 먼 것같이 느껴지기만 했다. 바르나바스의 등 뒤에는 그의 집안 식구들이 총동원되어 있었다. 조수들은 여전히 몸을 K에게 밀어붙였기 때문에 할 수 없이 팔꿈치로 그들을 밀어내지 않으면 안 되었다. 프리다는 어째서 이런 놈들을 마중보냈단 말인가? 분명히 그녀 옆에 붙들어두라고 일러놓았을 텐데. 돌아가는 길은 나 혼자서도 알 수가 있고 이 친구들과 함께 가는 것보다는 혼자서 가는 것이 훨씬 더 편할 텐데 말이다. 더구나 한 놈이 목도리를 두르고 있었는데 그 끝이 바람에 날려 두세 번씩이나 K의 얼굴을 내리치는 것이었다. 그러면 다른 한 놈의 조수가 길고 뾰족한 노상 움직이고 있는 손가락으로 곧 목도리를 K의 얼굴에서 벗겨주는 것이었는데 사태는 그렇다고 해서 조금도 나아지는 것이 없었다. 뿐만 아니라 두 사람은 여기저기를 왔다갔다 하면서 노닥거리는 데에 재미를 느끼기 시작한 모양이었다. 바람과 밤, 그리고 차분하지 못한 날씨 때문에 오히려 마음이 들뜨기 시작한 것이다.

참다 못해 K는 소리를 질렀다.

"꺼져버려! 모처럼 마중을 나오면서 왜 내 지팡이를 가져오지 않았어? 지팡이라도 없으면 무엇으로 네 놈들을 쫓아내느냔 말이야!"

두 사람은 몸을 수그리듯이 하면서 바르나바스의 등 뒤에 숨었다. 그러나 그다지 무서워하고 있는 것은 아니었다. 만일 무서워하고 있었다면 손에 든 칸델라를 바르나바스의 좌우 어깨에 올려놓지는 못했을 것이었다. 물론 바르나바스는 곧 그것을 떨어뜨려버렸다.

"바르나바스."

하고 K는 말했다. K로서 본다면 바르나바스가 분명히 자기를 조금도 이해하지 못하고 있는 것 같아서 몹시 가슴이 아팠다. 게다가 평화로운 때에는 이 사나이의 윗도리가 아름답게 빛나고 있는데 정작 유사시에는 아무런 도움도 되지 못할 뿐 아니라 오히려 말없는 장애물이 되고 있는 것도 K에게는 슬펐다. 더욱이 이 장애물을 상대로 해서 싸울 수도 없는 노릇이다. 왜냐하면 바르나바스 자신이 전혀 무방비 상태이기 때문이다. 다만 그의 미소만은 밝게 빛나고 있었는데 그것조차도 하늘에서 반짝이고 있는 별이 땅 위의 폭풍을 어찌할 수 없는 것처럼 아무런 도움도 되지는 못했다.

"이것 보라구. 클람 씨가 내게 이런 것을 써 보냈어!"

하고 K는 바르나바스의 코 앞에 편지를 들이댔다. 그러고는 이렇게 말했다.

"클람 씨는 무언가를 잘못 보고를 받고 있어. 왜냐하면 나는 측량 일은 손도 대본 적이 없고 이 조수들도 얼마나 한심한 친구들인가 하는 것은 자네도 아마 잘 알고 있을 거야. 나는 내 자신이 하고 있지도 않은 일을 중단할 수도 없고 물론 클람 씨의 불만을 초래할 수도 없어. 그런데 어째서 그에게 높이 평가받을 수가 있었단 말인가? 게다가 안심해도 좋다고 말하고 있지만 도대체 무엇을 어떻게 안심하란 말인지 전혀 알 수가 없어."

"제가 그 말씀을 클람 씨에게 전하지요."

하고 아까부터 편지에 눈을 돌리고 있던 바르나바스가 말했다. 물론 그는 편지의 내용을 전혀 읽을 수 없었을 것이다. 왜냐하면 편지는 그의 얼굴에 붙다시피 가까이 있었기 때문이다.

그래서 K는,

"자네는 클람 씨에게 전해주겠다고 약속을 하지만 대체 자네의 말을 정말로 믿어도 될까? 나는 신뢰할 수 있는 심부름꾼이 절실히 필요해. 지금까지 이상으로 필요하단 말일세."

하고 말했다. 그 표정은 몹시 초조한 듯해 보였고 그래서인지 입술까지 깨물었다.

"측량 기사님."

하고 바르나바스는 고개를 한쪽으로 갸우뚱하면서 말했다. K는 바르나바스의 그런 동작에 유혹되어 자칫 그 말을 믿어버리고 싶어졌다.

"제가 틀림없이 그 말씀을 전해드리지요. 그리고 먼젓번에 하신 말씀도 어김없이 꼭 전하겠습니다."

"아니, 뭣이라고!"

하고 K는 소리쳤다. 그리고 다그치듯이 물었다.

"그 일을 아직도 전하지 못했단 말인가? 바로 그 다음날 성으로 들어가겠다고 말하지 않았던가?"

"네, 그랬었는데 가지를 못했습니다. 보시다시피 저의 아버지는 몹시 늙었습니다. 그것은 선생님도 보셨으리라고 생각합니다만. 게다가 공교롭게도 그때는 일이 많아서 아버지를 도와드리지 않으면 안 되었습니다. 그렇지만 일간 다시 성에 갈 예정입니다."

"대체 자네는 무엇을 하면서 지내고 있는가? 도무지 영문을 모르겠으니 말이야."

하고 K는 말하고 자기의 이마를 두드리면서 말을 이었다.

"클람 씨의 일은 다른 어떤 일보다도 우선해야 하지 않는가 말이다. 자네는 심부름꾼이라는 중요한 임무를 맡고 있으면서 그렇게 형편 없는 근무 태도를 보여도 좋다고 생각하는가? 자네 아버지의 일 따위는 어떻게 되도 상관이 없단 말이야. 클람 씨가 보고를 기다리고 있어. 그런데 자네는 목 뼈가 부러지는 한이 있어도 클람 씨에게 달려가려는 것이 아니라 한가하게 마구간에서 말똥을 실어내는 따위의 일을 하고 있어."

"제 아버지는 구둣방을 합니다."

하고 바르나바스는 서슴없이 말했다. 그러더니,

"아버지는 브룬스빅크한테서 주문을 받고 있었어요. 그리고 저는 아버지 밑에서 일을 해야 하는 직공이기 때문에——."

"구둣방——주문——브룬스빅크."

하고 K는 이러한 말들을 영원히 없애버리기리도 하려는 듯이 몹시 불쾌한 어조로 말했다.

"이 마을의 길은 언제나 사람의 그림자 하나 안 보이는데 대체 누가 장화 따위를 필요로 한단 말인가? 그런 구둣방의 일이 나하고 대체 무슨 상관이 있단 말인가? 내가 자네에게 심부름을 부탁한 것은 그 편지를 구둣방의 벤치 위에서 잊어버려 구겨버려도 좋다는 것이 아니라 그것을 당장 성에 있는 클람 씨에게 전달해달라는 것이었네."

여기에서 K는 약간 마음을 가라앉혔다. 클람은 아마 그 동안 성에 있지 않고 내내 진신관에 묵고 있었을 것이라는 사실을 생각했기 때문이었다. 그러나 바르나바스가 K의 최초의 보고를 아직도 잘 기억하고 있다는 것을 증명해 보이기 위해 그 문구를 암송하기 시작했기 때문에 K는 다시금 화를 내고 말았다.

"그만둬! 더 이상 듣고 싶지도 않아."

"그렇게 화를 내지 말아주십시오."

바르나바스는 이렇게 말하고 K의 도리에 어긋나는 행위를 무의식적으로 나무라는 듯이 K에게서 시선을 돌려 눈을 아래로 내리깔았다. 그러나 그것은 K가 호통을 쳤기 때문에 당황해서 그러는 것 같았다.

"아니, 화가 난 것이 아니야."

하고 K는 말했다. 그의 초조한 기분은 이번에는 자기 자신에게로 향했다.

"자네에게 화를 내고 있는 것이 아니야. 이런 중요한 용건을 부탁하는데 고작 자네 같은 심부름꾼밖에는 없다는 것이 한심해서 그러는걸세."

"실은 말씀드리면."

하고 바르나바스는 말했다. 그 말투에는 심부름꾼으로서의 명예를 지키기 위해 말해서는 안 되는 것까지 말하는 것이라는 인상이 짙게 풍겼다.

"클람 씨는 이런 보고는 조금도 기다리고 있지 않습니다. 뿐만 아니라 제가 가면 화를 내기까지 한답니다. 어떤 때는 '또 보고냐!'하고 내뱉듯이 말했고 대개의 경우는 멀리에서 제 모습만 보면 옆방으로 가버리고 만나주지도 않습니다. 게다가 심부름할 일이 생길 때마다 곧 클람 씨에게로 달려가서 만나야 한다는 법도 없습니다. 그렇게 분명히 정해져 있다면 물론 곧 가서 만날 것입니다. 그러나 그 점이 분명치 않은 것입니다. 제가 심부름을 갈 때는 제 스스로 결정해서 하는 일입니다."

"알았어."

하고 K는 바르나바스를 지그시 바라보며 조수들로부터는 일부러 외면을 했다. 조수들은 두 사람이 이야기하고 있는 동안 번갈아가며 바르나바스의 어깨 뒤에서 얼굴을 내밀고 K를 보고 깜짝 놀란 듯이 바람 소리 같은 가벼운 휘파람을 불며 곧 다시 고개를 움츠리는 것이었다. 두 사람은 꽤 오래 이런 짓을 하면서 즐기고 있었다.

"클람 씨가 있는 곳이 어떻게 생겼는지 나는 잘 모르지만 자네가 클람 씨에 대해서는 무엇이든지 잘 알고 있다는 것도 어딘가 수상해. 또 설사 자네가 알고 있다고 하더라도 우리들의 일을 호전시키지는 못할 거야. 그러나 편지 심부름을 하는 것은 자네도 가능할 테니까 그래서 내가 그것을 부탁하는걸세. 극히 간단한 심부름이야. 그것을 내일이라도 당장 가지고 가서 곧 회답을 가지고 올 수 있겠나? 적어도 클람 씨가 자네를 어떻게 대해주었는가 하는 것뿐이라도 알려주었으면 좋겠어. 자네가 그것을 할 수 있겠나? 그리고 자네에게 그렇게 해줄 의사가 있나? 그렇게만 해준다면 정말 내게는 큰 도움이 되겠는데 말이야. 아마 언젠가는 거기에 상응하는 사례를 할걸세. 아니, 지금 당장에라도 내게 부탁하고 싶은 무슨 소원이라도 있으면 말해보게나."

"확실히 분부대로 하겠습니다."

하고 바르나바스가 말했다.

"그럼 내 부탁을 될 수 있는 대로 잘 들어주겠다 이거지? 그럼 내 말을 클

156

람 씨에게 전하고 클람 씨의 회답을 받아오는 거야. 그것도 당장에 말이야. 내일 오전에라도 그래주겠나?"

"최선을 다해보겠습니다. 물론 저는 언제나 최선을 다하고 있습니다만." 하고 바르나바스는 대답했다.

"자아, 그럼 이제는 그런 것으로 말다툼하는 것은 그만두기로 하지. 심부름을 부탁하는 용건은 이런 것일세. '측량 기사 K는 장관님과 직접 면담하는 것을 허락해주시기를 원합니다. K는 이러한 허가에 수반되는 조건이 얼마나 엄격한 것인지를 잘 알고 있습니다. 감히 이러한 부탁을 드리게 된 것은 지금까지 중개 역할을 한 인물이 완전히 무능했기 때문입니다. 그 증거로서 K는 지금까지 측량 일에 조금도 관여한 바 없고 촌장으로부터 통고받은 바에 의하여 앞으로도 절대로 없을 것이라는 사실을 들 수 있습니다. 따라서 K는 장관님이 보내신 이번의 편지를 받아보고 부끄러운 나머지 식은땀까지 흘렸습니다. K는 이 문제에 관한 유일한 해결책은 장관님과 직접 면담을 하는 수밖에 없다고 생각하고 있습니다. 측량 기사는 이러한 청원이 얼마나 불합리한 것인가를 잘 알고 있고 따라서 장관님에게 되도록이면 폐가 되지 않도록 모든 노력을 기울일 생각입니다. 어떠한 시간 제약도 따를 것이며 또 회담할 때 사용할 수 있는 말의 수효만 해도 필요하다고 인정하시는 결정에 따를 것입니다. 설사 열 마디밖에 허용하지 않으신대도 그것으로 충분히 일을 끝낼 수 있을 것이라고 생각합니다. 귀하의 결정을 깊은 존경심과 초조한 마음으로 학수고대하고 있겠습니다'——이렇게 전하란 말이야."

K는 자기 자신을 잊어버리고 마치 클람의 집 앞에서 문지기와 얘기하고 있는 투로 떠벌려댔다. 그리고 잠시 후에 이렇게 말했다.

"생각했던 것보다 꽤 길어졌군. 하지만 이것을 그대로 입으로 전해주게. 편지는 쓰고 싶지가 않아. 편지로 쓰면 다른 문서들과 마찬가지로 또 끝없이 헤매고 다니기 십상이니까."

그래서 그는 바르나바스가 알아보기 쉽게 종이 한 장을 조수의 등에다 대고 지금 구술한 것을 끄적거리면서 썼는데 그 동안 다른 한 명의 조수는 칸델라를 비추고 있었다. 그러나 K 자신조차도 바르나바스가 구술해주지 않으면 지금 자기가 말한 것을 그대로 써내려갈 수가 없을 정도가 되고 말았다. 바르나바스는 하나하나의 문구를 다 잊지 않고 기억하고 있어서 조수들이 옆에서 틀린 소리를 끄집어내도 거기에 구애되지 않고 어린 학생처럼 정확하게 암송하고 있었던 것이다. K는 바르나바스의 도움으로 그대로 종이에 받아 쓰기만 하면 되었다.

"자네는 훌륭한 기억력을 가지고 있군."

하고 K는 감탄하면서 종이 쪽지를 바르나바스에게 건네주었다. 그러나 이렇게 말하는 것을 잊지 않았다.

"그 좋은 점을 다른 면에서도 발휘해주었으면 하네. 그런데 자네의 소원은 무엇인가? 무언가 바라는 것이 없나? 솔직히 말하지만 자네가 무슨 소원을 말해준다면 이 심부름의 전망에 대해서도 약간은 안심이 되겠네만——."

바르나바스는 처음에는 잠자코 있었으나 이윽고 말했다.

"누나와 제 누이동생이 선생님께 안부를 전해달라고 했습니다."

"누나와 누이동생이라니?"

하고 K는 말했으나 이윽고 생각난 듯이,

"아아, 그 몸집이 크고 튼튼해 보이는 아가씨 말이로군."

하고 말했다.

"네. 그녀들이 선생님에게 안부 전해달라는 것이었습니다. 그 중에서도 특히 아말리아가 더했습니다. 아말리아는 오늘도 선생님을 위해서 이 편지를 성에서 가지고 왔습니다."

K는 무엇보다도 이 소식에 놀라면서 바로 이때라는 듯이 물어보았다.

"아말리아는 내 심부름도 해줄 수 있을까? 이 편지를 가지고 성에 가는 것 말이야. 아니면 둘이 함께 성으로 가서 각기 저마다 잘되는지 안 되는지를 알아볼 수는 없을까?"

"아말리아는 사무국에 들어갈 수가 없습니다. 그렇지만 않다면 기꺼이 해드릴 것인데——."

하고 바르나바스는 대답했다.

"나는 아마 내일 자네 집을 찾아갈걸세. 그 전에 우선 자네 쪽에서 회답을 가지고 와주게. 학교에서 자네를 기다리고 있을 테니까. 그럼 자네의 누나와 누이동생에게 내 안부를 전해주게."

K의 약속이 바르나바스에게는 무척 기뻤던 모양으로 작별의 악수가 끝난 뒤에도 K의 어깨를 가볍게 두드렸을 정도였다. 이렇게 해서 모든 것이 바르나바스가 반짝반짝 빛나는 복장을 하고 처음 식당의 농부들 속으로 들어왔을 때와 마찬가지 상태로 되돌아간 것 같았다. K는 바르나바스가 어깨에 얹은

손의 감촉을 무슨 특별한 명예처럼 느끼며 미소를 지었다. 그는 완전히 기분이 좋아졌다. 그래서 돌아가는 길에 두 사람의 조수들이 마음껏 하고 싶은 대로 하도록 내버려두었다.

11

그는 추워서 온몸이 완전히 얼어붙은 상태로 겨우 학교에 돌아왔다. 학교 안은 어디나 캄캄했다. 칸델라의 초는 이미 다 타버리고 없었다. 그는 학교 안의 사정에 밝은 조수들에게 인도되어 손으로 더듬어가면서 교실 안으로 들어갈 수 있었다. 클람의 편지가 생각나서 그는 조수들에게 말해주었다.

"처음으로 자네들은 칭찬받을 만한 일을 해주었군 그래."

그러자 한쪽 구석에서 프리다가 잠에 취한 듯한 목소리로 외쳤다.

"K를 자게끔 내버려두세요! 그 사람을 방해하지 마세요!"

잠에 못 이겨서 K가 돌아오는 것을 기다리지는 못했으나 프리다의 머릿속은 K의 일로 가득 차 있었다. 불이 켜졌다. 물론 램프의 불을 너무 크게 할 수가 없었다. 석유가 얼마 남지를 않았기 때문이었다. 새 살림에는 여러 가지로 불편한 점이 많았다. 방 안에는 난롯불을 피웠으나 체조 교실로도 사용하는 워낙 넓은 교실이었기 때문에(체조 기구가 주변에 놓여 있기도 하고 천장에 매달려 있기도 했다) 저장해놓았던 장작을 전부 다 떼버리자 모처럼 기분 좋게 방이 따뜻해지기는 했으나 유감스럽게도 곧 다시 식어버리고 말았다. 헛간에는 장작이 잔뜩 저장되어 있었으나 자물쇠가 걸려 있고 열쇠는 교사가 가지고 있었다. 교사는 수업 중에 교실을 난방하는 것 외에는 장작을 꺼내는 것을 허용하지 않았던 것이다. 침대라도 있어서 그 안에 들어갈 수만 있다면 그래도 참을 수가 있었을 것이다. 그러나 침대는커녕 침구라고는 볏짚을 넣은 요가 한 장 있을 뿐이었다. 용하게도 프리다는 털로 짠 무릎 가리개를 덮고 있어서 제법 산뜻해 보였다. 그러나 새털 이불은 없고 단지 엉성하고 뻣뻣한 볏짚 이불이 두 개 있을 뿐이었다. 그런데 이 조잡한 볏짚 이불도 조수들이 몹시 탐을 내고 있었다. 그들로서 본다면 이런 볏짚 이불을 차지할 형편도 안 되었던 것이다.

프리다는 걱정스럽게 K의 모습을 보고 있었다. 그녀가 아무리 형편 없는 방이라도 어쨌든 사람이 살 수 있는 방으로 만들어 보일 수 있다는 것은 이미 교반옥에서 증명이 되었다. 그러나 여기에서는 어떻게도 할 수가 없었다. 전혀 무일푼의 상태였으니까 말이다.

"우리들 방의 단 한 가지 장식은 체조 용구로군요."

프리다는 그렇게 말하고 눈물 어린 얼굴에 억지로 미소를 머금었다. 그러나 가장 곤란한 일, 즉 만족스러운 잠자리와 난방 재료가 없는 데 대해서는 그녀는 분명한 어조로 어떻게든 방책을 마련해보겠다고 약속하고 그때까지만 제발 참아달라고 K에게 부탁하는 것이었다. 그녀가 K에 대해서 마음속에 은근히 품고 있는 불만은 말에도 행동에도 또 표정에도 전혀 나타나 있지 않았다. 그러나 K의 입장에서 본다면 그러한 프리다를 진신관에서 또 이번에는 교반옥에서 억지로 데리고 나온 것은 자기라는 것을 스스로 인정하지 않을 수가 없었다. 그래서 어떤 일도 참고 불만은 절대로 얘기하지 않으리라고 마음먹었다. 이것은 그에게 있어서 전혀 어려운 일은 아니었다. 왜냐하면 그는 머릿속에서 바르나바스와 걷고 있던 때를 생각하며 자기가 부탁한 클람에게 전할 말을 한 마디 한 마디씩 되풀이하고 있었기 때문이었다. 더욱이 바르나바스에게 구술해주었던 대로가 아니라 그 문구가 클람 앞에서 진술된 때를 상상하면서 반복한 것이다. 그것도 즐거운 일이었지만 동시에 프리다가 알콜 램프에서 커피를 끓여주고 있는 것이 마냥 반가워서 차츰 식어가는 난로에 기대어 프리다의 민첩하고 익숙한 동작을 눈여겨보고 있었다. 프리다는 없어서는 안 될 하얀 테이블 클로스를 교탁 위에 펼쳐놓고 꽃모양을 그린 커피잔을 가지런히 그 위에 늘어놓았다. 그리고 다시 빵과 베이컨, 게다가 정어리 통조림까지도 꺼내놓았다. 이제 만반의 준비가 다 된 것이다. 프리다도 아직 식사를 하지 않고 K를 기다리고 있었던 것이다.

의자는 두 개 있었다. K와 프리다는 거기에 앉고 두 사람의 조수는 그들의 발 밑에 있는 교단에 앉았다. 그러나 두 사람은 조금도 얌전히 앉아 있지를 않고 식사 중에도 수선을 떨었다. 먹을 것을 잔뜩 받아놓고 아직 다 먹으려면 한참 걸릴 텐데도 때때로 일어서서는 식탁 위에 아직도 먹을 것이 남아 있는지, 그리고 자기네의 몫이 얼마나 되는지를 살펴보곤 했다. K는 그들의 일 따위에는 관심도 없었으나 프리다가 웃는 바람에 비로소 두 사람의 태도를 눈치챘다. 그는 테이블 위에 놓인 그녀의 손에 다정하게 자기의 손을 얹으며 작은 목소리로 속삭이듯이 이렇게 물어보았다.

──어째서 이 친구들의 행동을 그렇게 관대하게만 보아 주는 것이오. 아

니, 그뿐만이 아니라 그들의 괘씸한 행동까지도 너그러이 받아들이고 있는 것이오. 이런 방법으로는 언제까지나 이들을 떼어버릴 수가 없소. 어느 정도는 엄격하게 다스리고 그들의 태도에 걸맞는 강한 조치를 취해야 그들을 얌전하게 만들거나 혹은——이쪽이 더 실현성이 많고 또는 더욱 고마운 일이지만——그들이 이 근무가 싫어져서 마침내는 도망을 가게 만들 수 있을지도 모르오. 아무래도 학교에서 산다는 것은 별로 유쾌한 살림살이가 될 수는 없을 테니까 말이오. 물론 여기에서 사는 것도 그렇게 오래 가지는 않을 테지. 하지만 조수들이 없어지고 우리 두 사람만이 살게 된다면 여러 가지 불편한 점은 있어도 그다지 속은 썩히지 않아도 될 것이오. 대체 당신은 조수들이 날이 갈수록 뻔뻔스러워지는 것을 깨닫지 못하고 있는 거요? 그들은 마치 당신이 있으면 한층 더 위세가 당당해지고 당신의 눈 앞에서는 내가 여느때처럼 자기들을 심하게 다루지는 못할 것이라고 안심하고 있는 것 같으니 말이오. 이 밖에도 그들을 손쉽게 쫓아버릴 간단한 방법이 있을는지 모르지만 그것은 이곳 사정에 밝은 당신이 아마 더 잘 알고 있을 거요. 어떻게 해서든지 조수들을 쫓아버릴 수만 있다면 그들에 대해서도 한 가지 친절을 베풀어 주는 셈이 된단 말요. 그들이 이곳에서 얻을 수 있는 생활상의 이점이란 그다지 대단한 것이 아니고 그들이 지금까지 즐겨온 농땡이 생활만 하더라도 여기에 있으면 적어도 일부는 단념하지 않으면 안 될 테니 말이오. 왜냐하면 이제부터는 그들에게도 일을 시키지 않으면 안 될테니까. 당신은 이곳에서 며칠 동안 야단법석을 떨었는데 그 이상의 무리는 하지 않는 것이 좋을 것이오. 나는 나대로 이 곤경에서 어떻게든 빠져나갈 길을 찾는 데 바쁜 시간을 보내야만 하거든. 하지만 어쨌든 조수들이 나가기만 한다면 그것만이라도 마음이 편해져서 학교 급사의 일이든 그 외의 어떤 일이든 모두 손쉽게 해나갈 수 있을 거요.

K가 이렇게 말하고 있는 동안 프리다는 가만히 듣고 있었으나 천천히 K의 팔을 어루만지면서

“당신이 하신 말씀은 모두 내 생각과 똑같아요.”
하고 말했다.

“하지만 당신은 조수들의 좋지 못한 행동에 대해서는 너무 지나치게 신경을 쓰고 있어요. 그들은 유쾌하고 조금 머리가 단순한 어린애들에 지나지 않아요. 성의 엄격한 규율에 당황해서 어쩔 줄 모르는 거예요. 그러한 상태에서

는 때로는 어리석은 짓도 할 거예요. 거기서 화를 내는 것은 무리가 아니겠지만 그러나 웃고 지내는 것이 분별이 있는 태도가 아닐까요? 나는 때때로 웃지 않고는 견딜 수 없을 때가 있어요. 그렇게 생각은 하지만 그들을 쫓아내어 우리들만의 오붓한 생활을 하는 것이 무엇보다도 중요하다는 점에서는 당신과 의견이 완전히 일치해요."

거기까지 말하고 프리다는 K쪽에 바싹 다가와서는 그의 어깨에 얼굴을 가리고 그대로 이야기를 계속하는 것이었다.

"하지만 나는 조수들을 쫓아내는 방법 따위를 모르고 당신이 말씀하신 것도 모두 잘 될 리는 없다고 생각해요. 내가 알고 있기로는 당신 자신이 조수를 구하셨으니까요. 그러니까 지금껏 당신 곁에 붙어 있고 앞으로도 당신 곁에 두지 않으면 안 될 것이에요. 가장 좋은 방법은——사실이 그렇지만——이 두 사람을 너절한 인간으로 규정지어버리는 거예요. 그렇게 하는 것이 이 사람들을 가장 잘 참아내는 확실한 방법이에요."

K는 이 대답에 결코 만족하지 않았다. 그래서 농담 반 진담 반으로 이렇게 말했다.

"당신은 아무래도 조수들과 동맹을 맺고 있는 것 같소. 그렇게 말하는 것이 나쁘다면 그들에게 매우 호감을 가지고 있는 것처럼 나에게는 보인단 말이오. 물론 그들은 별로 나쁜 사람은 아니오. 그러나 어떤 상대라도 또 아무리 호감을 가지고 있다고 해서 그들을 쫓아버리지 말라는 법은 없소. 그것을 이 조수들을 예로 들어 증명해 보이겠소."

프리다는,

"그래 주신다면 무척 기쁘게 생각하겠어요."

하고 말했다.

"그것은 어쨌거나 이제부터는 이 사람들을 웃기거나 하지는 않을 것이고 불필요한 말을 나누지도 않기로 하겠습니다. 그리고 이것은 결코 웃을 일이 아니라는 것을 알았습니다. 실제로 저 두 사람의 시선이 노상 나에게 집중되고 있다는 것은 웃을 일이 아니에요. 나도 당신과 마찬가지 눈으로 조수들을 볼 수가 있게 되었어요."

그런데 이때 조수들이 또 일어나 먹을 것이 아직도 남아 있는가 어떤가를 유심히 살펴보고 동시에 두 사람이 오랫동안 속삭이고 있는 이유를 알아내려고 하고 있는 것을 보고 프리다는 약간 몸을 움츠려보였다.

 K는 프리다에게 조수들이 싫어지게 만드는 것은 이때라는 듯이 그녀를 끌어당기고 찰싹 달라붙은 채 식사를 끝냈다. 이윽고 잠자리에 들 시간이었다. 모두들 지쳐 있었다. 조수 중의 한 사람은 식사를 하고 있는 동안에 잠이 들어버렸다. 다른 한 사람의 조수는 그것을 몹시 재미 있게 생각하여 K와 프리다에게 이 잠자고 있는 사나이의 얼빠진 얼굴을 보아주었으면 하고 생각하고 있었으나 그 시도는 실패로 끝나고 말았다. K도 프리다도 그러한 그들의 태도는 아랑곳없이 높은 곳에 그대로 앉아 있었던 것이다. 두 사람은 추위가 점점 몸에 배어왔기 때문에 잠자리에 드는 것도 귀찮아졌다. 드디어 K는 지금부터라도 방에 불을 때지 않으면 안 되겠다. 그렇지 않으면 잠을 잘 수가 없다고 말했다. 그는 어디에 도끼라도 없을까 하고 찾아보았다. 그러자 조수들이 도끼가 있는 곳을 알고 있다가 그것을 가져왔기 때문에 모두들 장작을 넣어둔 헛간으로 달려갔다. 얄팍한 문을 부수는 데에는 그다지 시간이 걸리지 않았다. 조수들은 이런 신나는 체험은 지금까지 일찍이 없었다는 듯이 기뻐하며 서로 뒤쫓거나 부딪치거나 하면서 장작을 교실로 실어나르기 시작했다. 이윽고 큰 장작 더미가 생기고 그들은 불을 피우기 시작했다. 그리고 모두들 난로를 둘러싸고 드러누웠다. 조수들은 이불 한 장을 배정받고 그것을 뒤집어썼다. 그들은 한 장만으로도 충분했다. 왜냐하면 어느 한쪽이 일어나 있어서 불이 꺼지지 않게끔 보살피게 되어 있었던 것이다. 이윽고 난로 주변은 따뜻해져서 이불이 필요없게 되었다. K와 프리다는 따뜻하고 조용한 분위기에 만족하여 잠을 청하기 위해 옆으로 드러누웠다.

 K는 밤중에 무슨 소리가 나서 눈을 뜨고 반쯤 졸면서 어렴풋한 동작으로 프리다 쪽을 더듬었다. 프리다 대신 조수 한 사람이 자기 옆에 누워 있는 것을 깨달았다. 이것은 아마 신경질적인 상태가 되어 있었기 때문이기도 하겠지만(갑자기 눈이 떠진 것도 틀림없이 그 때문이었다) K가 이미 마을에 와서 체험한 가장 큰 놀라움이었다. 그는 큰소리를 지르고 상반신을 일으키고 앞뒤 분별없이 무의식적으로 조수를 한 대 갈겼다. 얻어맞은 조수는 울기 시작했다. 그런데 사정은 곧 밝혀졌다. 우선 프리다는, 아마도 고양이었겠지만, 무언가 큰 동물이 가슴 위로 뛰어올라왔다가 곧 다시 도망을 쳤으므로—— 적어도 그녀에게는 그렇게 생각되었다—— 불현듯 눈을 떴다. 그녀는 일어나서 촛불을 들고는 온 방 안을 그 동물을 찾아 샅샅이 뒤져보았다. 조수 한 사람이 그 틈을 이용해서 잠시나마 볏짚 이부자리에서 잠을 자고 싶었던 것

이다. 덕분에 조수는 그 죄값을 단단히 치러야만 했다. 프리다는 아무것도 발견할 수 없었다. 어쩌면 그녀의 착각이었는지도 모른다. 그녀는 곧 다시 K의 옆으로 돌아왔으나 그 도중에 저녁을 먹을 때에 K와 약속한 것을 잊어버리기라도 한 것처럼 쭈그리고 앉아 훌쩍훌쩍 울고 있는 조수의 머리를 가엾다는 듯이 살며시 쓰다듬어주었다. K는 거기에 대해서는 아무 소리도 하지 않았으나 장작을 지피는 일은 이제 그만하라고 조수들에게 명령했다. 실어온 장작을 거의 다 때서 이제는 더워서 도저히 참을 수가 없었던 것이다.

12

다음날 아침 모두가 눈을 떴을 때는 이미 등교한 학생들이 아주 재미있다는 듯이 잠자리 주변에 모여들어 있었다. 정말 형편이 나쁜 때에 닥친 일이었다. 왜냐하면 물론 아침이 된 지금에 와서는 다시 추위가 느껴질 정도가 되어 있었으나 밤중에는 너무나 더웠기 때문에 모두 속옷 이외에는 벗어 던지고 잤기 때문이었다. 그리고 마침 일동이 옷을 입기 시작했을 때 선생 기자 양이 교실 입구에 모습을 나타냈다. 기자 양은 금발 머리에 키가 크고 얼굴은 미인이었으나 몸의 선이 약간 딱딱했다. 그녀는 분명히 새로 들어온 급사를 만날 준비를 하고 온 것 같았다. 게다가 남자 교사로부터 어떻게 행동하라고 사전에 지시를 받고 있는 것이 분명했다. 그 증거로서 그녀는 교실 문지방에 들어서자마자 다짜고짜로 이렇게 말했기 때문이다.

"이건 도저히 참을 수가 없군요. 정말 팔자 좋은 집안이네요. 당신들은 교실에서 잠을 자는 허락을 받았을 뿐이에요. 그러나 나에게는 당신들의 침실에서 수업을 하지 않으면 안 될 의무는 없어요. 아침 늦게까지 잠자리에서 빈둥거리고 있는 급사의 가족이라니 정말 한심해요!"

'흐음, 이건 뭐라고 한 마디 해주지 않으면 안 되겠는걸, 특히 가족과 잠자리에 대해서만은 가만 있을 수가 없지' 하고 K는 생각했다. 그는 프리다의 도움을 받아——이 경우 조수들을 부려먹을 필요는 없었다. 조수들은 잠자리에 누운 채 여교사와 학생들을 놀란 눈으로 바라보고 있었다——서둘러 평행봉과 목마를 가져다가 알몸이 보이지 않도록 가리고서 옷만은 챙겨 입을 수가 있었다. 그러나 잠시도 쉴 수는 없었다. 우선 여교사는 세면기에 새 물을 담지 않았다고 해서 투덜투덜 잔소리를 했다. K는 마침 자기와 프리다를 위해서 세면기를 가져오려던 참이었다. 그러나 여교사를 너무 화내게 하는 것도 무엇하여 우선 이 생각은 단념하기로 했다. 그러나 그것을 단념한다고 해서 아무런 소용도 없었다. 그 순간에 이번에는 와장창 하고 큰소리가 난 것이다. 재수없게도 어젯밤 식사하고 남은 것을 치우지 않았던 것이다. 여교사는 교탁 위의 것을 모조리 자막대기로 휩쓸어 치우고 말았다. 모든 것이 마룻바닥 위에 흩어지고 말았다. 정어리 통조림의 기름과 커피 남은 것이 흘러나오고 커피 포트는 산산이 깨어지고 말았으나 여교사는 그런 것은 아랑곳없이 그런 것을 깨끗이 뒤처리하는 것이 급사의 임무라는 듯이 태연스러운 얼굴을 하고 있었다.

아직 완전히 옷을 갖추어 입지 못한 K와 프리다는 자기들의 조촐한 재산이 엉망이 되어버린 것을 망연히 바라보고 있었다. 조수들은 옷을 입으려는 생각은 않고 이불 속에서 목을 내밀고 있었고 학생들은 그것을 보고 마냥 즐거워하고 있었다. 커피 포트가 망가진 것을 보고 제일 슬퍼한 것은 물론 프리다였다. K는 그녀를 위로하기 위해 곧 촌장에게 가서 배상을 요구하여 대용품을 가져다 주겠다고 약속했다. 프리다는 그제서야 겨우 기분을 가라앉히고 속치마와 스커트 차림으로 평행봉과 목마로 만든 좁은 공간을 뛰쳐나가 테이블 클로스만이라도 되찾아 그 이상 더럽혀지는 것을 방지하려고 했다. 여교사는 그녀를 위협하려는 듯이 자막대기로 교탁을 두드려대었지만 그녀는 보기 좋게 테이블 클로스를 되찾아왔다. K와 프리다는 몸단장이 끝나자 이러한 사건들 때문에 멍청해진 듯한 조수들에게 옷을 입으라고 말했다. 명령하거나 떠밀다시피 하면서 심지어는 손까지 동원하여 옷을 직접 입혀주지 않으면 안 되었다. 준비가 다 끝나자 K는 이제부터 할 일들을 할당했다. 조수는 우선 장작을 날라다가 난로를 피울 것. 그러나 옆의 교실서부터 먼저 시작할 것. 옆의 교실에는 더 큰 위험이 기다리고 있을지도 모르기 때문이었다. 왜냐하면 거기에는 벌써 남자 교사가 와 있을 것임에 틀림없었기 때문이다. 프리다는 마룻바닥을 청소하고 K 자신은 물을 길어오거나 그 밖의 다른 일을 정돈하는 것이었다. 아침 식사를 어떻게 할 것인가는 당장 생각할 여유도 없었다. 그러나 K는 여교사가 대체 어떤 기분으로 있는가를 살펴보기 위해 자기의 울속에서 맨 먼저 나가보기로 하고 만일 자기가 부르면 다른 사람들도 지체없이 따라나오라고 했다. 일부러 이런 배려를 한 것은 한편으로는 조수들이 또 서투른 짓을 하여 사태를 느닷없이 악화시키면 곤란하다고 생각했기 때문이

며 다른 한편으로는 프리다를 될 수 있는 대로 아끼려고 생각했기 때문이
었다. 왜냐하면 프리다에게는 다른 사람에게 지고 싶지 않은 기분이 있지만
그에게는 그러한 기분이 없었고 프리다는 감수성이 강했지만 그는 그렇지가
않았던 것이다. 프리다는 눈앞의 사소한 일에 신경을 쓰지만 K는 바르나바스
의 일과 또 먼 장래의 일을 생각하고 있었던 것이다. 프리다는 매사를 K의 분
부대로 따랐지만 그에게서는 잠시도 눈을 떼지 않았다. K가 울 안에서 밖으
로 나가자 여교사는 말했다.

"그래 잘 잤어요?"

그러자 학생들은 깔깔대고 웃었다. 이 웃음소리는 한참동안 계속되었다. K
는 이런 것은 질문이랄 것도 없다고 생각했기 때문에 무시하기로 하고 세면
대 쪽으로 걸어갔다. 그러자 또 여선생이 물었다.

"당신들은 내 암코양이에게 대체 무슨 짓을 했어요?"

한 마리의 크고 통통한 나이먹은 고양이가 책상 위에 다리를 쭉 펴고 누워
있었다. 여교사는 분명히 약간의 상처를 입은 데 지나지 않는 고양이의 앞발
을 살펴보고 있었다. 그럼 역시 프리다의 말이 옳았던 것이다. 이 고양이가
프리다에게 달려든 것은 아니더라도(이런 늙은 고양이는 이제는 뛸 기력조차
없기 때문이다) 그녀의 위를 넘어가려고 한 것이다. 그러나 평소에는 인기척
이 없던 방 안에 사람이 있는 데에 깜짝 놀라 서둘러 몸을 숨기려는 바람에
그만 익숙하지 못한 몸이 상처를 입었음에 틀림없다. K는 이 사실을 여교사
에게 냉정하게 설명하려고 했으나 상대방은 결과만을 중시하여 이렇게 말하
는 것이었다.

"당신들이 상처를 입혔어요. 이것이 이곳으로 온 첫인사인가요? 자아, 이
것 봐요!"

여교사는 K를 교단 위로 부르더니 고양이의 앞발을 보였다. 그리고는 눈
깜짝할 사이에 고양이 발톱으로 K의 손등을 할퀴었다. 발톱은 그다지 날카롭
지는 않았으나 여교사는 이제 고양이 같은 것은 생각지 않고 발톱으로 세게
할퀴었기 때문에 손등이 붉게 부어올랐다.

"자아, 그럼 일을 시작해요."

하고 그녀는 초조한 듯이 말하고 다시 고양이 쪽으로 몸을 수그렸다. 조수들
과 함께 평행봉 뒤에서 일이 되어가는 꼴을 지켜보고 있던 프리다는 K의 손
등에서 피가 나는 것을 보고 까무러치게 놀라 비명을 질렀다. K는 어린이들

에게 다친 손을 들어보이면서 이렇게 말했다.

"이것 좀 봐. 저 심술궂고 교활한 고양이가 이렇게 만들었어."

물론 어린이들을 웃기기 위해서 한 말은 아니었다. 그러나 어린이들의 부르짖는 소리와 웃음소리는 그칠 줄을 몰랐다. 이제 무슨 말을 한다고 해서 그 말이 들릴 리도 없거니와 반향을 불러일으킬 수도 없었다. 여교사 쪽도 다만 힐끔 곁눈질을 하여 K의 모욕에 대답했을 뿐이고 그 다음에는 고양이를 돌볼 뿐이었다. 따라서 최초의 분노는 K의 손등에 피를 흘리게 함으로써 일단 만족한 것 같았다. K는 프리다와 조수들을 불러내어 드디어 일을 시작했다.

K가 더러운 물이 들어 있는 양동이를 비우고 깨끗한 물을 길어다가 교실을 청소하기 시작했을 때 열두어 살 정도 되어 보이는 소년이 학생용 의자에서 성큼성큼 다가와 K의 손을 만지며 무어라고 말을 했다. 그러나 이 시끄러운 소동 속에서는 무슨 말을 하는지 통 알아들을 수가 없었다. 그러나 그때 갑자기 소란이 뚝 그쳤다. K는 무슨 일인가 하고 뒤를 돌아다보았다. 아침부터 내내 무서워하고 있던 일이 드디어 일어난 것이다. 문 옆에 남자 교사가 우뚝 서 있었는데 몸집은 작으면서도 양쪽 손에 하나씩 각각 조수들의 멱살을 잡고 있었다. 아마 장작을 꺼내오려고 갔다가 현장에서 붙잡힌 모양이었다. 남자 교사는 큰소리로 한 마디 한 마디를 똑똑 끊어지게 고함을 질렀다.

"장작을 넣어둔 헛간에 들어가게 한 놈이 대체 누구야! 범인은 어디에 있어? 당장에 목을 비틀어버릴 테다!"

그러자 여교사의 발 밑에서 열심히 마룻바닥을 문지르고 있던 프리다가 몸을 일으키더니 마치 힘이 되어달라는 듯이 K쪽을 힐끗 바라보았다. 그리고는 태어나면서부터 가지고 있는 우월감을 눈초리와 태도에 나타내보이면서 이렇게 말하는 것이었다.

"제가 그랬어요, 선생님. 달리 방법이 없었어요. 분부하신 대로 아침 일찍부터 교실을 뎁혀놓기 위해서는 아무래도 헛간의 문을 열지 않을 수가 없었어요. 밤중에 당신한테 열쇠를 가지러 갈 수는 없는 노릇이고 우리 이 양반은 진신관에 가 있었어요. 어쩌면 밤새 돌아오지 않을지도 모른다고 생각했기 때문에 저 혼자서 결정하지 않으면 안 되었어요. 제가 한 일이 혹시 잘못되었더라도 처음 와서 저지른 일이니 아무쪼록 용서해주세요. 이 양반도 제가 한 일을 보고 저를 몹시 꾸짖었어요. 뿐만 아니라 이 양반은 일찍부터 난로를 피워서는 안 된다고 했어요. 이 양반의 생각으로는 당신이 헛간 문을 잠가놓고 계시는 것은 당신이 등교하실 때까지는 난방을 해서는 안 된다는 뜻이라는 거예요. 그러니까 난로에 불을 피우지 않은 것은 우리집 이 양반의 책임이지만 헛간 문을 부순 것은 전적으로 저의 책임이에요.”

“문을 부순 것은 누구지?”

하고 교사는 여전히 목덜미를 잡히고 있는 손을 어떻게 해서든지 뿌리치려고 몸부림치고 있는 조수들에게 물어보았다.

“아저씨예요.”

하고 두 사람은 대답하고 의심의 여지가 없도록 K쪽을 가리켰다. 프리다는 소리를 내어 웃었다. 이 웃음소리가 그녀가 말보다도 몇 배나 더 결정적인 증거인 것처럼 들렸다. 그녀는 마룻바닥을 닦고 있던 걸레를 양동이 속에서 짜기 시작했다. 마치 이 사건은 그녀의 설명으로 결론이 나고 조수들의 발언은 나중에 덧붙인 농담에 지나지 않는다는 투였다. 그녀는 일을 계속하기 위해 다시 마룻바닥에 무릎을 꿇고 나서야 겨우 이렇게 덧붙였다.

“우리 조수들은 마치 어린애와 같아요. 제법 나이는 먹었다지만 아직 이 학교의 의자에 앉히고 싶을 정도예요. 저는 어제 저녁에 혼자서 도끼로 헛간 문을 때려부수었어요. 그 정도는 아직 아무것도 아니에요. 조수들도 필요가 없었어요. 이 사람들더러 도와달라고 해봤자 되려 방해가 되었을 뿐이에요. 이윽고 밤이 되어서 주인이 돌아왔을 때 파손된 정도를 조사하고 될 수 있는 대로 수리를 해놓으려고 갔어요. 조수들도 뒤를 따랐지요. 아마 여기서 두 사람만 남아 있기가 무서웠기 때문이겠지요. 그리고 우리 주인 양반이 부서진 문에서 일을 하고 있는 것을 보았어요. 그래서 그들은 아까와 같은 말을 했어요. 정말 어린애들이라니까요.”

프리다가 이렇게 설명하고 있는 동안 조수들은 마냥 고개를 흔들면서 K쪽을 손가락으로 가리켰다. 그리고 말없이 프리다의 의견을 철회시키려고 애쓰고 있었다. 그러나 그것이 아무래도 성공할 수 없음을 알자 두 사람 모두 체념하여 프리다의 말은 명령이라고 생각하기로 했다. 그래서 교사가 질문을 거듭해도 이제는 더 대답을 하지 않기로 했다.

“그런가, 그렇다면 네 놈들은 거짓말을 했구나? 그렇지 않다면 적어도 죄를 급사에게 뒤집어씌우려고 했지!”

하고 교사는 말했다.

조수들은 여전히 잠자코 있었다. 그리고 조금씩 떨며 걱정스러운 눈초리를 하고 있었으므로 정말로 죄의식을 느끼고 있는 것 같았다.

"그럼 곧 너희들을 때려줘야겠다!"

하고 교사는 말하고 학생 하나를 불러 옆 교실에서 등나무 회초리를 가져오게 했다. 그가 회초리를 들자 프리다가 외쳤다.

"조수들의 말이 거짓은 아니었어요. 그들은 사실을 말했어요!"

그러고는 자포자기적으로 걸레를 양동이 속에 집어던졌다. 그러자 물이 높이 튀겼다. 그녀는 평행봉 뒤로 달려가서는 그 뒤에 몸을 숨겨버렸다.

"이 거짓말쟁이들 같으니!"

하고 여교사가 외쳤다. 그녀는 마침 고양이 발에 붕대를 감고 난 뒤라 고양이를 무릎 위에 올려놓고 있었다. 이 고양이는 너무 커서 그녀의 무릎에는 거의 안길 수 없을 정도였다.

"그럼 급사는 여기에 남아 있어."

하고 교사는 말하고 조수들을 떠다밀고는 K쪽으로 몸을 돌렸다. K는 아까부터 줄곧 빗자루에 몸을 기대고 가만히 엿듣고 있었다.

"이 급사님은 자기가 저지른 몹쓸 짓이 그대로 남에게 전가되는 것을 비겁하게도 보고만 있었단 말이로군."

"말하자면 그런 셈이 되네요."

하고 K는 대답했으나 프리다가 중간에 끼어든 덕분에 교사가 처음에 품었던 노여움이 많이 누그러졌음을 알 수 있었다. K는 말을 계속했다.

"설사 조수들이 약간 징계를 받았다고 해서 나는 조금도 불쌍하다고 생각지 않았을 것입니다. 지금까지 징계받아야 마땅한 것을 열 번이나 눈 감아주었으니까 어쨌든 그 죄값을 한꺼번에 치를 수가 있는 셈이지요. 만일 그렇지 않다고 하더라도 나와 당신이 직접 충돌하는 것은 피할 수 있었으니까 그것만으로도 나에게 있어서는 고마운 일이라고 하겠지요. 어쩌면 당신에게 있어서도 그쪽이 훨씬 더 바람직한 일일는지도 모르지요. 그러나 프리다가 이번에는 조수들을 위해서 나를 희생시켰어요——."

여기에서 K는 잠시 뜸을 들였다. 그러자 조용한 가운데 이불 뒤에서 프리다의 흐느껴 우는 소리가 들렸다.

"당연한 일이지만 이제 드디어 문제를 해결하지 않으면 안 될 때가 된 것 같습니다."

하고 K가 결론지으려는 듯이 말했다.

"아니, 대체 무슨 소리예요!"

하고 여교사가 말했다.

"나도 같은 의견이에요, 기자 양."

하고 교사가 말했다. 그리고 이번에는 K를 향해서 결연한 의지를 담고 이렇게 말했다.

"급사 양반, 당신은 이런 비열한 일을 저질렀으니까 당연히 즉각 해고예요. 그 밖에 앞으로 어떤 형벌이 내려질지에 대해서는 지금 말하지 않겠소. 그러나 어쨌든 지금 곧 소지품을 정리해서 어서 이곳을 나가시오. 그러면 우리는 안심하고 좀 늦은 감은 있지만 이제부터 수업을 시작할 수가 있소. 자아, 우물쭈물하지 말고 어서 서두르시오!"

"아니, 이곳에서 한 걸음도 움직이지 않겠소."

하고 K는 말했다. 그리고 그 이유를 다음과 같이 설명했다.

"물론 당신은 내 상관임에는 틀림없지만 이 자리에 나를 앉혀준 것은 당신이 아니니까요. 그것은 촌장님입니다. 따라서 나는 촌장님의 해고 통지밖에는 인정할 수가 없습니다. 그러나 촌장님이 나에게 이 직책을 준 것은 내가 여기에서 내 아내와 조수들과 함께 얼어 죽지 않고 당신 자신도 말씀하신 것과 같이 내가 자포자기해서 지각없는 행동을 하지 않도록 하기 위해서입니다. 나를 지금 갑자기 해고하는 것은 그야말로 촌장님의 뜻에 어긋나는 것입니다. 나는 촌장님이 직접 나를 해고한다고 하기 전에는 당신이 무어라고 하든 믿지 않을 것입니다. 내친 김에 말해두지만 내가 당신의 경솔한 해직 통고에 응하지 않는 것은 아마 당신 자신에게도 매우 유리한 일일 것입니다."

"그렇다면 내 말에 복종하지 않겠다는 거요?"

하고 교사는 다그쳐 물었다. K는 그렇다는 뜻으로 고개를 살랑살랑 흔들어보였다. 교사는 다시 말했다.

"잘 생각해봐요. 당신의 결심이 언제나 최상의 것이라고는 할 수 없어요. 예를 들면 신문을 거부한 어제 오후의 일만 생각해봐도 알 수 있어요."

"왜 이제 와서 그 문제를 새삼스럽게 꺼내는 거죠?"

하고 K는 물었다.

"말하고 싶으니까 했을 뿐이오."

하고 교사는 한껏 거만하게 말했다. 그리고 최후의 선고를 내리듯이 이렇게 덧붙였다.

"마지막으로 한 번 더 되풀이하겠는데 어서 여기를 나가란 말이오!"

이만큼 말해도 효과가 없음을 알자 교사는 교단 쪽으로 가서 여교사와 상의를 하기 시작했다. 여교사는 경찰의 도움을 받는 것이 어떻겠느냐고 말했으나 교사는 거기에 찬성하지 않았다. 마지막으로 두 사람의 의견이 정리되어 교사는 옆 교실로 옮겨가도록 학생들에게 지시했다. 거기에서 그의 반 학생들과 합반으로 수업을 받도록 하라는 것이었다. 학생들은 이 결정을 기뻐하여 모두 웃고 크게 떠들면서 전원이 당장 교실에서 나갔다. 교사와 여교사는 맨 나중에 뒤따라나갔다. 여교사는 출석부를 들고 오동통하게 살이 찌고 무관심한 표정을 짓고 있는 고양이를 그 위에 얹어가지고 나갔다. 교사는 고양이를 이 방에 두고 가는 것이 어떨까 싶어 넌지시 비쳐보았으나 여교사는 K의 잔인함을 내세워 단호히 거기에 반대했다. 이래서 K는 무척 화를 내고 있는 교사에게 고양이라는 귀찮은 짐까지를 떠맡긴 것이다. 아무래도 그 화풀이 때문인지 교사는 문을 나서면서 K를 향해 이렇게 말하는 것이었다.

"기자 양은 어린애들을 데리고 하는 수 없이 이 방에서 나가기로 했소. 그것은 당신이 완강하게 내 해직 통고에 불응한 때문이고 그렇다고 해서 기자 양에게 이런 더러운 당신의 살림 한가운데서 수업을 하게 내버려둘 수는 없기 때문이오. 그러니 이제 당신들만이 이곳에 남아서 예의바른 사람들의 빈축을 사는 일도 없이 마음대로 놀아들 보시오. 그러나 분명히 내가 장담하지만 그것은 아마 그리 오래 가지는 못할 것이오."

그렇게 말하고 문을 닫았다.

13

모두들 나가자마자 K는 조수들을 향해서 외쳤다.

"나가버려!"

조수들은 이 예기치 않았던 명령에 당황해하면서도 그 말을 따랐다. 그러나 K가 그들이 나가버린 문을 닫아버리자 두 사람은 다시 들어가고 싶어서 훌쩍훌쩍 울면서 문을 두드려댔다.

"너희들은 파면이다! 이제 두 번 다시 내 밑에서 조수 일을 할 수는 없다, 알았나!"

하고 K는 소리를 질렀다.

　물론 조수들은 그 이유를 알 리가 없었다. 그래서 문을 요란스럽게 두드리거나 발로 차기도 했다.
　"부탁이에요, 제발 선생님한테 돌아가게 해주세요!"
하고 그들은 큰소리로 울부짖었다. 마치 물에 빠진 사람이 육지를 발견한 것처럼 K에게 애원했다. 그러나 K는 용서하려 하지 않았다. 이 시끄러운 소동이 참을 수 없을 지경으로 확대되어 교사가 간섭하지 않을 수 없게 되기를 K는 초조하게 기다리고 있었다. 이윽고 예상했던 대로 교사가 나타났다.
　"이 지겨운 조수들을 넣어주는 게 어떻소?"
하고 교사가 소리쳤다.
　"놈들을 해고했어요!"
하고 K는 맞받아 소리쳤다.
　이것은 단순히 해고를 통고했을 뿐이 아니라 그것을 실행에 옮길 만한 힘이 있으면 어떻게 되는가를 교사에게 보여준 뜻하지 않은 효과가 있었다. 교사는 조수들을 친절하게 달래며 여기에서 얌전하게 기다리고 있으면 결국은 K가 그들을 다시 불러들일 것이 틀림없다고 말했다. 그리고 교사는 가버렸다. 이것으로 어쩌면 조용히 가라앉을 수도 있는 일이었으나 K는 또다시 조수들을 향해 "너희들은 틀림없이 파면 조치되었어, 두 번 다시 복직이 가능하리라고는 절대로 생각하지 말아" 하고 고함을 지른 것이다. 그러자 조수들은 또다시 소란을 피우기 시작했다. 이번에도 또 교사가 뛰쳐나왔다. 그러나 이번에는 조수들을 순순히 타이르는 것이 아니라 무서운 등나무 회초리로 위협을 가해서 조수들을 멀리 학교 건물 밖으로 쫓아내고 말았다.
　잠시 후에 조수들은 체육 교실의 창문 앞에 나타나서 유리창을 똑똑 두드리며 무어라고 소리를 질렀는데 무슨 말을 하는지 통 알아들을 수가 없었다. 그러나 그들은 거기에 오래 머물러 있지는 않았다. 그들은 불안한 기분에 쫓겨 주위를 뛰어다니고 싶었는데 이 깊은 눈 속에는 그럴 수도 없었다. 그래서 서둘러 교정의 울타리로 달려가서는 그것의 토대가 되어 있는 돌담 위에 뛰어올랐다. 거기에서라면 물론 거리는 멀어졌으나 방 안의 모습이 한층 더 잘 보였던 것이다. 그들은 울타리를 붙잡고 돌담 위를 왔다갔다 하고 있었으나 이윽고 멈춰 서서는 두 손을 모아 애원하듯이 K쪽으로 내밀었다. 그리고 그러한 노력이 무익하다는 것을 알면서도 오랫동안 그 동작을 되풀이하고 있었다. 그들은 마치 귀신에 홀린 사람처럼 K가 창문의 커튼을 내리고 난 후에도 끈질기게 그 동작을 계속하고 있었다.

커튼을 내렸기 때문에 어둑어둑해진 방 안에서 K는 평행봉이 있는 곳으로 가서 프리다의 모습을 들여다보았다. 그가 들여다보자 프리다는 일어나서 흐트러진 머리를 매만지고 눈물을 훔치고는 아무 말없이 커피를 끓이기 시작했다. 그녀는 자초지종을 알고 있었지만 K는 조수를 해고했다는 것을 형식적으로 보고했다. 그녀는 다만 머리를 끄덕거렸을 뿐이었다. K는 학생용 의자에 앉아서 그녀의 지친 듯한 모습을 바라보고 있었다. 그녀의 보잘것없는 육체를 한결 아름답게 보이게 하고 있는 것은 언제나 싱싱하고 의연한 태도였으나 지금은 그 아름다움마저 찾아볼 수가 없었다. K와 동거 생활을 시작한 지 불과 며칠도 되지 않았는데 벌써 이토록 파싹 야위게 된 것이었다. 술집에서의 일은 그렇게 편한 것은 아니었겠지만 어쩌면 그 편이 프리다에게는 적합했는지도 모른다. 아니면 클람과의 인연이 끊어지고 만 것이 이렇게 야위게 만든 진짜 원일일까? 클람의 가까이에 있을 때는 그토록 매혹저으로 보이지 않았던가! K는 그러한 그녀에게 매혹되어 그녀를 힘으로 빼앗았는데 이제는 K의 품안에서 시들어가고 있는 것이다.

"프리다."

하고 K는 불러보았다. 그녀는 곧 커피 빻는 기계를 놓고 K가 앉아 있는 의자 쪽으로 다가왔다.

"나한테 화내고 계시는 거죠?"

하고 그녀는 물었다.

"그렇지 않아. 당신으로서는 그렇게밖에 할 수 없었으리라고 믿고 있어. 당신은 진신관에서 만족하며 살고 있었어. 나는 당신을 그대로 거기에 있도록 내버려두었어야 하는 건데."

K가 말했다.

"그래요."

하고 프리다는 대답하고 슬픈 듯이 먼 곳을 바라보았다. 그러고는 다음과 같이 말을 이었다.

"그대로 내버려뒀어야 좋았을지도 몰라요. 나 같은 건 당신과 같이 살아갈 값어치가 없는 여자예요. 나 같은 짐이 없었더라면 당신은 어떤 희망이라도 달성할 수 있었을지도 몰라요. 당신은 나 때문에 저런 횡포스러운 선생에게 머리를 숙이고 이런 보잘것없는 급사의 직분도 떠맡고 어떻게 해서든지 클람 씨와 만나서 이야기를 하려고 애쓰고 있어요. 모두 나 때문에 하고 계신 일이에요. 하지만 나라는 여자는 거기에 충분히 보답할 수가 없어요.”

“그렇지 않아.”

하고 K는 위로하려는 듯이 한쪽 팔로 프리다의 몸을 감싸 안았다. 그리고 이렇게 말했다.

“그런 것은 모두 하찮은 일이야. 나는 조금도 그런 일에 신경을 쓰고 있지 않아. 클람을 만나고 싶어하는 것도 당신 때문만은 아니야. 거기에 비한다면 당신은 나를 위해서 얼마나 호의를 베풀어주었는지 몰라! 당신을 알게 될 때까지 나는 이 마을에서 정말 어떻게 해야 좋을지 갈피를 잡을 수가 없었어. 누구 한 사람 나를 달갑게 맞아주지도 않았고 내가 억지로 찾아가도 서둘러 잡아떼는 판국이었지. 비록 누군가의 집에서 쉴 장소를 발견했다고 하더라도 그것은 곧 또 내가 도망쳐나오지 않으면 안 될 그런 사람의 집이었어. 예를 들면 바르나바스의 일가가 그러하지만——.”

“당신은 그 사람네 집에서 도망쳐나왔나요? 그게 참말이에요? 아아, 좋은 사람!”

하고 프리다는 활기차게 K의 말을 가로채며 말했다. K가 어색하게 머뭇머뭇하면서

“응.”

하고 대답하자 프리다는 다시 아까처럼 풀이 죽어서 기운없이 축 늘어지고 말았다. 그러나 K쪽에서도 프리다와 함께 있게 된 덕분에 매사가 자기에게 얼마나 호전되었는가를 설명하려던 당초의 결심이 없어져버리고 말았다. 그는 프리다를 감싸 안고 있던 팔을 천천히 풀었다. 두 사람은 잠시 동안 말없이 앉아 있었다. 이윽고 프리다는 K의 팔이 지금까지 그녀의 마음을 따뜻하게 해주고 있었음을 느꼈고 이제 그 따뜻함이 없이는 살아갈 수가 없다는 것을 느꼈다. 그래서 그녀는 이렇게 말했다.

“나는 이곳에서의 이런 생활은 견딜 수가 없어요. 당신이 언제까지나 나를 버리지 않고 옆에 있게 해줄 생각이라면 우리는 어디든 남부 프랑스나 스페인으로 이주를 하지 않으면 안 돼요.”

“나는 이주할 수가 없어. 나는 이곳에서 살기 위해 일부러 이 먼 곳까지 왔어. 나는 끝내 여기에 머물 거야.”

K는 그렇게 말하고 이 말과는 조리가 맞지 않지만 그것을 설명하려고 하지

않고 마치 혼자서 중얼거리듯이 이렇게 덧붙이는 것이었다.

"이곳에 발을 붙이고 살 생각이 없었다면 이런 황폐한 땅에 대체 무슨 매력을 느껴서 내가 왔더란 말인가?"

그리고는 다시 말을 계속했다.

"당신도 사실은 여기에 머물러 살고 싶지? 뭐니 뭐니 해도 당신이 태어난 고장이니까 말야. 다만 당신에게는 클람 씨가 없어져버리니까 당신은 여러 가지로 자포 자기적인 생각을 일으키는 거지."

"클람 씨가 없어져버린다고 하셨나요? 이곳에는 클람 씨 같은 사나이는 얼마든지 있어요. 발바닥에 깔려서 처치하기가 곤란할 지경이에요. 오히려 나는 클람 씨에게서 달아나고 싶어서 이곳을 떠나고 싶은 거예요. 클람 씨가 아니라 당신이 없어져버리고 마는 거예요. 내가 떠나고 싶은 것은 당신 때문이에요. 여기에서는 모두들 나를 잡아끌어서 당신만을 충분한 내 것으로 만들 수가 없어요. 당신 옆에서 평화스럽게 살기 위해서는 내 이 아름다운 가면이 벗겨지고 내 육체가 초라해진다고 해도 상관이 없어요."

K는 그 말 가운데에서 오직 한 가지만을 알아들었다. 그래서 틈을 주지 않고 냉큼 물어보았다.

"클람 씨는 여전히 당신과 관계를 가지고 있소? 가령 지금도 당신을 부르고 있다든가——."

"클람 씨의 일 따위는 몰라요. 내가 지금 말하고 있는 것은 다른 사람들 얘기예요. 예를 들면 저 조수들의 얘기——."

"뭐, 조수들이라고!"

하고 K는 눈이 동그래져서 물었다.

"그놈들이 당신을 쫓아다닌단 말이오?"

"아직도 눈치를 못 채고 있었어요?"

"그건 몰랐는걸."

하고 K는 대답하고 자질구레한 일들을 생각해보려고 했으나 아무래도 생각이 나지 않았다.

"뻔뻔스럽고 색을 좋아하는 놈들이라는 것은 알고 있었지만 그놈들이 당신을 좋아하고 당신을 노리고 있다는 사실은 꿈에도 생각지 못했어."

하고 K는 말했다.

"정말이에요? 교반옥의 우리들 방에서 아무리 애써도 쫓아낼 수가 없었고

우리들의 관계를 질투 어린 눈으로 지켜보고 있었는데도 말예요? 어젯밤에
도 볏짚 이불 속의 내 잠자리에 숨어들고 아까만 하더라도 당신에게 불리한
말을 해서 당신을 쫓아내고 파멸시킨 다음 나하고 함께 지내려고 했었잖아
요. 그런데도 당신은 아무것도 깨닫지 못했단 말예요?”

K는 거기에는 대답하지 않고 프리다의 얼굴을 물끄러미 바라보았다. 조수
들의 일을 이런 식으로 공격하는 것도 확실히 틀리지는 않았을지도 모른다.
그러나 좀더 천진난만하게 해석할 수도 있지 않을까? 그야말로 가소롭기 짝
이 없는 어린애 같고, 게다가 변덕스럽고 떼를 잘 쓰는 성질을 가진 놈들이니
까 말이다. 프리다는 쾌씸한 놈들이라고 했지만 그들은 언제 어디에라도 K와
함께 가려고 했고 결코 프리다 옆에 남아 있지 않으려고 한 것만 봐도 명백한
사실이 아닌가. K는 이러한 뜻의 말을 했다.

“그것은 겉보기뿐이에요.”
하고 프리다는 반론을 제기했다. 그리고 K가 그것을 몰랐다는 것이 끝내 믿
어지지 않았다는 듯이 이렇게 덧붙였다.

“그것을 간파하지 못했나요? 그럼 그런 이유 때문이 아니라면 무엇 때문
에 그들을 쫓아냈나요?”

그렇게 말하고 그녀는 창문 곁으로 가서 커튼을 약간 젖히고 바깥을 바라
보더니 K를 옆으로 불렀다. 바깥에서는 조수들이 여전히 울타리 근처에 있
었다. 벌써 지쳐 있는 듯했으나 아직도 때때로 전력을 다해서 학교 쪽을 향해
애원의 몸짓을 하고 있었다. 그들 중의 한 사람은 끊임없이 몸을 지탱하고 있
지 않아도 되도록 윗도리를 아주 울타리에 찔러놓고 있었다.

“어머, 불쌍도 해라! 불쌍해!”
하고 프리다는 말했다.

“왜 조수들을 내쫓아버렸느냐고 물었지? 그 직접적인 계기가 된 것은 바
로 당신 때문이었어.”
하고 K는 말했다.

“네? 나 때문이라고요?”
하고 프리다는 여전히 바깥을 바라보면서 물었다.

“그래요. 당신은 조수들에게 너무 다정하게 대해요. 그들의 무례함을 용서
하고 무슨 일이든지 웃어버리고 말아요. 항상 그들의 머리를 쓰다듬어주고
그들을 동정해요——방금 지금도 ‘어머, 불쌍해라! 불쌍해!’하고 되풀이

하고 있었어. 그리고 아까 있었던 일인데 그때 당신은 조수들을 교사의 채찍으로부터 구해주기 위해서 나를 아무렇지도 않게 희생해버리고 말았어."

"네, 문제는 바로 그것이에요. 내가 말하고 있는 것도 바로 그것이에요. 나를 불행하게 만들고 나를 당신으로부터 떼어놓고 있는 것도 바로 그것이에요. 나는 항상 당신 곁에 있는 것이, 이십사 시간 내내 당신 곁에 있는 것이 나에게 있어서는 가장 큰 행복이라고 생각하고 있는데 말예요, 그런데도 이 세상에는 우리들의 사랑이 안주할 곳이 없는 것 같아요. 이 마을도 틀렸고 다른 곳에 가더라도 없을 것처럼만 생각돼요. 그래서 깊고 좁은 무덤 속을 상상하고 있어요. 거기에서 우리들은 겨우 죄어든 것처럼 서로 꼭 껴안고 있는 거예요. 나는 얼굴을 당신에게 파묻고 당신도 당신의 얼굴을 내 가슴에 묻고 있어요. 그러면 이제 아무도 우리를 보지 못할 거예요. 하지만 여기에서는, 저것 보세요, 조수들의 모습 말이에요! 저 사람들이 손을 합장하고 있는 것은 당신에게가 아니라 나를 향해서 그렇게 하고 있는 거예요."

"그리고 그들이 하고 있는 짓을 열심히 보고 있는 것도 내가 아니라 바로 당신이지."

하고 K가 대꾸했다.

"그래요, 바로 나예요."

프리다는 거의 성난 사람 같은 어조로 말했다. 그리고 역시 같은 말투로 말을 계속했다.

"아까부터 내가 입에서 신물이 나도록 말하고 있는 것도 바로 그 문제 아니에요? 그렇지 않다면 설사 저들이 나를 쫓아다닌다고 하더라도 무슨 문제가 될까요? 가령 저 사람들이 클람 씨에게서 파견된 사람이라고 하더라도 말이에요."

"클람 씨에게서 파견된 사람이라고?"

K는 되받아 말했다. K는 이것을 곧 당연한 것이라고는 생각했으나 그래도 정작 듣고 보니 몹시 놀란 것이다.

"틀림없이 클람 씨가 파견했어요."

하고 프리다는 말했다. 그러나 이어서 다음과 같이 말하는 것도 잊지 않았다.

"설사 그렇다고 하더라도 역시 변변치 못한 철부지인 것도 사실이에요. 그들을 교육하려면 아직도 더 꾸짖을 필요가 있어요. 얼마나 불쾌하고 가증스러운 아이들이에요! 얼굴을 보면 어엿한 어른이거나 거의 대학생처럼 보이는데 하는 짓이라고는 마치 어린애 같고 바보스러워요. 당신은 내가 그것도 모른다고 생각하세요? 나는 그 사람들의 일을 부끄럽게 생각하고 있어요. 하지만 중요한 것은 그 사실이에요. 즉, 그 사람들이 나에게 반발하게 하는 것이 아니라 나는 그 사람들이 어떤 행동을 해도 그냥 웃어 넘기지 않으면 안 돼요. 다른 사람이 그들을 때리려고 하면 나는 그들의 머리를 쓰다듬어주지 않으면 안 되고 밤에 당신 옆에 누워 있을 때도 나는 잠을 잘 수가 없고 그 사람들의 모습을 살펴보지 않으면 안 되었어요. 한 사람은 이불에다 몸을 둘둘 말다시피 하고 있고 한 사람은 난로 아궁이를 열고 그 앞에 무릎을 꿇고 앉아서 장작을 지피고 있을 때 그것을 지켜보고 있지 않으면 안 되었어요. 그것 때문에 당신의 잠을 깨우는게 아닌가 하고 걱정되었을 만큼 몸을 앞으로 내밀기도 했지요. 그리고 고양이 일만 하더라도 고양이가 나를 놀래킨 것이 아니었어요. 나는 고양이 따위에는 이미 익숙해져 있어요. 술집에서 일하고 있을 때는 꾸벅꾸벅 졸고 있다가 고양이 때문에 몇 번씩이나 잠을 깬 일도 있으니까요. 그래요, 고영이가 나를 놀라게 한 것이 아니라 내가 나를 놀라게 한 것이에요. 나를 놀라게 하는 데는 고양이가 날뛸 필요까지는 없어요. 나는 조그마한 소리만 나도 깜짝 놀라서 움츠리고 몸부림을 치곤 하지요. 당신의 잠을 깨우면 만사가 헛수고로 돌아가고 말 것이라고 걱정을 하면서도 다음 순간에는 당신이 눈을 떠서 나를 지켜주지 않으면 안 되겠다는 생각에서 냉큼 일어나서는 급히 촛불을 켜는 거예요."

"나는 그런 것은 하나도 몰랐어. 그저 왠지는 모르지만 그런 기색이 느껴졌기 때문에 조수들을 쫓아낸 거야. 하여튼 그들이 이제 없어졌으니까 앞으로는 모든 것이 잘되겠지.

하고 K는 말했다.

"네, 겨우 그들은 나가버렸어요."

하고 프리다는 말했으나 그 얼굴은 어딘지 모르게 씁쓸해 보였고 결코 기쁜 표정은 아니었다. 프리다는 이어서 이렇게 말했다.

"다만 그 사람들이 누구인지를 우리는 알지 못해요. 클람 씨에게서 파견된 사람이라고 말했지만 그것은 어디까지나 내가 멋대로 생각했을 뿐이지 참말로 그렇다고 말한 것은 아니에요. 또 어쩌면 사실이 그럴는지도 모르고요. 그 사람들의 눈, 단순하면서도 반짝거리는 그 눈은 어딘지 모르게 클람 씨의 눈을 연상케 해요. 네, 확실히 그래요. 때때로 내 몸을 뚫어지게 쳐다보는 그들의 눈빛, 그것은 영낙없는 클람 씨의 시선이에요. 그러니까 그 사람들의 일이 창피하다고 말한 것은 내 잘못이에요. 그 사람들의 일로 부끄럽다는 생각을 할 수 있는 것이 오히려 낫다고 생각했음에 지나지 않아요. 이것이 어느 다른 고장, 또는 다른 사람들의 일이라면 같은 행동이라도 어리석고 불쾌한 일로 보일 텐데 그 사람들의 경우는 그렇지가 않아요. 존경과 경탄의 마음으로 그 사람들의 어리석은 행동을 바라보게 돼요. 하지만 그 두 사람이 만일 클람 씨에게서 파견된 사람이라고 한다면 누가 그 사람들에게서 나를 해방시켜줄는지요? 그리고 그들에게서 해방된다는 것이 과연 좋은 일일까요? 차라리 그들을 곧 다시 불러들이는 것이 좋지 않을까요? 그리고 두 사람이 다시 돌아와준다면 뜻밖의 행운이 아닐까요?”

“그들을 다시 한 번 여기에 불러들이라는 말이오?”

하고 K는 말했다.

“아니에요, 그렇지 않아요. 나는 그런 것은 조금도 원치 않아요. 두 사람이 이곳에 뛰어들 때의 광경, 나와 재회할 때의 그 사람들의 기뻐하는 모습, 어린애처럼 날뛰고 의젓한 어른처럼 팔을 뻗치는 그 동작을 나는 차마 눈뜨고 볼 수는 없을 거예요. 하지만 한편으로는 당신이 끝까지 저 두 사람에 대해 엄격한 태도를 취한다면 아마 클람 씨가 당신에게 접근해오는 단계에까지 이르고 말 것이에요. 그 일을 생각한다면 거기에서 발생할 여러 가지 결과로부터 어떻게 해서든지 당신을 지켜드렸으면 하고 생각해요. 그런 뜻에서 당신이 그 두 사람을 이곳에 다시 불러주셨으면 하고 생각하는 거예요. 그러니까 당신이 빨리 그들을 이곳으로 불러들여요! 내 일에는 신경을 쓰지 않아도 돼요. 나 같은 건 어떻게 돼도 상관이 없어요. 나는 내가 할 수 있는 동안에는 어떻게든 내가 내 몸을 지킬 생각이에요. 그러다간 끝내 파멸하지 않으면 안 될 지경에 이르면 나는 결연히 파멸하겠어요. 이것도 당신 때문에 일어난 일이라는 것을 명심하고서 말이에요.”

하고 프리다는 말했다.

“당신의 말은 조수들에 대한 내 판단이 옳았다는 생각을 더욱 굳게해줄 뿐이오. 내가 자진해서 그들을 다시 불러들이는 일은 절대로 없을 거요. 왜냐하면 그들을 쫓아냈다는 사실은 사정에 따라서는 그들을 이쪽의 생각대로 지배할 수 있다는 것을 입증한 셈이니까. 어젯밤 겨우 클람 씨로부터의 편지를 받았지만 그 문면으로 보아서 클람 씨는 조수들의 일에 관해 전혀 틀린 보고를 받고 있다는 것을 알 수 있고 더욱이 그 일로 미루어 보아 조수의 일 따위는 클람 씨에게는 아무래도 상관없다는 것을 알 수가 있지. 왜냐하면 만일 그렇지가 않다면 클람 씨는 조수들에 대해 얼마든지 정확한 정보를 입수할 수가 있었을 테니까 말이오. 그런데 당신이 그들 속에서 클람 씨의 그림자를 보고 있다는 것은 아무런 증명도 될 수가 없다는 거요. 당신은 유감스럽게도 여전히 저 안주인의 영향에서 헤어나오지 못하고 있고 따라서 도처에서 클람 씨의 그림자를 보고 있는 것이오. 그런 의미에서 당신은 여전히 클람 씨의 애인일 뿐 아직도 내 아내가 아닌 것이오. 나는 그걸 생각하면 때때로 슬퍼져서 모두를 잃은 것 같은 생각이 드오. 그러한 때는 이제야 겨우 이 마을에 도착한 것 같은 기분이 들곤 한단 말이오. 그것도 사실 이 마을에 처음 도착했을 때는 희망에 넘친 것이었는데 이번에는 그렇지가 않고 나를 기다리고 있는 것은 오직 환멸뿐이고 그 환멸을 차례로 마지막 한 방울까지 다 삼키지 않으면 안 된다는 강박 관념이 나를 사로잡고 있단 말이오. 물론 이런 기분에 사로잡히는 것은 어쩌다가 한 번씩뿐이지만 말이오."

K는 프리다가 자기의 말을 듣고 있다 쓰러져버린 것을 보고는 웃음으로 얼버무리면서 이렇게 덧붙였다.

"그러나 당신이 나에게 들려준 이야기는 뭐니 뭐니 해도 모두 도움이 되는 것뿐이야. 지금 당장 당신이 나더러 당신과 조수들 중의 어느 한쪽을 택하라고 말한다면 그것만으로도 벌써 조수들의 운명은 끝장난 거나 마찬가지야. 당신과 조수들 가운데 어느 쪽을 택하라는 이야기는 생각만 해도 우스운 일이지 뭔가! 자아, 이제 나는 두 번 다시 그들의 일을 입 밖에 내지도 않을 것이고 생각도 하지 않겠어. 그건 그렇고 두 사람 모두 기운이 없는 것은 아무래도 아직 아침 식사를 하지 않았기 때문인 것 같은데 그렇지 않은가?"

"그럴는지도 몰라요."

하고 프리다는 지친 듯한 미소를 띠고는 식사 준비를 시작했다. K도 빗자루를 손에 잡았다.

잠시 후에 문을 가볍게 노크하는 소리가 들렸다.

"바르나바스다!"

K는 그렇게 소리치고는 두서너 걸음 뛰듯이 하여 문 옆으로 달려갔다. 프리다는 무엇보다도 바르나바스라는 이름에 놀라 K의 모습을 물끄러미 바라보았다. K는 손이 후들후들 떨려 낡은 자물쇠를 곧 열 수가 없었다.

"지금 곧 열게."

하고 K는 몇 번이나 되풀이하면서 노크한 상대가 누구인지를 물어보려고도 하지 않았다. 그러나 문을 활짝 열고서 보니까 들어선 사람은 바르나바스가 아니라 아까 잠깐 K에게 말을 걸려고 하던 키가 작은 소년이었다. 그러나 K는 이 애의 일을 생각해보려고 하지 않았다.

"무슨 일이 있어서 왔지? 수업은 옆의 교실에서 하고 있는데."

"네. 바로 그 옆의 교실에서 왔습니다."

하고 소년은 대답했다. 큰 갈색의 눈을 치켜뜨고 침착하게 K를 쳐다보았다. 몸을 쭉 펴고 두 팔은 옆구리에 찰싹 붙이고 있었다.

"그런데 무슨 일이냔 말이야? 빨리 말해봐요."

하고 K는 약간 소년 쪽으로 몸을 수그리면서 말했다. 왜냐하면 소년의 목소리가 너무 작았던 것이다.

"도와드릴 일이 없을까 하고요."

하고 소년은 대답했다.

"이 애가 우리를 도와주겠다는군."

하고 K는 프리다에게 말하고는 다시 소년을 향해서 물었다.

"이름은 무엇이니?"

"한스 브룬스빅크라고 합니다."

하고 소년은 대답하고 곧 거기에 덧붙였다.

"제사반 학생으로서 마들레느 거리에서 구둣방을 하고 있는 오토 브룬스빅크의 아들입니다."

"오오, 브룬스빅크라고 한단 말이지?"

하고 K는 말하고 아까보다는 소년에게 다정한 태도를 보였다.

한스의 설명에 의하면 여교사가 고양이 발톱으로 K의 손을 긁어 손등이 빨갛게 부어오른 것을 보고 그때부터 K의 편을 들기로 결심했다는 것이다. 그래서 지금 호된 벌을 받을 위험을 무릅쓰고 옆 교실에서 탈영병처럼 몰래 빠져나왔다는 것이었다. 그의 머리를 지배하고 있는 것은 무엇보다도 이처럼 사내다운 의협심인 것 같았다. 그의 동작에서 엿볼 수 있는 진지함도 거기에 어울리게 사내다웠다. 처음에는 수줍음 때문인지 우물쭈물했으나 곧 K와 프리다에게 익숙해졌고 이윽고 따뜻한 커피를 대접받았을 때는 점차 활기를 띠고 정다운 태도로 변했다. 그리고 열심히 질문을 하고 이것저것 캐묻기 시작했다. 그것은 마치 될 수 있는 대로 빨리 제일 중요한 점을 알아내어 K와 프리다를 도울 수 있는 결심을 굳힐 자료로 삼으려는 것 같았다. 게다가 그의 태도에는 어딘지 모르게 명령적인 데가 있었다. 그러나 어린애다운 순진함이 거기에 섞여 있었기 때문에 K와 프리다는 반은 솔직하게, 그리고 반은 장난 삼아 상대방의 묻는 말에 대답해주었다.

어쨌든 소년은 완전히 두 사람의 관심을 사로잡고야 말았다. 일은 모두 중단되고 아침 식사도 엄청나게 늦어졌다. 한스는 학생용 의자에 걸터앉고, K는 교탁 위에, 그리고 프리다는 그 옆에 있는 팔걸이 의자에 앉아 있었는데 그것은 마치 한스가 선생이고 두 사람이 학생인 것 같았다. 두 사람에게 질문을 하여 그 대답에 대해 일일이 채점을 하고 있는 것 같았다. 그의 엷은 미소는 이것이 일종의 장난에 불과하다는 것을 그가 충분히 알고 있다는 것을 말해주고 있는 것처럼 보였다. 그러나 그는 장난인 만큼 한층 더 진지하게 문제를 다루려고 하고 있었다. 어쩌면 그의 입가에 감돌고 있는 것은 단순한 웃음이 아니라 어린 시절의 행복 그 자체였는지도 모른다. 그는 이상한 일이지만 한참 시간이 지나서야 겨우 예전에 K가 라제만의 집에 들렀을 때부터 K를 알고 있었다고 말했다. 그 말을 듣고 K는 무척 기뻐했다.

"그럼 그때 여자의 발치에서 놀고 있던 것이 너였구나, 그렇지?"
하고 K는 물어보았다.

"네, 그래요. 그리고 그분은 제 어머니에요."

그래서 한스는 부득이 어머니 얘기를 하지 않으면 안 되었는데 몹시 망설이다가 몇 번이나 재촉을 당한 끝에 가까스로 입을 열었다. 그의 말하는 투로 보면 한스는 아직도 어린애에 지나지 않는다는 것을 알 수 있었다. 가끔, 특히 그가 질문을 할 때는 그랬지만(이것은 그의 질문이 미래를 예감하고 있기 때문인지도 몰랐고 혹은 또 불안한 기분으로 잔뜩 긴장해서 듣고 있는 사람의 착각인지도 몰랐다) 거의 정력적이고 총명한, 장래를 내다보는 어른이 말하고 있는 것은 아닌가 하고 생각될 때가 있었다. 그런가 하면 또 갑자기 어쩔 수 없는 어린애로 돌아가 질문의 뜻을 이해하지 못하기도 하고 또는 그릇된 뜻으로 오해하기도 했다. 또 어떤 때는 좀더 큰 소리로 말하지 않으면 알아들을 수가 없다고 아무리 주의를 줘도 어린애처럼 상대방을 무시한 채 좀더 나지막한 목소리로 말하기도 하고 나중에는 너무 깊숙이 파고든 질문에 대해서는 고집쟁이처럼 완전히 입을 다물어버리기도 하는 것이었다. 더욱이

182

이러한 때 어른 같으면 당혹해버리고 말지만 그는 당혹스런 모습 따위는 전혀 보이지 않았다. 그리고 대체로 그는 질문이 허용되는 것은 자기뿐이며 그 이외의 사람이 질문을 하는 것은 규칙 위반이고 시간 낭비에 지나지 않는다고 생각하는 경향이 있었다. 상대방으로부터 질문을 받으면 그는 상반신을 곧장 일으켜 세운 채 머리를 수그리고 아랫입술을 비죽이 내민 모습으로 오랫동안 가만히 앉아 있었다. 프리다는 그 모습이 너무 마음에 들어서 그에게 몇 번씩이나 질문을 퍼부어댔다. 이렇게 질문 공세를 펴면 그를 잠자코 앉아 있을 수 있게 만들 수 있으리라고 생각한 것이다. 사실 그녀의 생각은 그럭저럭 효과를 나타냈으나 K는 그것을 못마땅하게 생각했다.

전체적으로는 거의 아무것도 그에게서 알아낼 수가 없었다. 한스의 어머니는 약간 병을 앓고 있다는 것은 알았으나 정작 어떤 병이냐고 물으면 도무지 요령 부득의 답변이었다. 브룬스빅크 부인이 무릎에 안고 있던 젖먹이는 한스의 누이동생으로서 프리다라는 이름이었다. (자기에게 귀찮게 질문을 퍼부어대는 여성과 같은 이름임을 알고서는 한스는 그다지 달가운 표정이 아니었다). 그의 일가는 마을에 살고는 있었으나 라제만의 집에서 함께 살고 있지는 않았다. 그때는 목욕을 하기 위해서 라제만의 집에 와 있을 뿐이었다. 왜냐하면 라제만의 집에는 큰 대야가 있어서 조그마한 아이들——물론 한스는 이미 그들 사이에 낄 수는 없었다——에게 있어서는 이 대야 속에서 더운 물에 몸을 담그기도 하고 또 신바람나게 떠들며 노는 것이 무엇보다도 즐거웠기 때문이다.

한스가 아버지 얘기를 입에 담을 때는 공손하게, 아니 그보다도 두렵고 무서워서 쭈뼛쭈뼛 이야기했다. 그것도 어머니에 관한 얘기가 동시에 화제에 오르지 않았을 때의 일이다. 어머니에 비하면 아버지의 가치는 확실히 떨어지는 모양이었다. 어쨌든 가정 생활에 대해서는 아무리 알아내려고 해도 그 질문에는 일체 대답을 하지 않았다. 아버지의 일에 대해서는 그가 이 고장에서 가장 큰 구둣방을 가지고 있다는 것을 알았다. 다른 질문을 할 때도 몇 번씩이나 되풀이해서 얘기한 바에 의하면 아버지와 어깨를 겨룰 만한 구둣방은 하나도 없었다. 그는 다른 구둣방에게까지 일을 나누어주고 있었다. 예를 들면 바르나바스의 아버지도 그 중의 한 사람이었다. 다만 브룬스빅크가 바르나바스의 아버지에게 일을 나누어주고 있는 것은 아무래도 무슨 특별한 호의에서인 듯했다. 적어도 한스가 자랑스럽게 고개를 뒤로 젖히면서 얘기한 데서 그것을 알 수 있었다.

프리다는 한스의 이 동작이 무척 마음에 들었기 때문에 저도 모르게 그의 옆으로 뛰어내려서 키스를 한 번 해주었다. 그가 지금까지 성에 한 번이라도 가본 적이 있느냐는 질문에 대해서는 몇 번이나 같은 질문을 되풀이한 다음에야 겨우 이렇게 답변했다. 그것도,

"아아뇨."

라는 지극히 간단한 대답이었다.

어머니에 대한 같은 질문에는 전혀 대답하지 않았다. 끝내 K는 짜증이 났다. 그는 이러한 질문은 아무런 소용도 없다는 생각이 들었다. 이 점에 관해서는 이 아이의 대응 방법이 옳다고 느껴졌다. 게다가 이렇게 순진한 어린 애를 통해서 가족의 비밀을 캐내려고 한다는 것은 부끄러운 일이고 더욱이 그렇게 해서도 무엇 한 가지 알아낼 수가 없으니 이중으로 부끄러운 일이 아닐 수 없었다. 그래서 마지막으로 소년을 향해 대체 어떤 일을 해서 우리를 도와줄 생각이냐고 물었다. 그러자 소년은 K와 선생님들이 이 이상 싸움을 하지 않도록 도와주고 싶다고 말했다. K는 이미 놀라지 않았다. 그는 한스에게 다음과 같이 설명했다.

——그런 도움은 필요치 않다. 시끄럽게 잔소리를 하는 것은 선생님들의 본성이니까 아무리 빈틈 없이 일을 잘해도 잔소리를 듣지 않고 넘어가기는 쉽지 않을 것이다. 게다가 오늘과 같이 일이 늦어진 것은 우연한 결과에 지나지 않는다. 어쨌거나 선생님에게 잔소리를 들어도 이쪽은 학생이 아니니까 조금도 심각하게 생각지 않는다. 그런 것은 깨끗이 묵살하고 있고 사실상 자기로서는 거의 아무렇지도 않은 것이다. 게다가 머지않아 그 선생의 얼굴 따위는 보지 않아도 될 다른 곳으로 옮겨갈 전망도 보인다. 그러니까 선생에게 잔소리를 듣지 않도록 도와주겠다는 네 뜻은 고맙지만 너는 안심하고 교실에 돌아가 있어도 된다. 아마 지금 돌아가면 벌을 받지 않아도 될 테니까.

K의 생각으로는 교사에게 잔소리를 듣지 않도록 도와줄 생각이라면 그럴 필요는 전혀 없다는 것을 특별히 강조한 것은 아니었다. 다만 저도 모르게 입밖에 새나갔을 정도였다. 한편 그 이외의 일로 힘이 되어주면 어떻겠느냐는 문제에 대해서는 전혀 언급치 않았는데도 한스는 그것을 분명히 알아듣고 다른 일로 도움이 되는 일은 뭐 없을까요, 하고 물었다. 그리고 계속해서 이렇게 말했다.

“만일 있다면 기꺼이 도와드리겠어요. 저 자신이 할 수 없을 때는 어머니에게 부탁해보겠어요. 그렇다면 틀림없이 잘될 거예요. 아버지도 걱정거리가 있으면 어머니에게 도움을 청하곤 해요. 게다가 어머니는 전에 선생님의 일을 한 번 물어보신 일이 있어요. 어머니 자신은 좀처럼 외출을 하지 않습니다. 그때 라제만의 집에 갔던 것은 전혀 예외입니다. 저는 라제란의 애들과 놀기 위해서 노상 가곤 하지요. 언젠가 어머니는 라제만의 집에서 혹시 측량 기사님을 만나지는 않았으냐고 저에게 물어보셨습니다. 그런데 어머니는 몸이 약하고 늘 지쳐 있어서 쓸데없는 일로 흥분시켜서는 안 되는 것으로 되어 있습니다. 그래서 저는 측량 기사님은 만나지 못했다고만 대답했습니다. 그리고 그 이상은 아무 말도 하지 않았습니다. 그런데 오늘 학교에서 선생님을 발견하자 어머니에게 보고할 수 있도록 선생님에게 말을 걸지 않으면 안 되겠다고 생각한 것입니다. 왜냐하면 어머니는 뚜렷이 명령을 하지 않으시더라도 자기 소원을 이루어드려야 기뻐하는 성격이기 때문입니다.”

K는 잠깐 생각하고 나서 그 말에 다음과 같이 대답했다.

“지금은 도움을 필요로 하지 않는다. 필요한 것은 무엇이든 갖추고 있다. 그러나 힘이 되어 주겠다는 네 말은 매우 반갑다. 네 친절에 대해서는 무척 고맙게 생각하고 있다. 훗날 무엇이든 필요해질지도 모른다. 그때는 잊지 않고 너에게 부탁을 하마. 너의 집 주소는 알고 있으니까. 그 대신 지금은 내가 힘이 되어 줄 일이 있을 것 같다. 너의 어머니가 병약하고 분명히 이곳에는 그 병을 고칠 수 있는 사람이 없다는 것은 불행한 일이다. 그 자체는 가벼운 병이라고 하더라도 치료를 하지 않고 두어두면 흔히 악화되는 수가 있는 법이다. 그런데 나에게는 약간의 의학 지식이 있다. 게다가 더욱 중요한 것은 실제로 환자를 치료한 경험이 있다는 사실이다. 의사들조차 성공하지 못한 것을 내가 치료해서 성공한 예도 적잖다. 고향에 있을 때는 내 치료가 효과가 있다고 해서 언제나 사람들로부터 ‘약초’라고 불리고 있을 정도였다. 하여튼 네 어머니를 빨리 만나서 이야기를 해보고 싶다. 아마도 좋은 지혜를 빌려줄 수 있을 것 같다. 너를 위해서도 꼭 그렇게 해주고 싶다.”

K의 이 제의를 받고 한스의 눈은 처음 한동안 반가운 듯이 빛났기 때문에 K는 저도 모르게 신명이 났다. 그러나 결과는 유감스럽게도 만족할 만한 것이 못 되었다. 왜냐하면 한스는 갖은 질문을 다해도 어머니는 간호를 잘 해드리고 위로를 해드려야 하기 때문에 낯선 사람이 찾아와서는 곤란하다고 대답

할 뿐 별로 유감스러워하는 표정도 보이지 않았기 때문이다. 한스는 다음과 같이 말했다.

"선생님은 전에 어머니를 만났을 때도 어머니와는 거의 말을 하지 않으셨어요. 그 뒤 어머니는 이삼 일 동안 노상 침대에 누워 있어야 했어요. 물론 그런 일은 흔히 있는 일이에요. 그러나 아버지는 그때 선생님에게 몹시 화를 냈어요. 그래서 아버지는 선생님이 어머니를 찾아주시는 것을 결코 용납하지 않을 거예요. 뿐만 아니라 아버지는 그때 선생님의 태도를 따지기 위해서 선생님의 행방을 찾기까지 했어요. 어머니가 그것을 간신히 말렸지요. 그러나 무엇보다도 중요한 것은 어머니 자신이 대체로 누구와도 얘기를 하고 싶어하지 않는 것입니다. 어머니가 선생님의 소식을 제게 물은 것도 별다른 뜻이 있어서가 아니에요. 아니, 오히려 반대예요. 선생님의 소식을 물었으면 내친 김에 선생님을 만나고 싶다는 바람을 말할 수도 있었을 거예요. 그러나 어머니는 그렇게 하지 않았어요. 그것으로 어머니의 심정이 분명히 표명된 것이지요. 어머니는 다만 선생님의 소식이 궁금했을 뿐 선생님과 만나서 이야기를 하고 싶은 생각은 없는 것입니다. 그런데 실은 어머니의 병이지만 그것은 병도 아무것도 아닌 것입니다. 어머니는 자기의 용태를 잘 알고 있고 때로는 그것을 넌지시 내비치기조차 하는 것입니다. 아마도 이곳의 공기를 참지 못하는 것 같아요. 그러나 아버지와 애들의 문제가 있어서 이곳을 차마 떠날 수가 없는 것입니다. 게다가 예전보다는 확실히 나아지고 있어요."

K가 알 수 있는 것은 대충 이런 정도였다. 한스의 사고력은 어머니를 K에게서 지키지 않으면 안 되겠다고 생각하자 갑자기 활발하게 작용하는 것이었다. K에게 자기 스스로 돕겠다고 말한 주제에 K를 어머니와 만나지 않게 할 명분을 찾기 위해서는 몇 가지 점에서 방금 말한 것과 모순되는 이야기를 했다. 가령 병에 관한 이야기 따위가 그것이다. 그럼에도 불구하고 K는 지금도 한스가 여전히 자기에게 호의를 가지고 있다는 것을 느낄 수 있었다. 다만 어머니 얘기가 나오면 다른 것은 모두 잊어버리고 마는 것이었다. 누구든 그의 어머니의 상대편에 서면 당장 원수와 같은 취급을 받는 것이다. 지금의 경우는 K가 그러했다. 그러나 경우에 따라서는, 가령 예를 들면 아버지도 원수가 되지 말라는 법은 없었다. K는 그것을 한 번 실험해보리라 생각하고 아버지가 그런 식으로 어머니를 어떤 장애로부터도 지켜줄 수 있다는 것은 매우 감탄할 일이로군, 하고 말해보았다.

　그리고 계속 이렇게 말했다.

　"일전에 어머니를 만났을 때 그런 것을 어렴풋이나마 알고 있었다면 너의 어머니에게 말을 걸지는 않았을 것이다. 지금에 와서는 이미 때늦은 감이 있기는 하지만 집에 돌아가면 어머니에게 내가 죄송하게 되었다고 그때의 일을 사과하더라고 전해다오. 그나저나 아무래도 납득이 가지 않는 일이 한 가지 있다. 네가 말하듯이 병의 원인이 그렇게 확실하다면 아버지는 어머니가 전지 요양을 가는 것을 왜 굳이 막고 있는 걸까? 아무래도 아버지가 만류하고 있다고밖에는 생각할 수가 없는걸. 왜냐하면 어머니는 애들과 아버지 때문에 전지 요양을 갈 수가 없다지 않았니? 그러나 어린애들은 함께 데려가면 될 일이고 또 그렇게 오랫동안 집을 비울 필요도 없고 그다지 멀리까지 갈것도 없을 테니 말이야. 간단한 얘기가 저 성이 있는 산 위만 하더라도 벌써 공기가 완전히 다르거든. 그리고 고작 이 정도의 전지 여행 비용쯤은 아버지로서는 아무것도 아닐 테고 말야. 그럴 수밖에 없는 것이 너희 이버지는 이 고장에서 제일 큰 구둣방을 가지고 있다지 않았는가 말이다. 아버지만 하더라도 어머니를 기꺼이 맞아줄 친척이니 친구가 반드시 성에 있을 거야. 아버지에게 없더라도 어머니에게는 있을 거야. 그런데 왜 아버지는 전지 요양을 보내지 않는 걸까? 설마 이런 병을 너무 가볍게 보고 있는 것은 아닐 테지. 네 어머니는 비록 잠깐 보았을 뿐이지만 놀랄 정도로 안색이 나쁘고 쇠약해져 있어서 그만 말을 걸어보고 싶었어. 그때도 이상하게 생각했지만 아버지는 모두가 떠들어대고 있는 목욕탕과 세탁장을 겸한 그 좁고 혼탁한 공간 속에 앓는 어머니를 혼자 내버려두고 자기는 큰소리로 마음껏 떠드는 것을 조금도 서슴지 않았어. 아버지는 아무래도 무엇이 문제인지를 잘 모르고 계시는 것 같아. 최근에는 병세가 약간 호전된 것 같다고 말했지만 이러한 병은 변덕스러워서 섭생을 잘 앓고 내버려두면 나중에는 이미 돌이킬 수 없는 지경에 이르고 말아. 네가 어머니에게 말할 수는 없을 테니까 아버지와 잘 이야기해서 지금 말할 것들을 주지시키면 아마 좋은 결과가 나타나리라고 생각해."

　한스는 긴장해서 듣고 있었다. 대부분은 이해할 수가 있었으나 이해할 수 없는 부분에 대해서는 암암리에 위협을 받고 있는 듯한 인상을 강하게 풍겼다. 그럼에도 불구하고 그는,

　"아버지와 말씀을 나눌 수는 없을 것입니다. 아버지는 선생님을 싫어하고 있습니다. 아버지는 아마 아까 우리 선생들이 선생님을 다룬 것처럼 그렇게

대할 것입니다.”
하고 말했다.
　K에 대해서 얘기할 때는 그는 미소와 수줍음을 머금었고 아버지에 대해서 얘기할 때는 불쾌하고 슬픈 표정을 짓는 것이었다. 그래도 다시 말을 계속해서,
　“어쩌면 어머니하고는 이야기를 나누실 수가 있을는지도 모릅니다. 그러나 아버지에게는 물론 비밀로 했을 경우에요.”
하고 덧붙였다. 그리고 한스는 무언가 금지된 불장난을 하려는 여자가 벌을 받지 않고 그것을 실행하는 방법을 찾으려는 것처럼 잠시 시선을 모아 생각에 잠기더니 이렇게 말했다.
　“어쩌면 모레쯤 그 기회가 있을지도 모르겠습니다. 밤중에 아버지는 진신관에 가게 되어 있습니다. 무슨 용건이 있기 때문입니다. 그래서 저는 밤에 이곳에 와서 선생님을 어머니에게 안내하겠습니다. 물론 어머니가 거기에 기꺼이 동의하신다면 말입니다. 어머니의 동의를 얻을 수 있을지 어떨지는 지금으로서는 장담할 수가 없습니다. 어머니는 아버지의 뜻에 반하는 일은 일체 하지는 않기 때문입니다. 어머니는 어떤 일이든 아버지가 원하는 대로만 합니다. 제가 보기에는 분명히 이치에 맞지 않는 일인데도 말입니다.”
　이렇게 되면 한스는 아버지를 어떻게든 해보려고 K에게 조력을 구하고 있는 셈이었다. 그로서는 엉뚱한 착각을 하고 있는 것이었다. 자기로서는 K를 도와줄 셈이었는데 실제로는 오래 전부터 알고 있던 주위의 사람들은 모두 믿을 것이 못 되고 지금 갑자기 눈앞에 나타난 이 이방의 사나이, 어머니의 입에까지 오르내린 적이 있는 이 K라는 사나이가 어쩌면 도움이 될지도 모른다는 생각에서 말하자면 일종의 탐색전을 벌이고 있는 셈이었다. 한스라는 소년은 무의식적이면서도 자기의 심중을 드러내보이지 않았는데 거의 음험하다고 해도 좋을 정도였다. 이것은 이때까지의 그의 모습이나 언행에서 능히 꿰뚫어볼 수가 있었다. 우연히 그렇게 된 것이라도 할 수 있었으나 어느 정도는 일부러 끄집어낸 고백에 의해서 뒤늦게나마 그것을 간파할 수 있었던 것이다.
　지금 한스는 K를 상대로 오랜 대화를 나누면서 어떤 어려움을 극복하지 않으면 안 될 것인가를 숙고하고 있었다. 그가 아무리 노력을 하더라도 그것들은 거의 극복할 수 없는 어려움뿐이었다. 그는 곰곰이 생각하면서 그래도 도

움을 청하는 듯한 표정으로 불안스럽게 K를 쳐다보고 있었다. 아버지가 진신관에 갈 때까지는 어머니에게 아무런 말도 할 필요가 없다. 그렇지 않으면 아버지에게 알려지게 될 것이고 그렇게 되면 결국 모든 일이 수포로 돌아가고 말 것이다. 그러니까 어머니에게 말을 꺼내는 것은 아버지가 집을 나간 후라야 한다. 그러나 그 경우에도 어머니의 건강을 생각하면 성급하게 말을 꺼내서는 안 된다. 천천히 기회를 봐서 꺼내지 않으면 안 된다. 그러고 나서 어머니의 동의를 얻어야 한다. 동의를 얻고 나서 K를 마중하러 가지 않으면 안 된다. 그러나 그렇게 하면 너무 시간이 늦지는 않을까? 이미 아버지가 돌아올 시간이 되는 것은 아닐까? 아니, 어떻게 해도 실현된 가능성은 없다.

그러나 K는 여기에 대해 별로 불가능한 애기는 아니라고 했다. 시간이 모자란다고 걱정할 필요는 없다. 어머니와는 잠깐만 이야기하면 된다. 잠깐만 함께 있으면 되는 것이다. 게다가 너도 일부러 마중을 올 것까지는 없다. 어딘가 너희 집 근처에서 몰래 숨어서 기다리다가 네가 신호만 보내주면 당장에 뛰쳐나가겠다고 한스에게 주지시켰다.

그러자 한스는 집 근처에서 기다리고 있겠다는 것은 어림도 없다고 반대했다(어머니의 문제에는 또 예의 신경 과민이 스름스름 그를 지배하기 시작했다). 그는 또, 이렇게 덧붙였다.

"선생님이 어머니에게 비밀리에 오셔서는 안 됩니다. 어머니에게 비밀로 하고 그런 약속을 선생님과 할 수는 없습니다. 제가 학교에까지 선생님을 마중 오지 않으면 안 됩니다. 그리고 그 전에 우선 어머니에게 이야기하고 사전에 허가를 얻지 않으면 안 됩니다."

"알았어."

하고 K는 대답했다.

"그러나 그렇게 되면 정말로 일이 위험해질지도 몰라, 너의 아버지에게 현장에서 적발될는지도 모르는 거야. 만일 그렇게 되지는 않더라도 어머니는 그 일이 걱정이 되어서 내가 찾아가는 것을 허락하지 않을는지도 몰라. 그러면 아버지 때문에 모든 것이 허사가 되어버리고 말 거야."

한스는 이러한 K에게 또 반론을 제기하여 그 결과 의논은 조금도 진전되지 않고 노상 제자리에서 맴돌고 있었다.

K는 벌써 아까부터 한스를 학생용 의자로부터 교단 위 자기 옆으로 불러서 무릎 사이에 끌어안고 때때로 달래는 듯이 쓰다듬어주고 있었다. 실제로 이

렇게 두 사람이 서로 몸을 가까이 접근시키고 있었던 덕분에 한스가 때때로 반박하고 있었음에도 불구하고 비교적 쉽게 합의에 도달할 수 있었던 것이다. 두 사람이 마지막으로 의견이 일치된 바에 의하면 대략 다음과 같았다.

한스는 우선 어머니에게 사실을 모두 말한다. 그러나 어머니가 쉽게 동의할 수 있도록 하기 위해서 K는 브룬스빅크와도 이야기를 하고 싶어한다. 이것은 물론 어머니의 일이 아니라 K 자신의 문제 때문이라고 덧붙였다. 그리고 사실 이것은 옳았다. 이야기를 하고 있는 동안에 K가 깨달은 것이지만 브룬스빅크는 평소에는 위험하고 심술궂은 사나이일는지 모르지만 사실은 그의 적이 아닐 것이었다. 어쨌든 적어도 촌장의 애기로는 브룬스빅크는 정치적인 이유에서인지 모르지만 측량 기사의 초빙을 요구한 사람들 중에서도 주모자의 한 사람이니까 말이다. 따라서 K가 마을에 도착했다는 것은 그에게 있어서 환영할 만한 사실이었음에 틀림없다. 물론 최초에 만났을 때의 무뚝뚝한 태도와 한스에게서 들은 K에 대한 혐오감 같은 것은 잘 이해가 되지 않는다. 그러나 어쩌면 K가 맨 처음 그에게 도움을 청하지 않은 데 대한 노여움일는지도 모르며 또 그 밖의 어떤 오해가 있을는지도 모르는 일이다. 만일 그러한 오해라면 두어 마디만 얘기하면 틀림없이 풀릴 것이다. 그리고 일단 오해가 풀린 다음 K는 브룬스빅크를 저 교사에 대한, 나아가서는 촌장에 대한 싸움에서 유력한 배경으로 활용할 수가 있을 것이다. 그리고 촌장과 교사가 K를 성 당국과 접근시키지 않고 억지로 이 따위 국민학교의 급사로 만들어버리고만 관청 특유의 기만 행위——정말 이것은 기만 이외에 아무것도 아니지 않느냐——가 모조리 폭로될 수도 있을 것이다. 이래서 브룬스빅크와 촌장 사이에 K를 둘러싸고 새로운 싸움이 시작되면 브룬스빅크는 K를 자기 편에 끌어들일 것에 틀림없었다. 그러면 K는 브룬스빅크네 집의 손님으로 들어앉을 것이고 브룬스빅크가 가지고 있는 권력도 촌장에게 대항할 필요 때문에 자유롭게 이용하도록 내맡겨질 것이다. 그러면 헤아릴 수 없을 만큼 이득이 있을 것이고 아마도 그의 부인 곁에도 가끔은 접근할 수가 있을 것이다——.

K는 이러한 몽상에 사로잡히고 몽상은 K를 사로잡았다. 그 동안에 한스는 어머니의 일을 생각하면서 K의 침묵을 조심스럽게 관찰하고 있었다. 그것은 어려운 병을 고치는 방법을 찾아내려고 심사숙고하고 있는 의사의 안색을 살피고 있는 모습과 똑같았다. 측량 기사의 지위에 대해서 브룬스빅크와 상의하고 싶다는 K의 제안에 한스는 동의했다. 물론 그가 동의한 것은 그것에 의

해서 어머니를 아버지로부터 지킬 수 있다는 희망 때문이었고 게다가 그것은 이를테면 마지막 수단으로서 우선 그럴 필요가 일어나지 않으리라고 생각되었기 때문이었다. 그는, K가 그렇게 늦은 시간에 찾아오는 이유를 아버지에게 뭐라고 설명하면 될까요, 하고 그것만 물어보았다. 거기에 대해 K는 가뜩이나 학교 급사라는 지위를 참을 수 없는데다 교사로부터 모욕적인 취급을 받았기 때문에 그만 갑자기 자포자기가 되어서 앞뒤를 분간하지 못하고 찾아오게 되었노라고 자기가 설명하겠다고 했다. 한스는 약간 어두운 표정을 하고 있었으나 가까스로 K의 대답에 만족했다.

이와같이 예견할 수 있는 모든 것을 사전에 생각하고 적어도 성공할 수 있는 가능성이 전혀 없는 것은 아니라는 것을 알게 되자 한스는 무거운 짐으로부터 벗어난 듯한 홀가분한 기분이 되었다. 그래서 한스는 계속 얼마 동안 우선 K와, 그리고 다음에는 프리다와 함께 어린애다운 순진한 잡담을 주고받았다.

프리다는 이때까지 전혀 다른 생각에 잠긴 듯이 멍하니 앉아 있었으나 이때에야 비로소 다시 이야기 상대가 되어주었다. 그녀는 한스에게 여러 가지 질문을 던졌는데 특히 장차 무엇이 되고 싶으냐고 물어보았다. 그러자 한스는 거의 아무 생각도 없이 K와 같이 되고 싶다고 말했다. 그 이유를 다시 캐묻자 거기에는 아무 대답도 하지 않았다. 그러면 학교 급사라도 되고 싶으냐고 물었더니 그것은 단호히 부정했다. 다시 질문을 계속하자 그가 어떤 과정을 거쳐서 그런 희망을 품게 되었는지를 알 수 있었다. K의 현재 신분은 결코 부러워할 것이 못 되며 오히려 비참하고 가련하다. 한스도 그것은 충분히 알고 있어서 그것을 납득하기 위해 새삼스럽게 다른 사람과 비교할 것도 없었다. 그 자신은 지금의 K가 어머니를 만난다거나 어머니와 이야기를 하는 것은 어떻게 해서든지 막고 싶은 심정이었다. 그럼에도 불구하고 그는 K에게 찾아와서 도움을 구했고 K가 거기에 동의하자 기뻐하기까지 했다. 그는 다른 사람도 비슷한 생각을 가질 것이 틀림없으리라고 믿었다. 더욱이 무엇보다도 중요한 것은 어머니의 입에서 K의 이름이 나왔다는 사실이었다. 지금 K의 신분은 물론 비천하고 형편없지만 —— 이러한 모순에도 불구하고 —— 먼 장래에는 거의 상상도 할 수 없을 만큼 모든 사람들보다 뛰어난 인물이 될 것이 틀림없다는 확신이 한스의 마음속에 싹트고 있었던 것이다. 이 터무니없는 아득한 장래와 그 사이에 이루어질 빛나는 발전이 그를 사로잡은 것이다. 그리고 그는 이 장래의 값으로 현재의 K를 미리 사려고 생각한 것이다. 이 소원 속에는 특히 어린애다운 깜찍한 데가 있었다. 그것은 그가 K를 나이 어린 동생이나 후배처럼 까마득히 내려다보고 있으나 이 동생의 장래는 그 자신의 장래, 아직 한갖 애송이에 지나지 않는 그 자신의 장래보다도 훨씬 더 양양한 앞길이 틔어 있는 것으로 생각하고 있다는 점이다.

사실 그가 프리다로부터 잇달은 질문 공세를 받고 이렇게 대답한 말투에는 거의 울적한 진지함이 있었다. K가 이야기에 끼어들어,

"네가 왜 나를 부럽게 생각하는지를 나는 알고 있어, 그것은 이 아름다운 마디가 있는 지팡이 때문이지?"

하고 말했을 때 한스는 겨우 본래의 명랑함을 되찾았다(그 지팡이는 교탁 위에 놓여 있어서 한스는 이야기를 하고 있는 동안에도 그것을 무심코 내내 가지고 놀고 있었던 것이다).

"이 지팡이는 얼마든지 만들 수 있어. 만일 이 계획이 성공하기만 하면 너에게 좀더 아름다운 것을 만들어주지."

하고 K는 말했다. 그러자 한스가 노리고 있던 것은 정말로 지팡이가 아닌가 하고 의심스러울 정도로 그는 기뻐했다. 그는 K의 약속을 마냥 즐거워하며 반가운 듯이 작별을 고했다. 작별할 때는 K의 손을 꼭 잡고는 이렇게 말했다.

"그럼 모레 만나요."

한스가 나간 것은 마침 좋은 때였다. 왜냐하면 그가 나가자 곧 교사가 문을 드르륵 열고 K와 프리다가 유유히 식탁에 앉아 있는 것을 보고는 큰소리로 외쳐댔기 때문이다.

"방해를 해서 미안해요! 그렇지만 대체 언제쯤 이 방을 치워줄 거요? 저쪽 교실은 콩나물 시루처럼 빽빽해서 수업도 제대로 할 수가 없단 말이오! 그런데 당신들은 이 넓은 체육관에 편하게 사지를 쭉 뻗고 있고 게다가 그것도 모자라서 조수들까지 내쫓아버리지 않았느냔 말이오! 자아, 이제 그만들 일어서서 좀 움직여보란 말이오!"

그리고 이번에는 K를 향해 이렇게 고함질렀다.

"당신 지금 곧 교반옥에 가서 내 점심 도시락을 가져오지 않고 대체 뭘 하고 있는 거요?"

교사는 미친 듯이 소리를 질렀지만 목소리 자체는 꽤 부드러웠다. 보통때 같

으면 어지간히 난폭하게 말하는 '당신'이라는 호칭도 그랬다. K는 곧 지시대로 움직일까 했지만 교사의 심중을 떠보려고 이렇게 말했다.

"나는 해고를 당했다고 생각하는데요."

그러자 교사는 이렇게 대꾸했다.

"해고를 당했건 안 당했건 하여간 점심 도시락을 가져오란 말이오!"

"해고를 당했는지 아니면 안 당했는지 내가 알고 싶은 것은 바로 그것이란 말이오."

하고 K가 말했다.

"새삼스럽게 무슨 소리를 떠벌이고 있는 거요? 당신은 아까 내 해고 통지를 거부하지 않았소?"

"그럼 해고 통지를 무효화하는 데는 그것만 가지고도 충분하단 말이군요?"

하고 K는 물어보았다.

"나로서는 충분하지가 않소. 그것은 확실하오. 그러나 아마 촌장님에게는 그것으로 충분한 것 같소. 잘 납득이 가지 않는 얘기지만. 자아, 빨리 뛰어 갔다 오시오. 그렇지 않으면 냉큼 여기를 떠나시오!"

하고 교사는 말했다.

K는 만족했다. 그러고 보니 이 교사란 놈은 어느 새 촌장에게 이야기를 했군그래. 혹은 이야기는 하지 않았더라도 촌장의 경우는 이 문제를 어떻게 처리하리라는 생각을 해봤을는지 모르지. 어떻든 촌장의 의견은 K에게 호의적이었던 모양이다. 그래서 K는 곧 점심 도시락을 가지러 서둘러서 갔다 오려고 했다. 그러나 문을 나서려는데 다시 또 교사가 불러 세웠다. 교사란 놈은 앞으로의 판단 재료로 삼기 위해 이런 특별한 일을 시켜서 내 근무 태도를 시험해보려는 걸까? 혹은 또 새로운 지령을 내려 나를 바삐 달려가게 하고 또 자기의 명령 하나로 마치 급사나 무엇처럼 황급히 되돌아오게 함으로써 그 꼴을 보며 마치 자기가 상전이나 된 것 같은 기분을 맛보려고 하고 있는 걸까? K는 너무 교사가 시키는 대로만 하면 상대방의 노예나 대역(代役)으로 취급받게 되지는 않을까 하고 걱정했지만 지금은 어느 정도까지는 상대방의 기분을 맞춰주어야지, 하고 생각했다. 왜냐하면 방금 알았듯이 교사는 그를 합법적으로 해고시킬 수 없더라도 K의 지금의 지위를 견딜 수 없을 만큼 괴롭게 만들 수는 있었기 때문이다.

더욱이 이 지위는 지금의 K에게 아무래도 잊을 수 없는 매력을 지니고 있었다. 이것 때문에 바르나바스의 그림자조차도 거의 희미해져가고 있었다. K는 오직 이 희망에만 매달리고 거기에 전적으로 힘을 기울이지 않을 수가 없었다. 그 밖의 다른 일들, 예를 들면 식사라든가 주거 또는 관청의 일, 심지어는 프리다의 일까지도 관심이 없었다. 그러나 결국은 프리다의 일만이 사실은 진짜 문제였다. 왜냐하면 그밖의 어떤 일도 프리다와 관계가 없으면 그의 관심을 끌 수가 없었으니 말이다. 그러니까 프리다에게 다소나마 생활상의 안정을 가져다주는 이 지위를 어떻게 해서든지 잃지는 말아야 한다. 이 목적을 위해서라면 교사의 일을 지금까지 참고 견딘 이상으로 몇 배를 더 참아야 한다고 하더라도 결코 후회하는 일이 있어서는 안 된다. 이 정도의 일은 아직도 그다지 고통스럽다고 할 정도는 아니다. 인생에 있어서 언제나 따르게 마련인 사소한 고뇌의 일부분에 지나지 않는다. 내가 지금 지향하고 있는 일에 비한다면 그것은 아무것도 아닌 것이다. 내가 이 고장에 처음 찾아온 것은 결코 체면을 차린다거나 안온한 생활을 보내기 위해서가 아니지 않은가.

이래서 K는 여관에까지 단숨에 달려갔다 오려고 생각했었으나 명령이 또 바뀌었기 때문에 우선 이 방부터 정리하여 여교사가 어린이들을 데리고 곧 다시 옮겨 올 수 있도록 하려고 했다. 그런데 방 안의 정리는 매우 서두르지 않으면 안 되었다. 그것이 끝나는 대로 곧 점심 도시락을 가져오지 않으면 안 되었기 때문이다. 교사는 이미 배가 몹시 고프고 또 목도 말랐던 것이다. K는 모든 일을 다 원하는 대로 해드리겠다고 보장했다. 교사는 K가 서둘러 침구를 정리하고 체조 기구를 본래의 위치에 되돌려놓고 나는 듯이 빠른 동작으로 먼지를 쓸어내는 모습과 프리다가 교단을 닦고 훔치는 모습을 한동안 넋을 잃고 바라보고 있었다. 두 사람이 열심히 일하는 모습이 무척 대견한 눈치였다. 그는 다시 문 앞에 난방용 장작을 한 무더기 준비해놓으라고 말하고 (그는 아무래도 K를 장작 창고에는 보내고 싶지 않은 듯한 눈치였다) 곧 다시 돌아와서 일을 잘 해놓았는지 어떤지 살피겠노라고 위협의 말을 남기고는 학생들이 있는 쪽으로 사라졌다.

두 사람은 한동안 잠자코 일에만 열중하고 있었는데 이윽고 프리다가 당신은 왜 갑자기 선생의 말에 고분고분 따르게 되었느냐고 물었다. 아마 K의 일이 걱정이 되어서 그렇게 물어본 듯싶었다. 그러나 K는 프리다가 처음에는 그를 교사의 명령이나 횡포부터 지켜주겠다고 약속을 했으면서 실제로는 거의 지켜주지 않은 것을 생각해내고 일단 학교의 급사가 된 이상 그런 일도 하지 않으면 안 된다고 간단하게 대답했다.

그리고 두 사람은 다시 아무 말이 없었다. 그러다가 K는 이 짧은 대화가 계기가 되어 프리다가 벌써 상당히 오랫동안 무슨 걱정이 있는 사람처럼 깊은 생각에 잠겨 있었던 일, 특히 K가 한스와 이야기를 나누고 있을 때는 내내 그랬던 것을 생각해내고는 장작을 실어나르면서 무엇을 그리 곰곰이 생각하고 있느냐고 프리다에게 물어보았다. 그러자 프리다는 천천히 K쪽을 바라보면서 무슨 뚜렷한 생각을 하고 있었던 것은 아니며 안주인이 한 말을 생각해내고 그 중 몇 가지는 거짓말이 아니었구나 하는 것을 생각하고 있었어요, 하고 아무렇지도 않게 대답하는 것이었다.

K가 줄기차게 따져 묻자 몇 번이나 거절한 끝에 겨우 자세한 이야기를 하기 시작했다. 그 동안에도 그녀는 계속 일손을 멈추지 않았는데 그러나 그것은 일을 열심히 하는 것이 아니라(왜냐하면 그 동안 일은 조금도 진적이 없었던 것이다) 다만 K의 얼굴을 보지 않기 위한 하나의 방편에 지나지 않았다. 그녀의 이야기는 이러했다.

"나는 당신이 한스와 이야기하는 것을 처음에는 얌전히 듣고 있었어요. 그런데 당신의 두서너 마디 말에 깜짝 놀라서 그 말이 가지고 있는 뜻을 좀더 깊이 새겨보기 시작했어요. 그랬더니 주인 아주머니가 내게 해주었던 경고, 그때까지는 그 경고가 정당하다고는 한 번도 믿어본 적이 없지만 생각해보니까 당신이 하시는 한 마디 한 마디가 모두 주인 아주머니의 경고를 뒷받침하고 있는 것처럼 생각되었어요."

K는 프리다의 이러한 막연한 표현에 기분이 상했고 울먹울먹하는 하소연에조차도 감동은커녕 화가 치밀었다. 특히 안주인이 지금까지는 직접 그의 생활에 간섭하는 데에 실패했는데 이번에는 적어도 지나간 추억이라는 형태로 간섭해왔기 때문에 더욱 화가 났던 것이다. 그래서 그는 팔에 안고 있던 장작을 마룻바닥 위에 아무렇게나 집어던지고 그 위에 털썩 주저앉았다. 그러고는 단호한 목소리로 좀더 자세하게 설명해달라고 말했다.

그러자 프리다는 이렇게 말하기 시작했다.

"지금까지 여러 차례에 걸쳐——아니, 사실은 처음부터이지만——주인 아주머니는 나더러 당신의 말을 믿지 않게 하려고 애써왔어요. 안주인은 당신이 거짓말쟁이라고 말한 적이 없어요. 아니, 오히려 그 반대예요. 안주인은 당신이 어린애같이 순진하고 솔직한 사람이라고 말했어요. ‘하지만 그 사람의 성격은 우리들과는 아주 딴판이니까 그 사람이 정직하게 말을 할 때도 우리들에게는 좀처럼 그 사람의 말이 사실이라고는 믿어지지가 않아요. 누군가 좋은 친구가 있어서 우리들을 구해준다면 모를까 그 사람의 말을 사실이라고 믿게 될 때까지는 쓰디쓴 경험을 하지 않으면 안 돼요. 지금까지 사람을 보는 눈을 가지고 있다고 자처해온 나까지도 보기 좋게 한 방 먹었어요’라고 말하는 거예요. 그러나 교반옥에서 당신과 마지막으로 이야기를 나눈 뒤로 안주인은 당신의 책략을 간파했다고 말했어요(이 비천한 말은 안주인이 한 말을 그대로 전해드리고 있는 거예요). ‘그 사람이 아무리 저의를 숨기려고 해도 나는 이제 절대로 속지 않아요’라고 말하는 거예요. 그러나 당신은 아무것도 숨기려고 하지 않았어요. 이것은 안주인도 누누이 말하고 있었어요. 그리고 안주인은 다시 이렇게 말하고 있었어요.

　‘언제라도 좋으니까 기회가 있으면 그 사람의 말을 잘 들어봐요. 건성으로가 아니라 정말 잘 들어봐요. 나는 그 이 이상 아무 일도 하지 않았지만 당신에 대해서는 다음과 같은 것을 알아낼 수 있었어요. 즉, 그 사나이가 당신에게 접근을 한 것은(안주인은 이런 야비한 문구를 서슴없이 사용했어요) 어쩌다가 그 사나이가 당신을 만나보았더니 그냥 버리기에는 아까운 생각이 들고 게다가 술집 여자라는 것은 누구에게서나 유혹의 손이 뻗쳐오면 쉽사리 걸려들게 마련이라는 엉뚱한 착각을 했기 때문이지요. ’

　그리고 안주인이 진신관 주인한테서 들은 얘기로는 당신은 무슨 이유 때문인지 그날 밤은 어떡하든 진신관에 묵고 싶어했대요. 그리고 그러기 위해서는 아무래도 나를 이용할 수밖에 별다른 방법이 없었다는 거예요. 이것이 그날 밤 나를 당신의 연인으로 만드는 데 필요한 충분한 이유가 되었대요. 하지만 두 사람 사이는 그날 밤의 일만으로 끝날 수가 없었는데 그러기 위해서는 더욱 중요한 다른 동기가 필요했던 거래요. 그리고 그 더욱 중요한 동기가 바로 클람 씨였다는 것이지요. 물론 안주인은 클람 씨에게서 원하고 있는 것이 무엇인지 알고 있다고는 말하지 않았어요. 안주인은 당신이 나를 알기 전부터 알게 된 후와 마찬가지로 기를 쓰고 클람 씨를 만나고 싶어했다고만 말하고 있었어요. 다만 지금과 다른 점은 예전의 당신은 전혀 희망이 없어 보였는데 지금의 당신은 정말로 가까운 날에, 더욱이 조금도 비굴하지 않고 당당히 클람 씨의 면전에 나타날 수 있는 확실한 수단을 나로 인해서 손에 넣을 수 있었다고 생각하고 계시다는 거예요. 당신이 오늘 나를 알게 되기 전까지는 이 고장에 와서 정말 어쩔 줄 몰랐었다고 말씀하셨을 때 나는 깜짝 놀랐어요 (하지만 처음에 잠깐 놀랐을 뿐 별로 깊은 이유가 있어서는 아니었지만 말예요). 그것은 아마도 주인 아주머니가 사용한 것과 똑같은 말이었을 거예요. 안주인도 당신은 나를 알게 되고 나서 비로소 자기의 목적을 뚜렷이 의식하게 되었다고 말하고 있어요. 이렇게 된 것은 당신이 클람 씨의 연인이었던 나라는 여자를 차지하고 따라서 최고 가격이 아니면 함부로 내놓지 않을 담보를 확보하고 있다고 생각하고 있기 때문이래요. 이 값에 대해서 클람 씨와 교섭을 벌이는 것이 당신의 유일한 목표래요. 당신이 볼 때에는 나라는 여자는 전혀 문제가 안 되고 모든 것은 그 금액에 달려 있으니까 당신은 상대가 나타나기만 하면 언제든지 또 누구에게든지 나를 양보할 생각인데 다만 값에 대해서는 좀처럼 꺾이지 않을 거래요. 주인 아주머니는 분명히 그렇게 말했어요.

그렇기 때문에 내가 진신관에서 일자리를 잃고 또 교반옥을 나오지 않으면 안 되었을 때도 당신은 아무렇지도 않았고 심지어는 이런 학교에서 급사라는 고된 일을 하게 되었는데도 당신은 아무렇지도 않았어요. 당신은 이제 나를 애무도 해주지 않고 시간조차도 내주지 않아요,. 당신은 나를 조수들에게 내맡긴 채 질투도 하지 않아요. 당신에게 있어서 내 유일한 가치는 내가 일찍이 클람 씨의 애인이었다는 사실뿐이에요. 아마 당신 자신은 깨닫지 못했겠지만 우리가 드디어 마지막 시점에 왔을 때 내가 떼를 쓰지 못하도록 하기 위해서 지금부터 기를 쓰고 나에게 클람 씨의 일을 잊지 못하게 하고 있어요.

그러면서도 다른 한편으로는 교반옥의 안주인과도 곧잘 싸움을 하더군요. 당신은 나를 당신으로부터 떼어놓을 수 있는 힘을 가지고 있는 사람은 그 안주인뿐이라고 인정하고 계셨어요. 그래서 그 안주인과 헤어질 때까지 대판 싸워서 나를 데리고 교반옥을 나오지 않을 수 없는 지경에까지 이르고 말았어요. 그러나 내게 관한 한은 어떤 일이 있어도 당신의 소유물이라고 하는 그 관념, 당신은 이 점만은 털끝만치도 의심하고 있지 않으신 모양이지요? 당신은 클람 씨와의 면담도 요컨대 현금 거래를 위한 일종의 비지니스라고밖에는 생각하고 있지 않아요. 당신은 모든 가능성을 다 계산하고 계셔요. 만일 희망하는 가격이 손에 들어오기만 한다면 어떤 일이라도 서슴지 않을 생각이에요. 클람 씨가 원하기만 한다면 나를 그에게 건네주고 말 것이고 그가 내 곁에 있어주라고 한다면 틀림없이 그렇게 할 것이에요. 또 클람 씨가 만일 나를 버리라고 한다면 나를 아낌없이 버리고 말 테지요? 게다가 또 만일 필요하면 연극을 꾸미고도 남을 것이에요. 당신은 그것이 이득이 된다고 하면 나를 사랑하고 있다고 마음에도 없는 말을 태연히 할 것이에요. 그때 클람 씨가 만일 태연한 모습을 하고 있으면 당신은 그의 냉담함을 공격할 것이에요. 즉, 자신이 얼마나 하찮은 인간인가 하는 것을 일부러 보여주어 이런 하찮은 인간에게 애인을 빼앗겼다는 사실로 해서 그에게 망신을 주려고 하겠지요. 그렇지 않으면 내가 클람 씨에게 대해서 한 사랑의 고백 (나는 실제로 그러한 고백을 했었으니까요)을 그에게 전하여 나를 다시 한 번 맞아들이도록 그에게 부탁하겠지요. 물론 당신이 희망하는 가격을 그에게 지불케 하고 말이에요. 그리고 이것저것 다 안 된다고 한다면 K의 부부의 이름으로 그에게 구걸을 하게 되겠지요.

그러나——이것이 주인 아주머니의 결론이지만——이렇게 해서 당신이 상상하고 있던 것, 그리고 희망하고 있던 것, 또 클람 씨의 일과 그와 나와의 관계에 대해서 생각하고 있던 것이 모두 착각이었다는 것을 알았을 때, 그때 비로소 내 지옥 같은 생활이 시작되는 거지요. 왜냐하면 나는 당신이 언제까지나 믿고 의지하고 있는 당신의 유일한 소유물이 되어버리기 때문이지요. 그러나 동시에 그것은 이미 아무런 쓸모도 없다는 것이 알려지고 난 후의 소유물에 지나지 않는 것이지요. 그리고 당신은 이 소유물을 전혀 가치가 없는 것으로밖에는 취급하지 않을 거요. 왜냐하면 당신은 나에게 대해서 소유자로서의 감정밖에는 아무것도 갖고 있지를 않을 테니까요.”

K는 입을 꾹 다물고 가만히 귀를 기울이고 있었다. 밑에 깔고 앉은 장작더미가 와르르 무너져내려 하마터면 엉덩방아를 찧을 뻔했지만 전혀 거기에는 개의치 않았다. 그는 가까스로 일어나서 교단 위에 걸터앉아 프리다의 손을 잡았다. 프리다는 그 손을 슬며시 빼려고 했다. K는 말했다.

“당신의 이야기를 듣고 있자니까 그것이 당신 의견인지 안주인의 의견인지 통 구별할 수가 없었어.”

“그것은 모두 주인 아주머니의 의견이었어요.”

하고 프리다는 말했다. 그리고 이어서 그녀는 이렇게 말했다.

“나는 주인 아주머니를 존경하고 있기 때문에 지금까지 무엇이든 물어왔어요. 내가 주인 아주머니의 의견을 전적으로 거부한 것은 그때가 난생 처음이었어요. 그때는 주인 아주머니의 말이 모두 한심스러웠고 우리들 두 사람의 관계가 어떻게 되었는지 전혀 알려고 하지 않는 것처럼 생각되었어요. 오히려 그분이 한 말과 정반대의 말이 옳은 것처럼 느껴졌어요. 나는 우리 두 사람이 첫날밤을 보낸 후의 우울한 아침을 생각했어요. 당신은 내 옆에 웅크리고 앉아서 이제 모든 것이 끝이 났다는 듯한 눈초리를 하고 있었어요. 사실 그로부터는 제간에는 열심히 노력을 하고 있었지만 당신의 도움이 되기는커녕 방해만 놓고 있는 것 같은 결과가 되고 말았어요. 나 때문에 주인 아주머니는 결국 당신의 적이 되고 말았지요. 당신은 지금도 그분을 우습게 보고 있지만 상당히 무서운 적이에요. 당신은 나를 위해서 여러 가지로 걱정을 해주지 않으면 안 되었고 직업을 찾아 옥신각신하지 않으면 안 되었어요. 촌장에게는 불리한 입장에 놓여졌고 학교 선생의 말을 듣지 않으면 안 되는 처지에 놓였고 조수들에게까지 약점을 잡혀서 완전히 그들이 하는 대로 내버려두지 않으면 안 되었어요. 하지만 가장 곤란한 것은 당신이 나 때문에 클람 씨에게 서투른 짓을 해서 혹시 그를 만날 기회를 놓치지는 않을까 하는 것이에요. 당신이 노상 클람 씨를 만나보고 싶어한 것은 실은 클람 씨의 기분을 어떻게 해서든지 달래보려고 한껏 노력해온 것이었으니까요.

그래서 나는 나 자신에게 말했어요. 이 모든 것을 나보다도 훨씬 잘 알고 있는 주인 아주머니에게 말하면 어떻게 해서든지 나를 잘 타일러서 내가 너무나도 심한 자책감에 빠져서 고통받는 것을 막아줄 수 있겠지 하고 말이에요. 하지만 친절한 것은 틀림이 없지만 헛수고라고 생각했어요. 당신에 대한 내 사랑은 나로 하여금 모든 곤란을 견디어내게 해주어야 했어요. 이 사랑은 끝내는 당신까지도 전진시켜줄 것이 틀림없다고 생각했어요. 설사 이 마을이 아니라도 어딘가 다른 고장에서라도 말이에요. 이 사랑은 이미 그 힘의 일단을 입증하고 있었어요. 바르나바스 일가로부터 당신을 구한 것은 바로 이 사랑의 힘이었으니까요."

"그것이 그 무렵의 당신 생각이었군그래. 그런데 이후 그 생각이 어떻게 달라졌지?"

하고 K는 물어보았다.

"그것은 나도 모르겠어요."

하고 프리다는 말하고 자기의 손을 잡고 있는 K의 손을 바라보았다. 그러고 나서 다시 말을 이었다.

"어쩌면 아무것도 달라진 것이 없는지도 몰라요. 당신이 이렇게 내 옆에 앉아서 또 이렇게 조용히 물으니까 아무것도 달라지지 않았다는 생각이 들어요. 하지만 실은——."

하고 말하고 프리다는 K의 손에서 자기 손을 슬며시 빼고는 그와 마주 앉은 자세를 가다듬었다. 그러고는 느닷없이 울기 시작했다. 그녀는 눈물에 젖은 얼굴을 가리지도 않고 K쪽을 향하고 있었다. 자기의 일이 슬퍼서 우는 것이 아니니까 무엇 하나 감출 것이 없다, 다만 K에게 배신당한 것이 슬퍼서 우는 것이니까 우는 얼굴을 보여주는 것쯤은 당연하다는 듯한 모습이었다. 그리고 울면서 그녀는 다시 이야기를 계속했다.

"——하지만 사실은 당신이 한스와 이야기하는 것을 들은 다음부터 모든 것이 변하고 말았어요. 당신은 정말 아무것도 모르는 듯이 시치미를 떼고 말을 끄집어내어 그 애의 집안 사정을 비롯해서 이것저것을 물어보셨어요. 그것을 듣고 있으니까 마치 당신이 어린애처럼 순진한 모습으로 처음 우리 술집에 오셔서 내 시선을 사로잡으려고 했던 모습을 보는 것 같은 느낌이 들었어요. 그때와 조금도 다른 점이 없었어요. 나는 만일 주인 아주머니가 이 자리에 있어서 당신의 이야기를 들었다면 어떻게 되었을까, 과연 주인 아주머니는 그래도 의견을 바꾸지 않았을까, 하고 생각했을 정도예요. 그런데 잠시 후에——어째서 그렇게 되었는지 나도 모르지만——갑자기 당신이 무슨 의도로 한스와 이야기를 하고 있을까, 하는 것을 생각했어요. 당신은 동정 어린 말로써 좀처럼 손에 넣기 어려운 그 애의 신임을 획득하는 데 성공했어요. 일단 신임을 얻자 다음은 오직 한 곳으로 자기의 목표를 향해 전진할 뿐이었어요. 나는 듣고 있는 동안에 당신의 목표가 무엇인지 점점 더 뚜렷이 알 수가 있었어요. 목표는 그 애의 어머니, 즉 브룬스빅크 부인이었어요. 당신은 겉으로는 제법 부인의 병을 염려하는 것처럼 말씀하셨지만 당신의 말을 듣고 있으니까 당신이 생각하고 있는 것은 오직 자기 자신의 일뿐이라는 것을 알게 되었어요. 당신은 브룬스빅크 부인을 유인하기 전에 이미 그 사람을 기만하고 말았어요. 나는 당신의 말을 들으면서 당신이 내 과거뿐만 아니라 미래까지도 내다보고 있는 듯한 기분이 들었어요. 주인 아주머니가 내 옆에 앉아서 모든 것을 설명해주려고 할 때 나는 온 힘을 다해서 주인 아주머니를 뿌리치려고 하지만 그러한 노력이 결국은 헛수고라는 것을 분명히 알게 되는, 마치 그러한 기분이었어요.

그런데 이때 속은 것은 실은 내가 아니라(나는 이제 절대로 속지는 않을 테니까요) 다른 여자였던 셈이지요. 그래도 나는 용기를 내서 한스 소년에게 장차 무엇이 되고 싶으냐고 물어보았더니 당신과 같은 사람이 되고 싶다는 대답이었어요. 그 애는 벌써 그 정도로 당신에게 깊이 빠져들었던 거예요. 이렇게 되면 대체 여기서 이용된 그 착한 소년과 술집에 있던 무렵의 나 사이에는 얼마만한 차이가 있는 것일까요?"

K는 프리다의 비난에 익숙해짐에 따라 이미 침착성을 되찾고 있었다.

"당신의 말은 어떤 의미에서는 모두 옳은 것 같소. 그것은 조금도 틀리지 않소. 다만 그 속에는 적의가 내포되어 있는 것 같소. 그것은 나의 적인 안주인의 생각이오. 물론 당신은 자기 생각이라고 주장하고 있겠지만 말요. 그것이 나에게는 천만 다행이오. 여하튼 그 생각은 많이 참고가 되었으니까. 앞으로도 안주인한테 여러 가지를 물어보면 배울 점이 많을 거요. 안주인은 그 밖의 점에서는 나를 다정하게 대해준 적은 없지만 지금 당신이 말한 것 같은 그런 소리를 직접 나에게 들려준 적은 없었소. 그 사람이 당신에게 이런 무기를 안겨준 것은 분명히 당신이 이 무기를 내가 특별히 형편이 좋지 않을 때, 말하자면 결정적인 순간에 사용하리라는 것을 기대하고서의 일이었을 것이오. 내가 당신은 악용하고 있다면 안주인도 마찬가지로 당신을 악용하고 있는 셈이지요. 그런데 프리다, 여기서 한 가지 잘 생각해주었으면 좋겠소. 모두 고스란히 안주인이 생각하고 있는 것이 맞다고 하더라도 그것이 괘씸하다고 말할 수 있는 경우는 오직 하나, 당신이 나를 사랑하고 있지 않다고 가정했을 때에만 가능할 것이오. 그 경우에는, 그리고 그 경우에 한해서만 정말로 나는 타산과 계략으로 당신을 유혹하고 당신이라는 소유물을 미끼로 해서 폭리를 일삼고 있다고 지탄을 받는대도 변명의 여지가 없을 것이오. 아마 그 경우에는 내가 그 당시 올가와 팔짱을 끼고 당신 앞에 나타나서 당신의 동정심을 자아내게 한 것도 처음부터 계획하고 있었던 일 중의 하나라고 할 수가 있겠지요. 안주인이 내 죄상을 낱낱이 밝힐 때 그것을 빼먹은 것은 단지 깜빡 잊고 있었던 것에 지나지 않소. 그러나 그렇게 파렴치한 일이 아니라, 즉 다시 말하면 교활한 맹수가 당신을 억지로 납치한 것이 아니라 내가 당신에게 끌렸듯이 당신도 나에게 끌려서, 즉 서로가 상대방을 발견하여 두 사람이 모두 자기 자신을 잊고 덤벼들고 말았다면 프리다, 그 경우에는 대체 어떻게 되는 것일까.

그 경우에는, 나는 어떻게 해서라도 내 일과 당신의 일을 함께 변호할 거요. 당신과 나 사이에는 아무 구별도 없고 거기에 차별을 두는 것은 적의를 가진 여자뿐이니까 말이오. 이 원칙은 모든 것에 해당될 뿐만 아니라 심지어는 한스의 경우에도 해당된단 말이오. 그것은 어쨌든 당신은 나와 한스의 대화를 판담함에 있어서 당신 특유의 사고방식 때문에 너무도 과장해서 생각하고 있어요. 왜냐하면 한스의 의도와 내 의도는 완전히 일치하지는 않더라도 양자 사이에 대립이 생길 만큼 벌어져 있지는 않으니까요. 게다가 당신과 나 사이의 의견 차이를 한스가 눈치채지 못했을 리가 없단 말이오. 만일 당신이 한스가 그것을 눈치채지 못했다고 생각한다면 이 어른과 같이 조심스러운 소년을 무척 과소평가하고 있다는 얘기가 되오. 또 만일 모든 것이 그의 눈에 띄지를 않았더라도 그 일로 해서 누구도 손해를 보는 일은 없을 것이오.”

“모든 일을 제대로 이해하기는 정말 어려워요.”

하고 프리다는 한숨을 쉬고 이어서 다음과 같이 말했다.

“분명히 나는 당신에 대해서 불신감을 품은 일이 지금까지 단 한 번도 없어요. 그리고 만일 불신감 같은 것이 주인 아주머니한테서 나에게로 옮겨왔다고 한다면 그것을 기꺼이 집어던지고 당신 앞에 무릎을 꿇고 용서를 빌겠어요. 나는 말예요, 아무리 야비한 말을 입에 잘 담더라도 사실은 언제나 용서를 빌면서 말하고 있어요. 하지만 당신이 많은 일을 나에게 숨기고 있다는 것은 어디까지나 사실이에요. 당신은 돌아오셨다가는 곧 또 나가셔요. 어디서 오셨다가 어디로 나가시는지 아내인 내가 모르는 거예요. 한스가 노크했을 때도 당신은 ‘바르나바스다!’라고 외쳤어요. 이때 나로서는 알 수 없는 이유 때문에 이 바르나바스라는 지겨운 이름을 불렀을 때와 같은 다정함을 가지고 단 한 번이라도 내 이름을 불러주었으면 좋겠다고 나는 생각했어요. 당신이 나를 믿어주시지 않으니까 내 마음에 불신감이 싹트는 것은 어쩔 수 없는 일 아니겠어요? 나를 믿어주시지 않는다는 것은 나를 완전히 주인 아주머니한테 맡긴 거나 다름이 없어요. 당신은 어쩌면 당신 자신의 태도에 의해서 주인 아주머니의 정당성을 입증하고 있는 것 같아요. 어떤 일이라도 다 그렇다는 것은 아니에요. 나는 굳이 당신이 모든 점에서 주인 아주머니의 말이 옳다는 것을 입증하고 있다고까지 주장할 생각은 없어요. 하지만 어쨌든 저 조수들을 내쫓은 것은 나 때문에 그러신 것 아녜요? 아아, 설사 그것 때문에 괴로워하지 않으면 안 된다고 하더라도 당신의 모든 행동과 말 속에 나에게 있어서 기쁨이 될 만한 것을 발견하려고 내가 얼마나 간절한 마음으로 바라고 있는지 그것을 알아주었으면 해요.”

“우선 말하고 싶은 것은 프리다, 나는 당신에게 조금만치도 감추는 일이 없소. 안주인은 나를 몹시 미워하기 때문에 당신을 나에게서 빼앗아가려고 기를 쓰고 있소. 그것 때문에 얼마나 비겁한 수단을 다 동원하고 있는지 모르오. 프리다, 그런데 당신은 또 얼마나 안주인에게 고분고분한지를 모르겠소. 마치 안주인이 죽으라면 죽는 시늉이라도 하고 있지 않소? 내가 클람 씨에게 가고 싶어하는 것은 당신도 잘 알고 있는 일이오. 당신이 나를 도와줄 수가 없고 나로서는 혼자의 힘으로 목표를 향해 달려갈 수밖에는 별도리가 없고 또 지금까지로는 그것이 성공하고 있지 못하다는 것도 당신은 잘 알고 있소. 나는 이 무익한 시도 때문에 이미 지독히 비참한 생각을 하지 않을 수 없는데 이제 또 당신에게 그 얘기를 해서 이중으로 비참한 생각을 하라는 것이오? 저 클람 씨의 썰매 문 옆에서 오후의 기나긴 시간을 추위에 떨면서 헛되이 기다리고 있던 애기를 무슨 자랑거리처럼 되풀이하란 말이오? 이제 이러한 생각은 안 해도 된다고 가슴을 설레면서 당신에게로 서둘러 돌아왔는데 기다리고 있던 당신은 또 그것을 나에게 회상케 함으로써 나를 못살게 굴고 있소. 그리고 또 바르나바스의 일만 해도 그렇소. 물론 나는 바르나바스를 기다리고 있소. 왜? 그 사나이는 바로 클람 씨의 심부름꾼이란 말이오. 그리고 그를 클람 씨의 심부름꾼으로 만든 것은 내가 아니란 말이오.”

“또 바르나바스의 애기예요?”

하고 프리다는 외쳤다. 그리고 이어서 이렇게 부르짖었다.

“나는 그 사람이 썩 좋은 심부름꾼이라고는 도저히 믿을 수가 없어요!”

“아마 당신의 말이 옳을지도 몰라요. 하지만 그는 나에게 파견되어 오는 오직 한 사람의 심부름꾼이란 말이오.”

하고 K가 말했다.

“그러니까 더욱 곤란해요. 당신은 그런 만큼 그에게 더욱 조심하지 않으면 안 될 거예요.”

“유감스럽지만 지금까지 한 번도 조심하지 않으면 안 될 만한 이유를 그가 나에게 준 일이 없소.”

하고 K는 웃으면서 말했다. 그리고 다음과 같이 덧붙였다.

“그 사나이는 좀처럼 오지 않아요. 게다가 그가 가지고 오는 소식도 모두 신통치 않은 것뿐이오. 다만 그것이 클람 씨에게서 직접 온다는 점에서 가치가 있을 뿐이오.”

“하지만 내 얘기를 잘 들어보세요. 지금은 클람 씨조차도 벌써 당신의 목표가 아니에요. 내가 제일 걱정하는 것은 바로 그 점이에요. 당신은 언제나 저를 젖혀놓고 클람 씨와 직접 담판을 하려고 했는데 그것은 좋은 일이 아니었어요. 그리고 지금은 그 클람 씨에게서 멀어지려고 하고 있는데 그것은 더욱 나쁜 일이에요. 이것은 주인 아주머니도 예상치 못했던 일이에요. 주인 아주머니의 의견으로는 내 행복——그것은 극히 의심스러운 행복이지만 어떻든 현실적으로 내가 맛보고 있는 행복——이 끝나는 것은 당신이 클람 씨에게 걸고 있던 희망이 부질없는 것이었음을 깨닫게 되는 날, 바로 그날이라는 거예요. 그런데 당신은 그러한 날이 오는 것을 기다리고 있지도 않아요. 갑자기 한 소년이 들어오니까 당신은 그 소년의 어머니를 차지하려고 그 소년을 상대로 싸움을 시작했어요——마치 살아가는 데 필요한 공기를 손에 넣으려는 것처럼 말이에요.”

하고 프리다가 말했다.

“당신은 한스와 내가 주고받은 얘기를 이해하고 있었소. 사실이 그랬다오. 하지만 대체 당신 자신의 과거 생활은 깨끗이 사라져버렸을까? (물론 저 주인 아주머니의 일은 별도로 치고서 말이오. 주인 아주머니는 좀체로 사라져버릴 여자가 아니니까). 그때문에 전진을 하기 위해서는 싸우지 않으면 안 된다는 것, 특히 밑바닥부터 기어올라갈 경우에는 더욱 그렇다는 것을 벌써 잊었단 말이오? 조금이라도 희망을 주는 것이 있으면 무엇이든 이용하지 않으면 안 된다는 것을 잊어버렸단 말이오? 그런데 브룬스빅크 부인은 성 출신이오. 첫날 라제만의 집에 잘못 들어갔을 때 자기의 입으로 분명히 그렇게 말했으니까요. 그러한 상대에게 조언이나 원조를 청하는 것은 지극히 당연한 일이 아니겠소? 교반옥의 안주인이 나를 클람 씨에게 접근시키지 않으려는 온갖 방법을 알고 있다면 부인은 아마 클람 씨에게로 가는 길을 알고 있음에 틀림없소. 왜냐하면 그 자신이 그 길을 통해서 성으로부터 내려왔으니까.”

“길이란 클람 씨에게로 가는 길 말인가요?”

하고 프리다는 말했다.

“그렇소. 클람 씨에게로 가는 길 말이오. 대체 그것 말고 또 어디로 가는 길이 있겠소?”

하고 K는 말하더니 갑자기 벌떡 일어났다. 그러고는,

"자아, 벌써 점심 도시락을 가지러 갈 시간이오."

하고 외쳤다.

프리다는 그 이유를 알 수 없을 만큼 열심히 K에게 아무쪼록 여기 있어달라고 애원했다. 마치 여기에 남아 있지 않으면 K가 모처럼 들려준 위로의 말이 모조리 거짓말이 되고 말 것이라는 투였다. 그러나 K는 교사의 일을 상기시키고 언제 갑자기 벼락치는 소리를 내며 열릴지도 모를 문을 가리켰다. 그리고 곧 돌아오겠다는 약속을 하고 내가 나중에 와서 할 테니까 불은 지필 필요가 없다고 말했다. 가까스로 프리다는 잠자코 그 말에 따랐다. K는 밖에 나와서 눈 위를 걷기 시작했을 때(벌써 다 치워졌어야 할 눈이 아직도 그대로 남아 있는 부분이 있었다. 일이 이상할 정도로 진전이 안 되어 있었다) 울타리 근처에서 조수 중의 하나가 죽은 듯이 지쳐서 울타리에 매달려 있는 것이 눈에 띄었다. 한 사람뿐이로군, 또 한 놈은 어디에 갔을까? 그러고 보니 적어도 한 놈의 인내심만은 꺾어놓은 셈이로군. 남아 있는 조수는 녹초가 되기는커녕 아직도 상당히 열성을 보이고 있었다. K의 모습을 발견하고 갑자기 기운이 솟은 것 같았다. 분주히 팔을 뻗치고 눈을 부릅뜨는 모습으로 그것을 알 수 있었다.

"저놈의 고집은 정말 대단한데."

하고 K는 혼자서 이렇게 중얼거렸으나 물론 거기에 덧붙여서 이렇게 말하지 않을 수가 없었다.

"고집스러운 것도 좋지만 저러다가는 울타리 밑에서 얼어죽고 말겠는걸."

그러나 K가 겉으로 나타낸 태도는 지극히 냉담했다. 가까이 다가와서는 안 된다는 듯이 주먹을 휘둘러 보였을 뿐이었다. 그리고 사실 조수는 겁을 집어먹은 듯이 뒤로 몇 발짝 물러섰다.

마침 그때 프리다가 창문을 열었다. 이것은 K와 사전에 의논을 한 것이지만 불을 피우기 전에 방 안을 환기하기 위한 것이었다. 이것을 보자 조수는 곧 K를 단념하고 어떤 불가항력의 힘에 이끌리듯이 스믈스믈 창문 쪽으로 다가갔다. 프리다는 조수에 대해서는 정다운 표정으로, 그리고 K에 대해서는 어쩔 수 없다는 듯이 애원하는 표정으로 얼굴을 찡그리더니 창문에서 손을 흔들어 보였다. 그것이 방어의 동작인지 인사인지는 명확하지 않았으나 조수는 그런 애매한 동작 정도로는 가까이 오는 것을 멈추려고 하지 않았다. 그래서 프리다는 황급히 문을 닫았다. 그러나 조수는 여전히 창문 옆에 선 채 한 손으로는 창문의 손잡이를 붙들고 있었으며 고개를 옆으로 갸우뚱하게 기울이고는 눈을 크게 부릅뜨고 어색한 미소를 띠고 있었다. 프리다는 저런 짓을 해서 조수를 쫓아낼 수 있다고 생각하는 것일까? 쫓아내기는커녕 오히려 불러들이고 있다는 사실을 알고나 있는 것일까? 그러나 K는 다시 뒤를 돌아보지 않았다. 그보다는 차라리 될 수 있는 대로 빨리 서둘러서 곧 돌아오는 것이 낫겠다고 생각한 것이다.

14

밤이 꽤 늦은 시각이었으나 K는 운동장의 제설 작업을 끝내고 눈을 길 양쪽에 쌓아올려 다졌다. 이것으로 오늘 일은 끝난 것이었다. 그는 교문 옆에 서 있었으나 주변에는 인기척도 없었다. 예의 조수들은 벌써 몇 시간 전에 쫓아내고 상당히 먼 거리까지 뒤쫓아갔다. 이윽고 어느 마당과 오두막 사이에 자취를 감춰버린 모양으로 이제는 발견할 수도 없고 두 번 다시 모습을 나타내지도 않았다. 프리다는 집에서 세탁을 하고 있거나 그렇지 않으면 지금도 기자 양의 고양이를 씻겨주고 있을 것이다. 기자 양이 이 일을 프리다에게 맡겼다는 것은 기자 양으로서는 대단한 신뢰의 표시였다. 물론 그것은 고맙지도 않고 마음이 내키지도 않는 일이었다. 여러 가지로 일을 게을리하고 난 뒤였기 때문에 기자 양을 위해 베풀어줄 수 있는 기회는 무엇이든지 이용하는 것이 크게 득이 된다는 생각이 없었다면 아마 이런 불유쾌한 일을 떠맡는다는 것은 그야말로 참을 수 없을 것이었다. K는 다락방에서 갓난이용 목욕통을 가져다가 더운 물을 끓이고 마지막으로 조심스럽게 고양이를 그 속에 넣어주었는데 기자 양은 그것을 썩 만족스러운 표정으로 바라보고 있었다.

이윽고 기자 양은 고양이를 완전히 프리다에게 맡기고 말았다. 왜냐하면 K가 이 마을에 도착한 첫날밤에 알게 된 시바르처가 찾아와서 그날 밤의 일이 원인이 된 듯한 곤혹과 학교 급사에 걸맞는 극도의 경멸이 뒤섞인 태도로 인사를 하고는 기자 양을 데리고 옆 교실로 가버렸기 때문이다. 두 사람은 아직도 여전히 거기에 있었다. K가 교반옥에서 들은 바에 의하면 시바르처는 성 집사의 아들인데 기자 양에게 홀딱 반해서 벌써 오랫동안 마을에서 살고 있다고 한다. 그리고 자기의 연고 관계를 이용해서 드디어 마을로부터 조교사라는 자격을 획득했다고 한다. 조교사라고는 하나 기자 양의 수업에는 거의 빠지지 않고 출석하며 어린이들에게 섞여 학생들의 의자에 앉거나 그렇지 않으면 교단에 서 있는 기자의 발치에 앉아 있는 것이 그의 중요한 일과라고 한다.

이것은 지금에 와서는 전혀 수업의 방해가 되지 않았다. 어린이들은 벌써 이러한 그의 행동에 익숙해져 있었기 때문이다. 시바르처는 어린이들에게 애정도 이해도 갖지 않았고 거의 말도 하지 않았으며 오직 기자 양의 체조 수업만을 가로맡아서 해주고 있었다. 그 밖에는 오로지 기자 양과 같은 공기를 호흡하며 기자의 체온을 가까이서 느낄 수 있는 것만으로 만족하고 있는 상태였으니까 어린이들로서 본다면 아마도 익숙해지기가 쉬웠을는지도 모른다. 그의 최대의 즐거움은 기자 양과 나란히 앉아서 학생들의 연습장을 고쳐주는 일이었다. 오늘도 바로 그 일을 하고 있었다. 시바르처는 많은 연습장을 옆에 끼고 왔다. 남자 교사는 언제나 자기 반 학생들 것까지도 두 사람에게 시키는 것이었다. 아직 밝았을 때는 두 사람이 창가에 있는 조그마한 책상에 앉아 서로 머리를 마주댄 채 꼼짝도 하지 않고 일을 하고 있는 것이 보였었으나 지금은 창가에 흔들리고 있는 두 개의 촛불이 보일 뿐이었다. 이 두 사람을 서로 연결시키고 있는 고리는 진지하고도 말없는 두 사람의 사랑이었다. 이 사랑에서 주도권을 잡고 있는 쪽은 물론 기자 양이었다. 그녀의 무겁고도 답답한 성격은 때로 거칠어져서 모든 한계를 넘어서는 일도 있었다. 그러나 다른 때 타인이 비슷한 일을 저지르면 결코 참을 수가 없었다.

그래서 다른 때는 활발한 시바르처도 기자 양 앞에서는 그녀가 시키는 대로 행동했다. 즉, 천천히 걷고 느릿느릿하게 말하고 대개는 잠자코 있지 않으면 안 되었다. 그러나 그로서 본다면 기자 양이 다만 옆에 조용히 있어준다는 사실만으로도 모든 일이 충분히 보상되고 있는 것이었다. 그런데 기자 양은 어쩌면 시바르처를 전혀 사랑하고 있지 않는지도 몰랐다. 어쨌든 그녀의 동그랗고 잿빛을 한 눈, 문자 그대로 전혀 깜박거리지 않는, 오히려 동공 속에서 빙글빙글 회전하고 있는 것처럼 보이는 눈은 이러한 문제에 대해서 전혀 아무런 해답도 주지 않았다. 다만 그녀가 별다른 이의도 없이 시바르처의 행동을 용인해주고 있는 것만은 확실했다. 그러나 그녀는 성의 집사의 아들에게 사랑을 받고 있다는 것이 얼마나 명예스러운 일인가를 알지 못하고 있는 것이 분명했다. 시바르처가 눈으로 그녀의 뒷모습을 쫓거나 말거나 그런 일에는 전혀 아랑곳없이 터질 듯이 풍만한 육체로 유연하게 사방을 걸어다녔다.

여기에 대해서 시바르처는 마을에 머물러 있어야만 한다는 영속적인 희생을 그녀에게 기꺼이 바쳤다. 그를 데려가려고 노상 찾아오곤 하는 아버지의 심부름꾼들을 그는 분개해서 쫓아버렸다. 그들 때문에 성의 일이라든가 또 자식된 의무를 잠시나마 상기하지 않을 수 없게 되면 마치 자기의 행복이 여지없이 방해를 받고 있다는 듯이 분개하는 것이었다. 그러나 그는 사실은 자유로운 시간이 충분히 있었다. 왜냐하면 기자 양이 그의 앞에 나타나는 것은 대개 수업 시간과 연습장을 조사할 시간에만 한정되어 있었던 것이다. 이것은 물론 그녀의 타산에서 나온 것이 아니었다. 그녀는 마음 편한 생활을 좋아했고 따라서 혼자 있는 시간을 그 무엇과도 바꿀 수 없이 사랑했기 때문이다. 그녀는 집에서 완전히 편안한 마음으로 긴 의자에 혼자 뒹굴고 있을 때가 가장 행복한 것 같았다. 옆에는 고양이가 웅크리고 있지만 그 고양이는 이미 움직일 수 없을 만큼 늙었기 때문에 조금도 방해가 되지 않았다. 그래서 시바르처는 하루의 대부분을 일도 하지 않고 빈둥빈둥 놀고 있었지만 이것 또한 그에게 있어서는 고마운 일이었다. 왜냐하면 이러한 생활 덕분에 기자 양이 살고 있는 라이온 거리에 언제라도 갈 수가 있었던 것이다.

사실 그는 이 가능성을 자주 이용하여 그녀의 작은 다락방에 올라가서 언제나 자물쇠가 걸려 있는 문 앞에서 귀를 기울여 형편을 살펴보곤 했다. 그리고는 방 안이 언제나처럼 알 수 없는 정적에 휩싸여 있는 것을 확인하고는 서둘러 그곳을 떠나는 것이었다. 그래도 이러한 생활 방법의 여러 가지 결과는 그의 경우도 때로(그러나 기자 양이 있는 곳에서는 결코 그러한 일이 없었다) 순간적으로 되살아나는 관료적인 거만함이 우습기 짝이 없는 발작으로 나타나는 수가 있었다. 관료적 거만성이라고 하더라도 조교사라고 하는 현재의 그의 신분으로서는 당치도 않은 것이었다. 물론 그것이 대개의 경우 신통한 결말을 가져오지 않는다는 것은 이미 K 자신도 체험한 바와 같았다.

다만 한 가지 놀라운 것은 적어도 교반옥에서는 시바르처의 일이 어떤 경의를 가지고 논의되곤 한다는 것이었다. 그것도 훌륭한 일이기보다 우스꽝스러운 일이 화제가 되었을 때도 그랬다. 그리고 기자 양도 이 존경하는 마음에 함께 끌려갔다. 그러나 여하튼 조교사에 지나지 않는 시바르처가 K보다도 훨씬 우월한 존재로 여겨지고 있다는 것은 괘씸한 일이다. 그런 우월성이란 존재하지 않는 것이다. 학교 급사라는 존재는 교원에게 있어서, 더군다나 시바르처와 같은 조교사에게 있어서는 실로 중요한 존재이며 따라서 이를 무시하고는 형벌을 면하기 어려울 것이다. 신분상의 관계 때문에 그러한 경멸적인 태도를 버릴 수가 없다면 그러한 태도를 견뎌내기 위해서는 이쪽도 거기에 상응하는 보답을 하지 않을 수 없다. K는 때로 그러한 생각을 해보았다. 게다가 시바르처라는 놈은 그 첫날밤 이후 나에게 빚이 있을 것이다. 그 이후 오늘까지의 경과를 보면 사실은 그놈의 이런 태도가 옳다고 할 수는 있지만 그렇다고 해서 이 빚이 탕감된 것은 아닌 것이다. 왜냐하면 그때 그놈으로부터 그런 대접을 받았기 때문에 그 이후 모든 일이 이런 방향을 더듬지 않으면 안 되게 되었을지도 모른다는 사실을 결코 잊어서는 안 되기 때문이다. 아주 한심스럽기 짝이 없는 일이지만 시바르처 덕분에 마을에 도착한 첫날부터 당국의 모든 주의력이 나에게 집중되고 만 것이다.

나는 그때 마을의 일은 전혀 모르고 아는 사람도 없었다. 숨을 장소도 없고 오랜 여행에 지칠대로 지쳐 완전히 어찌할 바를 모르고 있었다. 저 짚으로 만든 요 위에 누워서 당국으로부터 무슨 짓을 당하든 아무렇게도 할 수 없는 처지에 놓여 있었다. 도착이 하룻밤만 더 늦었더라면 매사는 다른 경과를 더듬고 조용히 그리고 남모르게 일이 끝났을지도 모른다. 어쨌거나 누구도 내게 대해서는 아무것도 모르고 따라서 의심하지도 않았을 것이다. 적어도 나를 방랑하는 젊은이쯤으로 생각하고 하룻밤쯤은 아무 데서고 재워주었을 것이다. 내가 유능하고 믿을 수 있는 사나이라는 것도 알려지고 그 소문이 이웃에까지 번져 이윽고 어느 집 하인으로라도 들어가게 되었을지도 모른다. 물론 당국의 눈을 피할 수는 없었을 것이다. 그러나 거기에는 본질적인 차이가 있었을 것이다. 중앙 관방인지 또는 그때 공교롭게도 전화통 옆에 있던 관리인지는 몰라도 어쨌든 내 일로 한밤중에 두드려 깨워지고 즉각적인 결정을 강요당했다. 겉으로는 정중했지만 실은 귀찮을 정도로 집요하게 당장 결정을 내려달라고 강요했다. 게다가 그 장본인이 성에서는 아마 모든 사람이 싫어할 시바르처였다.

그러나 만일 그러한 일이 없었더라면 나는 다음날 집무 시간 중에 촌장을 찾아가서 아마 이렇게 말했을 것이다.

——실은 이곳에 처음으로 온 나그네인데 이미 어느 마을 사람의 집에 묵기로 얘기가 됐지만 아마 내일은 다시 여행을 계속할 수 있을 겁니다. 그런데

전혀 예상하지 않았던 일이 일어났어요. 만일 이 마을에서 일거리가 생기면 별문제가 없지만——일거리래야 불과 며칠 동안이면 돼요——어쨌든 이곳에서는 그 이상 묵을 생각이 없으니까요.

만일 이렇게 되었다면 큰 차이가 나지 않았을까? 그 시바르처라는 놈이 없었다면 정말로 이렇게 되었거나 또는 이와 비슷하게 되었을 것이다. 물론 그렇게 되었을 경우에도 당국은 내 문제를 계속 시끄럽게 다루었을 것이다. 그러나 제법 느긋하게 관청의 사무 규칙대로 취급했을 것이고 아마 관청을 제일 싫어하는 상대방의 초조감을 자극하는 일도 없었을 것이다.

이렇게 생각하면 나는 아무런 죄도 없다. 죄가 있는 것은 오히려 시바르처 쪽이다. 그러나 시바르처는 집사의 아들이고 또 적어도 외견상으로는 흠잡을 데가 없는 태도를 취한 것이다. 그래서 그 죄값은 나 혼자만이 뒤집어쓰게 된 것이다. 이런 어처구니없는 결과가 된 원인은 대체 어디에 있는 걸까. 어쩌면 그날은 기자 양의 기분이 나빴었는지도 모른다. 그 때문에 시바르처는 밤에 잠을 이루지 못하고 이곳저곳을 마냥 쏘다니다가 결국 나에게 화풀이를 했는지도 모른다. 물론 다른 관점에서 본다면 시바르처의 그런 태도에 퍽 덕을 봤는지도 모른다. 나 혼자였다면 도저히 달성할 수도 없었고 또 달성하려는 용기도 안 났을 일, 당국에서도 허용했을 리가 없다고 생각되는 일이 실현된 것은 전적으로 시바르처의 조치 덕분이었다. 그것은 처음부터 술책 따위를 생각할 겨를도 없이 정면으로 당당한 당국과 대결할 수 있었다는 사실이다(물론 당국을 상대로 이런 일을 벌일 수 있는 범위 안에서의 일이지만 말이다).

하지만 이것은 아무래도 고맙지 않은 선물이었다. 이 선물 덕분에 여러 가지로 거짓을 꾸미거나 은밀한 행동은 취하지 않아도 되었지만 반면에 거의 무방비 상태가 되어버려 어쨌든 싸움에서는 불리한 입장에 놓이게 되었다. K는 그 점을 생각하면 자칫 절망적인 상태가 되지 않을 수 없었으나 당국과 자기와의 사이에는 엄청난 힘의 차이가 있어서 자기가 할 수 있는 거짓말이나 책략을 가지고는 도저히 그것을 단축시킬 수가 없다고 스스로에게 타일렀던 것이다.

그런——이것은 K가 자기 자신을 위로하기 위해서 생각해낸 것에 지나지 않았지만——시바르처는 그대로 역시 나에게 빚을 가지고 있는 것이다. 그 놈이 나에게 손해를 입혔으므로 아마 이번에는 나를 도와줄 것인지도 모른다. 나는 극히 사소한 일, 즉 모든 일의 준비 단계에 있어서 이제부터는 도움을 필요로 할 것이다. 그런 점에서는 가령 그 바르나바스도 이번에는 별로 쓸모가 있을 것 같지는 않으니까 말이다.

K가 바르나바스의 집에 상황을 살피러 가는 것을 하루종일 주저하고 있는 것은 프리다 때문이었다. 그를 프리다 앞에서 맞이하지 않아도 되도록 K는 줄곧 일이 끝난 지금에 와서도 그대로 그 자리를 뜨지 않고 바깥에서 바르나바스를 기다리고 있었다. 그러나 바르나바스는 오지 않았다. 이렇게 되면 바르나바스의 자매들을 만나고 오는 수밖에 방법이 없다. 그렇다, 잠깐 동안이면 된다. 문지방에서 바르나바스의 소식만 묻고 돌아오자. 그러면 곧 그는 돌아올 수 있을 것이다. 그래서 K는 삽을 눈 속에 꽂아놓고 바르나바스의 집으로 달려갔다. 숨가쁘게 도착하자마자 잠깐 동안 노크한 다음 문을 열어젖혔다. 방 안의 상황를 미처 살필 겨를도 없이 물어보았다.

"바르나바스는 아직 돌아오지 않았습니까?"

그때 비로소 깨달은 일이지만 올가는 집에 없었다. 나이 많은 양친만이 지난번과 마찬가지로 훨씬 떨어진 곳에 있는 테이블 앞에 멍하니 앉아 있었는데 문간에서 무슨 일이 일어난지도 모르는 채 천천히 얼굴을 K에게로 돌렸다. 마지막으로 아말리아는 난로 옆 긴 의자에 이불을 뒤집어쓴 채 누워 있었으나 K가 찾아온 것을 보고는 놀라서 일어나 기분을 가라앉히기 위해 이마에 손을 대고 있었다. 올가가 집에 있었다면 곧 대답해주었을 것이다. 그러면 K는 그 길로 곧장 돌아갈 수 있었을 것이다. 그러나 K는 하는 수 없이 아말리아 쪽으로 몇 걸을 다가가서 손을 내밀었다. 아말리아는 잠자코 K의 손을 잡았다. K는 그녀에게 놀라서 일어난 양친이 이쪽으로 걸어나오는 일이 없도록 조심해달라고 부탁했다. 그러자 아말리아는 뭐라고 두서너 마디 하고는 양친을 만류했다.

K가 알아낸 바로는 올가는 안뜰에서 장작을 패고 있었다. 아말리아는 몹시 피곤했기 때문에(그 이유는 설명하지 않았다) 조금 전부터 누워 있어야만 했다. 아말리아는 바르나바스가 아직 귀가하지 않았지만 곧 돌아올 것이라고 했다. 왜냐하면 그는 성에서 묵는 일이 지금까지 단 한 번도 없었다는 것이었다.

아말리아는 일으켜주어서 고맙다는 인사말을 했다. 이것으로 이제는 돌아가도 좋았는데 아말리아는 올가가 돌아올 때까지 기다리지 않겠느냐고 물었다. 그러나 K는 유감스럽지만 시간이 없었다. 그러자 아말리아는 오늘 벌써 올가와 이야기가 됐느냐고 물어보았다. K는 놀라서 아니라고 대답하고는 올가가 자기에게 뭔가를 특별히 전할 일이 있느냐고 물어보았다. 아말리아는 약간 화가 난 듯이 얼굴을 찡그리고는 말없이 고개를 끄덕거리고(그것은 확실히 작별의 표시였다) 다시 제자리에 누워버렸다.

그녀는 자리에 누워서도 K쪽을 유심히 바라보고 있었다. K가 아직도 가지를 않고 거기에 서 있는 것을 이상하게 생각하고 있는 눈치였다. 그녀의 시선은 언제나와 같이 차갑고 맑으며 조금도 움직이지 않았다. 그것은 자기가 관찰하고 있는 대상에 정면으로 향하지 않고 약간, 거의 깨달을 수 없을 정도지만 그래도 의심할 여지없이 그 관찰의 대상을 스쳐지나가는 것이었다. 관찰을 당하는 쪽에서는 거기에 몹시 마음이 흔들렸다. 이러한 시선이 되는 원인은 기운이 없기 때문이 아니고 당혹이나 무례한 탓도 아니며 끊임없이 다른 어떤 감정보다도 고독을 강하게 바라고 있기 때문이라고 생각되었다. 이 고독에 대한 갈망은 아마도 기억을 더듬어보니까 첫날밤부터 K를 당혹스럽게 만든 것은 바로 이 시선이었고 그뿐만이 아니라 이 가족을 보고 당장에 느낀 그 불쾌하기 짝이 없었던 인상도 아마 이 시선 때문이었는지도 모른다. 그러면서도 시건 그 자체는 결코 불쾌한 것이 아니었다. 툭 터놓은 것은 아니지만 어딘가 솔직함이 있었던 것이다.

"당신은 언제나 슬픈 것처럼 보이는군요, 아말리아. 다른 사람에게는 말 못할 무슨 고민이라도 있나요? 나는 여태까지 당신 같은 시골 아가씨를 본 일이 없어요. 당신은 이 마을 출신인가요? 이 마을에서 태어났나요?"

아말리아는 마치 K가 마지막 질문만을 한 것처럼 네, 그래요, 하고 대답하고 나서 이렇게 말했다.

"그럼 역시 올가를 기다리고 계시군요."

"왜 언제까지나 똑같은 질문만 되풀이하시는 거죠? 나로서는 통 영문을 알 수가 없군요."

하고 K는 대답하고 나서 이어서 이렇게 말했다.

"이제 더 이상 여기에 머물러 있을 수가 없어요. 집에서 약혼자가 기다리고 있으니까요."

아말리아는 팔꿈치를 세워 몸을 일으키고는,

"그런 약혼자에 대해서는 몰라요."

하고 말했다.

K는 프리다의 이름을 말해주었으나 그런 사람은 모르겠다는 것이었다. 아말리아는 약혼 얘기를 올가는 알고 있느냐고 물어보았다. K는 아마 알고 있을 거라고 대답하고 올가는 자기가 프리다와 함께 있는 것을 보았으며 그리고 이런 뉴스는 삽시간에 마을 안에 퍼지게 마련이라고 말했다.

그러나 이에 대해 아말리아는 올가는 아마 모르고 있을 거예요. 만일 안다면 올가는 무척 불행해질 거예요. 왜냐하면 올가는 당신에게 사랑을 느끼고 있는 것 같아요. 올가는 아주 조심스러운 성격이기 때문에 그런 얘기를 노골적으로 입 밖에 내지는 않았지만 사랑이라는 것은 무의식적으로 표면에 나타나는 것이니까요, 하고 말했다.

K는 그것은 아말리아의 착각일 것이라고 말했다. 아말리아는 다소곳하게 미소를 머금었다. 이 미소는 슬퍼 보이기는 했지만 우울하게 찡그리고 있던 얼굴에 밝은 기색을 되살려놓았다. 그리고 침묵했던 입을 다시 열게 했다. 서먹서먹했던 태도에 친밀스러운 감을 주고 어떤 비밀을 포기했다는 것을 잘 나타내고 있었다. 지금까지 소중히 간직해온 보물, 그것을 다시 한 번 되살릴 수 없는 것은 아니지만 완전히 되살릴 수는 없는 그러한 보물을 포기했다는 것을 나타내고 있었다. 아말리아는 이렇게 말했다.

"그것은 확실히 착각이 아니에요. 뿐만 아니라 저는 더 많은 것을 알고 있어요. 당신도 올가에게 호감을 가지고 계셔서 바르나바스의 심부름이라든가 무슨 용건을 구실삼아 노상 찾아오시지만 사실은 올가만이 목적이에요. 저는 그것도 다 알고 있어요. 하지만 지금은 제가 모든 것을 다 알고 있으니까 그렇게 거북하게 생각하실 것 없어요. 밤낮없이 찾아오셔도 좋아요. 제가 말씀드리고 싶었던 것은 이것뿐이에요."

K는 고개를 가로저으며 이미 약혼을 한 몸이라고 말했다. 아말리아는 K의 약혼 따위는 별로 중시하고 있지 않는 것 같았다. 혼자서 지금 자기 앞에 서 있는 K의 직접적인 인상이야말로 그녀에게는 중요했다. 그녀는 언제 그 아가씨와 알게 되었느냐, 당신이 이 마을에 온 것은 불과 며칠밖에 되지 않았지 않느냐고 그것만 물어보았다. K는 진신관에 갔던 날 밤의 이야기를 들려주었다. 그러자 아말리아는 당신을 진신관에 데리고 가는 것을 저는 무척 반대했어요, 하고 짤막하게 말했다. 그리고 그녀는 그 증인으로 올가를 불렀다. 올가는 마침 그때 팔에다 장작을 가득 안고 방에 들어오는 참이었다. 찬 바람 속에 있던 탓인지 얼굴은 붉게 물들고 싱싱해 보였다. 본래는 아주 육중하게

방 안에 장대처럼 서 있었는데 노동을 한 탓인지 마치 사람이 달라진 것 같았다. 장작을 내동댕이치고는 K에게 미안하다는 듯이 인사를 했다. 그러고는 느닷없이 프리다의 이야기를 물었다. 그것 보라는 듯한 시선을 아말리아 쪽에게 보냈으나 상대방은 그것이 자기의 패배라고는 생각하지 않는 모양이었다. 그 모양을 보고 약간 화가 난 K는 자세하게 프리다 얘기를 하기 시작했다. 그녀가 얼마나 어려운 환경 속에서 그래도 가정이라고 할 만한 것을 꾸려나가고 있는가 하는 것을 설명해주었다. 그리고 이야기를 서두른 나머지——그것은 곧 집에 돌아가고 싶었기 때문이었다——그만 작별 인사를 한다는 것이 두 자매에게 꼭 한 번 집에 찾아와달라고 초대하고 말았다.

물론 그렇게 말한 자기 자신에게도 깜짝 놀라 그만 말문이 막히고 말았다. 그러나 아말리아는 K에게 다른 말을 할 틈을 주지 않고 그 초대에 기꺼이 응하겠다고 곧 말했다. 그렇게 되자 올가도 한몫끼지 않을 수가 없어서 초대를 받아들이기로 했다. 그러나 K는 서둘러 돌아가지 않으면 안 되겠다는 생각에 노상 마음이 조마조마한데다가 아말리아의 시선이 그만 불안스러워져서 주저없이 모든 것을 털어놓고 말았다. 지금 한 초대는 그만 경솔하게 다만 내 개인적인 생각을 말했을 뿐으로 유감스럽지만 이 약속은 실행할 수가 없다. 왜냐하면 물론 나는 납득이 잘 안 되는 일이기는 하지만 프리다와 당신네 일가 사이에는 심한 반목이 있기 때문이라고 고백하고 말았다.

"반목이 아니에요."

하고 아말리아는 말하며 긴 의자에서 일어나더니 덮었던 이불을 뒤로 밀어 팽개쳤다. 그러고는 다음과 같이 말을 계속했다.

"그렇게 큰 사건이 아니에요. 반목이란 세상 사람들이 하는 말을 그대로 옮겨놓은 것에 지나지 않아요. 자아, 이제 그만 빨리 돌아가세요. 어서 약혼자에게로 돌아가시란 말예요! 보아하니 매우 서두르시는 것 같군요. 우리들이 방문한다는 것도 걱정하실 것 없어요. 처음부터 농담삼아 장난으로 지껄여본 것에 지나지 않으니까요. 하지만 당신은 우리집에 종종 놀러오셔도 괜찮아요. 아마 아무런 장애도 없을 거예요. 언제나 바르나바스에게 볼일이 있어서 왔다고 하면 될 테니까요. 그 구실을 사용하기 쉽도록 하기 위해서 말씀드리지만 바르나바스는 성으로부터 당신을 위한 전언을 가지고 왔을 때도 그것을 알려드리기 위해 일부러 학교에까지 찾아갈 수는 없어요. 그렇게 뛰어다닐 수 있을 만큼 한가하지를 못하니까요. 불쌍하게도 바르나바스는 근무 때문에 늘 기진맥진해 있어요. 이제부터는 통지를 받으러 당신이 직접 오시지 않으면 안 돼요."

K는 아말리아가 이렇게 많은 일을 조리있게 또박또박 얘기하는 것을 들어본 적이 없었다. 말하는 투도 평소와는 좀 다른 것 같았다. 거기에는 일종의 거만한 태도가 엿보였다. K뿐 아니라 동생의 일을 누구보다도 잘 알고 있을 올가조차도 분명히 그것을 느낀 것 같았다. 그녀는 조금 떨어진 곳에서 두 손을 무릎 근처에 두고 또 언제나 하는 버릇대로 발을 크게 벌리고 몸을 약간 앞으로 숙인 자세로 있었다. 눈은 아말리아 쪽을 향하고 있었다. 그러나 아말리아는 K를 바라보고 있었다.

"그것은 잘못된 생각입니다."
하고 K가 말했다. 그리고 계속해서 자기 입장을 다음과 같이 설명했다.
"내가 바르나바스를 기다리고 있는 것이 진심이 아니라고 생각한다면 그것은 엉뚱한 잘못이에요. 자기의 문제를 당국을 상대로 깨끗이 해결하려는 것이 내 최대의 소원, 아니 사실은 유일한 소원이에요. 그리고 그것 때문에 바르나바스의 도움을 필요로 하는 겁니다. 내 희망의 대부분은 오직 바르나바스의 두 어깨에 걸려 있어요. 물론 언젠가 그는 나에게 큰 실망을 안겨준 일이 있기는 하지만 그것은 그의 탓이라기보다는 오히려 내 잘못으로 돌려야 할 점이 많아요. 더군다나 그 일은 내가 처음 여기에 도착했을 때 당신네의 어수선한 혼란 속에서 일어났으니까요. 그 무렵의 나는 저녁에 잠시 산책을 하는 정도의 수고를 기울이면 어떤 일이라도 쉽게 이루어지리라고 생각하고 있지요. 그러나 본래의 실현 불가능한 일이 분명히 실현 불가능하다고 밝혀졌을 때 그것을 그의 탓으로 돌려 원망을 품었던 거예요. 당신네 일가와 당신들에 대한 내 판단에 그 일이 영향을 미치고 있었어요. 그러나 그것도 이미 지나간 일이에요. 지금은 당신들을 전보다는 훨씬 잘 이해하고 있다고 생각해요. 더욱이 당신들은――."

여기에서 K는 좀더 적당한 말을 찾으려고 애썼으나 곧 머리에 떠오르지 않아서 생각나는 문구로 만족하기로 했다.

"당신들은 지금까지 내가 알고 있는 사람 중에서는 마을의 어느 누구보다도 마음씨가 가장 착한 사람인지도 몰라요. 그러나 아말리아, 오빠의 근무를 경시하는 것은 아니지만 오빠가 내게 대해서 가지고 있는 중요한 뜻을 가볍게 본다면 이것 또한 큰 착각을 하고 있는 거예요. 어쩌면 당신은 바르나바스가 하고 있는 일을 잘 모를는지도 몰라요. 그렇다면 이 문제는 잠시 덮어두기로 합시다. 하지만 만일 당신이 잘 알고 있다고 한다면(나는 어느 편이냐 하면 잘 알고 있다는 인상을 받고 있지요) 이것은 참으로 괘씸한 일입니다. 왜냐하면 만일 그렇다고 한다면 오빠는 나를 기만하고 있는 것이 될 테니까 말이오.”

“그렇게 너무 으르렁대지 마세요.”
하고 아말리아는 말했다. 그리고 차분한 목소리로 말을 계속했다.
“저는 전혀 모르는 일이에요. 또 일으켜달라고 하고 싶지도 않아요. 당신의 일을 생가하면 사실 많은 일을 알았어야 했는데, 당신을 위해서라면 여러 가지 일을 돌봐드리고 싶은 것이 저의 마음이거든요. 왜냐하면 당신도 말씀하셨듯이 저는 마음씨가 착하고 고우니까요. 하지만 오빠의 일은 어디까지나 오빠 자신의 일이에요. 저는 별로 듣고 싶은 마음도 없고 또 알고 싶은 마음도 없어요. 어쩌다가 여기저기서 가끔씩 귀에 들어오는 것이 제가 알고 있는 전부예요. 여기에 비한다면 올가는 당신에게 알려드릴 것이 훨씬 더 많을 거예요. 올가는 오빠에게 신용을 받고 있으니까요.”

그렇게 말하고 나서 아말리아는 우선 양친에게로 갔다. 그리고 뭐라고 귀엣말을 속삭이더니 주방 쪽으로 사라졌다. K에게 작별 인사도 하지 않고 그냥 사라져버린 것이다. 아직도 K가 여기를 떠나려면 멀었을 텐데 작별 인사는 해서 무슨 소용이 있느냐는 듯이.

15

K는 약간 어이없는 듯한 표정으로 그 자리에 서 있었다. 올가는 그것을 못내 우스워하면서 그를 난로 옆의 긴 의자로 끌고 갔다. 그녀는 이렇게 K와 단둘이 앉아 있을 수 있게 된 것이 마냥 기쁘고 행복한 것처럼 보였다. 더욱이 그것은 평화스러운 행복이며 확실히 질투의 감정으로 흐려져 있는 것이 아니었다. K는 이렇게 질투에서 벗어나고 따라서 가혹한 잔소리를 듣지 않아도 되게 되었다는 것이 여간 즐겁지 않았다. 그는 유혹하거나 시건방지지도 않고 또 어디까지나 얌전하고 그리고 조용히 기다려주는 올가의 푸른 눈을 바라보는 것이 좋았다. 프리다와 교반옥 안주인의 계발 때문에 이 고장의 모든 일에 대해서 수용력이 커진 것은 아니었다. 그러나 어쨌든 K는 한층 더 조심

스러워지고 더욱이 예민해진 것은 사실이었다. 그리고 올가가, 아까는 어째서 아말리아더러 마음씨가 착하다고 하셨는지 아무래도 이상해서 못 견디겠어요, 아말리아에게는 물론 여러 가지 좋은 점은 있지만 마음씨만은 결코 착하지 않아요, 하고 말했을 때 K는 올가와 함께 소리내어 웃었다. 올가의 의문에 대해서 K는,

"그 찬사는 물론 어디까지나 당신(올가)을 향한 것입니다. 하지만 아말리아는 매우 거만하기 때문에 자기 앞에서 한 소리는 모두 자기의 것으로 받아들이지 않고는 못 배기는 버릇이 있습니다. 그러니까 이쪽에서 무엇이든 그 사람에게도 나눠주게 되는 것이지요."

라고 설명했다.

"그것은 사실이에요."

하고 올가는 진지한 어조로 말했다. 그리고 거기에 대한 보충 설명이라도 하듯이 이렇게 덧붙였다.

"당신이 생각하고 계신 것보다 더 확실해요. 아말리아는 저보다도 더 젊고 바르나바스보다도 더 어려요. 하지만 좋은 일이든 나쁜 일이든 우리 가족 중에서 결정권을 가지고 있는 것은 그 애예요. 물론 그 애는 좋은 점도 나쁜 점도 다른 사람보다는 많이 갖고 있어요."

K는 그것은 좀 지나친 얘기라고 생각한다고 말했다. 왜냐하면 아까 아말리아는 오빠의 일 같은 것은 자기는 조금도 알고 싶은 생각이 없어요. 하지만 올가는 거기에 대해서라면 무엇이든지 알고 있어요 하고 말하지 않았던가?"

그러자 올가는 말했다.

"글쎄요. 그것을 어떻게 설명해야 좋을까요? 아말리아는 바르나바스의 일도 또 저에 대한 일도 전혀 안중에 없어요. 그 애는 실은 부모님 이외에는 아무에 대해서도 전혀 관심이 없어요. 부모님의 일은 낮이든 밤이든 언제나 잘 보살펴드리지요. 지금도 역시 부모님에게 무얼 드시고 싶은 것은 없어요라고 묻고는 그걸 만들어드리려고 부엌으로 나간 거예요. 부모님을 위해서라면 무리를 해서라도 일어나요. 낮부터 몸이 불편하다고 하면서 이 긴 의자에 지금까지 누워 있던 애가 말이에요. 하지만 그 애는 우리 일 따위에는 신경도 쓰지 않아요. 그렇지만 우리들은 그 애를 의지하고 있어요. 어쩌면 우리들의 일에 그 애가 조언을 해준다면 우리들은 틀림없이 그 애의 말에 따를 거예요. 그러나 그 애는 결코 그런 일을 하지 않아요. 그 애에게는 우리들은 순전히

타인이나 다름없어요. 당신은 세상에 대해서 아는 것도 많고 더욱이 타향에서 오신 분이에요. 그러한 당신에게 그 애는 남달리 똑똑해보이지 않으세요?"

"아니오. 나에게는 유난히 불쌍한 사람처럼 느껴져요. 그러나 나에게는 아무리 생각해도 한 가지 석연치 않은 점이 있군요. 당신들은 한편으로는 아말리아를 존경하고 있어요. 그러면서도 다른 한편으로는, 가령 예를 들면 바르나바스는 아말리아가 볼 때는 그다지 떳떳하지 않은 일, 아니 오히려 경멸스럽기까지 한 심부름꾼이라는 직책을 가지고 있어요. 이 두 가지 사실은 분명히 앞뒤가 맞지 않아요. 이것은 대체 어떻게 해석하면 좋지요?"

"바르나바스는 다른 무슨 좋은 일이 있다는 것을 알면 스스로도 만족하고 있지 않은 이 따위 심부름꾼 같은 일을 당장에 집어치울 거예요."

"바르나바스는 제법 한 사람 몫을 하는 구두 직공이 아니던가요?"
하고 K가 물었다.

"맞아요. 바르나바스는 틈틈이 브룬스빅크의 일을 도와주고 있어요. 이것은 하려고만 생각하면 밤낮으로 일이 있으니까 수입도 꽤 짭짤해요."
하고 올가가 말했다.

"그렇다면 심부름꾼의 일을 그만두더라도 대신할 수 있는 일이 있는 것 아니에요?"

"심부름꾼의 일을 집어치우다니요?"
하고 올가는 깜짝 놀라서 되물었다. 그러고는 말을 이었다.

"그럼 대체 당신은 수입 때문에 심부름꾼의 일을 하고 있다고 생각하고 계시나요?"

"그렇게 생각할 수밖에요. 아까 당신은 이 직업에 그는 만족하고 있지 않다고 말했지 않습니까?"
하고 K는 말했다.

"네, 만족하고 있지는 않아요. 여기에는 여러 가지 이유가 있어요. 그러나 이것은 어디까지나 성에 대한 일종의 봉사예요. 적어도 그렇게 생각할 수밖에는 없잖아요?"
하고 올가는 말했다.

"뭐라고요? 당신들은 이런 일에 대해서까지 의심을 품고 있나요?"
하고 K가 물었다.

“아니에요, 사실은 의심하고 있는 것이 아니에요. 바르나바스는 관방 안에도 들어갈 수 있고 성의 하인들과도 대등한 교제를 하고 있어요. 또 비록 멀리서이기는 하지만 여러 관리들과도 만날 수 있어요. 또 상당히 중요한 편지를 맡아오기도 하고 구두로 전달하지 않으면 안 될 용건도 위임받곤 해요. 이것은 매우 중요한 일이에요. 젊은 나이에 그 정도로 출세를 했으니까 우리들은 이것을 오히려 자랑으로 여기고 있어요.”

올가의 말에 K는 고개를 끄덕거렸다. 지금은 이미 집에 돌아갈 생각은 하고 있지도 않았다.

“바르나바스는 자기만의 제복도 가지고 있나요?”

하고 K는 물어보았다.

“아아, 그 윗도리 말이군요. 아니에요. 그것은 그 애가 심부름꾼이 되기 전에 아말리아가 만들어준 거예요. 하지만 당신은 점점 아픈 곳을 찌르고 계세요. 바르나바스는 제복이 아니라(성에는 제복 같은 것은 없으니까요) 벌써 옛날에 관청으로부터 관복을 지급받고 있지 않으면 안 돼요. 사실 관복을 지급하겠다는 확약까지도 있었어요. 그러나 이런 점에 관해서는 성의 일하는 태도는 아주 느려요. 그리고 더욱이 난처한 것은 이렇게 늦은 것이 무엇 때문인지 끝내 알 수가 없다는 사실이에요. 혹은 이 문제가 현재 사무적으로 처리되어가고 있다는 것을 뜻하는지도 모르겠어요. 또는 아직도 이 문제가 거론조차 안 되고 있는지도 몰라요. 즉, 바르나바스를 아직도 시험 단계에 두고 있다는 이야기일는지도 모른다는 것이에요. 그리고 마지막으로는 사무상의 처리는 이미 끝난 지 오래지만 어떤 이유 때문인지 그 확약이 취소되어버려 바르나바스는 관복을 지급받을 수 없다는 것을 의미하고 있는지도 모르겠어요. 그 이상 자세한 내용은 알 수가 없고 설사 알 수 있다고 하더라고 그것은 훨씬 나중에 가서의 일이에요. 이곳에는 다음과 같은 속담이 있어요. 어쩌면 당신도 벌써 아실는지 모르지만 ‘관청의 결재는 젊은 아가씨의 대답처럼 미적지근하다’는 것이지요.”

하고 올가는 말하는 것이었다.

“그것 참 기막힌 표현인데요.”

하고 K는 말했다. 그는 올가보다도 더 진지하게 그 말의 뜻을 해석하고 있었던 것이다.

“마치 꿰뚫어본 것 같습니다. 관청에서 결정하는 방법은 그 밖에도 또 젊은 아가씨와 공통되는 점이 있을는지도 모르겠군요.”

그러자 올가는 말했다.

“그럴는지도 몰라요. 물론 당신이 어떤 뜻으로 하시는 말씀인지는 잘 모르겠지만요. 어쩌면 칭찬하시는 말씀인지도 모르겠고요. 하지만 관복에 대해서 말씀드리면 이것이야말로 바르나바스의 걱정거리의 하나예요. 그리고 우리도 걱정을 함께 나누고 있으니까 동시에 우리의 걱정거리이기도 하지요. 어째서 관복을 지급받을 수 없을까 하고 우리는 서로 자문해보지만 좀처럼 해답은 나오지 않아요. 그런데 이 문제는 그렇게 간단한 것이 아니에요. 관리들은 도통 관복이라는 것을 가지고 있지를 않아요. 마을에서 우리들이 알아낸 바로는, 또 바르나바스에게서 우리들이 들은 바에 의하면 관리들은 물론 훌륭한 옷이기는 하지만 보통 평상시에 입는 옷을 입고 나다니고 있어요.

그래요, 당신은 클람 씨를 보셨겠지요. 그런데 바르나바스는 물론 관리가 아니에요. 맨 하급 관리도 아니고 또 그런 것이 되고 싶다는 분에 넘치는 생각도 가져본 적이 없어요. 그러나 고급 종복(從僕)——물론 마을에서는 이 사람들의 모습을 볼 수도 없지만——들도 바르나바스의 애기로는 역시 관복을 가지고 있지 않다고 해요. 그렇다면 어느 정도 위로가 되지 않느냐고 속단하실는지 모르지만 그것은 거짓말이에요. 왜냐하면 바르나바스는 결코 고급 종복이 아니거든요. 그에게 아무리 호감을 가지고 있어도 그런 말은 할 수가 없어요. 그가 마을에 내려온다는 사실, 아니 마을에 살고 있다는 사실만 가지고도 그렇지 않다는 것은 명백해요. 고급 종복은 관리들보다 더 접근하기가 어려운 존재예요. 그것은 아마 당연한 일일는지도 모르지요. 아마 그 사람들이 보통 관리들보다 신분이 더 높기 때문이겠지요. 그것을 증명해주는 두서너 가지 사실이 있어요.

고급 종복쯤 되면 별로 일도 하지 않아요. 그리고 바르나바스의 말을 들어보면 이 건장하고 특별히 몸집이 큰 사나이들이 복도를 천천히 걸어다니는 모습은 그야말로 장관이라고 해요. 바르나바스는 그들 옆에서 언제나 위축되어가지고 쩔쩔매고 있다고 해요. 즉, 바르나바스가 고급 종복이 아닌 것만은 이것으로도 확실해요. 그렇다면 신분이 낮은 종복의 한 사람이지요. 그러나 하급 종복들은 적어도 마을에 내려올 때는 틀림없이 관복을 입고 있어요. 그러나 그것은 진짜 제복은 아니에요. 가지각색인 점도 많이 있어요. 그래도 어쨌든 복장을 보면 성의 종복이라는 것을 쉽게 알아볼 수 있지요. 당신도 아마 진신관에서 그런 사람들을 많이 목격하셨을 거예요. 그들 복장의 가장 눈에 띄는 특징은 대개 옷이 몸에 찰싹 달라붙는다는 것이에요. 아마 농부나 직공이라면 그런 옷은 입지 않을 거예요. 그런데 바르나바스는 이런 옷도 지급받고 있지 않아요. 이것은 다만 우리들의 수치라든가 체면이 깎인다는 얘기가 아니에요. 그것뿐이라면 참을 수도 있을 거예요. 하지만 특히 기분이 상하는 것은——바르나바스도 저도 극히 드물기는 하지만 때로는 아주 기분이 상할 때가 있어요——그것을 생각하면 모든 것이 의심스러워져요. 그런 때 생기는 의문은 대체 바르나바스가 하고 있는 일은 정말로 성에 대한 봉사일까, 하는 것이에요. 그가 관방에 출입하고 있는 것만은 확실해요. 하지만 그 관방은 정말로 성일까요? 그 관방이 성의 일부라 하더라도 바르나바스가 출입을 허용받고 있는 방이 과연 그럴까요?

그는 여러 가지 방에 출입하고 있어요. 하지만 그것은 관방 전체의 일부분에 지나지 않아요. 그 앞에는 울타리가 쳐져 있고 다시 거기에는 별도의 방이 또 있는 거예요. 그가 거기에서 앞으로 가지 못하도록 금지되어 있는 것은 아니에요. 그러나 바르나바스가 이미 자기의 상관을 만나 일에 대한 얘기가 끝나고 상관이 나가라고 하면 거기서 한 발짝도 앞으로는 나갈 수가 없는 거예요. 게다가 성에서는 끊임없이 감시를 받고 있어요. 적어도 그렇게 다들 믿고 있어요. 또 설사 앞으로 나간다고 하더라도 거기에는 아무런 공적인 일이 없고 단순한 침입자에 지나지 않는다고 한다면 그게 대체 무슨 소용이 있을까요?

당신은 이 울타리를 일정한 경계선이라고 생각하시면 그것은 잘못이에요. 바르나바스도 몇 번이나 우리들에게 그것을 설명해주었어요. 울타리는 그가 출입하는 방 안에도 있어요. 그러니까 그가 통과하는 울타리도 있는 셈이지요. 그 울타리는 그가 아직도 통과한 적이 없는 울타리와 겉으로 보기에는 조금도 다를 것이 없어요. 그러므로 이 울타리 너머에는 바르나바스가 지금까지 있던 방과는 본질적으로 다른 관방이 있으리라고 처음부터 단정해서는 안 돼요. 다만 지금도 말씀드렸듯이 마음이 심란할 때에는 그만 그렇게 생각하기가 쉽지요. 그렇게 되면 의심이 자꾸만 생겨서 아무래도 막아낼 수가 없게 되지요. 바르나바스는 관리와 이야기를 하고 심부름할 용건을 듣게 되지요. 하지만 그것은 어떤 관리이고 또 어떤 용건일까요? 그는 현재 자기도 말했듯이 클람 씨 밑에 배치되어 클람 씨로부터 개인적인 지령을 받고 있지요.

　그런데 이것은 정말 대단한 일이에요. 고급 종복조차도 감히 엄두를 낼 수 없는 과분한 특전이라고 할 수 있어요. 거의 분에 넘칠 만큼 중책을 맡았다고 해도 과언이 아니에요. 그런데 그것이 걱정이 되는군요. 생각해보세요. 직접 클람 씨에게 배치되어 그와 맞대면을 하고 말을 주고받을 수 있다——그러나 이게 사실일까요? 어쩌면 사실이 그럴지도 모르지요. 그러나 그렇다면 바르나바스는 성에서 클람이라는 이름으로 불리고 있는 관리가 정말로 클람 씨일까 하는 것을 어째서 의심하고 있는 것일까요?”

　그러자 K는 말했다.

　“올가 양, 당신은 설마 농담을 하고 있는 것은 아닐 테지요? 클람 씨의 외모에 대해서는 의심의 여지가 없잖아요? 그가 어떤 모습을 하고 있는지는 누구나 다 알고 있어요. 나도 이 눈으로 클람 씨를 직접 본 적이 있으니까요.”

　“분명히 농담이 아니에요. 지금 농담을 하고 있을 때가 아니에요. 제가 가장 골치를 앓고 있는 문제인 걸요. 하지만 당신에게 이런 말씀을 드리는 것은 제 마음을 가볍게 하고 당신의 마음을 무겁게 하려는 것이 아니에요. 당신이 바르나바스의 일을 물었고 아말리아가 저더러 그것을 설명해주도록 일렀기 때문이에요. 그리고 자세한 내용을 알고 계시는 것이 당신을 위해서도 도움이 되리라고 생각했기 때문이에요. 또한 이것은 바르나바스를 위한 것이기도 해요. 당신이 그에게 너무 큰 기대를 걸었다가 그에게 실망하고 또 당신이 실망하는 모습을 보고 바르나바스가 괴로워하는 모습을 보고 싶지 않았기 때문이에요. 그 애는 아주 신경이 날카로워요. 가령 예를 들면 그 애는 어젯밤에도 한 잠도 못 잤어요. 그것은 당신이 어젯밤 그를 아주 탐탁지 않게 여기셨기 때문이에요.

　당신은 바르나바스 같은 심부름꾼밖에 없으니 참으로 곤란한 일이라고 말씀하셨다더군요. 이 말을 듣고 그 애는 잠을 이루지 못한 거예요. 당신 자신은 그 애가 얼마나 가슴이 미어지는 듯한 생각을 했는지 아마 깨닫지 못했을 거예요. 성의 심부름꾼은 어디까지나 자제를 하지 않으면 안 돼요. 그러나 이것은 그 애에게 있어서 결코 쉬운 일이 아니에요. 그것은 상대가 당신이라 하더라도 마찬가지예요. 물론 당신은 결코 과분한 것을 그 애에게 요구하고 있다고는 생각지 않을 거예요. 당신은 처음부터 심부름꾼이라는 것에 대해 뚜렷한 개념을 가지고 있고 따라서 그것을 기준으로 자기의 요구를 재고 계시니까요.

하지만 성에서는 심부름꾼의 일을 좀더 다른 각도로 해석하고 있어요. 그것을 당신의 생각과 짜맞추려는 것은 무리예요——설사 바르나바스가 자기의 일에 분골 쇄신하고 있다고 하더라도 말예요(유감스럽지만 때때로 그런 각오를 하고 있지는 않은가 하고 생각될 때가 있어요). 자기가 하고 있는 일은 참으로 심부름꾼의 일일까 하는 의문만 없다면 누구로부터 잔소리를 듣건 그저 하라는 대로만 묵묵히 하고 있으면 그뿐이에요. 이러쿵저러쿵 반론을 제기할 처지가 아니에요. 물론 그 애로서는 당신에 대해서는 그런 의문을 입에 담을 입장이 아니에요. 만일 그런 짓을 한다면 그것은 그 애에게 있어서 자기 생활을 파괴해버리는 것이 되고 말 것이고 자기가 아직도 거기에 따르고 있다고 믿고 있는 어떤 규범을 엉망으로 짓밟아버리는 것이 되고 말 것이에요.

저에게 대해서조차 솔직히 이야기해주지는 않아요. 그 애의 의혹을 알아내려면 무척 달래거나 키스를 해주거나 해서 비위를 맞춰주지 않으면 안 돼요. 그리고 그 경우에조차도 그 의혹이라는 것을 좀체로 믿으려 하지 않아요. 그 애의 핏속에는 무언가 아말리아와 비슷한 것이 있어요. 그리고 저는 그가 신용하고 있는 유일한 사람인데도 저에게 대해서까지 모든 것을 털어놓으려 하지를 않아요. 그러나 클람 씨의 일에 관해서만은 가끔씩 상의하곤 해요. 저는 아직 클람 씨를 본 일이 없어요. 아시다시피 프리다는 저를 그다지 좋아하지 않아요. 그래서 클람 씨를 볼 기회를 주지 않았어요. 하지만 물론 그의 생김새는 마을 사람들에게 온통 알려져 있어요. 그를 직접 보지 못한 사람도 소문만은 다 들어서 알고 있어요. 그리고 그러한 목격담이나 소문, 그리고 사실을 날조하려는 속셈까지도 약간은 가미되어 어느 새 클람 상(像)이 만들어졌어요. 이 클람 상은 아마 대개는 본인과 일치하고 있을 거예요. 그러나 어디까지나 대개에 지나지 않아요. 그 밖의 많은 점은 잘 변하게 마련입니다. 그러나 변한다고 해서 클람의 외모가 변하는 것처럼 그 인간의 본질이 변하는 것은 아닐 거예요.

클람 씨는 마을에 올 때와 마을을 떠날 때는 전혀 다른 사람처럼 보인다고 해요. 맥주를 마시기 전과 마시고 난 후의 모습이 다르고, 눈을 뜨고 있을 때와 잠자고 있을 때가 다르고 또 혼자 있을 때와 사람들과 이야기를 하고 있을 때도 다르다는 거예요. 그것으로 미루어 짐작하시겠지만 성에 있을 때는 완전히 딴판으로 변한다고 해요. 마을에 있을 때조차도 그에 관한 여러 가지 보고에는 엄청난 차이가 있어요. 말하자면 그의 키, 동작, 태도, 살찐 정도, 수염 모양의 이르기까지 각각 달라요. 다만 복장에 관해서만은 다행히도 어느 보고나 일치하고 있어요. 언제나 똑같은 복장에 소매가 긴 윗도리를 입고 있다고 해요.

물론 이렇게 차이가 나는 것은 그가 무슨 마술을 부려서가 아니에요. 아니, 지극히 당연한 일이에요. 즉, 그를 본 사람의 그때 그때의 순간적인 기분, 흥분의 정도, 기대감 혹은 절망감의 무수한 단계, 이런 것들에 의해서 그렇게 차이가 생기는 거예요. 게다가 클람 씨를 보았다고 해도 대개는 일순간에 지나지 않아요. 지금 말씀드린 것은 모두 바르나바스로부터 들은 이야기를 솔직히 그대로 전한 것뿐이에요. 따라서 개인적으로 직접 이 문제와 관련이 없는 사람이라면 대개 이 정도로 안심이 될 거예요. 그러나 우리의 경우는 그럴 수가 없어요. 특히 바르나바스에게는 자기가 이야기하고 있는 상대가 정말로 클람 씨인가 아닌가 하는 것은 실로 사활 문제가 걸려 있는 중대한 일이에요.”

“내 입장도 그것에 못지 않소.”
하고 K는 말했다. 그리고 두 사람은 긴 의자에 걸터앉은 채 한층 더 몸을 가까이 했다.

올가가 들려준 이러한 달갑지 않은 뉴스는 K를 몹시 놀라게 했으나 여기에는 적어도 외며상으로는 자기와 아주 흡사한 운명을 더듬고 있는 사람들을 발견했다. 따라서 이 사람들과는 서로 동료가 될 수 있고 프리다와 같이 두서너 가지 점에 있어서뿐만 아니라 이 사람들과는 많은 점에서 서로 이해할 수 있다고 생각하자 재미없는 뉴스도 대부분 상쇄될 수 있는 것 같은 기분이 들었다. K는 바르나바스에게 위탁한 심부름이 잘 되리라는 희망을 점차 상실하고 있었으나 성에서의 바르나바스의 입장이 악화할수록 그는 이 마을에서는 점점 K에게 가까이 접근해오는 것이었다. K로서 본다면 이 마을 자체에서도 바르나바스와 그 누나의 노력과 같은 불행한 노력이 생기리라고는 꿈에도 생각지 않았던 것이다. 물론 올가의 설명은 아직도 충분하지 못했고 언제 그리고 어떻게 뒤집혀질는지도 모른다. 올가의 천진함은 의심할 여지가 없지만 그렇다고 해서 곧 바르나바스의 성실성도 믿어버리는 과오를 범해서는 안 되는 것이다.

224

올가는 또 말을 계속했다.

"클람 씨의 외모에 관한 여러 가지 보고는 바르나바스가 잘 알고 있어요. 그 애는 그러한 보고를 지나칠 정도로 많이 모아서 그것들을 모조리 비교 검토했고 또 한 번은 직접 마을에서 그를 마차의 창 너머로 본 일이 있대요. 아니, 보았다고 믿고 있어요. 그러니까 클람 씨를 분별할 수 있는 준비는 충분히 되어 있었어요. 그런데 이게 웬일일까요! 당신은 이 사실을 어떻게 설명하겠어요? 그 애가 성의 어느 관방에 들어갔을 때 누군가가 몇 사람의 관리 중 한 사람을 가리키며 저 사람이 클람 씨라고 말했을 때 그는 클람 씨를 알아보지도 못했을 뿐만 아니라 그 후에도 오랫동안 그 관리가 클람 씨라는 생각이 들지 않더라는 거예요. 그런 판국에 그 관리와 사람들이 일반적으로 클람 씨에 대해서 갖고 있는 이미지가 어떻게 다른가를 당신이 묻는다고 해도 바르나바스는 아마 대답하기 곤란할 거예요. 혹은 대답하는 대신 성에서 본 그 관리의 모습을 사세히 설명할지도 몰라요. 그린데 그 설명은 제가 알고 있는 클람 씨의 특징과 아주 일치하는 거예요. '그럼 바르나바스'하고 저는 말하지요? '너는 무엇을 의심하고 있니? 어째서 괴로워하고 있는 거니?'하고 말이에요. 그러면 그는 눈에 띄게 곤혹해하면서 그 성에서 본 관리의 특징을 여러 가지로 열거하기 시작해요. 하지만 그것은 자기가 본 것을 그대로 보고하고 있다기보다는 머릿속에서 제멋대로 생각해낸 것을 지껄이고 있는 것처럼 느껴져요. 게다가 아주 실없는 이야기뿐이에요——예를 들면 고개를 끄덕거릴 때의 독특한 동작이라든가 조끼 단추를 언제나 풀어 헤치고 있다든가 하는 것뿐으로서 도저히 진실이라고는 믿어지지가 않아요.

그런 것보다도 우리가 좀더 중요하다고 생각하고 있는 것은 클람 씨가 어떻게 바르나바스를 맞이하느냐 하는 것이에요. 물론 바르나바스는 그것도 잘 설명해주었어요. 스케치까지 해가면서 말이에요. 보통 바르나바스는 어떤 큰 사무실로 안내되는데 그곳은 클람 씨의 방이 아니래요. 대개 관리들은 개개인의 사무실 같은 것은 없어요. 그런데 이 사무실은 세로로 한쪽 벽에서 반대쪽 벽에까지 닿을 만큼 다리가 높은 책상에 의해 두 부분으로 나뉘어져 있어요. 두 사람이 몸을 서로 양보하면서 스쳐 지나갈 수 있을 정도로 좁은 부분, 이것이 관리의 방이에요. 다른 넓은 쪽은 용건이 있어서 온 사람들이나 구경꾼, 또는 하인이나 심부름꾼들이 있는 곳이지요. 책상 옆에는 큰 책이 펼쳐진 채 가지런히 놓여 있고 대개의 책 옆에는 관리가 서 있어서 그것을 읽고 있어요. 물론 언제까지나 같은 책 옆에 서 있는 것은 아니에요. 그러나 그것은 책을 바꾸는 것이 아니라 자리를 바꾼대요. 바르나바스가 제일 감탄하는 것은 자리를 바꿀 때 관리들이 서로 몸을 부딪치면서 이동하는 모습이래요. 물론 장소가 너무 비좁기 때문이지요.

이 긴 칸막이 책상의 바로 옆에는 낮은 책상이 있고 거기에는 서기들이 앉아 있어요. 서기들은 관리가 불러주는 대로 받아쓰는 것이 그 임무예요. 바르나바스가 언제나 이상하게 생각하는 것은 이 구술을 받아쓰는 방법이에요. 관리 쪽에서는 그렇게 뚜렷이 명령을 하는 것도 아니고 큰소리로 구술하는 것도 아니에요. 구술을 필기하고 있다는 것이 거의 모를 정도예요. 관리 쪽에서는 책을 계속 읽고 있는 듯이 보이지만 그래도 역시 무언가를 중얼거리고 있고 서기는 그것을 알아듣고는 받아 적는다고 해요. 관리의 구술하는 목소리가 너무 작아서 서기는 앉은 채로는 그것을 알아듣지를 못하는 수가 있대요. 그런 때 서기는 의자에서 뛰어 일어나서 구술된 것을 자세히 듣고는 재빨리 그것을 받아 적고 그러고는 다시 아까와 같은 동작을 되풀이한다고 해요.

이 무슨 해괴한 짓일까요! 거의 이해가 안 되는 노릇이에요. 물론 바르나바스는 이러한 모든 광경을 충분히 관찰할 시간이 있어요. 왜냐하면 클람 씨의 눈에 띌 때까지 이 대기석에서 몇 시간, 아니, 때에 따라서는 며칠씩이나 기다리고 있지 않으면 안 되기 때문이지요. 그리고 그의 모습이 이미 클람 씨의 눈에 띄어 그가 일어나서 부동의 자세를 취한 경우에도 그것만으로는 아직 아무런 일도 해결되지 않은 거예요. 클람 씨는 다시 바르나바스에게서 시선을 책으로 옮겨 그대로 그의 일 따위는 잊어버리고 말는지도 모르기 때문이지요. 이러한 일은 얼마든지 있는 일이래요. 하지만 이런 하잘것 없는 심부름꾼 노릇이 도대체 무엇일까요? 저는 아침마다 바르나바스가 성에 갔다 오겠다고 인사를 할라치면 왠지 마음이 슬퍼져요. 아무리 생각해도 무익한 일이라고밖에는 생각되지 않는 성으로 가는 길, 헛되이 낭비한다고밖에는 생각되지 않는 하루, 부질없는 일이라고밖에는 생각되지 않는 희망——이런 것이 대체 무엇일까요? 집에는 구두를 만드는 일이 잔뜩 밀려 있어요. 바르나바스 말고는 그것을 맡아서 해줄 사람이 없어요. 브룬스빅크로부터는 재촉이 성화 같은데.”

“좋아요. 바르나바스는 명령을 받을 때까지는 오랫동안 기다려야만 하는군요. 그것은 이미 모르는 바가 아니었어요. 이 고장에는 비로 쓸어서 버릴 만큼 실직자가 많으니까요. 누구나가 매일 일거리를 얻을 수 있는 것은 아니지요. 당신네들이 그 문제로 불평을 늘어놓는 것은 온당치가 않아요. 아마도 누구나가 다 그럴 테니까요. 그러나 마지막에는 바르나바스도 일을 얻을 수 있어요. 지금까지도 나에게 편지를 두 통이나 가지고 왔으니까요.”
하고 K가 말했다.

“우리들이 우는 소리를 하는 것은 잘못일는지도 모르겠어요. 제 경우는 특히 그래요. 모든 것을 들어서만 알고 있을 뿐이고 더욱이 여자이니까 바르나바스처럼 잘 이해할 수도 없어요. 게다가 바르나바스만 하더라도 아직 숨기고 있는 것이 많을는지도 몰라요. 하지만 다음에는 편지, 예를 들면 당신 앞으로 온 편지가 어떤 것인지를 얘기하겠어요. 바르나바스는 이런 편지를 직접 클람 씨로부터 받는 것이 아니라 서기에게서 받는 것이에요. 어느 임의(任意)의 날 임의의 시간——그러니까 이 일도 얼핏 보기에는 편한 것 같지만 실은 아주 피곤해요. 왜냐하면 바르나바스는 항상 주의를 게을리해서는 안 되기 때문이지요——어쨌든 어느 날 어느 시간에 서기가 바르나바스를 기억하고 있다가 그를 부르더래요. 이것은 전혀 클람 씨가 지령한 일이 아닌 것 같아요. 그는 조용히 자기의 책을 읽고 있었대요. 가끔——가끔이라고는 하지만 평소에도 노상 그렇게 하곤 하지만——그는 바르나바스가 갔을 때에 코안경을 닦곤 한대요. 그럴 때면 혹시 바르나바스에게 눈을 줄는지도 모르지요. 물론 클람 씨가 안경을 끼지 않고도 사물을 볼 수 있다는 것을 전제로 해서이지만. 그러나 바르나바스는 그것을 의심하고 있어요. 클람 씨는 그럴 때 눈을 거의 감고 있다는 거예요. 마치 잠을 자고 있으면서도 꿈속에서 안경을 닦고 있는 것처럼 보인대요.

그럭저럭하고 있는 동안에 서기는 책상 밑에 놓여 있는 많은 서류와 편지 중에서 당신에게 보낼 편지 한 장을 찾아냈대요. 그러니까 그것은 그때 쓴 편지가 아닌 거예요. 오히려 봉투의 상태로 판단하면 매우 낡은 편지로서 오랫동안 책상 밑에 방치되고 있던 거예요. 그러나 그것이 낡은 편지라면 어째서 바르나바스를 이렇게 오랫동안 기다리게 했을까? 그리고 어쩌면 당신까지도 말예요. 그리고 마지막에는 그 편지까지도. 왜냐하면 그 편지는 지금은 이미 아무 소용도 없는 휴지 조각과 다름이 없으니까요. 더욱이 그 덕분에 바르나바스는 형편없는 느린 심부름꾼이라는 평판을 듣게 돼요. 물론 서기는 태평스럽게 바르나바스에게 편지를 건네주면서 ‘클람 씨로부터 K에게 보내는 편지다'라고 말했을 뿐이에요. 그리고 바르나바스를 내보내는 것이었어요. 그러면 바르나바스는 집으로 돌아와요. 숨이 차게 헐떡거리면서 가까스로 손에 넣은 편지를 속옷 속에 숨겨가지고 말이에요. 그러면 우리들은 지금처럼 이 긴 의자에 걸터앉아서 그의 설명을 듣지요. 그러고는 둘이서 모든 사정을 상세히 검토하고 그가 한 일을 평가하지요. 그리고 마지막으로 이것은 아주 하찮은 일이다. 하찮은 일일 뿐만 아니라 매우 의심스러운 것이다라는 사실을 알게 되지요.

그러면 바르나바스는 그 편지를 내동댕이쳐버리고 전달할 생각도 없이, 그렇다고 해서 잠들 생각도 하지 않고 밤이 새도록 이 낮은 의자에 앉아서 구두를 만드는 일에 전념하지요. 대개 사정은 이래요. 이것은 우리들의 비밀이에요. 이만큼 말씀드리면 아말리아가 이 비밀에 관여하려고 하지 않는 이유를 이제 충분히 이해가 되시겠죠."
하고 올가가 말했다.

"그러면 그 편지는 어떻게 되지요?"
하고 K는 물어보았다.

"편지 말예요? 한동안 지나고 나서——물론 그러는 사이에 며칠이고 몇 주일이고 지나는 수도 있지만——제가 시끄러울 정도로 독촉을 하면 바르나바스는 마지 못해 편지를 집어들고 그것을 전달하러 나가요. 이런 대수롭지 않은 일에는 그는 제 말을 참 잘 들어요. 즉, 저는 그가 말해준 최초의 인상만 지워버리면 다시 안정을 되찾을 수 있지만 그 애는 아마 저보다도 사정을 잘 알고 있기 때문이겠지만 그것이 불가능해요.

그래서 그러한 때는 이런 말을 몇 번이고 되풀이하죠. '대체 너는 어떤 일을 원하고 있니, 바르나바스? 어떤 인생, 어떤 목표를 꿈꾸고 있는 거니? 우리들, 그리고 나까지도 버리지 않으면 안 될 정도로 높은 희망을 가지고 있는 거니? 우리들을 버리는 것이 네 목표이니? 나는 그렇게밖에 생각되지 않는구나. 만일 그렇게 생각하지 않는다면 네가 지금까지 성취해온 일에 대해서 그토록 불만을 품는 이유를 나는 영 알 수가 없구나. 주변을 둘러보아라, 우리들의 이웃 중에서 너만큼 성공한 사람이 또 있는가를 말이다. 물론 그 사람들과 우리들과는 아주 처지가 다르지. 그 사람들은 생활을 좀더 높은 곳으로 이끌어갈 만한 아무런 이유도 가지고 있지 않거든. 하지만 다른 사람들과 비교할 때 너는 모든 일이 썩 잘돼 나가고 있다는 것쯤은 알 거야. 물론 장애도 있겠지. 의심스러운 일이나 실망하는 일도 있을 수 있겠지. 하지만 우리들이 이미 알고 있는 것처럼 그것이 호박이 덩굴째 떨어지는 일은 결코 없다는 것뿐이야. 아무리 하찮은 일이라도 그것은 네가 하나 하나, 그리고 차곡차곡 쌓아가지 않으면 안 된다는 것이야. 그것은 네가 긍지를 더욱 높이 가질 일이지 결코 좌절해버릴 이유는 안 된다는 말이다. 그리고 너는 우리들을 위해서도 일하고 있지 않니? 우리들을 위해서 네가 투쟁하고 있다는 것은 아무런 의미도 없는 거니? 그것이 너에게 새로운 힘을 불어넣어주지 않니? 나는 너 같은 동생을 가지고 있어서 매우 행복하고 거의 자만심에 가까울 정도의 만족감을 느끼고 있는데 그것이 너에게는 아무런 위안도 되지 않는단 말이니? 네가 성에서 해낸 일에 대해서는 환멸 같은 것을 느끼지 않지만 내가 너를 위해서 과연 어느 정도의 일을 도와주었나 하고 생각하면 정말 가슴이 미어지는구나.

너는 성에도 갈 수가 있고 언제나 관방에도 출입을 하면서 하루종일 클람씨와 같은 방에서 지내고 있어. 공식적으로 인정받고 있는 심부름꾼이니까 관복도 요구할 수가 있고 중요한 서면도 접수하고 또 배달할 수도 있어. 너는 그 정도로 큰 인물이고 그만큼 신임을 받고 있어. 그러한 네가 성에서 돌아오기만 하면 행복에 겨워서 나를 끌어안고 울기는커녕 내 얼굴을 보자마자 모든 힘이 다 빠진 사람처럼 온갖 일을 다 의심하고 있어. 다만 네 마음을 사로잡는 일은 구두를 만드는 일뿐이고 우리들의 미래를 보장해줄 편지 따위는 내동댕이치고 거들떠보지도 않는구나' 하고 저는 그 애에게 말하고 있어요.

이런 일을 며칠 동안 되풀이하고 있으면 비로소 그 애는 한숨을 내쉬면서 편지를 들고 배달하러 나가는 거예요. 하지만 아무래도 이것은 제 말이 무슨 효과를 발휘한 것은 아닌 것 같아요. 그저 또다시 공연히 성으로 가고 싶은 생각이 떠올랐기 때문일 거예요. 지시받은 임무를 다하지 않고서는 감히 성으로 갈 엄두도 낼 수가 없을 테니까요."
하고 올가는 말했다.

"하지만 당신이 바르나바스에게 들려준 이야기는 모두가 옳은 말 뿐이에요. 당신은 말을 기막히게 잘 하는군요. 머리가 아주 비상한데요."
하고 K는 말했다.

"당치도 않아요. 당신은 속고 계시는 거예요. 그 애도 어쩌면 속고 있을는지도 몰라요. 대체 그 애가 어느 정도의 일을 성취했다는 거죠? 그 애는 어떤 관방에 출입하는 것을 허용받고 있어요. 그러나 그곳은 관방이 아니라 오히려 관방의 대기실인 것 같아요. 혹은 대기실조차도 아닐는지 모르겠어요. 어쩌면 진짜 관방에 출입이 허용되지 않는 사람들을 붙들어두기 위한 방에 지나지 않는 것일지도 몰라요. 그 애는 클람 씨와 이야기를 하고 있어요. 그러나 그것이 과연 진짜 클람 씨일까요? 오히려 클람 씨와 약간 닮은 사람이 아닐까요? 나는 고작해야 클람 씨의 비서 정도가 아닐까 생각해요. 클람 씨를 약간 닮았거나 더 닮으려고 노력하고 있는 사람, 그런 사람일지도 몰라요. 클람 씨의 이 부분은 가장 흉내내기가 쉬워요. 실제로 그 흉내를 내고 있는 사람도 있어요. 물론 그 밖의 다른 점은 조심해서 흉내내지를 않지만 말이에요.

클람 씨처럼 모두가 만나보고 싶어하면서도 좀처럼 만나볼 수 없는 사람은 자칫하면 사람들의 머릿속에서 여러 가지 다른 모습으로 상상되기 쉬운 법이지요. 예를 들면 클람 씨는 이곳에서 모무스라는 이름의 마을 비서를 쓰고 있어요. 그래요? 모무스를 알고 계세요? 그도 좀처럼 모습을 나타내지 않는 사람이지만 저는 지금까지 두서너 번 본 적이 있어요. 젊고 건장해 보이는 신사 아니에요? 그래서 아마 클람 씨와는 전혀 모습이 닮지 않은 사람일 거예요. 그런데 마을에는 모무스야말로 클람이다, 클람 이외의 아무도 아니다, 맹세해도 좋다, 라고 우기는 사람들도 있어요. 그래서 사람들은 자기들이 지어낸 혼란을 점점 더 까다롭게 해나가는 것이에요. 그리고 성 안에서도 사정은 이와 비슷해요. 누군가가 어떤 관리를 가리켜 저 사람이 바로 클람 씨다, 라고 바르나바스에게 가르쳐준 거예요. 사실 두 사람 사이에는 어떤 공통점이 있었어요. 그러나 바르나바스는 언제나 이 비슷한 점이 아무래도 수상하다고 생각하고 있어요. 그리고 모든 것이 그 애의 이러한 의혹을 뒷받침하고 있는 거예요. 클람 씨 정도의 사람이 모두가 함께 있는 방에서 연필을 귀 뒤에 꽂은 채 밀고 당기고 할 필요가 있을까요?

이것은 도저히 상상도 할 수 없는 일이에요. 바르나바스는 약간 어린애같이 순진한 기분으로(하지만 이러한 기분을 가졌을 때가 제일 믿을 만한 때지요) 곧잘 이렇게 말하곤 해요——저 관리는 확실히 클람 씨와 꼭 닮았어요. 그가 자기만의 방에서 자기의 책상 앞에 앉고 있고 출입문 위에 클람 씨라는 이름만 씌어 있다면 나는 그 사람이 클람 씨임을 의심하지 않아요, 라고.

이것은 아주 순진한 이야기지만 그래도 조리에 맞아요. 물론 바르나바스가 성에 갔을 때 두서너 사람을 붙들고 진상은 어떻습니까 하고 물어본다면 그 쪽이 훨씬 더 이치에 닿지요. 그 애의 이야기로는 방 안에는 많은 사람이 늘어서 있다고 해요. 그 사람들이 묻기도 전에 저 사람이 클람이라고 가르쳐준 사람들의 의견보다도 훨씬 더 믿을 수는 없다고 하더라도 여러 가지 의견이 있으면 적어도 거기에서 무언가 실마리가 될 점이나 일치점이 생겨날지도 몰라요. 이것은 제가 생각해낸 것이 아니라 바르나바스의 머리에 떠오른 생각이에요. 하지만 그 애에게는 그것을 실행에 옮길 용기가 없어요. 그럴 작정으로 물은 것이 아니라고 하더라도 자기도 모르는 규칙을 깬 것 같은 꼴이 되어버려 그것 때문에 자기의 직장을 잃게 되지는 않을까 하는 두려움에서 감히 아무에게도 말을 하지 않으려는 거예요. 그 애는 그 정도로 자기의 입장이 불안정하다고 느끼고 있는 거예요.

그런 느낌을 갖다니 정말로 한심한 이야기지만 그 불안감이야말로 어떤 설명보다도 더 잘 그 애가 놓여 있는 입장을 뚜렷이 나타내고 있는 것이지요. 이런 순진한 질문조차도 입에 담을 수 없는 것을 보면 성의 모든 일이 얼마나 의심스럽고 또 무서운가를 가히 짐작할 수가 있어요. 그런 것을 이것저것 반성해보면 저는 그런 미지의 장소에 그 애를 혼자 있게 내버려둔 데 대해서 스스로 가책을 느끼지 않을 수가 없어요. 그곳은 겁쟁이라기보다는 오히려 대담 무쌍하다고 말하는 것이 어울릴 그 애조차도 두려운 나머지 벌벌 떨고 있는 그런 곳이라고밖에는 말할 수 없는 곳이지요."

"당신은 제일 요긴한 점에 관해 언급했어요."
하고 K는 말했다. 그리고 거기에 대한 자기의 생각을 다음과 같이 덧붙였다.
"그것이 가장 중요해요. 나도 당신의 이야기를 듣고 이제야 겨우 분명히 알았다는 듯한 생각이 들어요. 바르나바스는 이런 일을 하기에는 아직도 너무 젊어요. 그가 말한 것 중에서 무엇 하나 곧이들을 것이 없어요. 그는 성에만 가면 근심이나 두려움 때문에 몸이 움츠러들어서 아무것도 제대로 관찰할 수가 없어요. 그런데 집에 돌아오면 시끄럽게 보고를 재촉하기 때문에 그만 황당무계한 이야기가 되어버리는 거예요. 이것은 당연한 일이라고 생각돼요. 이 고장에서는 태어날 때부터 성에 대한 공포감이 몸에 배어 있고 게다가 일생 동안 살아가자면 가지각색으로 여러 방면으로부터 그것을 주입받게 되지요. 당신들 자신도 그 일에 은연중에 협력하고 있는 거예요.

그렇다고 나는 그 일에 특별히 반대하고 있는 것은 아니에요. 만일 당국이 정말로 훌륭한 관청이라면 뭐 굳이 외경심을 품고 부들부들 떨 필요가 없으니까요. 다만 이러한 경우 마을 밖으로 한 발짝도 나가본 일이 없는 바르나바스 같은 미숙한 젊은이를 느닷없이 성에 들여보내놓고 진실 그대로의 보고를 그에게 요구한다거나 그가 말하는 한 마디 한 마디를 마치 신의 계시처럼 여러 가지로 꼬치꼬치 캐묻는다거나 그 해석에 따라 그의 생애 자체의 행복과 불행을 판가름해서는 안 된다는 뜻이지요. 이 이상 더 그릇된 일은 없어요. 물론 이렇게 말하고 있는 나 자신도 당신과 마찬가지로 지금까지 그에게 현혹되어 자칫 그에게 희망을 걸어보기도 하고 또 그 사람 때문에 환멸을 맛보기도 했지만 말입니다. 그러나 희망도 환멸도 그것들은 오직 그의 말에만 의존하고 있었기 때문에 요컨대 아무런 근거도 없는 거나 마찬가지지요."

올가는 잠자코 있었다. K는 다시 말을 계속했다.

"동생의 말을 과신하지 말도록 당신을 설득하기는 쉬운 일이 아닙니다. 그것은 당신이 얼마나 그를 사랑하고 또 그에게 얼마나 큰 기대를 걸고 있는가를 잘 알고 있으니까요. 그러나 어떻게 해서든지 당신을 설득하지 않으면 안 되겠어요. 특히 당신의 애정과 기대를 생각하면 한층 더 그렇습니다. 왜냐하면 당신은 노상 무엇인가에 방해를 받아(그것이 무엇인지를 나는 모르지만) 바르나바스가 자기 힘으로 손에 넣은 것이 아니라 저쪽으로부터 주어진 것이 무엇인가 하는 것을 충분히 모르고 있기 때문입니다.

그는 관방에 출입하는 것이 허용되어 있습니다. 당신이 원한다면 대기실이라고 해도 좋습니다. 아니, 대기실이라고 해둡시다. 거기에는 다시 안으로 통하는 문이 있고 만일 그럴 마음만 있으면 누구든지 넘어갈 수 있는 울타리도 있어요. 그러나 내 경우는 지금 이 대기실에조차도 들어갈 수가 없는 것 같습니다. 그러니까 나는 바르나바스가 성에서 누구와 이야기를 하고 있는지 알 수가 없습니다. 예의 서기는 어쩌면 가장 말단에 속하는 종복일지도 몰라요. 그러나 맨 말단이라고는 하더라도 자기 바로 위의 상사에게 바르나바스를 데리고 갈 수는 있을 것입니다. 데리고 갈 수는 없다고 하더라도 적어도 상사의 이름쯤은 가르쳐줄 수 있을 것이고 또 자기가 이름을 모르더라도 누구에게 물어보면 가르쳐줄 것이라는 이야기쯤은 할 수 있을 것입니다.

자칭 클람이라는 인물은 진짜 클람과는 전혀 공통점을 가지고 있지 않을지도 몰라요. 아마 닮은 데가 있다는 것은 바르나바스가 긴장한 나머지 눈이 멀었기 때문인지도 몰라요. 그 사나이는 맨 하급 관리인지도 모르고 또는 전혀 관리가 아닐는지도 모르지요. 그러나 그도 책상 앞에서 무슨 일거리를 가지고 있는 것은 사실이지요. 커다란 책을 펼쳐놓고 무언가를 읽고 있고 서기를 향해 무엇인가를 구술하고 있지요. 때로 바르나바스를 바라볼 때는 무슨 생각에 잠겨 있는 것이 틀림없어요. 설사 이러한 모든 것이 거짓이며 그와 그의 행동이 아무런 뜻도 없다고 하더라도 누군가가 그를 그곳에 배치한 데에는 그 어떤 의도가 틀림없이 있었을 거예요. 여기에서 내가 말하고 싶은 것은 거기에는 분명히 무엇인가가 있다는 것과 아마 바르나바스에게는 적어도 무엇인가가 제공되고 있다는 사실이에요. 거기에서 의혹과 불안, 그리고 절망밖에는 아무것도 얻을 것이 없다고 한다면 이것은 바르나바스의 잘못에 지나지 않아요. 여기에 비해 나는 여전히, 아주 정말이라고 생각할 수 없을 만큼 불리한 조건에서 출발했거든요. 왜냐하면 우리들은 편지를 손에 넣었기 때문이지요. 나는 이것을 대체로 믿고 있지는 않지만 그래도 바르나바스의 말보다는 훨씬 더 믿고 있지요.

물론 그것은 아주 낡고 그리고 아무 값어치도 없는 편지일는지도 몰라요. 똑같이 가치가 없는 많은 편지 속에서 적당히 빼낸 것인지도 모르지요. 큰 시장에서 운세를 점칠 때 카나리아를 사용해서 임의로 점괘를 뽑게 하는 그런 식으로 적당히 잡아 빼는지도 모르죠. 그렇지만 말입니다. 이 편지들은 적어도 나의 일에 대해서 어떤 관계를 가지고 있어요. 아마 나에게 이익이 되도록 씌어진 것은 아닐는지 모르지만 확실히 내 앞으로 씌여진 것임에는 틀림없어요. 그리고 촌장과 촌장 부인이 보증해주었듯이 클람 씨 자신이 직접 쓴 것이고 또 이것도 촌장의 의견입니다만 그것은 사적인 편지로서 약간 애매한 구석은 있지만 그래도 퍽 중대한 가치가 있다는 거예요.”

“촌장님이 그렇게 말씀하셨나요?”

하고 올가가 그렇게 물었다.

“그렇습니다. 촌장이 그렇게 말했습니다.”

하고 K는 대답했다.

“그럼 그 사실을 바르나바스에게 말해주겠어요. 그러면 그 애는 무척 힘을 얻을 거예요.”

하고 올가는 빠른 어조로 말했다.

“아닙니다. 바르나바스에게 기운을 북돋워줄 필요는 없습니다. 그에게 기운을 북돋워주는 것은 네가 하고 있는 일은 옳다, 지금까지 하던 방식대로 계속 일을 밀고 나가라, 하고 타이르는 것과 다름이 없어요. 그러나 지금까지 하던 방식으로는 그는 아무것도 해낼 수 없어요. 눈을 가리고 있는 사람에게 눈가리개 너머로 아무리 세상을 똑바로 바라보라고 일러준대도 아무것도 보이지 않을 테니까요. 눈가리개를 떼어주어야만 세상이 비로소 바라보이지요. 바르나바스에게 지금 필요한 것은 눈가리개를 떼어주는 것이지 결코 기운을 북돋워주는 것이 아니에요. 생각해보세요. 성에는 아주 감당하기 어려울 정도의 큰 관청이 있어요. 나는 이곳에 올 때까지는 그 관청이 어떤 것인지 대충 알고 있다고 생각하고 있었어요. 그러나 그것은 어리석기 짝이 없는 일이었어요.

어쨌든 성에는 그러한 관청이 있어요. 그리고 바르나바스는 그것을 향해 전진하고 있어요. 다른 사람은 아무도 없고 다만 안타깝게도 그 혼자뿐이에요. 불쌍하게도 외톨박이지요. 그가 그 관방의 어두운 한쪽 구석에서 평생을 증발이라도 한 것처럼 쭈그린 채 끝나버리지 않는다면 그로서는 그것만으로도 매우 큰 영광이라고 할 수 있겠지요.”
하고 K는 말했다.
“우리들이 바르나바스가 맡은 일의 중대성을 과소평가하고 있다고는 생각하지 말아주세요. 우리들은 관청에 대한 외경심을 충분히 가지고 있어요. 이것은 방금 당신이 말씀하신 그대로예요.”
하고 올가가 말했다.
“그러나 그것은 그릇된 외경심이지요. 그것은 어울리지 않는 외경심이에요. 그러한 외경심은 오히려 상대방의 명예를 손상시키는 결과가 되지요. 바르나바스는 그 방을 출입할 수 있는 모처럼의 혜택을 그런 곳에서 아무것도 하지 않고 며칠씩이나 빈둥거리면서 낭비하고 있어요. 또 그가 마을에 돌아오면 방금 전까지 그 앞에서 무서워 떨고 있던 사람들을 의심한다거나 깎아내리고, 또 절망했기 때문인지 지쳤기 때문인지는 몰라도 편지도 곧 배달하지 않고 심부름꾼의 임무를 소홀히 하고 있어요. 이래도 외경심을 가지고 있다고 할 수가 있을까요? 그런 것은 이미 외경심도 아니고 아무것도 아니에요.

그러나 나는 아직도 할 이야기가 남아 있어요. 올가 양, 당신에게도 하고 싶은 이야기가 있단 말이오. 당신이라고 해서 말을 하지 않을 수가 없어요. 당신은 당국에 대해서 외경심을 가지고 있다고 말하면서도 그렇게 젊고 연약한 바르나바스를 혼자서 성에 가게 내버려두었어요. 적어도 그것을 만류할 생각도 하지 않았단 말이오."

하고 K가 말했다.

"당신이 제게 하신 비난은 벌써 오래 전부터 제 자신에게 하고 있어요. 물론 제가 바르나바스를 성에 보냈다는 비난은 당치 않아요. 제가 그 애를 성으로 보낸 것이 아니라 그 애가 스스로 걸어갔어요. 하긴 힘으로라도 또 책략을 쓰거나 설득을 해서라도 그 애를 못가게 말렸어야 했을지도 모르지요. 그렇게 하는 것이 아마 당연했을 거예요. 하지만 설사 오늘이 그날, 그 운명이 기로에 서는 날이라고 해도, 우리가 바르나바스의 고통을 알고 우리들 일가의 곤궁을 느끼고 있다면 바르나바스가 모든 책임과 위험을 분명히 각오하면서도 다시 미소를 띠며 조용히 저와 헤어져 떠나간다면, 저는 그 동안 모든 경험을 해왔음에도 불구하고 지금도 그를 붙들지는 않을 것이고 당신도 제 입장에 놓인다면 아마 달리 어떻게도 할 수 없을 것이라고 생각해요. 당신은 우리들의 고통을 모르세요. 그래서 우리들에게, 특히 바르나바스에게 심한 말씀을 하시는 거예요.

우리는 지금보다도 그 무렵에는 좀더 많은 희망을 가지고 있었던 게 사실이에요. 하지만 우리들의 희망은 그 무렵에도 그리 대단한 것은 아니었어요. 다만 예나 지금이나 한결같이 대단했던 것은 우리들의 곤경뿐이니까요. 그 점은 조금도 변화가 없어요. 그나저나 프리다는 우리들의 집안 사정에 대해서 아무 이야기도 하지 않던가요?"

하고 올가는 말했다.

"다만 지나가는 말로 암시를 주었을 따름이에요. 자세한 이야기는 아무것도 없었어요."

하고 K는 대답했다.

"교반옥의 안주인도 아무 얘기 없던가요?"

"아무 이야기도 못 들었는걸요."

"그 밖의 누구로부터도 듣지 못하셨나요?"

"네, 아무도 말해주는 사람이 없었어요."

"당연한 일이에요. 어떻게 우리들의 일을 이야기할 수 있겠어요? 그러나 누구든 우리들에 관해서 약간씩은 다 알고 있어요. 그것이 진실이든 (물론 사람들이 사실을 알 수 있는 범위 안에서의 일이지만) 그렇지 않으면 적어도 사람들로부터 듣거나 대개는 스스로 만들어낸 유언비어지만 어쨌든 약간씩은 다 알고 있어요. 그리고 필요 이상으로 우리들의 일을 생각하고 있어요. 그러나 누구도 그것을 솔직하게 남에게 이야기하지는 않을 거예요. 그런 말을 입에 담는 것은 누구나 다 꺼리지요. 그 점에서는 사람들의 태도가 모두 옳다고 할 수 있을 거예요. 그것을 이야기한다는 것은 좀처럼 쉬운 일이 아니에요. 설사 당신에 대해서도 그것은 마찬가지로 어려운 일이에요. 당신은 일단 들어버리면 그것이 설사 당신과는 아무런 관계가 없는 일처럼 생각되더라도 이 이야기를 들은 다음에는 귀를 막아버리고 말 거예요. 그런 결과가 되지 말라는 법은 없어요.

그렇게 되면 우리들은 당신을 잃고 말아요. 당신은 이제 —— 숨김없이 말씀드리지만—— 우리들에게 있어서 바르나바스가 이제껏 성에서 근무해온 것 이상으로 더 소중한 사람이라고 해도 과언이 아니니까요. 그럼에도 불구하고——제가 매일밤 골치를 앓고 있는 것은 바로 이 모순 때문이에요—— 아무래도 당신에게만은 이 사실을 알리지 않으면 안 되겠어요. 왜냐하면 그렇게 하지 않으면 우리들이 지금 놓여 있는 처지를 잘 알 수가 없고 따라서 언제까지나 바르나바스에게 부당한 취급을 하게 될 것이니까요. 저는 그것이 무엇보다도 괴로워요. 그리고 만일 그렇게 되면 우리들은 서로 필요한 협력 관계를 유지할 수 없게 될 뿐만 아니라 당신이 우리들을 도울 수도 없고 또 (이것은 외람된 소리일는지 모르겠습니다만)우리들의 원조를 받을 수도 없게 되고 말아요. 하지만 아직 한 가지 묻지 않으면 안 될 것이 남아 있어요. 그것은 당신이 이 사실을 정말 알고 싶어하는지 어떤지 하는 것이에요."

"왜 그런 것을 묻지요? 필요한 것이라면 알고 싶은 것이 당연한 것 아닙니까? 그런데 어째서 그렇게 다짐을 받습니까?"
하고 K가 물었다.

"말하자면 일종의 미신 같은 거예요. 어쩌면 당신도 틀림없이 이 사건에 휘말려들고야 말 거예요. 그야말로 순진하게, 거의 바르나바스와 같이 순진하게 말이에요."
하고 올가는 말했다.

"빨리 이야기해주세요. 나는 무서워하지 않으니까요. 당신은 여자이기 때문에 그렇게 겁을 먹고 벌벌 떨고 있는지는 모르지만 그러면 사태를 실제 이상으로 더 악화시킬는지도 몰라요."

하고 K는 말했다.

아말리아의 비밀

"스스로 판단해주세요."
하고 올가는 말했다. 그리고 그 이유를 다음과 같이 설명했다.
"퍽 간단한 일처럼 들려요. 하지만 그것이 얼마나 큰 의미를 가지고 있는지 얼핏 이해가 잘 안 돼요. 성에는 한 사람의 거물 관리가 있어요. 소르티니라는 이름을 가진 사람이에요."
"그 이름이라면 전에 한 번 들은 적이 있어요. 나를 초청하는 일에도 관계가 있는 사람이지요."
하고 K가 말했다.
"아니, 아마 그렇지 않을 거예요. 소르티니는 좀처럼 표면에 나타나지 않는 사람이에요. 당신은 아마 d자를 쓰는 소르디니와 착각을 하고 있는 것인지도 몰라요."
"참 그렇군요. 그 사람은 소르디니였어요."
하고 K는 말했다.
"소르디니는 잘 알려져 있어요. 제일 일을 열심히 하는 관리의 한 사람으로 소문이 나 있어요. 거기에 반해 소르티니는 대단히 소극적인 사람으로 대개의 사람들은 잘 몰라요. 저는 한 삼 년 전에 한 번 본 일이 있는데 그것이 처음이자 곧 마지막이었어요. 그것은 칠월 삼일, 소방단의 제전(祭典)이 있는 날의 일이었어요. 성에서도 제전에 참가해서 소방 펌프를 한 대 기증해주었지요. 소르티니는 소방 문제에도 좀 관계하고 있어서 펌프를 인도하는 데에 입회한 것이지요(그러나 다만 대리인으로 참석했을지도 몰라요. 관리들은 대개 대리를 참석시키는 일이 흔하거든요. 그래서 관리 한 사람 한 사람의 관할 사항을 잘 파악할 수가 없지요). 물론 성에서는 그 밖에도 많은 관리와 종복들이 참석했지요. 소르티니는 그야말로 그 사람답게 아주 뒷편에 물러나 있었어요.
그는 아주 몸집이 작아서 가냘퍼보였는데 무슨 깊은 생각에 잠긴 것처럼 보였어요. 사람들이 그 사람이라는 것을 깨닫고 모두 주목하기 시작한 것은 그의 이마에 새겨진 주름 때문이었지요. 아직 마흔 살도 채 안 되었는데 주름이 굉장히 많이 잡혀 있어요. 그런데 어느 주름이나 모두 부챗살 모양으로 이마 전면에 퍼져서 곧장 콧잔등으로 모여 있는 거예요. 그런 주름은 일찍이 본 일이 없어요. 어쨌든 그런 제전이 있었어요.

아말리아와 저는 벌써 몇 주일 전부터 이날을 고대하고 있었지요. 나들이옷도 한 벌씩 준비하고 있었지요. 특히 아말리아의 옷은 기막히게 훌륭한 것이었어요. 하얀 블라우스는 몇 겹으로 레이스를 달아 가슴이 있는 데가 볼록하게 부풀어 있었지요. 어머니가 가지고 있던 레이스를 모두 빌려준 것이에요. 저는 그것이 샘이 나서 제전이 있기 전날 밤은 거의 한밤중까지 잠을 못 자고 울었어요. 다음날, 날이 밝아서 교반옥의 주인 아주머니가 우리의 모습을 구경하러 왔을 때에야 비로소——."

"교반옥의 안주인이 말입니까?"

하고 K는 물었다.

"네, 그분은 우리들과 아주 절친하게 지냈어요. 그래서 주인 아주머니는 찾아오자마자 아말리아가 나보다 좋은 옷차림을 하고 있는 것을 인정하고는 저를 달래기 위해서 보헤미아산 석류석으로 만든 자기의 목걸이를 빌려주었어요. 드디어 떠날 채비가 다 되어 아말리아가 저와 마주 섰을 때 모두가 그녀의 아름다움에 감탄의 환성을 질렀어요. 이때 아버지가 '자아, 모두들 내 말을 잘 기억해둬. 오늘 아말리아는 신랑감을 발견하게 된다'하고 말했어요. 그때 저는 왜 그랬는지 모르지만 제가 자랑으로 여기고 있던 목걸이를 끌러서 아말리아의 목에 걸어주었어요. 샘 같은 것은 전혀 찾아볼 수가 없었어요. 저는 그 애의 승리 앞에 머리를 숙인 것이에요. 누구나 그 애 앞에서는 머리를 수그릴 것이 틀림없다고 그때 저는 생각했어요.

그때 우리들은 그 애가 평소와는 아주 다른 사람처럼 보이는 데에 아마 넋을 잃고 있었는지도 몰라요. 왜냐하면 그 애는 사실 미인이라고는 할 수가 없었지만 그 가라앉는 듯한 눈초리——그 애는 그 후 죽 그런 눈초리를 하게 되었지요——는 우리들의 머리 위를 스쳐 지나갔기 때문에 이쪽은 저도 모르게 그 애 앞에 머리를 수그리게 되었지요. 모두들 그것을 깨닫게 되었어요. 우리들을 데리러 왔던 라제만과 그 부인도 그랬으니까요."

하고 올가는 말했다.

"라제만이라고요?"

하고 K가 물었다.

"네, 라제만이에요. 우리들은 이래 뵈도 꽤나 인기가 좋았었지요. 예를 들면 제전만 하더라도 우리들이 없었으면 아마 원만하게 시작될 수가 없었을 거예요. 왜냐하면 아버지가 소방단의 제3대장으로 근무하고 있었거든요."

"아버지가 그렇게 건강했었나요?"

하고 K가 물었다.

"아버지요?"

하고 올가는 K의 말이 잘 이해가 안 된다는 듯이 되물었다. 그러고는 자기 아버지에 대해 이렇게 설명했다.

"삼 년 전의 아버지는 이를테면 아직 청년과 같았어요. 예를 들면 진신관에 화재가 발생했을 때의 일인데 갈라터라는 몸집이 뚱뚱한 관리를 등에 업고 뜀박질로 달려나왔을 정도니까요. 저도 마침 그 현장에 있어서 잘 알고 있어요. 별로 화재라고 할 정도는 아니고 난로 옆에 있던 장작에 불이 붙기 시작했을 정도였는데 갈라터는 겁을 먹고 창문에서 구조를 요청했던 거예요. 그러자 소방단이 출동했지요. 불은 벌써 꺼져 있었지만 아버지는 갈라터를 구출해내지 않으면 안 되게 되었어요. 갈라터는 워낙 뚱뚱해서 이런 경우에는 잘 움직이지를 못하기 때문에 아버지는 퍽 조심해야 했어요. 이것은 단지 아버지를 위해서 말씀드렸을 뿐이에요. 그 후 고작 삼 년의 세월밖에는 흐르지 않았는데 지금은 저기에 저렇게 힘없는 모습으로 앉아 계시지요."

K는 그때야 비로소 아말리아가 이미 방 안에 돌아와 있는 것을 알게 되었다. 그러나 훨씬 떨어진 양친의 식탁 옆에 앉아서 신경통 때문에 팔을 움직이지 못하는 어머니에게 밥을 떠먹이면서 아버지를 향해서는 조금만 더 참아주세요. 곧 식사를 하게 해 드릴게요 하고 말하고 있었다. 그러나 아무리 타일러 보았자 소용이 없었다. 아버지는 빨리 수프를 먹고 싶어서 몸이 불편한 것을 무릅쓰고 숟가락으로 수프를 떠먹으려고 하는가 하면 이번에는 접시를 입에 대고 직접 마시려고 했다. 그러나 둘 다 뜻대로 안 되자 투덜거리면서 화를 냈다. 숟가락이 입에 닿기도 전에 수프는 벌써 바닥이 나 있었다. 그리고 수프 접시는 입에 닿기도 전에 축 늘어진 콧수염이 그 속에 잠겨버리고 말아 국물이 뚝뚝 떨어지기도 하고 사방에 흩날리기도 했다.

"불과 삼 년 동안에 이렇게 되어버렸나요?"

하고 K는 물었다. 그러나 여전히 두 노인과 가족용 테이블이 있는 방 구석 전체의 분위기에 대해서는 아무런 동정도 느낄 수가 없었다. 아니, 오히려 혐오

감만을 느끼고 있었다.

"네, 불과 삼 년 동안에요."

하고 올가는 천천히 말했다. 그러고는 다시,

"좀더 정확히 말하면 제전이 있던 날 불과 두세 시간 동안에 일어난 일이에요. 제전은 마을 저자리에 있는 작은 냇가의 목장에서 벌어졌어요. 우리들이 갔을 때는 벌써 많은 사람들이 모여 있었어요. 인근 마을에서도 많은 사람들이 모여들어서 그 시끄러움 때문에 우리들은 정신이 없었어요. 아버지는 물론 우리들을 소방 펌프가 있는 곳으로 데리고 갔어요. 펌프를 보자 아버지는 기쁨에 넘쳐서 껄껄 웃었어요. 새 펌프를 보자 아버지는 기분이 좋아서 손으로 만져보기도 하고 우리들에게 여러 가지로 설명도 해주었어요. 누가 뭐라고 반대하거나 만류하려고 해도 전혀 아랑곳하지 않았어요. 펌프 밑에 무언가 볼 것이 있으면 우리들은 모두 몸을 쭈그리고 펌프 밑으로 기어들어가지 않으면 안 되었어요. 바르나바스는 그것을 싫어했기 때문에 그 벌로 뺨까지 얻어맞았어요. 아말리아만은 펌프 따위에는 관심도 없이 아름다운 나들이 옷차림으로 옆에 서 있었지요. 아무도 그 애에게는 잔소리를 하지 않았으니까요. 저도 몇 번인가 옆에 다가가서 팔을 붙들었지만 아말리아는 아는 체도 하지 않았어요.

저는 지금도 어째서 그렇게 되었는지 영문을 알 수가 없지만 어쨌든 오랫동안 소방 펌프 앞에 서 있었어요. 아버지가 가까스로 펌프 앞을 떠났을 때에야 비로소 우리들은 소르티니가 와 있다는 사실을 깨닫게 되었지요. 소르티니는 분명히 벌써 오래 전부터 그 펌프 뒤에 숨어서 손잡이에 기대고 있었던 모양이에요. 물론 그때는 오래 전부터 그 펌프 뒤에 숨어서 손잡이에 기대고 있었던 모양이에요. 물론 그때는 엄청나게 시끄러워서 평소의 제전 같지가 않았어요. 왜냐하면 성에서는 소방단에게 펌프 외에 몇 개의 트럼펫도 기증했기 때문이에요. 이 악기는 어린애도 가능할 만큼 조금만 힘주어 불면 엄청난 소리를 내는 특별한 트럼펫이었어요. 그것을 듣고 있으면 터키 사람들이 쳐들어오지 않았나 하고 의심이 들 정도였어요. 좀처럼 그 소리에 익숙해지지 않았으므로 누군가가 그 나팔을 불 때마다 몸이 움츠릴 정도였으니까요. 게다가 새로운 트럼펫이기 때문에 누구나 한 번씩은 불어보고 싶어했고 또 마을 사람 전체의 축제이기 때문에 아무도 그것을 나무랄 수도 없었어요.

어쩌면 아말리아에 이끌려서인지도 모르지만 우리 주변에는 그 나팔을 불어보려고 모여든 사람들이 특히 많았어요. 이런 상태에서 침착하게 마음을 가다듬고 있다는 것은 어려운 일이었지요. 게다가 아버지의 명령으로 펌프에도 주의를 집중시키고 있어야 했기 때문에 그 밖의 일에 관심을 쏟는다는 것은 도저히 불가능했어요. 그래서 무척 오랫동안 우리는 소르티니가 와 있다는 사실을 모르고 있었던 거예요(하기는 그때까지 우리는 소르티니라는 사람의 얼굴을 전혀 모르고 있었지만 말이에요). 그때 라제만이 아버지에게 '저 사람이 소르티니요' 하고 속삭이는 것이었어요. 저는 바로 두 분의 옆에 서 있었지요. 아버지는 공손하게 인사를 하고는 당황한 듯한 표정으로 우리들에게도 인사를 하라고 눈짓했지요. 아버지는 그때까지 소르티니를 만난 적은 없지만 예전부터 소방 문제의 전문가로서 깊이 존경하고 있었고 집에서도 곧잘 그에 관해 이야기를 하곤 했어요. 그렇기 때문에 지금 여기에서 실제로 소르티니를 만났다는 것은 우리들에게 있어서 매우 뜻밖의 일이며 또 아주 중요한 일이었어요.

그러나 소르티니는 우리들에게는 관심조차 보이지 않았어요. 이것은 비단 소르티니만의 특징이 아니라 대개의 관리는 대중 앞에 나가면 무언가 무관심한 듯한 태도를 취해 보이지요. 게다가 소르티니는 몹시 피곤해 보였어요. 그것은 마치 직무상 어쩔 수 없이 이런 곳에 나오게 되었다는 표정이었지요. 이러한 자랑스러운 의무를 유별나게 무거운 짐으로 느낀다고 해서 결코 나쁜 관리라고는 할 수가 없어요. 다른 관리와 종복들은 일단 마을에 내려왔다는 이유로 마을 사람들 속에 섞여 있었어요. 그러나 소르티니만은 언제까지나 소방 펌프 옆을 떠나지 않고 무엇인가 진정을 하고 아부를 하며 접근하려는 사람들을 침묵으로 물리치고 있었어요. 그래서 그 사람이 우리들을 알아본 것은 우리가 그를 알아본 것보다도 나중의 일이었어요. 우리들이 공손하게 인사를 하고 아버지가 그제야 알아뵌 것을 사과한 뒤에야 그 사람은 우리들을 바라보았어요. 그리고는 차례로 우리들의 얼굴을 한 사람씩 번갈아가며 쳐다보는 것이었어요.

그는 우리들이 여럿이 늘어서 있는 데에 놀란 듯 처음에는 어리둥절한 눈초리로 바라보는 것이었어요. 그러나 이윽고 그 시선은 아말리아에게로 가서 딱 멈추고 말았어요. 그런데 소르티니는 아말리아를 올려다보지 않으면 안 되었어요. 왜냐하면 아말리아가 훨씬 키가 컸기 때문이지요. 그는 아말리아를 보는 순간 자못 놀란 듯이 숨을 멈추더니 펌프의 채를 뛰어넘어 아말리아

쪽으로 접근하려고 했어요. 우리들은 처음에 그것을 오해하고 아버지의 인솔 밑에 이쪽에서 그에게로 가까이 가려고 했지요. 그러나 소르티니는 손을 들어 우리들을 제지하더니 다음에는 우리더러 저쪽으로 가라고 손짓을 하는 것이었어요. 단지 그것뿐이었어요.

우리들은 아말리아가 정말로 신랑감을 구했다고 놀려댔지요. 아무것도 모르는 우리들은 그날 오후 내내 어쩔 줄 몰라하며 기뻐 날뛰었지요. 그러나 아말리아만은 평소보다도 더 말이 없었어요. '이 애는 소르티니에게 홀딱 반했구만' 하고 브룬스빅크는 단언을 했어요. 브룬스빅크는 약간 성격이 거칠고 덜렁대는 편이어서 아말리아의 성격에 대해서는 전혀 이해를 못 하고 있었지만 이때만은 그의 의견이 전적으로 옳은 것 같은 생각이 들었어요. 우리들은 대개 그날 머리가 이상해져서 자정이 넘어 집에 돌아왔을 때는 아말리아 외에는 모두 성의 달콤한 술에 흠뻑 취해 있었어요."

"그래서 소르티니는 어떻게 되었지요?"

하고 K는 물었다.

"네, 소르티니는 이 축제가 있던 날 그 후에도 몇 차례 지나가면서 보았어요. 그 사람은 펌프의 손잡이에 앉은 채 팔짱을 끼고 성에서 마차가 마중하러 올 때까지 꼼짝도 않고 앉아 있었어요. 그는 소방 연습에도 한 번도 가보지 않았어요. 아버지는 연습 때 소르티니가 보아줄 것을 기대하고 같은 연배의 사람 중에서도 뛰어나게 활동했지요."

"그러고 나서 그의 얘기는 아무것도 듣지 못했나요? 당신은 소르티니를 무척 존경하고 있는 것 같은데."

하고 K는 말했다.

"네, 존경하고 있어요. 당신이 말씀하시는 그대로예요. 그 후에도 그 사람의 이야기는 종종 듣고 있어요. 다음날 아침, 우리들은 술이 취해서 정신없이 자고 있었는데 갑자기 아말리아가 고함을 지르는 바람에 잠을 깼어요. 다른 사람들은 곧 다시 잠이 들었지만 저는 완전히 잠이 깨버려서 아말리아의 곁으로 빨려 달려가보았지요. 그 애는 창문 옆에서 한 통의 편지를 손에 들고서 있었어요. 편지는 방금 어떤 사나이가 창 너머로 건네준 것으로서 상대방은 아직도 회답을 기다리며 그 자리에 서 있었어요. 편지는 아주 간단한 것이어서 아말리아는 이미 그것을 다 읽고 축 늘어진 손에 그것을 그냥 들고 서 있었어요.

저는 그 애가 이렇게 지친 모습을 하고 있는 것을 보면 언제나 그 애가 한 없이 사랑스러워져요. 그래서 그 애 옆에 무릎을 꿇고 앉아서 편지를 읽어보았어요. 제가 그것을 다 읽자마자 그 애는 저를 힐끔 쳐다보고는 다시 편지를 들어올려 그것을 읽으려고는 하지 않고 느닷없이 그것을 잘게 찢어서 그 종이 조각을 창문 바깥에서 기다리고 있는 사나이의 얼굴에 집어던지는 것이었어요. 그리고는 창문을 쾅 소리가 나게 닫아버리는 것이었어요. 이것이 바로 그 결정적인 날 아침의 일이었어요. 저는 결정적인 날 아침이라고 말씀드렸지만 실은 그 전날 오후의 모든 순간들도 마찬가지로 결정적이었어요.”
하고 올가는 말했다.
“편지에는 대체 어떤 내용이 씌어 있었나요？”
하고 K가 물었다.
“참, 그것을 아직 말씀드리지 않았군요. 편지는 소르티니에게서 온 것이었어요. 수신인의 이름은 ‘석류석의 목설이를 한 아가씨에게’라고 되어 있었이요. 저는 그 내용을 지금 그대로 말씀드릴 수가 없어요. 요컨대 진신관에 있는 자기에게로 찾아오라는 요구였는데 그것도 지금 곧 와야 한다는 것이었어요. 자기는 반 시간 후에는 이곳을 떠나지 않으면 안 된다는 거예요. 편지는 지금까지 제가 한 번도 본 적이 없을 만큼 야비한 내용이었는데 전후 관계로 보아 대충 이러한 내용이려니 하고 추측하는 것이 고작이었어요. 아마 아말리아를 모르는 사람들이 이 편지만을 읽어보았다면 이런 편지를 사내에게서 받는 아가씨는 설사 사나이에게 손가락 하나 건드리지 못하게 했더라도 형편없이 타락한 여자가 분명하다고 생각했을 거예요.

게다가 이것은 사랑의 편지라고도 할 수가 없었어요. 여자의 마음을 기쁘게 해줄 만한 문구는 어느 한 구석에서도 찾아볼 수가 없었어요. 오히려 소르티니는 아말리아를 본 이후에 마음이 이끌려서 일을 할 수가 없게 되었다고 분명히 그 일에 대해 화를 내고 있었어요. 우리는 나중에 이 편지를 이렇게 해석하기로 했어요. 즉, 소르티니는 곧 성으로 돌아갈 작정이었지만 아말리아의 일이 있었기 때문에 마을에 남기로 했다. 그런데 밤이 되어서도 아말리아의 일을 잊을 수가 없기 때문에 다음날 아침 홧김에 이 편지를 쓰게 되었을 것이라고 말이에요. 이런 편지를 받으면 아무리 무감각하고 냉정한 사람이라도 처음에는 대개 분개하겠지요. 그러나 아말리아 이외의 여성이라면 아마 그 심술궂고 협박하는 듯한 투가 걱정이 되어서 이윽고 무섭다는 생각이 들었을 거예요. 하지만 아말리아의 경우는 언제까지나 분개한 그대로였어요.

　그 애는 자기 때문이든 다른 사람 때문이든 불안이나 걱정이라는 것을 통 몰라요. 이윽고 저는 제 침대 속으로 기어들어가서 애매하게 끊어진 편지의 마지막 문구——'그러니까 곧 와줘야겠어. 만일 그렇지 않으면——！'이라는 문구를 몇 번이고 되뇌어보았지요. 그러는 동안에 아말리아는 창가의 긴 의자에 앉은 채 심부름꾼이 다시 오는가 하고 기다리고 있었어요. 그것은 마치 오기만 하면 먼젓번 심부름꾼과 같이 혼을 내주겠다고 벼르고 있는 것 같았어요."

하고 올가는 말했다.

　"즉, 그것이 관리들이 일상적으로 하는 버릇이지요."

하고 K는 아무렇지도 않은 듯한 투로 말했다. 그리고 이어서 다음과 같이 덧붙였다.

　"그런 수를 쓰는 사람들이 그들 중에는 많지요. 그런데 당신의 아버지는 어떻게 했나요? 내 희망을 말한다면 만일 아버지로서는 진신관에 가서 가장 빠르고 확실한 방법을 취하지 않았다면 그럴 듯한 줄을 대서 소르티니를 고발했어야 한다고 생각하는데요. 이 사건에서 가장 괘씸한 점은 아말리아가 모욕을 당했다는 것이 아니에요. 그런 모욕쯤은 얼마든지 보상을 받을 수가 있어요. 내가 알 수 없는 것은 당신이 어째서 이 정도의 일을 가지고 그렇게 중요시하고 있느냐 하는 바로 그 점이에요. 그까짓 소르티니의 편지 한 장쯤에 어째서 아말리아가 영구히 면목을 잃는 것이 될까요? 당신의 말을 듣고 있으면 아무래도 그런 식으로밖에는 생각되지 않는군요.

　하지만 그런 일은 절대로 있을 수가 없지요. 면목을 되찾는 것쯤 아말리아의 입장에서 본다면 문제도 안 되는 것이고 고작 이삼 일만 지나가면 이 사건도 잊혀지고 말 것이니까요. 소르티니가 면목을 실추시킨 것은 아말리아가 아니라 실은 소르티니 자신이었어요. 그래서 내가 무섭다고 생각하는 것은 소르티니 자신에 대해서가 아니라 권력을 이런 식으로 악용할 수도 있다는 그 놀라운 가능성에 대해서지요. 이 경우는 너무 노골적으로 말했기 때문에 속셈이 다 드러나 보였고 상대방인 아말리아의 술수가 한 수 위였기 때문에 성공하지 못했지만, 다른 경우 같았으면 이보다 조금 불리한 조건의 경우라도 완전히 성공했을 것이고, 또 누구의 눈에도 띄지 않게, 심지어는 피해자인 당사자의 눈에조차 띄지 않게 끝나버렸을지도 모르는 일이지요."

“쉿, 조용히. 아말리아가 이쪽을 보고 있어요.”
하고 올가가 말했다.

아말리아는 양친에게 식사를 떠드리는 일을 끝내고 지금은 어머니의 옷을 벗겨드리고 있는 참이었다. 그녀는 스커트의 끈을 풀어주고 어머니의 팔을 자기의 목에 걸치게 한 다음 그대로 어머니의 몸을 조금 안아 올려서는 스커트를 벗기고 가만히 의자에 앉혔다. 아버지는 언제나 아말리아가 어머니의 시중부터 들어주는 것이 얄미워서——그러나 이것은 어머니가 아버지보다도 더 허약해보이는 것이 분명하기 때문이었다——딸의 동작이 느리다고 제멋대로 생각하고 마치 그것을 나무라기라도 하듯이 스스로 옷을 벗으려고 했다. 그러나 가장 불필요하고 쉬운 일, 즉 커서 헐렁헐렁한 슬리퍼를 벗으려고 했으나 아무래도 벗을 수가 없었다. 그래서 숨을 헉헉거리면서 이윽고 이 시도를 단념했다. 그리고는 사지에 힘을 주어 다시 의자에 몸을 기대고 말았다.

“당신은 가장 중요한 점을 모르고 계셔요.”
하고 올가는 말했다. 그리고 다시 말을 이었다.

“당신이 말씀하신 것은 모두가 옳을는지도 몰라요. 하지만 정말로 중요한 것은 아말리아가 진신관에 가지 않았다는 사실이에요. 그 애가 심부름꾼을 어떻게 취급했는지 따위는 그리 대단한 일이 아니에요. 그럴 마음만 있었다면 아주 없었던 일로 해버릴 수도 있었을 거예요. 그러나 그 애가 진신관에 가지 않았다는 사실로 해서 우리 집안에는 그만 저주의 선고가 내려지고 말았어요. 그리고 이렇게 되자 심부름꾼에 대한 무례한 행동까지도 소급해서 문제가 되었어요. 즉, 용서할 수 없는 처사로 새삼스럽게 말썽이 되고 말았지요. 그뿐만 아니라 세상에서는 이 사실을 오히려 크게 표면에 부각시켰어요.”

“뭐라고요!”
하고 K는 소리를 질렀으나 올가가 부탁하듯이 두 손을 쳐들었기 때문에 곧 목소리를 낮춰서 말했다.

“설마 언니인 당신이 아말리아는 소르티니가 요구하는 대로 진신관에 달려갔어야 했다고 말하는 것은 아니겠지요?”

“물론 아니에요. 그렇게 오해하시면 정말 곤란해요. 어째서 그런 생각을 하시게 되었나요? 제가 알고 있는 한 아말리아만큼 모든 행복에 다부진 데가 있는 사람은 없어요. 설사 그 애가 진신관에 갔다고 하더라도 저는 물론 그 애의 행동을 시인했을 거예요. 그러나 그 애가 가지 않은 것은 정말 훌륭한 일이었어요. 저는 어떤가 하면 만일 그러한 편지를 제가 받았다고 하면 솔직히 말해서 갔을 거라고 생각해요. 저였다면 그 뒤에 닥쳐올 사태가 무서워서 도저히 그것을 참을 수 없었을 거예요. 하지만 아말리아는 그것을 참을 수 있었어요. 확실히 빠져나갈 수 있는 구멍은 얼마든지 있을 수 있었을 거예요. 다른 사람 같았으면 화려하게 몸단장을 하느라 약간의 시간을 벌 수 있고 그런 다음 진신관에 도착해 보니 소르티니는 이미 돌아갔다는 말을 들었을지도 몰라요. 어쩌면 심부름꾼을 보내놓고 곧 돌아갔을지도 모르지요.

뿐만 아니라 이것은 흔히 있는 일이지만 성 사람들의 기분은 시시각각으로 변하게 마련이니까요. 하지만 아말리아는 그런 행동도 또 그와 유사한 행동도 하지 않았어요. 그 애는 너무 심한 모욕을 당했기 때문에 무조건 거부하고 말았어요. 그 애가 어떻게 해서든 겉으로만이라도 따라가는 척하고 진신관의 문지방만이라도 밟는 척했더라면 우리들의 비운은 아마 피할 수 있었을 거예요. 이 마을에는 아주 유능한 변호사들이 많아요. 그들은 원하기만 한다면 무에서 유를 창조해낼 수도 있어요. 하지만 아말리아의 경우는 그 유리한 무마저도 없었어요. 있는 것이라고는 소르티니의 편지를 무시하고 심부름꾼을 모욕했다는 엄연한 사실만이 존재하고 있었던 거예요."
하고 올가는 말했다.

"비운이라든가 변호사라는 것은 대체 무엇을 말하는 것입니까? 소르티니의 방법이 극악하기 짝이 없는데 그것을 이유로 해서 아말리아를 고발한다든가 처벌하는 것이 가능한 일이라고 말하는 것입니까?"

K의 말이었다.

"아니에요. 그런데 그것이 가능했던 거예요. 물론 정식 재판에 걸어서도 아니고 누군가가 직접 처벌을 내린 것도 아니지만 다른 방법으로 그 애를 처벌한 것이에요. 그리고 아말리아뿐 아니라 우리 가족 모두가 처벌된 것이에요. 그리고 이 벌이 얼마나 무거운 것인가 하는 것은 아마 당신도 짐작이 가실 거예요. 당신은 이것은 아주 부정하고 괘씸한 일이라고 생각하고 계셔요. 그러나 그러한 의견을 가지고 있는 사람은 마을에서 당신 혼자뿐이에요. 당신의 의견은 우리들에게 아주 호의적이어서 크게 위로가 돼요. 사실 그것이 착각에서 온 것이 아니라면 우리들에게 위로가 될 거예요.

이것을 증명해드리는 것은 아주 쉬운 일이에요. 여기서 프리다의 이야기가 나오는 것을 아무쪼록 양해해주세요. 그러나 최후의 결말이 어떻게 되었는가를 도외시한다면 프리다와 클람 씨 사이에도 아말리아와 소르티니 사이에서 일어난 일과 아주 비슷한 일이 일어난 거예요. 그러나 당신은 처음 한동안은 놀라셨지만 지금은 벌써 당연한 일처럼 아주 덤덤하게 생각하고 계시잖아요. 이것은 익숙해졌기 때문이 아니에요. 단순한 판단만이 문제가 될 경우에는 익숙해졌다고 해서 그렇게 쉽사리 둔감해질 수 있는 것이 아니니까요. 이것은 당신이 선입관에서부터 해방되었다는 것뿐이에요."

하고 올가는 말했다.

"그렇지 않아요. 올가 양, 당신은 어째서 프리다를 이 문제에 끌어들이려고 하는지 나는 통 알 수가 없군요. 사건의 성격이 전혀 다른데도 말입니다. 그렇게 근본적으로 서로 다른 문제를 뒤죽박죽 혼동하지 말고 차근차근히 좀 더 자세히 설명해보세요."

하고 K가 말했다.

"제가 두 사람을 비교하는 일에 끝까지 집착한다고 해서 아무쪼록 나쁘게 생각하지 마세요. 당신이 비교 대상으로부터 프리다를 지켜주려고 생각하고 계시다면 프리다에 관해서도 아직 선입관이나 착각이 남아 있기 때문이에요. 프리다는 변호해줄 필요가 전혀 없어요. 그저 칭찬해줄 수 있을 뿐이지요. 제가 두 사람을 비교하는 것은 두 사람이 서로 비슷하기 때문이 아니에요. 두 사람의 관계는 이를테면 흑과 백 같은 것이에요. 프리다가 백이라고 할 수 있어요. 프리다는 최악의 경우라도 웃음거리가 될 뿐이에요. 나중에 몹시 후회했지만 제가 무례하게도 진신관의 술집에서 그녀를 비웃어주었듯이 말이에요. 더욱이 프리다를 보고 웃는 사람은 짖궂어서 그랬거나 그렇지 않으면 그녀를 질투하고 있는 거예요. 어쨌든 프리다는 웃음거리가 되는 것만으로 끝나요.

그러나 아말리아는 그 애와 혈연 관계가 없는 상대로부터는 경멸을 당할 뿐이에요. 그러니까 당신이 말씀하신 것처럼 근본적으로 다른 경우이지만 그래도 역시 비슷한 경우이기도 해요."

하고 올가가 말했다.

"아니오, 서로 비슷하지가 않아요."

하고 K는 고집스럽게 고개를 설레설레 저었다. 그러고는 다음과 같이 말했다.

"프리다 이야기는 하지 말도록 합시다. 프리다는 아말리아가 소르티니로부터 받은 그런 야비한 편지 따위는 받지 않았으니까요. 게다가 프리다는 클람 씨를 정말 사랑하고 있었어요. 내 말이 거짓이라고 생각되면 프리다에게 직접 물어봐도 좋아요. 지금도 역시 클람 씨를 사랑하고 있으니까요."

"하지만 그런 것을 큰 차이라고 할 수 있을까요? 당신은 클람 씨가 프리다에게 같은 투의 편지를 보낸 적이 없다고 생각하고 계시나요? 성 사람들은 일단 책상에서 일어나기만 하면 세상 물정을 모르기 때문에 방심 상태에서 더할 수 없이 야비한 말을 뇌까리기 일쑤이지요. 모두가 다 그렇지는 않지만 그런 사람들이 많은 것만은 확실해요. 아말리아에게 보낸 편지만 해도 그 순간에 머릿속에 떠올랐을 뿐 문면의 뜻 같은 것은 전혀 생각지도 않고 그냥 종이 위에 써갈긴 것일지도 몰라요. 그 사람들이 무슨 생각을 하고 있는지 우리들은 전혀 알 수가 없어요! 당신은 클람 씨가 어떤 식으로 프리다와 교제하고 있었는지 직접 또는 남의 이야기를 통해서라도 들어본 적이 계신가요?

클람 씨가 야비하다는 것은 모두들 알고 있는 사실이에요. 그 사람은 몇 시간씩이나 잠자코 있다가도 갑자기 듣는 사람이 깜짝 놀랄 만큼 야비한 말을 서슴없이 한다고 해요. 소르티니에 대해서는 그러한 소문은 없어요. 대체적으로 세상에 그다지 알려지지 않은 사람이니까요. 사실 이 사람에 대해서 세상에 알려진 것은 이름이 소르티니와 비슷하다는 것 정도예요. 이름이 소르디니와 비슷하지만 않았으면 아마 아무에게도 알려지지 않았을 거예요. 소방 전문가라는 것도 아마 소르디니와 혼동되었을지도 몰라요. 사실은 소르디니가 전문가인데 이름이 비슷한 것을 기화로 적당히 처신하고 있을 거예요. 특히 대표라는 까다로운 구실을 소르티니에게 떠넘기고 자기는 편안하게 일을 계속할 수 있도록 말이에요. 그런데 소르티니 같은 세상 물정에 어두운 남자가 갑자기 마을 아가씨에 반해버리면 이웃 목공소 직공의 연애와는 당연히 다른 형태가 되게 마련이지요.

게다가 또 한 가지 고려해야 할 것은 관리와 구둣방집 아가씨 사이에는 넓은 간격이 있어서 그것은 어떻게 해서든지 다리를 놓아주지 않으면 안 된다는 사실이에요. 소르티니는 그런 식으로 다리를 놓으려고 했지만 다른 사람이었다면 또 다른 방식을 취했을는지도 몰라요. 우리들은 모두 성에 속해 있기 때문에 격차 같은 것은 있을 수 없고 따라서 다리를 놓을 필요도 없다고 말하는 사람들도 더러 있어요. 사실 대개의 경우는 아마 그럴는지도 몰라요.

그러나 유감스럽게도 우리들이 지금까지 보아온 일로는 일단 중요한 문제가 생겼을 경우에는 결코 그렇지 않다는 거예요. 어쨌든 이렇게 여러 가지 이야기를 들으면 당신도 소르티니가 취한 태도를 차츰 알게 될 것이고 또 그다지 괘씸한 일이라고도 생각하지 않게 될 거예요. 실제로 소르티니가 취한 방법은 클람 씨의 그것에 비하면 훨씬 더 잘 이해할 수가 있고 당사자의 바로 가까이에 있어서조차도 훨씬 더 참고 견딜 수가 있었어요. 클람 씨가 다정한 연애 편지를 쓴 날에는 소르티니의 가장 야비한 편지보다도 더 고약한 일이 있곤 했어요.

제가 한 말의 참뜻을 이해해주세요. 저는 결코 클람 씨를 비판하려는 것이 아니에요. 당신이 비교하는 것을 반대하시기 때문에 두 사람을 조금 비교해보았을 뿐이에요. 한 마디로 말해서 클람 씨는 여자들에게 호령하는 사령관과 같은 사람이에요. 오늘은 이 여자더러 오라고 명령하는가 하면 내일은 다른 여자더러 오라고 명령하지요. 그리고 어느 여자에게도 곧 싫증을 느껴요. 오라고 명령했을 때와 마찬가지로 이번에는 또 가라고 명령하지요. 클람 씨는 우선 편지를 쓰는 것 같은 구차스러운 일은 하지 않을 거예요.

이렇게 비교해볼 때 세상에 잘 나타나지 않고 생활하면서 적어도 여자 관계에 있어서는 나쁜 소문이 없는 소르티니가 한 번쯤 책상에 앉아서 물론 내용은 야비하다고 하더라도 관리 특유의 멋진 필적으로 연애 편지를 쓴 것을 가지고 무조건 괘씸하다고만 할 수 있을는지요? 따라서 두 사람의 차이가 클람 씨에게 유리하지 않고 오히려 그 반대라고 하더라도 그것이 프리다의 애정 때문이라고 할 수 있을까요? 사실 관리들과 여자들의 관계는 판단하기가 몹시 어려워요. 아니, 그렇게 말하는 것이 뭣하다면 오히려 언제나 지극히 간단해요. 애정에 굶주리는 일은 절대로 없어요. 관리가 실연했다는 말은 아직도 들어본 일이 없어요. 이런 점에서 본다면 어떤 아가씨가——프리다의 이야기만을 하고 있는 것은 절대로 아니에요——관리에게 반했기 때문에 몸을 맡겼다는 말을 듣는다고 해서 결코 칭찬하는 것도 아무것도 아니에요. 그 아가씨는 상대방 관리를 사랑했다, 그래서 몸을 맡겼다, 단지 그것뿐이에요. 칭찬하는 것은 전혀 아니에요.

그러나 아말리아는 소르티니를 사랑하지 않지 않았느냐 하고 당신은 반론을 제기할는지도 모르겠어요. 글쎄요. 사랑하지 않았겠지요. 아니, 어쩌면 사랑했는지도 몰라요. 아무도 그것을 단언할 수는 없어요. 그 애 자신조차도 단언할 수는 없을 거예요. 아말리아는 아마 지금까지 어떤 관리도 그런 일을 당한 적이 없을 정도로 아주 무자비하게 소르티니를 차버렸지만 그렇다고 해서 소르티니를 사랑하고 있지 않았다고 어떻게 단정할 수 있을까요?

바르나바스의 이야기로는 아말리아는 삼 년 전에 창문을 쾅 닫아버렸을 때의 흥분 때문에 지금도 때때로 몸서리를 치는 일이 있대요. 이것은 거짓말이 아니에요. 그래서 아말리아에게는 물어볼 수가 없어요. 그 애는 단지 소르티니와 관계를 끊어버렸다는 그 일밖에는 아무것도 몰라요. 자기가 소르티니를 사랑하고 있는지 또는 사랑하고 있지 않는지조차도 모르고 있어요. 하지만 우리는 알고 있어요——여자라는 것은 관리들이 일단 자기에게 몸을 돌리기만 하면 상대방을 사랑하지 않고는 배겨날 수 없다는 것을 말이에요. 뿐만 아니라 여자들은 아무리 부정하려고 해도 벌써 관리들을 사랑하고 있어요.

더욱이 소르티니는 단순히 아말리아 쪽으로 몸을 돌렸을 뿐 아니라 그 애를 보자 소방 펌프의 손잡이를 뛰어넘고 말았어요. 책상에 앉아서 일만 했기 때문에 신축성을 잃은 다리로 손잡이를 뛰어넘은 것이에요.

그러나 아말리아는 예외일 뿐이라고 당신은 말하는지도 몰라요. 확실히 그 애는 예외이지요. 소르티니에게로 가는 것을 거절했을 때 그 애는 그것을 증명해 보였어요. 이 사실만으로도 분명히 예외라고 할 수 있어요. 그러나 그것뿐만 아니라 그 애가 소르티니를 사랑하고 있지 않았다고까지 말하는 것은 좀 지나친 표현이라고 하지 않을 수가 없고 상식으로서는 도저히 눈이 멀어 있었지만 그때 잘 보이지 않는 상황 속에서도 아말리아가 사랑을 하고 있는 것같이 느꼈다는 사실은 우리들이 아직도 약간의 냉정성을 가지고 있었다는 증거예요.

이제 이와 같은 일들을 모두 요약해보면 프리다와 아말리아 사이에는 어떠한 차이점이 있을까요? 아말리아가 거부한 일을 프리다는 실행했다는 차이점이 있을 뿐 아닐까요?"

"그럴는지도 모르지요."

하고 K는 말했다. 그리고 거기에 덧붙여서 다음과 같이 설명했다.

"그러나 내가 생각하기로는 제일 큰 차이점은 다음과 같은 겁니다. 즉, 프리다는 내 약혼녀이지만 아말리아는 성의 심부름꾼인 바르나바스의 누이동생으로서 아무래도 그녀의 운명은 바르나바스의 근무처와 불가분의 관계에 있는 것 같아요. 결국 아말리아는 그 범위에서밖에는 내 관심을 끌지 못해요.

어떤 관리가 아말리아에게 그런 언어 도단의 짓거리를 했다면 나는 도저히 참지 못했겠지요. 그것도 아말리아의 개인적인 고뇌로서보다는 오히려 공적인 문제로서 큰 관심을 가졌을 것입니다.

당신의 이야기를 듣고 처음에는 그렇게 생각했어요. 그러나 이야기를 듣고 있는 중에 어째서 그렇게 되었는지 나도 잘 이해가 안 되지만——이야기하고 있는 것이 바로 당신이니까 충분히 신용해도 괜찮겠지만——어쨌든 점점 사태가 달라졌어요. 그래서 지금은 이 문제를 깨끗이 잊어버리고 말았으면 해요. 물론 나는 소방 단원도 아니고 소르티니와는 아무런 관계도 없어요. 그러나 프리다의 일이라면 가만히 있을 수가 없어요. 이런 말을 한다는 것은 이상한 기분이 들지만 나는 언제까지나 당신을 완전히 믿을 수 있고 또 앞으로도 계속 믿으려고 하고 있는데 그러한 당신은 어째서 아말리아라는 우회로를 통해서 프리다에게 끊임없이 공격을 가하고 나로 하여금 계속 프리다에게 의심이 생기게 하려는 것인가요? 당신이 고의적으로 그러리라고는 생각되지 않고 하물며 어떤 악의가 있어서 그러리라고는 더욱이 생각되지 않아요. 만일 그렇게 생각했다면 벌써 여기를 나가버렸을 겁니다. 절대로 고의적으로 그러는 것이 아닙니다. 여러 가지 사정이 있어서 마음에도 없이 그렇게 되었을 겁니다.

좀더 구체적으로 말하면 당신은 아말리아를 사랑하고 있기 때문에 모든 여자들보다 그녀를 한층 높은 곳에 모시고 싶어하는 겁니다. 그런데 아말리아 자신 속에 그렇게 할 만한 충분한 장점이 보이지 않기 때문에 부득이 다른 여자들을 깎아내리는 수단을 쓰지 않으면 안 되는 거예요.

아말리아의 행동은 확실히 다른 사람들과는 좀 달라요. 하지만 당신으로부터 그 이야기를 들으면 들을수록 그 행동이 훌륭한 것이었는지 아니면 소견 머리없는 것이었는지, 또는 현명했는지 어리석었는지, 아니면 용감했는지 비겁했는지 점점 더 알 수가 없게 돼요. 아말리아는 그 동기를 자기의 가슴속에 묻어두고 있으니까 아무도 그것을 빼낼 수는 없을 겁니다.

거기에 비해 프리다는 무슨 특별한 일을 하지 않았어요. 다만 자기의 마음에 순종했을 뿐이에요. 그녀의 행동을 악의가 없이 본다면 누구의 눈에도 분명히 그렇게 비칠 겁니다. 누구나 그것을 확인할 수가 있어요. 험담이나 중상을 늘어놓을 여지는 털끝만치도 없어요. 물론 나는 아말리아를 헐뜯거나 프리다를 감싸줄 생각은 조금도 없어요. 다만 나는 프리다와 내가 어떤 관계에 있는가 하는 것, 즉 프리다를 공격하는 것은 동시에 나 자신의 존재를 공격하는 것이 된다는 것을 분명히 말하고 싶을 뿐입니다.

나는 확실히 내 의사에 따라 이곳에 왔고 내 의사에 따라 이곳에 눌러앉게 되었지만 그 이후에 일어난 모든 일과 특히 내 장래에 대한 가능성——한갖 공상일는지는 모르지만 어떻든 희망이 없는 것은 아닙니다——이러한 모든 것은 프리다의 덕분으로 이루어진 것입니다. 이것은 당신도 반박할 여지가 없을 거예요. 나는 측량 기사로서 고용되었지만 그것은 단지 표면상의 명분에 지나지 않았어요. 나는 사람들의 놀림감이 되고 어느 집에서도 다 쫓겨났어요. 지금도 역시 놀림감이 되고 있어요. 그러나 지금의 상황은 전보다는 훨씬 나아졌어요. 나는 이를테면 부피가 커진 것이지요. 그것만 해도 상당한 겁니다.

나는 어느 것도 대단한 것은 아니지만 그래도 이미 가정을 꾸미고 게다가 직업까지 얻어서 어엿한 일을 하고 있어요. 게다가 약혼자도 있구요. 그녀는 내가 다른 일로 바쁘게 돌아갈 때는 직무상의 내 일을 대신해주지요. 나는 머지않아 그녀와 결혼을 하고 마을의 일원이 되겠지요. 너는 더욱이 클람 씨와 직무상의 관계뿐 아니라 개인적인 관계도 있어요(물론 지금까지는 이 관계를 충분히 이용하고 있지 못하지만요).

이래도 하찮은 것이라고 말하겠어요? 내가 댁에 찾아왔을 때 당신들은 인사를 합니다. 그것은 누구에게 인사를 하는 것인가요? 당신은 지금 집안의 일을 털어놓고 있는데 그것은 누구를 향해서이지요? 또 무슨 원조를 받을 수 있지는 않을까 하고 기대하고 있어요. 그럴 가능성은 극히 적고 우선 실현될 것 같지는 않지만 어쨌든 그것을 누구에게 기대하고 있지요? 설마 고작 일주일 전에 라제만과 브룬스빅크의 집에서 억지로 내쫓긴 측량 기사로서의 나에게 기대를 걸고 있는 것은 아니겠지요? 이미 그 어떤 힘을 가지게 된 것은 전적으로 프리다 덕분이지요. 프리다는 꽤나 겸손한 여자이니까 당신이 그런 일에 대해서 물으려고 하면 아마 자기는 모르는 일이라고 시치미를 떼겠지요. 그러나 여러 가지 점에서 생각해보면 순진한 프리다 쪽이 오만한 아말리아보다도 더 많은 일을 해냈다고 생각되는군요. 그리고 내가 이렇게 말하는 것은 내 생각으로는 당신이 지금 도움을 청하는 것은 아마 아말리아 때문일 것이라는 인상을 받게 되기 때문이에요. 그러면 그 도움을 누구로부터 얻을 수가 있을까요? 결국은 프리다의 도움을 청하고 있는 것이 아니겠어요?”

“제가 프리다에 대해서 그렇게 심한 말을 했던가요?”

하고 올가는 말했다. 그리고 이어서 변명하듯이 다음과 같이 말하는 것이었다.

“저는 분명히 험담을 늘어놓을 생각도 없었고 또 험담이라고 생각하지도 않아요. 하지만 듣기에 따라서는 험담이었을지도 모르겠군요. 우리들이 놓여 있는 처지는 그야말로 모든 세상 사람들로부터 따돌림을 당하고 있으니까요. 그래서 우는 소리를 하기 시작하면 저 자신도 감정을 억제할 수가 없게 되어 무슨 소리를 하고 있는지 저 자신도 그만 알 수 없게 되죠. 사실 당신이 말씀하신 것처럼 지금은 저와 프리다 사이에 큰 차이점이 있어요. 그것을 한 번은 분명히 해두고 넘어가는 것이 좋을 거예요.

삼 년 전, 우리들은 어엿한 집안의 딸이었는데 고아인 프리다는 교반옥에서 일하고 있는 한낱 하녀에 지나지 않았어요. 프리다와 스쳐 지나가는 일이 있어도 우리들은 뒤도 돌아다보지 않았어요. 우리들은 확실히 오만했는지도 모르지만 그렇게 교육을 받고 자랐어요. 그러나 그날밤 진신관에서 일어난 사건으로 당신은 아마 지금의 우리 입장을 잘 아셨을 거예요. 프리다는 채찍을 손에 들고 있었지만 우리들은 하인들의 무리 속에 섞여 있었어요. 하지만 그보다도 더 가슴이 아팠던 것은 어쩌면 프리다가 우리들을 경멸하고 있을지도 모른다는 사실이었어요. 이것은 프리다의 입장에서 본다면 어쩌면 당연한 일이고 또 실제의 사정으로 보아서도 부득이한 일이지요. 그나저나 우리들을 경멸하지 않는 사람이 이 세상 어디에 또 있을까요? 우리들을 경멸하기로 마음만 먹으면 그 순간부터 벌써 훌륭한 사람들의 대열에 함께 어울릴 수가 있는걸요.

당신은 프리다의 뒤를 이어 새로 들어온 아가씨를 아세요? 뻬삐라는 이름을 가진 아가씨 말이에요. 저는 그저께 밤에야 비로소 알게 되었어요. 그때까지는 객실 당번이었대요. 저를 경멸하고 있다는 점에서는 아마 이 아가씨가 프리다보다도 한 단계 더 위일 거예요. 뻬삐는 제가 맥주를 사러 온 것을 창으로 내려다보고는 급히 문으로 달려나와 자물쇠를 잠갔어요. 저는 오랫동안 애원하기도 하고 머리에 달고 있던 리본을 주겠다고 약속을 하고 나서야 겨우 문을 열게 할 수 있었어요. 그런데 약속했던 리본을 주니까 그 애는 그것을 방 한 구석에 내동댕이쳐버리고 말았어요. 하기는 제가 뻬삐에게 경멸을 당한대도 하는 수 없지요. 저는 그 애의 호의에 약간의 기대를 걸고 있고 그 애는 진신관에서 술집의 일을 맡아 하고 있으니까요. 물론 술집 아가씨라고는 하지만 언제까지나 거기에 근무하는 데 필요한 조건을 그녀는 갖추고 있지 못해요.

그것은 진신관의 주인이 그 애와 이야기하고 있는 것을 들어보고 예전에 프리다와 이야기하고 있을 때의 모습을 비교해보면 당장 알 수 있어요. 하지만 뻬삐는 그런 것에는 조금도 구애되지 않고 아말리아까지도 멸시하고 있어요. 아말리아가 한 번 노려보기만 해도 그 짧은 다리를 믿고 있다가는 큰일이 날 정도로 땋아 늘인 머리와 리본이 함께 방 안에서 날라가버릴 정도의 꼬마 아가씨가 말이에요. 어제만 하더라도 아말리아의 험담을 마냥 늘어놓은 것을 한참이나 듣고 있다가 겨우 손님들에 의해서 구출되었어요. 구출되었다고는 하나 물론 예전에 당신이 보신 그런 식이었지요.”

“당신은 참 마음이 좁군요. 나는 다만 프리다를 그녀에게 어울리는 자리에 놓으려고 했을 뿐이고 당신이 생각하고 있듯이 당신들을 깎아내리려는 생각은 전혀 없었어요. 내가 보기에도 당신들 일가에는 무슨 특별한 데가 있어요. 그것을 숨기지 않고 말했을 뿐이에요. 그런데 그 특별한 데가 어째서 당신들을 경멸할 이유가 되는지 그것을 아무래도 이해할 수 없군요.”
하고 K가 말했다.

“아아, 그것은 곧 이해할 수 있게 되리라고 생각해요. 소르티니에 대한 아말리아의 태도가 경멸을 받게 된 최초의 계기가 되었다는 것이 어째서 그렇게 이해가 안 되시나요?”

“하지만 그것은 이상하지 않아요?”
하고 K는 말했다. 그리고 그 이유를 다음과 같이 설명했다.

“그 일로 해서 아말리아를 칭찬한다거나 잔소리를 한다면 또 모를까 어떻게 그 일로 해서 경멸할 수가 있단 말인가요? 그리고 또 설사 아말리아를 정말로 경멸하고 있다고 하더라도 그 경멸을 당신들에게까지, 즉 아무런 죄도 없는 가족들에게까지 미치게 하지 않으면 안 된단 말입니까? 나는 그것을 도저히 이해할 수 없어요. 예를 들면 뻬삐 따위가 당신을 경멸하고 있다는 것은 그야말로 뻔뻔스럽기 짝이 없는 노릇이에요. 혹 진신관에 갈 일이 있으면 그 애를 단단히 혼쭐을 내고야 말겠어요.”

“우리들을 경멸하고 있는 사람들의 생각을 모조리 바꾸어놓으려면 그야말로 어려운 작업이에요. 왜냐하면 모든 것은 성에서부터 나오고 있으니까요. 저는 그날 아침부터 오전 중에 일어난 일을 지금도 생생하게 기억하고 있어요. 그 무렵 우리집의 하청 일을 맡아 하고 있던 브룬스빅크가 여느때와 마찬가지로 우리를 찾아왔어요. 아버지는 그에게 일을 주고 돌려보냈어요. 그리고 우리들은 아침을 먹으려고 자리에 앉았어요

우리들은 모두 아말리아와 저까지도 아주 활기에 넘쳐 있었어요. 아버지는 노상 축제 이야기만을 하고 있었지요. 아버지는 소방단의 일로 여러 가지 계획하는 일이 있었어요. 그것은 성에도 성의 소방단이 있고 이번 제전에도 대표단을 파견하고 있었는데 그 소방단의 일이 여러 가지 논의의 대상이 되어 있었기 때문이지요. 성에서 참석했던 사람들은 우리 소방단의 활약상을 보시고는 매우 호의적인 의견을 말하고 성의 소방단과 비교했어요. 그 결과 우리들 쪽이 우수하다는 평이 내려진 것이에요. 그래서 성의 소방단은 어쩔 수 없이 개편하지 않으면 안 되겠다는 결론이 내려진 것이지요.

그러기 위해서는 마을에서 지도원을 낼 필요가 있었어요. 그 후보자로서 두세 사람의 이름이 오르내리고 있었는데 아버지는 자기가 그 속에 한몫 끼게 되리라는 희망을 가지고 있었어요. 그래서 아버지는 그 이야기를 늘상 우리들에게 하고 있었어요. 아버지는 식사 때마다 기분 좋게 팔다리를 쭉 펴기를 좋아했지요. 이때도 앉은 채 두 팔로 테이블을 반쯤 끌어안는 시늉을 하고 있었어요. 그리고 활짝 열린 창문으로 하늘을 쳐다볼 때의 아버지 얼굴은 정말로 싱싱하고 희망에 넘친 것처럼 보였어요. 그러나 그러한 아버지의 얼굴은 두 번 다시 쳐다볼 수가 없게 되고 말았지요.

그때 아말리아는 지금까지는 볼 수 없었던 우월감을 가지고 이렇게 말하곤 했었지요. ‘성 사람들의 그런 이야기를 너무 신용해서는 안 돼요. 그 사람들은 이런 기회에는 언제나 듣기 좋은 이야기를 하는 법이에요. 그러나 그런 이야기는 거의 의미가 없거나 때로는 전혀 의미가 없는 수도 있어요. 입 밖에 냈는가 하면 벌써 다음 순간에는 영원히 잊어버리고 마는 것이 그들의 당연한 습관이지요. 물론 그때는 모두들 꼼짝없이 속은 것이지요.’ 그러면 어머니는 그런 말을 함부로 해서는 못 쓴다고 타일렀지요. 아버지는 아말리아의 되바라지고 아는 체하는 모습이 귀엽다는 듯이 웃고만 있었는데 갑자기 몸을 움츠리고는 무엇인가 분실물을 그때에야 비로소 깨달은 듯이 그것을 찾고 있는 척했어요. 그러나 분실물 따위가 있을 턱이 없지요. 그러자 아버지는 아까

브룬스빅크가 심부름꾼이 어떻다느니 편지가 찢어졌다느니 하는 따위의 이야기를 하고 있었는데 그게 혹시 누구의 일이며 어떻게 된 일인지 너희들은 알고 있느냐고 우리들에게 묻는 것이었어요. 우리들은 잠자코 있었지요. 그 무렵은 아직 새끼양처럼 어리기만 했던 바르나바스가 아주 어리석고 엉뚱한 이야기를 했어요. 곧 모두들 화제를 다른 데로 옮기고 이 문제는 잊혀져버리고 말았지요."

아말리아의 벌(罰)

"그러나 우리들이 편지의 일로 해서 사방으로부터 질문 공세를 받게 된 것은 그 직후의 일이었어요. 친구도 적고 또 알고 있는 사람도 모르는 사람도 마구 몰려왔어요. 그러나 아무도 오랫동안 머무르지는 않았어요. 친한 사람일수록 총총히 떠나가버렸어요. 보통때는 유연하고 잘난 척하던 라제만은 들어오자마자 방 안의 면적을 조사하기라도 하려는 것처럼 빙 한 바퀴 둘러보고는 그대로 나가버리는 것이었어요. 라제만이 나가버렸기 때문에 아버지는 다른 사람들은 그대로 두고 황급히 그의 뒤를 쫓아서 문에까지 달려나갔으나 이윽고 단념하고 말았어요. 그것은 마치 어린애들의 필사적인 숨바꼭질과 같았어요.

브룬스빅크도 찾아와서 하청 일을 그만두고 자기도 독립하고 싶다고 서슴없이 말했어요. 기회를 보면 언제나 빈틈이 없는 사나이지요. 단골 손님들도 잇달아 찾아와서는 수선해달라고 맡겨놓았던 장화들을 아버지의 헛간에서 찾아가곤 했어요. 아버지는 처음에 그러한 고객들의 생각을 바꾸어보려고 했지만(물론 우리들도 그것을 적극적으로 밀어주었지요) 끝내는 그것을 단념하고 손님들이 자기 구두를 찾는 일을 거들어주었어요. 주문장(注文帳)은 한 줄마다 지워져 나가고 손님들이 맡겨놓았던 가죽은 각각 주인에게로 되돌려지고 말았어요. 빚도 모두 청산해야 했지요. 이때 말썽 같은 것은 전혀 일어나지 않았어요. 사람들은 우리집과의 인연을 빨리 끊을 수만 있다면 그것으로 만족하는 눈치여서 계산상 조금 손해를 보는 일이 있더라도 그것을 전혀 문제삼지 않았어요.

그리고 마침내——그것을 전혀 예기치 않았던 것은 아니지만——소방 단장인 제만이 나타났어요. 지금도 그때의 정경이 생생하게 눈앞에 떠올라요.

제만은 허우대는 멀쩡해 보이지만 약간 허리가 구부정하고 폐병을 앓고 있었어요. 언제나 근엄해서 좀처럼 웃을 줄을 모르는 사람이에요. 지금까지는 아버지에게 몹시 감탄해서 툭 터놓고 이야기할 때는 소방 단장 대리의 지위까지 약속해주었었지요. 그 제만이 지금 아버지 앞에 서서 소방단이 아버지를 면직하고 사령장의 반환을 요구하고 있다는 사실을 전하지 않으면 안 되었어요. 그때 우리집에 있던 사람들은 구두를 찾는 일을 잠시 중단하고는 두 사람 옆에 몰려들어서 동그랗게 원을 그리고 서 있었어요.

제만은 아무 소리도 하지 못하고 다만 아버지의 어깨를 두드리고 있었어요. 그것은 마치 이제부터 자기가 하려는 말이 아무래도 발견되지 않아 아버지의 어깨를 두드림으로써 찾아내려는 듯한 모습이었어요. 그러면서 제만은 노상 웃고만 있었어요. 웃는 것으로서 자기 자신과 또 거기에 있는 모든 사람의 기분을 약간이나마 가라앉히려는 것이겠지요. 그렇지만 제만은 웃을 수가 없고 사람들도 이 사람이 웃는 소리를 들어본 적이 없기 때문에 누구 한 사람도 이것을 웃고 있는 것이라고는 깨닫지 못했어요.

그러나 아버지는 이날 겪은 일로 해서 완전히 지치고 절망에 빠져 있었기 때문에 남을 도와준다는 것은 상상도 할 수 없었어요. 뿐만 아니라 도대체 무엇이 문제인지조차도 생각해낼 수 없을 만큼 지쳐 있는 것 같았어요. 우리들도 마찬가지로 절망하고 있었지만 워낙 젊었기 때문에 우리 집안이 이것으로 완전히 망했다고는 믿어지지가 않았어요. 손님들이 이렇게 잇달아 찾아오지만 마지막에는 누군가가 나타나서 모든 일을 역행시켜 다시 원상으로 되돌려놓으리라고 굳게 믿고 있었어요. 아무것도 모르는 우리들은 제만이야말로 바로 그 사람일 것에 틀림없다고 믿고 있었지요. 그리고 이 언제까지고 계속되는 웃음소리 속에서 금세라도 분명한 말이 튀어나와 사태를 바로잡아줄 것이라고 생각하고 숨을 죽이고 기다리고 있었어요. 대체 언제까지고 웃고 있지 않으면 안 될 일이 어디 있담, 우리들 주변에 일어난 이 엄청난 부정밖에 또 있을까? '단장님, 단장님, 이제 연극은 그만하고 이 사람들에게 설명해주세요' 하고 마음속으로 생각하면서 제만 옆으로 다가갔어요. 그러나 제만은 이상하게도 몸을 빙그르르 돌렸을 뿐이었어요. 그러나 그도 마침내 입을 열었어요. 그것은 우리들의 은근한 소망을 이루어주는 것이 아니라 주위 사람들의 떠들어대는 소리와 성난 목소리에 화답하는 것에 지나지 않았지만 여하튼 말을 하기 시작했어요.

우리들은 여전히 희망을 버리지 않고 있었어요. 제만은 아버지를 매우 높이 추켜세웠어요. 아버지를 소방단의 자랑, 후배들이 도저히 따를 수 없는 모범, 없어서는 안 될 단원이라고 부르고, 이러한 사람이 그만두면 소방단이 위태롭게 될 것은 뻔한 일이라고 말했어요. 모두가 그럴 듯한 말뿐이었어요. 다만 여기서 그만두었더라면 말이에요!

그러나 제만은 말을 계속했었어요. '그럼에도 불구하고 소방단 측에서는──물론 당분간의 조치에 불과하지만──이 사람에게 퇴직을 요구하기로 결정했습니다. 그러니까 여러분들도 소방단이 이렇게 결정하지 않을 수 없는 부득이한 이유를 잘 아실 것입니다. 아마 어제 있었던 제전만 하더라도 이 사람의 눈부신 활약이 없었더라면 도저히 그만한 성과를 올릴 수는 없었을 것입니다. 그런데 다름이 아니라 바로 이 활약상이 관청의 주의를 끌게 된 것입니다. 소방단은 이제 눈부실 정도로 각광을 받기에 이른 것입니다. 그러니까 이제는 누구로부터도 손가락질당하는 일이 없도록 전보다도 더 각별히 많은 신경을 써야 할 것입니다. 그런데 바로 이러한 때 심부름꾼을 모욕하는 큰 사건이 일어나고 만 것입니다. 그래서 소방단으로서는 이렇게 결심하는 외에 다른 방도를 찾을 수가 없게 되었고 내가 그 사실을 당신에게 전달하는 어려운 역할을 맡게 된 것입니다. 아무쪼록 이 이상 더 내 임무를 곤란하게 만드는 일이 없도록 해주시기 바랍니다.'

제만은 이렇게 말했는데 연설을 끝마치고 나자 아주 기쁜 듯한 얼굴을 하고 있었어요. 그 안도감 때문인지 지금까지 몹시 조심스럽던 태도와는 달리 벽에 걸려 있던 사령장을 가리키며 그것을 떼어오도록 손가락으로 지시하는 것이었어요. 아버지는 고개를 끄덕거리고 사령장을 떼어내려고 갔는데 손이 떨려서 그것을 못에서 뺄 수가 없었어요. 제가 의자 위에 올라가서 도와드렸지요. 그리고 그 순간부터 모든 것이 끝나고 말았어요.

아버지는 사령장을 사진틀에서 빼내지도 않고 그대로 제만에게 주어버리고 말았어요. 그러고는 방 한쪽 구석에 주저앉아 그때부터 꼼짝도 않고 누구와도 이야기하지 않았어요. 밀어닥치는 손님들과는 우리들만으로 어떻게 잘 교섭을 해나가지 않으면 안 되었지요."

"그러면 당신이 말하는 성의 영향은 대체 어디에 있는 겁니까?"
하고 K는 물었다. 그리고 이어서 다음과 같이 말했다.

"지금까지는 성은 아직도 개입하고 있지 않은 것 같은데요? 지금까지 당신이 이야기한 것은 이 마을 사람들의 소갈머리없는 소심함, 이웃의 불행을 기뻐하는 심술궂음, 믿을 수 없는 우정 등 요컨대 어느 고장에서나 흔히 볼 수 있는 일에 지나지 않아요. 물론 당신 아버지 쪽에도 말하자면 배짱이 없었다는 점이 있기는 하지만요. 적어도 내게는 그렇게 생각돼요. 왜냐하면 그 사령장, 그런 것이 대체 뭡니까? 그것은 아버지의 능력을 말해주는 한낱 종이조각에 지나지 않아요. 아버지는 그 종이조각은 건네주었지만 능력은 자기 자신 속에 그대로 남겨두었어요. 그 능력 때문에 아버지가 소방단에서 빼놓을 수 없는 존재가 되었다면 일은 더욱 좋은 겁니다. 만일 그럴 마음만 있었다면 이 사건으로 해서 단장을 정말로 난처하게 만들 방법이 딱 한 가지 있었어요. 즉, 단장이 미처 두 마디도 꺼내기 전에 아버지가 느닷없이 그 사령장을 단장의 발 밑에 내동댕이쳤으면 되었던 겁니다.

그러나 내가 특히 흥미롭게 생각하는 것은 당신이 아말리아에 대해서는 전혀 언급하지 않았다는 사실이에요. 모든 일은 아말리아의 죄가 원인이 돼서 발단된 것이지요. 그 아말리아가 시치미를 뚝 떼고 구석에 들어앉아 일가가 망하는 것을 구경만 하고 있었는데도 말입니다.”

그러자 올가가 말했다.

“아니에요. 누구를 탓할 수도 없어요. 누구도 그때 그 자리에 있었다면 그렇게밖에는 행동할 수가 없었을 거예요. 이 모든 일이 이미 성으로부터 어떤 영향이 미치고 있었어요.”

“그래요, 성의 영향 때문이에요.”
하고 거의 앵무새처럼 되받은 것은 아말리아였다. 아말리아는 사람들이 미처 깨닫지 못하는 새에 안뜰로부터 방 안에 들어와 있었다.

“성 이야기를 하고 계셨나요? 여전히 사이좋게 앉아 계시군요. K씨, 선생님은 곧 돌아갈 생각인 것처럼 말씀하시지 않으셨던가요? 벌써 열시가 다 되어가는데요. 대체 그런 가십거리가 선생님과 무슨 상관이 있지요? 이 마을에는 그런 가십거리를 노상 밥먹듯이 하는 사람들이 많아요. 마치 지금 두 분이 마주 앉은 것처럼 모여 앉아서 서로 입맛을 다셔가면서 말이에요. 하지만 선생님은 그런 부류의 사람들과는 좀 다르리라고 생각했는데요.”

“천만에요. 나는 바로 그러한 사람들 중의 하나에 불과해요. 반대로 이런 이야기에는 별로 관심을 갖지 않고 다른 사람에게만 맡겨두는 사람에 대해서는 그다지 탄복할 수가 없는데요.”

하고 K는 말했다.

“그래요? 하기는 사람들의 흥미란 가지각색이니까요. 언젠가 어떤 젊은이의 이야기를 들은 적이 있어요. 그 사람은 밤낮없이 성의 일만을 생각하고 그밖의 일은 일체 아랑곳하지를 않았대요. 마음이 온통 성에만 가 있기 때문에 머리가 좀 잘못되지 않았나 하고 걱정했을 정도니까요. 그런데 나중에사 알게 되었지만 그 사람이 관심을 가지고 있던 것은 실은 성의 일이 아니라 관방에서 일을 하고 있는 어느 하녀의 일이었다는 거예요. 물론 그는 아가씨를 보기 좋게 손에 넣었고 그 뒤로는 매사가 잘 풀리게 되었지만 말이에요.”

하고 아말리아가 말했다.

“그런 사나이라면 내가 호감을 가질 만도 한데요.”

하고 K는 말했다.

“그 남자가 선생님 마음에 드신다는 것은 아무래도 믿기지 않지만 아마 부인 쪽이라면 꼭 마음에 들어할 거예요.”

하고 아말리아는 말했다. 그러면서 이제 이런 이야기는 그만 싫증이 난다는 듯이 말했다.

“하지만 아무쪼록 제 걱정은 하지 말아주세요. 저는 이제 잠자리에 들어야 하니 이만 실례하겠어요. 양친 때문에 불을 끄고 자야 해요. 양친은 곧 잠이 들지만 한 시간쯤 지나면 단잠은 다 주무시고 아주 희미한 불빛만 있어도 금세 잠을 깨세요. 그럼 이만 실례하겠어요.”

실제로 곧 어두워졌다. 아말리아는 양친의 침대 옆 바닥 위 어딘가에 자기의 잠자리를 마련해놓은 모양이었다.

“아말리아가 이야기한 그 젊은 사람이란 대체 누구를 말하는 겁니까?”

하고 K는 물었다.

“글쎄요, 알 수 없군요. 혹시 브룬스빅크를 말하는 것인지도 모르겠어요. 하지만 브룬스빅크의 이야기가 전부는 아니에요. 어쩌면 다른 사람의 이야기일는지도 몰라요. 그 애의 말을 정확히 이해한다는 것은 쉽지가 않아요. 진심으로 말하는 건지 빈정거리는 건지 갈피를 잡을 수 없을 때가 많으니까요. 대개는 진심이지만 빈정거리는 소리로도 들려요.”

하고 올가는 말했다.

“구차스러운 해설은 그만하세요. 대체 당신은 어째서 그렇게 아말리아의 말을 믿게 됐나요? 그 큰 재난이 닥치기 전부터 그랬나요? 아니면 그 사건이 일어나고서부터였나요? 아말리아의 말에 의존해서는 안 되겠다는 마음을 가져본 적은 없나요? 이렇게 그녀의 말을 믿게 된 데에는 무슨 뚜렷한 이유라도 있는 것인가요? 아말리아는 제일 나이가 어리니까 마땅히 동생답게 당신의 말에 복종해야 할 것입니다. 죄가 있었거나 없었거나 그것은 차치하고라도 온 집안에 불행을 초래케 한 것이 바로 아말리아이기 때문이지요. 그런데 당신네들 한 사람 한 사람에게 매일처럼 용서를 청하기는커녕 오히려 누구보다도 더 잘난 척하고 양친을 보살피는 것 이외에는 거의 아무런 일에도 관심을 나타내지 않아요. 아말리아 자신의 표현을 빌면 아무것도 모르고 있고 어쩌다가 당신들 중의 누군가가 말을 걸면 대개는 진심이라지만 때로는 비꼬아서 하는 소리처럼 들리는 형편이지요.

혹시 아말리아는 당신이 때때로 말하듯이 그녀가 지니고 있는 그 미모를 미끼로 집안을 지배하고 있는 것은 아닌가요? 그런데 당신네 세 남매는 매우 흡사하게 닮았는데 아말리아를 다른 두 사람과 유독히 구별하고 있는 것은 아무래도 그녀의 장점이라고 말하기는 곤란하군요. 나는 아말리아를 처음 만났을 때부터 이미 그 흐리멍덩하고 매정한 눈초리에 그만 깜짝 놀랐어요. 게다가 제일 연하인 주제에 겉으로 보기에는 그 사실을 전혀 알 수가 없어요. 아말리아는 나이를 얼마 먹지 않았음에도 불구하고 정말로 젊었던 날이 거의 없었던 여자들과 같이 '연령을 초월한 얼굴'을 하고 있어요.

당신들은 매일 보고 있기 때문에 그녀의 얼굴이 얼마나 딱딱한지를 아마 깨닫지 못하고 있을 거예요. 그러니까 그런 것을 종합해서 생각해볼 때 소르티니가 호감을 가지고 있었다는 것도 별로 사실로 믿어지지 않는군요. 어쩌면 소르티니는 그 편지로 아말리아를 불러내려고 한 것이 아니라 다만 벌을 주려고 했을 뿐이었는지도 모르지요."

하고 K는 말했다.

"소르티니의 이야기는 하고 싶지 않아요."

하고 올가는 K의 말을 가로채며 말했다.

"상대가 아무리 아름다운 아가씨든 또는 아무리 아름답지 못한 아가씨든 성 사람들은 무슨 일이라도 다 할 수가 있으니까요. 그러나 당신은 그 밖의 점에서도 아말리아에 대해서 완전히 착각을 하고 계셔요. 저는 아말리아를 위해서 당신을 편들지 않으면 안 될 특별한 이유는 조금도 없으니까요. 그래도 당신을 편들려고 하고 있는 것은 실은 당신 자신을 위해서 그렇게 하고 있을 뿐이에요.

아말리아는 어떤 의미에서는 우리들의 불행의 원인이었어요. 그것은 틀림없어요. 그러나 이 불행 때문에 가장 혹독한 꼴을 당해야 했던 아버지, 무슨 일에 대해서나 말조심을 할 줄 몰랐던 아버지, 가정에 있어서조차도 그러했던 아버지가 제일 고통스러웠던 때에도 아말리아에게는 비난의 말을 단 한 마디도 퍼부은 적이 없었어요. 더욱이 그것은 아버지가 아말리아의 행위를 결코 시인했기 때문이 아니었어요. 소르티니를 존경하고 있던 아버지가 어떻게 아말리아의 행위를 인정할 수 있었겠어요? 아버지로서는 전혀 이해할 수도 없었던 일인걸요. 아버지는 소르티니를 위해서라면 자기 자신도 또 자기가 가지고 있던 모든 것을 기꺼이 희생할 수도 있었을 거예요. 물론 실제로 일어난 것처럼이 아니라, 즉, 어쩐지 소르티니가 분개하고 있을 것 같으니까 그것을 달래기 위해서가 아니라는 말이에요. 어쩐지 분개하고 있는 것 같다고 말한 것은 우리들은 그 뒤로는 소르티니의 이야기를 전혀 듣지 못했기 때문이에요.

소르티니는 그때까지도 세상에 살고 있었지만 그때 이후는 정말 이 세상에서 없어진 것 같았어요. 그런데 그 무렵의 아말리아를 당신에게 한번 보여주었더라면 해요. 우리들은 모두 뚜렷한 벌은 받지 않을 것이라는 사실을 알고 있었어요. 다만 모든 사람들로부터 격리되었을 뿐이에요. 마을 사람들로부터도 또 그리고 성으로부터도 말이에요. 물론 마을 사람들이 우리들로부터 멀어져갔다는 것은 알고 있었지만 성의 일은 아무래도 알 수가 없었어요. 사실 그때까지는 성이 우리들을 염려해주고 있다는 것도 잘 모르고 있을 정도였으니까 지금 그것이 역전되었다는 사실을 어떻게 알았겠어요? 이렇게 소식이 끊겼다는 사실이 제일 난처한 일이었어요. 그것은 마을 사람들이 우리에게서 멀어져갔기 때문에 난처한 것이 아니었어요. 마을 사람들이 무슨 확신이 있었기 때문에 그랬던 것이 아니며 아마도 진심으로 우리를 증오했기 때문도 아니었을 거예요. 지금처럼 우리 집안을 경멸하는 것도 그 무렵에는 전연 없었어요.

그 사람들은 다만 불안감 때문에 멀어져갔을 뿐이고 앞으로 어떻게 될 것인지 기회를 엿보고 있던 참이었지요. 그 무렵은 아직도 생활에 쫓길 걱정도 없었어요. 우리들에게 빚이 있는 사람들은 모두 갚아주었고 또 이 장사는 벌이도 괜찮았지요. 부족한 식료품 등은 친척들이 몰래 융통해주었지요. 이것은 별로 어려운 일은 아니었지요. 그럴 수밖에 없는 것이 마침 수확의 계절이었으니까요. 물론 우리들은 밭이 없었고 또 어디에서도 우리를 고용해주지는 않았어요. 우리들은 난생 처음으로 일하지 않고 매일매일을 보내야 하는 벌을 선고받은 셈이었지요. 그래서 우리들은 모두 자리에 앉아서 창문을 닫은 채 7월과 8월의 무더위 속에서 집에만 들어앉아 있었어요. 아무 일도 일어나지 않았어요. 호출을 당하지도 않았고 통지나 소식, 그 밖의 방문도 일체 없었어요. 물론 편지를 해도 아무 회답조차도 없었어요."

"그러면 아무 일도 일어나지 않고 무슨 뚜렷한 벌도 받지 않았다면 당신들은 대체 무엇이 두려웠단 말인가요? 당신네들은 정말 한심하고 답답한 사람들이군요!"

하고 K가 말했다.

"어떻게 설명하면 좋을까?"

하고 올가는 혼잣말처럼 중얼거리고는 이윽고 좋은 생각이 떠올랐는지 다음과 같이 입을 열었다.

"우리들은 앞으로 닥칠 일을 두려워하고 있던 것은 아니에요. 이미 현재 일어나고 있는 일에 대해서 고민하고 있었어요. 그런 의미에서는 이미 벌을 받고 있는 거나 마찬가지였지요. 마을 사람들은 우리들이 다시 자기들에게 찾아올 것을 기다리고 있었어요. 아버지가 작업장을 재개하고 아말리아는――그 애는 아름다운 옷을 썩 잘 만들었어요. 물론 좋은 집의 옷만을 골라서 만들었지만――어쨌든 아말리아는 다시 주문이 오기만을 기다리고 있었어요. 그들도 사실은 자기들이 저지른 일 때문에 고민하고 있었어요. 마을에서 명망이 높던 집이 갑자기 따돌림을 당하게 되면 저들도 어쩔 수 없이 피해를 보게 되거든요. 마을 사람들은 우리들과 손을 끊게 되었을 때 다만 자기들의 의무를 다하고 있을 뿐이라고 생각했던 거예요. 우리들이 만약 그 입장에 놓여 있었다면 우리들도 아마 저들과 마찬가지 생각을 하고 있었을지도 몰라요. 사실 그 사람들은 무엇이 문제가 되고 있는지도 잘 몰랐어요. 심부름꾼이 종이 조각을 잔뜩 움켜쥐고 진신관으로 돌아왔다는 것뿐이었어요. 프리다는 심부름꾼이 나갔다가 다시 돌아오는 것을 발견하고는 심부름꾼과 두서너 마디 이야기를 나누었어요. 그러고는 자기가 알아낸 것을 곧 마을 전체에 퍼뜨렸어요. 하지만 이것도 우리들에 대한 적의에서가 아니라 단순한 의무라고 생각해서 그렇게 했을 뿐이에요. 똑같은 경우에 놓였다면 다른 사람들도 아마 그렇게 행동했을 거예요. 그래서 사람들은 아까도 말씀드렸듯이 사건 전체가 원만히 해결되었다면 아마 크게 기뻐했을 거예요.

우리들이 불쑥 나타나서 사건은 이미 해결되었다고 말해버리든가 또는 이것은 다만 어떤 오해에 불과하며 그 후 완전히 얼음 녹듯이 풀렸다고 말해버린다면, 또는 확실히 과오는 우리들에게 있었지만 이미 그것은 우리의 행위에 의해서 충분히 보상되고도 남음이 있었다든가, 또 혹은——어쩌면 이것만으로도 충분했으리라고 생각하지만——우리들이 성에 대해서 가지고 있는 연고 덕분에 사건을 잘 해소시키는 데 성공했다고 말해버리면 사람들은 모두 우리들을 두 팔을 벌려 환영하며 키스와 포옹으로 일대 축제 소동을 벌였는지도 몰라요.

저 자신도 그러한 예를 몇 번 보아왔으니까요. 그러나 그러한 소식도 필요가 없었을는지도 몰라요. 우리들이 어슬렁어슬렁 걸어가서 이쪽에서 먼저 옛날의 교분을 되살리고 편지 사건에 대해서는 일체 경솔하게 입을 놀리지 않도록 조심한다면 그것으로 충분했을지도 몰라요. 그러면 사람들은 모두 이 사건을 입에 담는 것을 기꺼이 단념해버렸을 테니까요. 사실 사정이 불안하기도 했지만 무엇보다도 이 사건이 까다로웠기 때문에 사람들은 모두 우리에게서 떠나버렸던 것이지요. 즉, 이 사건에 대해서는 아무 소리도 듣지를 말고 하지도 말며 또 생각하지도 않고 일체 관계가 없는 듯이 행동하려고 했던 것이지요.

프리다가 이 사건을 퍼뜨리고 다닌 것도 그것이 즐거워서가 아니라 자기 자신을 포함해서 모든 사람들을 이 사건으로부터 지켜주기 위해서, 또 조심스럽게 떨어져서 상관하지 말아야 하는 사건이 발생했다는 사실을 모든 마을 사람들에게 알려주기 위한 것이었어요. 이때 경원(敬遠)을 당한 것은 우리 일가가 아니라 사건 그 자체였고 우리들만 하더라도 이 사건의 와중에 있었기 때문에 부득이 경원을 당했던 것이지요. 그러니까 우리들이 다시 사람들 앞에 나타나서 지나간 일은 일체 언급하지 않고 어떤 방법으로든 이 문제는 벌써 정리가 되었다는 사실을 우리들의 태도로 보여주기만 했다면, 그리고 세상 사람들 쪽에서도 이것이 어떤 성질의 문제였건 이 사건은 두 번 다시 화제에 오르는 일이 없으리라고 확신해주었더라면 그것으로 만사는 잘 해결되었을 거예요. 그리고 우리들은 어디에 가더라도 다시 예전처럼 따뜻하게 대해주었을 것이지요. 설사 우리들이 아직도 사건을 완전히 잊지 못하고 있더라도 사람들은 우리를 이해하고 우리들이 완전히 잊어버릴 수 있도록 도와주었겠지요.

그런데 우리들은 이런 노력은 조금도 하지 않고 다만 집안에만 틀어박혀 있었지요. 무엇을 기다리고 있었는지 지금은 기억조차 할 수 없어요. 아마도 아말리아가 무슨 결단을 내려주기를 기다리고 있었던 것 같아요. 그 애는 어느 날 아침 일가의 주도권을 빼앗은 뒤 줄곧 그것을 장악하고 있었지요. 그것도 특별히 무슨 계획을 세운다거나 명령을 하거나 청원을 하는 것이 아니라 거의 침묵만으로 일가를 지배하고 있었어요. 물론 그 애를 제외한 다른 식구들은 여러 가지 의논하지 않으면 안 될 일이 많이 있었지요. 우리들은 아침부터 밤까지 노상 소근소근 말을 하곤 했지요. 때로는 갑자기 불안감에 사로잡힌 아버지에게 불려가서 침대 가장자리에서 거의 밤을 뜬눈으로 새우다시피 한 적도 있어요. 그런가 하면 바르나바스와 저는 단둘이 마주 앉아서 밤새 쑥덕이고 있기도 했어요. 바르나바스는 사건의 전모를 겨우 알기 시작할 무렵이어서 아주 몸이 달아서 몇 번이고 설명해달라고 조르곤 했어요. 같은 질문을 수없이 되풀이하면서 말이에요. 같은 또래의 소년에게는 아직도 남아 있을 멋모르고 태평스러운 세월이 자기에게는 이미 없어져버렸다는 사실을 그 애는 벌써 그때부터 알고 있었는지도 모르겠어요. 그래서 우리 두 사람은 마치 지금 당신과 마주 앉아서 이야기하고 있는 것처럼 날이 새는 줄도 모르고 함께 앉아 있곤 했지요.

그러나 우리집에서 제일 시달리고 있던 것은 어머니였어요. 공통된 고뇌뿐이 아니라 가족 한 사람 한 사람의 고뇌까지도 함께 나눠야 했기 때문이지요. 우리들은 어머니의 완전히 달라진 모습을 깨닫고는 깜짝 놀랐으나 우리들의 예감으로는 이러한 변화는 이윽고 우리 가족 모두에게 닥쳐올 것이 틀림없다는 것을 알았어요. 어머니가 가장 좋아하시던 장소는 소파의 한쪽 귀퉁이였어요. 그러나 그 소파도 벌써 오래 전에 우리들의 손을 떠나고 말았어요. 지금은 브룬스빅크네 집의 넓은 거실에 놓여 있지요. 어머니는 그 소파의 한쪽 구석에 앉아 그것이 무엇을 의미하고 있는지 우리들은 처음에는 잘 몰랐지만——끄덕끄덕 졸기도 하고 입술이 실룩실룩 움직이고 있는 것으로 보아 짐작을 했지만——오랫동안 혼자서 중얼거리고 있다는 것을 알았어요.

그래서 우리들이 끊임없이 편지 사건을 문제삼아 잘 알고 있는 자잘할 점도 아직도 잘 모르고 있는 갖가지 가능성도 여러 가지 각도에서 검토하기 시작한 것은 지극히 당연한 일이었지요. 또 어떻게든 좋은 해결점을 찾아내려고 서로 의견을 피력하게 된 것도 자연스러운 일이며 부득이한 일이기도 했지요. 하지만 그것은 좋은 일이 아니었어요. 왜냐하면 그것 때문에 우리들이 피하려고 생각하고 있던 함정 속으로 점점 더 깊이 빠져들고마는 결과를 초래했기 때문이에요. 게다가 그런 식으로 생각해낸 좋은 방법이 실제로는 아무런 도움도 안 되었기 때문이지요. 아무리 좋은 생각도 아말리아 없이는 그것을 실행에 옮길 수가 없었으니까요. 따라서 우리들이 생각해낸 일은 모두 예비 상담에 지나지 않았어요. 그 결과가 전혀 아말리아의 귀에는 들어가지도 않았고 또 설사 들어갔다고 하더라도 침묵 이외에는 아무런 반응도 없었을 테니까 결국 우리들끼리의 무의미한 예비 상담에 지나지 않았던 것이지요.

그런데 다행히도 저는 그때보다는 지금이 아말리아를 좀더 잘 이해하고 있다고 생각해요. 아말리아는 우리들 중의 누구보다도 무거운 짐을 지고 있다고 생각해요. 그 애가 어떻게 그것을 견디어내고 지금도 이렇게 우리들과 같이 살아가고 있는지 이상하게 생각될 정도예요. 어머니도 아마 우리들 모두의 고통을 혼자 짊어지고 있었는지도 몰라요. 어머니는 그것이 자기 위에 엄습해왔기 때문에 어쩔 수 없이 짊어지고 계셨을 거예요. 그러나 어머니는 그 고뇌를 오래 짊어지지는 못했어요. 지금도 어머니가 그 무거운 짐을 짊어지고 있다고는 말할 수 없을 거예요. 왜냐하면 어머니의 마음은 그 무렵부터 이미 착란 상태에 빠져 있었으니까요.

그러나 아말리아는 고뇌를 짊어지고 있었을 뿐만 아니라 그것을 통찰하는 두뇌까지도 아울러 가지고 있었어요. 우리들 눈에는 결과밖에는 보이지 않았지만 그 애는 원인까지도 꿰뚫어보고 있었어요. 우리들은 그것이 아무리 하찮은 수단이라 하더라도 어떤 해결책을 발견하고야 말 것이라는 희망을 가지고 있었지만 그 애는 이것으로 만사는 이미 끝나버렸다는것을 알고 있었어요. 우리들은 늘 수근거리며 의논만 하고 있었는데 그 애는 그저 잠자코만 있었어요. 그 애는 그 무렵도 지금도 진실과 정면으로 대결해서 이 인생을 살아왔고 또 견디어왔어요. 우리들이 아무리 괴로웠다고 하더라도 그 애에게 비한다면 아무것도 아니었어요. 물론 우리들은 우리의 집을 떠나지 않으면 안 되었어요. 브룬스빅크가 우리 집으로 옮겨오고 우리들은 이 오두막집으로 이사오지 않으면 안 되었어요. 우리들은 한 대의 손수레로 두서너 번 왕복해서 남아 있는 모든 세간을 이곳으로 실어 날랐어요. 바르나바스와 제가 수레를 끌고 아버지와 아말리아가 뒤에서 밀어주었어요. 맨 처음 여기에 모셔다놓은 어머니는 나무 상자 위에 걸터앉아 손수레가 도착할 때마다 나지막한 소리로 울면서 우리를 맞이해주었어요.

지금도 생각이 나지만 이렇게 고생스럽게 짐을 나르고 있는 동안에도 우리들은 부끄러워서 견딜 수 없었어요. 왜냐하면 수확한 낟알을 운반하는 수레와 도중에서 몇 차례나 마주쳤기 때문이지요. 수레를 따라가는 사람들은 우리들 앞에 당도하자 이야기를 뚝 그치고 눈은 딴 곳으로 돌려버리는 것이었어요. 어쨌든 그렇게 짐을 실어 나르는 동안에도 바르나바스와 저는 우리들의 걱정거리와 앞으로의 계획에 대해서 쉴 새 없이 이야기를 나누곤 했어요. 때로는 이야기에 열중해서 그만 걸음을 멈추고 말아 아버지가 '자아, 어서 가야지' 하고 재촉을 하는 바람에 자기의 일을 생각하곤 했지요.

하지만 아무리 이야기를 해도 우리들의 생활은 이사를 하고 난 후에도 조금도 달라지지 않았어요. 다만 달라진 것이라곤 이 무렵에 이르러서야 비로소 가난의 고통까지도 뼈에 사무치게 느끼게 되었다는 것뿐이지요. 친척들의 도움도 끊어지고 재산도 거의 바닥이 났어요. 그리도 당신도 아시다시피 사람들이 우리를 경멸하기 시작한 것도 마침 이 무렵부터의 일이지요. 사람들은 우리들이 편지의 사건에서 어떻게 빠져나올 힘이 없다는 것을 깨닫고는 우리들을 아주 한심하게 생각하기 시작한 거지요. 사람들이 자세히는 깨닫지 못하고 있었지만 우리들의 운명의 어려움을 결코 과소평가하고 있었던 것은 아니에요. 자기들도 이러한 시련에 직면하게 되면 우리들보다 결코 훌륭하게 극복해나갈 수 없으리라는 것은 모두들 알고 있었어요. 그러나 그렇기 때문에 더한층 우리들과는 깨끗이 인연을 끊어야 했던 거예요. 만일 우리들이 이 운명을 보기 좋게 탈출하는 데 성공했더라면 사람들은 그에 걸맞게 우리를 존경했을 테지만 우리들이 그곳에서 헤쳐나오지 못했기 때문에 그때까지는 다만 일시적으로 그랬던 것을 이번에는 본격적으로, 그리고 단호하게 인연을 끊기 시작한 거예요.

우리들은 모든 집단으로부터 쫓겨나고 말았어요. 이렇게 되니까 사람들은 우리들에 대해서 이야기할 때도 이미 사람 취급을 해주지 않았어요. 우리들의 성(姓)도 불러주는 사람이 없었어요. 우리들의 이야기를 할 때는 우리들 중에서 가장 죄가 적은 바르나바스의 이름으로 우리들을 부르는 거예요.

하다 못 해 우리들의 이 허술한 집에 대해서까지 잔소리를 늘어놓는 거예요. 솔직히 말씀드려서 당신만 하더라도 처음 이 집에 발을 들여놓았을 때 사람들이 경멸하는 것도 무리는 아닐 것이라고 생각했지요? 그 후 사람들이 종종 다시 찾아오게 되었을 때 아주 하찮은 일에 대해서까지 일일이 경멸의 기색을 나타내게 되었어요. 예를 들면 작은 석유 램프가 저 테이블 위에 매달려 있는 것을 가지고도 다 그랬으니까요. 대체 램프가 테이블 위가 아니면 어디에 걸려 있어야 한단 말인가요? 그러나 사람들은 그런 것을 가지고도 참을 수 없었던 거예요. 그렇다고 우리들이 램프를 다른 곳에 걸어놓았다고 해서 그 사람들의 반감이 없어졌을까요? 결국 우리들 자신도 또 우리들이 가지고 있는 모든 것도 모조리 경멸의 대상이 되었던 거예요.”

청원(請願)

“그런데 그 사이에 우리들은 무슨 일을 했던 것일까요? 우리들이 할 수 있었던 가장 나쁜 일, 우리들이 실제로 경멸당하고 있던 것보다 더 경멸을 당한대도 할 말이 없었던 일을 한 거예요. 즉, 아말리아를 배신하고 그 애의 무언의 명령과 손을 끊은 거예요. 우리는 이런 식으로는 더 이상 살아갈 수가 없었어요. 전혀 희망이 없는 나날을 도저히 살아갈 수가 없었어요. 그래서 각자가 다른 방법으로 ‘아무쪼록 용서해주세요’ 하고 성에 애원도 하고 끈질기게 부탁을 하기도 했어요. 우리들은 보상을 한다는 것은 우리들로서는 불가능하다는 것을 알고 있었고 또 우리들이 성과의 사이에 갖고 있던 유일한 연결 끈, 즉 아버지에게 호의를 갖고 있던 소르티니와의 관계도 이 사건 때문에 손이 미칠 수 없는 곳에 놓이게 되어버렸다는 사실도 알고 있었어요.

그럼에도 불구하고 우리들은 일에 착수했어요. 우선 아버지부터 시작했지요. 촌장이나 비서들, 변호사들이나 서기들한테 무의미한 청원을 하러 매일처럼 다니기 시작했어요. 대개는 면회도 하지 못했어요. 또 책략이나 우연에 의해서 어쩌다 만나더라도(아버지로부터 그런 보고를 받을 때마다 우리들은 환성을 지르며 두 손을 맞대고 비볐지요) 곧 추방을 당하고 두 번 다시 만나주지를 않았어요. 그들은 아버지에게 아주 간단하게 답변했어요. 성으로서 본다면 그런 것쯤은 언제나 식은 죽 먹기였지요. 가령 성의 평계는 늘 이러했어요——당신은 대체 무엇을 어떻게 해달라는 거요? 당신에게 무슨 일이 일어났다는 거요? 무엇을 용서해달라는 거요? 성에서 당신에게 손가락 하나라도 댄 적이 있단 말이오? 또 그랬다면 대체 누가 손을 댔단 말요? 확실히 당신은 가난해졌고 고객을 잃었소. 그러나 그런 일은 일상 생활에 흔히 있는 일이고 장사나 거래를 하다보면 누구나 다 겪어야 하는 일이란 말요. 대체 성은 무슨 일이든지 다 걱정을 해주어야 한단 말요? 실상 성은 무슨 일이나 다 잘 보살펴주고 있는데 자연의 추세에 억지로 간섭할 수는 없는 일 아니겠소? 일개인의 이해 관계에 봉사하기 위해서 간섭할 수는 없단 말요. 성의 관리를 마을에 파견해서 당신의 고객을 쫓아다니면서 우격다짐으로 당신에게 돌아가도록 해달란 말이오?

성이 이렇게 대답하면 아버지는 거기에 대해 반론을 제기했어요──우리는 집에서 이러한 일에 대해 아버지가 떠나기 전에는 또 돌아온 후에도 상세히 논의하곤 했어요. 방 구석에 서로 몸을 기대고 앉아 아말리아의 눈을 피해가면서 말이에요. 아말리아는 모든 것을 깨닫고 있었지만 보고도 못 본 체하고 있었던 것이지요──어쨌든 아버지는 성의 그러한 주장에 대해 이렇게 대답하는 것이었어요. 나는 가난해졌다고 해서 우는 소리를 하고 있는 것이 아닙니다. 장사에서 손해를 본 것쯤 문제없이 되찾을 수 있습니다. 용서만 해주신다면 그런 것은 모두 아무래도 좋습니다 라고 말이에요. 그러면 성은 '용서하라니 대체 무엇을 용서하란 말이오?'라고 되묻곤 했지요. 그러면서 으레 이렇게 대답하는 것이었어요──지금까지는 아직 보고도 도착하지 않았소. 적어도 조서에는 아직 기재되어 있지 않소. 일반 변호사의 손에 들어갈 조서에는 말요. 따라서 확인할 수 있는 한에서는 당신에 대해서 무언가 계획되어 있는 일도 없으며 이미 진행 중인 일도 없소. 당신도 당신에 대해서 통고된 당국의 조치를 한 가지라도 들 수가 있소?

아버지는 물론 그것을 들 수는 없었어요. 그렇다면 당국으로부터 무슨 간섭이라도 있었소? 아버지는 그것도 모른다고 했어요. 그렇다면 당신도 아무것도 모른다고 했고 아무 일도 일어나지 않았는데 대체 무엇을 어떻게 해달라는 거요? 용서해달라고 했는데 무슨 용서할 일이 있단 말이오? 고작 지금 이렇게 아무 뜻도 없이 관청에 대해서 폐를 끼치고 있다는 정도요. 하기는 그것이야말로 괘씸한 일이기는 하지만.

그렇게 공격을 당하고도 아버지는 가만히 있지를 않았어요. 그 무렵은 여전히 건강했고 또 하는 일도 없이 빈둥빈둥 놀고 있었기 때문에 시간도 얼마든지 있었던 거지요. '내가 아말리아의 명예를 되찾아주고야 말 테다. 그것도 최대한 빠른 시간 안에' 하고 아버지는 바르나바스와 저에게 하루에도 몇 차례씩이나 말했어요. 그러나 매우 나지막한 소리로 말했지요. 왜냐하면 아말리아가 그 소리를 들으면 안 될 테니까요. 그럼에도 불구하고 이것은 단지 아말리아를 기쁘게 하기 위해서 한 말이었어요. 왜냐하면 아버지는 명예 회복이란 조금도 염두에 없고 다만 용서를 받고 싶은 생각뿐이었으니까요.

그러나 용서를 받기 위해서는 우선 죄를 확인하지 않으면 안 되었는데 관청은 그것을 딱 잘라서 부인한 것이에요. 그래서 아버지는 돈을 주는 것이 신통치 않기 때문에 죄를 숨기고 있는 것이라는 생각에 사로잡히고 말았어요. 이 사실은 아버지가 당시 이미 정신적으로 상당히 약해져 있다는 것을 말해주고 있었어요. 왜냐하면 아버지는 그때까지 언제나 정해진 사례밖에는 지불하지 않고 있었기 때문이지요. 그 사례만 하더라도 적어도 우리들의 생활로 본다면 상당히 많은 금액이었어요. 하지만 아버지는 좀더 많은 돈을 쓰지 않으면 안 되겠다는 생각을 한 것이에요. 이 생각은 확실히 잘못된 것이었어요. 우리들의 관청에서는 쓸데없는 이야기로 실랑이를 벌이는 것은 귀찮으니까 그것을 피하기 위해서 뇌물을 받지만 뇌물을 주어보았자 그것은 아무런 효과도 나타내지를 못하기 때문이지요. 그러나 이것이 아버지의 희망이라면 우리는 그것을 방해하고 싶지는 않았어요. 우리들은 아버지가 여러 가지로 조사하고 다니는 비용을 장만하기 위해 아직도 가지고 있던 것(그것은 거의가 없어서는 안 되는 것뿐이었지만)을 내다 팔았어요. 그리고 아버지가 아침에 나갈 때 언제나 적잖은 돈이 호주머니 속에서 쩔렁쩔렁 울리도록 해드리는 것이 오랫동안 저희들의 즐거움이었어요.

물론 우리들은 하루 종일 굶주린 배를 움켜쥐고 지냈지요. 그러면서도 우리들이 돈을 장만함으로서 얻을 수 있었던 유일한 기쁨은 아버지에게 약간의 희망과 기대를 갖게 해드렸다는 오직 그것뿐이었어요. 그러나 이것은 거의 아무런 도움이 안 되었어요. 아버지는 이렇게 매일처럼 쏘다니시느라고 몸이 굉장히 축났어요. 그리고 사실 돈이 없었더라면 벌써 끝이 났을 일이 언제까지나 질질 끌며 시간만 허비했어요. 이렇게 뇌물을 많이 주었다고 해서 상대방에서는 그 대가로 어떤 특별한 일도 해줄 수 없었으니까 때로는 어떤 서기가 적어도 겉으로는 무엇인가를 해주는 척하려고 애도 썼어요. 조사를 약속하기도 하고 혹은 모종의 증거를 이미 잡았는데 그것을 추적하는 것은 자기의 의무도 아니지만 당신을 위해서라면 특별히 노력을 해보겠다는 투의 암시를 주기도 했어요. 아버지는 그 말을 듣고 의심하기는커녕 점점 더 깊이 믿어버렸어요. 아버지는 명백히 거짓임을 알 수 있는 이 따위 실없는 약속을 선물로 받아가지고 집에 돌아오곤 했지요. 그것은 마치 오늘도 축복을 잔뜩 안고서 집에 돌아오는 듯한 모습으로 말이에요.

그리고 언제나 아말리아의 눈이 미치지 않는 곳에서 씁쓸하게 웃으시며 크게 부릅뜬 눈으로 아말리아 쪽을 가리키며 말하곤 했어요. 여러 가지로 노력한 결과 아말리아를 구제할 수 있는 날이 다가오고 있다. 그렇게 되면 누구보다도 깜짝 놀라는 것은 아마 아말리아 자신일 것이다. 그러나 지금은 아직도 비밀이니까 이것만은 일체 얘기를 해서는 안 된다. 이러한 말을 우리들에게 곤잘 하는 것이었어요. 그럴 때의 아버지의 모습은 참 보기에도 딱했어요. 우리들은 마침내 더 이상 아버지에게 돈을 제공할 수가 없게 되었어요. 만일 그렇지 않았더라면 지금 말씀드린 것처럼 더 오랫동안 그러한 상태가 계속되었을 거예요.

그러는 동안에 바르나바스는 끈질기게 부탁한 끝에 브룬스빅크의 하청 직공으로 채용되었어요. 물론 밤이 어두워서 주문을 맡으러 가고 또 어두울 때에 몰래 일을 끝내가지고 가야만 했지요. 브룬스빅크는 우리 일가를 위해 자기 사업에 어떤 위험을 무릅쓴 것은 사실이에요. 그러나 그 대신 바르나바스의 솜씨는 조금도 트집을 잡을 수 없을만큼 완벽했는데도 아주 형편 없이 적은 임금밖에는 주지 않았어요. 그래서 바르나바스의 임금으로는 겨우 우리 식구가 입에 풀칠이나 할 수 있을 정도였어요. 그래서 우리들은 아버지를 슬프게 하지 않도록 신경을 써가며 돈을 더 이상 보조해드릴 수 없다는 것을 말씀드렸어요. 아버지는 깨끗이 그 말씀을 받아들이셨어요. 아버지의 머리는 자기의 계획이 성공할 가망이 없다는 것을 식별할 만한 능력이 이미 상실되어 있었어요. 실망과 환멸의 연속으로 완전히 지쳐 있었기 때문에 판단 능력을 상실했던 것이지요.

아버지는 예전만큼 똑똑히 말씀하실 수가 없게 되었어요. 예전에는 지나칠 정도로 분명하게 말씀을 하셨는데 말예요. 아버지는 돈이 조금만 더 있었더라면 내일이나, 아니 오늘 중으로라도 모든 일을 다 조사할 수 있었을 텐데 이렇게 되면 모든 것이 허사가 되어버리고 말았구나, 결국 돈이 없기 때문에 좌절해버리고 말았구나 하고 한탄했어요. 그러나 그 말투로 보아 아버지 자신도 그 말씀을 믿고 계시지는 않다는 것을 알 수 있었어요. 그러면서도 곧 느닷없이 새로운 계획을 내놓고는 했어요. 죄를 확인하는 일에 실패했고 따라서 더 이상 공적인 방법으로는 가망이 없으니까 전적으로 청원에 의존해서 개인적인 방법으로 관리들과 접촉을 시도하는 수밖에 없다는 거예요. 아버지의 계획은 '관리들 중에는 친절하고 동정심이 많은 사람도 있다, 물론 그런 사람들도 관청 안에서는 사정(私情)에 사로잡힐 수는 없겠지만 관청 밖에서 적당한 시기에 불쑥 찾아가기만 하면 아마 십중팔구는 상담에 응해줄 것이다'라는 것이었어요."

그때까지 깊은 생각에 잠겨 올가의 이야기에 조용히 귀를 기울이고 있던 K가 여기에서 상대방의 말을 가로막고 말했다.

"그러나 당시는 그것이 옳은 이야기라고는 생각하지 않았을 테지요?" 물론 상대방의 이야기를 듣고 있노라면 저절로 해답이 나올 것이라는 사실을 알고 있었지만 K는 지금 당장 그것이 알고 싶어서 이렇게 물은 것이다.

"물론이지요."
하고 올가는 대답했다. 그리고 계속해서 다음과 같이 말했다.

"친절이라든가 동정심이라는 것은 전혀 이야기가 안 되는 사람들이에요. 그때 우리들은 젊고 세상 물정을 모르고 있었지만 그 정도의 일은 알고 있었어요. 물론 아버지도 모르고 있지는 않았지만 다른 일들과 마찬가지로 이 일도 깜박 잊고 있었을 따름이에요. 아버지가 세운 계획이라는 것은 성에서 가까운 큰길에 —— 물론 관리들의 차가 자주 다니는 길목이지요 —— 서 있다가 어떤 차라도 지나가기만 하면 그것을 붙들고 용서해달라고 청원을 한다는 것이었어요. 솔직히 말해서 이 계획은 올바른 정신에서 나온 것이 아니었어요. 설사 기적이 일어나서 청원이 어느 관리의 귀에 정말로 들어간다고 하더라도 그렇지요. 대체 어느 관리가 자기 한 사람의 생각만으로 용서하고 말고를 결정할 수가 있겠어요? 그런 일은 관청 전체의 문제일 것이고 또 아무리 관청이라고는 하지만 옳고 그른 것을 가릴 뿐 아마 용서 운운하지는 못할 텐데.

또 어떤 관리가 차에서 내려서 이 청원을 들어보려고 하더라도 불쌍하고 지친 초라한 노인인 아버지가 입 속에서 중얼거리는 소리만을 듣고서야 어떻게 사건의 전모를 파악할 수가 있겠어요? 관리들은 매우 높은 교양을 지니고 있지만 한편 완전히 일면적이에요. 자기의 전문 분야라면 한 마디만 듣고서도 곧 전체를 꿰뚫어보지만 다른 분야의 일은 몇 시간에 걸쳐서 설명을 해도 겉으로는 정중하게 고개를 끄떡거리지만 실은 한 마디도 알아듣지 못해요. 이런 일은 지극히 당연한 일이지요. 자기와 관계가 있는 하찮은 관청의 일, 관리라면 어깨를 움츠리는 것만으로도 처리해버릴 것 같은 그러한 사소한 일을 가지고 와서 그것을 이해해달라고 하면 누구라도 이해하지 못할 거예요. 아마 평생을 그 문제에 매달려도 도저히 이해하지 못할 거예요. 그러나 가령 아버지가 그 일을 담당하고 있는 관리를 만났다고 하더라도 필요한 서류가 없이는 아무것도 처리할 수가 없고 더욱이 노상에서는 더 그럴 거예요. 그 관리는 도저히 용서할 수가 없을 거예요. 할 수 있는 일이라고는 아마 문제를 사무적으로 처리하고 그러기 위해서는 공적인 절차를 밟도록 하라고 지시하는 것뿐이겠지요.

그러나 아버지는 이러한 수순을 밟아서 목적을 이룩하기에는 이미 완전히 실패했던 거예요. 그러니까 이러한 새로운 계획을 세우고 어떻게든지 이것을 관철해보려고 마음먹었다는 것은 아버지도 이제는 올 데까지 다 왔다는 것을 말해주고 있는 셈이지요. 왜냐고요? 만일 그러한 가능성이 조금이라도 있다면 그야말로 그 큰길은 청원하는 사람들로 북적거리고 말 테니까요!

그러나 이러한 일은 전혀 불가능한 일이고 그것은 어린애들도 다 알고 있는 사실이니까 거기에는 사람의 그림자조차도 얼씬거리지 않아요. 물론 아무도 없다는 것이 오히려 아버지의 희망을 더 부채질했는지도 모르지요. 아버지는 자기의 희망을 북돋워주는 사람을 도처에서 발견했어요. 또 그러는 것이 지금과 같은 경우에는 특히 필요했어요. 건전한 상식만 가지고 있었다면 이런 계획을 진지하게 생각하지는 않았을 거예요. 조금만 생각해도 전혀 불가능한 일이라는 것을 분명히 알았을 테니까요.

관리들이 마을에 오거나 성으로 돌아가는 것은 단순한 유희가 아니에요. 마을에서도 성에서도 일거리가 기다리고 있어요. 그래서 저렇게 분주히 차를 몰고 다니는 거예요. 게다가 어느 관리도 차창 밖을 내다보며 청원하는 사람은 없는가 하고 찾아볼 생각도 하지 않아요. 차 안에는 서류가 가득하게 쌓여 있고 관리들은 그것을 보기에 여념이 없으니까요."

"그런데 내가 전에 어느 관리의 썰매 안을 보았을 때는 서류 같은 것은 하나도 없었는데요?"

하고 K는 말했다. 올가의 이야기를 듣고 있는 동안에 실로 엄청나게 커서 거의 믿을 수 없는 세계가 열려왔기 때문에 자기의 조촐한 체험으로 그 세계를 건드려보고 싶었고 그 세계의 실체와 자기 자신의 실체를 좀더 분명하게 확인해보고 싶었던 것이다.

"그런 일도 있을 수 있죠."

하고 올가는 말했다. 그러나 곧 이어 다음과 같이 말하는 것이었다.

"그러나 그런 때는 더욱 형편이 좋지 않아요. 그런 때 그 관리는 아주 중요한 일을 맡고 있기 때문에 서류가 매우 중요하다든가 또는 분량이 너무 많아서 도저히 가지고 다닐 수가 없기 때문이에요. 그리고 이런 관리일수록 마차를 전속력으로 몰아요. 어쨌든 아버지를 위해서 시간을 내줄 사람은 한 사람도 없어요. 게다가 성으로 가는 길은 몇 갈래나 있어요. 어떤 때는 이 길이 번성하는가 싶으면 대개의 마차가 그리로 몰리고 이번에는 또 다른 길이 유행하는가 싶으면 모든 차가 그리로 쇄도하는 거예요. 어떤 규칙에 따라서 이러한 교대가 이루어지고 있는지는 아직도 몰라요. 아침 여덟시에는 모두 이 길을 통과했는가 하면 반 시간 후에는 모두가 다른 길로 달리고, 그리고 다시 십분 후에는 제삼의 길, 다시 반 시간 후에는 첫 번째의 길로 환원하고 그리고는 온종일 그 길만을 사용하기도 해요. 언제 어떻게 변경될는지는 아무도 몰라요.

마을 근처에 이르러서는 모든 차도가 하나로 합쳐지지만 여기에서는 모든 차들이 미친 듯이 빨리 달려요. 물론 성 가까이에 이르러서는 다시 약간 속도가 늦춰지지만 말예요. 그러나 어느 길을 통해서 오는지 도무지 불규칙적이고 알 수 없듯이 차의 대수도 그날 그날 달라서 알아맞히기가 여간 어렵지 않아요. 차가 한 대도 보이지 않는 날이 며칠씩 계속되는가 하면 이번에는 또 떼를 지어서 몰려다니는 날이 심심치 않게 계속되기도 해요.

이제 이러한 사실과 관련지어서 우리 아버지의 일을 생각해보세요. 매일 아침 아버지는 제일 좋은 옷(이윽고 그것은 아버지의 단 한 벌의 옷이 되어버렸지만)을 입고 우리들의 인사를 받으면서 집을 나서고는 해요. 소방단의 작은 휘장(사실은 벌써 반환했어야 하는 것이지만)을 가지고 나가 마을 밖에 나가면 그것을 옷에다 달고는 해요. 마을 안에서는 다른 사람들이 볼까 두려워서 감히 달지 못하지요. 워낙 작은 휘장이라 두 발자국만 떨어져도 벌써 거의 보이지를 않아요. 그래도 아버지의 생각으로는 그것이 차를 타고 지나가는 관리들의 시선을 자기에게 쏠리게 하는 데는 효과가 있다는 거예요.

성의 입구 근처에 채소밭이 있어요. 그것은 베르투흐라는 사람의 밭인데 이 사람은 성에 야채를 납품하고 있어요. 그 밭 울타리의 좁은 대석 위에 아버지는 자리를 하고 앉아요. 베르투흐는 그것을 관대하게 봐주었지요. 그것은 이 사람이 예전의 아버지 친구이고 또 아버지의 둘도 없는 단골 손님이었기 때문이에요. 베르투흐는 한쪽 발이 약간 불구였는데 여기에 맞는 장화를 만들 수 있는 사람은 아버지뿐이라고 믿고 있었던 거예요.

그래서 아버지는 매일 거기에 앉아 있었어요. 잔뜩 흐리고 비가 많이 오는 가을이었어요. 그러나 날씨 따위는 아버지에게 아무래도 상관이 없었어요. 매일 아침 일정한 시간이 되면 문의 손잡이를 붙잡은 채 우리들에게 작별 인사를 해요. 저녁때가 되면——아버지는 날이 감에 따라 허리가 구부러지는 것 같았어요——비에 흠뻑 젖어 돌아와서는 방 한 구석에 피곤한 몸을 내던지곤 했지요. 처음 한동안은 그날 그날의 조그마한 체험담을 들려주곤 했어요. 예를 들면 베르투흐가 옛정을 생각해서 울타리 너머로 이불을 한 장 던져주었다든가, 오늘 지나간 마차 속에 탄 관리는 아무래도 누구인 것 같더라든가, 때때로 아버지를 기억해주는 마부가 있어서 장난삼아 채찍으로 아버지를 가볍게 두드리고 갔다든가 하는 따위의 이야기지요. 그러나 그것도 잠시뿐 얼마 후부터는 그런 이야기도 하지 않게 되었어요. 분명히 아버지는 그런 곳에서는 아무런 희망도 달성할 수 없다는 것을 안 것이에요. 지금은 이미 거기에 나가서 하루를 보낸다는 자기의 의무, 재미도 없는 일거리라고밖에는 생각지를 않고 있었던 거예요.

아버지의 신경통이 시작된 것은 그 무렵부터였어요. 겨울이 다가오고 예년보다도 빨리 눈이 내리기 시작했어요. 이곳에서는 순식간에 겨울이 오고 말아요. 아버지는 전에는 비에 젖은 돌 위에 앉아 있곤 했는데 이번에는 눈 위에 앉게 되었지요. 밤에는 신경통 때문에 신음 소리를 냈어요. 아침이 되면 나갈 것인가 말 것인가를 놓고 잠시 망설이곤 했지만 이윽고 망설임을 떨치고 나가곤 했어요. 어머니는 아버지에게 매달려 가지 못하도록 말렸어요. 아버지는 벌써 손발이 말을 잘 안 들어 마음이 약해져 있는 탓인지 어머니에게 동행을 허락했어요. 그래서 어머니도 결국은 같은 병에 걸리고 말았지요.

우리들은 가끔 두 분이 계신 곳에 갔어요. 식사를 갖다드리기도 하고 그저 어떻게 하고 계신지 궁금해서 찾아가기도 했지만 그때마다 집으로 돌아갈 것을 간곡히 설득하기도 했어요. 두 분이 그 좁은 돌방석 위에 서로 몸을 의지하고 쭈그리고 앉아서 두 분의 몸을 감싸기에도 모자란 얇은 이불을 뒤집어

쓴 채 웅크리고 있는 모습을 몇 번이나 바라보았든지요. 주위는 온통 회색의 눈과 안개뿐이었어요. 근처에는 며칠 동안이나 사람도 차도 얼씬거리지 않았어요. 정말 끔찍스러운 광경이었어요.

K씨, 그러다가 마침내 어느 날 아침, 아버지는 그 굳어져버린 다리를 침대 바깥으로 내놓을 수가 없게 되었어요. 그것은 정말 절망적이었어요. 아버지는 열이 나서 그만 헛소리까지 하고 있었어요. '방금 저 위에 있는 베르투흐의 밭에서 마차가 섰다, 관리 한 사람이 내려서 울타리 근처에서 내 모습을 찾고 있다. 내가 보이지 않자 고개를 흔들고 화가 나는 듯이 마차 속으로 되돌아갔다——.' 하고 아버지는 그런 광경을 마치 눈앞에 보듯이 중얼거리고 있었어요. 그러고는 무어라고 큰 소리를 질렀는데 그것은 마치 그 관리의 관심을 이쪽으로 돌리고 오늘 그곳에 나타나지 못한 것은 결코 자기 잘못이 아니라고 변명하고 있는 것 같았어요.

이래서 아버지는 오랫동안 그곳에 나타나지 못했는데 결국은 두 번 다시 그리로 돌아갈 수는 없었지요. 몇 주일 동안이나 침대에 노상 누워 있지 않으면 안 되었기 때문이지요. 아말리아는 시중도 들고 간호도 하고 모든 궂은 일을 도맡아서 했지요. 물론 중간에 좀 쉬는 때도 있지만 그것을 오늘날까지 계속해서 하고 있어요. 그 애는 통증을 누그러뜨리는 약초에 관한 지식이 있어요. 게다가 거의 잠을 안 자고 결코 놀라거나 두려워하지도 않고 또 초조해하지도 않아요. 양친을 위해서는 무슨 일이든지 다 해주었어요. 우리들은 아무런 도움도 되어주지 못하고 그저 우왕좌왕하고 있었을 뿐인데 그 애는 어떤 일이 있어도 침착하고 냉정했어요. 그러나 아버지의 병환이 최악의 고비를 지나 좌우에서 부축을 해주면 침대에서 그러저럭 일어날 수 있는 정도가 되자 아말리아는 곧 물러나고 말았어요. 아버지를 우리들에게 떠넘기고 만 것이지요."

올가의 계획

"그래서 우리는 아버지를 위해서 그가 아직도 할 수 있는 일, 적어도 가족의 죄를 씻는데 도움이 될 것이라는 믿음을 아버지에게 줄 수 있는 그러한 일을 어떻게 해서든지 아버지에게 찾아주지 않으면 안 되었어요. 그리고 그러한 일을 발견한다는 것은 그다지 어려운 일이 아니었어요. 어떤 일이라도 베르투흐의 밭에 앉아 있는 것보다는 나았으니까요. 그러나 제가 발견한 것은 저 자신에게도 약간의 희망을 안겨주는 일이었어요. 관청이나 서기들이 있는 곳에서, 혹은 그 밖의 어디에 있어서나 우리들 일가의 죄가 화제에 오를 때는 언제나 심부름꾼을 모욕했다는 것만이 문제가 됐을 뿐 감히 그 이상은 간섭하지를 못했어요. 그래서 저는 제 자신에게 말했어요. '세상 여론이 비록 겉으로만이라도 심부름꾼을 모욕했다는 것밖에는 문제삼지 않는다면, 그 심부름꾼을 달랠 수만 있다면──이것 또한 겉치레뿐일는지도 모르지만──모든 것을 원점으로 돌이킬 수 있을지도 모른다'라고 말예요. 왜냐하면 보고는 아직도 접수되지 않았고 따라서 어느 관청에서도 아직 이 사건을 취급하고 있지 않다는 얘기가 되니까요.

따라서 용서하고 안 하고는 전적으로 심부름꾼의 자유에 속하는 문제예요. 그가 어디까지나 개인적으로 해결할 수 있는 문제이지 그 이상의 일은 조금도 문제될 것이 없어요. 물론 이러한 일은 아무런 결정적인 뜻을 가지고 있지 않을는지 모르고 다만 겉치레일 뿐 그 이상의 결과는 나오지 않을는지도 몰라요. 그러나 아버지는 크게 기뻐할 것이고 지금까지 아버지를 괴롭혀온 여러 정보원들도 이것으로 얼마간 타격을 입을 수도 있어서 아버지도 숨을 돌릴 수 있을 것이라고 생각했어요. 물론 그 심부름꾼을 우선 찾아내지 않으면 안 돼요. 제가 이 계획을 말씀드렸더니 아버지는 처음에는 무척 화를 내셨어요. 왜냐하면 아버지는 고집 불통이 되어 있었기 때문이에요.

아버지는 우리들이 언제나 성공을 눈앞에 두었을 때 아버지의 발을 묶어놓았다고 말했어요. 예를 들면 처음에는 자금의 원조를 중단했고 그리고 이번에는 침대에 묶어놓아 꼼짝도 못하게 하고 있다는 것이에요(아버지가 이런 생각을 하게 된 것은 앓고 있을 때부터였어요). 그리고 이제는 남의 생각을 완전히 받아들일 능력을 상실하고 있었어요. 아버지는 제가 이야기를 끝내기도 전에 이 계획을 물리쳐버렸어요. 그러면서 아버지는 앞으로도 베르투흐의 밭에 가서 매일처럼 기다리고 있지 않으면 안 될 텐데 나는 이제 나다닐 수가 없을 테니 너희들이 손수레에 싣고 가지 않으면 안 되겠다고 하시는 거예요. 그러나 우리들도 가만히 물러나 있지만은 않았어요.

그러자 아버지도 차츰 제 생각과 타협하기 시작했어요. 아버지에게 있어서 한 가지 곤란한 점은 이 문제에 있어서만은 저에게 완전히 주도권을 빼앗길 염려가 있다는 사실이었어요. 왜냐하면 그때 심부름꾼을 본 것은 저 혼자뿐이고 아버지는 그 사람을 보지 못했고 따라서 알지도 못했어요. 물론 종복들이란 모두가 비슷하게 생겨서 과연 그 심부름꾼을 지금도 기억해낼 수 있을지는 저도 완전히 자신이 없었어요.

좌우간 우리들은 그 길로 진신관에 가서 거기에 있는 종복들을 샅샅이 둘러보기 시작했어요. 물론 그 심부름꾼은 소르티니의 종복이고 소르티니는 그때 이후 두 번 다시 마을에는 나타나지 않았어요. 그러나 성 사람들은 자주 종복을 서로 바꾸어요. 그러니까 아마 다른 관리의 종복들 속에서 발견될지도 모르고 또 설사 본인이 발견되지 않더라도 다른 종복들로부터 무슨 정보를 입수할 가능성은 얼마든지 있어요. 그러기 위해서 우리들은 매일밤 진신관에 가지 않으면 안 되었지요. 그러나 어디를 가더라도 우리는 환영을 못 받았어요. 그러한 장소에는 특히 그래요. 손님으로서 돈을 지불하더라도 넣어주지를 않았어요. 그러나 차츰 그들도 우리를 필요로 하고 있다는 것을 알게 되었어요.

당시도 잘 알고 있듯이 종복들은 프리다에게 있어서 골칫거리였어요. 실제로는 대개가 얌전한 사람들이지만 결국 편안한 근무가 습관이 되어서 제멋대로 행동하게 되고 성격이 무디게 된 거예요. '종복들처럼 편안하게 살게 되기를' 하고 관리들이 축배를 할 때 인사말을 하게 되었을 정도였으니까요. 사실 생활의 안락함만을 따진다면 종복들이야말로 성의 참된 주인이라고 해도 좋지요. 그들도 자기들의 값어치를 잘 알고 있어서 엄격한 규칙 밑에서 생활해야 하는 성에서는 조용하고 얌전하게 행동하지요. 이것은 몇 번이나 확인한 일이니까 틀림이 없어요. 이 마을에 와서도 종복들 사이에서는 그러한 습관이 남아 있음을 엿볼 수 있어요. 물론 '남아 있는 습관'에 지나지 않지만요.

보통 때는 성의 규칙이 마을에서는 이미 그들에게 통용되지 않는다는 것을 잘 알고 있으니까 그들은 완전히 다른 사람으로 변한 것처럼 보이지요. 이미 규칙이 아니라 걷잡을 수 없는 충동에 의해서 지배되는 난폭하기 이를 데 없는 오합지졸이 되어버리는 거죠. 그들의 파렴치함은 끝이 없어요. 그래도 마을로서 고마운 것은 그 사람들은 허가없이는 진신관을 떠날 수 없다는 것이지요. 그러나 진신관에서는 어떻게 해서든지 그들과 사이좋게 지내도록 노력하지 않으면 안 돼요. 프리다는 그것 때문에 애를 먹었지요. 그래서 종복들을 얌전하게 있게 만드는데 저를 이용할 수 있다는 것은 프리다로서는 안성맞춤이었지요.

그래서 저는 이 년 전부터 적어도 일주일에 두 번은 종복들과 함께 마구간에서 밤을 보내고 있어요. 아버지는 전에 저와 함께 진신관에 갈 수 있었던 때는 술집 어딘가에서 주무시다가 다음날 아침 제가 가지고 가는 보고를 기다리고 있었어요. 보고할 것은 별로 없었어요. 우리들은 그날 아침에 왔던 심부름꾼을 아직 발견하지 못했어요. 그를 아주 높이 평가하고 있는 소르티니에게 아직도 봉사하고 있고 소르티니가 더욱 멀리 떨어진 관청으로 옮겨갈 때 함께 따라갔다는 소문이에요. 대개의 종복들은 우리들과 마찬가지로 그때 이후 줄곧 그 심부름꾼을 만나지 못하고 있다는 거예요. 그 이후에 그를 만났다는 사람도 있기는 아마도 그것은 착각일 거예요.

결국 이래서 우리들의 계획은 실패로 끝난 셈이 되지만 그래도 완전한 실패는 아니에요. 물론 우리들은 그 심부름꾼을 아직도 발견하지 못했어요. 게다가 아버지는 몇 번이나 진신관에 가서 밤을 지새우고 아마 저에게 대한 농성심도 거기에 한몫 거들어서 (물론 아버지가 아직도 남을 동징할 만한 능력이 있을 때의 일이기는 하지만) 마지막 숨통이 끊어지는 듯한 불행한 결과를 초래하고 말았지요. 아버지는 벌써 거의 이 년 전부터 당신이 아까 보신 바와 같은 그러한 상태예요. 그래도 어머니보다는 아버지의 상태가 아직도 나은 편이에요. 우리는 매일처럼 어머니의 최후를 기다리고 있는 꼴이에요. 어머니가 아직도 살아 계신 것은 순전히 아말리아의 헌신적인 노력 때문이에요.

그래도 제가 진신관에서 손에 넣을 수 있었던 것은 성과의 어떤 연고 관계라고 할 수 있어요. 제가 진신관에서 한 일을 후회하고 있지 않다고 해서 경멸하지는 말아주세요. 아마 당신은 그게 무슨 대단한 관계냐고 생각하실는지도 몰라요. 또 사실이 그러하니까요. 저는 지금까지 많은 종복들, 최근 이 년 동안에 마을로 찾아온 거의 모든 사람들의 종복을 다 알고 있어요. 언제든 제가 성으로 찾아갈 일이 있어도 아마 길을 잃고 헤매는 일은 없을 거예요. 물론 제가 알고 있는 것은 마을에 있을 때의 종복에 지나지 않아요. 그 사람들은 성에서는 전혀 다른 사람이 되어 있어서 아마 누가 누군지 분간을 못할 거예요. 마을에서 알게 된 사람은 더욱 그럴 것에 틀림없어요. 마구간 속에서는 성에서 만날 날을 즐거움으로 기다리고 있겠다고 몇 번이나 다짐을 해놓고서 말이에요.

더욱이 저는 그러한 약속이 그 사람들에게 있어서는 아무런 의미도 없다는 것을 이미 알고 있어요. 벌써 경험을 했으니까요. 하지만 제일 중요한 것은 결코 그런 일이 아니에요. 저는 종복들을 통해서 성과 연결을 가졌을 뿐만 아니라 아마 다음과 같은 가능성이 있을지도 모른다고 생각하고 있고 또 실제로 거기에 기대를 걸고 있어요. 즉, 저와 제가 하고 있는 일을 위에서 내려다보고 계시는 분이 있어서——말할 것도 없이 그 많은 종복들을 감독하는 일은 관청 일 중에서도 아주 중요하고 또 고생스러운 일이지요——어쨌든 저를 그렇게 내려다보고 계시는 분은 아마도 저를 다른 사람보다는 너그럽게 판단할 것이고 또 제가 비록 힘은 미약하지만 자기의 가족들을 위해서 애를 쓰고 있고 아버지의 고생과 노력을 계승하고 있다는 것도 알아줄 것이다——제가 기대를 걸고 있는 '연고'라는 것은 바로 이런 것이에요. 그런 식으로 보아주신다면 제가 종복들로부터 돈을 받고 있고 또 그것을 살림에 보태고 있다는 것도 용서해주실 거예요.

이것 말고도 제가 손에 넣은 것이 또 있어요. 물론 당신은 그것을 제 잘못이라고 생각하시겠지요. 그런 경우에는 정식 근무자가 아니라 이른바 남몰래 채용된, 반쯤 승인받은 근무자에 지나지 않아요. 그 경우에는 아무런 권리도 의무도 없어요. 특히 불편한 것은 의무가 없다는 거예요. 그러나 어떤 경우에도 가까이 있을 수가 있으니까 한 가지 좋은 점은 있지요. 즉, 기회를 보아서 그것을 이용할 수가 있다는 것이에요. 정식 근문자는 아니지만 그래도 우연히 좋은 일에 부닥칠 수가 있어요. 때때로 정식 근무자가 자리를 비워서 그 자리에 없는 수가 있어요. 그런 때 마침 근무자를 부르는 소리가 들리면 얼른 뛰어가기만 하면 되는 거예요. 그것만으로 방금 전까지는 생각지도 못했던 존재가 되어버리는 거예요. 즉, 이미 근무자가 되어 있는 거예요.

물론 문제는 그러한 기회가 언제 오느냐 하는 것이지요. 때로는 당장 들어가자마자 주위를 살펴볼 여유조차 없이 기회가 오는 수도 있어요. 처음 성에 들어가서 그러한 기회를 붙잡을 만한 침착성을 갖는다는 것은 어렵겠지요. 그리고 그러한 침착성이 없으면 공식 채용 절차를 밟는 것보다 더 오랜 시간이 걸려요. 그리고 또 일단 이렇게 편입으로 채용이 되면 그 이후에는 절대로 정규 직원으로는 채용될 수 없어요. 그러니까 누구나 이 점을 깊이 생각하지 않을 수 없지요. 그러나 정식으로 채용할 경우에는 실로 엄격한 선별이 이루어지고 조금이라도 소문이 나쁘게 난 가정에서 자라난 사람들은 처음부터 제거되고 말아요. 그러한 사람들이 정식 채용의 절차를 밟으면 그 결과가 걱정이 되어서 몇 년 동안이나 몸부림을 쳐야만 하지요. 세상 사람들도 모두 놀라서 어떻게 그런 가망이 없는 일을 하게 되었느냐고 첫날부터 질문 공세를 퍼붓고 야단들이지요.

그러나 본인으로서는 달리 살아나갈 방법이 없으니까 그래도 한 가닥 희망을 걸어보는 거지요. 그러나 그는 몇 해가 지나서, 어쩌면 노인이 되어서야 자기가 끝내 채용되지 않았다는 것을 알게 되고 따라서 모든 것이 상실되고 자기의 일생이 헛되이 지나가버리고 말았다는 것을 깨닫게 되지요. 이러한 경우에도 물론 예외는 있어요. 그리고 자칫하면 이 예외 때문에 사람들은 현혹되고 말지요. 좋지 않은 소문을 내고 있는 사람이 결국은 채용되는 수가 있어요. 이런 부류의 사람들이 풍기는 냄새를 아주 좋아하는 관리들이 있어서 채용 시험 때 코를 벌름벌름하며 냄새를 맡거나 또는 히죽히죽 웃으며 큰 눈을 부릅뜨고 쳐다보기도 하죠. 이런 관리는 악평이 자자한 사람일수록 이를테면 식욕을 사극하는 매력이 있는 모양으로 법규 집에리도 매달러 있지 않는 한 그 매력을 떨쳐버릴 수가 없는 모양이에요. 물론 이러한 일이 있기는 하지만 대개의 경우는 그런 사람이 채용되는 일은 별로 없고 채용 절차만 한없이 연장되는 수가 많지요.

이렇게 되면 채용 절차는 결코 끝나지 않고 본인이 죽은 후에라야 비로소 끝나게 되지요. 그래서 정규 채용의 경우에도 또 그렇지 않은 경우에도 음으로 양으로 갖가지 어려움이 있게 마련이죠. 따라서 그런 일에 착수하려면 미리 모든 일을 잘 생각해서 하지 않으면 안 돼요.

그런데 바르나바스와 저는 그 점에 대해서는 결코 빈틈이 없었어요. 저는 언제나 진신관에서 돌아오면 바르나바스와 무릎을 맞대고 그날 그날 입수한 새로운 소식을 들려주곤 했어요. 두 사람은 며칠씩이나 그 문제를 가지고 이야기하기도 했지요. 그 때문에 바르나바스의 일이 필요 이상으로 지체되는 수도 있었어요. 이런 점에서는 당신이 말씀하신 대로 죄가 저에게 있을지도 모르겠어요. 왜냐하면 저는 종복들의 이야기는 별로 믿을 것이 못 된다는 것을 알고 있었으니까요. 종복들은 저에게 성에 대해서 이야기하려는 생각은 전혀 없었고 언제나 다른 곳으로 화제를 바꾸어버리려고 했으니까요. 그래서 사정하고 또 사정하지 않으면 한 마디도 알아낼 수가 없었어요.

또 그들이 마음이 내켜서 이야기를 해줄 경우에도 서로 입씨름을 하거나 쓸데없는 말을 지껄이기가 일쑤였고 마치 경쟁이라도 하듯이 저마다 이야기를 과장하고 밑도 끝도 없는 소리를 지껄이는 것이 고작이었어요. 그러니까 그 어두운 마구간 속에서 종복들이 번갈아가면서 끝없이 내뱉은 문구 속에서 약간이나마 진실을 풍기고 있는 말은 고작해야 한두 마디 정도였어요. 그래도 저는 기억하고 있는 것을 한 마디도 남김없이 죄다 바르나바스에게 해주었어요. 바르나바스는 아직도 진실과 허위를 분별할 능력이 없었고 또 우리 집안에 놓여 있는 상황으로 보아 이러한 이야기를 듣고 싶어서 속을 태우고 있었기 때문에 어떤 말이라도 기쁘게 들었고 또 좀더 알고 싶어서 난리였어요. 그리고 사실을 말씀드리면 저는 이러한 바르나바스를 겨냥해서 다음의 새 계획을 짜고 있었어요.

이제는 종복들을 상대로 하더라도 더 이상 손에 넣을 것이 없었어요. 소르티니의 심부름꾼도 아직 발견하지 못했고 어쩌면 영원히 발견하지 못할 거예요. 소르티니의 심부름꾼은 점점 더 세상에서 멀어져가는 것처럼 느껴졌어요. 저는 꽤 오랫동안 그것을 설명해주었으나 사람들은 겨우 그 이름을 기억해낼 뿐 그 이상 두 사람에 대해서는 아무것도 몰랐어요. 또 저와 종복들 간의 생활에 대해서도 저는 세상 사람들이 그것을 어떤 눈으로 바라볼까 하는 데 대해서는 전혀 영향력이 없었어요. 저는 아무쪼록 있었던 그대로만 받아들여졌으면 좋겠다, 그 대신 우리 일가의 죄가 약간이나마 덜어지면 좋겠다 하고 희망할 수 있었을 뿐이에요. 그러나 약간이나마 죄가 덜어졌다는 증거는 하나도 찾아볼 수가 없었어요.

그래도 저는 종복들과는 멀어지지 않았어요. 저로서는 성에서 우리 일가를 위해 조금이라도 도움이 되는 일을 해주리라고는 전혀 생각되지 않았어요. 그러나 바르나바스에게는 제가 보기에 그러한 가능성이 꼭 한 가지 있었어요. 그럴 마음만 있으면——그리고 저에게는 그럴 마음이 태산 같았지만——종복들의 이야기로 미루어 성의 근무에 채용된 사람들은 자기의 가족을 위해 꽤 많은 일들을 해줄 수 있을 것 같았어요. 물론 그것을 확인할 방법은 없었지만요. 다만 신용할 수 있는 점이 매우 적다는 것만은 명백해요. 왜냐하면 가령 어떤 종복이——저는 그 사람을 두 번 다시는 만나지 않을 것이고 또 설사 만난다고 하더라도 아마 분간할 수 없을 테니까요——저에게 당신의 동생이 성에서 어떤 일자리를 얻을 수 있도록 힘 닿는 데까지 주선해보겠다, 적어도 바르나바스가 무슨 일이 있어서 성에 찾아오기만 하면 그를 도와주겠다, 즉 힘이 되어 주겠다,(종복들의 이야기로는 성에 직업을 구하러 온 사람들은 보살펴줄 만한 친구라도 없으면 너무 오래 기다리고 있는 동안 졸도를 하거나 머리가 이상해져서 아주 신세를 망쳐버리는 수도 있다고 해요) 어쨌든 그러한 일들을 점잖게 약속하거나 또는 그밖에 여러 가지 이야기를 해주었더라면 그것은 경고로서는 그럴 듯하게 들릴지 모르지만 거기에서 행해진 약속은 모두가 공수표로 끝나고 말았어요. 그러나 바르나바스에게 있어서만은 이것은 공수표가 아니었어요. 그런 약속을 곧이 들어서는 안 된다고 주의를 주었지만 이 이야기를 듣자마자 당장 제 계획에 동의를 했어요. 제가 이 계획을 정당화하기 위해서 이야기한 것 따위는 거의 그의 주목을 끌지 못했어요. 그가 제일 관심을 보인 것은 종복들의 이야기였어요. 이래서 저는 제가 의지할 사람이라고는 오직 저 자신밖에는 없었어요. 양친과 뜻이 통하는 것은 아말리아밖에 없었고 그 아말리아조차도 제가 아버지의 계획을 제나름대로 추진하려고 하면 할수록 저에게서 멀어져갔어요.

그 애는 낭신이나 그 밖에 나른 사람이 있는 앞에서는 저와 이야기를 나누지만 두 사람만이 남아 있을 때는 통 말이 없어요. 진신관에 있는 종복들도 저를 노리개로밖에는 취급을 안 했고 이 노리개를 마치 부모의 원수처럼 열심히 부수려고 했을 뿐이에요. 저는 최근 이 년 동안 그들 중의 어느 누구와도 친밀하게 이야기를 나눠본 적이 없어요. 무슨 저의(底意)가 숨겨져 있는 것 같은 이야기, 또는 거짓말이나 제정신이 아닌 것 같은 그런 이야기뿐이었지요. 이렇게 되니까 믿을 만한 상대는 오직 바르나바스뿐이었는데 바르나바스는 아직 너무나 어렸어요. 저의 보고를 듣고 있을 때 그 애의 눈은 반짝반짝 빛났어요. 그 후 줄곧 눈에 남아 있는 저 반짝임이지요. 그것을 보니까 무언가 섬뜩한 생각이 들었지만 그렇다고 이제 와서 중지할 수도 없었어요. 단지 자기가 걸고 있는 것이 너무나 크다는 생각이 들었어요.

물론 저에게는 아버지의 그 웅대한 계획 —— 비록 헛되기는 했지만 웅대했지요—— 같은 것을 세울 수는 없었어요. 여자인 저는 그러한 과단성 있는 용기를 도저히 가질 수가 없었어요. 제가 생각하고 있던 것은 그 심부름꾼에게 가했던 모욕을 보상하고 싶다는 것뿐이었어요. 그리고 또 하나, 저의 이 겸허한 마음을 사람들이 칭찬해주기를 바라고 있었어요. 그러나 지금 저는 제가 혼자서는 이루지 못했던 것을 이번에는 바르나바스를 통해 다른 방법으로 좀더 확실하게 성공시키고 싶었던 거예요. 우리들은 한 사람의 심부름꾼을 모욕하고 그를 아득히 먼 다른 관방으로 추방하고 말았어요. 그러므로 바르나바스를 새로운 심부름꾼으로 만들어 모욕을 당한 심부름꾼의 일을 대행시키고 그 심부름꾼이 원하는 만큼, 모욕을 당했다는 사실을 잊어버리는 데 필요한 만큼의 기간을 아득히 먼 곳에서 조용히 지낼 수 있게 해주는 것——이보다 더 당연한 일이 어디에 있을까요?

물론 이 계획은 매우 겸허할지는 모르지만 불순한 구석도 있다는 것을 저는 잘 알고 있었어요. 또 우리들이 당국을 향해서 개인적인 문제도 해결하지 않으면 안 된다고 명령하고 있는 것은 아닐까 하는 인상, 혹은 우리들이 아직도 내세울 대책이 남아 있다고 생각하기도 전에 당국이 먼저 최선의 대책을 생각해내고 또 사실상 벌써 그 대책을 취했을지도 모른다는 것을 우리들이 의심하고 있지는 않을까 하는 인상, 이 계획이 그러한 인상을 주지 말라는 법도 없다는 것을 저는 충분히 알고 있었어요.

그러나 다른 한편으로는 당국이 저의 생각을 오해하는 일은 없을 것이다, 설사 오해를 하더라도 일부러 그럴 리는 없을 것이다, 즉 잘 조사도 해보지 않고 갑자기 제가 하는 일을 거부하는 일은 없을 거이라고 믿고 있었어요. 그래서 저는 계획을 중지하지 않았고 바르나바스의 야심도 희박해지기는커녕 점점 더 공고해졌어요. 이 준비 단계에서 바르나바스는 매우 흥분해가지고 구둣방 일 같은 것은 어차피 성에 근무하게 될 자기로서는 너무나 하잘것없는 비천한 일이라고 생각하게 되었지요. 뿐만 아니라 아말리아가 그에게 뭐라고 한 마디만 하면(그런 일은 좀처럼 없었지만) 당장 아말리아에게 대드는 일까지 생겼어요. 그것도 정면으로 반짝하는 거예요. 그러나 저는 이 순간적인 기쁨을 그에게 허용해주었어요. 왜냐하면 이것은 쉽게 예측할 수 있는 일이었지만 바르나바스가 성으로 나가는 첫날부터 이 기쁨과 흥분은 당장 날라가버리고 말 것이니까요.

이렇게 해서 아까 말씀드린 것처럼 그 겉치레뿐인 근무가 드디어 시작되었어요. 놀랍게도 바르나바스는 처음부터 성에——좀더 정확하게 말하면 나중에 이른바 그의 일터가 된 그 관방에 어렵지 않게 들어갈 수 있었어요. 그의 이러한 성공은 그때의 저를 무척 기쁘게 만들었어요. 저녁때 집에 돌아와서 바르나바스가 저에게 귀엣말로 속삭였을 때 저는 아말리아에게로 달려가서 그 애를 붙잡고 방구석에 밀어붙이고는 입술과 이빨로 맹렬히 키스를 퍼부었지요. 그 애는 아프고 놀라서 끝내 울음을 터뜨리고야 말았어요.

저는 흥분한 나머지 아무런 이야기도 할 수가 없었어요. 게다가 두 사람은 벌써 오랫동안 서로 이야기 한 번 한 적도 없었으니까요. 그래서 훗날 다시 이야기하기로 했어요. 그러나 시간이 흐름에 따라 이야기할 것은 아무것도 없어졌어요. 사태는 그 후 조금도 진전이 없었고 첫날 그렇게 빨리 도달했던 지점에서 한 걸음도 더 앞으로 나갈 수가 없었으니까요. 그로부터 이 년 동안 바르나바스는 이 단조롭고 가슴을 욱죄는 것 같은 생활을 보내고 있는 거예요. 종복들은 전혀 도움이 안 되었어요. 저는 아무쪼록 동생을 잘 보살펴달라고 부탁하기도 하고 종복들에게 저와 한 약속을 상기시키는 간단한 편지를 써서 바르나바스에게 들려서 보냈지요. 바르나바스는 종복을 볼 때마다 편지를 끄집어내서는 상대방에게 들이대곤 했어요. 때로는 저를 모르는 종복과 부딪치는 일도 있었겠지만 저를 알고 있는 종복이라도 잠자코 편지를 코앞에 들이대는 그 애의 태도에 기분을 상하는 수도 있었을 테지요(왜냐하면 바르나바스는 성에서는 감히 입도 뻥끗하지 못했으니까요). 그러나 아무도 도와주는 사람이 없었다니 정말 사람을 무시해도 이만저만이 아니에요. 그리고 어떤 종복이——아마도 편지를 이미 몇 번이나 받아본 사람일 것이 틀림없지만——그것을 꼬깃꼬깃 구겨서 쓰레기통에 집어넣었을 때는 마치 겨우 구제를 받은 것 같은 기분이 들더래요(이런 구제라면 굳이 남의 도움을 빌릴 것도 없이 우리들이 좀더 일찍 생각해낼 수도 있었을 텐데 말이에요.).

그 종복은 그때 아마 편지를 버리면서 이렇게 생각했을지도 몰라요. '너희들은 편지를 다루는 것이 고작 이런 식일 테지'라고 말이에요. 그러나 이 이 년간은 다른 점에서는 조금도 도움이 안 되었을지도 모르지만 일찍 어른이 된 것을 좋은 일이라 한다면 바르나바스에게는 대단히 유리한 기간이었어요. 사실 바르나바스는 대개의 어른들보다는 진지하고 또 분별이 있어요. 그 애의 얼굴을 가만히 들여다보면서 이 년 전, 아직 소년이었던 무렵의 얼굴을 비교해보면 말할 수 없이 슬픈 기분에 잠길 때가 있어요. 그런데도 어른이 된 그 애라면 제가 줄 수도 있을 위안이나 마음의 의지 같은 것을 전혀 그 애에게서 받지 못하고 있어요.

그 애는 제가 없었으면 성에 갈 수도 없었을 테지만 일단 성에 가고 나서는 저로부터 완전히 독립을 해버린 거예요. 저는 그 애가 신뢰하고 있는 유일한 인간이지만 그 애는 그러한 저에게까지 자기 마음속에 있는 극히 일부분밖에는 이야기해주지 않아요.

그 애는 저에게 성에 관한 이야기를 많이 하곤 해요. 하지만 그 애의 이야기를 듣고는, 그 애가 들려주는 자질구레한 사실로부터는 어째서 이러한 일들이 그 애를 이렇게도 변하게 만들었을까 하는 것이 조금도 이해가 되지 않아요. 특히 이해할 수 없는 것은 소년 때는 모두가 놀랄 만큼 용감했던 그가 어째서 어른이 된 지금 성에 들어가서 그 용감성을 다 잃게 되었는가 하는 것이에요. 물론 허구한 날들을 저런 곳에서 목표도 없이 기다리고 서 있어야 한다는 것, 더욱이 상황이 달라질 기미라고는 전혀 보이지도 않는 곳——그런 곳에서는 인간은 약해지게 마련이고 또 의심도 깊어지고 드디어는 저런 절망에 빠질 수밖에는 도리가 없었겠지요. 그러나 그렇다면 왜 좀더 빨리 저항을 하지 않았을까요? 특히 그 애로서 본다면 역시 누나가 말한 대로 이런 곳에서는 일가의 환경을 개선하기 위해서는 무엇이 발견될는지도 모르겠지만 야심이나 공명심을 충족시킬 만한 것은 아무것도 얻을 수가 없다는 것은 곧 알았을 텐데도 말이에요.

왜냐하면 성에서는 종복들의 변덕을 제외한다면 모든 것이 대단히 소극적이니까요. 야심이나 공명심은 성에서는 일 속에서만 만족을 얻을 수 있어요. 그렇게 되면 일이 우위에 놓이게 되니까 야심은 완전히 사라지고 말아요. 어린애같은 순진한 소망은 끼어들 여지가 없게 되거든요. 하지만 바르나바스가 저에게 이야기한 바로는 출입을 허용되고 있는 그 방의 지극히 의심스러운 관리들조차도 얼마나 큰 권력과 지식을 갖고 있는지를 분명히 알 수 있다고 말했어요. 관리들은 눈을 반쯤 감고 손으로 간단한 동작을 취해보이면서 빠른 말로 구술 필기를 시키고 있어요. 투덜투덜 불평을 늘어놓는 종복들은 둘째 손가락 하나만으로 말도 하지 않고 추방하고 말아요(그런 때 종복들은 괴로운 듯이 숨을 헐떡거리면서도 아주 기쁜 듯이 미소를 짓지요).

혹은 또 책을 조사하고 있다가 중요한 부분을 발견하기라도 하면 힘껏 책을 두드리지요. 그러면 그 좁은 장소에서 가능한 한 다른 관리들도 달려와서 책 쪽으로 목을 쭉 뻗지요. 이러한 광경들이 바르나바스에게 이들 관리가 참 훌륭하다는 생각을 갖게 했어요. 그리고 그 애는 만일 관리들의 주목을 받게 되어 그들과 몇 마디 말을 나누게 되면, 그것도 타인으로서가 아니라 같은 관방의 동료로서(물론 이쪽은 하급 관리이지만) 이야기를 나눌 수 있는 정도에까지 이르게 되면, 우리 일가를 위해서 예측할 수 없는 많은 일을 해줄 것이라는 인상을 받게 되었대요. 그러나 지금 현재로서는 아직 거기까지는 이르지 못했어요. 바르나바스는 거기에 조금이라도 다가설 수 있는 용기가 없는 것이에요.

그러면서도 그 애는 우리 일가 중에서는 아직 어림에도 불구하고 불행한 환경 때문에 가장이라는 무거운 책임을 지고 있다는 것을 알고 있어요. 자아, 이제 이쯤에서 제가 한 가지 고백할 것이 있어요. 진신관에서 누군가가 그 이야기를 하는 것을 들었지만 처음에는 별로 신경을 쓰지 않았더랬어요. 측량 기사가 왔다는 소리만 들었지 그것이 무엇을 뜻하는지도 저는 몰랐어요. 그런데 그 다음날 저녁 바르나바스는——저는 여느때 같으면 일정한 시간에 도중까지 그 애를 마중나가는데——평소보다 빨리 집에 돌아와서는 아말리아가 방 안에 있는 것을 보자 저를 바깥에 끌고 나가더니 길 위에서 얼굴을 제 어깨에 묻고 몇 분 동안이나 우는 것이었어요. 그 애는 다시 옛날의 소년으로 돌아간 것이었어요. 자기로서는 도저히 감당할 수 없는 일이 그 애의 신상에 일어난 거예요.

그 애 앞에 갑자기 새로운 세계가 열렸고 그 애는 이 새로운 세세의 행복과 불안을 도저히 참을 수가 없었던 거예요. 사실 그 애의 신상에 일어난 일이란 고작 당신에게 보내는 편지 한 통을 맡아가지고 왔을 뿐이었어요. 하지만 말할 것도 없이 그것은 그가 손에 쥐어보는 첫 번째 편지였고 또 처음으로 그가 맡게 된 일이기도 했어요.”

올가는 여기에서 이야기를 중단했다. 양친의 무겁고 답답한, 때때로 색색거리는 숨소리를 제외하고는 아무 소리도 들려오지 않았다. K는 슬쩍 올가의 이야기를 보충이라도 하려는 듯이 말을 꺼냈다.

“그러면 당신네들은 내게 대해서 아주 그럴 듯한 연극을 꾸미고 있었군요. 바르나바스는 마치 오래되고 일에 쫓기는 심부름꾼처럼 내게 편지를 가지고 왔고 당신과 아말리아——그렇지요, 이번에는 아말리아도 한통속이었으니까요——두 사람은 그런 심부름꾼의 일도 또 편지 그 자체도 그렇게 중요한 일이 아니라는 듯이 행동했으니까요.”

“우리를 각기 구별해서 생각하지 않으면 곤란해요.”
하고 올가는 말했다. 그리고 이어서 다음과 같이 덧붙였다.

“바르나바스는 그 두 통의 편지로 해서 또다시 원래의 행복한 모습으로 돌아갔어요. 물론 자기의 일애 대해 아직도 여러 가지 의심은 갖고 있지만 말예요. 그 애의 의심은 그 애 자신과 저하고만 관련이 있는 문제예요. 그러나 당신에게만은 참된 심부름꾼——네, 그 애의 생각 속에 있는 참된 심부름꾼으로 비쳐진다면 이보다 더한 명예는 없다고 생각하고 있었어요. 그래서 지금 그 애의 희망은 정식 관복을 지급받는 일이에요. 저는 불과 두 시간도 채 안 걸려 그 애의 바지를 고쳐주지 않으면 안 되었어요. 적어도 몸에 착 달라붙는 관복 바지와 비슷하게 만들어 그것을 입고 당신 앞에 나서면 조금도 비굴하지 않아도 되리라고 생각했기 때문이에요. 여기 오신 지가 얼마 되지 않으니까 복장으로는 당신을 속이기가 훨씬 수월하리라고 생각했기 때문이지요.

바르나바스에 관해서는 이것뿐이에요. 다음에는 아말리아의 일인데 그 애는 심부름꾼으로서의 근무를 정말로 경멸하고 있어요. 그리고 바르나바스가 약간 성공을 거둔 것 같은 지금에 와서는(우리들이 성공담을 굳이 해주지 않더라도 바르나바스나 저의 태도를 보고 또 우리가 소근소근 밀담을 나누는 장면을 목격하면 그 정도의 일은 충분히 헤아릴 수가 있을 테니까요) 전보다는 한층 더 경멸하고 있어요. 그러니까 아말리아는 진실을 말하고 있는 셈이에요. 그것을 의심한다거나 오해해서는 안 돼요.

그런데 저는 가끔씩 심부름꾼의 일을 높이 평가하지 않을 때가 있어요. 그것은 당신을 속이려는 의도가 있었기 때문이 아니라 순전히 불안 때문이에요. 지금까지 바르나바스에게 맡겨진 저 두 통의 편지는 최근 삼 년 동안 우리들에게 내려진 최초의 은총이었어요(물론 아직도 수상한 기미는 있지만 말이에요). 이 변화가 진짜 변화이며 절대로 속임수가 아니라면(물론 속임수 쪽이 진짜 변화보다 더 많게 마련이지만) 이 변화는 당신이 이곳에 도착한 것과도 밀접한 관련이 있어요. 따라서 우리들의 운명은 당신에게 의존하고 있는 듯한 형편이 되었지요. 물론 그 두 통의 편지는 겨우 시작에 불과하고 바르나바스의 일은 당신에 대한 심부름꾼의 역할에 그치지 않고 더욱 확대되는지도 몰라요. 우리들도 그렇게 되기를 바라고 있어요. 하지만 지금 당장은 모든 것이 한 사람에게 달려 있어요.

그런데 우리들은, 성에서는 우리들에게 할당하고 배정하는 대로 만족해야 할는지 모르겠지만 이곳 마을에서는 우리들의 손으로 할 수 있는 일이 또 얼마든지 있을지도 몰라요. 그것은 다름이 아니에요. 당신의 호의를 확보해두는 것, 적어도 당신에게 기피당하는 일이 없도록 조심하는 것이 바로 그것이에요. 혹은——이것이 제일 중요한 일인지도 모르겠지만——당신과 성의 연결이 끊어지지 않도록(우리들은 그 연고 관계가 있어야만 살아갈 수가 있으니까요)우리들의 힘과 경험을 살려서 당신을 지켜주는 거예요.

그런데 그러기 위해서는 어떻게 하는 것이 최선의 방법일까요? 우리들이 당신에게 접근을 해도 당신의 의심을 사지 않도록 하는 것이 가장 좋은 방법일까요? 그것은 당신이 타향 사람이니까 모든 것을 의심의 눈초리로 보고 있고 또 그렇게 하는 것이 가장 당연하기 때문이지요. 게다가 우리들은 세상으로부터 경멸을 받고 있는 당신은 세상 사람들의 생각에 영향을 받고 있어요. 특히 약혼자인 프리다를 통해서 말이에요. 가령 예를 들면——우리들에게는 그러한 생각이 전혀 없지만 말이에요——당신에게 접근해가면 프리다와 대립하게 될 것이고 또 그 일로 해서 당신의 감정을 상하게 할지도 모르니까요. 그렇게 되지 않도록 하기 위해서는 어떻게 하면 좋을까요?

바르나바스가 당신에게 배달한 편지의 일입니다만 저는 그것이 당신의 손에 들어가기 전에 자세히 읽어보았어요. 물론 바르나바스는 읽지 못했지요. 심부름꾼에게는 그런 것이 허용되지 않아요. 이 편지는 언뜻 보기에 벌써 낡은 것이고 별로 중요한 것도 아닐 것이라는 생각이 들기는 했지만 당신더러 촌장에게 가보라고 지시하고 있는 점으로 보아 퍽 중요한 내용일 것이라는 생각이 들었어요. 그런데 우리들은 이 편지의 일로 당신에게 어떤 태도를 취했어야 옳았을까요? 우리들이 이 편지의 중요성을 강조했더라면 분명히 혐의를 자초했을 것이에요. 편지를 전달하는 것만이 자기들의 할 일일 텐데 중요치도 않은 것을 공연히 과대평가해서 나에게 거짓을 가르치고 자기들의 이익만을 추구하고 있구나 하고 의심의 눈초리로 우리를 보았을 테니까요.

뿐만 아니라 그렇게 함으로써 그 편지가 값어치없다는 것을 당신에게 믿게 해서 본의 아니게도 당신을 기만하게 되었을지도 몰라요. 그리고 다른 한편으로 우리들이 이 편지에 대해 그리 대단한 가치를 부여하지 않았더라도 마찬가지로 의심을 받았을 거예요. 왜냐하면 그런 대수롭지 않은 편지를 전달하는 일에 무엇 때문에 그리 급급하고 있느냐, 왜 말과 행동이 서로 모순된 일을 하고 있느냐, 왜 이 편지의 수취인인 나뿐만이 아니라 편지를 부탁한 사람까지도 기만하려 드느냐, 편지를 보낸 사람은 수취인에게 일부러 쓸데없는 설명까지 해가면서 편지의 값어치를 떨어뜨리기 위해서가 아닐 것이다라고 말이에요.

그리고 이 양극단의 중도를 간다는 것, 즉 편지를 올바르게 판단하는 것은 전혀 불가능한 일이에요. 편지는 끊임없이 그 가치를 스스로 바꾸는 것이지요. 그것이 계기가 되어 이쪽은 여러 가지 생각을 거듭하겠지만 거기에는 끝이 없어요. 생각을 어디서 멈추게 되는가는 오직 우연에 의해서만 결정되는 것이에요. 따라서 거기에서 나온 의견도 우연한 것에 지나지 않아요. 거기에 다시 당신에 대한 걱정까지 끼어들면 모든 것이 엉망진창이 되고 말 거예요. 제 이야기를 너무 엄밀하게 따지지는 마세요. 예를 들면——이것은 실제로 있었던 일이지만——바르나바스가 돌아와서 자기의 근무 태도에 대해 당신이 몹시 불만족스러워 했다, 자기는 무척 놀라서(게다가 심부름꾼으로서의 긍지도 한몫했겠지요) 이 근무에서 손을 끊겠다고 보고를 했다고 해요. 그때 저는 실패를 만회하는데 도움이 된다면 속이거나 거짓말을 하거나 또는 온갖 못된 짓도 서슴지 않고 태연히 해낼 거예요. 그러나 그것은 적어도 저의 생각으로는 당신을 위해서, 또 우리들 일가를 위해서 하고 있는 일이에요.”

이때 노크 소리가 들렸다. 올가는 달려가서 문을 열었다. 어둠 속으로 칸델라의 불빛이 한 줄기 스며들었다. 이 심야의 방문객은 무엇인가 나지막한 소리로 물었다. 올가도 역시 속삭이는 소리로 대답했다. 그러나 상대방은 올가의 대답에 만족하지 않고 방 안으로 들어오려고 했다. 올가는 그 이상 막아낼 수가 없었던지 아말리아를 불렀다. 아말리아라면 양친의 잠을 깨우지 않고도 어떻게 해서든지 손님을 돌아가게 할 수 있을 것이라고 생각했음에 틀림없다. 그리고 사실 아말리아는 곧 달려와서 올가를 옆으로 밀어젖히고는 거리에 나가더니 문을 잠가버렸다. 그러고는 곧 다시 방 안으로 돌아왔다. 올가가 할 수 없었던 일을 순식간에 해치웠던 것이다.

K는 올가의 말을 듣고 그 방문객이 자기를 찾아왔던 것을 알 수 있었다. 조수 한 사람이 프리다의 부탁을 받고 그를 찾으러 온 것이었다. 올가는 K를 그 조수로부터 지켜주려고 한 것이다. K가 이곳에 왔던 것을 나중에 프리다에게 고백한다면 모를까 조수하게 들통이 나서는 좋지 않다고 생각한 것이다. K는 그 의견에 찬성했다. 그러나 여기에서 밤을 새우며 바르나바스를 기다리는 게 어떻겠느냐는 올가의 제의는 거절했다. 이 제의는 그 자체로서는 받아들여도 좋았다. 왜냐하면 벌써 밤도 깊었고 또 자기의 의사와는 관계없이 지금은 이 일가와 깊은 관련이 맺어져버렸으므로 이곳에서 묵는 것은 다른 이유에서라면 형편이 나쁘지만 이렇듯 밀접한 관계를 생각한다면 이 마을에서는 이 집에 묵는 것이 가장 자연스러운 장소로 생각되는 것이었다.

그럼에도 불구하고 K는 이 제의를 거절했다. 그런데 조수가 찾으러 왔다니 이 또한 깜짝 놀랄 일이었다. 프리다는 내 의향을 알고 있었을 것이고 또 조수들은 나에게 몹시 혼쭐이 났다. 그런데 어떻게 이들이 한통속이 될 수 있었을까? 그리고 프리다는 태연스럽게 조수를 나에게 보냈다. 그리고 그것도 한 사람만 보낸 것이다. 다른 한 사람은 아마 프리다 옆에 남아 있을 것이다. 이러한 일들이 아무래도 K에게는 이해가 안 되었던 것이다.

그는 올가에게 채찍을 가지고 있느냐고 물었다. 올가는 채찍을 가지고 있지 않았으나 마침 버드나무 가지가 있었기 때문에 그것을 얻어가기로 했다. 그리고 이 집에서 나가는 다른 문은 없느냐고 물었다. 안뜰을 지나서 나가는 출구가 하나 있다는 것이었다. 다만 이웃집 정원의 울타리를 넘어서 마당을 통과하지 않으면 큰길에 나갈 수가 없다는 것이었다. K는 그 길을 택하기로 마음먹었다.

올가의 안내를 받으며 안뜰을 지나 울타리 쪽으로 걸어가는 동안 K는 걱정하는 그녀를 빨리 안심시키려고 '나는 당신이 이야기하는 도중에 약간 술책을 쓴 것을 전혀 개의치 않는다. 나로서는 당신의 마음을 잘 이해할 수가 있고 당신이 나에게 보여준 신뢰에 대해 고맙게 생각할 뿐이다. 그러한 이야기를 나에게 해주었다는 것은 곧 신뢰의 표현이니까'라고 말했다. 그리고 바르나바스가 돌아오면 밤중이라도 상관없으니까 곧 학교로 보내달라고 부탁했다.

그러고는 다시 다음과 같은 말도 했다. "바르나바스가 전달해주는 편지가 내 유일한 희망은 아니지만 (만일 그렇다고 한다면 내 상황은 그야말로 비관적이라고 할 수밖에 없으니까) 그렇다고 해서 편지를 단념할 생각은 없다. 거기에 기대를 걸고 그러면서도 또 당신도 잊지는 않겠다. 왜냐하면 나에게 있어서는 편지보다도 당신—— 당신의 용감성, 신중한 태도, 총명함, 그리고 가족에 대한 헌신성이 훨씬 더 중요하니까, 만일 올가와 아말리아를 놓고 어느 한 쪽을 택하라고 한다면 나는 서슴지 않고 당신을 택할 것이다."

K는 그렇게 말하고 손을 다정하게 꼭 쥐었다. 그러고는 성큼성큼 몸을 날려 어느 새 이웃집 마당의 울타리 위에 서 있었다.

16

이윽고 큰길에 나서자 잔뜩 찌푸린 어둠을 통해서이기는 했지만 훨씬 위쪽에 있는 바르나바스의 집 앞에서 조수가 여전히 왔다갔다 하면서 때때로 걸음을 멈추고는 커튼을 내린 창 너머로 칸델라의 불빛을 비추어보려고 애를 쓰고 있는 것이 보였다. K는 조수를 불렀다. 조수는 별로 놀라는 기색도 없이 집안을 살피는 행위를 중지하고는 K쪽으로 걸어왔다.

"누구를 찾고 있지?"

하고 K는 물으면서 넓적다리에서 버드나무 가지의 낭창낭창한 탄력을 시험해보고 있었다.

"선생님을 찾고 있어요."

조수는 가까이 다가오면서 대답했다.

"대체 자네는 누군가?"

하고 K는 느닷없이 물었다. 아무래도 조수가 아닌 것처럼만 느껴졌기 때문이다. 조수보다는 훨씬 나이가 들어 보였고 게다가 피곤한 기색이었다. 물론 얼굴은 통통했으나 주름이 많았다. 걸음걸이도 조수와는 달랐다. 조수들의 그 민첩하고 관절에 감전이라도 된 듯한 걸음걸이와는 아주 딴판이었다. 사나이는 느릿느릿하고 약간 절름거렸는데 어딘가 병약하고 고상한 데가 있어 보였다.

"저를 몰라보시겠습니까?"

하고 사나이는 말했다. 그러고는,

"옛날부터 선생님의 조수였던 예레미아스입니다."

하고 대답했다.

"응, 그래."

하고 K는 말하고 잔등 뒤에 숨겨놓았던 버드나무 가지를 또 조금 앞으로 당기면서 말을 이었다.

"그런데 어째 사람이 아주 달라져 보이는데."

"혼자서 사니까 그렇지요. 혼자서 살면 발랄한 청춘도 모두 사라져버리는 것이니까요."

"아르투르는 어디에 갔나?"

"아르투르 말씀입니까?"

하고 예레미아스는 말했다. 그러고는,

"그 귀여운 자식 말입니까? 그놈은 근무를 때려치웠습니다. 선생님도 우리에게 무척 심하고 엄격하게 대하셨지요. 그놈은 그래뵈도 꽤 섬세한 사나이니까 견딜 수가 없었지요. 그놈은 지금 성에 돌아가서 선생님에 대한 불평

292

불만을 늘어놓고 있습니다.”

“그럼 자네는?”

하고 K는 물었다.

“저는 여기에 그냥 남아 있게 되었습니다. 아르투르는 제 몫까지 호소해주고 있으니까요.”

“대체 어떤 불평인가?”

“선생님이 조금도 농담을 이해하지 못한다는 것입니다. 대체 우리들이 무슨 짓을 했단 말입니까? 조금 장난치고 조금 웃고 프리다를 조금 놀려주었을 뿐입니다. 그 밖에는 모두 하라는 대로 했을 뿐입니다. 갈라터가 우리 두 사람을 선생님한테 파견했을 때——.”

“갈라터라고?”

“네, 갈라터입니다. 그 무렵 마침 클람 씨의 대리를 맡아보고 있었지요. 어쨌든 그 갈라터가 우리들을 이곳에 파견할 때——저는 정확하게 기억하고 있습니다. 지금도 이렇게 인용을 할 수 있으니까요——‘너희들은 측량 기사의 조수로서 일하게 되는 거야’ 하고 말했습니다. 그래서 우리들은 말했지요. ‘우리들은 그런 일을 해본 적이 없는데요’ 하고 말입니다. 그랬더니 그는 이렇게 말하는 것이었습니다. ‘그런 것은 아무래도 상관없어. 필요하다면 저쪽에서 가르쳐줄 테니까. 제일 중요한 것은 그 사나이를 좀더 명랑하게 해주는 거야. 지금까지 여기에 와 있는 보고에 의하면 그는 매사를 터무니없이 과장해서 생각하는 모양이야. 지금 마을에 막 도착했다니까 그것만 가지고도 벌써 큰 사건인 셈이야. 실상은 아무것도 아니지만 말야. 그 점을 너희들은 그 사나이에게 가르쳐주지 않으면 안 돼.’ 하고 말하는 것이었습니다.”

하고 예레미아스가 말했다.

“그래, 갈라터가 말한 그대로였나? 그리고 너희들은 그 임무를 충실히 수행했다고 생각하나?”

하고 K는 물었다.

“그건 잘 모르겠습니다. 여하튼 이렇게 짧은 기간 동안에는 도저히 할 수 없는 일이지요. 제가 알고 있는 것은 선생님이 지독히 난폭한 사람이었다는 것뿐입니다. 그리고 제가 불만을 호소하고 있는 것도 바로 그 점입니다. 아무래도 이해하기 어렵습니다. 선생님도 일개 고용인에 지나지 않고 하물며 성에 고용된 몸도 아닙니다. 그러한 선생님이 어째서 이런 근무가 괴로운 것이라는 사실을 모르신단 말씀입니까? 또 선생님이 하신 것처럼 제멋대로, 그리고 경솔하게 근로자의 일을 괴롭게 만들어서는 안 된다는 것을 어째서 모르신단 말씀입니까? 정말 선생님이 취하신 방법은 너무나도 무리였습니다. 우리들을 울타리 옆에서 얼어죽을 지경으로 만들고 조금 꾸지람만 들어도 며칠씩이나 고민하는 아르투르를 요 위에 때려눕히다시피 하고 또 오늘 오후만 해도 그렇지요. 저를 눈 속에서 여기저기로 쫓아다니지 않았습니까? 덕분에 저는 가쁜 숨이 트일 때까지 꼭 한 시간이 걸렸습니다. 저도 이제는 젊지가 않단 말입니다!"

"예레미아스 군, 자네의 말은 모두 그럴 듯하네. 하지만 자네는 그 말을 갈라터 앞에서 해야 할걸세. 갈라터가 자기 마음대로 자네들을 여기에 파견한 것이지 결코 내가 보내달라고 부탁한 것이 아닐세. 내가 요구한 것이 아니니까 나는 자네들을 얼마든지 송환할 수도 있지. 그래도 나는 될 수만 있으면 우격다짐으로서가 아니라 조용히 자네들을 송환하려고 했는데 자네들은 아무래도 그런 방법을 원하고 있지 않은 것 같군. 그나저나 자네는 나한테 왔을 때 왜 진작 그런 얘기를 지금처럼 솔직하게 말해주지 않았나?"
하고 K가 물었다.

"그때는 아직 근무하는 몸이었기 때문이지요. 뻔한 걸 가지고 왜 자꾸 물으십니까?"
하고 예레미아스가 말했다.

"그렇다면 지금은 근무하는 몸이 아니란 말인가?"
K가 이렇게 묻자 예레미아스는 대답했다.

"물론 지금은 아닙니다. 아르투르가 성에 가서 근무를 그만두겠다고 신고했습니다. 어쩌면 우리들을 성에서 깨끗이 해방시켜달라는 절차를 지금쯤은 이미 밟기 시작하고 있을는지도 모릅니다."

"그러나 자네는 방금 전까지도 마치 아직 근무하고 있는 듯이 나를 찾고 있었지 않은가?"
하고 K가 말했다.

"아닙니다. 선생님을 찾고 있었던 것은 다만 프리다를 안심시키기 위해서였습니다. 왜냐하면 선생님이 바르나바스 일가의 아가씨 때문에 프리다를 차버리고 말았을 때 프리다는 몹시 슬퍼했습니다. 선생님을 잃었다는 생각보다는 선생님에게 배신을 당했다는 생각 때문입니다. 물론 프리다는 벌써부터 그것을 이미 예상하고 있어서 그 때문에 퍽 고민을 해왔습니다. 마침 그때 저는 선생님이 이제 그만 정신을 되찾지 않았을까 하고 선생님의 동태를 살피기 위해 다시 교실 창가로 돌아갔던 것입니다. 그러나 선생님의 모습은 보이지 않았습니다. 프리다 혼자만이 벤치에 앉아서 울고 있었습니다. 그래서 저는 프리다에게 다가갔고 거기에서 두 사람의 생각은 일치했던 것입니다.

사실 벌써 모든 일을 다 해치웠습니다. 저는 적어도 제 문제가 성에서 정리될 때까지 진신관의 객실 담당 사환이 되었고 프리다는 본래의 술집으로 되돌아갔습니다. 프리다에게는 그쪽이 더 잘 어울립니다. 선생님의 부인이 된다는 것은 그 사람으로서는 결코 현명한 일이 아니었습니다. 게다가 선생님도 프리다가 선생님을 위해서 바치려고 하는 희생의 값어치를 조금도 이해해주려고 하지 않았으니까요. 그러나 프리다는 본래 마음씨가 착한 사람이니까 선생님이 누구한테 못된 짓을 당하고 있지는 않은지, 혹시 바르나바스의 집에 가시지나 않았는지 지금도 가끔씩 걱정을 하고 있습니다. 물론 선생님이 어디에 계실까 하는 것은 거의 의심의 여지도 없었지만 그것을 분명히 확인하기 위해서 이렇게 찾아나선 것입니다. 왜냐하면 프리다는 여러 가지로 흥분한 뒤끝이니까 이제는 적당히 잠을 좀 자게 해주지 않으면 안 되겠기 때문이지요. 물론 저 역시 그렇기는 하지만요.

결국 그래서 이렇게 찾아 나섰던 것인데 저는 선생님을 찾았을 뿐 아니라 그 집 아가씨들이 선생님 시키는 대로, 무엇이든지 하라는대로 하는 모습까지도 발견하게 되었습니다. 특히 머리털이 검은 아가씨, 그야말로 도둑 고양이처럼 생긴 그 아가씨는 선생님에게 무척 마음을 쓰더군요. 하기는 뭐 오이를 거꾸로 먹어도 다 제멋이라고 하던가요?

그러나 어쨌든 선생님은 이웃집 마당을 지나서 길을 돌아나올 필요는 전혀 없었습니다. 저는 그 길을 다 잘 알고 있으니까요.”
하고 예레미아스는 말했다.

그러고 보니 역시 일이 이렇게 되었었구나. 예측은 하고 있었지만 막을 수가 없었던 것이다. 프리다가 나를 뿌리친 것이다. 그러나 이것으로 일이 영원히 틀린 것은 아닐 것이다. 아직도 그렇게 나쁜 상황은 아니다. 프리다를 되찾을 수는 있다. 아암, 되찾을 수 있고 말고. 프리다는 타향에서 온 사람에게도, 하물며 이 따위 조수 나부랭이에게도 홀딱 넘어가는 여자다. 조수들은 프리다의 입장이 자기들의 입장과 같은 것으로 속단하고 이제 자기들이 사직하겠다고 신고했으니까 그것을 구실로 해서 프리다까지도 끌어들이려고 한 모양이다. 그러나 나는 프리다 앞에 나가서 나에게 유리한 사실을 모두 상기시키기만 하면 되는 것이다. 그러면 프리다는 후회를 하고 다시 나에게로 돌아올 것이다.

그렇지만 올가에게 찾아간 일은 어쩐다? 그 일가의 덕분으로 어떤 성공이 손에 잡혔다는 구실로 그것을 정당화할 수 있다면 좋으련만. 그러나 프리다의 일로 뒤숭숭해진 마음을 가라앉히려고 여러 가지 생각을 해봤지만 조금도 마음이 가라앉지 않았다. 방금 아까는 올가에게 프리다야말로 내 유일한 마음의 기둥이라고 칭찬했지 않았는가. 그런데 그 기둥은 그다지 튼튼하지를 못했어요. 내게서 프리다를 빼앗아가는 데는 구태여 힘센 사나이가 필요하지도 않았으니 말야. 별로 구미가 당기지도 않는 이 조수, 때로는 한물 간 듯이 느껴지기도 하는 이 생선 조각으로도 충분하니까 말야.

예레미아스는 이미 저만치 걸어가고 있었다. K는 그를 불러 세웠다.

"이봐, 예레미아스, 나는 자네에게 모든 것을 터놓고 얘기하겠네. 그러니까 자네도 내 질문에 솔직하게 대답해주게. 우리들은 이미 주인과 하인의 관계가 아니지 않는가. 자네 뿐 아니라 나도 그것을 기뻐하고 있네. 그러니까 서로 속이지 않으면 안 될 이유가 털끝만치도 없는 셈이지. 자아, 자네의 눈앞에서 이 버드나무 가지를 꺾고 말겠네. 실은 자네를 때려주려고 준비했던 채찍일세. 내가 정원 길을 택했던 것도 자네가 두려워서가 아니라 불의의 습격을 가해서 이것으로 두서너 번 자네를 후려치려고 했던 것이네. 자아, 이것을 나쁘게 생각하지는 말게. 모든 것은 이제 다 끝이 났으니까 말이야. 만일 자네가 관청에서 내게 억지로 떠맡겨진 하인이 아니라 단순히 아는 사이였다면 자네의 외관에는 때때로 좀 친숙해지기 어려운 구석이 있기는 하지만 우리들은 틀림없이 허물없는 친구가 되었을걸세. 그런 의미에서 이제라도 늦지는 않았으니 지금까지 소홀했던 우리의 관계를 다시 시작해보는 것이 어떤가?"

"정말로 그렇게 생각하십니까?"

하고 예레미아스는 말했다. 그러고는 하품을 하면서 지친 눈을 감고 다시 이야기를 계속했다.

"문제를 좀더 자세히 설명해드릴 수도 있지만 아무튼 지금은 시간 여유가 없습니다. 저는 프리다에게 가지 않으면 안 됩니다. 프리다가 지금 저를 기다리고 있어요. 프리다는 아직 근무를 시작하지 않았습니다. 그녀는 아마 모든 것을 잊어버리기 위해서였겠지만 곧 일에 몰두하려고 했어요. 그것을 제가 주인을 설득해서 좀더 휴식 시간을 갖도록 해주었습니다. 그 시간 만큼은 적어도 둘이서 같이 보내고 싶습니다.

그런데 선생님의 제안에 대해서 한 말씀 드리겠습니다. 저는 확실히 선생님을 속이지 않으면 안 될 이유도 없지만 그렇다고 해서 선생님에게 비밀을 까밝히지 않으면 안 될 이유도 없습니다. 두 사람 사이에 근무상의 관계가 있던 동안에는 선생님은 확실히 제게 있어서는 매우 중요한 사람이었습니다. 그것은 선생님의 인품 때문이 아니고 일을 하라고 명령했기 때문입니다. 그때 같았으면 선생님이 원하는 것은 무엇이든지 해드렸겠지만 지금은 형편이 달라졌습니다. 말하자면 선생님의 일 같은 것은 아무래도 좋은 것입니다. 채찍을 부러뜨린 일조차도 제 마음을 조금도 흔들어놓지를 못합니다. 얼마나 야만스런 주인을 섬기고 있었는가 하는 것을 새삼스럽게 느끼게 할 뿐입니다. 제 기분을 누그러뜨리기에는 아무래도 적당치 않은 방법이었던 것 같습니다.”

“자네의 그 말투는 앞으로 두 번 다시는 나한테서 야단맞을 일이 없을 것이라는 식이로군. 그러나 사실은 그렇지가 않다는 것을 알아야 해. 자네는 아마 아직도 내게서 자유로워지지는 못했을걸. 이곳에서는 문제가 그렇게 빨리 해결되는 수가 없으니까 말이야.”

“때로는 좀더 빠른 경우도 있습니다.”

하고 예레미아스가 말했다.

“때로는 그럴 수도 있겠지. 그러나 어느 모나 보나 이 경우도 그렇다고 할 수는 없을 거야. 적어도 자네나 나나 문서에 의한 결정은 아직도 받아보지를 못했으니까 말일세. 그러니까 절차가 이제 겨우 시작되었을 뿐이고 내 쪽의 연고를 통해서는 아직도 전혀 시작을 안 했어. 물론 언젠가는 시작할 작정이네만. 그러나 그 결과가 자네에게 불리하게 된다면 어쩔 텐가. 자네는 자네의 주인에게 호감을 살 수 있는 준비를 별로 하지 않았다는 것이 되고 말 테지. 그리고 아무래도 버드나무 가지를 꺾어버린 것도 너무 일찍 서두른 꼴이 되고 말 거야. 물론 자네는 프리다를 데리고 나온 것을 무척 자랑하고 있어. 그러나 자네에게 대한 모든 경의에도 불구하고 —— 자네는 벌써 내게 대해서 아무런 경의도 가지고 있지 않는지도 모르지만 나는 아직도 자네를 존경하

고 있다네——내가 프리다에게 몇 마디 말을 거는 것만으로도 자네가 프
리다를 유혹하는 데 사용한 거짓말 같은 것은 당장에 그 본색을 드러내고 말
것일세."
하고 K는 말했다.
 "그런 위협 따위는 조금도 두렵지 않습니다. 선생님은 저를 조수로 쓰고 싶
은 생각은 털끝만큼도 없을 것입니다. 제가 조수가 되면 선생님은 아마 두려
울 거예요. 대체로 선생님은 조수가 두려운 거예요. 두렵기 때문에 그 착한
아르투르를 마구 때렸을 겁니다."
하고 예레미아스는 말했다.
 "그럴는지도 모르지. 나는 아마 이런 식으로 해서 자네에게 내게 대한 공포
심을 얼마든지 보여줄 수가 있을 거야. 이러한 조수 노릇이 자네에겐 별로 달
갑지 않다는 것을 나는 잘 알고 있어. 하지만 나에게 있어서는 자네를 억지로
라도 조수로 삼는 것이 어떠한 공포도 날려버릴 수 있을 만큼 다시없는 즐거
움이야. 더욱이 이번에는 아르투르는 그만두게 하고 자네만을 조수로 쓸 생
각이지. 그렇게 하면 자네에게 좀더 많은 주의를 기울일 수가 있을 테니까."
하고 K가 말했다.
 "대체 선생님은 제가 그런 것을 조금이라도 두려워할 줄로 생각하고 계시
는 겁니까?"
 예레미아스가 말했다.
 "물론 그렇게 생각하지. 확실히 약간은 두려워할 거야. 그리고 자네가 영리
하다면 훨씬 더 무서워하겠지. 그렇지 않다면 어째서 프리다에게 아직도 가
지 않았나? 어떤가, 프리다에게 반했나?"
하고 K가 말했다.
 "반했느냐고요? 그녀는 마음씨 착하고 영리한 아가씨입니다. 클람 씨의
옛날 연인이었구요. 그러니까 어느 모로 보나 존경할 만한 값어치가 있는 아
가씨입니다. 그러한 프리다가 선생님의 속박으로부터 늘 벗어나고 싶다고 저
에게 이야기했습니다. 그런 형편인데 제가 어찌 프리다에게 친절을 베풀지
않을 수 있겠습니까? 하물며 그렇게 한다고 해서 선생님이 무슨 해를 입게
될 것도 아닌데 말입니다. 선생님은 저 바르나바스의 집에 가서 그 지긋지긋
한 아가씨들과 재미있게 시간을 보내시지 않았습니까?"
 예레미아스의 말이었다.

　"자아, 이제 자네가 무서워하고 있다는 것을 알았어. 자네는 거짓말로 나를 속이려 들고 있어. 프리다가 부탁하고 있던 것은 오직 한 가지야. 그것은 개처럼 추잡한 조수들로부터 해방되고 싶다는 것이었어. 유감스럽게도 나에게는 그 부탁을 들어줄 만한 시간이 없었어. 그리고 내가 그만 실수를 했기 때문에 지금 이런 결과가 나타난 거야."
　그때 누군가가 골목길에서 K를 부르는 소리가 들렸다.
　"측량 기사님, 측량 기사님!"
　소리의 주인공은 바르나바스였다. 그는 숨가쁘게 헐떡거리면서 달려왔으나 K의 앞에 이르러서는 잊지 않고 인사를 했다.
　"성공했어요."
하고 바르나바스는 말했다.
　"무엇이 성공했단 말인가? 내 청원서를 클람 씨에게 제출했나?
하고 K는 물었다.
　"그것은 못 했어요. 무척 애를 썼지만 그만 불가능했어요. 저는 부르지도 않았는데 맨 앞에 나가서 하루 종일 책상 옆에 서 있었어요. 한 번은 제 그림자에 빛이 가려진 서기에게 떠밀린 적도 있었어요. 그리고——이것은 금지된 일인데도——클람 씨가 얼굴을 들 때마다 손을 흔들어서 제가 와 있다는 것을 나타내 보였어요. 저는 맨 나중까지 관방에 남아 있었기 때문에 마침내 저와 종복들만 달랑 남게 되었어요. 반갑게도 클람 씨가 다시 한 번 돌아오는 것이 보였지만 저를 위해서 돌아온 것이 아니었어요. 어떤 책에서 무엇인가를 급히 조사했을 뿐으로 곧 다시 나가버리고 말았어요. 제가 언제까지나 움직이지 않고 있었으므로 나중에는 종복이 마치 비로 쓸어내다시피 하면서 문 밖으로 저를 쫓아내버렸어요. 이렇게 자초지종을 모두 말씀드리는 것은 선생님이 두 번 다시 제가 하는 일에 불만을 가지지 않게 하기 위해서예요."
하고 바르나바스가 말했다.
　"바르나바스, 자네가 아무리 애를 썼다고는 하나 그것이 조금도 성과를 올리지 못했다면 내게 도대체 무슨 도움이 된단 말인가?"
하고 K가 말했다.
　"하지만 성과가 있었어요. 제가 제 관방에서 나오자——네, 저는 제 관방이라고 부르고 있지요——훨씬 안쪽에 있는 복도에서 한 사람의 신사가 천천히 이쪽으로 걸어나오고 있더군요. 다른 사람은 하나도 보이지 않았어요.

꽤 늦은 시간이었으니까요. 그래서 저는 그 사람을 기다리기로 작정했지요. 아직도 거기에 남아 있는 구실을 찾는 데는 마침 좋은 기회였어요. 저는 선생님한테 좋지 않은 소식을 가지고 돌아가지 않도록 하기 위해서도 그곳에 계속 남아 있고 싶었으니까요. 그러나 그렇지 않더라도 그 사람을 기다리고 있던 보람은 있었어요. 그 사람은 바로 에를랑어였어요. 선생님은 그 사람을 모르시나요? 클람 씨의 수석 비서 중의 한 사람이지요. 아주 연약해보이고 몸집이 작은 사람인데 약간 다리를 절고 있어요. 그는 곧 저를 알아보더군요.

역시 기억력이 뛰어나다는 소문이 세상에 자자한 사람은 벌써 사람이 달라요. 잠깐 눈살을 찌프렸는가 하면 벌써 누구인지를 곧 알아내니까요. 때로는 한 번도 만난 일도 없고 단지 소문으로만 들었다든가 또는 소문이나 잡지에서 읽어보았을 뿐인 사람도 분간하는 수가 있대요. 저만 하더라도 그때까지는 만나본 일이 전혀 없었다고 생각해요. 그렇게 사람을 잘 알아보기로 유명한 사람이지만 마치 자신이 없는 것처럼 처음에는 우선 물어보지요. 그래서 저를 향해서도 '바르나바스가 아닌가?'라고 물어보는 것이었어요. 그렇다고 대답했더니 '자네는 측량 기사를 알고 있지?' 하고 물었어요. 그리고는 다시 계속해서 '마침 잘 됐어. 나는 지금 진신관에 가는 길이야. 측량 기사에게 나를 그리로 찾아오라고 전해주게. 내가 쓰는 방은 15호실이야. 그러나 측량 기사는 곧 오지 않으면 안 되네. 나는 거기에서 두서너 가지 의논할 일이 있을 뿐이고 아침 다섯시에는 다시 성으로 돌아와야 하니까 말야. 꼭 측량 기사와 이야기하고 싶은 일이 있다고 전해주게'하고 말하는 것이었어요."

그때 느닷없이 예레미아스가 달려가기 시작했다. 그때까지는 흥분한 나머지 예레미아스에게는 거의 관심을 보이지 않고 있던 바르나바스가 그것을 보자 이렇게 물었다.

"저놈이 도대체 어디로 가려고 저러는 것일까요?"

"나보다 먼저 에를랑어를 만나겠다는 것이겠지."

K는 그렇게 말하기가 무섭게 예레미아스의 뒤를 쫓았다. 이윽고 그를 붙잡았다. K는 그의 팔을 붙들고 늘어지며 말했다.

"갑자기 프리다를 보고 싶어서 못 견디겠나? 그렇다면 나도 마찬가지일세. 자아, 그러니까 우리 서로 보조를 맞추어 걸어가세."

17

어두운 진신관 앞에는 한 무리의 사나이들이 서 있었다. 칸델라를 받쳐들고 있는 사람이 두세 명 있었기 때문에 몇몇 사람의 얼굴은 분간할 수 있었다. K는 아는 얼굴을 하나 발견했다. 마부인 게르스텍커였다. 게르스텍커는 인사를 하는 대신 이렇게 물었다.

"여전히 마을에 계셨습니까?"

"응, 오래 있으려고 왔으니까."

하고 K는 대답했다.

"그거야 나하고 상관없는 일이니까——."

게르스텍커는 그렇게 말하고 연방 기침을 심하게 하면서 다른 사람들 쪽으로 돌아시버렸다.

모두들 에를랑어를 기다리고 있다는 것을 알 수 있었다. 에를랑어는 이미 도착해 있었으나 진정인들을 만나기 전에 모무스와 의논을 하고 있는 중이었다. 사람들의 이야기로는 건물 속에서 기다리게 해주지 않기 때문에 이렇게 눈 속에 서 있지 않으면 안 된다는 것이었다. 그렇게 춥지는 않았지만 아무리 그렇다고 하더라도 진정하러 온 사람들을 밤중에, 그것도 바깥에서 몇 시간씩이나 서 있게 한다는 것은 도무지 이해가 되지 않는다.

물론 에를랑어의 잘못은 아니다. 그 사람은 무척 싹싹한 사람으로서 아마도 이런 사정을 잘 모르고 있을 것이다. 만일 이러한 사정을 그가 안다면 무척 화를 냈을 것이다. 이것은 틀림없이 진신관 안주인의 짓일 것이다. 그 안주인은 거의 병적이라고 할 만큼 깔끔한 것을 좋아해서 진정인들이 한꺼번에 진신관으로 밀려드는 것을 좋아하지 않는다. 언제나 입버릇처럼 '아무래도 꼭 들어가야 하겠다면 제발 한 사람씩 차례로 들어와주세요.' 하고 뇌까리곤 한다. 그래서 처음 한동안은 객실 복도에서, 다음에는 충계에서, 그 다음에는 현관에서, 마지막에는 술집에서 기다리고 있는 진정인들을 마침내 거리로 내좇아버렸다.

그래도 아직 만족하지 않고 안주인의 표현을 빌리자면 자기의 집 속에 '항상 포위되어 있다'는 것은 참을 수가 없다는 것이었다. 대체 무엇 때문에 진정인들이 이렇게 많이 출입하지 않으면 안 되는 것인지 안주인으로서는 이해할 수가 없었던 것이다.

어느 때 어떤 관리가 그 이유를 묻는 안주인에게 대답했다.

"현관 층계를 더럽히기 위해서지."

아마 홧김에 한 소리임에 틀림없지만 안주인은 이 말이 마음에 들었던지 그로부터는 뻔질나게 이 말을 인용하곤 했다. 안주인은 진신관 맞은편에 진정인들이 대기실로 이용할 수 있는 건물을 하나 지으려는 운동을 벌이고 있다. 이것은 확실히 진정인들의 희망과도 일치하고 있었다. 안주인의 생각으로는 진정인들의 면회와 신문도 진신관 바깥에서 해주기를 바라고 있는데 관리들이 여기에 반대하고 있는 것이다. 그다지 중요하지 않은 문제에 대해서는 지칠 줄 모르는 열성과 여자다운 수법을 사용해서 일종의 폭군 같은 행동을 서슴지 않는 안주인도 관리들이 정색을 하고 반대하자 물론 고집을 꺾지 않을 수가 없었다.

그래서 아마 앞으로도 면회나 신문이 진신관에서 행해지는 것을 참지 않으면 안 될 것이다. 왜냐하면 성 사람들이 마을로 출장 나와서는 직무상의 일을 진신관 바깥에 나가서 처리하는 것을 일체 허용치 않았기 때문이다. 관리들은 언제나 바빴다. 마을에 있는 것도 어쩔 수 없어서 마지못해 있을 뿐이지 필요 이상으로 오래 묵을 생각은 전혀 없었다. 그래서 진신관 안을 평화로운 분위기로 만들기 위해서 관리들에게 일시적으로 맞은편에 있는 다른 건물로 서류 뭉치와 함께 옮겨가달라는 주문은 시간만 헛되이 낭비할 뿐 도저히 받아들여질 수 있는 성격의 일이 아니었다. 관리들은 술집이나 또는 자기의 방에서 가능하면 식사를 하면서, 또는 자기 전에 침대 속에서, 또는 아침에 너무나 지쳐서 도저히 일어날 수가 없어 잠시만 더 침대 속에 드러누워 있고 싶을 때 일을 처리하고 싶다고 생각하고 있을 정도니까 말이다. 그래서 진신관 밖에서 면회나 신문을 실시하는 것은 거의 불가능했지만 반대로 대기실을 세운다는 문제는 잘 해결될 것처럼 보였다. 이것은 물론 안주인에게는 큰 타격으로서 그것 때문에 모든 사람으로부터 웃음거리가 되고 있다. 왜냐하면 대기실을 세우는 문제 때문에 가끔씩 의논할 일이 생겨서 진신관의 복도에 사람이 끊일 새가 없는 것이다.

기다리고 있는 사람들은 이와 같은 일들을 작은 목소리로 서로 수군거리면서 재미있다는 듯이 이야기하고 있다. K가 이상하게 생각한 것은 이렇듯 불만이 많은 주제에 에를랑어가 진정인들을 밤중에 소집한 데 대해서는 누구도 불만을 말하는 사람이 없다는 것이었다. 그래서 그 이유를 따져보았더니 거기에 대해서는 오히려 에를랑어에게 감사하지 않으면 안 된다는 것이었다. "애당초 그 사람이 마을에 찾아올 기분이 생긴 것은 그 사람의 호의 때문이며 그 사람이 자기의 직무를 소중하게 생각하고 있다는 증거입니다. 그럴 마음만 있다면 누군가 하급 비서를 마을에 파견해서 조서를 꾸미게 할 수도 있으니까요."

K는 클람 씨도 마을에 와서 며칠씩 묵는 수도 있지 않은가, 대체 고작해야 비서에 지나지 않는 에를랑어가 성에서는 그토록 없어서는 안 되는 인물인가, 하고 물어보았다. 이 말을 듣고 두서너 사람은 유쾌한 듯이 웃었는데 다른 사람들은 당혹한 듯이 입을 다물고 가만히 있었다. 잠자코 있는 사람이 더 많았기 때문에 대답다운 대답을 들을 수 없었다. 다만 한 사람만이 머뭇머뭇거리면서 물론 클람 씨는 성에서도 마을에서도 없어서는 안 될 사람입니다 하고 대답했다.

그때 문이 열리면서 등불을 든 종복 두 사람과 함께 모무스가 나타났다. "비서인 에를랑어 씨가 면회하실 최초의 사람은 게르스텍커와 K이다. 두 사람 모두 와 있는가?" 하고 모무스는 말했다.

두 사람은 대답했다. 그러나 그들보다도 먼저 예레미아스가 말했다. "저는 이곳의 객실 전속으로 있는 사환입니다."

모무스가 빙그레 웃으면서 어깨를 두들겨주자 그는 집안으로 슬그머니 미끄러져 들어갔다. '예레미아스에게는 이제부터 좀더 주의를 해야 할 것 같군' 하고 K는 마음속으로 생각했다. 그러나 K는 예레미아스 쪽이 성에서 여러 가지로 자기를 공격할 것을 획책하고 있는 아르투르보다는 훨씬 위험이 적을 듯하다는 것은 잘 알고 있었다. 저놈들이 제멋대로 여기저기 사방을 돌아다니며 음모를 꾸미도록 내버려두기보다는 차라리 성가시고 귀찮기는 해도 조수로 그냥 데리고 있는 편이 더 현명한 처사일는지도 모르는 걸 그랬나? 저놈들은 음모를 꾸미는 데는 남다른 재주가 있는 모양이니 말이다라고 혼잣속으로 생각했다.

K가 그 옆을 지나갔을 때에야 모무스는 비로소 그가 예의 측량 기사라는 것을 알아본 듯한 태도를 취했다.

"아아, 측량 기사였군요. 전에는 신문을 그렇게도 받기 싫어한 사람이 이번

에는 제 발로 신문을 받으러 오셨군요. 그때·내 신문에 응해주셨더라면 훨씬
더 간단히 끝이 났을 텐데. 물론 마침 좋은 때에 신문을 받기란 그리 쉬운 노
릇이 아닐 테지만 말입니다.”

“어서 오십시오. 어서 와요 ! 그때는 필요했지만 지금은 필요가 없어졌어
요.”

그러나 그 말을 듣고도 모무스의 말투에 약간 화가 난 K는 흥분하면서 이
렇게 말했다.

“당신들은 자기네 일만을 생각하고 있군요. 나는 단지 관청을 위해서 대답
하자는 건 아니오. 그때나 지금이나 마찬가지오.”

그러자 모무스는 말했다.

“대체 우리들더러 누구의 일을 생각하란 말입니까 ? 여기에 우리들 외에
누가 또 있습니까 ? 자아 여하튼 들어오시오 !”

현관에서 한 사람의 종복이 두 사람을 맞이해서 K가 이미 잘 알고 있는 길
로 안내했다. 안뜰을 지나 문을 통과해서 낮고 조금 내리받이로 된 복도를 지
나서 가는 것이었다. 2층에는 분명히 신분이 높은 관리들만 묵고 있는 것 같
았다. 비서들은 이 복도와 마주보는 방에 묵고 있었다. 비서들 중에서는 제일
신분이 높은 에를랑어도 예외는 아니었다. 종복은 손에 들고 있는 칸델라 불
을 꺼버렸다. 여기에는 밝은 전등이 켜져 있었기 때문이다.

이곳은 모든 시설이 규모는 작았지만 아담하고 우아했다. 공간을 최대한으
로 잘 이용하고 있었다. 복도는 곧추서서 걷기가 빠듯한 정도의 높이였다. 복
도 양쪽에는 객실의 문이 거의 빈틈없이 늘어서 있었다. 복도 양쪽의 벽은 천
장까지는 미치지 않고 도중에서 끊어져 있었다. 이것은 아마 환기의 필요성
때문에 그렇게 한 것 같았다. 왜냐하면 어느 방도 이 깊고 글 속과 같은 복도
쪽에는 창문이 달려 있지를 않았던 것이다.

이 완전히 가리지 않은 벽의 결점은 복도가 —— 따라서 방 안도 —— 시끄
럽다는 점에 있었다. 대개의 방은 아직도 사람들이 자지 않고 있어서 이야기
소리와 망치질하는 소리, 또는 컵들이 서로 부딪치는 소리가 들려왔다. 그러
나 망치 소리는 K가 어디선가 들은 적이 있는 다음과 같은 말을 상기시켰다.
그것은 끊임없는 정신적 긴장을 풀기 위해서 이따금 장식품을 만들거나 모형
을 제작하는 관리들이 있다는 것이었다. 복도에는 인기척이 없었다. 다만 어
떤 방의 문 앞에 창백하고 깡마른 그리고 키가 큰 사내가 털가죽 망토를 뒤집

어쓰고 나앉아 있는 것이 보일 뿐이었다. 망토 밑에서는 자리옷이 드러나 보였다. 아마 방 안의 공기가 숨가빠서였을까? 그는 밖에 나와서 신문을 보고 있었다.

그것도 마음을 신문에만 쏟고 있는 것이 아니라 이따금씩 하품을 하면서 신문 읽는 것을 그만두기도 하고 몸을 앞으로 수그려서 복도를 바라보기도 하는 것이었다. 어쩌면 자기가 부른 진정인이 아직도 안 와서 그것을 기다리고 있는지도 모를 일이었다. 세 사람이 그 옆을 스쳐서 지나갈 때 종복은 이 사람을 가리켜 게르스텍커에게 넌지시 이렇게 말했다.

"핀츠가우어 씨요!"

그 말을 듣고 게르스텍커는 고개를 끄덕거리면서 말했다.

"저 사람이 마을에 나타난 것은 참으로 오래간만이에요."

그러나 종복도 맞장구를 쳤다.

"응, 꽤 오랜간만이지."

마침내 그들은 어느 문 앞에 이르렀다. 그 문은 다른 방의 문과 조금도 다른 것이 없었으나 바로 여기가 에를랑어가 묵고 있는 방이라고 종복은 알려주었다. 종복은 K의 어깨 위에 목말을 타고 위쪽에 나 있는 넓은 틈으로부터 방 안을 들여다보았다.

"침대에 드러누워 계십니다."

하고 종복은 목말에서 내려오면서 말했다. 그러고는,

"물론 옷을 입은 채이지만 아무래도 주무시고 계신 것 같습니다. 마을에 오시면 생활이 갑자기 달라져서 때때로 저런 식으로 지쳐 쓰러지는 수가 있지요. 이렇게 되면 기다리는 수밖에 없겠는걸요. 잠에서 깨면 아마 벨을 누르실 겁니다. 물론 마을에 계시는 동안 내내 주무시다가 깨자마자 곧장 성으로 돌아가지 않으면 안 되는 일이 지금까지 한두 번 있었지요. 마을에서 하시는 일은 말하자면 자발적인 서비스이니까요."

그 말을 받아 게르스텍커가 말했다.

"그렇다면 차라리 끝까지 주무시게 놔두는 것이 좋겠어요. 그분이 잠에서 깨어나서 일할 수 있는 시간이 얼마 남지 않은 것을 알고는 잠을 잔 것에 몹시 화를 내시며 무엇이든 급히 처리하려고 하실 테니까요. 그러면 이쪽은 거의 말도 못 해 보고 말 것이니까요."

"당신은 새로운 건축 자재의 운반을 청부 맡을 용건으로 왔지요?"

종복은 게르스텍커에게 물었다.

게르스텍커는 그렇다고 머리를 끄덕이고는 종복을 옆으로 끌어내어 작은 목소리로 뭐라고 수군거렸다. 그러나 종복은 거의 그의 말은 듣지도 않고 자기의 어깨보다도 낮은 게르스텍커의 머리 너머로 엉뚱한 데를 바라보며 자못 점잖은 척하면서 천천히 머리를 쓰다듬고 있었다.

18

K가 무심코 주변을 돌아다보고 있으려니까 멀리 복도 모퉁이에 프리다의 모습이 보였다. 프리다는 K라는 것을 모르는 듯한 모습으로 물끄러미 이쪽을 바라다보고 있을 뿐이었어요. 한쪽 손에는 빈 그릇을 엎어놓은 쟁반을 들고 있었다. K는 곧 돌아오겠다고 종복에게 말하고 프리다 쪽으로 달려갔다. 종복은 짐짓 모르는 체하고 있었다. 이 사나이는 이쪽에서 말을 걸면 걸수록 점점 더 기운이 빠지는 것 같았다. K는 프리다의 옆으로 가서 마치 그녀를 다시 자기의 것으로 만들려는 것같이 양 어깨를 단단히 움켜쥐고는 아무런 의미도 없는 질문을 몇 마디 던져보았다. 그리고는 무엇을 살피려는 듯이 그녀의 얼굴을 자세히 들여다보았다. 그러나 프리다의 완고한 자세는 도무지 흐트러지지 않았다. 그녀는 멋쩍은 듯이 쟁반 위의 그릇을 두서너 번 이리저리 자리를 옮겨놓으면서 말했다.

"대체 저에게 무슨 용무가 있으시죠? 냉큼 그 여자들이 있는 곳으로 돌아가는 것이 좋아요. 이름 같은 것은 내가 말하지 않더라도 당신이 더 잘 아실 테죠? 지금도 방금 거기에서 오시는걸요. 당신의 얼굴 표정을 보면 뻔히 알 수 있어요."

K는 당황해서 화제를 돌렸다. 그 이야기를 이렇게 느닷없이 꺼내다니 도무지 갈피를 잡을 수가 없다. 그것도 가장 아픈 곳을, 가장 형편이 좋지 않은 것부터 꺼내다니 정말로 견딜 수가 없다.

"나는 당신이 술집에 있을 줄만 알았소."

하고 K는 말했다. 프리다는 깜짝 놀란 듯이 K를 바라보며 비어 있는 손으로 K의 이마와 뺨을 다정하게 어루만져주었다. 그것은 마치 K의 얼굴을 잊어버렸기 때문에 다시 한 번 기억을 되살려보려는 듯한 동작이었다. 그녀의 눈도 어떻게든 기억의 실마리를 더듬어보려는 사람만이 가질 수 있는 걷잡을 수 없는 안타까운 표정을 띠고 있었다.

"나는 다시 술집에 고용되었어요."

하고 프리다는 천천히 말했다. 마치 지금 하고 있는 이야기는 그리 중요치 않으나 이 말 속에서 또 하나 별도의 이야기를 하고 있었다. 그리고 그 이야기 쪽이 훨씬 더 중요하다는 듯한 그런 말투였다.

"지금 하고 있는 일은 내게 어울리는 일이 아니에요. 이런 일은 내가 아니라도 아무나 할 수 있어요. 침대를 정돈하고 친절한 듯한 표정을 지어보이면서 손님의 무리한 요구도 마다하지 않고 오히려 기꺼이 할 수 있는 여자라면 누구든지 객실 전속의 하녀가 될 수 있어요. 그러나 술집 근무는 전혀 사정이 달라요. 나는 그다지 깨끗하게 술집을 뛰쳐나오지도 않았었는데 곧 다시 술집에 채용되었어요. 물론 이번에는 나를 돌봐주는 사람의 특별한 부탁이 있었어요. 그런데 이 집 주인은 내게 후원자가 있었기 때문에 나를 다시 채용하기가 한결 편해졌다고 하면서 아주 기뻐하고 있었어요. 뿐만 아니라 이 지위를 나에게 떠맡기기 위해서 나를 억지로 설득하기까지 하지 않으면 안 되었어요.

아마 이 술집이 나에게 무엇을 생각하게 하는지 그것을 생각해보면 당신도 잘 아실 거예요. 결국 나는 이 자리를 떠맡기로 했어요. 지금 여기에 있는 것은 단지 일시적인 방편에 지나지 않아요. 뻬뻬가 곧 술집을 나가지 않으면 안 되는 그런 부끄러운 꼴을 당하지 않게 해주었으면 좋겠다는 부탁을 했어요. 그래서 그녀가 워낙 열심이었고 모든 일에 최선을 다하는 점을 높이 사서 24시간의 시간 여유를 주기로 했어요."

"모든 것을 빈틈없이 손을 썼군. 다만 당신은 한 번 나를 위해서 술집에서 나갔던 사람 아니오? 그런데 이제 곧 결혼식을 올리려는 마당에 이곳으로 다시 되돌아왔단 말이오?"

하고 K가 따졌다.

"결혼식 같은 건 하지 않아요."

프리다가 말했다.

"내가 배신했다는 말이오?"

프리다는 고개를 끄덕거렸다.

"이봐요, 프리다! 당신은 배반 운운하지만 이 일은 전에도 몇 번씩이나 이야기한 적이 있고 당신도 언제나 마지막에는 그것이 얼토당토않은 오해였다

는 것을 인정하지 않았소? 그 후 나에게는 아무것도 변한 것이 없소. 모든
것이 순결 그대로요. 지금까지도 그러했고 또 앞으로도 변함이 없을 거요. 따
라서 변화는 당신 쪽에 있었던 것이오. 누군가에게 사주를 받거나 또는 그 밖
에 어떤 다른 이유로 말이오. 어떻든 나더러 배신했다든가 불성실하다는 말
은 아무 이유도 근거도 없는 비난이오. 대체 그 두 아가씨가 무엇이냔 말이
오? 둘 중의 하나, 즉 피부가 검은 아가씨——아니, 이런 식으로 일일이 변
명하지 않으면 안 되다니 정말로 부끄러울 정도요. 어떻든 그 피부가 검은 아
가씨는 아마도 당신에게 있어서와 마찬가지로 나에게 있어서도 귀찮은 존재
요. 어떻게 해서든지 멀리할 수만 있다면 나도 그 아가씨에게는 가까이하고
싶은 생각이 없소. 물론 그 아가씨 쪽에서도 그것을 도와주겠지만 말이오. 그
아가씨만큼 까불지 않고 신중한 사람은 아마 다시는 없을 테니까 말이오."
　"그래요."
하고 프리다는 외쳤다. 말이 그녀의 진짜 속마음과는 달리 엉뚱하게 튀어나
오고만 것이다. K는 그녀가 이런 식으로 생각을 바꾸어준 것을 보고 은근히
기뻐했다. 그녀는 자기가 입 밖에 내려고 생각했던 것과는 전혀 다른 말을 하
고 있는 것이었다.
　"당신이 그 애를 신중하다고 말하는 것은 당신의 자유예요. 모든 여자 중에
서도 가장 부끄러움을 모르는 그 애를 신중하다고 말하는군요. 게다가 곧이
들리지도 않는 얘기를 아주 솔직히 그렇게 생각하고 계시는군요. 당신이 시
치미를 떼지 않으신다는 것은 나도 알고 있어요. 교반옥 안주인도 당신 얘기
를 이렇게 말하고 있더군요. '나는 그 사람을 좋아하지는 않지만 그렇다고 해
서 저버릴 수도 없어요. 아직 제대로 걷지도 못하면서도 자꾸만 앞으로 나가
고 싶어하는 어린애를 보면 그만 참을 수가 없어서 손을 붙들어주게 되지요'
라고 말이에요."
　"이번에는 안주인의 의견에 찬성하고 있군."
하고 K는 미소를 지으며 말했다. 그러나 그 애의 이야기는 더 이상 하지 말도
록 해요. 그런 여자의 이야기는 이제 딱 질색이니까."
　"그런데 어째서 그 애를 신중하다고 했지요?"
하고 프리다는 집요하게 물고늘어졌다. K는 프리다가 이처럼 관심을 보이기
시작한 것은 자기에게는 좋은 징후라고 생각했다.
　프리다는 계속했다.

"당신은 자기 자신이 시험을 해보셨나요? 아니면 누군가를 헐뜯기 위해서 일부러 그런 말을 하시는 건가요?"

"그 어느 쪽도 아니오. 내가 그 애를 그렇게 말한 것은 사실은 그 애를 고맙게 생각하고 있기 때문이오. 즉, 그 애는 이쪽에서 그 애를 모르는 체해도 아주 편안하게 해주지요. 또 설사 그 애가 몇 번이나 말을 걸어와도 나로서는 두 번 다시 찾아갈 마음이 생겨나지 않아요. 하지만 찾아가지 않으면 나에게 있어서는 대단한 손해를 보게 된단 말이오. 왜냐하면 당신도 알고 있다시피 내가 찾아가는 것은 당신과 내 장래를 위해서니까. 내가 또 다른 한 아가씨와 이야기를 하지 않으면 안 되는 것도 그 때문이오. 나는 그 애의 유능한 재주와 신중한 몸가짐, 그리고 공평무사한 점을 높이 평가하고 있소. 그러나 그 애가 사내를 좋아한다고는 아무도 말할 수가 없을 거요."
하고 K는 말했다.

"종복들은 그렇게 생각하고 있지 않아요."
하고 프리다가 대꾸했다.

"이 점에서도 또 다른 많은 점에서도 당신은 종복들의 호색 근성을 기준으로 해서 나를 불성실하고 배신이나 일삼는 자라고 단정하고 있는 거요?"
하고 K가 말했다.

프리다는 아무 대답도 하지 않았다. 그리고 K가 그녀의 손에서 쟁반을 받아 밑에다 내려놓고 자기의 팔을 그녀의 겨드랑이 밑에 낀 채 그 좁은 장소를 천천히 왔다갔다 해도 그녀는 K가 하는 대로 몸을 내맡기고 있었다.

"당신은 성실이라는 것이 무엇인지를 모르고 계세요."
하고 프리다는 K가 너무 가까이 오는 것을 조금 막으면서 말했다. 그리고 계속해서 다음과 같이 말했다.

"당신이 그 아가씨들에 대해서 어떤 태도를 취하든 그런 것은 아무래도 좋아요. 당신이 그 집에 가서 옷에다가 잔뜩 그 방의 냄새를 풍기면서 돌아온다는 사실이 벌써 나로서는 참을 수 없는 굴욕이에요. 게다가 당신은 아무 말도 없이 학교를 빠져나간 채 밤늦게까지 돌아오지를 않아요. 그래서 어떻게 하고 있나 하고 동태를 살피러 가니까 아가씨들을 시켜서 없다고 말하는 것이었어요. 아가씨들은, 특히 당신이 신중하다는 그 아가씨는 한사코 당신이 안 계시다고 딱 잡아떼는 것이었어요. 당신이 비밀 통로로 해서 몰래 빠져나온 것은 아마 아가씨들의 세상에 대한 체면을 생각해서겠지요. 그 아가씨들이

세상의 손가락질을 받는 것이 두려워서 말이에요! 자아, 이제 이런 이야기
는 그만두기로 해요!"

"그래, 그 이야기는 그만둡시다."
하고 K는 선뜻 말했다. 그러고는 프리다가 다시 입을 열기 전에 K는 재빨리
말했다.

"이 일에 대해서는 더 할 말이 없어요. 그러나 달리 이야기하고 싶은 것이
있어요. 내가 거기에 찾아가지 않으면 안 되었던 이유는 당신도 잘 알고 있는
바와 같소. 그런 곳에 가는 것은 나도 마음이 내키지 않아요. 그러나 자기의
기분을 죽이고 억지로 찾아갔던 것이오. 그것을 사실 이상으로 과장해서 더
이상 곤란하게 해석해서는 안 돼요. 오늘 나는 거기에 잠깐 들려서 어떤 중대
한 용건을 끝내고 이미 집에 돌아와 있어야 할 바르나바스의 일이 궁금해서
그것을 확인하려고 갔던 것이오. 바르나바스는 돌아와 있지 않았소. 그러나
곧 돌아올 것이라고 보장을 했고 또 나도 그러리라고 생각했었소. 그를 나중
에 학교로 오게 하는 방법을 취하지 않은 것은 그가 있음으로 해서 당신이 불
쾌하게 생각하지는 않을까 하고 그것이 염려되었기 때문이었소.

몇 시간이 지나도 유감스럽지만 바르나바스는 돌아오지 않았소. 그 대신
내가 몹시 싫어하는 다른 사내가 찾아온 거요. 나는 그놈에게 감시를 당하는
것이 싫어서 이웃집 정원을 통해서 빠져나왔던 거요. 굳이 그놈의 눈을 피하
고 싶은 생각은 없었어요. 이윽고 노상에 나오자 나는 서슴지 않고 그에게로
걸어갔지요. 사실을 고백하자면 나는 가늘고 잘 휘어지는 버드나무 가지를
손에 들고 있었어요. 그것뿐이고 그 이상은 더 말할 것이 없어요.

그러나 여기에서 한 가지 당신에게 물어보고 싶은 말이 있어요. 대체 그 조
수들은 어찌된 거요? 당신이 바르나바스 일가에 대해서 말하고 싶지 않을
정도로 나는 조수들의 일을 입에 담기가 싫지만 말요. 당신과 조수들의 관계
를 나와 그 일가의 관계와 비교해봐요. 나는 그 일가에 대한 당신의 혐오감을
잘 알고 있고 나도 같은 생각을 가지고 있어요. 내가 거기에 가는 것은 단지
용건 때문이에요. 이용할 뿐이어서 오히려 그들에게 폐가 되지는 않을까 하
고 이따금씩 그들에게 미안한 생각이 들 때도 있어요.

여기에 반해 당신과 조수들은 어때요! 당신은 그들이 당신의 뒤를 쫓아다
니는 것을 부인하지 않았고 놈들에게 마음이 끌리고 있다는 것을 고백까지
한 적도 있어요. 그렇지만 나는 그것 때문에 당신에게 화를 낸 적이 없고 여

기에는 아무래도 당신의 힘으로는 어쩔 수 없는 힘이 작용하고 있다는 것을 느꼈어요. 나는 적어도 당신이 몸을 보호하려고 하고 있다는 것만도 반가워서 어떻게 해서든지 그것을 도와주려고 했어요. 그것이 겨우 두세 시간쯤 한눈을 팔고 있는 동안에——물론 이것은 당신의 성실성을 믿고 있었기 때문이었지만——저 예레미아스가 대담하게도 교실의 창문 옆으로 쳐들어왔다는 사실만으로 나는 당신을 잃고 '결혼식 따위는 안 해요 !'라는 인사를 받지 않으면 안 된단 말이오 ? 내가 당신에게 비난을 퍼부을 자격이 없다면 나는 잠자코 있겠소. 지금까지 비난 같은 비난을 말한 적이 없듯이 지금도 가만히 입을 다물고 있겠소."

K는 여기에서 잠깐 프리다의 기분을 다른 데로 돌리는 것이 좋겠다고 생각했다. 그래서 벌써 낮부터 아무것도 먹지 않았기 때문에 먹을 것을 좀 갖다달라고 부탁했다. 프리다도 그 말을 듣고 안심이 되는지 고개를 끄덕이고는 먹을 것을 가지러 달려갔다. 그러나 K가 조리장으로 통한다고 생각하고 있던 복도 쪽이 아니라 옆에 있는 2, 3단 낮은 복도로 달려갔다. 이윽고 얇게 저민 찬 고기 한 접시와 포도주 한 병을 가지고 왔다. 그러나 아무래도 그것은 누가 먹다가 남긴 것처럼 보였다. 먹다가 남긴 것이라는 사실을 모르게 하기 위해 고기 저민 것을 다시 고르게 펼쳐놓고 있었다. 게다가 소시지 껍질까지 접시 위에 남겨놓고 있었으며 포도주도 4분의 3가량 비어 있었다. 그러나 K는 아무 군소리 없이 그것을 왕성한 식욕으로 먹기 시작했다.

"조리장에 갔다 왔소 ?"

하고 K가 물었다.

"아니에요, 내 방에 갔었어요. 이 아래가 바로 내 방이에요."

하고 프리다가 대답했다.

"거기에 데려다주면 좋았는데——."

하고 K는 말하더니 이윽고 이번에는 단정적으로 말했다.

"당신 방에 내려가서 잠깐 앉아서 먹고 싶소."

"그러면 의자를 가져다 드릴게요."

프리다는 그렇게 말하기가 무섭게 걷기 시작했다.

"아니, 좋아요."

하고 K는 그것을 만류했다. 그리고 무슨 생각을 했는지 이렇게 말했다.

"당신 방에도 가지 않고 의자도 필요없어요."

프리다는 K의 그러한 속셈을 짐작했는지 고개를 푹 수그리고 지그시 입술을 깨물었다.

"그래요, 아래층에는 그가 있어요. 당신의 짐작대로예요. 그는 내 침대에서 자고 있어요. 바깥에서 그만 감기가 들었어요. 오한이 나서 식사도 제대로 못 했어요. 결국은 모두가 당신 때문이에요. 당신이 조수들을 몰아내지 않고 그 아가씨한테 달려가지만 않았던들 지금쯤은 학교에서 아주 편안한 시간을 보내고 있을 거예요. 당신이 우리들의 행복을 깡그리 망쳐놓고 만 거예요. 예레미아스가 당신의 조수로서 일하고 있는 동안에도 감히 나를 유혹할 수 있었다고 생각하세요? 만일 그렇다면 당신은 이 고장의 규칙을 전혀 모르고 있는 거예요. 그는 내 옆에 오고 싶어하고 있었어요. 그 때문에 몹시 괴로워도 하고 내 동태를 유심히 살피기도 했어요. 하지만 그것은 어디까지나 하나의 유희에 지나지 않았어요. 굶주린 개가 아무리 장난은 쳐도 식탁 위에는 기어오르지 못하는 것과 마찬가지예요. 그것은 나 역시 마찬가지였어요. 나는 그에게 끌리고 있었어요. 그는 어렸을 때의 내 소꿉친구였어요.

우리들은 언제나 성 뒷산에 올라가 함께 놀았어요. 그 무렵은 정말로 즐거웠어요. 당신은 내 과거를 한 번도 묻지 않으셨지요? 그러나 그러한 일들도 예레미아스가 근무에 매어 있는 한은 조금도 결정적인 것은 아니었어요. 왜냐하면 나는 이래뵈도 당신의 미래의 아내로서의 의무쯤은 잘 알고 있었으니까요. 그러나 당신은 이윽고 조수들을 몰아내고 그것을 마치 나를 위해서 한 일이기나 한 것처럼 자랑을 하셨어요.

어떤 의미에서는 그것은 사실일는지도 모르지요. 아르투르의 경우는 당신의 계획이 성공하셨어요. 물론 잠시 동안의 성공에 불과하지만 말이에요. 아르투르는 아주 감성적인 사람이어서 예레미아스같이 어떤 어려움에도 잘 참아내는 정열이 없어요. 게다가 당신은 그날 밤 그 아르투르를 마구 구타해서 거의 반죽음으로 만들었어요. 그 일격이 우리들의 행복을 무너뜨리고 말았어요. 아르투르는 성으로 도망가서 이 사건을 고발하려고 하고 있어요. 언젠가는 이곳으로 돌아오겠지만 여하튼 지금은 없어요.

그러나 예레미아스는 이곳에 남았어요. 그는 조수로 있는 동안에는 주인의 눈동자 하나에도 신경을 쓰지만 일단 근무를 그만두면 아무것도 두려워하지 않아요. 그는 달려와서 나를 빼앗았어요. 나로서는 당신에게 버림받고 소꿉친구인 그에게는 목덜미를 눌려 헤어날 길이 없었어요. 제가 교실 문을 열어준 것은 아니에요. 그가 창문을 부수고 들어와서 저를 끌어낸 거예요. 그리고 두 사람은 이리로 온 것이에요.

이곳 주인은 그를 아주 높이 평가하고 있고 손님들로서도 이렇게 유능한 사환이 있어주는 것처럼 고마울 데가 없지요. 그래서 이곳에 고용되기로 한 것이에요. 그는 내 방에서 동거하고 있지는 않아요. 우리들 두 사람은 공동으로 한방을 쓰고 있을 뿐이지요."

"그럼에도 불구하고 나는 조수들을 몰아낸 것을 조금도 유감이라고 생각하고 있지는 않소. 당신이 지금 이야기한 대로라면, 즉 당신의 정절이 조수들이 아직도 근무하는 몸이었다는 것을 조건으로 하고 있다면 모든 것이 끝장이 나버린 것을 차라리 잘된 일이었다고 할 수밖에 없소. 회초리가 없이는 다스릴 수가 없는 두 마리의 짐승 사이에서 우리들의 결혼 생활이 행복하다면 또 얼마나 행복할 수 있겠소? 그렇게 생각하면 나는 그 일가에게 또 한 번 감사하고 싶소. 설사 그럴 생각은 아니었다고 하더라도 우리들 사이를 벌어지게 하는 데 한몫을 단단히 해준 셈이니까 말이오."
하고 K는 말했다.

두 사람은 다시 말없이 어깨를 나란히 하고 걷기 시작했으나 이번에는 누가 먼저 걷기 시작했는지를 알 수가 없었다. K에게 바싹 다가붙은 프리다는 그가 이제는 팔을 껴안아주지 않는 것을 몹시 야속하게 생각하고 있는 것 같았다.

K는 다시 말을 계속했다.

"이래저래 모든 일이 끝난 것 같소. 우리들은 아무 미련 없이 작별할 수 있을 것 같소. 이제 당신은 남편 예레미아스에게 돌아가야 되겠지. 아마 학교 운동장에 있을 때 감기가 걸린 모양이오. 당신은 아픈 사람을 너무 오래 내버려두었어요. 나는 혼자서 학교로 돌아가겠소. 또는 당신은 없으면 할 일도 없을 테니까 어딘가 나를 반갑게 맞아줄 집으로 찾아가야지.

그런데도 내가 아직도 가지 못하고 주저하고 있는 것은 다름이 아니라 당신이 들려준 이야기에 대해서 약간 의심을 품을 만한 이유가 있기 때문이오. 바로 예레미아스의 일이오. 나는 당신과는 따라다니고 있었소. 조수로 있는 한은 당신을 진정으로 좋아하지 않았다는 당신의 말이 나에게는 사실로 믿어지지가 않아요. 그러나 지금은 그가 조수직을 그만두었다고 생각하고 있으니까 사정이 완전히 달라졌소. 당신이 꾸중을 할지도 모르지만 나는 이것을 다음과 같이 해석해요. 즉, 당신은 그의 옛주인인 나의 약혼자가 아닌 이상 지금은 예전처럼 그의 유혹의 대상이 될 수는 없다고 말이오.

당신은 그의 소꿉친구일는지는 몰라요. 그러나 내가 보기에는——물론 오늘밤 잠깐 이야기를 나눈 범위에서밖에는 그를 모르지만——그는 그런 감상적인 사항에 그다지 연연할 사나이가 아니오. 나는 당신이 그를 정열적인 성격이라고 생각하는 이유를 모르겠소. 내가 보기에는 그는 유난히 냉철한 사람 같아요. 그는 내 일로 해서 어떤 임무를 갈라터로부터 받아가지고 왔소. 아무래도 나에게는 그다지 좋은 명령인 것 같지는 않지만 그는 이 임무를 기를 쓰고 수행하려고 하고 있소. 근무에 대한 어떤 정열을 기울여서 말이오. 이 고장에서는 이러한 정열은 그리 보기 드문 것은 아니니까. 그리고 그것을 수행하기 위해서는 우리 두 사람의 관계를 파괴해야만 해요. 그는 그것을 아마 여러 가지로 시도한 것 같아요. 가령 한 가지 예를 들면 그 색골 같은 추파로 당신을 유혹하려고 한 것이지. 또 하나 예를 들면——이것은 교반옥 안주인이 뒤를 부추긴 것이지만——내가 불성실하고 배신자라는 당치도 않은 거짓을 날조한 것이오.

그런데 그의 모략은 보기 좋게 성공했소. 그의 몸에 배어 있는 어딘가 클람 씨를 연상시키는 것 같은 인상, 아마 그것이 한 몫 단단히 거들었는지 모르겠소. 그는 확실히 지위를 상실했지만 그러나 그 지위가 더 이상 필요가 없게 되었을 때 상실한 것이오. 그래서 이번에는 자기의 노동 성과를 거두기 위해 교실 창문으로부터 당신을 끌어내었던 것이오.

그러나 그의 일은 이것으로 끝나버렸소. 일에 대한 정열도 사라지고 그만 지치기 시작한 것이오. 지금은 아마 아르투르와 교대했으면 하고 있을 거요. 아르투르란 놈은 성에서 나를 고발하기는커녕 칭찬이나 받고 새로운 임무를 맡아올 것이니까요. 그러나 누군가가 이곳에 남아서 사태가 앞으로 어떻게 진전되는지를 지켜보지 않으면 안 되지요. 당신을 돌봐주는 것까지는 예레미아스에게는 약간 성가시고 골치가 아플 거요. 당신에 대한 사랑 따위는 털끝만치도 없으니까요. 이것은 자기가 나에게 분명히 고백한 거요. 물론 클람 씨의 연인으로서는 당신을 충분히 존경할 수 있다고 했지만 말이오.

그리고 당신의 방에서 함께 살면서 한 번쯤의 '작은 클람'의 기분을 맛보는 것도 확실히 기분은 나쁘지 않을 거요. 그러나 그것뿐이오. 당신 따위는 지금의 그에게는 아무런 의미도 없어요. 당신을 이 진신관에 주선해준 것도 그의

314

중요한 임무의 한 부록 같은 것에 지나지 않아요. 그리고 당신을 불안하지 않게 하기 위해서 그 자신도 여기에 함께 묵고 있지만 이것은 아주 일시적인 현상에 지나지 않아요. 즉, 성에서 새로운 소식이 날아들고 당신의 도움으로 감기를 고칠 때까지의 일이란 말이오."

"아니, 어쩌면 그렇게 지독한 중상을!"

하고 프리다는 말했다. 그리고는 못내 분하다는 듯이 두 주먹을 불끈 쥐어보였다.

"중상이라고?"

하고 K는 말했다. 그리고 그것이 중상일 수 없다는 것을 다음과 같이 누누이 말했다.

"나는 그를 중상할 생각이 없어요. 하지만 어쩌면 그를 오해하고 있는지도 모르지요. 물론 이것은 있을 수가 있어요. 내가 그에게 대해서 한 말은 누구의 눈에도 꼭 그렇게 비치는 것은 아니니까요. 사람에 따라서는 좀더 다르게 해석할 수도 있을 거요. 중상이라는 것은 그에게 대한 당신의 사랑을 때려부수려는 목적이 있을 때만 할 수 있는 거요. 만일 그럴 필요가 있고 또 중상이 무엇보다도 좋은 방법이라고 생각되면 나는 서슴지 않고 그를 중상할 거요. 누구도 그 일로 해서 나에게 잔소리를 하지는 못할 거요. 왜냐하면 그는 명령을 내리는 사람이 위에 있어서 그것만으로도 나보다는 훨씬 유리한 입장에 있으니까 말요. 나밖에는 믿을 사람이 없는 내가 조금쯤 중상을 한다고 해서 무슨 지장이 있겠소? 중상이란 어지간히 천친한, 결국은 아주 무력한 방위 수단에 지나지 않는 것이오. 그러니까 이 따위 주먹일랑 걷어치우란 말이오."

K는 그렇게 말하고 프리다의 손을 자기의 손 안에 쥐었다. 프리다는 그것을 잡아 빼려고 했으나 얼굴은 미소를 띠고 있어서 결사적으로 손을 빼려는 기색은 아니었다.

"하지만 나는 중상을 할 필요가 없소. 왜냐하면 당신은 그를 사랑하고 있지 않고 단지 그렇게 생각하고 있을 뿐이니까. 내가 그 환상에서 당신을 해방시켜준다면 당신은 아마 나에게 감사할 것이 틀림없소. 만일 누군가가 완력으로서가 아니라 될 수 있는 대로 신중히 계획을 세워 당신을 내게서 빼앗아가려고 한다면 틀림없이 저 두 사람의 조수를 사용해서 그렇게 할 거요. 겉으로 보기에는 선량하고 천진난만한데다가 책임도 없고, 하늘에서, 즉 성에서 날아온 것 같은 젊은이들, 또 게다가 어린 시절의 추억까지 곁들여 있으니 그야

말로 준비물로서 완벽한 것이 아니겠소? 거기에 비하면 나라는 인간은 정반
대라고 할 수밖에 없지. 당신으로서는 전혀 이해가 안 되고 게다가 비위에 맞
지도 않는 일을 위해서 언제나 바쁘게 쫓아다니고 있소. 그리고 그 일 때문에
당신이 미워하는 사람들까지도 만나지 않으면 안 되고 또 그 사람들은 내가
완전히 결백한데도 당신에 대한 증오심 때문에 나까지도 미워하게 된단 말이
오.

요컨대 우리들의 관계를 악랄하게, 더욱이 실로 교묘하게 이용하고 있을
뿐이오. 어떤 관계에도 아픈 곳과 결점이 있게 마련이오. 우리들의 관계에 있
어서는 더욱이 그렇소. 우리는 각기 전혀 다른 세계의 인간들끼리 만났소. 그
리고 두 사람이 알게 되고 나서부터 저마다의 인생은 완전히 새로운 길을 더
듬기 시작했소. 그래서 아직까지도 불안함을 느끼고 있어요. 너무나도 새로
운 인생이니까 말이오. 나는 내 개인의 이야기는 하지 않겠소. 내 개인의 일
따위는 그다지 중요하지 않아요. 사실 나는 당신이 처음으로 내게 시선을 돌
렸을 때부터 계속 당신의 신세만을 져왔으니까 말이오. 신세를 진다는 것은
거기에 익숙해지기만 하면 그리 어려운 일은 아니니까요.

그러나 당신은 다른 일은 모두 무시한다고 하더라도 어쨌든 클람 씨와 갈
라서고 말았지요. 그것이 무엇을 의미하는지 나는 알 수가 없었지만 그래도
어슴푸레하나마 짐작은 할 수 있게 되었소. 클람 씨와 갈라서게 된 당신은 노
상 비틀거리며 처음에는 어떻게 해야 좋을지 갈피를 잡을 수가 없었지요. 나
는 언제나 당신을 도와줄 생각을 하고 있었지만 언제나 그 자리에 대기하고
있을 수는 없었고 혹은 또 내가 그 자리에 마침 있을 때도 때로는 당신의 몽
상(夢想)이, 혹은 또 예를 들면 교반옥 안주인 같은 사람이 당신을 단단히 붙
잡고 놓아주지 않는 일도 있었소. 즉, 당신이 나에게서 시선을 돌리고 하염없
이 무언가를 동경하고 있는 듯한 태도를 취하는 때가 있었소.

그러한 때 당신의 시선이 돌려지고 있는 곳에 적당한 인물을 놓아주기만
하면 되는 것이었소. 불쌍하게도 당신은 그것 때문에 파멸하고 말았소. 다만
순간적인 것에 지나지 않는 것, 망령, 옛 추억, 결국 과거가 되어버리고 점점
더 과거의 것이 되어가고 있는 옛날의 생활, 그러한 것을 마치 지금의 당신
현실인 것처럼 생각하고 그러한 착각에 그만 당신은 빠져들고 만 것이오. 프
리다, 그것은 잘못 생각이오. 그것이 우리들의 최종적인 합일을 방해하고 있
던 마지막 어려움, 좀더 정확하게 말하면 경멸해야 마땅한 어려움에 지나지

않았던 거요.

자아! 이제라도 마음을 가라앉히고 자기 자신으로 돌아가요! 정신을 차려요! 당신은 그 조수들이 클람 씨에게서 파견되어 나온 것이라고 생각하고 있었소(그러나 실제는 그렇지가 않소. 갈라터가 그들을 보낸 것이오). 또 조수들도 당신의 환상을 교묘히 이용해서 당신이 저놈들의 더러움과 음란을 클람 씨의 잔영이라고 생각하게 만들었소. 이것은 마치 더러운 구덩이 속에서 옛날의 잃어버린 보석을 발견할 것같이 당신에게는 생각되었소. 정말로 거기에 있었더라도 실제는 발견되지 않는 법인데 말이오.

그나저나 그들은 단지 마부 정도의 젊은이에 지나지 않아요. 다만 마부 만큼 건강하지는 못하고 약간만 찬바람을 쐬도 금세 병에 걸려서 침대에 드러 눕고 말지만 말요. 물론 마부다운 교활성은 가지고 있어서 드러누울 침대를 찾아낼 만한 요령은 터득하고 있지요."

K의 한없이 긴 이야기가 끝이 났다. 프리다는 머리를 어느 새 K의 어깨에 기대고 있었다. 두 사람은 팔을 낀 채 말없이 같은 길을 몇 번씩이나 왔다 갔다 하고 있었다.

"만일 그날 밤——."

하고 프리다는 천천히 조용하게, 그리고 정말로 즐거운 듯이 말했다. 그것은 K의 어깨에 기대서 편안하게 보낼 수 있는 시간이 이제 조금밖에 남지 않았다는 것을 알고 모처럼 남은 시간을 마지막 순간까지 마음껏 즐기려는 것 같았다.

"그날 밤 곧 이 고장을 떠났더라면 좋았을 것을. 그렇게 했더라면 지금쯤은 어딘가에 안정된 살림을 꾸미고 있을 텐데. 언제나 옆에 있을 수가 있고 당신의 손은 바로 가까이에 있어서 언제라도 붙잡을 수가 있었을 거예요. 아아, 당신이 바로 가까이에 있어주는 것을 나는 얼마나 바랐는지 몰라요. 당신을 알고 나서부터는 당신이 곁에 있어주지 않으면 나는 얼마나 쓸쓸했는지 몰라요. 당신의 바로 옆에 있다는 것, 그것이 오직 하나밖에 없는 나의 꿈이었어요. 정말이에요. 그것 말고는 다른 꿈이 없었어요."

그때 옆으로 통하는 복도 쪽에서 울부짖는 소리가 들렸다. 예레미아스였다. 그는 옆 복도를 내려 서서 층계의 맨 아래에 서 있었다. 셔츠만을 걸치고 있었으나 그 위에 프리다의 숄을 어깨에 두르고 있었다. 머리는 엉망으로 헝클어지고 듬성듬성 난 수염은 젖어 있었다. 애원과 비난이 뒤섞인 눈을 가까스로 크게 뜨고 있었고 거무스름한 뺨은 붉어져 있었으나 그 살은 퉁퉁 부어 있는 것 같았다. 추운 나머지 드러낸 다리를 덜덜 떨고 있었는데 그에 따라 어깨에 걸친 숄의 술까지 함께 흔들리고 있었다.

그런 모양으로 서 있는 꼴은 마치 병원을 몰래 빠져나온 환자와 같았다. 이런 환자에 대해서는 다시 침대로 돌려보내는 것밖에는 생각할 수가 없다. 프리다도 그렇게 생각한 모양으로 K를 떠나 예레미아스 곁으로 내려갔다.

그녀는 조심스럽게 숄을 몸에다 단단히 감싸주고 서둘러 그를 방 안으로 다시 밀어넣으려고 했다. 그는 이렇게 해준 것만으로도 다시 기운을 차린 것 같았다. 그리고 그때에야 겨우 K라는 것을 알아차린 것 같았다.

"아니, 측량 기사님 아닙니까?"

하고 그는 말했다. 그리고 더 이상 말을 시키지 않으려는 프리다의 뺨을 어루만지듯이 쓰다듬어주면서 말을 계속했다.

"이거 방해를 해서 죄송합니다. 기분이 몹시 언짢아서요. 아무래도 열이 있는 것 같아요. 따끈하게 끓인 약을 마시고 땀을 좀 내야겠어요. 아무튼 학교의 저 지긋지긋한 울타리는 잊을래야 잊을 수가 없습니다. 게다가 감기에 걸렸으면서도 밤새껏 뛰어다녔으니까요. 곧 깨닫지는 못하지만 사람은 참 하찮은 일 때문에 건강을 해치고 말아요. 그러나 측량 기사님, 아무쪼록 저 같은 사람이라고 해서 파하지 마시고 우리들 방에도 한 번 놀러오십시오. 오셔서 문병이라도 해주십시오. 겸사겸사해서 무슨 말씀이 있으시면 프리다에게 해주십시오. 사실 정들었던 두 사람이 드디어 헤어져야 하는 최후의 마당에서는 여러 가지 할 이야기가 많을 것입니다. 제삼자는——하물며 침대에 누워서 따끈한 약을 기다리고 있는 사람에게는——이야기의 내용을 이해할 수가 없으니까요. 자아, 아무쪼록 한 번 들려주십시오. 저는 얌전하게 하고 있을 테니까요."

"그만하세요. 이제 됐어요."

하고 프리다는 예레미아스의 팔을 잡아끌었다. 그리고 이번에는 K를 향해서 말했다.

"이 사람은 열이 너무 심해서 자기가 무슨 소리를 하고 있는지조차 몰라요. 하지만 K씨, 당신은 따라오지 마세요. 부탁이에요. 그 방은 나와 예레미아스의 방이에요. 아니, 그보다는 오히려 나만의 방이에요. 당신이 오시는 것을 내가 사절하겠어요. 어머, K씨, 따라오시는군요. 어떤 이유로 따라오시는 거죠? 나는 이제 결코 당신한테는 돌아가지 않아요. 그런 것은 생각만 해도 치가 떨려요. 자아, 그러니 당신이 좋아하는 아가씨한테나 가보세요. 그 불량 소녀들은 난로 옆 소파에 속옷바람으로 당신과 함께 나란히 앉아 있곤 한다는 이야기를 들었어요. 게다가 누가 당신을 찾으러 가면 고양이 같은 신음 소리를 냅다 지른다더군요. 그 아가씨들에게 홀딱 반했으니까 그곳이라면 편안한 마음으로 있을 수 있겠지요. 나는 당신이 그곳에 가지 않도록 당신을 붙들었어요. 물론 별로 성공은 못 했지만 몇 번이나 붙들었어요.

그러나 그것도 이제는 지나간 이야기에요. 당신은 이제 자유로운 몸이에요. 멋진 생활이 아마 당신을 기다리고 있을 거예요. 한쪽 아가씨의 일로 해서는 아마 종복들과 옥신각신해야 할는지도 모르겠지만 다른 한쪽이라면 그 애를 당신이 차지하는데 싫다고 할 사람은 아마 이 세상에 아무도 없을 거예요. 당신들의 사이는 처음부터 축복을 받고 있지요. 거기에 대해서 구차스럽게 변명하지 마세요. 확실히 당신은 어떤 일이라도 훌륭하게 논파(論破) 할 수가 있어요. 하지만 결국은 무엇 한 가지도 제대로 논파하지는 못했어요. 이 봐요, 예레미아스, 이 사람은 무엇이든지 모조리 논파했어요!"
하고 프리다는 말했다. 그리고 프리다와 예레미아스는 서로 양해했다는 표시로 고개를 끄덕거렸다.

"하지만 설사 이 사람이 무엇이든 다 논파했다고 하더라도 그것으로 대체 무엇이 달성되었을까요? 그것이 나하고 무슨 관계가 있단 말인가요? 그 불량 소녀들하고 무슨 일이 있든 그것은 그 애들과 이 사람의 문제이지 내가 아랑곳할 필요는 없어요. 내가 할 일은 예레미아스, 당신의 건강을 보살피는 것뿐이에요. 당신이 본래와 같이, K가 나의 일로 해서 당신을 괴롭히기 전처럼 다시 건강해지도록 보살피는 일뿐이란 말이에요."
하고 프리다가 말했다.

"그럼 정말로 와주시겠습니까, 측량 기사님?"
하고 예레미아스는 끈질기게 물었으나 K쪽은 돌아다보려고도 하지 않는 프리다에 의해 저쪽으로 끌려가버리고 말았다.

아래쪽에는 조그마한 문이 보였다. 이쪽 복도에 있는 문보다도 조금 더 낮았다. 예레미아스뿐 아니라 프리다까지도 허리를 구부리지 않고는 들어갈 수가 없었다. 방안은 밝고 따뜻해 보였다. 두 사람이 들어간 후에도 한참 동안 소곤대는 소리가 들렸다. 아마도 예레미아스를 타일러 침대에 눕히고 있는 모양이었다. 이윽고 문이 닫혔다.

K는 그때 비로소 복도가 아주 조용해진 것을 깨달았다. K가 바로 아까까지 프리다와 함께 있던 복도의 이 부분(이 근처는 가게를 경영하고 있는 일가가 살림방으로 쓰고 있는 것 같았다)뿐 아니라 아까까지는 방에서 여러 가지 소리가 나고 있던 복도 전체가 조용해지고 있었다. 그럼 관리들도 드디어 잠이 든 모양이군. 나도 몹시 피곤한 걸. 예레미아스를 당연히 한 방 먹여야 했던 것을 잊어버린 것도 아마 피로 때문일 것이다. 어쩌면 예레미아스를 따르는 쪽이 훨씬 더 현명했을지도 모른다.

그놈은 감기를 몹시 과장하고 있다. 그놈의 초라한 모습은 감기 때문이 아니라 선천적인 것이어서 따끈한 약을 달여 먹는다고 해서 결코 나을 성질의 것이 아니다. 그러나 어떻든 예레미아스처럼 행동하는 것이 현명했을지도 모른다. 나도 정말로 몹시 지친 듯이 꾸미고 이 복도에라도 쓰러져서(그것만으로 기분이 몹시 좋을 것은 틀림없다) 짐짓 잠든 체할 걸 그랬나? 그렇게 하면 조금쯤 간병을 해주었을지도 모르는 것을. 다만 예레미아스처럼 잘 되지는 않았을 것이다. 이렇게 동정을 끌어모으는 경쟁에 있어서는 확실히——그리고 그것이 당연한 결과일 테지만——그놈이 나보다는 한 수 위일 것이다.

K는 몹시 지쳐 있었기 때문에 어디 빈 방이 있으면 거기에 찾아들어가서 깨끗한 침대에서 마음놓고 한잠 푹 잤으면 하고 생각했다. 그의 생각으로는 만일 그렇게 할 수만 있다면 여러 가지로 쌓인 울분을 깨끗이 털어내는 일이 될 수도 있을 것이었다. 수면제도 벌써 준비해놓고 있었다. 프리다가 마룻바닥에 놓고 간 쟁반 위에도 럼주가 있었다. K는 수고를 아끼지 않고 뒷걸음질 쳐서는 그 럼주를 다 마셔버렸다.

그러자 적어도 에를랑어 앞에는 나설 수 있을 만큼의 기운이 솟구쳐오르는 것 같은 느낌을 받았다. 그는 에를랑어의 방을 찾았으나 종복도 게르스텍커의 모습도 보이지 않았고 더군다나 어느 방문이나 똑같았기 때문에 찾을 수가 없었다. 그러나 복도의 어느 근처에 있었는지쯤은 기억에 남아 있으리라고 믿고 여기가 아마 에를랑어의 방이라고 생각되는 문은 덮어놓고 열어보리라고 결심했다. 열어만 보는 것은 그다지 위험할 것 같지 않았기 때문이다.

그것이 만일 에를랑어의 방이라면 아마도 자기를 만나줄 것이고 다른 관리의 방이라면 실례했다고 말하고 다시 나올 수도 있을 것이다. 만일 상대가 자고 있으면(이것이 가장 있음직한 일이지만) 문을 열어본 것조차도 깨닫지 못할 것이다. 난처한 것은 방 안이 텅 비어 있을 때뿐이다. 왜냐하면 그곳 침대에 숨어들어 잠을 자고 싶은 유혹을 도저히 뿌리칠 수 없으리라는 생각이 들었기 때문이다. K는 누군가가 나타나서 에를랑어의 방을 가르쳐주어 이런 모험을 하지 않아도 되도록 도와주지 않을까 하고 다시 한 번 복도를 둘러보았다.

그러나 긴 복도는 조용하기만 하고 인기척 하나 없었다. 제일 가까운 문에 귀를 대고 방 안의 동정을 살펴보았다. 아무래도 손님이 없는 빈 방인 것 같았다. 만일 응답이 없었기 때문에 조심스럽게 문을 열었다. 그러나 이번에는 가벼운 고함 소리가 일어났다.

그것이 작은 방이었고 폭 넓은 침대가 방의 절반 이상이나 되는 면적을 차지하고 있었다. 침대 곁의 탁자 위에는 전기 스탠드가 켜져 있었다. 침대 속에서——그렇다고는 하더라도 이불 밑에 숨어서이지만——누군가가 불안스럽게 몸을 움직여 이불과 요 사이로 속삭이듯이 말했다.

"누구지?"

사태가 이쯤 되고 보니 그대로 나올 수도 없었다. K는 그 불룩하게 부풀어오른 침대를 못마땅한 듯이 바라보고 있었으나 이윽고 상대방의 질문이 생각나서 자기 이름을 댔다. 그것이 꽤 효과가 있었던 모양으로 침대 속의 사나이는 얼굴에까지 덮어 썼던 이불을 조금 끌어내렸다. 그러나 아직도 걱정스러운 듯이 이 갑작스럽게 찾아온 사나이가 이상한 짓이라도 하면 곧 다시 이불을 뒤집어쓸 방비 태세를 갖추고 있었다.

그러나 잠시 후에는 용감하게 이불을 박차고 몸을 일으켜 세웠다. 확실히 그것은 에를랑어는 아닌 것 같았다. 몸집이 작고 건강해보이는 인물이었지만 그 얼굴에는 어딘가 일치하지 않는 점이 있어 보였다. 뺨은 어린애처럼 통통해보였고 눈은 어린애처럼 즐거운 빛을 띠고 있었는데 높은 이미와 뾰족한 코, 입술이 거의 다물어지지 않는 작은 입, 게다가 있는 듯 없는 듯한 턱, 이것들은 어린애 같기는커녕 뛰어난 사고력을 나타내고 있었다. 이 사나이가 건강한 어린애의 흔적을 적잖이 남기고 있는 것은 이 뛰어난 사고력에 대한 만족감, 즉 자기 자신에 대한 만족감 때문인 것 같았다.

"프리드리히를 알고 계세요?"

하고 그는 물었다. K는 모른다고 대답했다. 그러자 상대방은,

"프리드리히는 당신을 잘 알고 있어요."
하고 미소를 지으면서 말했다.

K는 고개를 끄덕거렸다. 아무래도 나를 알고 있는 사람이 세상에는 너무나 많은 것 같다. 이것은 내 인생 항로를 살아가는 데 있어서 중요한 장애의 하나라고 말할 수 있을 정도이다.

"나는 프리드리히의 비서예요. 이름은 뷔르겔이라고 하지요."
하고 그 방의 주인공은 말했다.

"용서하세요."
하고 K는 말하고 문의 손잡이를 잡으려고 손을 뻗쳤다. 그러면서 변명삼아 이렇게 말했다.

"다른 방 문과 그만 착각을 일으켰습니다. 제가 찾고 있는 것은 에를랑어 비서의 방입니다."

그러자 뷔르겔은 안 됐다는 듯이 말했다.

"그것 참 유감이군요. 당신이 다른 사람에게 호출당했다는 것이 아니라 방을 착각했다는 것이 말입니다. 왜냐하면 나는 일단 깨어나면 두 번 다시는 잠을 청할 수가 없으니 말입니다. 하지만 당신이 거기에 신경쓸 것은 없어요. 이것은 내 개인적인 괴로움에 지나지 않으니까요. 왜 이 집의 문에는 자물쇠가 없는지 모르겠지요? 물론 거기에는 나름대로의 이유가 있답니다. 비서의 문은 언제나 열려 있지 않으면 안 된다는 옛날의 격언에서 유래하는 것이지요. 물론 그렇다고 해서 굳이 말 그대로 받아들일 것은 없겠지만 말입니다."

뷔르겔은 그렇게 말하고 동의를 구하듯이 즐거운 얼굴로 K를 쳐다보았다. 그 불평과는 반대로 이 사나이는 마음껏 휴식을 취한 모양이었다. 지금의 나처럼 극도로 지친 일은 아마 한 번도 없을 것이다.

"대체 이 시간에 어디를 가시려는 겁니까? 벌써 네시예요. 가는 곳마다 사람들의 단잠을 깨워버리게 될 겁니다. 누구나 다 나처럼 방해를 받는데 익숙해졌다고는 말할 수 없고 또 얌전하게 참아준다고도 말할 수 없어요. 비서라는 사람들은 도통 신경이 과민한 사람들이니까요. 그러니까 여기서 좀 기다려보세요. 이 집에서는 대략 다섯시쯤부터 일어나기 시작해요. 그 무렵이면 호출에 응하기도 가장 편리해요. 그러니까 그렇게 손잡이만 잡고 서 있을 것이 아니라 이리로 와서 앉으세요. 장소가 협소해서 그렇지만 이 침대 모서리에 앉아 있으면 아마 몸이 편해질 거예요.

이 방에 의자도 책상도 없는 것을 아마 이상하게 생각하겠지요. 가구 한 벌과 좁은 호텔용 침대가 있는 방을 선택하느냐, 큰 침대와 세면대 하나만 있는 방을 사용하느냐, 그 중 어느 하나를 선택하라는 것이었어요. 나는 큰 침대가 놓여 있는 방을 선택했지요. 뭐니 뭐니 해도 침실에서 제일 중요한 것은 침대이니까요! 사지를 쭉 뻗고 잠을 편안히 잘 수 있는 사람에겐 그야말로 이 침대가 가장 중요하지요. 이 침대는 잠을 잘 자는 사람에게는 그야말로 보배와 같은 것입니다. 그러나 나처럼 노상 피곤하고 잠을 잘 잘 수 없는 사람에게도 침대는 고맙기만 하지요. 나는 하루의 대부분을 침대 속에서 보내고 있어요. 교환 문서의 처리도 이곳에서 하고 진정인과의 면회도 이곳에서 합니다.

어지간히 일이 잘 진행되지요. 물론 진정인이 앉을 장소는 없지만 그 정도의 불편은 모두 잘 참아줍니다. 진정인의 입장으로 보더라도 차라리 자기들이 서 있고 조서를 받는 사람이 기분 좋게 앉아 있는 쪽이 좋은 장소에 앉아서 상대방으로부터 야단을 맞는 것보다는 기분이 좋을 테니까요. 그리고 나는 침대 옆의 이 자리밖에는 앉으라고 권할 만한 자리가 없는데 이곳은 직무를 위한 자리가 아니니까 결코 아무런 걱정일랑 마십시오. 밤에 환담하는 장소로만 이용하고 있으니까요. 그나저나 측량 기사님, 당신은 참 말이 없으시군요.”

“네, 무척 피곤해서요.”

하고 K는 대답했다. 그는 상대방이 권하는 대로 아무 데고 무턱대고 앉아서 침대기둥에 등을 기대고 있었던 것이다.

뷔르겔은 웃으면서 말했다.

“물론 그러시겠지요. 여기서는 모두가 피곤해요. 예를 들면 내가 어제부터 오늘에 걸쳐서 한 일을 생각하면 그 분량이 실로 엄청난 것이었어요. 내가 지금 잠든다는 것은 아주 불가능한 일이지만 만일 이 불가능한 일이 일어나서 당신이 이곳에 계시는 동안에 내가 잠들어버린다 해도 아무쪼록 조용히 해주시고 문도 열지 말아주세요. 그러나 걱정일랑 마세요. 틀림없이 자지는 않을 테니까요. 또 설사 잠이 든다 하더라도 고작 몇 분 동안에 지나지 않을 테니까요. 나는 진정인들의 이야기를 들어주는 데에 너무 익숙해진 탓인지 상대방이 이야기하고 있을 때가 가장 잠들기 쉬워요.”

이 말을 듣자 K는 기뻤다.

“아무쪼록 잠드세요, 비서관님. 그러면 나도 조금 잠을 잘 테니까요.”

“원 당치도 않습니다.”

하고 뷔르겔은 또 웃었다. 그러고는,

“유감이지만 그렇게 말씀하신다고 해서 잠을 잘 수 있는 것이 아닙니다. 이 야기를 하고 있는 동안에 그럴 기회가 자주 찾아온다는 것뿐입니다. 이야기를 하고 있을 때가 가장 빨리 잠을 청할 수가 있어서지요. 정말 우리들의 일은 신경이 극도로 날카로워져요. 예를 들면 나는 연락 담당 비서예요. 연락 담당 비서가 무엇을 하는 것인지 아세요? 즉, 나는 가장 중요한 연락을 취하는 매우 소중한 구실을 맡고 있어요.”

하고 뷔르겔은 여기에서 뜻하지 않게 자못 기쁜 표정을 지으며 두 손을 마주 비볐다.

“프리드리히와 마을 사이, 또는 프리드리히의 성에 있는 비서와 마을에 있는 비서들 사이의 연락을 취하는 것이지요. 대개는 마을에 있지만 언제나 그런 것은 아니에요. 언제라도 성에 갈 수 있는 준비를 갖추고 있지 않으면 안 되니까요. 저것이 바로 여행용 가방입니다. 언제나 불안정한 생활이어서 누구에게나 다 적당한 직업이라고는 할 수가 없어요. 물론 내가 이 직업 없이는 살아갈 수 없으리라는 것도 사실입니다. 다른 일은 어느 것이나 다 재미가 없으리라는 생각이 듭니다. 그런데 당신의 측량 업무는 어떠한가요?”

“나는 그런 일은 하고 있지 않습니다. 측량 기사로서의 일은 아직 맡은 바가 없습니다.”

하고 K는 말했다.

그는 이 문제를 거의 생각하고 있지 않았다. 사실은 뷔르겔이 빨리 잠들어 주었으면 하는 것만을 생각하고 있었던 것이다. 그러나 그것도 자기 자신에 대한 일종의 의무감 때문에 그렇게 바라고 있을 뿐이고 마음속에서는 이 사나이가 잠이 드는 것은 정말로 까마득하다는 생각이 들 뿐이었다.

“아니, 놀라운 일인데요.”

하고 뷔르겔은 연신 고개를 흔들면서 이불 밑에서 메모 카드를 한 장 끄집어 내더니 무엇인가를 적고 있었다. 그러고는 또 혼자서 중얼거리듯이 다음과 같이 말하는 것이었다.

“당신은 측량 기사이면서 측량의 일거리를 가지고 있지 않단 말이군요.”

K는 기계적으로 고개를 끄덕거렸다. 그는 침대 기둥 위에 왼팔을 뻗고 그 팔 위에 머리를 얹어놓고 있었다. 어떻게 하면 편안한 자세를 취할 수 있을까

하고 여러 가지로 궁리해보았으나 이 자세가 아마 가장 편안한 것 같았다. 이렇게 하고 있으니까 뷔르겔의 말에도 약간은 주의를 기울일 수가 있었다.

뷔르겔은 다시 계속했다.

"나는 이 문제를 다시 추적해볼 필요가 있습니다. 이곳에서의 방법은 전문적인 힘을 사용하지 않고 그대로 방치한다는 것은 있을 수가 없어요. 게다가 이런 일은 당신 자신에 대해서도 일종의 모욕이니까요. 당신은 그런 모욕을 당해도 아무렇지도 않습니까?"

"그야 물론 그것 때문에 고민을 하고 있지요."

하고 K는 말하고 혼자서 빙그레 웃었다. 사실은 지금까지 그것을 조금도 고민하고 있지 않았기 때문이다. 게다가 뷔르겔의 제안도 거의 마음에 감동을 주지 않았던 것이다. 그런 것은 아마 심심풀이로 하고 있는 것에 지나지 않을 것이다. 내가 초빙받게 된 경위, 이 초빙이 마을이나 성에서 부딪친 갖가지 장해, K가 마을에 체재하고 있는 동안에 이미 일어났고 또 앞으로도 일어날 것 같은 시끄러운 일들, 이 사나이는 그런 것에 대해 아무것도 모르고 있는 것이다. 뿐만 아니라 적어도 비서라는 사람은 어렴풋이나마 알고 있어도 좋으리라고 생각하지만 그런 기색은 조금도 없는 것 같다. 그런 주제에 그 조그만 메모 용지를 사용해서 이 문제를 성에서 즉각 해결해주겠다고 제안하고 있는 것이다.

"당신은 벌써 여러 번 실망을 하신 일이 있는 모양이군요."

하고 뷔르겔은 말하고 어지간히 사람을 보는 눈이 있음을 증명해보였다. 사실 K는 이 방에 발을 들여놓았을 때부터 뷔르겔을 결코 가볍게 보아서는 안 되겠다고 몇 번이나 자기 자신에게 타일렀지만 지금과 같은 상태로는 자기 자신의 피로 이외에는 올바르게 판단하기도 어려웠다.

"아니, 아니."

하고 뷔르겔은 K가 생각하고 있는 것에 대해서 대담하고 친절하게도 K가 말하지 않아도 되게끔 해주려는 듯이 입을 열었다.

"당신은 실망해서 겁을 먹거나 풀이 죽어서는 안 돼요. 아무래도 이곳은 사람을 겁먹게 하는 일이 많은 것 같아요. 처음으로 이곳에 온 사람들에게는 그러한 장애가 그야말로 뚫고 나갈 수 없는 것처럼 느껴지지요. 나는 그러한 실정을 조사해볼 생각은 없지만 그렇게 보인다는 것은 아마 실정과 합치하고 있다는 이야기겠지요. 다만 나 같은 입장에 있으면 너무나도 거리가 가까워서 그것을 잘 알 수가 없어요. 그러나 주의하셔야 할 것은 전체의 사정이 아무리 그렇다고 하더라도 때로는 거의 거기에서 벗어난 듯한 기회도 생길 수가 있다는 것입니다. 말 한 마디, 눈짓 하나, 신뢰의 표시 하나만으로도 평생 동안 피나는 노력을 한 것보다도 더 큰 목적을 달성할 수 있는 기회가 있게 마련입니다. 확실히 그렇습니다. 물론 그러한 기회가 있다고 하더라도 그것을 한 번도 이용하지 않으면 전체의 사정과 일치하는 것이 되고 맙니다. 그러나 왜 그것을 이용하지 않을까 하고 나는 그것이 항상 의문스럽게 생각됩니다만."

K는 그 의문에 대답할 수가 없었다. 뷔르겔이 말하고 있는 것은 자기와 몹시 관계가 있는 듯하다는 것만은 깨달았으나 지금의 K는 자기와 관계된 일 따위는 모두 강아지에게라도 주고 싶은 심정이었다. 그는 고개를 약간 옆으로 돌렸다. 그렇게 함으로써 뷔르겔의 질문에 길을 열어주고 그것을 그냥 지나쳐버릴 수 있게 하려는 듯이.

"마을에서의 신문을 대개 밤중에 행하지 않으면 안 된다는 것은."
하고 뷔르겔은 말을 계속했다.

"비서들의 끊임없는 불평의 원인이지요. 그러나 그것이 어째서 불평일까요? 너무도 일이 고되기 때문일까요? 아니면 밤시간을 오히려 자는 데에 사용하고 싶기 때문일까요? 아닙니다. 비서들은 분명히 그런 불만은 말하고 있지 않습니다. 어디를 가나 마찬가지로 비서들 중에는 열심히 일하는 사람도 있고 또 그렇지 않은 사람도 있습니다. 그러나 일이 너무 고되다고 불평하는 비서는 한 사람도 없습니다. 분명히 말해서 한 사람도 없습니다. 그것은 우리들이 할 일이 아니니까요. 이 점에서는 우리들은 보통 시간과 집무 시간을 구별하지 않아요. 그런 구별은 우리들과는 전혀 무관한 것입니다.

그럼 비서들 밤의 신문이 어째서 싫은 것일까요. 혹시 진정인들에 대한 동정심 때문일까요? 천만에, 결코 그런 것이 아닙니다. 비서들은 신문의 상대를 동정하지는 않습니다. 물론 자기 자신에 대해서보다도 더 무자비하다는 것은 아니고 단지 자기에 대해서와 똑같은 정도로 무자비하다는 것뿐입니다. 이 무자비함이야말로 실은 직무를 강철과 같이 엄격하게 수행하는 것이고 무릇 진정인이 바랄 수 있는 최대의 동정이라고 할 수 있지요. 이것은 결국 모두가 다 인정해주고 있습니다(물론 피상적인 관찰밖에 하지 못하는 사람은 깨닫지 못하지만 말입니다). 예를 들면 밤의 신문이 그러한데 진정인들은 이것을 모두 환영하고 있습니다. 밤의 신문에 대한 원칙적인 불평 같은 것을 나는 아직 들어본 일이 없습니다. 그런데 비서들은 어째서 그것을 싫어하는 것일까요 ?"

K는 여기에 대해서도 대답할 수 없었다. 거의 오리무중의 느낌이었다. 뷔르겔이 대답을 요구하고 있는 것이 진정인지 아니면 허울뿐인지조차도 분간할 수 없었다. '당신이 만일 나를 그 침대에 재워준다면 내일 낮에, 아니 저녁때가 더 좋겠지, 어떤 질문이고 다 대답해주리다'라고 그는 생각하고 있었다. 그러나 뷔르겔은 K따위는 전혀 안중에 없는 것 같았다. 자기 자신이 제기한 질문에 그만 완전히 열중해 있었던 것이다.

"내가 알고 있는 한, 또 내가 경험한 바에 의하면 비서들은 밤의 신문에 관해서 대략 다음과 같이 생각하고 있어요. 즉, 야간이 진정인과의 협의에 부적당한 것은 협의의 공무로서의 성격을 유지하기가 곤란하고 혹은 전혀 불가능하기 때문이라는 것이지요. 이것은 형식상의 문제가 아닙니다. 형식이 문제라면 야간이라도 주간과 똑같이 얼마든지 엄격하게 문제를 다룰 수가 있습니다. 그러니까 문제는 그것이 아닙니다.

야간이라면 공무로서의 판단이 흐려지는 것입니다. 뜻하지 않게도 야간이라면 주간보다도 자칫하면 개인적인 관점에서 판단하기가 쉬워지는 것입니다. 진정인들의 주장이 필요 이상으로 중요성을 띠게 되지요. 그렇게 되면 진정인들의 그 이외의 다른 상황이나 고민, 그리고 걱정거리에 대한 배려가 판단 속에는 전혀 먹혀들 수가 없어요. 진정인과 관리들 사이에 필요한 울타리가 외면적으로 버젓이 존재하지만 그만 그것이 느슨해지고 말아요. 보통 때 같으면 질문과 대답이 제대로 번듯하게 행해지지 않으면 안 될 경우에도 때로 이상한 일에 서로의 입장이 뒤바뀌는 해괴한 일이 일어나고 말지요. 적어도 비서들, 즉 이러한 사항에 대해 이상하게 날카로운 감각을 가진 사람들은 그렇게 말하고 있습니다.

그러나 우리 동료 중에서 흔히들 이야기한 일이지만 그러한 비서들조차도 야간 신문을 하고 있는 동안에는 개인적인 관점이 판단에 좋지 않은 영향을 미치고 있다는 것을 거의 깨닫고 있지 못하다는 것입니다. 뿐만 아니라 처음부터 그러한 영향을 맞아들이려고 힘을 쏟는 결과 나중에는 아주 훌륭한 일을 할 수 있었다고 생각하게 되는 거예요. 그러나 나중에 그 조서를 다시 읽어보게 되면 명백히 드러나는 그러한 약점을 발견하게 되어 그만 깜짝 놀라게 되는 것입니다. 이것은 잘못입니다. 더욱이 반쯤 정당하면서 득을 보는 것은 언제나 진정인들 쪽이어서 적어도 우리들의 법규로는 보통 간단한 수속으로는 이미 돌이킬 수가 없는 것입니다. 물론 감독 관청에 의해서 개선될 것은 틀림없지만 그렇게 되더라도 불공평을 없게 하는 데에 도움이 될 뿐이고 이미 득을 본 진정인에 대해서는 어떻게도 할 수가 없는 것입니다. 이런 사정이니까 비서들의 불평도 지극히 당연하다고 할 수 있지 않을는지요?"

K는 아까부터 조금씩 꾸벅꾸벅 졸고 있었으나 지금 다시 눈을 뜨고 말았다. '이것은 대체 어떻게 된 것일까? 왜 이런 이야기를 하는 것일까?'하고 자문하면서 축 늘어진 눈꺼풀 밑으로 뷔르겔을 쳐다보았으나 그와 어려운 문제를 논하고 있는 관리로서가 아니라 자기의 잠을 방해하고 있는 것, 그 밖의 다른 뜻은 찾아볼 수 없는 존재로밖에는 비치지 않았다. 그러나 뷔르겔은 자기의 생각을 더듬어보는 데에 열중해 있었고 이것으로 K를 조금은 어리둥절하게 만들 수가 있었다는 듯이 히죽이 웃었다. 그러나 그는 곧 다시 K를 본래의 길로 인도하는 마음의 준비가 되어 있었다.

"그런데 비서들의 이러한 변명을 그대로 정당하다고는 할 수가 없지요. 확실히 밤의 신문은 법규의 어디에도 써 있지 않는 것으로서, 이것을 피하려고 한다고 해서 규칙에 위반되는 것은 아닙니다. 그러나 여러 가지 사정이 있지요. 예를 들면 일의 양이 너무 많다든가 성에서의 관리들의 일하는 방식이라든가 자기 부서를 좀처럼 떠나가 힘들다든가 또는 신문은 그 밖의 조서가 완전히 끝나기 전에는 행해서는 안 된다, 더욱이 끝나는 대로 즉시 행하지 않으면 안 된다는 규칙이라든가, 하여간 그러한 것이 여러 가지 있어서 신문을 밤에 행하는 것이 아무래도 피할 수 없는 일이 되고 말지요. 그런데 이것이 일단 필요한 것이 되면 이 또한 적어도 간접적으로 법규 때문이라는 결과가 되지요. 따라서 야간 신문에 대해 이러쿵저러쿵 말하는 것은——물론 나는 조금 과장하고 있지만——거의 법규 그 자체에 대해서 불만을 말하고 있는 것이지요.

이에 반해 법규의 테두리 안에서 야간의 신문을 하는 것과 아마도 외양만에 지나지 않을 그 피해를 될 수 있는대로 예방하려는 것은 아마도 비서들의 권한에 속하는 것이라고 할 수 있겠지요. 그들은 어떤 의미에서도 될 수 있는 대로 걱정이 없는 신문밖에는 하고 있지 않고 신문 전에 면밀히 검토하고 그 결과에 따라서는 마지막 단계에 와서도 신문을 중지하기도 합니다. 또 실제로 상대와 만나기 전에 흔히 십여 차례나 상대를 불러 자신을 굳히거나 그 사건이 담당이 아니더라도 자기보다 간단히 일을 처리해줄 동료에게 곧잘 대리역할을 부탁하기도 하지요.

그리고 또 신문을 밤이 시작될 무렵이나 끝날 무렵에 하기로 하고 그 중간 시간은 일부러 피하기도 하지요. 그 밖에는 아직 많은 방책이 있지만 비서들을 골탕먹인다는 것은 좀처럼 쉽지가 않아요. 그들은 상처를 받기가 쉬운 성질이지만 그와 거의 같은 정도의 강한 저항력을 가지고 있으니까요.”

K는 자고 있었다. 물론 정말로 자고 있다고는 할 수가 없었다. 오히려 아까 피로하면서도 눈을 뜨고 있을 때보다는 뷔르겔의 말이 잘 들리고 있었다. 한 마디 한 마디가 귀에 잘 들려왔다. 그러나 시끄럽다는 의식은 사라져 있었다. 자유로운 몸이 되었다는 느낌이었다. 이제는 뷔르겔에게 사로잡혀 있지는 않았다. 때때로 뷔르겔 쪽을 속으로 더듬고 있을 정도였다. 그는 아직도 잠의 바다 속에는 이르지 못했으나 이미 잠의 분위기에는 잠겨 있었다. 이것을 아무에게도 빼앗길 수는 없다. 그러자 이것에 의해 큰 승리를 거두었다는 생각이 들었다. 그리고 벌써 승리를 축하하기 위해 사람들이 모여 있었다. 그는, 혹은 또 다른 누구인지도 모르지만 축하의 샴페인 잔을 높이 치켜들었다. 이것이 무슨 승리인가를 일동에게 알리기 위해 전투와 승리가 또 한 번 반복되었다. 아니, 어쩌면 반복이 아닌 것도 같다. 이제부터 싸움은 시작되는 것이다. 그리고 지금부터 그 사전 축하 행사가 벌어지고 있는 것이다. 다행히도 싸움의 결과를 알고 있기 때문에 사전 축하 행사를 중지하지 않는 것이다. 벌거벗은 그리스 신의 조상(彫像)과 꼭 닮은 비서 한 사람이 K의 공격을 받고 비틀거리고 있다. 그것은 몹시 우스운 그림이었다. 비서는 기를 쓰고 덤볐으나 K가 돌진할 때마다 겁을 집어먹고 주춤거렸다. 그리고 위에 올린 팔과 주먹을 사용해서 재빨리 벌거벗은 몸을 가리지 않으면 안 되었으나 그 동작은 참으로 느렸다.

K는 그것이 우스워서 잠 속에서도 빙긋이 웃었다. 싸움은 오래 계속되지는 않았다. K는 한 걸음 한 걸음, 그러면서도 큰 걸음걸이로 성큼성큼 전진해 갔다. 대체 이런 것도 싸움이라고 할 수 있을까? 참된 저항 같은 것이 하나도 없고 때때로 비서가 흑흑 흐느껴 울 뿐이었다. 그리스의 신이 간지럼을 타는 소녀처럼 비명을 지르는 것이었다.

마침내 비서는 어딘가로 가버렸다. 이 넓은 장소에 K는 혼자밖에는 없다.

그는 투지만만하게 주위를 둘러보며 상대방을 찾는다. 그러나 거기에는 아무도 없었다. 축하해주러 모였던 사람들도 사방으로 흩어지고 말았다. 샴페인 잔만이 깨어져서 지면에 뒹굴고 있었다. K는 그것을 짓밟아서 아주 가루로 만들어버렸다. 그러자 파편에 발이 찔려 깜짝 놀라서 눈을 떴다.

그는 선잠을 깬 어린애처럼 기분이 좋지 않았다. 그럼에도 불구하고 뷔르겔의 드러낸 가슴을 보자 꿈에서 계속된 이런 생각이 머리를 스쳐 지나갔다──자아, 이놈이 저 그리스의 신이다. 이놈을 이불 속에서 끄집어내라.

"하지만."

하고 뷔르겔은 말하고 기억 속에서 실례를 찾으려고 해도 발견되지 않는다는 듯이 깊은 생각에 잠긴 얼굴로 천장을 바라보면서 말했다.

"그렇지만 말입니다. 모든 예방책에도 불구하고 청원자에게 있어서는 이 비서들의 밤의 약점──그것이 약점이라고 가정해서의 일이지만──을 자기를 위해서 이용할 가능성은 있습니다. 물론 아주 드문, 좀더 정확하게 말하면 거의 일어날 것 같지 않은 가능성이지만 말입니다. 그것은 청원자가 밤중에 예고도 없이 들이닥치는 일입니다. 그런 일은 아주 간단한 일인데 어쩌다가 한 번씩밖에 일어나지 않는다는 데에 당신을 놀라실 거예요.

그래요, 당신은 이곳 사정을 잘 모르시니까요. 그러나 당신도 당국의 조직이 물샐 틈도 없을 만큼 완벽하게 짜여 있다는 것은 이미 아실 테지요. 그러나 너무 완벽하기 때문에 이러한 일도 때로는 있는 것입니다. 누구든 무언가 청원할 일이 있다든가 또는 그 밖의 이유로 해서 신문을 받을 필요가 있을 경우 곧 즉각적으로, 대개는 당사자가 아직 그 문제를 잘 생각도 하기 전에, 뿐만 아니라 아직 그러한 문제가 있으리라고는 생각도 하기 전에 느닷없이 호출을 당하고 마는 것입니다. 이러한 경우 아직도 신문을 하지는 않습니다. 대개는 아직도 신문을 시작하지는 않는 것입니다. 보통 문제가 아직 거기까지는 무르익지가 않는 것입니다. 그러나 당사자는 소환장을 갖고 있습니다. 그러니까 이러한 사람들은 이미 예고없는 불의의 습격을 감행할 수는 없는 것입니다. 고작해야 형편이 좋지 않을 때에 들이닥칠 수가 있을 뿐입니다. 그러한 때는 호출장에 적힌 날짜를 잘 보고 찾아오라는 주의를 받기가 일쑤이지요.

그러나 일단 그러한 일이 일어나면 이번에는 제날짜에 다시 한 번 찾아가도 쫓겨오기가 십상입니다. 그런 경우 쫓아내는 것은 문제가 아니니까요. 진정인이 손에 들고 있는 소환장이나 서류에 기재되어 있는 문구 같은 것은 비서들에게 있어서는 반드시 충분하지는 않더라도 그것만으로도 강력한 ……방어 수단이 되기 때문이지요. 물론 이것은 그 사건을 담당하고 있는 비서에게만 적용되는 일이지만요. 그 이외의 비서를 밤중에 불의의 습격을 하려면 누구나 할 수 있는 일이겠지요. 그러나 아직 누구도 그런 일은 하지를 않았고 또 한다고 하더라도 그것은 거의 무의미한 일이에요. 그런 일을 하면 우선 첫째로 담당 비서가 화를 낼 것입니다. 우리들 비서는 일에 관해서는 서로가 절대로 질투를 하거나 시기하지는 않습니다. 어쨌든 한도 이상으로 무거운 일을 정말로 기세좋게 가로맡아 누구나가 몹시 허덕거리는 상태이니까요.

그러나 우리들은 청원자가 멋대로 우리들의 담당 직무를 흐트러뜨리는 것을 절대로 용납할 수가 없어요. 자기의 담당자하고는 이야기가 잘 진행되지 않으리라고 생각하고 담당이 아닌 사람을 찾아가서 적당히 우물쭈물 넘겨보려고 했다가 모처럼의 청원을 그만 허사로 돌아가게 한 사람도 있어요. 더욱이 이러한 시도는 담당이 아닌 비서가 밤중에 느닷없이 진정인의 습격을 받고 친절하게 도와주려고 생각을 해보았자 관할 밖이라는 슬픔 때문에 보통의 변호사 이상의 일은 우선 할 수가 없다는 것만으로도 실패로 끝날 것에 틀림없습니다.

또는 결국 변호사 정도의 일도 할 수 없을지 모릅니다. 왜냐하면 그 비서가 변호사보다도 법률을 더 잘 알고 있어서 얼마 만큼의 일을 해줄 수 있다고 하더라도 자기의 관할 밖의 일에 시간을 낼 틈이 도저히 없기 때문입니다. 그런 일에 잠시라도 시간을 낭비할 수가 없기 때문입니다. 그러므로 이렇게 될 줄을 뻔히 알면서도 일부러 자기의 밤시간을 희생하면서까지 담당도 아닌 비서역을 자청할 바보가 대체 어디에 있겠습니까? 게다가 청원자 쪽에서도 자기의 평소의 일을 잔뜩 안고 있으면서 거기에 소관 부서로부터의 호출이나 초대에 응하려면 그야말로 바쁘기 짝이 없는 나날이 될 테니까요. 말할 것도 없이 이것은 청원자의 입장에서 말하는 '바쁘다'는 것이고 당연히 비서들이 말하는 '바쁘다'는 것과는 결코 같은 것이 아닙니다."

K는 미소를 지으며 고개를 끄덕거렸다. 지금은 모든 것을 잘 알 수 있다는 느낌이 들었다. 그러나 모든 것이 그의 흥미를 끌었기 때문이 아니라 자기는 다음 순간 완전히 잠들어버릴 것이다. 이번에는 꿈도 꾸지 않고 아무런 방해도 받지 않으면서 잠들어버릴 수 있을 것이다라는 확신을 가졌기 때문이

었다. 한쪽에는 담당의 비서가 있고 다른 한쪽에는 담당이 아닌 비서들이 있다. 눈 앞에는 바쁜 진정인들이 한 무더기 있다. 그래도 나는 깊은 잠의 바닷속에 가라앉을 수가 있고 이렇게 모든 것으로부터 도망칠 수가 있을 것이다. 분명히 자기 자신이 잠드는 데에는 아무런 도움이 될 것 같지 않은 뷔르겔의 낮은 목소리에 이제는 익숙해져서 내 잠을 방해하기는커녕 오히려 자장가로밖에는 들리지 않을 것이다. '방아 방아, 물방아야, 덜컹덜컹 돌아라!'하고 그는 생각했다. '너는 나를 위해서만 돌고 있는 것이다!'

"그렇다면 말입니다."

하고 뷔르겔은 두 손가락으로 아랫입술을 만지작거리면서 눈을 크게 뜨고 목을 길게 뺐다. 마치 그가 고생 고생해가면서 다닌 끝에 겨우 멋진 경치를 바라볼 수 있는 지점에 가까이 다가왔다는 듯한 표정이었다.

"그렇다면 아까 말씀드린 매우 드물고 거의 일어날 것 같지 않은 가능성은 대체 어디에 있을까요? 비밀은 관할에 관한 법규 속에 숨겨져 있습니다. 즉, 하나하나의 사건은 한 사람의 정해진 비서만의 소관 사항으로는 되어 있지 않다는 것입니다. 크고 활발한 조직에서는 그러한 것은 불가능합니다. 한 사람이 주된 권한을 가지고 있지만 어느 정도는 다른 비서들에게도 비록 작기는 하지만 권한이 있다는 식입니다. 아무리 민완한 솜씨를 가졌다고 하더라도, 또 아무리 사소한 사건에 지나지 않더라도 그 관계 서류를 모조리 혼자서 자기 책상 위에 쌓아놓을 수가 있을까요?

주된 권한이라는 표현을 썼지만 이것조차도 사실은 지나친 표현입니다. 아무리 작은 권한이라고 하더라도 그것만으로 벌써 전체와 관계를 가지고 있는 것은 아닐까요? 여기에서 중요한 것은 사건을 파악하는 정열이 아닐까요? 그리고 정열은 어느 경우에나 마찬가지이며 언제나 치열하게 불타고 있습니다. 모든 점으로 보아서 비서들 사이에도 여러 가지 차이점이 있습니다. 그러나 차이는 헤아릴 수 없을 만큼 많습니다.

그러나 정열이라는 점에서는 그렇지가 않은 것입니다. 자기에게는 겨우 약간의 권한밖에는 주어지지 않은 사건이라고 하더라도 그것을 취급해달라는 탄원이 있을 때 그것을 자제할 수 있는 비서는 아마 한 사람도 없을 것입니다. 물론 외부에 대해서는 사건이 질서정연하게 심의되도록 철저히 규정해두지 않으면 안 되지요. 예를 들면 진정인들에 대해서는 각기 특정한 비서가 응대하도록 되어 있고 진정인은 공적으로는 그 비서에 의존하지 않으면 안 되게 되어 있지요. 그러나 그것이 굳이 그 사건에 대해서 제일 많은 권한을 가지고 있는 비서여야 할 필요는 없는 것입니다. 그것을 결정하는 것은 조직이며 또 그때 그때의 특수한 사정에 의해서도 결정되는 것입니다. 대충 이런 식으로 되어 있는 것입니다.

그런데 측량 기사님, 이미 말씀드린 것 같은 어려움이 일반적으로 숱하게 개재하지만 그래도 진정인이 어떤 이유로 해서 그 사건에 대해 어떤 종류의 권한을 가지고 있는 비서를 밤중에 습격을 한다——그런 가능성을 잘 생각해 보세요. 아마 당신은 아직도 그러한 가능성을 생각해본 적도 없으시겠지요? 아마 그러리라고 생각합니다. 사실 그러한 것은 생각할 필요조차 없지요. 사실 거의 일어날 가망도 없는 일이니까요. 이렇게 물샐틈없이 잘 만들어진 바구니 눈을 빠져나갈 수 있는 진정인이란 말하자면 특별한 형태로 만들어진, 작고 교묘한 쌀알에 틀림이 없습니다. 당신도 절대로 있을 수가 없다고 생각하시지요? 당신 생각이 옳습니다. 절대로 일어날 수 없는 일입니다.

그러나——모든 것을 보증할 수는 없지만——어느 날 밤 그런 일이 일어나는 것입니다. 물론 내가 알고 있는 비서 중에는 이러한 경험을 한 사람은 아무도 없어요. 물론 이러한 것은 거의 아무런 증명도 되지 않지요. 내가 알고 있는 비서의 수는 지금 문제삼고 있는 비서의 수와 비교한다면 극히 한정된 것이니까요. 게다가 그런 경험을 한 비서가 과연 그것을 고백할는지 어떤지도 극히 의심스러운 것이니까요. 뭐니 뭐니 해도 이런 일은 매우 개인적인 사항이며 이를테면 관청의 체면에 관한 문제이니까요. 어쨌든 내 경험으로 말씀드리면 이것은 극히 드문, 사실은 단지 소문으로만 떠도는, 소문 이외에는 증명할 재료도 없는 문제라고 할 수 있지요. 그래서 이런 것을 두려워하는 것은 과장도 여간 심하지 않다고 할 수밖에는 없지요. 만일 그러한 일이 실제로 일어난다고 하더라도 이 세계에는 그것을 받아들일 여지가 없다는 것을 증명해주기만 하면(이 증명은 극히 간단한 것입니다) 그것으로 완전히 결말이 난다고 생각하지요.

어쨌든 그런 것을 두려워해서 이불 밑에 숨겨나 얼굴도 내비칠 수 없다는 것은 아무래도 병적인 현상이라고 할 수밖에 없지요. 그리고 만일 절대로 일어날 까닭이 없는 일이 갑자기 일어난다고 해서 그것으로 모든 일이 실제로 끝나고 마는 것일까요? 천만의 말씀입니다. 모든 것이 끝이 난다는 것은 가장 일어나기 힘든 일보다도 더 일어나기 어려운 일입니다. 물론 상대방이 이미 방 안에 발을 들여놓았다면 일은 매우 시끄러워집니다. 그때는 가슴이 막 죄어드는 것 같지요. '얼마 동안이나 견디어낼 수 있을까?' 하고 겁을 먹게 됩니다. 그러나 견디어낼 수 없다는 것은 명백합니다.

이 상황을 올바르게 상상해주세요. 한 번도 본 일이 없는, 언제나 기다리고만 있던, 그것도 하루가 여삼추 같은 생각으로 기다리고만 있던, 그러나 만나게 될지도 알 수가 없던 진정인이 말입니다. 갑자기 나타나서 거기에 앉아 있는 것입니다. 그가 잠자코 눈앞에 앉아 있는 것만으로도 이쪽은 그의 불쌍한 생활 속에 들어가버리게 되고 마치 자기의 분신처럼 그 속을 헤매게 되는 것입니다. 그리고 그 부질없는 요구의 고통을 함께 해달라는 유혹에 빠져들게 되는 것입니다. 이 조용한 밤의 유혹은 매우 매혹적인 것입니다. 그 유혹에 응하면 벌써 관리이기를 그만둔 것과 마찬가지입니다. 이런 상태에서 청원을 거부한다는 것은 사실상 불가능한 것입니다.

정확하게 말하면 이러한 상황은 절망입니다. 아니, 좀더 정확하게 말하면 매우 행복한 것입니다. 절망이라는 것은 완전히 무방비 상태이기 때문입니다. 여기에 이렇게 앉아서 상대방의 진정을 기다리고 있다, 그리고 그것이 일단 상대방의 입에 오르기만 하면 이쪽은 반드시 그것을 들어주지 않으면 안 된다는 것을 알고 있다, 적어도 이쪽이 내다볼 수 있는 범위 내에서도 당국의 조직을 파괴해버릴 듯한 진정 내용이라는 것을 알고 있으면서도 그것을 들어주지 않을 수 없다는 것을 잘 알고 있다, 이러한 무방비 상태야말로 무릇 실무상에서 경험할 수 있는 최악의 사태라고 할 수 있지 않을까요?

왜냐하면 이것은 다른 일은 모두 도외시하더라도 상식을 벗어난 승진을 여기에서 즉각 자기 자신에 대해 억지로 요구하게 되기 때문입니다. 우리들의 지위로는 지금 문제가 되고 있는 것 같은 청원을 들어줄 만한 권한 따위는 누구로부터도 부여받고 있지 못하고 있기 때문이지요. 그러나 이 밤의 진정인이 바로 옆에 있기 때문에 우리들의 집무 능력도 어느 정도는 커져서 자기의 권한 밖에 있는 일까지도 약속해버리고 마는 것입니다. 뿐만 아니라 그것을 실제로 실행하기도 하지요. 밤의 진정인은 숲속에서 맞닥뜨린 강도와 같은 것이지요. 평소 같으면 우리들에게 도저히 할 수 없는 희생을 강요하는 것입니다.

그런데 지금의 상황이 바로 그러합니다. 진정인들은 아직 거기에 앉아서 우리들에게 힘을 주기도 하고 강요하기도 하며 또 격려하기도 합니다. 모든 일이 반은 무의식중에 자꾸만 진행되고 있으니까요. 그러나 그것이 끝나면 다음은 어떻게 될까요? 만족하고 걱정이 없어진 진정인들은 우리를 버리고 사라질 것이고 우리들은 혼자 남아서 무방비 상태로 자기가 저지른 직권 남용과 정면으로 마주하고 있지요. 이렇게 되면 어떻게 될까요? 전혀 상상도 할 수가 없습니다! 그럼에도 불구하고 우리들은 행복합니다. 그러나 이 행복은 마치 자살 행위와 같습니다! 우리들은 하려고 생각만 하면 진정인에게 진짜 상황을 숨길 수도 있습니다. 상대방은 스스로는 거의 아무것도 깨닫지를 못하고 있어요. 그는 그 자신의 생각에 의하면 아마 아무래도 좋은 우연한 이유 때문에——지치고 실망하고 그 피로와 환멸 때문에 분별없이 무관심해져서——잘못된 방으로 뛰어들어온 것뿐인 듯했으니까요. 그는 아무것도 모르고 거기에 앉아서 열심히 자기의 실수라든가 피로를 생각하고 있어요(그가 무엇인가를 생각하고 있다면 말입니다).

이러한 상대를 내버려둘 수 있는 것일까요? 그럴 수는 없는 것입니다. 행복한 인간에게 흔히 있을 수 있는 그 특유의 수다스런 성격을 발휘해서 상대방에게 무엇이든 다 설명해주지 않을 수 없는 노릇입니다. 자기 일 따위는 일체 상관하지 않고 무엇이 일어났는지, 무슨 이유로 일어났는지, 그리고 이렇게 찾아온 기회가 얼마나 드문 것이며 또 얼마나 큰 것인가를 자세히 설명해주지 않으면 안 되는 것입니다. 또 진정인은 완전히 망연자실하고 있었음에도 불구하고(이렇게 망연자실할 수 있다는 것은 이 진정인밖에는 있을 수 없는 것입니다) 이 얻기 힘든 절호의 기회를 만난 것이다, 그래서 지금 그럴 생각만 있다면 무슨 일이든지 뜻대로 할 수가 있다, 그러기 위해서는 자기의 소원만 이야기하면 된다, 그것을 이루도록 해줄 준비는 되어 있다, 뿐만 아니라 이제 거기에 손을 뻗치기만 하면 된다 것까지도 모두 가르쳐주지 않으면 안 되는 것입니다.

이것은 관리로서는 괴로운 순간입니다. 그러나 거기까지 해치우면 측량 기사 양반, 이제 우리가 해야 할 일은 이미 다한 것입니다. 우리들은 조용히, 다만 기다리기만 하면 되는 것입니다."

K는 깊이 잠들어 있었다. 주위에서 무슨 일이 일어나든 그것은 이미 알 바가 아니었다. 침대 기둥 위에 뻗친 왼팔에 올려놓고 있던 머리는 잠들고 있는 동안에 미끄러져서 허공에 매달리더니 이윽고 점점 밑으로 내려왔다. 왼팔만으로는 지탱이 안 되었다. K는 무의식적으로 오른팔을 이불 위에 당겨 지탱

하려고 했다. 그때 이불 밑으로 내민 뷔르겔의 다리를 붙잡고 말았다. 뷔르겔은 그쪽으로 눈을 돌렸으나 꽤 무거웠던 모양으로 발은 그 자리에 그대로 두었다.

그때 옆에 있는 벽을 두서너 번 세차게 두들기는 소리가 들렸다. K는 깜짝 놀라 눈을 뜨고 벽을 물끄러미 바라보았다.

"거기에 측량 기사는 안 계십니까?"

하고 묻는 소리가 들렸다.

"네, 있어요."

하고 뷔르겔은 대답하고 발을 K의 손에서 빼더니 갑자기 소년처럼 거친 몸짓으로 침대에 드러눕고 말았다.

"그럼 이제 이쪽으로 보내주세요."

하는 소리가 벽 쪽에서 되돌아왔다. 그것은 마치 뷔르겔도, 또 뷔르겔이 아직 K를 필요로 하고 있는지도 전혀 생각하고 있지 않는 것 같았다.

"에를랑어예요."

하고 뷔르겔은 속삭이는 목소리로 말했으나 에를랑어가 옆방에 있다는 사실에 조금도 놀라는 기색이 없었다.

"곧 가보세요. 틀림없이 화를 내고 있을 테니까 잘 달래주어야 할 거예요. 그는 깊이 잠드는 성질인데 워낙 우리들의 목소리가 너무 컸어요. 어떤 사항에 대해서 이야기할 때는 자기의 기분도 목소리도 억제할 수가 없으니까요. 자아, 좌우간 이리 오세요. 당신은 아직도 잠에서 덜 깬 것 같군요. 어서 가보세요. 대체 여기에 아직도 볼일이 남아 있으세요? 아니, 당신은 졸린다는 변명도 하실 필요가 없어요. 어째서 그럴 필요가 있겠어요? 육체의 힘도 어느 한계까지밖에는 가지 않으니까요. 이 한계라는 것은 다른 경우에도 중요한 것이지만 어떻게 할 수가 없지요. 이것은 그 누구도 어떻게 할 수가 없지요. 우주조차도 그 때문에 운행을 수정해서 안정을 유지하고 있으니까요. 우주란 것은 정말로 훌륭한, 아무리 생각해도 상상도 할 수 없을 만큼 기막힌 장치이지요. 물론 다른 점에서는 절망도 하게 되지만요.

자아, 가보세요. 왜 그렇게 나를 노려보고 있는 것이지요? 언제까지나 우물쭈물하고 있으면 에를랑어가 나에게 덤벼들지도 몰라요. 나는 그런 일은 되도록 피하고 싶으니까요. 자아, 어서 가보세요. 저쪽에서 무엇이 당신을 기다리고 있는지 누가 또 압니까? 이곳에서는 어떤 일에도 기회가 얼마든지 있으니까요. 물론 이 세상에는 크기만 하고 아무 소용도 없는 기회가 얼마든지 있지요. 그 자신이 너무나도 훌륭하기 때문에 아무 소용이 없이 돼버리는 사항이 있지요. 정말 놀라운 일이지요.

그건 그렇고 나도 이제는 잠을 좀 잘 수 있을 것 같아요. 물론 벌써 아침 다섯시니까 이제 조금 있으면 시끌시끌해질 시각이에요. 좌우간 당신만이라도 좀 나가주면 도움이 되겠어요."

깊은 잠에서 갑자기 깼기 때문에 정신이 아직도 흐리멍덩하고 그냥 계속해서 자고 싶었다. 게다가 불편한 자세를 계속하고 있었기 때문에 전신이 쑤시고 아파서 K는 언제까지고 일어날 결심이 서지 않았다. 이마를 짚고 자기의 무릎을 바라보고 있었다. 아무리 뷔르겔이 입에서 신물이 나도록 작별의 말을 늘어놓는다고 해도 그를 방 밖으로 나가게 할 수는 없었을 것이다. 그러나 이 방에 이 이상 더 있어보았자 소용이 없다고 생각되었기 때문에 K는 차츰 나갈 마음이 생겼다. 이 방은 말할 수 없이 그에게는 처량해보였다. 언제부터 이렇게 되어버렸는지, 아니면 처음부터 이랬는지 그로서는 알 수가 없었다. 두 번 다시 이런 곳에서 잠들 수는 없을 것 같다는 확신이 일을 결정하는 마지막 수단이 되었다. 그는 그것이 우스워서 조금 미소를 머금으면서 자리에서 일어났다. 의지할 것이 있으면 침대든 벽이든 또는 문이든 마구 붙잡으면서 벌써 작별의 말을 나눈 사람같이 인사도 하지 않고 방에서 나와버렸다.

19

에를랑어가 열린 문 앞에 서서 아는 체하지 않았더라면 K는 그 방 앞도 그냥 지나쳐버릴 뻔했다. 아는 체래야 둘째 손가락을 잠깐 움직여 보였을 뿐이었다. 에를랑어는 이미 떠날 채비가 완전히 되어 있었다. 검은 털가죽 외투를 입고 착 달라붙은 깃 단추를 벌써 위까지 잠그고 있었다. 종복 한 사람이 마침 그에게 장갑을 내밀고 있었다. 그의 손에는 모자도 들려 있었다.

"왜 좀더 일찍 오지 않았지요?"

하고 에를랑어는 말했다.

K는 변명을 하려고 했다. 그러나 에를랑어는 지친 듯한 눈을 감아버리고 변명 같은 것을 들을 필요가 없다는 신호를 보냈다.

"당신에게 전하지 않으면 안 될 이야기는 다음과 같습니다. 전에 술집에 프리다라는 여자가 근무하고 있었어요. 나는 그녀의 이름밖에 모르고 만나본 적도 없어요. 나하고는 관계가 없는 일이니까요. 이 프리다가 이따금씩 클람 씨에게 맥주 심부름을 왔었나 봐요. 지금은 다른 아가씨가 근무하고 있는 모양이지만. 물론 이런 이동 따위는 아무래도 좋습니다. 아마 누구에게 있어서나 마찬가지일 테지만 특히 클람 씨에게는 문제도 되지 않는 일이니까요.

그러나 일이 커지면 커질수록 (물론 클람 씨의 일은 가장 큰 것이지만) 외부에 대해서 자기 자신을 지키는 힘이 그만큼 적어지는 법이지요. 그 결과 아무리 사소한 일, 또한 아무리 사소한 변경에도 마음이 흐트러지게 됩니다. 예를 들면 책상 위의 모습이 변했다든가 또는 전부터 거기에 있던 오점이 지워져버렸다든가 하는 그런 사소한 일에도 마음이 흐트러집니다. 시중 드는 여자가 새로 왔다든가 하는 일도 그렇지요. 물론 다른 사람이나 다른 일의 경우라면 또 모를까 클람 씨는 이런 일쯤에는 기분을 상하지는 않습니다. 그런 것쯤은 문제도 되지 않습니다.

그럼에도 불구하고 우리들은 클람 씨가 되도록 기분 좋게 일에 전념할 수 있도록 감시해야 할 의무가 있기 때문에 클람 씨에 있어서는 아무런 장애가 되지 않는 것 같은 일이라도——아마도 클람 씨에게 있어서는 이 세상에 장애 같은 것이 존재하지 않겠지만——장애가 될는지도 모른다고 생각되면 그것을 제거해야 하는 것입니다. 우리들이 이러한 장애를 제거하는 것은 클람 씨나 클람 씨의 일 때문이 아니라 우리들 자신을 위해서, 우리들 양심의 안정을 위해서입니다.

그러므로 프리다라는 여자는 곧 술집으로 돌아오지 않으면 안 됩니다. 물론 술집으로 돌아오면 또 돌아온 대로 다시 물의를 일으키는지도 몰라요. 그때는 다시 나가도록 할 수밖에 없지요. 그러나 지금 당장은 아무래도 돌아올 필요가 있어요. 내가 듣기로는 당신은 이 여자와 동거하고 있다고 하더군요. 그래서 부탁인데 이 여자가 곧 술집으로 돌아올 수 있도록 도와주세요. 이런 때 개인적인 감정 같은 것은 도무지 참작할 여유가 없어요. 너무나도 당연한 일이기 때문이지요. 따라서 이 문제에 대해서는 이 이상 조금이라도 더 논의하는 것을 사절합니다. 그리고 이것은 불필요한 간섭이 될는지도 모르겠지만 이러한 작은 일에 협조해주신다면 아마 당신의 앞으로의 생활에 큰 도움이 될는지도 모르겠습니다. 당신에게 전할 말씀은 이것뿐입니다."

에를랑어는 작별 인사 대신 K에게 고개를 끄덕여보이고 종복이 건네주는 모자를 쓰고는 그 종복을 거느리고 약간 다리를 절름거리면서 빠르게 복도 저쪽으로 사라져버렸다.

이곳에서 내려지는 명령은 때로 아주 실행하기 쉬운 것이 있다. 그러나 K는 이 손쉬운 것을 조금도 기뻐하지 않았다. 단지 이 명령이 프리다에 관한 것이기 때문이 아니었다. 또 명령이 마치 비웃음처럼 들렸기 때문만도 아니었다. 무엇보다도 먼저 그 명령으로 지금까지 쌓아올린 자기의 모든 노력이 말짱 허사라는 것을 알았기 때문이었다. 이러한 명령은 그에게 불리한 것이나 유리한 것이나 모두 그의 머리 위를 그냥 스쳐가버린다. 더욱이 유리한 명령이라고 하더라도 그 마지막에 와서는 불리해지는 수가 있다. 어떻든 어느 명령도 그의 위를 그냥 스쳐가버렸다. 그것에 손을 내밀거나 그것을 잠자코 있게 해서 자기의 목소리를 듣게 하기 위해서는 그의 신분이 너무 낮은 것 같았다.

에를랑어가 사질한다고 했는데 대체 어쩌자는 것인가? 실사 거절한다고 하더라도 그에게 무슨 말을 할 수 있을 것인가? 사정이 극히 불리함에도 불구하고 그 이상 오늘의 그를 불리한 입장에 놓이게 한 것은 그의 피로였다. 그것은 그도 잘 알고 있었다. 그러나 자기 육체를 믿을 수 있다고 차신하고 있던 나, 그러한 자신이 없었다면 도저히 이런 고장에까지 오지 않았을 터인 나, 그러한 내가 불과 2,3일 동안의 무리한 밤과 잠을 자지 않은 하룻밤 때문에 견딜 수 없다는 것은 대체 어떻게 된 것인가? 이곳에서는 어째서 이렇게 지쳐버리고 마는 것일까? 이 고장 사람들은 누구도 지쳐 있지 않다. 아니, 오히려 모두가, 그리고 언제나 지쳐 있지만 그것 때문에 일을 못하는 법은 없다. 뿐만 아니라 일은 오히려 더 촉진되고 있는 정도이다.

그러고 보면 그들의 피로와는 전혀 성질이 다른 모양이다. 여기서는 행복한 일을 하고 있는 도중에 피로가 오는 것 같았다. 그것은 밖에서 보기에는 피로한 것 같지만 실은 견고한 안정 상태이며 파괴할 수 없는 평화인 것이다. 낮에 조금 지쳐 있으면 그것은 하루가 행복하게, 아주 순조롭게 진행되고 있다는 산 증거인 것이다. '이곳의 잘난 양반들은 언제나 한낮이구만' 하고 K는 혼잣말로 중얼거렸다.

이 혼잣말은 아침 다섯시인데도 벌써 복도 양쪽의 어느 방도 시끌시끌하기 시작했다는 상황과 꼭 맞아떨어졌다. 방 속에서 떠들어대는 이들 목소리는 매우 즐거워 보였다. 그것은 소풍을 준비하고 있는 어린이들의 환성같이 들

리기도 하고 닭장에서 닭이 일제히 날개를 치며 이제부터 시작되려는 하루와
완전히 일치되고 있음을 즐거워하고 있는 것처럼 들리기도 했다. 뿐만 아니
라 어느 방에서는 닭의 울음소리를 흉내내는 관리도 있었다. 복도 그 자체는
아직 아무의 모습도 보이지 않았으나 각 방의 문은 이미 조금씩 움직이기 시
작하고 있었다. 몇 번씩이나 조금 열렸는가 하면 곧 다시 닫히곤 했다.

이렇게 문을 여닫는 소리가 온 복도에 시끄럽게 울려퍼졌다. 천장에까지
닿지 않는 벽 위의 틈새로는 방금 잠에서 깨어난 듯 부스스한 얼굴이 나타
났다가는 곧 다시 사라지는 것이 보였다. 멀리에서 한 사람의 종복이 서류를
가득 실은 조그마한 수레를 천천히 밀고 왔다. 또 한 사람의 종복이 그 옆에
따라붙고 있는데 그는 손에 한 장의 쪽지를 들고 있었다. 분명히 방의 번호와
서류의 번호를 맞추어보고 있는 것 같았다. 서류를 실은 수레는 거의 모든 방
문 앞에서 섰다. 그러면 대개의 문이 열려지고 해당되는 서류가 방 안에 배달
되는 것이었다. 서류는 종이 쪽지 한 장인 경우도 있었는데 그러한 때는 실내
와 복도 사이에 약간의 실랑이가 벌어진다. 그것은 종복이 잔소리를 듣고 있
는 것이다.

문이 닫혀진 채로 있는 경우에는 문 앞에 서류가 조심스럽게 쌓여진다. 이
런 경우에는 근처의 방들은 이미 서류가 다 배달되었는데도 문이 조용해지기
는커녕 더욱 극성스러워진다. 문 앞에 쌓여진 채로 있는 서류 다발을 은근히
엿보고 있는 것이다. 문을 열기만 하면 서류를 받아볼 수가 있는데 어째서 그
렇게 하지 않는지 도무지 이해가 안 되는 모양이다. 그 서류가 언제까지나 쌓
여진 채로 있으면 나중에 다른 사람들에게 분배되는 수도 있는 것일까? 그
래서 지금부터 열심히 기웃거려 서류가 아직도 문 앞에 있는지 없는지, 따라
서 아직도 자기에게 그 서류가 돌아올 희망이 있는지 없는지를 확인하려고
하는 모양이다.

게다가 놓여진 채로 있는 서류는 대개가 특별히 큰 다발이었다. 이것은 일
종의 자만이나 악의에서, 또는 동료를 고무하려는 정당한 자부심에서 잠시
동안 놓아둔 채로 있는 것이리라, 하고 K는 생각했다. K에게 이 가정을 더욱
확신시킨 것은 때로(그것은 으레 K가 보고 있지 않을 때였지만) 오랫동안 구
경거리가 된 그 서류가 갑자기, 그것도 재빠르게 방 안으로 끌려들어가고 그
후에는 본래처럼 문이 닫힌 채 움직이지 않는다는 사실이었다. 그러면 그 주
위의 문들도 조용해지는 것이었다. 끊임없는 매혹의 대상이었던 것이 드디어

채워졌다는 데에 대해서 그만 실망했기 때문일 것이다. 아니, 어쩌면 만족해서였는지도 모른다. 그러나 문은 다시 서서히 활동을 개시했다.

K는 단순한 호기심에서가 아니라 깊은 흥미를 가지고 이러한 모든 것을 바라보고 있었다. 그는 이 활발한 업무 속에 있다는 것이 거의 즐거운 듯한 기분이 들어서 저쪽을 보거나 이쪽을 보거나 하면서 적당한 거리를 두고서의 일이기는 하지만 종복의 뒤를 따라다니면서 그들이 배달하는 모습을 바라보고 있었다. 종복들은 물론 매서운 눈초리로 머리를 수그리고 입술을 삐죽거리면서 몇 번이나 K쪽을 노려보고 있었다. 일은 앞으로 가면 갈수록 점점 더 순조롭게 진행되지를 않았다. 목록이 들어맞지 않기도 하고 종복들이 서류를 잘 분간하지를 못하든가 또는 관리들이 다른 이유에서 잔소리를 하곤 하는 것이었다.

일단 분배한 것을 다시 회수하지 않으면 안 될 때도 있었다. 이러한 때는 수레를 다시 되놀려 분틈으로 서류를 돌려받는 교섭을 해야 하는 것이다. 이 교섭 자체가 극히 귀찮는 일이기는 했지만 아까까지 가장 활발히 열고 닫히던 문일수록 서류를 되돌려주어야 할 때는 그런 일은 일체 모른다는 듯이 아무리 부탁해도 문을 열어주지 않는 것이다. 그러면 이때부터 정말로 까다로운 일이 시작되는 것이다. 서류를 요구할 권리가 있다고 생각하는 권리는 신경질을 부리며 방 안에서 큰 소리를 치거나 손뼉을 치고 발을 동동 구르면서 문틈으로 몇 번씩이나 일정한 서류 번호를 외쳐대기도 하는 것이다. 이렇게 되면 수레는 한동안 내팽겨쳐진다. 종복 한 사람은 신경질을 부리며 흥분하고 있는 관리를 달래려고 하고 있고 또 한 사람은 열어주지 않는 문 앞에서 서류를 돌려받으려고 안간힘을 쓴다. 두 사람 다 무척 고생하고 있었다.

신경질을 부리고 있는 관리는 달래려고 하면 오히려 더 흥분해서 종복의 말 같은 것은 아예 귀에도 들어오지 않는다. 그가 요구하고 있는 것은 위안이 아니라 서류인 것이다. 한번은 벽과 천장 사이에 뚫린 틈으로부터 세면기에 가득 담은 물을 종복에게 쏟아 부은 관리도 있었다. 분명히 계급이 위인 듯한 또 한 사람의 종복은 좀더 고생을 하고 있었다. 상대방 관리가 교섭에 응해 줄 때는 사실에 입각한 논의가 행해지는 것이며 조수는 자기가 손에 들고 있는 목록을, 관리는 메모나 반환을 강요당하고 있는 서류를 각각 증거물로 내세워 응전하다. 관리는 그 서류를 지금까지는 단순히 손에 움켜쥐고 있어서 그것을 원하고 있는 종복의 눈에는 조금도 내보이지 않는다. 종복은 어쩔 수 없이 새로운 증거를 가지러 수레 옆으로 달려가든가(복도가 경사를 이루고 있어서 수레는 노상 조금씩 앞으로 굴러가고 있었다) 서류를 요구하고 있는 관리에게로 가서 지금까지의 소유자와는 전혀 다른 항의를 또 듣지 않으면 안 된다.

이러한 교섭은 꽤 오래 걸린다. 때로는 의견이 일치하는 수도 있다. 이러한 때는 서류가 뒤바뀌었을 때이므로 그 관리는 자기 서류의 일부를 상대방에게 내보이거나 또는 그 대신 다른 서류를 받아들기도 한다. 그러나 종복의 증명에 의해 궁지에 내몰리거나 언제까지나 계속된 토론에 지친다든가 해서 요구당하고 있는 서류를 깨끗이 내주지 않으면 안 되는 수도 있다. 그러나 이러한 때는 서류를 종복에게는 건네주지 않고 느닷없이 복도 멀리 내던지는 것이다. 그래서 묶은 끈이 느슨해져서 서류가 사방으로 흩어지기 때문에 종복은 그것을 본래대로 정리하느라고 무진 애를 써야 한다. 그러나 이것조차도 서류를 돌려달라고 아무리 부탁해도 대답조차 하지 않을 때에 비교한다면 아직도 나은 편이었다. 이러한 때는 닫혀진 문 앞에 버티고 서서 간청을 하거나 애원을 하고 또는 목록을 예로 들거나 법규를 인용하기도 하지만 그 어느 것도 성공하지 못한다.

방 안에서는 감감 무소식인 것이다. 허가없이 방 안에 들어갈 권리가 종복에게는 없는 듯싶었다. 그럴 때면 아무리 우수한 종복이라 하더라도 때로는 자제심을 잃고 만다. 그는 수레에게로 되돌아가서 서류 위에 걸터앉아 이마의 땀을 훔치고 한동안은 아무 일도 하지 않고 다리를 흔들고 있을 뿐이다. 주위의 사람들은 모두 이 사건에 큰 관심을 가지고 있다. 도처에서 수군거리는 소리가 들려오고 가만히 있는 문은 하나도 없었다. 이상한 것은 천으로 완전히 복면을 한 얼굴이 벽 위의 문틈으로 일이 되어가는 모습을 자초지종 지켜보고 있는 것이다. 게다가 이들 얼굴은 잠시도 같은 장소에 가만히 있지를 않는 것이다.

K는 이러한 소동 속에서 뷔르겔의 방문이 줄곧 닫혀진 채로 있는 것을 보고 이상하다고 생각했다. 종복들은 복도의 이 근처는 벌써 지나쳐갔는데도 뷔르겔에서는 서류가 전혀 배달되지 않는 것이다. 어쩌면 아직도 자고 있는 것일까? 물론 이러한 소란 속에서 아직도 잠을 자고 있다면 여간 건강한 사람의 수면이 아닐 것이다. 그나저나 어째서 뷔르겔은 서류를 받지 않았을까? 이런 식으로 그냥 지나쳐간 것은 겨우 두서너 개의 방뿐이고 그것도 손

님이 없는 방뿐이었다. 거기에 비해 에를랑어의 방에는 이미 새로운, 특별히 시끄러운 손님이 들어가 있었다. 에를랑어는 이 손님에게 밤중에 문자 그대로 내쫓긴 것에 틀림없다. 이것은 냉정하고 심사숙고하는 에를랑어답지 않은 일이었으나 K가 문 밖에서 기다리지 않으면 안 되는 것을 생각해도 그럴 것임에 거의 틀림없었다.

이러한 것을 관찰하느라 시간을 보내면서도 K는 노상 또 종복들 쪽으로 시선을 돌리고 있었다. 그가 이전에 종복들 일반에 대해서 듣고 있던 이야기, 매일 아무것도 하지 않고 편안한 생활을 하며 거만스럽게 행세한다는 이야기는 이 종복들에게는 해당되지 않았다. 종복들 중에는 예외도 있는 것 같았다. 그렇지 않으면 이쪽이 사실일는지도 몰랐지만 종복이라고 해도 갖가지 종류로 나뉘어져 있는 것 같았다. 왜냐하면 K가 깨달은 바로는 여러 가지로 구분이 되어 있었기 때문이다. 그는 지금까지는 그렇게 부서에 따라 차이가 있을 줄은 미처 생각하지 못하고 있었던 것이다.

그런데 K는 이 종복의 불요불굴의 정신이 마음에 들었다. 방과의 싸움에 있어서도(K는 방 주인들의 얼굴을 볼 수가 없었기 때문에 이것은 방과의 싸움이라는 생각이 자꾸만 드는 것이었다) 이 종복은 한 걸음도 뒤로 물러서지 않았다. 그는 확실히 녹초가 되었지만 (녹초가 되지 않는 것이 오히려 이상할 정도이다) 곧 다시 기운을 되찾아 수레 위에서 미끄러져 내리더니 꼿꼿이 서서 이를 악물고 함락시키지 않으면 안 될 문을 향해서 돌진하는 것이었다. 두서너 번 극히 맹랑하게, 즉 그 지켜운 침묵이라는 무기만으로 격퇴되고 마는 수도 있었지만 그래도 결코 항복하지는 않았다.

정공법으로는 도저히 어떻게도 할 수 없다는 것을 알게 되자 다른 방법으로 또 해보는 것이었다. 예를 들면 K가 올바르게 이해한 바로는 그는 책략을 사용하는 것이다. 그는 그 문을 포기한 척하고 상대방에게 이른바 그 침묵의 힘을 다 사용케 하고 다른 문으로 갔다가 잠시 후에 다시 되돌아와서 다른 종복의 이름을 불렀다. 모두 이보란 듯이 큰 소리를 내며 하는 것이다. 그리고 그는 생각을 바꾸었다. 이 사람으로부터는 아무것도 빼앗지 않는 것이 옳다, 오히려 이 사람에게는 좀더 주지 않으면 안 되겠다는 듯이 닫혀진 문 앞에 서류를 쌓기 시작했다. 그것이 끝나자 앞으로 나갔으나 눈만은 그 문에서 떼지 않았다.

이윽고——대개는 그렇게 되지만——상대의 관리가 살그머니 문을 열고 서류를 방 안에 끌어들이려고 하자 그는 두어 걸음으로 달려와서 한 발을 문과 기둥 사이에 집어넣고 적어도 얼굴과 얼굴을 마주하여 교섭하지 않을 수 없게 했다. 이렇게 되면 보통은 꽤 만족할 만한 성과를 올릴 수 있었다. 이런 방법을 시도하는 것이었다. 하지만 이런 방법으로도 잘 되지 않거나 이 문에서는 그런 방법은 서투른 짓이라고 판단되면 또 다른 방법을 시도했다. 예를 들면 이번에는 서류를 요구하고 있는 관리 쪽을 전적으로 공략하려고 드는 것이다.

그는 언제나 기계적으로 일을 하고 있는데 지나지 않는 또 한 사람의 종복, 즉 허수아비에 불과한 이 조수를 옆으로 밀어내고 직접 그 관리를 설득하려고 드는 것이다. 머리를 방 안에 들이밀고 은근히 내밀한 이야기를 하고 있다. 아마 여러 가지 약속을 하거나 다음 배분 때는 다른 관리 쪽에 응분의 벌을 주겠다는 이야기를 하고 있는 것 같다. 적어도 그는 몇 번이나 상대방의 문을 가리키며 지친 몸에 허용되는 한의 웃음소리를 내고 있는 것이다. 그러나 그로서도 모든 시도를 포기해버린 듯한 경우도 한두 번은 있었다. 그러나 K는 이런 경우에도 그것이 단지 표면상으로 포기하는 것이거나 또는 적어도 무슨 정당한 이유가 있어서 그러려니 하고 굳게 믿었다.

왜냐하면 종복은 태연히 앞으로 걸어나갔고 뒤도 돌아보지 않고 손해를 본 관리가 떠들어대는 소음을 거리낌없이 참아내고 있었기 때문이다. 다만 그가 가끔 눈을 꽤 오랫동안 감고 이 시끄러움에 괴로워하고 있다는 것을 나타내 보이기는 했다. 그러나 상대방 관리 쪽도 차츰 얌전해졌다. 끊임없이 울고 있던 어린애도 차츰 띄엄띄엄 울게 되는데 이 관리의 떠드는 소리도 그것과 마찬가지였다. 이제는 완전히 조용해졌는가 했더니 아직도 때때로 고함 소리가 들려왔고 그 문을 여닫는 소리도 여전히 들려왔다. 하여간 이 점에서도 종복이 취한 태도는 전적으로 옳았다는 것이 밝혀졌다.

결국 마지막에는 아무래도 얌전해질 수 없는 관리가 한 사람만 남게 되었다. 그는 오랫동안 꾹 참고 가만히 있었으나 이것은 기운을 되찾기 위한 행동에 지나지 않았다. 이윽고 다시 떠들어대기 시작했다. 그것도 전보다도 더 심한 고함 소리였다. 왜 그 사람이 그렇게 떠들어대고 푸념을 하는지 그 이유가 도무지 분명치 않았다. 아무래도 그것은 서류 분배의 일 때문만은 아닌 것 같았다. 그 동안에 종복은 일을 끝내고 있었다. 다만 서류 한 장만이 (그렇다고는 하더라도 그것은 조그마한 종이 조각, 실은 메모 용지 한 장에 지나지 않았다)조수의 실수로 수레 속에 남아 있었는데 누구한테 배달해야 할지 알 수가 없었다.

'저것은 어쩌면 내 서류인지도 모른다'라는 생각이 K의 머리를 번갯불처럼 스쳐 지나갔다. 그러고 보니 촌장도 곧잘 이러한 사소한 경우의 일을 이야기하고 있지 않았던가? K는 이 가정(假定)을 결국 자기 스스로도 변덕스럽고 우스꽝스럽다고 생각은 했지만 쪽지를 유심히 살피고 있는 종복 쪽으로 다가가려고 했다. 이것은 그리 쉬운 일은 아니었다. 왜냐하면 그 종복은 K가 보이고 있는 호의에 대해서 지극히 불손한 태도를 취했기 때문이다. 아무리 바쁜 일을 하다가도 어떻게든 틈을 내어서는 짓궂어서인지 조바심에서인지 머리를 신경질적으로 움직여서 K쪽을 바라보는 것이었다.

분배의 일이 끝난 지금에 와서야 그는 다른 일에도 무관심해졌기 때문에 K에 대해서도 조금 잊은 것처럼 보였다. 그의 심한 피로를 생각하면 이것은 수긍이 가는 일이었다. 그 종이 쪽지에 대해서도 그다지 열을 올리고 있는 것은 아니었다. 어쩌면 읽고 있지도 않을는지 모른다. 그저 읽고 있는 듯한 흉내를 내고 있을 뿐인 것이다. 이 복도에 면한 어느 방의 관리에게 그것을 배달해주더라도 모두들 크게 기뻐할 것이지만 그러나 그는 다른 결심을 했다. 배달은 이제 그만 싫증이 난 것이다. 그는 둘째 손가락을 입술에 대고 조수인 종복에게 가만히 있으라고 신호를 보내고는——K는 아직도 가까이까지 가지 않았다——종이 쪽지를 갈기갈기 찢어서 그것을 주머니에 집어넣었다.

이것은 아마도 K가 이곳의 관청 업무 중에서 최초로 목격한 부정 행위였다. 물론 K는 부정 행위라는 것을 잘못 이해하고 있을지도 몰랐다. 또 설사 그것이 부정 행위라고 하더라도 종복에게 잘못을 저지르지 말라고 해도 그것은 도통 무리한 이야기이다. 쌓이고 쌓인 원한은 언젠가 한번은 폭발하지 않고는 견딜 수 없을 것이다. 조그마한 종이 쪽지 한 장을 찢어버리는 데에서 그런 돌파구를 찾았다면 오히려 순진한 것이다.

어떠한 방법으로도 가라앉힐 수 없는 관리들의 목소리는 여전히 복도에 쩌렁쩌렁 울려퍼지고 있었다. 다른 점에서는 서로 사이가 좋지 않은 동료들도 떠들어대는 점에 있어서는 완전히 의견이 일치하고 있는 것 같았다. 이 관리는 모든 동료들의 몫까지 떠들어대는 일을 완전히 자기가 가로맡고 있는 모양이다. 다른 사람들은 단지 헛기침을 해대거나 고개를 끄떡거리거나 하여 좀더 잘 해보라고 격려해주는 것만 같았다. 그러나 종복은 이미 그런 일은 전혀 안중에 없었다. 그는 자기의 일을 완전히 끝마친 것이다. 그는 수레의 손잡이를 다른 종복더러 쥐라고 하고는 왔을 때와 마찬가지로 그것을 끌고 가버렸다. 다만 올 때보다도 좀더 마음이 흡족한 듯 수레가 튀어오를 정도로 빨리 끌고 갔다.

그들은 단 한 번 몸을 움츠리고 뒤를 돌아다 본 일이 있었다. 그것은 끊임없이 고함을 지르고 있던 관리——K는 그가 무엇을 요구하고 있는지 알고 싶어 마침 그 문 앞을 왔다갔다 하고 있는 참이었다——가 떠들어대는 것으로는 아무래도 결말이 나지 않겠다고 생각한 모양이었다. 그래서 그 앞에 있던 전기 벨의 단추를 발견하고는 이쪽이 훨씬 수고를 덜겠다고 생각했는지 떠들어대는 것을 그만두고는 노상 벨을 울려대기 시작한 것이다. 그러자 이곳저곳의 방에서도 일제히 왁자지껄한 소리가 들렸다. 그것은 아마도 찬성하는 목소리인 것 같았다. 이 관리는 다른 사람들이 전부터 하고 싶어서 견딜 수 없으면서도 무언가 망설여져서 못 하고 있었던 일을 해치운 것 같았다.

이 사나이가 벨을 울려 부르려고 하는 것은 어쩌면 급사가 아닐까? 아니 어쩌면 프리다일는지도 모른다. 그렇다면 언제까지나 울리고 있어도 좋다. 프리다는 예레미아스에게 찜질을 해주느라고 바쁠 테니까 말이다. 만일 예레미아스가 병이 다 나았다고 하더라도 그녀에게 그러한 시간은 없을 것이다. 예레미아스의 품속에 안겨 있을 테니까 말이다.

그러나 벨은 곧 효과를 나타냈다. 벌써 멀리에서 여관 주인이 바쁜 걸음으로 나타났다. 언제나처럼 검은 옷을 입고 단추도 가지런히 다 채우고 있었으나 여느때와 같은 위엄은 잊고 있었다. 그처럼 바삐 서둘렀던 것이다. 그리고 자기는 큰 불행이 생겨서 불려왔지만 이제부터 그 불행을 붙잡고 가슴에 눌러서 숨통을 끊고야 말겠다는 듯이 팔을 반쯤 벌리고 있었다. 그는 벨소리가 조금이라도 불규칙해질 때마다 펄쩍펄쩍 뛰면서 바쁜 걸음을 한층 더 서두르는 것 같았다. 그보다 훨씬 뒤에 이번에는 안주인까지 모습을 나타냈다. 그녀도 팔을 벌리고 달려오고 있었으나 그 보폭은 훨씬 작았고 약간 귀부인 티를 내고 있었다. K는 생각했다. 아마 그녀는 시간을 못 댈 것이다, 그 동안에 주인이 필요한 일을 모두 끝내고 말 것이라고. 그리고 달려오는 주인에게 길을 비켜주기 위해서 벽에다 몸을 찰싹 붙였다. 그러나 주인은 마치 K를 목표로 해서 달려오기라도 한 듯이 K 옆에 와서 걸음을 딱 멈추었다.

안주인도 곧 뒤따라왔다. 그러고는 부부가 함께 K에게 비난을 퍼붓는 것이었다. K는 너무나 허겁지겁해서 상대방의 비난을 도무지 이해할 수가 없었다. 더구나 그 관리의 벨소리가 들려오고 게다가 다른 방의 벨소리까지 들려와서 뭐가 뭔지 도무지 알 수가 없었다. 지금은 벌써 필요해서 울리고 있는 것이 아니라 장난삼아, 재미가 있어서 울리고 있는 것이었다. K는 자기의 잘못을 정확하게 이해하는 것이 중요하다고 생각했기 때문에 주인이 자기에게 팔을 걸어 이 소동 속에서 끌어내려 하는 것에 선뜻 동의했다.

소동은 점점 더 커질 뿐이었다. 왜냐하면 세 사람이 지나간 다음에는——K는 주인과 안주인이 서로 반대쪽에서 뭐라고 자꾸만 지껄여댔기 때문에 일체 돌아다보지는 않았지만——문이란 문은 모두 활짝 열리고 복도는 아연 활기를 띠기 시작하여 마치 시끄럽고 좁은 골목길처럼 사람들의 왕래가 심해졌기 때문이다. 그들이 가는 쪽에 있는 문들은 마치 K가 빨리 지나가서 관리들을 자유롭게 해주기를 기다리고 있는 것 같았다. 이 소란 속에 노상 새로운 벨이 또 가담해서 복도에 울려퍼졌다. 그것은 마치 승리를 축하하고 있는 것 같았다.

K는 그제서야 겨우(세 사람은 이미 조용하고 눈이 하얗게 덮인 안뜰에까지 되돌아와 있었다. 거기에는 썰매가 두서너 대 기다리고 있었다) 무엇이 문제가 되고 있는지를 서서히 알게 되었다. 주인도 안주인도 K가 어째서 그런 엉뚱한 짓을 할 수 있었는지 도저히 이해할 수가 없다는 것이다.

"그러나 대체 내가 무엇을 했단 말인가요?"

K는 몇 번이나 그렇게 물었으나 좀처럼 대답을 들을 수가 없었다. 왜냐하면 주인 내외의 생각으로는 K의 죄는 너무나도 자명한 것이어서 K가 진심으로 그런 질문을 하고 있으리라고는 도저히 믿어지지가 않았기 때문이었다. K가 모든 것을 납득할 수 있기까지에는 무척 시간이 걸렸다. 그가 복도에 있었던 것이 잘못이었던 것이다. 그로서는 기껏해야 술집에 들어가는 것으로서 만족해야 한다는 것이다. 그것조차도 동정해서 특별히 봐주는 것이지 사실은 금지되어 있다는 것이다. 주인내외의 이야기는 대략 다음과 같았다.

"만일 어떤 관리에게 소환당했다면 지정된 장소에까지 출두해야 합니다. 그러나 당신도 보통의 상식은 가지고 있을 테니까 그 경우에도 본래 같으면 자기가 있어서는 안 되는 곳에 있었다는 것, 공무상의 용건이 그것을 요구하고 또 허용하기 때문에 관리는 마지못해 그곳으로 자기를 불렀으리라는 것을 잊어서는 안 되는 것입니다. 따라서 되도록 빨리 출두해서 신문에 응하고 그것이 끝나면 되도록 빨리 돌아가야 합니다. 대체 당신은 그곳 복도에 있으면서 이것은 주제넘은 불법 행위라는 것을 깨닫지 못했습니까? 당신은 야간 신문에 호출되지 않았던가요? 그러면서도 왜 야간 신문 같은 것이 행해지지 않으면 안 되었는지 그 까닭을 모르고 있었단 말인가요?

야간 신문은 말입니다(K는 여기에서 또 야간 신문의 의의에 대해 새로운 설명을 듣게 되었다). 관리들이 진정인을 낮에 보면 견딜 수가 없으니까 밤에 인공의 불빛 아래서 냉큼 처리하고 신문이 끝난 뒤 곧 잠들어버리면 불유쾌한 일을 모두 잊을 수 있을 것이라는 데에 목적이 있는 것입니다. 그런데 당신의 처신은 모처럼의 예방책을 근본부터 무시한 것입니다. 유령도 새벽이 오면 자취를 감추고 말아요. 그런데 당신은 두 손을 주머니 속에 찔러넣은 채 언제까지나 그곳에 남아 있었어요. 마치 자기는 물러가지 않고 이 복도에 있는 방과 관리들이 물러가주기를 바라는 듯이 말입니다. 만일 그것이 가능하다면——이것은 믿어주어도 괜찮은 일이지만——관리들은 틀림없이 그렇게 했을 것입니다. 관리분들은 헤아릴 수 없이 온정이 깊은 사람들이니까요. 어느 관리도 당신을 추방하지는 않을 것이며 이제 적당히 돌아가달라는——지극히 당연한 일이지만——말도 입 밖에 내지는 않을 것입니다.

참말이지 어느 누구도 그렇게 하지는 않을 것입니다. 아마 당신이 계시는 동안 줄곧 흥분한 나머지 몸부림을 칠 것이고 관리들이 매우 좋아하는 아침 시간을 헛되이 보내지 않으면 안 될 것입니다. 그러나 관리들은 당신에 대해서 단호한 태도를 취하는 대신 아마 자기들이 고생하는 쪽을 택할 것입니다. 물론 거기에는 모종의 희망도 섞여 있을 것입니다. 그 사나이도 결국은 이 불을 보기보다도 뻔한 일을 차츰 알아줄 것이 틀림없다. 우리들도 괴롭지만 그 사나이도 저렇게 초라한 모습을 아침부터 뭇사람들 앞에 드러내고 이 복도에 서 있다는 것이 참을 수 없을 만큼 고통스러울 것이다라는 희망을 가지고 있을 것입니다. 그러나 결국 그 희망은 실현될 가망은 없습니다.

이 세상에는 잔혹하고 무자비한, 어떤 외경심에 의해서도 결코 누그러지지 않는 마음을 가진 사람들이 있다는 것을 저 사람들은 모르고 있는 것이며 또 알려고도 하지 않습니다. 저 불쌍한 곤충에 지나지 않는 밤의 나방도 날이 새면 어딘가 조용한 한쪽 구석을 찾아 숨어들고 될 수만 있으면 어디엔가 사라지고 말겠다고 생각은 하면서도 그것이 안 되어서 슬퍼하고 있지 않습니까? 그런데 당신은 가장 눈에 잘 띄는 곳에 버티고 서서 만일 그것에 의해 날이 새는 것을 막을 수만 있다면 감히 그것도 마다하지 않겠다는 태도입니다.

물론 날이 새는 것을 막을 수야 없지만 그것을 늦추든가 어렵게 할 수는 있을 것입니다. 당신은 서류가 분배되는 모습을 보고 있지 않았습니까? 그것은 극히 가까운 관계자 이외에는 누구도 보아서는 안 되는 일입니다. 이곳 주인이나 안주인들인 우리들조차도 우리집에서 일어나는 일이지만 아직도 본 일이 없습니다. 다만 지나가는 소리로 들었을 뿐입니다. 가령 오늘도 종복으로부터 들었습니다. 당신은 오늘의 서류 분배가 얼마나 어려운 상황하에서 행해졌는지 깨닫지 못했습니까? 정말로 한심스러운 일입니다. 관리들은 자기 일에만 헌신하고 계셔서 자기 개인의 이익 따위는 생각하는 일이 없습니다. 따라서 중요하고 기초적인 일인 서류의 분배가 빠르고 쉽고, 그리고 실수없이 행해지도록 전력을 기울이지 않으면 안 되는 것입니다. 모든 곤란의 근본 원인이 어디에 있는가를 당신은 조금도 느끼지 못하고 있었단 말이지요? 그것은 밭입니다. 그 분배가 거의 모든 문을 닫은 채로 행해지지 않으면 안 되고 관리가 서로 직접 교섭을 해서는 안 된다는 점에 그 이유가 있는 것입니다.

직접 교섭을 하면 물론 당장에 결말이 날 것입니다. 그러나 종복이 개입하게 되면 거의 몇 시간이나 걸리고 불평 불만이 터져나오고 관리에게 있어서나 종복에게 있어서나 고민거리여서 아마도 그 후의 일에 좋지 않은 영향을 미칠 것에 틀림없습니다. 그런데 관리들은 왜 서로끼리 교섭할 수가 없었을까요? 당신은 이만큼 말씀드려도 아직도 모르시겠습니까? 지금까지 여러 고집쟁이들을 상대해왔지만 이런 사람은 정말 처음이네요. (하고 안주인이 말하자 주인도 거기에 맞장구를 쳤다). 보통 같으면 도저히 입 밖에 낼 수 없는 일까지도 당신에게는 분명히 말해두지 않으면 안 되겠어요. 그렇지 않으면 당신은 가장 긴요한 일까지도 모르시는 걸요. 그럼 말하겠어요. 아무래도 당신에게 해두지 않으면 안 될 말은 다음과 같은 것이에요.

즉, 관리분들이 방에서 나올 수 없었던 것은 당신이 계셨기 때문이에요. 전적으로 그것 때문이에요. 왜냐하면 관리분들은 아침잠에서 깨어날 시각에는 아주 부끄러워해서 자신의 몸을 남의 눈앞에 드러내보일 수가 없어요. 옷을 제대로 갈아입었다고 해도 벌거벗은 것과 마찬가지여서 도저히 사람 앞에 나타날 수 없다고 생각하는 거예요. 어째서 그렇게 부끄러워하는지는 설명하기가 힘들어요. 어쩌면 일을 하기 위해서만 살고 계시는 분들이니까 잠을 잤다는 것을 면목없게 생각하시는 건지도 몰라요. 그러나 사람 앞에 나서기 보다도 남을 바라보는 쪽이 훨씬 더 부끄러운 모양이에요. 지금까지 다행히 밤의 신문이라는 방편을 사용해서 진정인과 얼굴을 마주치는 괴로움을 견뎌왔지만 그것이 오늘 아침 느닷없이 노출된 모습으로 진정인들 앞에 모습을 나타내야 하는 것은 완전히 기가 죽는 노릇이지요. 관리들은 이러한 일은 도저히 참을 수가 없어요.

이러한 일에 무관심할 수 있는 사람은 대체 어떤 사람들일까요 ! 아마 틀림없이 당신과 같은 사람들이겠지요. 그러한 사람은 법률도, 또 극히 보통의 인간적인 배려도 당신과 같은 잠에 취한 무관심으로 무시해버립니다. 서류의 분배를 거의 불가능하게 해서 이 집의 평판을 손상시키고도, 또 견디다 못한 관리가 마침내 자위책으로 나와서 보통 인간으로서는 도저히 상상도 할 수 없는 정도의 자제 끝에 벨을 누르고, 다른 방법으로는 요지 부동의 상대를 추방하기 위해서 도움을 청하게 하는 전대미문의 불상사를 일으켜놓고도 태연히 있을 수 있는 것입니다. 이런 줄 알았더라면 우리들도, 아니 전체 종업원도 벌써 달려나왔을 텐데 말입니다 ! 다만 우리들은 부르지도 않는데 아침부터 설사 조금만 도와주고 곧 다시 물러난다 하더라도 관리들 앞에 감히 나설 용기가 나지 않았던 것이에요. 우리들은 당신에 대한 분노 때문에 치를 떨고 우리들의 무력함에 절망하면서 저 복도의 입구 쪽에 서 있었던 거예요.

설마 벨이 울리리라고는 생각도 안 했었습니다만 그 벨은 우리들에게 있어서 일종의 구원이라고 할 수 있지요. 그런데 최악의 사태는 이미 끝났어요. 가까스로 당신에게서 해방된 관리들이 얼마나 좋아하고 있는지 잠깐 보시면 좋겠어요. 하지만 당신에게 있어서는 문제가 아직도 끝난 것이 아니에요. 여기에서 저지른 일에 대해 반드시 책임을 지지 않으면 안 될 거예요.”

이렇게 이야기하고 있는 동안에 벌써 술집에까지 와 있었다. K에게 화를 내고 있었음에도 불구하고 왜 자기를 이런 데까지 데리고 왔는지는 분명치 않았다. 어쩌면 이렇게 지친 몸으로 밖에 나가는 것은 당분간 불가능하다는 것을 알아주었는지도 모른다. K는 앉으라고 권하는 소리를 기다리지도 않고 느닷없이 술통 위에 벌렁 쓰러지고 말았다. 그곳의 어둠침침한 것이 기분 좋았다. 이 넓은 방 안에는 맥주를 퍼내는 마개 위에 희미한 전등불이 하나 있을 뿐이었다. 바깥은 아직도 깜깜했고 눈보라가 치는 모양이었다. 이렇게 따뜻한 곳에 있을 수 있게 해준 것을 고맙게 생각하여 쫓겨나지 않도록 조심하지 않으면 안 되겠다. 주인도 안주인도 아직 K앞에 서 있었다. 여전히 K에게는 안심할 수가 없다. 이렇게 빈틈 없는 사나이는 언제 다시 벌떡 일어나서 복도로 달려나갈지 모른다는 듯한 태세였다. 게다가 그들도 날이 밝기 전에 일찍 깨어났기 때문에 몹시 피곤해 있는 것 같았다. 특히 안주인이 그러했다.

그녀는 명주처럼 하느적거리는 갈색 옷을 입고——그 바쁜 참에 어디에서 이런 옷을 끄집어내었을까——고개가 부러진 듯이 머리를 남편의 어깨에 기대고 멋진 손수건으로 눈을 가볍게 두드리면서 그 틈새에 어린애처럼 짓궂은 눈으로 K를 바라보고 있었다. K는 그들 부부를 달래줄 생각으로 말했다.

"지금 하신 말씀들은 정말 처음 듣는 이야기입니다. 그런 사정인 줄은 모르고 있었습니다만 그렇게 오랫동안 복도에 있었던 것은 아닙니다. 정말 거기에는 아무 볼 일도 없었고 관리들을 괴롭힐 생각은 털끝만치도 없었습니다. 다만 지독히 피곤했기 때문에 일이 그렇게 된 것입니다. 당신들이 그 난처한 장면을 끝낼 수 있게 해준 데 대해서는 정말로 고맙게 생각합니다. 책임을 지라고 말씀하신다면 기꺼이 그렇게 하겠습니다. 왜냐하면 내 태도를 여러분으로부터 오해받는 것을 막으려면 그렇게 하는 수밖에 방법이 없기 때문입니다. 그것은 정말 피로 때문이지 다른 뜻은 전혀 없었습니다.

그리고 그 피로는 신문의 긴장에 아직도 내가 익숙하지 못했다는 데에 있습니다. 사실 이곳에 온 지 아직 얼마 되지도 않았으니까요. 이런 일에 어느 정도 경험을 쌓으면 이와 비슷한 일은 두 번 다시 일어나지 않을 것입니다. 어쩌면 나는 신문이라는 것을 너무 심각하게 생각하고 있었는지도 모르겠습니다만 그 일 자체는 결코 단점이라고는 말할 수 없을 것입니다. 나는 신문을 두 가지나 계속해서 받지 않으면 안 되었던 것입니다. 한 번은 뷔르겔의 신문이고 또 한 번은 에를랑어의 신문이었지요. 특히 뷔르겔의 신문에는 기진맥진했습니다. 그리고 에를랑어의 신문은 그렇게 오랜 시간이 걸리지는 않았습니다. 어떤 일로 잠깐만 협력해달라는 것이었습니다.

그러나 두 가지 신문을 한꺼번에 받는다는 것은 도저히 감당할 수 없는 것이었습니다. 아마 다른 사람이라도——예를 들면 주인님이라도——그러리라도 생각합니다. 두 번째 신문이 끝났을 때는 문자 그대로 비틀거리면서 나왔습니다. 거의 취한 것 같은 느낌이었습니다. 어느 관리나 첫 대면이었고 게다가 나는 신문에 대답하지 않으면 안 되었으니까요. 내가 기억하고 있는 한에서는 어느 신문이나 만족할 만큼 좋은 결과를 나타냈다고 생각합니다.

　그런 다음에 그 불상사가 일어난 것인데 그 전에 있었던 두 가지 신문을 생각하다면 아마 나에게만 책임을 돌리지는 못하리라고 생각합니다. 유감스럽게도 내 지친 상태를 잘 알고 계셨으리라고 생각하는 것은 에를랑어와 뷔르겔 뿐입니다. 이 두 분이라면 나를 변호해주시고 사태가 이 이상 확대하지 않도록 아마 보호해주셨을 것에 틀림없습니다. 하지만 에를랑어는 아마 성으로 돌아가기 위해서였겠지만 곧 떠나지 않으면 안 되었고 뷔르겔 쪽은 아마 신문 때문에 지쳤던지(그러니까 나 같은 사람이 신문을 받고 나가떨어지는 것은 어쩌면 당연할 일입니다) 잠들고 말아서 서류를 분배할 때도 잠이 든 채였어요. 나부터라도 그렇게 잠들어버릴 기회가 있다면 기꺼이 그것을 이용했을 것이고 보아서는 안 되는 것을 보는 짓 따위는 하지 않았을 것입니다. 나는 사실 거의 눈도 보이지 않을 정도였으니까 보지 않고 지내는 일쯤은 사실 용이한 일이었습니다. 그러므로 감수성이 강한 관리들도 태연히 모습을 나타낼 수가 있었지요."

　K가 두 가지 신문의 일――에를랑어의 신문의 일도――을 이야기하고 관리들에 대해서도 경의를 가지고 말했기 때문에 주인은 그에게 호감을 나타냈다. 그래서 술통 위에 판자를 깔고 날이 샐 때까지 거기서 잠을 자게 해주었으면 좋겠다는 K의 부탁도 들어주려고 하는 것 같았다. 그러나 안주인은 거기에 대해서 분명히 반대했다. 그녀는 그때에야 비로소 자기의 옷맵시가 형편없다는 것을 깨달았는지 어색하게 여기저기를 잡아당기며 고쳐보기도 하면서 고개를 세차게 흔들었다. 집안을 청결하게 하지 하지 않으면 안 된다는 그녀의 오랜 생각이 분명히 부부 싸움을 일으키게 하려는 것 같았다. 지쳐 있는 K로서 본다면 부부간의 대화에는 큰 의미가 있었다. 여기에서 또다시 쫓겨난다면 지금까지 체험해온 모든 것을 능가할 정도의 큰 불행이라는 생각이 들었다. 설사 부부가 일치해서 반대하더라도 그런 꼴을 당해서는 안 된다! 그는 술통 위에 쭈그리고 앉아서 두 사람의 모습을 유심히 지켜보고 있었다. 그러자 안주인은 K가 아까부터 눈치채고 있던 이상할 정도의 날카로운 신경으로 갑자기 옆으로 떨어져서는――그녀는 이때는 벌써 주인과 다른 이야기를 하고 있는 것 같았다――이렇게 외치는 것이었다.

　"이 사람이 나를 쳐다보는 저 눈초리를 보세요! 자아, 이제 그만 적당히 해두고 쫓아내세요!"

　그러자 K는 여기에 머무를 수 있다는 것을 완전히 확신하는 듯이 거의 방

약무인한 태도로 말했다.

"나는 당신을 보고 있는 것이 아닙니다. 당신이 입고 있는 옷을 보고 있는 것입니다."

"왜 내 옷을 보지 않으면 안 되는 거죠?"

그러자 K는 어깨를 움츠려 보였다.

"갑시다."

하고 안주인은 자기의 남편을 재촉했다. 그러더니,

"천하기 짝이 없어요! 이 사람은 술에 취했어요! 여기서 술이 깨어날 때까지 푹 자게 내버려둡시다!"

그렇게 말하고는 다시 뻬삐를 불렀다. 뻬삐는 곧 어둠 속에서 불쑥 나타났다. 머리는 헝클어지고 몹시 피곤한 듯 빗자루를 들고 있는 손도 축 늘어져 있었다. 안주인은 무엇이든 베개가 될 만한 것이 있으면 K에게 던져주라고 뻬삐에게 말했다.

20

K는 잠에서 깨어났을 때 처음에는 거의 잠을 자지 않은 것 같은 기분이 들었다. 방은 여전히 인기척이 없고 따뜻했다. 벽은 어둠 속에 가라앉고 맥주를 받아내는 꼭지 위의 전등은 꺼져 있었다. 창 밖은 밤이었다.

그러나 K가 기지개를 쭉 펴자 베개가 밑에 떨어졌고 침대 대신인 판자와 술통이 삐걱삐걱 소리를 내며 울리자 곧 뻬삐가 달려왔다. K는 이미 저녁때이고 열두 시간 이상이나 자고 있었다는 이야기를 들었다.

"주인아주머니는 낮 동안에 두세 번 선생님에 대해서 물었습니다. 게르스텍커도 한 번 선생님의 모습을 보러 왔었습니다. 그 사람은 아침에 선생님이 주인아주머니와 이야기를 하고 있을 때부터 어스름 속에서 맥주를 마시면서 기다리고 있었는데 그 이상 선생님을 방해하는 것은 도리가 아니라고 생각하고 그만 돌아가고 말았습니다. 마지막에는 프리다도 이곳에 와서 잠시 선생님 옆에 서 있었다고 합니다. 하지만 그 사람은 선생님 때문에 온 것이 아니라 여기서 여러 가지 준비를 하지 않으면 안 되었던 것입니다. 왜냐하면 그 사람은 오늘밤부터 다시 본래의 직장으로 돌아가게 되어 있기 때문입니다."

대충 그 동안에 있었던 일을 이렇게 말하고 다시 커피와 케이크를 날라오면서 뻬삐는 정색을 하고 이렇게 물었다.

"그 사람은 벌써 선생님을 좋아하지 않는 모양이죠?"

하지만 그 물어보는 태도는 전과 같이 심술궂지 않았다. 자못 차분하고 슬퍼
보이며 자기는 그 후 세상이 얼마나 짓궂다는 것을 잘 알게 되었다는 듯한 말
투였다. 그리고 거기에 비한다면 자기의 짓궂음은 아무것도 아니라는 듯한
표정이었다. 그녀는 함께 고민하는 사람처럼 K에게 말하고는 K가 커피를 마
셔보고 어쩐지 덜 달다는 듯한 기색을 보이자 곧 달려가서 설탕이 가득 담긴
항아리를 가지고 왔다. 그녀의 슬픈 듯한 모습은 그녀가 지난번 때보다 훨씬
멋을 부리고 있는 것을 방해하지는 않았다.

머리에는 리본을 많이 엮어 넣었고 이마와 관자놀이의 머리칼은 곱슬곱슬
하게 지져 붙이고 있었다. 목에는 작은 목걸이를 하고 있었는데 이것이 블라
우스의 가슴 깊이 도려낸 곳까지 늘어져 있었다. K가 오랜만에 잠을 푹 자고
다시 맛좋은 커피까지 마시게 해준 데 대한 만족감에 사로잡혀 살그머니 머
리를 땋은 곳에 손을 뻗쳐 그것을 풀려고 하자 뻬삐는 피곤한 듯이 말했다.

"건드리지 마세요."

그러고는 K와 함께 가지런히 술통 위에 앉았다. K는 그녀의 고민을 물어
볼 것까지도 없었다. 그녀는 곧 자기 스스로 이야기하기 시작했다. 이야기를
하고 있는 동안에도 기분 전환이 필요하다는 듯이, 그리고 그것은 자기의 힘
에 부치는 일이라는 듯이 K의 커피 포트를 물끄러미 응시하고 있었다. K가
최초에 들을 수 있었던 이야기는 뻬삐의 불행은 실은 K의 잘못에서 비롯되었
지만 그렇다고 해서 그녀는 그를 조금도 원망하고 있지는 않다는 것이었다.
그녀는 K에게 반론의 기회를 안 주려는 듯이 이야기를 하고 있는 동안 계속
고개를 끄덕이고 있는 것이었다.

"선생님은 프리다를 술집에서 데리고 나갔어요. 그 덕분에 저는 출세를 할
수 있었지요. 사실 프리다에게 그 지위까지 내던질 마음을 일으키게 할 다른
사건이란 있을 수 없었어요. 그녀는 마치 거미가 거미줄 속에 도사리고 있는
것처럼 이 술집에 떡 버티고 앉아서 도처에 자기가 할 수 있는 범위 안에서
거미줄을 확장해나가고 있었어요. 그 사람을 본인의 의사와 관계없이 이 거
미줄에서 끄집어낸다는 것은 도저히 불가능했을 거예요. 그 사람을 거미줄에
서 끄집어낼 수 있었던 것은 신분이 낮은 사람에 대한 사랑, 즉 자기의 지위
에 어울리지 않는 일뿐이었어요. 그래서 저는 어땠는가 하면 그 지위를 손에

넣을 수 있으리라고 생각한 적이 단 한 번도 없었어요.

저는 객실 하녀였어요. 지위로서도 정말 보잘것없고 거의 앞날에 대한 희망도 없는 처지였어요. 그러나 다른 모든 소녀와 마찬가지로 저도 화려한 미래를 꿈꾸고 있었지요. 누구든 저의 꿈까지를 금지시킬 수는 없었으니까요. 하지만 진심으로 출세하고 싶다는 생각을 가져본 적은 없었어요. 이미 획득한 것만으로 만족하고 있었어요. 그런데 프리다가 갑자기 술집에서 없어져 버린 거예요. 그것이 너무나도 갑자기 이루어진 것이기 때문에 이 집 주인으로서는 곧 적당한 후임자를 찾을 수가 없었어요. 찾고 있는 동안에 문득 주인의 눈이 저에게 머물렀던 거예요. 물론 저도 적당히 눈에 잘 띄는 곳에서 주인의 눈을 사로잡으려고 애쓰고 있었지만 말이에요.

제가 선생님을 사랑하게 된 것은 바로 그 무렵의 일이에요. 지금까지 누구도 이렇게 좋아해본 적이 없었어요. 그때까지 저는 벌써 몇 개월째 아래층의 조그만하고 어두운 방에서 지내야 했어요. 앞으로 몇 해 동안, 아니 재수가 없으면 평생 동안 사람의 눈에 띄지 않고 여기서 지내야 할 것을 각오하고 있었어요. 그러던 참에 선생님이 이 불쌍한 소녀를 구해주려고 불쑥 나타난 거예요. 물론 그 당시에 선생님은 저 같은 것을 아시지도 못했고 또 저를 위해서 그렇게 해주신 것도 아니었어요. 그러나 그렇다고 해서 선생님을 고마워하는 제 마음이 조금도 수그러들지는 않았어요.

드디어 제가 프리다의 뒤를 이어받게 되기 전날 밤——뒤를 이어받게 되리라는 것은 아직도 정식으로 결정된 것은 아니었지만 거의 확실했어요——저는 몇 시간 동안이나 선생님과 이야기를 하고 선생님에게 고맙다는 말을 속삭였어요. 그리고 선생님의 행위를 더할 수 없이 숭고하게 보이게 했어요. 저를 돕기 위해서 프리다를 연인으로 삼았다는 것은 거의 이해할 수 없을 만큼 희생적인 행동이라고밖에 제 눈에는 비치지 않았던 거예요.

그럴 수밖에 없는 것이 프리다는 이쁘지도 않고 나이도 많은 데다가 가냘프고 게다가 머리칼도 짧고 빈약하기까지 해요. 그리고 이것은 아마 그 사람의 외모와도 관계가 있는 것이겠지만 언제나 무엇인지 모를 비밀을 가지고 있는, 저의가 있는 듯한 여자거든요. 얼굴도 몸집도 보잘것없이 가난해보이는 여자는 적어도 무엇인가 그 밖의 비밀을 가지고 있을 것에 틀림없어요. 그래서 저는 이런 생각까지 하고 있었어요. 선생님이 정말로 프리다를 사랑하고 있다니 그런 일이 도대체 있을 수 있을까? 선생님은 자기 자신을 속이고 계시는 것이다, 또는 어쩌면 프리다만을 속이고 계실는지도 몰라, 그리고 이 모든 것에서 생겨나는 결과는 내가 출세한다는 것뿐일지도 몰라, 그러면 선생님은 자기의 잘못을 깨달으시고 프리다 따위는 거들떠보지도 않으시고 나만을 봐주실 거야라고 말이에요.

이것은 결코 허황된 망상이 아니었어요. 왜냐하면 저는 여자로서는 얼마든지 프리다와 겨룰 자신이 있었으니까요. 이것은 결코 누구도 부정할 수 없는 일이었어요. 그리고 선생님의 눈을 당장에 현혹해버린 것은 무엇보다도 프리다의 지위와 그 사람이 교묘하게 거기에 부여한 빛이었을 뿐이니까요. 그리고 저는 이 지위를 손에 쥐는 날에는 선생님이 머리를 숙이고 나한테 부탁하러 오시리라, 그러면 나는 선생님의 부탁을 들어드리고 이 지위를 헌신짝처럼 저버리고 말거나 아니면 선생님의 부탁을 뿌리치고 더욱 출세를 하거나 둘 중 어느 하나를 택해야 하리라는 몽상에 잠기고 말았어요.

그러나 이런 모든 것을 단념하고 선생님 곁으로 달려가서 프리다와 함께라면 결코 맛볼 수 없을 세상의 지위라든가 명예에 절대 구애받지 않는 참된 사랑을 선생님에게 가르쳐드려야지, 하는 마음의 준비를 갖추고 있었어요. 그런데 그 다음에 사정이 달라졌어요. 그것은 누구 때문일까요?

그것은 무엇보다도 먼저 선생님 때문이고 나아가서는 물론 프리다의 교활함 때문이기도 했어요. 그러나 특히 선생님 때문이었어요. 대체 선생님은 무엇을 원하고 계시나요? 선생님은 정말 이상해요. 선생님이 얻으려고 애쓰고 계시는 것이 무엇인가요? 선생님은 완전히 마음을 빼앗겨 가장 가까이에 있는 것, 가장 좋은 것, 그리고 가장 아름다운 것을 잊고 계시다는 것을 모르고 계셔요. 그것이 얼마나 중요한 것인지를 모르고 계셔요.

저는 그 희생양이 되었어요! 그리고 모든 것을 어처구니없게도 잃어버리고 말았어요. 이 진신관에 불을 질러 태워버리는, 그것도 흔적도 없이 송두리째 태워버릴 수 있는 힘을 가진 사람이 있다면 오늘부터는 그 사람이 저에게 선택된 사람이에요. 그래요, 이러한 경위가 있어서 저는 바로 나흘 전 점심식사 직전에 이 술집으로 옮겨왔어요.

이곳의 일은 결코 편안하지는 않아요. 아니, 거의 살인적이라고 해도 과언이 아닐 정도예요. 그러나 이곳에서 얻은 것도 결코 적지는 않아요. 저도 지금까지 결코 헛되이 세월을 보낸 것은 아니에요. 아무리 분방한 공상을 멋대로 하고 있을 때도 이 지위를 손에 넣으려고 생각한 적은 단 한 번도 없었어요. 그래도 충분한 관찰만은 하고 있어서 이 지위가 얼마나 중요한 것인가는 알고 있었기 때문에 아무런 준비도 없이 무턱대고 떠맡는 것은 아니었어요. 이 지위는 도저히 아무런 준비도 없이 떠맡을 수 있는 것이 아니거든요. 만일 그랬다가는 한 시간도 되기 전에 당장 쫓겨날지도 몰라요. 하물며 객실 하녀와 같은 방식으로 여기에서도 움직였다간 그야말로 큰일이에요!

객실 하녀를 하고 있으면 날짜가 지남에 따라 완전히 게을러지고 모든 것을 잊은 것처럼 되어버려요. 마치 광산 속에서 일하고 있는 것 같은 기분이에요. 적어도 비서들이 계시는 복도는 그래요. 며칠 동안이나 그곳 복도에는 바쁜 걸음으로 왔다갔다 하면서 얼굴을 들 용기조차 없는 소수의 낮 동안의 진정인들을 제외하면 사람의 그림자조차도 볼 수 없어요. 다만 같은 또래의 객실 하녀가 두서너 명 있을 뿐인데 이것이 또 하나같이 벌레 씹은 얼굴을 하고 있어요.

아침에는 하녀들이 방에서 나오는 것조차 금지되어 있어요. 이 시간에는 비서들끼리 서로 오붓한 시간을 가지고 싶어하니까요. 식사는 종복들이 조리장에서 날라다주지요. 그러니까 객실 하녀는 대개 아무것도 하는 일이 없는 거예요. 식사 중에도 복도에 모습을 나타내서는 안 돼요. 관리들이 일을 하고 계시는 동안에만 청소를 해도 괜찮은 것으로 되어 있어요. 물론 관리가 계시는 방은 안 되고 어쩌다가 아무도 안 계시는 방만 청소를 할 수 있어요. 그것도 관리들의 일에 방해가 되지 않도록 소리를 내지 않아야 해요.

하지만 소리를 내지 않고 청소를 할 수 있을까요? 어떻든 관리들이 며칠씩이나 묵었던 방이고 게다가 그 불결하기 짝이 없는 종복들이 마구 뛰놀던 방을 말이에요. 겨우 우리들의 손에 맡겨졌을 때에는 노아의 홍수를 갖고도 씻어내릴 수가 없을 정도예요. 정말 훌륭한 관리들이지만 그 뒤치다꺼리를 하기 위해서는 웬만큼 구토감을 억제하지 않고서는 도저히 할 수가 없어요. 객실 하녀의 일은 아주 많다고는 할 수가 없지만 제법 힘이 드는 일이에요. 그리고 나중에 듣게 되는 것은 언제나 칭찬이 아니라 잔소리예요. 특히 가장 흔히 듣는 잔소리는 청소할 때 서류를 잃어버렸다는 것이에요. 사실은 아무것도 잃어버린 것이 없어요. 종이 종류는 어떤 것이라도 전부 주인한테로 가지고 가거든요. 그래도 서류가 없어졌다는 거예요.

그런 때는 조사 위원회의 사람들이 찾아오고 하녀들은 자기의 방에서 나가 있지 않으면 안 되지요. 위원회 사람들은 침대 밑까지 뒤집어봐요. 하녀들은 재산이라고는 아무것도 없고 약간의 소지품은 등에 짊어지는 바구니 하나에 들어가버릴 정도예요. 그래도 위원회 사람들은 몇 시간이라도 걸려서 찾아보는 거예요. 물론 아무것도 나올 리는 없지요. 하녀들의 방에 어떻게 서류가 휩쓸려들어갈 수 있겠어요? 하녀가 서류 같은 것을 가지고 있어봤자 대체 그것으로 무엇을 한단 말인가요? 그러나 그 결과는 언제나 실망한 위원들의 욕지거리와 협박을 주인이 대신해서 우리들한테 퍼붓는 것이에요.

그렇다고 해서 결코 그것으로 소동이 진정되는 것은 아니에요. 낮이나 밤이나 차분히 가라앉을 새가 없어요. 한밤중까지 소란이 계속되고 아침은 또 아침대로 아직 어둠도 가시기 전부터 시끄러워지는 거예요. 그런 방에 앉아 있고 싶지도 않지만 그럴 수도 없어요. 왜냐하면 약간 시간이 비어 있을 때도 주문에 따라서 간단한 음식을 날라가는 것이 객실 담당 하녀의 임무이니까요. 특히 한밤중에 그런 일이 많아요. 언제나 느닷없이 하녀의 방문을 주먹으로 두드리는 소리가 들려요. 주문하는 물건을 적어가지고 조리장으로 달려가서 잠자고 있는 요리 담당 젊은이들을 흔들어 깨우면 그들은 눈깜짝할 사이에 그것을 만들어서 음식을 담은 쟁반을 하녀들의 방문 앞에 놓고 가는 거예요. 그러면 종복들이 와서 그것을 다시 자기 상전한테 가져가지요.

정말 한심스러운 일이지요. 그러나 이것은 아직 아무것도 아니에요. 정말로 난처한 것은 주문이 오지 않게 되었을 때지요. 즉, 모두 잠이 들었을 때, 그리고 사실 대개의 사람들이 잠자고 있는 한밤중에, 때때로 하녀의 방문 앞을 살금살금 걸어다니는 소리가 나기 시작하는 거예요. 그러한 때 우리 하녀들은 대개 침대에서 내려와서——침대는 아래위로 겹쳐져 있어요. 사실 거기는 매우 좁아서 하녀들의 방이라고는 하지만 방 전체가 실은 세 개로 크게 나뉘어진 선반과 같은 것이에요——어떻든 우리들은 침대에서 내려와서 문 옆에 귀를 기울인 채 불안에 떨면서 서로 껴안고 있어야 해요. 문 앞을 배회하는 발자국 소리는 여전히 들려와요. 차라리 방 안으로 들어와주었으면 마음이나 놓일 텐데 말이에요.

그러나 아무 일도 일어나지 않아요. 아무도 들어오지는 않는 거예요. 그러나 여기에는 아무런 위험이 없다는 것을 서로 확인하지 않고는 우리들은 안심할 수가 없어요. 어쩌면 누군가가 문 앞을 왔다갔다하면서 무엇을 주문할까 하고 망설이고 있는지도 모른다. 그것이 아직 결정되지 않아서 그냥 그러고 있을지도 모른다. 단지 문제는 그뿐인지도 모른다고 우리들은 생각을 해요. 그러나 전혀 엉뚱한 다른 일일지도 모르는 거죠. 실상 우리들은 관리분들을 전혀 모르고 있고 아직 한 번도 뵌 적이 없으니까요. 어쨌거나 방 안에 있는 하녀들은 너무 걱정을 한 나머지 십 년은 감수한 듯한 기분이에요. 그래서 바깥이 겨우 조용해졌을 때는 그대로 벽에 기댄 채 침대에 다시 올라갈 기력도 없을 정도예요.

이러한 생활이 다시 저를 기다리고 있어요. 오늘 밤 안으로 다시 본래의 하녀 방으로 옮기지 않으면 안 되는 거예요. 어째서 이렇게 되었을까요? 선생님과 프리다 때문이에요. 가까스로 빠져나왔던 생활에 다시 돌아가지 않으면 안 돼요. 거기에서 빠져나왔던 것은 선생님의 도움도 있었지만 저도 나름대로 애를 썼어요. 거기에서 객실 담당의 근무를 하고 있을 때는 다른 일은 아무리 잘 깨닫는 사람이라도 몸차림을 아주 등한히 하게 되지요. 대체 누구를 위해서 치장할 필요가 있을까요? 아무도 보아주는 사람이 없는걸요. 보아주는 사람이 있다면 고작해야 조리장에서 일하는 사람이에요. 그 사람들에게 잘 보여야 하는 사람은 물론 곱게 치장을 해도 괜찮겠지요. 그러나 그 이외에는 언제나 자기의 방에 있거나 관리분들의 방을 청소하고 있을 뿐이에요. 관리들의 방에 예쁜 옷을 입고 들어간다는 것은 경솔한 사람들이나 하는 짓이에요. 그야말로 낭비 이외에는 아무 소득도 없는 일이니까요.

그리고 언제나 인공의 빛과 무겁고 답답한 공기 속에서——이 집은 언제나 난방이 되어 있어요——정말 언제나 지쳐 있어요. 일주일에 한 번씩 있는 오후의 휴식 시간에 조리장에 있는 반침 속이나 어딘가에서 안심하고 자면서 지내는 것이 가장 즐거운 때지요. 그러니 무엇 때문에 모양을 낼 필요가 있을까요? 뿐만 아니라 입는 것조차도 만족스럽게 입지 못하고 있는 형편이지요. 그런데 저는 갑자기 술집으로 부서가 바뀌었어요. 여기서는——물론 자기의 지위를 계속 유지하려고 생각할 때의 일이기는 하지만——하녀들과는 정반대의 일이 필요하대요.

노상 사람들이 눈에 노출되어 있기 때문에——그리고 그 중에는 아주 세련되고 조심스러운 손님도 계시기 때문에——언제나 되도록 고상하고 우아한 모습을 하고 있지 않으면 안 되는 거예요. 그런데 이것은 제게 있어서는 아주 중요한 운명의 갈림길이 되었지요. 제가 이런 말을 한다는 것은 좀 쑥스러운 일이기는 하지만 저는 무엇 한 가지도 소홀히 하지는 않았다고 생각해요. 나중에 어떤 결과를 가져오는가 하는 것은 전혀 걱정하지 않았으니까요.

저는 제가 이 지위에 필요한 갖가지 능력을 다 가지고 있다는 것을 잘 알고
있었어요. 그리고 그것을 분명히 믿고 있었어요. 또 이 확신을 지금도 갖고
있어요. 아무도 이 확신을 저에게서 빼앗을 수는 없을 거예요. 제가 좌절당하
는 날인 오늘도 그것을 저에게서는 빼앗을 수 없을 거예요.

　다만 첫날에 실수를 하지 않는다는 것은 참으로 어려웠어요. 왜냐하면 불
쌍한 객실 담당 하녀였던 저에게는 의상도 없고 몸치장을 할 장신구도 하나
없었으니까요. 그리고 손님들은 장래가 유망하다는 한가한 말이나 하면서 노
상 기다려주지는 않았어요. 당연한 일일는지는 모르겠습니다만 견습 기간도
없이 그날부터 당장 술집 아가씨가 되지 않으면 좋아하지 않아요. 그렇지 않
으면 사람들은 당장 등을 돌려버리고 말아요. 프리다도 잘 해냈으니까 손님
들이 요구하는 것은 그리 대단한 것이 아니라고 생각하실지도 모르겠어요.
그러나 그것은 잘못된 생각이에요. 저는 몇 번이나 그 생각을 해보았어요. 프
리다와도 가끔 그 이야기를 했고 한동안은 그녀와 침식을 함께 하기도 했어
요.

　프리다가 어떻게 그것을 해냈는지 그 자취를 더듬는다는 것은 그리 쉬운
일이 아니에요. 웬만큼 조심하지 않으면——대체 그렇게까지 조심하고 있는
손님이 과연 얼마나 될까요?——프리다에게는 곧 속아버리고 말아요. 프
리다의 용모가 얼마나 못생겼는지는 누구보다도 프리다 자신이 아마 가장 잘
알고 있을 거예요. 가령 그녀가 머리를 풀어 헤치고 있는 모습을 처음 보는
사람은 아마 불쌍해서 손뼉을 탁 치고 말 거예요. 만일 일이 제대로 되어가는
세상이라면 그런 아가씨는 아마 객실 담당 하녀도 되지 못할 거예요. 프리다
도 그것을 잘 알고 있어서 밤에 곧잘 그 일로 해서 울고는 저에게 몸을 바싹
갖다 붙이고 제 탐스러운 머리털을 자기의 머리에 감아보곤 했었지요.

　하지만 일단 일을 시작하면 모든 의구심은 깨끗이 사라지고 마는 것이었어
요. 프리다는 자기를 절세 미인이라고 생각하고 손님들에게도 그런 생각을
가지게끔 만들 수가 있었어요. 프리다는 손님의 마음을 참 잘 알고 있어요.
이것이야말로 프리다의 진짜 수완이라고 할 수 있어요. 그리고 손님들이 곰
곰이 생각해볼 여유를 주지 않고 재빨리 거짓말을 해서 상대방을 현혹시키고
마는 거예요. 물론 그것만으로는 언제까지나 속일 수 있는 것은 아니에요. 결
국은 손님들에게도 보는 눈이 있어서 자기들의 생각이 옳았다는 것을 알게
될 거예요.

그러나 프리다는 그런 위험을 깨달았을 때는 이미 다음 수법을 준비하고 있는 거예요. 가령 최근의 일로는 클람 씨와의 관계가 그런 것이지요. 프리다가 클람 씨와 관계가 있다는 거예요! 선생님이 그것을 믿지 못하시겠다면 얼마든지 조사를 해보실 수가 있어요. 클람 씨에게 가서 물어보시면 되는 거예요. 교활해요! 정말로 교활해요! 만일 선생님이 그런 것을 묻기 위해 클람 씨를 찾아갈 용기가 없다고 하더라도, 또 클람 씨가 그보다 훨씬 중요한 질문이 있다고 해도 선생님을 만나주시지 않는다고 하더라도, 더욱이 클람 씨가 선생님을 감히 문전박대를 하더라도——클람 씨가 그런 일을 할 수 있는 것은 오직 선생님 같은 분뿐이에요. 왜냐하면 프리다 같으면 언제라도 자기가 원할 때에 클람 씨의 방으로 달려갈 수가 있기 때문이지요. 설사 그렇다고 하더라도 이 사건을 조사할 수는 있어요. 선생님은 그저 느긋하게 기다리시기만 하면 되는 거예요!

클람 씨는 그런 밑도 끝도 없는 소문을 결코 오래 참고 견디지는 못해요. 클람 씨는 술집이나 객실에서 자기에게 관해 나돌고 있는 소문을 악착같이 추궁할 거예요. 그러한 것은 클람 씨에게 있어서는 아주 중대한 일이거든요. 그리고 그것이 아무 근거도 없는 일이라는 것을 알게 되면 즉시 바로잡으려 들 거예요. 그러나 프리다의 일에 관해서는 아직껏 정정하고 있지 않아요. 그렇다면 아마 아무것도 정정할 것이 없다는 이야기일 거예요. 모두가 사실뿐이라는 이야기이죠.

우리들이 보고 알고 있는 것은 프리다가 맥주를 클람 씨에게 날라다주고 돈을 받아가지고는 다시 돌아온다는 것뿐이에요. 우리들의 눈에 띄지 않는 것은 프리다가 이야기를 해줘요. 그러면 우리들은 그것을 믿을 수밖에 없어요. 그런데도 프리다는 전혀 사실을 이야기하고 있지 않아요. 그녀는 결코 그러한 비밀은 입 밖에 내지 않을 사람이니까요. 네, 그래요. 오히려 그 사람 주변에서 비밀을 지껄이는 거예요. 물론 일단 비밀이 새어버리면 그 사람은 스스로도 태연히 그것을 이야기하지요. 하지만 아주 조심스럽게 이야기하며 무슨 특별한 주장을 하는 것이 아니에요. 이미 누구나가 알고 있는 있는 사실을 되풀이할 뿐이지요. 그것도 무엇이든 다 되풀이하는 것은 아니에요.

예를 들면 프리다가 술집에 나오면서부터는 클람 씨가 예전처럼 맥주를 마시지 않게 되었다, 아주 많은 양이 줄어든 것은 아니지만 분명히 예전보다는 줄었다는 이야기 같은 것은 좀처럼 이야기하지 않아요. 거기에는 아마 여러 가지 이유가 있었는지도 몰라요. 어쩌다가 클람 씨가 맥주에 별로 맛을 느낄 수 없는 시기에 와 있었는지도 모르고 혹은 또 프리다에게 홀딱 빠져서 맥주 마시는 것을 잊고 있었는지도 모르지요. 어쨌거나 그렇게 해서 놀랍게도 프리다는 클람 씨의 애인으로 통하게 되었어요. 그리고 술집에 필요한 만큼의 용모밖에는 갖추지 못한 프리다가 순식간에 놀라울 정도의 미인으로 통하게 되었어요.

뿐만 아니라 거의 지나칠 만큼 아름답고 오만해져서 술집에 있기에는 아까운 존재가 되어버렸어요. 사실 세상 사람들은 프리다가 언제까지나 술집에 있다는 것을 이상하게 생각할 정도가 되어버렸지요. 술집의 간판 아가씨라는 것만 해도 대단한 것이에요. 그렇기 때문에 클람 씨의 애인이라는 것도 거짓말처럼 들리지를 않는 것이지요. 하지만 술집 아가씨가 일단 클람 씨의 애인이 되었다면 클람 씨는 어째서 언제까지나 애인을 그냥 술집에 내버려두는 것일까요? 왜 좀더 높은 신분으로 그녀를 끌어올려주지 않을까요?

물론 여기에는 아무런 모순 따위는 없어요. 클람 씨는 분명한 이유가 있어서 그렇게 하고 있을 뿐이다, 어쩌면 당장 내일이라도 프리다는 높은 자리에 앉을는지도 모른다 하고 사람들에게 몇 천 번 이야기할 수 있을지도 모르지만 그 정도의 일로는 아무 효과도 없어요. 세상 사람들은 일정한 생각에 사로잡히게 되면 누가 아무리 농간을 부려도 그 생각을 바꾸게 할 수는 없는 거예요. 이제는 어느 누구도 프리다가 클람 씨의 애인이라는 것을 의심하는 사람은 없어졌어요. 분명히 사정을 좀더 잘 알고 있을 사람도 이미 의심하는 일에는 지쳐 있었어요. '클람의 애인이라니 멋대로 놀라지. 확실히 클람의 애인이라면 출세라도 해서 그 증거를 보여주었으면 좋겠어'하고 그들은 생각하는 것이었어요.

그러나 아무런 증거도 보여주지 못했어요. 프리다는 지금까지와 마찬가지로 여전히 술집에 있었고 언제까지나 그곳에 있는 것을 은근히 기뻐하기까지 했어요. 그러나 그녀는 세상 사람들에게서 차츰 인기가 떨어졌어요. 물론 그녀가 그것을 모를 리는 없었지요. 프리다는 어떤 일이라도 그것이 아직 표면에 나타나기 전부터 알고 있었으니까요. 정말 미인이고 사랑스러운 아가씨라면, 또 일단 술집의 사정을 잘 아는 아가씨라면, 구태여 기교를 부릴 필요도 없을 거예요. 아름다운 여자로 남아 있는 동안에는 무슨 특별한 불운이라도 닥치기 전에는 술집의 간판 아가씨로 있는 것은 별문제가 없을 테니까요.

그러나 프리다 같은 여자는 항상 자기 지위를 걱정하지 않으면 안 되었어요. 물론 프리다는 현명하게도 그것을 겉으로 나타내보이지는 않았어요. 오히려 밤낮없이 불평을 늘어놓거나 이 지위를 저주하거나 하곤 했지요. 그러나 내심으로는 항상 세상 사람들의 동태를 유심히 관찰하고 있었어요. 그래서 그녀는 사람들의 마음이 이미 자기를 떠났다는 것을 알아차린 거지요. 프리다가 술집에 나타나도 이미 조금도 반응이 없고 다만 얼굴을 들고 쳐다볼 정도의 값어치밖에 인정받지 못했던 거예요. 이미 종복들의 관심조차도 끌지 못했어요. 종복들은 현명하게도 올가나 그 비슷한 여자들의 꽁무니를 따라다니고 있었지요.

이 집 주인의 태도만 보더라도 프리다는 점점 이 집에 남아 있지 않아도 좋을 사람이 되어가고 있다는 것을 알 수 있었어요. 항상 클람 씨에 관한 새로운 이야기를 지어낼 수만도 없는 노릇이지요. 어떤 일에도 한계라는 것이 있게 마련이니까요. 그래서 프리다는 무언가 새로운 일을 해보이리라고 결심했어요. 그러나 그것을 곧 꿰뚫어볼 수 있는 사람이 과연 있었을까요? 저는 어렴풋이 깨닫고는 있었지만 유감스럽게도 그것을 꿰뚫어볼 수는 없었어요.

프리다는 스캔들을 일으킬 결심을 했던 거예요. 적어도 클람의 애인이라는 여자가 상대를 가리지 않고, 그것도 가능하면 가장 비천한 사나이에게 몸을 맡기는 것이에요. 그러면 당장 그것은 세상 사람들의 입에 오르내리고 오랫동안 소문이 자자해져서 마지막에는 클람 씨의 애인이란 도대체 무엇인가, 또 새로운 사랑에 도취해서 그 명예를 헌신짝처럼 버릴 수는 있는가 하고 다시 한 번 생각하게 될 것이라는 얘기이지요. 그런데 거기에 알맞는 남자, 말하자면 그 연극의 상대역을 맡아줄 적당한 남자를 발견한다는 것은 결코 쉬운 일이 아니었어요. 안 되는 일이니까요. 종복 같았으면 아마 어이가 없어서 그녀를 놀라운 눈으로 바라보고는 어딘가로 그냥 달아나버렸을 거예요. 그리고 무엇보다도 우선 종복들은 그 진실성을 보장할 수가 없었어요. 그리고 아무리 그녀가 말을 잘 하더라도 종복에게 불의의 습격을 당해서 그만 의식을 잃고 있는 동안에 일을 당하고 말았다고 그럴 듯하게 설명하기는 아무래도 어려웠을 거예요.

또 아무리 신분이 낮은 상대라고는 하지만 그 사나이는 어리석고 천한 방법에도 불구하고 오직 프리다만을 사랑하고 프리다와 결혼하는 것만이 평생의 소망이라는 것을 세상이 모두 믿어줄 만한 상대가 아니고서는 곤란했으니까요. 신분이 아무리 천하더라도, 경우에 따라서는 종복보다도 신분이 더 낮더라도 모든 아가씨들이 우스갯으로 여길 그런 사나이라면 안 되고 사람을 볼 줄 아는 아가씨라면 적어도 언젠가는 매력을 느낄 그런 사나이가 아니면 안 되었으니까요. 하지만 그런 사나이가 대체 어디에 있겠어요? 다른 아가씨라면 아마 평생을 찾아도 발견할 수가 없었을 거예요.

그러나 프리다의 운세는 측량 기사님을 그녀의 술집으로 데리고 온 거예요. 아마도 이 계획이 그녀의 마음에 처음으로 떠오른 마침 그날 밤의 일이었던 것인지도 모르겠어요. 그래요, 측량 기사님! 선생님은 대체 무엇을 생각하고 계신가요? 어떤 특별한 계획을 생각하고 계시나요? 어떤 거창한 것을 손에 넣으려고 하고 계시나요? 좋은 지위라든가 아니면 공로상이라도 손에 넣을 생각이신가요? 그런 것을 정말 바라고 계셔요?

만일 그렇다면 처음부터 좀더 다른 방법을 택하지 않으면 안 되었을 거예요. 아무튼 선생님은 아무것도 아니에요. 한 푼의 값어치도 없는 그야말로 완전한 무(無)예요. 물론 선생님은 측량 기사님이세요. 이것은 물론 어느 정도의 기술을 몸에 지니고 있다고는 할 수 있겠죠. 즉, 선생님은 약간의 기술을 터득하고 있는 것이에요. 하지만 그 터득한 기술을 아무 데도 써먹지 못한다면 역시 아무것도 아니지요. 그러면서도 선생님은 여러 가지 요구를 하고 있어요. 아무런 뒷받침도 없으면서 말이에요. 물론 노골적이라고는 할 수 없지만 그래도 선생님이 무엇을 요구하고 계시다는 것은 곧 알 수 있어요. 그리고 그것이 세상 사람들의 원망을 사고 있는 거예요.

선생님은 하잘것없는 객실 담당 하녀라고 하더라도 선생님과 조금이라도 오래 이야기를 하고 있으면 세상으로부터 손가락질을 당한다는 사실을 모르고 계시나요? 그리고 이러한 특별한 요구를 갖고 계시면서 선생님은 도착한 첫날 밤에 벌써 엄청난 함정 속에 빠져버렸어요. 그러고도 부끄럽지 않으세요? 프리다의 어디가 좋아서 그렇게 홀랑 빠져버렸나요? 지금은 말씀하실 수가 있겠지요? 그 말라빠진 누런 여자가 정말로 선생님의 마음에 드시던가요? 그럴 리가 없어요. 선생님은 프리다의 얼굴을 한 번도 보신 일이 없었으니까요. 다만 프리다로부터 클람 씨의 연인이라는 말을 들었을 뿐이에요. 그리고 그것이 처음 듣는 말이라서 아마도 효과를 발휘했던 것이지요.

그러나 선생님은 그것으로 해서 몸을 망친 거예요! 그리고 프리다는 선생님과 관계를 맺은 일로 해서 여기를 나가지 않으면 안 되었어요. 당연한 일이지만 진신관에는 이제 그 사람이 있을 곳이 없어졌어요. 저는 그날 아침 프리다가 나가기 전에 그녀를 만났어요. 종업원들도 모두 달려왔어요. 모두들 프리다가 나가는 장면을 보고 싶었으니까요. 그녀의 위세는 아직도 당당해서 사람들은 모두 그녀를 아깝게 생각했어요. 그녀와 평소에 사이가 좋지 않았던 사람들조차도 모두 유감스럽게 생각했으니까요.

이렇게 해서 이미 처음부터 그녀의 계산이 옳았었다는 것이 증명됐지요. 이런 남자에게 몸을 맡겨버렸다니 정말로 알 수 없는 일이라고 모두들 생각했고 그것은 그녀의 불운이라고 믿었던 거지요. 조리장에서 막일을 하고 있는 여자애들, 이런 애들은 술집 아가씨라면 누구에게나 감탄을 하고 있는데 이 애들은 정말 자기 신세를 슬퍼하고 있었어요. 그래도 제 마음은 매우 감동하고 있었어요. 그때 제 주의는 사실 다른 데를 향하고 있었지만 그러한 저까지도 감동하지 않고는 견딜 수 없었어요. 프리다는 사실 무서운 불행을 겪고 있었어요. 물론 그녀 자신도 매우 불행한 척하고 있었지만 그런 것은 효과가 없었어요. 그런 연극에 속아넘어갈 제가 아니었으니까요.

그러면 어째서 프리다가 그렇게 의연한 태도를 취할 수 있었을까요? 새로운 사랑이 행복했기 때문이었을까요? 그런 것은 도저히 생각할 수 없었어요. 그렇다면 어째서였을까요? 그때 이미 프리다의 뒤를 이어받기로 되어 있던 저에게 대해서까지 언제나와 똑같은 서글서글한 친밀감을 보여줄 수 있는 힘을 그녀에게 준 것은 대체 무엇이었을까요? 그때의 저는 이 문제에 대해서 충분히 생각해볼 만한 여유가 없었어요. 새로운 지위에 앉기 위한 준비 때문에 눈코 뜰 새 없이 바빴기 때문이지요. 아마 두서너 시간 뒤에는 새로운 일을 시작해야 할 텐데 머리도 빗지 않았고 우아한 옷, 아름다운 속옷, 남들 앞에 신고 나갈 수 있는 신발조차도 준비되어 있지 않은 상태였으니까요.

그것들을 모두 두서너 시간 이내에 갖추지 않으면 안 되었어요. 제대로 몸차림을 할 수가 없으면 차라리 이 자리를 깨끗이 단념해버리는 것이 나았을 거예요. 왜냐하면 준비가 되어 있지 않으면 틀림없이 반 시간 이내에 모처럼의 자리를 빼앗기고 말 테니까요. 그런데 준비는 부분적으로는 잘 되었어요. 저는 머리를 매만지는 것에는 특별한 재주를 가지고 있었어요. 언젠가는 안주인의 머리를 손질하기 위해서 일부러 불려간 적도 있을 정도였으니까요. 저는 본래 미용 솜씨가 좋았어요. 게다가 머리숱이 많기 때문에 얼마든지 좋은 모습으로 가꿀 수가 있었어요.

옷에 대해서도 도와주는 사람이 곧 나타났어요. 하녀 두 사람이 동료애적인 헌신으로 봉사해주었어요. 같은 동료의 한 사람이 술집 아가씨로 발탁되었다는 것은 그녀들에게 있어서도 일종의 명예였던 것이지요. 게다가 제가 힘을 가지게 되면 여러 가지로 편의를 도모해주리라고 생각한 것이지요. 하녀들 중의 한 사람이 예전부터 값비싼 천을 가지고 있었어요. 그것은 이를테면 그 애의 보물로서 곧잘 동료들에게 자랑해보이며 언젠가는 이것으로 호화스러운 옷을 만들 수 있게 될 날을 꿈꾸고 있었어요. 그런데 제가 그것을 필요로 한다는 것을 알고는 선뜻 그것을 제게 제공해주었어요. 정말 놀라운 일이었어요.

그리고 두 사람은 옷을 만드는 일도 거들어주었어요. 자기들의 옷을 만드는 일에도 아마 그렇게까지 열을 올리지는 못했을 거예요. 뿐만 아니라 그 일하는 모습이 아주 즐거워보이고 신바람이 났어요. 두 사람은 아래 위로 겹쳐진 각자의 침대에 걸터앉아서 노래를 부르면서 바느질을 하고 만들어진 부분이나 장식을 아래에서 위로, 또 위에서 아래로 주고받으면서 마냥 즐겁게 일하는 것이었어요. 저는 그때의 일을 생각하면 지금 모든 것이 수포로 돌아가 빈 손으로 다시 동료들에게로 돌아가야 한다는 것이 얼마나 가슴이 쓰리고 아픈지 모르겠어요.

정말 얼마나 큰 불행인가요! 특히 선생님은 얼마나 경솔하고 죄스러운 일을 하셨는요? 그때는 모든 사람이 이 옷을 보고 얼마나 기뻐해주었을까요? 그것은 확실한 성공을 보장해주는 것 같았어요. 그리고 나중에 리본을 달 자리까지 마련되었을 때는 마치 모든 위구심이 날아버리는 것 같았어요. 이 옷은 지금도 아름답지 않으세요? 물론 이제는 구김살이 가고 더러워졌어요. 그것은 갈아입을 옷이 없어서 밤낮 이 옷만을 입고 있었기 때문이에요. 하지만 얼마나 아름다운 옷인지는 지금도 잘 알 수 있어요. 저 지긋지긋한 바르나바스의 아가씨도 이보다 더 멋진 옷은 만들 수는 없을 거예요.

게다가 이 옷은 위도 아래도 마음대로 줄였다 늘였다 할 수가 있어서 한 벌뿐이면서도 여러 가지로 모양을 달리해서 입을 수가 있어요. 이것이 옷의 특별한 장점으로서 실은 제가 고안한 것이에요. 물론 저에게 어울리는 옷을 만들기는 결코 어려운 일이 아니었어요. 이것은 절대로 자랑이 아니에요. 젊고 건강한 아가씨에게는 어떤 옷이라도 잘 어울리는 것이니까요.

그보다도 훨씬 어려웠던 것은 속옷과 신발을 마련하는 일이었어요. 그리고 여기에서부터 사실상 실패는 시작되었지요. 여기서도 두 사람의 동료는 저를 힘 닿는 대로 도와주었어요. 그러나 크게 도움이 되지는 않았지요. 있는 대로 모으고 갖다가 주워모은 천으로 만든 속옷은 아무래도 형편없는 것이었어요. 뒤꿈치가 높은 조그마한 힐은 도저히 구할 수 없었기 때문에 슬리퍼로 견디지 않으면 안 되었어요. 사람 앞에 나서기는커녕 어딘가에 숨겨두고 싶은 슬리퍼였어요. 모두들 저를 위로해주었지요. 프리다도 그렇게 아름다운 옷을 입고 있는 것은 아니고 때로는 형편없는 옷차림을 하고 있어서 손님들은 프리다보다 술통지기 소년들의 접대를 오히려 더 좋아했을 정도라고 말하면서 말이에요.

그것은 사실이었어요. 그러나 그것은 프리다이기 때문에 가능했던 일이에요. 프리다는 이미 손님들의 총애와 인기를 한 몸에 받고 있었으니까요. 예를 들면 귀부인이 어쩌다 한 번쯤 더러운 차림으로 사람 앞에 나가도 오히려 그것이 더 매력적으로 보이는 것과 마찬가지시요. 그러나 저 같은 풋내기의 경우는 어림도 없는 이야기지요. 게다가 프리다는 옷을 맵시있게 입을 줄 몰랐어요. 선천적으로 센스가 없는 거예요. 피부가 누르스름하면 물론 그것을 감추도록 노력하지 않으면 안 돼요. 프리다처럼 누르스름한 피부 위에 가슴이 크게 드러난 블라우스를 입는 것은 아무래도 어울리지 않아요. 그렇게 하면 누런 색 일색이 되어서 보는 사람이 하도 딱해서 눈물이 나올 지경이 되지요.

그렇지 않은 경우에도 프리다는 워낙 인색해서 좋은 옷차림을 하고 있지는 않았어요. 번 돈은 모두 저축했지요. 무엇 때문에 그렇게 저축을 하는지 아무도 아는 사람이 없었어요. 여기에 근무하고 있는 동안에는 돈도 쓸 일이 없고 적당한 거짓말을 하거나 속인다든가 하면 이럭저럭 재미도 볼 수 있었으니까요. 저는 그런 프리다를 흉내내기도 싫었고 또 흉내를 낼 수도 없었어요. 그러니 자기를 돋보이게 하기 위해 제가 그렇게 몸치장을 한 것도 결코 무리가 아니었지요. 하물며 처음에는 말할 것도 없었어요.

다만 좀더 효과적인 방법을 사용해서 그렇게 할 수가 있었다면 프리다가 아무리 교활하고 선생님이 아무리 실수를 했더라도 저는 여전히 승리자로 남아 있을 수 있었겠죠. 사실 처음에는 꽤 잘 나갔어요. 필요한 수단이나 지식은 벌써 전부터 보거나 듣거나 해서 잘 알고 있었으니까요. 그래서 술집에 나가자마자 벌써 저는 그곳의 제반 사정에 능통하게 되었어요. 적어도 일에 관해서는 프리다가 있어야 하겠다고 말하는 사람은 아무도 없었으니까요. 그 다음날에야 겨우 몇몇 손님이 프리다는 어디에 갔느냐고 물었으니까요.

실수하는 일조차 전혀 없었어요. 그래서 주인도 만족하고 있었어요. 첫날에만 걱정이 되어서 노상 술집의 모양을 보러 왔지만 그 다음에는 어쩌다가 가끔씩 찾아오는 정도였고 나중에는 모든 것을 저에게 맡겨버렸어요. 워낙 돈 계산이 정확했으니까요. 게다가 또 매상도 프리다가 맡고 있을 때보다도 약간이긴 하지만 늘어났어요. 저는 지금까지와는 방법을 달리했어요. 프리다는 일을 열심히 하기 위해서가 아니라 욕심과 지배욕 때문에, 또 자기의 권리를 조금이라도 남에게 빼앗기지는 않을까 하는 불안 때문에, 적어도 부분적으로는, 특히 누군가가 보고 있는 경우에는 종복들에게 감시의 눈초리를 빛내고 있었어요.

이와는 반대로 저는 이러한 일은 술통지기 소년들에게 맡기기로 했어요. 실제로 이러한 일은 그들이 하는 것이 훨씬 더 좋았어요. 이렇게 하면 관리들의 시중을 드는 시간이 훨씬 더 많아져서 손님들을 빨리 접대할 수가 있었어요. 그리고 어느 손님과도 두어 마디씩은 농담을 할 수가 있었어요. 이 점이 확실히 프리다와는 달랐지요. 프리다는 자기의 몸은 오직 클람 씨를 위해서 존재한다는 듯이 클람씨 이외의 사나이가 말을 걸거나 자기에게 접근하려고 하면 그것을 클람 씨에 대한 모욕이라고 생각하는 식이었어요.

물론 이것은 현명한 방식이기도 했지요. 왜냐하면 만일 누군가가 옆에 가까이 오는 것을 용납하면 그는 그녀로부터 말할 수 없는 호의를 받은 것이 되기 때문이지요. 그러나 저는 그러한 방법이 싫었어요. 저는 누구에게나 다 친절히 대했고 또 모든 손님은 거기에 대해 친절한 태도로 보답해주었어요. 일에 지친 관리분들이 겨우 잠시 동안 맥주를 마실 시간을 냈을 때 잠깐 말을 건넨다든가 또는 눈짓을 하든가 어깨를 움츠려보인다는 것은 무뚝뚝한 관리들을 완전히 다른 사람으로 만들어주는 결과가 되지요. 그래서 모든 분들이 제 머리카락을 만져주는 바람에 하루에도 십여 차례나 저는 머리를 고쳐 빗지 않으면 안 되었어요. 제 머리카락과 머리를 땋는 매력에는 어느 분이나 저항할 수가 없거든요. 평소에는 우둔하기 짝이 없는 선생님조차도 그랬었으니까 말이에요.

이렇게 일이 많고, 하지만 일할 보람이 있는 날들은 지나갔어요. 이렇게 빨리 지나가지 않고 조금만 더 오래 계속되었더라면 얼마나 좋았을까요! 하다 못 해 며칠만 더 있었으면 좋았을 텐데! 이렇게 기진맥진할 정도로 긴장된 생활을 보냈지만 나흘 동안은 너무나 짧았어요. 아마 하루만 더 있었어도 충분했을 거예요. 그렇지만 나흘은 너무 짧았어요. 저는 나흘 동안에 이미 저에게 관심을 가져주는 사람과 다정하게 대해주는 사람이 몇 사람 생겼어요. 그분들의 눈초리를 믿어도 괜찮다면 저는 맥주 조끼를 가지고 갈 때 마치 우정의 바닷속을 헤엄치는 것과도 같았어요. 특히 바르트마이어라는 서기는 제게 홀딱 반해서 이 목걸이와 로켓을 선물해주었을 정도니까요. 그 로켓 속에는 말씀드리기가 쑥스럽지만 그의 초상이 들어 있었어요.

하여튼 그 밖에도 좀더 다른 일도 일어났어요. 그러나 불과 나흘 동안의 일이었어요. 저는 열심히 노력했지만 나흘 동안에 프리다가 거의 잊혀질 단계까지는 갔지만 완전히 잊혀지기란 역시 어려운 일이었어요. 물론 프리다가 용의주도하게도 저 큰 스캔들에 의해 사람들의 관심을 끌도록 해놓지 않았다면 아마 좀더 빨리 잊혀졌을지도 몰라요. 그녀는 스캔들 덕분에 사람들에게 어딘지 모르게 신기하게 여겨졌던 거지요. 사람들은 호기심에서 다시 한 번 프리다를 보고 싶다고 생각한 거예요. 싫증이 날 만큼 멋이 없다고 생각했던 사람이 선생님의 공적에 의해서 다시 사람들의 관심을 끌었던 것이지요.

물론 제가 여기에 있고 또 제 존재의 영향력이 계속되고 있는 한은 사람들도 저를 희생시키는 일 따위는 하지 않았을 것예요. 그러나 손님들은 대개가 중년이 신사들이기 때문에 일단 익숙해진 습관에서 빠져나오기란 좀처럼 쉽지가 않았어요. 새로온 술집 아가씨에 익숙해지기에는 상당한 날짜가 필요하지요. 이 교대가 아무리 저에게 유리한 것이라고 하더라도 아마 며칠은 충분히 걸렸을 것이에요. 어쩌면 닷새쯤만 있으면 충분했을지도 몰라요. 그러나 나흘만으로는 아무래도 부족했어요. 아무리 노력을 해도 저는 아직 임시로 채용된 술집 아가씨로밖에는 인정되지 않았어요. 그리고 더욱이──아마 이것이 가장 큰 불행이라고 생각하지만──클람 씨는 이 나흘 동안에(처음 이틀 동안은 마을에 묵고 있었는데도) 한 번도 아래층 술집에 내려오지 않았다는 것이에요. 만일 클람 씨가 내려와주었더라면 제 솜씨를 발휘할 결정적인 시련이 되었을 거예요.

저는 이 시련을 조금도 두려워하고 있지 않았어요. 오히려 즐거운 마음으로 기다리고 있었지요. 만일 내려와주었더라면 저는──물론 이러한 것은 입에 담지 않는 것이 무엇보다도 상책이라고 생각합니다만──클람 씨의 애인이 되지는 않았을 것이고 그러한 명예로운 지위에 오르지 않았을 뿐 아니라 적어도 프리다와 같은 정도로 정중하게 맥주를 책상 위에 나를 수 있었을 것이고 프리다처럼 뻔뻔스러운 태도가 아니라 좀더 우아하게 인사를 나눌 수 있었을 거예요. 그리고 클람 씨가 제 눈동자 속에서 무엇을 찾으려고 한다면 제 눈 속에서 그것을 얼마든지 찾을 수 있었을 거예요.

그러나 클람 씨는 어째서 내려오지 않았을까요? 우연이었을까요? 저도 그때는 우연이라고 믿고 있었어요. 이틀 동안 노상 저는 클람 씨를 기다리고 있었어요. 밤에도 기다렸지요. '이제 곧 내려오실 것이다' 하고 저는 생각하고 있어요. 불안스럽게 기다리는 마음과 그가 이곳에 나타나기만 하면 맨 먼저 그 모습을 보고 싶다는 바람으로 정신없이 이곳저곳을 뛰어다니고 있었지요. 이렇게 끊임없이 실망하는 바람에 저는 아주 지쳐버려 제가 할 수 있는 일을 미처 다 못 하고 말았어요.

저는 조금이라도 짬이 생기면 2층 복도로 뛰어올라가서 (종업원이 이곳에 드나드는 것은 금지되어 있었지만) 벽의 움푹 파인 데에 몸을 찰싹 붙이고는 그를 기다리고 있었어요. '지금이야말로 나와주시면 좋은데! 방에서 나오시면 그를 붙잡고 두 팔로 안아다가 식당에까지 모실 수가 있을 텐데. 아무리 그가 무겁더라도 쓰러지지는 않을 것인데' 하고 가슴을 두근거리며 기다리곤 했어요. 그러나 클람 씨는 나타나지 않았어요.

이층 복도는 쥐죽은 듯이 조용해서 실제로 거기에 가본 적이 없는 사람으로서는 상상도 못 할 정도였어요. 너무도 조용해서 오래 견딜 수가 없을 정도였어요. 그래도 저는 무서운 줄도 모르고 열 번 쫓겨나면 다시 또 열 번을 올라갔지요. 그러나 그것은 전혀 무의미한 일이었어요. 클람 씨는 내려오려고 생각하면 자기 멋대로 내려올 테지요. 그러나 내려올 의사가 없으면 제가 아무리 벽감 속에서 숨가쁘게 가슴을 조이더라도 그를 유인할 수는 없는 일이지요. 그러니까 전혀 의미가 없는 노릇이었지요.

하지만 클람 씨가 나와 주지 않는다면 거의 모든 일이 무의미해지지요. 그런데도 클람 씨는 나와주지 않은 거예요. 저는 어째서 클람 씨가 내려오지 않았는지 오늘에는 알 수 있어요. 만일 제가 이층 복도의 벽감 속에 숨어서 두 손을 가슴에 얹고 있는 것을 프리다가 보았다면 아마 무척 재미있어 했을 테죠. 클람 씨가 내려오지 않았던 것은 프리다가 내려오지 못하도록 막고 있었기 때문이에요. 물론 프리다가 부탁해서 그랬던 것은 아니에요. 프리다가 아무리 애원한다고 해서 클람 씨의 귀에까지 들어갈 리가 없어요. 그러나 저 지겨운 프리다는 아무도 모르는 여러 가지 연결 고리를 가지고 있어요.

제가 어떤 손님에게 이야기할 때는 분명히 말을 하기 때문에 옆의 테이블까지 들려요. 그러나 프리다는 말을 안 해요. 맥주를 테이블 위에 놓고는 그냥 나가버리는 거예요. 그녀가 돈을 들인 유일한 물건인 명주 스커트만이 살랑살랑 옷 스치는 소리를 낼 뿐이에요. 그러나 때때로 손님에게 무언가 말을 할 때는 몸을 수그리고 몰래 귀엣말을 하기 때문에 옆 테이블의 사람은 귀를 기울이지 않으면 안 들려요. 그녀가 귀엣말을 한 것은 아마 쓸데없는 말뿐이겠지만 그러나 언제나 쓸데없는 소리라고는 할 수가 없어요. 프리다는 여러 가지 연결 루트를 가지고 있어서 그 하나하나의 연결 고리를 다른 연결에 의해 지탱하고 있어요. 그리고 대개의 경우는 실패하고 말지만(누가 프리다의 일을 언제까지나 마음에 두고 있을까요?) 그래도 때로는 어느 하나의 연결 고리를 단단히 붙잡고 있어요.

그녀는 마침내 이 연결을 이용하기 시작한 거예요. 그것을 이용할 기회를 그녀에게 준 것은 바로 선생님이었어요. 선생님은 그녀의 곁에 있으면서 그녀를 감시하기는커녕 거의 집에 붙어 있지를 않고 사방을 돌아다니면서 여기저기서 쓸데없는 이야기를 지껄이기만 했어요. 선생님은 거의 모든 일에 주의를 돌리고 있지만 프리다에게 대해서만은 주의를 하고 있지 않아요. 결국은 프리다에게 좀더 많은 자유를 주기 위해서 교반옥에서 텅 빈 학교로 옮기고 말았어요. 얼마나 멋진 신혼 생활의 시작이었을까요!

저는 선생님이 프리다 옆에 계시는 것을 참을 수 없었다고 해서 결코 선생님을 비난하려는 것이 아니에요. 사실 그런 여자 곁에 계실 수는 도저히 없었을 거예요. 그러나 그렇다면 어째서 선생님은 프리다를 완전히 버리시지 않았나요? 어째서 몇 번이나 되풀이해서 프리다 옆으로 돌아가셨나요? 왜 여기저기를 돌아다니면서 프리다를 위해 싸우고 있다는 듯한 인상을 주셨나요? 마치 선생님은 프리다와 관계를 가짐으로써 자기 자신의 무가치함을 깨닫고 그럼으로써 프리다와 어울리는 사람이 되기 위해 어떻게든지 빨리 출세하려는 것 같았어요. 그래서 지금은 여러 가지로 부자유스러운 지경에 있더라도 그 보상은 나중에 충분히 할 수 있다는 생각에서 잠시 동안 별거 생활을 하고 계시는 것 같아요.

프리다는 그 동안에도 시간을 낭비하고 있는 것은 아니에요. 그녀는 학교 교실에 가만히 앉아서 (아마 프리다가 선생님을 학교로 데리고 갔을 것이 틀림없어요) 이 진신관의 모습을 살피고 선생님을 관찰하고 있었어요. 그녀는 아주 수완이 좋은 심부름꾼을 부리고 있었어요. 선생님의 두 조수가 바로 그들이에요. 선생님은 완전히 그 조수들을 프리다에게 맡겨놓고 있었어요(이것은 아무래도 이해가 되지 않아요. 선생님이라는 사람을 잘 알고 있는 저로서도 납득이 되지 않아요). 프리다는 조수들을 자기가 옛날부터 알고 있는 사람들에게 보내서 자기를 그들에게 다시 상기시키고 선생님 같은 사나이에게 감금당하고 있는 것을 몹시 한탄하고 있다고 호소한 거예요. 그리고 머지않아 진신관으로 돌아가겠다고 말하고 상대방의 도움을 요청했어요. 그리고 클람 씨에게는 아무 말도 하지 말아달라고 간청하고 클람 씨는 몸을 아끼지 않으면 안 되니까 어떤 일이 있어도 아래층 술집에 내려가게 해서는 안 된다고 주장한 거예요. 그리고 어떤 사람에 대해서는 클람 씨의 몸을 아껴주어야 한다고 선전한 것을 이 집 주인에게는 자기의 공로인 것처럼 이용하고 클람 씨가 이제는 밑에 내려오지 않게 되었다는 사실을 주목하게 했지요. ‘밑에는 시중 드는 사람이 뻬삐밖에 없는데 어떻게 클람 씨가 내려올 수 있겠어요? 이것은 주인인 당신의 잘못이 아니에요. 뻬삐는 찾아낼 수 있는 최상의 대리였으니까요. 다만 대리는 어디까지나 대리일 뿐 고작 이삼 일이면 족해요’라고 말이에요.

　선생님은 프리다의 이러한 공작을 조금도 모르고 계셨어요. 선생님은 바깥을 쏘다니지 않을 때도 아무것도 모르고 프리다의 발치에 누워서 뒹굴었지요. 그 동안에도 프리다는 자기가 술집에서 떠나 있던 그 시간들을 손꼽아 세어보았어요. 그리고 조수들은 그런 심부름꾼의 역할만을 하고 있는 것은 아니었어요. 두 사람은 선생님을 질투하게 하고 선생님을 흥분시키는 역할도 떠맡고 있었지요. 프리다는 어렸을 때부터 조수들을 알고 있었어요. 서로의 사이에는 비밀이라고는 아무것도 없는 친숙한 사이였지요. 그래서 그들은 선생님에게 경의를 표하면서 서로가 사랑하는 체하는 연극을 꾸미기 시작한 거예요. 그리고 이것이 선생님에게 있어서는 진짜 사랑으로 발전하는 위험을 낳은 것이지요.

　그리고 선생님은 어떤 일이라도 또 아무리 모순 투성이의 일이라도 해치우는 성격 때문에 프리다의 생각대로 되어가고 있었던 거예요. 예를 들면 선생님은 조수들에게 질투심을 일으키게 하면서도 세 사람이 함께 있는 것을 조금도 경계하지 않고 혼자서만 밖을 쏘다니고 있었던 것이지요. 말하자면 선생님도 거의 프리다의 세 번째 조수인 것처럼 말이에요. 그래서 프리다는 드디어 자기 관찰을 토대로 해서 중대한 결심을 하게 된 것이지요. 즉, 진신관으로 되돌아가기로 결심한 거예요. 그것은 정말로 다시없는 좋은 기회였지요. 저 교활한 프리다의 이러한 기회를 만들어내고 또 그것을 제때에 이용할 줄 아는 솜씨에는 그저 놀라지 않을 수가 없었어요. 이 관찰과 결단의 힘이야말로 누구도 흉내낼 수 없는 오직 프리다만이 가지고 있는 독특한 수완이에요.

만일 저에게도 그러한 재능이 있었다면 제 인생은 좀더 다른 행로를 더듬었을 거예요. 프리다가 하루나 이틀 동안만 더 학교에 있어 주었더라면 저는 벌써 여기를 쫓겨나는 일도 없었을 것이고 술집 아가씨로서의 지위를 결정적인 것으로 만들 수 있었을 거예요. 그러면 이 임시 방편의 빈약한 옷차림도 호화로운 것으로 바꿀 수 있었을 것이에요.

하루나 이틀만 더 있었으면 누가 어떤 책략을 쓰더라도 클람 씨를 더 이상 술집에 오지 못하도록 붙들어둘 수는 없었을 것이에요. 클람 씨는 술집에 내려와서 맥주를 마시며 마냥 즐거운 기분이 되곤 했겠지요. 가령 프리다가 없다고 깨달아도 이 변화에 아주 만족하고 있을 것이구요. 하루나 이틀 더 있었으면 프리다도 그녀의 스캔들과 연고 관계, 그리고 조수들도 모두 잊어버리고 말았겠지요. 그렇게 되면 프리다는 그 만큼 더 선생님에게 열심히 매달리고——그녀에게 사랑하는 능력이 있다고 가정하고서의 이야기지만——선생님을 정말로 사랑하게 되었을까요? 천만의 말씀이에요.

왜냐하면 하루만 더 있었으면 선생님도 그녀에게 싫증을 느끼고 말았을 테니까요. 그녀가 자기는 미인이고 정숙하다는 허풍을 떨거나 특히 클람 씨와의 사랑을 과장하거나 하면서 얼마나 비열하게 선생님을 속여왔는가를 아시게 되었을 테니까요. 하루만 더 있었으면 그것이 가능했어요. 그 이상은 더 필요하지도 않았어요. 그러면 선생님은 그 불결한 조수들과 함께 프리다를 집에서 내쫓아버리고 말았을 거예요. 그래요, 하루 이상은 절대로 필요로 하지 않았을 거예요. 이렇게 해서 앞뒤를 막아버려 바야흐로 진퇴가 어렵게 되어버렸을 때 선생님이 마지막 탈출구를 열어주었기 때문에 프리다는 그곳을 통해 도망쳐버리고 만 거예요. 그녀는 갑자기(그것은 거의 아무도 예기하지 못했어요. 왜냐하면 그것은 자연에 대한 반역이었으니까요) 여전히 그녀를 사랑하고 항상 그녀를 쫓아다니고 있는 선생님을 깨끗이 떨쳐버리고 친구들이나 조수들의 도움을 얻어 이 집 주인 앞에 구원의 여신으로서 나타난 것이에요.

더군다나 스캔들에 의해 예전보다도 한층 더 매력적이고 대단히 천한 사람이나 귀한 사람을 막론하고 그들로부터 한결같이 격렬한 욕정의 눈으로 보여지게 되었지요. 잠시 동안 신분이 비천한 사나이에게 빠졌으나 곧 그 사나이를 보기 좋게 뿌리치고 지금은 또다시 그 사나이와 그리고 모든 사나이의 손이 미치지 않는 높은 자리에 서게 된 셈이지요.

그리고 예전에는 사람들이 그녀에게 얽힌 모든 것을 일단 의심하고 있었지만 지금은 모든 것을 완전히 믿게 되었다는 것이에요. 어떻든 이렇게 해서 프리다는 진신관으로 돌아온 것이에요. 주인은 노상 저에게 곁눈질을 하면서 제대로 솜씨를 증명해보인 저를 이대로 희생시킬 것인가 어쩔 것인가를 망설이고 있었지만 곧 프리다에게 설득당하고 말았어요. 프리다에게 유리한 재료가 너무나 많은 거예요. 특히 그 중에서도 프리다라면 클람 씨를 다시 술집에 나오게 할 수가 있으리라는 것이 그 대표적인 것이지요. 우리들은 벌써 저녁때가 다 되었는데도 이런 이야기에 정신을 빼앗기고 있어요. 그때까지 기다릴 생각은 없었어요. 금고는 벌써 안주인에게 인계해주었어요. 저는 이곳을 그냥 나가기만 하면 되는 거예요. 아래에 있는 하녀 방의 칸막이 침대는 저를 맞을 준비를 하고 있어요. 저는 그곳으로 가면 돼요. 동료들은 눈물을 흘리면서 저를 맞이해줄 거예요.

저는 이제 옷을 벗고 머리에 꽂은 리본을 벗기고 그리고는 모든 것을 방 안 한쪽 구석에 처박아둘 거예요. 거기에 잘 감추어두면 잊지 않으면 안 될 불쾌한 추억을 불필요하게 회상하지 않아도 될 테니까요. 그리고 큰 양동이와 빗자루를 손에 들고 이제부터 이를 악물고 일을 시작할 거예요. 그러나 그 전에 모든 것을 낱낱이 선생님에게 말씀드리지 않을 수 없었어요. 그것은 지금까지 일어났던 이러한 일들을 전혀 알 수 없었을 선생님에게 혹시 도움이 되지는 않을까 해서이고 또 제가 선생님으로부터 얼마나 가혹한 처사를 당하고 선생님 때문에 얼마나 불행을 겪어야 했는가를 분명히 알려야 했기 때문이에요. 물론 그러한 선생님도 결국은 악용을 당하고 있을 뿐이지만 말이에요."

삐삐는 이야기를 마치고 깊은 숨을 내쉬고는 눈과 뺨에서 흘러내리는 두세 방울의 눈물을 닦고는 고개를 끄덕이며 지그시 K를 바라보았다. 그것은 마치 이렇게 말하고 있는 것 같았다.

 '결국 제 불행 따위는 아무것도 아니에요. 저는 그것을 견디어나갈 참이에요. 그리고 아무의 도움도 위로도 필요로 하지는 않아요. 하물며 선생님의 도움이나 위로는 더욱이 필요로 하지 않아요. 저는 이 어린 나이에 벌써 인생이라는 것을 알고 있어요. 제 불행은 인생에 대한 저의 지식을 뒷받침하고 있을 뿐이에요. 그러나 문제는 선생님 자신에게 있어요. 저는 선생님에게 선생님의 있는 그대로의 모습을 보여드리고 싶었어요. 제 희망을 송두리째 좌절당하고 만 지금에 와서도 이것만은 꼭 해두지 않으면 안 되겠다고 생각했어요.'
 "뻬뻬, 무슨 쓸데없는 망상을 하고 있는 거요!"
하고 K는 말했다. 그리고 타이르듯이 이렇게 말을 이었다.
 "당신이 지금 비로소 이 모든 것을 발견했다는 것은 사실이 아니오. 이것은 밑의 어둡고 답답한 하녀의 방에서 생겨난 몽상 이외의 아무것도 아닌 것이오. 그러한 몽상은 하녀들의 방에서나 어울리는 것이지 이 넓은 술집에까지 가져오면 우스꽝스럽게만 보인단 말이오. 그런 어리석은 생각을 가지고 있었으니까 당신은 이곳에서 자기의 지위를 유지할 수가 없었던 것이오. 그것이 당연히 일 아니겠소? 당신이 한껏 자랑하고 있는 그 옷이나 머리 모양부터 하녀 방의 어둠과 누에의 선반 같은 침대에서 생겨난 것에 지나지 않소. 물론 하녀들의 방은 아름답지요. 그러나 여기는 몰래 그러든 노골적으로 그러든 모두들 웃고 있어요.
 그리고 또 당신은 무슨 얘기를 했더라? 아 참, 내가 악용당하고 속고 있다고 했지요? 그렇지 않아요, 뻬뻬. 나는 당신과 마찬가지로 이용당하지도 않고 속고 있지도 않아요. 물론 현재의 내가 프리다에게 버림을 당하고 당신의 말을 빌리면 프리다가 조수 한 사람과 도망을 쳤다는 얘기는 틀린 것이 아니오. 이 점에 있어서 당신은 한 가닥 진실을 보고 있는 것이 사실이오. 또 프리다가 내 아내가 된다는 것도 사실은 있을 수 없는 일이오. 그러나 내가 프리다에게 싫증이 났다든가 언젠가는 프리다를 쫓아내고 말 것이라든가 아마 세상의 아내가 남편을 속였듯이 그녀가 나를 속였을 것이라든가 하는 것은 전혀 진실이 아니오. 당신들 객실 담당 하녀들은 열쇠 구멍으로 남을 정탐하는 일밖에는 익숙하지 못하기 때문에 자기가 실제로 목격한 약간의 것을 모두 크게 부풀려서 잘못 추측하고 있는 것이오. 그 결과 가령 이 경우만 하더라도 당신보다도 내가 사정을 훨씬 모르고 있다는 이야기가 되고 있단 말이오.

나는 프리다가 나를 저버린 이유를 당신만큼은 자세히 설명할 수가 없소. 가장 그럴 듯한 설명은 당신도 약간 언급하다 말았지만 내가 그녀를 너무 등한시했다는 것, 즉 내가 그녀를 노상 방치해두었었다는 것이었오. 그것은 사실이오. 나는 확실히 그녀를 소홀히 다루었소. 그러나 거기에는 여기서 설명할 수 없는 어떤 특별한 이유가 있었소. 물론 그녀가 다시 돌아온다면 나는 반가워할 거요. 그러나 나는 곧 다시 그녀를 아무렇게나 방치하고 말 것이오. 나는 그녀가 항상 내 곁에 있어 주었기 때문에 당신이 비웃듯이 노상 밖으로만 쏘다녔던 것이오. 지금은 그녀가 나가버렸기 때문에 나는 아무것도 할 일이 없어지고 게다가 그만 지쳐버려서 점점 더 할 일이 적어졌으면 하고 생각하고 있소. 나에게 충고하고 싶은 다른 이야기는 없소, 뻬삐?”

“네.”

하고 뻬삐는 대답했다. 그리고 갑자기 기운을 되찾고는 K의 어깨를 붙잡으면서 말했다.

“우리 두 사람은 다 같이 속아넘어간 사람들이에요. 그러니 우리 둘이 함께 살아요! 자아, 저와 함께 아래층 하녀들이 있는 곳으로 가요.”

그러나 K는 말했다.

“나는 당신이 속았다고 불평을 늘어놓고 있는 동안은 당신과 마음을 통할 수가 없어요. 당신이 언제나 속았다고 말하는 것은 그렇게 말하면 자기 자신도 나쁜 기분이 들지 않고 한결 마음도 가벼워지기 때문일 거예요. 그러나 사실을 말하면 당신은 이 자리에 적당치 않아요. 당신의 의견에 의하면 나는 마치 아무것도 모르는 사람이라고 하는데 그러한 나에게조차 알 수 있는 정도니까 당신이 적당치 않다는 것은 불을 보듯이 뻔한 노릇이오. 당신은 참 마음씨가 착한 아가씨요, 뻬삐. 그러나 그것은 좀처럼 사람들에게 인정받기가 어려워요. 가령 나만 하더라도 처음에는 당신을 잔혹하고 건방진 아가씨라고 생각했으니까요. 그런데 당신은 그런 아가씨가 아니었소.

다만 이 자리가 당신의 머리를 혼란시키고 있었던 거요. 그것은 곧 당신이 이 자리에 적당치가 않다는 것을 말해주는 것이오. 이런 것은 별로 특별한 자리가 아니니까요. 다시 말하면 예전의 당신 지위보다 약간 명예스러운 것일지는 몰라도 그렇게 큰 차이가 있는 것은 아니란 말이지요. 오히려 쌍방을 놓고 비교해본다면 서로 비슷해요. 아니 어떻게 보면 객실 담당 하녀 쪽이 술집에 나가는 것보다는 더 낫다고 할 수 있을 정도예요.

왜냐하면 객실 담당이라면 언제나 비서들만을 상대로 하고 있으면 되지만 술집에서는 비서들 상관의 시중을 들 때도 있지만 때로는 가령 나처럼 신분이 형편없이 낮은 인간들도 상대하지 않으면 안 되니까요. 나는 법규상 이 술집 이외의 곳에 있으면 안 되지만 그런 사나이와 접촉할 수 있다는 것이 그래도 큰 명예에 속하는 것일까요? 어쩐지 당신은 그렇게 생각하고 있는 것 같군요. 아마 거기에는 또 나름대로의 이유가 있겠지만 말이오.

그러나 바로 그렇기 때문에 당신은 적임자가 아니라는 거요. 이런 것은 다른 지위와 어슷비슷한 지위요. 그런데 당신은 이것을 마치 천국이라고 생각하고 있는 것 같아요. 그래서 당신은 어떤 일에라도 지나치게 열심히 대들고, 당신 생각대로라면 마치 천사처럼 멋을 부리고(사실 천사와는 얼토당토않은 것이지만) 이 지위를 잃지는 않을까 하고 겁을 집어먹고 노상 쫓기는 것 같은 심정으로 살아가고 있어요. 자기를 지지해주리라고 생각하는 모든 사람들에게 지나치게 아양을 떨어 사기 편에 항시 있게 하려고 노력하고 있지만 오히려 상대방은 이를 귀찮게 여기고 달아나고 말지요.

왜냐하면 손님들은 술집에 휴식을 취하러 가는 것이지 가뜩이나 자기의 걱정만으로도 골치가 아픈데 술집 아가씨의 걱정까지 떠맡아서는 견딜 수가 없는 노릇이니까요. 프리다가 이곳을 나간 직후에는 신분이 높은 손님들은 누구 한 사람 이 사건을 모르고 있었는지 모르지만 이제는 벌써 다 알고 있어서 정말로 프리다를 그리워하고 있어요. 왜냐하면 프리다는 매사에 있어서 당신과는 전혀 다른 행동을 취하고 있었으니까요. 프리다가 그 밖의 점에 있어서는 어떠했든 간에, 또 자기의 지위를 아무리 높이 사고 있었든 간에 일에 관해서는 경험도 많았고 따라서 매사에 냉정했고 또 침착했소.

이것은 당신 자신도 칭찬하고 있는 일이오. 당신은 단 한 번이라도 프리다의 눈초리를 유심히 살펴본 적이 있나요? 그것은 벌써 술집 아가씨의 눈초리가 아니라 거의 안주인의 눈초리와 같은 것이었소. 그녀는 전체를 보는 것과 동시에 손님 한 사람 한 사람에게도 모두 시선을 주고 있었다오. 그리고 그 한 사람 한 사람에게 주고 있던 눈초리도 상대방을 굴복시키기에 충분한 힘을 가지고 있었지요. 약간 야위었다든가 약간 나이를 먹고 있었을지는 모르지만 그런 것이 도대체 무슨 중요성을 가지고 있겠어요? 그리고 좀더 아름다운 머리칼을 상상할 수 있었다고 하더라도 그녀가 실제로 가지고 있던 것에 비하면 아무것도 아니지요. 이런 하찮은 결점을 가지고 왈가왈부하는 사람이 있다면 좀더 훌륭한 것에 대한 이해력이 부족하다는 것을 스스로 증명하고 있을 뿐이지요.

그러한 점에 있어서는 클람이라는 사람은 확실히 비난의 여지가 없는 것 같소. 당신이 프리다에 대한 클람 씨의 사랑을 믿지 않는 것은 젊고 경험없는 아가씨의 그릇된 관찰 때문임에 지나지 않소. 당신은——이것은 어쩌면 당연한 일이지만——클람 씨를 손이 닿지 않는 높은 곳에 있는 존재처럼 생각하고 있을 것이오. 그러나 그것은 당신의 잘못 생각이어. 나는 확실한 증거는 없지만 이 점에서는 프리다의 말을 믿고 싶어요. 당신에게는 믿어지지 않을 이야기일는지도 모르지만, 또 세상이나 관리들, 그리고 여성의 아름다움이 가지는 고귀함이나 영향력에 대해 당신이 생각하고 있는 것과는 일치하지 않을는지도 모르지만 그러나 이것은 어디까지나 사실이에요.

우리들은 지금 여기에 나란히 걸터앉아 당신의 손이 내 손 안에 있는 것과 마찬가지로 클람 씨와 프리다도 그것이 이 세상에서 가장 당연한 일이라는 듯이 나란히 걸터앉아 있었어요. 그리고 클람 씨는 자진해서 아래로 내려온 것이지요. 뿐만 아니라 서둘러서 내려온 거예요. 누구도 다른 일을 집어치우고 복도에서 매복하고 있는 사람은 없었어요. 클람 씨는 매우 무리를 해가며 내려오지 않으면 안 되었지요. 그리고 당신이 보고 깜짝 놀랐다고 하는 프리다의 옷의 결점 따위는 클람 씨의 눈에는 띄지도 않았어요.

당신은 프리다의 말을 믿으려고도 하지 않아요. 그러나 당신 스스로는 깨닫고 있지 못하지만 그것에 의해 자기의 결점을 드러내고 자기의 미숙함을 여지없이 나타내보이고 있는 거예요. 클람 씨와의 관계를 모르는 사람들조차도 프리다의 태도를 보면 이러한 여성으로 만든 것은 당신이나 나 같은 사람보다도, 또 마을에 있는 모든 주민들보다도 훨씬 훌륭한 사람들임에 틀림이 없다는 것을 깨닫게 되지요. 더욱이 그녀의 이야기가 손님과 술집 아가씨 사이에 흔히 주고받는 이야기가 아니라는 것, 그리고 어쩌면 당신의 평생 목표인 듯한 농담의 영역을 훨씬 뛰어넘는다는 사실을 곧 깨닫게 되지요.

그러나 이런 말을 해서는 당신에게 실례가 될지는 모르겠어요. 당신 자신이 프리다의 장점을 충분히 이해하고 그녀의 관찰력, 결단력, 사람들에 대한 영향력을 깨닫고 있을 테니까요. 다만 당신은 모든 것을 잘못 해석하고 프리다가 이들 모든 재능을 이기적으로 자기만의 이익과 나쁜 일에만 사용하고 있다고 믿고 있는 거예요. 뿐만 아니라 당신에 대한 무기로서 사용하고 있다고 생각하고 있어요. 그렇지 않아요, 삐삐? 그렇지만 설사 프리다가 당신을 해칠 화살을 가지고 있다고 하더라도 이러한 가까운 거리에서는 그것을 쏠 수가 없을 거요. 프리다가 이기적이라고요? 오히려 프리다는 자기가 현재 가지고 있는 것뿐만 아니라 장차 손에 넣을 가능성이 있는 것까지도 희생해 가면서 우리들 두 사람에게 좀더 높은 지위에서 자기의 진가를 발휘할 수 있는 기회를 주었다고 말할 수 있지는 않을까요? 그런데 우리들은 그녀를 실망시켜 그녀가 다시 이곳으로 돌아오지 않으면 안 되게끔 만들어버렸어요.

나는 과연 사실이 그런지 어떤지를 알 수가 없고 또 내 죄가 어디에 있는지도 몰라요. 다만 나 자신을 당신과 비교해보면 자꾸만 그런 생각이 들어요. 아무래도 우리 두 사람은 너무나도 허황하고 너무나도 시끄럽고 너무나도 어린애같이 경험이 없는 것 같아요. 가령 프리다처럼 냉정하고 요령이 좋으면 아무 문제 없이 눈에 띄지도 않게 쉽게 손에 넣을 수 있는 것을 공연히 눈물을 흘리면서 할퀴고 쉬어뜯고 하면서 손에 넣으려고 애쓰고 있는 것 같아요. 마치 조그마한 어린애가 식탁보를 잡아당겨봐야 아무것도 손에 넣을 수 없을 뿐만 아니라 테이블 위의 음식을 전부 밑에 떨어뜨려 영원히 먹을 수 없게 하는 것과 마찬가지로 말이에요. 어쨌든 나는 사실이 그런지 어떤지는 모르겠지만 당신이 말해준 것보다는 이쪽이 더 진실성이 있어 보이는 것만은 확실해요.”

“그럴까요?”

하고 삐삐는 말했다. 그리고 이어서,

“선생님은 프리다가 도망쳤기 때문에 그녀에게 완전히 반해버린 것이에요. 도망을 친 여자에게 반한다는 것은 결코 놀라운 일이 아니에요. 하지만 선생님의 말씀이 옳을는지도 모르고 모든 점에서 저를 조롱하고 계시는 점에서도 선생님의 말씀은 옳을는지도 몰라요. 그러나 선생님은 이제부터 어떻게 하실 셈이에요? 프리다는 선생님을 버렸어요. 제가 해석하기에도, 또 선생님이 해석하기에도 그녀가 선생님에게로 돌아올 희망은 없어요. 만일 돌아온다고 하더라도 선생님은 그 동안 어디에선가 지내지 않으면 안 돼요. 추운 계절이고 게다가 선생님은 일거리도 침대도 없어요.

우리들에게로 오세요. 제 동료들은 선생님의 마음에 드실 거예요. 여자들만으로 어려운 일이 있으면 좀 도와주세요. 그러면 우리들은 자기네만을 의지하지 않아도 될 것이고 밤중에도 불안에 시달리지 않아도 좋을 것이에요.

그러니 우리들에게로 오세요! 제 친구들도 모두 프리다를 알고 있어요. 선생님이 싫증이 날 때까지 프리다의 신상 얘기를 들려드리겠어요. 네, 오세요! 우리들은 프리다의 사진도 가지고 있으니까 그것도 보여드리겠어요. 그 무렵의 프리다는 지금보다 훨씬 얌전했어요. 어쩌면 선생님은 거의 구별도 못 하실지도 몰라요. 고작해야 그 무렵부터 무엇인가를 열심히 살피고 있던 그 눈을 보고서야 겨우 알아볼 거예요. 어때요? 안 오시겠어요?"

"그런 일을 해도 괜찮을까? 어제 그곳 복도에 있다가 붙잡혀서 큰 스캔들을 일으켰는데 말이오."

"그것은 선생님이 붙들렸기 때문이에요. 우리들한테 와 계시면 결코 붙들리는 일은 없을 거예요. 아무도 선생님이 와 계시다는 것을 모를 테니까요. 알고 있는 것은 오직 우리들 세 사람뿐이에요. 네, 정말로 유쾌한 생활이 될 거예요. 저는 이제부터의 제 생활이 방금 전까지보다도 훨씬 견디기 쉬울 것처럼 느껴져요. 지금은 이 술집에서 떠나지 않으면 안 된다고 해서 조금도 밑질 것이 없을 것 같다는 생각이 들어요. 그래요, 우리는 셋이서 살아도 조금도 지루할 것이 없이 살아왔어요. 인생은 고해(苦海)라고 했으니까 우리들 손으로나마 달콤하게 하지 않으면 안 돼요. 우리들의 인생은 어릴 적부터 쓰라린 것으로 되어 있어요. 지금은 셋이서 함께 저 방에서 될수록 유쾌하게 살아요. 특히 헨리에테는 아마 선생님 마음에 쏙 드실 거예요. 물론 에밀리에도 그럴 테지만 말이에요.

저는 그 두 사람에게 벌써 선생님 말씀을 해놓았어요. 거기에서는 이런 이야기를 해도 아무도 곧이듣지를 않아요. 마치 그 방 바깥에서는 아무 일도 일어나지 않는다는 듯이 말이에요. 그곳은 따뜻하고 좁은 방이지만 우리들은 더욱더 몸을 밀착시키고서 지내요. 우리는 우리끼리 서로 믿고 의지했지만 결코 싫증을 느끼는 일은 없었어요. 아니, 반대로 그 두 사람의 동료를 생각하면 다시 그곳으로 돌아가는 것이 거의 옳다는 생각이 들어요. 어째서 저만 출세를 하지 않으면 안 되는 것일까요? 세 사람이 함께 사이가 좋았던 것은 셋 모두 앞날이 어두웠기 때문이었죠.

그런데 저만이 빠져나와서 두 사람에게서 멀어졌던 거예요. 물론 저는 두 사람을 잊고 있지는 않았어요. 어떻게 하면 두 사람을 위해서 도와줄 수가 있을까, 이것만이 언제나 제 머리를 떠나지 않았어요. 제 위치가 아직도 불안정한데(어떻게 불안정한지는 전혀 알 수가 없었지만) 헨리에테와 에밀리에를 위해서 몇 번이나 주인과 이야기를 했었어요. 주인은 헨리에테의 일로는 그다지 완고하지 않았지만 우리보다 훨씬 나이가 많고 거의 프리다와 같은 연배인 에밀리에에 관해서는 아무런 희망도 주지 않았어요. 그러나 두 사람은 거기에서 나갈 생각을 전혀 하지 않았어요. 거기에서 보내고 있는 매일매일의 생활이 얼마나 비참한 나날이라는 것을 잘 알고 있으면서도 그 선량한 사람들은 벌써 자기들의 인생을 완전히 체념하고 있었던 거예요. 제가 그 방에서 나갈 때 두 사람은 함께 울어주었지만 그 눈물의 대부분은 제가 공동의 방에서 나가지 않으면 안 된다는 사실을 몹시 슬퍼한 때문이라고 생각해요.

그래요, 저는 그 방에서 추운 곳으로 나가고(그 방에 있으면 방 바깥에 있는 것은 모두 춥고 싸늘하게만 느껴져요) 알지도 못하는 훌륭한 방에서, 역시 훌륭한 낯선 사람들을 상대로 분투하지 않으면 안 되는 것이었으니까요. 그것도 역시 그날 그날의 끼니를 이어가기 위한 것에 지나지 않았어요. 그것만이 목적이라면 지금끼지의 세 사람의 공동 생활에서도 이럭저럭 해결해왔으니까요. 이제 제가 다시 그곳으로 돌아간다고 하더라도 두 사람은 아마 놀라지도 않을 거예요. 다만 저를 위로하고 조금은 눈물을 흘리고 아마 제 팔자를 슬퍼해주겠지요. 하지만 아마 선생님을 보고 난 후에는 어쨌거나 제가 그 방에서 일단 나가기를 잘했었다고 생각할 거예요.

그것은 지금이야말로 구세주이며 수호자인 남성이 생겼으니까요. 두 사람은 무척이나 기뻐할 거예요. 그리고 모든 것을 비밀리에 해두지 않으면 안 되고 더욱이 이 비밀로 해서 세 사람은 예전보다도 더 친밀하게 맺어질 것이에요. 자아, 그러니까 어서 오세요. 부탁이에요. 우리한테로 오세요! 선생님에게는 아무런 의무도 없어요. 우리들처럼 언제까지나 저 방에 얽매이지 않아도 돼요. 이윽고 봄이 와서 어딘가 묵을 곳이 새로 장만되고 우리들하고 같이 있기가 싫어지면 언제라도 나가면 그만이에요.

물론 그렇게 되었을 경우에도 비밀만은 지켜주셔야 하고 우리들을 절대 반대하는 일을 하셔서는 안 돼요. 그런 일은 하시면 우리들은 당장에 이 진신관에서 쫓겨나야 할 신세가 되고 말 테니까요. 그리고 우리와 같이 계시는 동안에는 조심해서 우리들이 괜찮다고 생각하는 장소 이외에는 절대로 가셔서는 안 돼요. 하여튼 우리들의 충고에 따라주시지 않으면 안 돼요. 이것이 선생님을 속박하는 유일한 거예요.

이것은 선생님에게 있어서나 저희들에게 있어서 매우 중요한 일이에요. 그러나 그 밖의 점에 있어서는 선생님은 완전히 자유로워요. 우리들이 선생님에게 부탁하는 일도 그리 어렵지는 않을 거예요. 조금도 염려하실 것은 없어요. 자아, 그러니 와주시겠지요?”

“봄까지는 이제 얼마나 남았지요?”

하고 K가 물어보았다.

“봄까지라고요?”

하고 뻬뻬는 되물었다. 그리고 이곳 계절의 특징을 알기 쉽게 한 마디로 설명했다.

“이곳의 겨울은 참으로 길어요. 그리고 단조롭구요. 그러나 아래에 있는 우리들은 누구도 불평은 없어요. 추위에 대한 만반의 준비가 되어 있기 때문이지요. 하지만 언젠가는 봄이 오고 또 여름이 와서 제일 좋은 계절이 오겠지요. 그러나 지금 생각해보면 봄도 여름도 짧아서 마치 이삼 일처럼 후딱 지나간 것 같은 느낌이 들어요. 그리고 그 이삼 일 동안도 멀쩡히 갠 날씨면서도 때때로 눈이 내리곤 하지요.”

그때 문이 열렸다. 뻬뻬는 흠칫하고 놀랐다. 생각에 열중해서 술집에 있어야 한다는 것을 완전히 잊고 있었던 것이다. 그러나 나타난 것은 프리다가 아니라 안주인이었다. 그녀는 K가 아직도 여기에 있는 것을 보고는 놀란 체를 했다. K는 실은 아주머니를 기다리고 있었다고 변명을 함과 동시에 여기에서 묵는 것을 허가해준 데에 대해 인사말을 했다. 안주인은 K가 왜 자기를 기다리고 있었는지 도무지 이해할 수가 없었다. K는 아직도 나에게 하실 말씀이 남은 것 같아서요라고 말했다.

“만일 내가 착각한 것이라면 용서해주십시오. 그것은 어떻든 나는 이제 가지 않으면 안 됩니다. 급사의 주제에 너무 오래 학교를 비운 채 여기에 남아 있었으니까요. 아무래도 이것은 어제의 소환 때문인 것 같습니다. 나는 아직도 이러한 데에 경험이 없지만 아주머니를 어제와 같은 불유쾌한 꼴을 당하는 일은 없도록 하겠습니다.” 그렇게 말하고 K는 나가기 위해 인사를 했다.

안주인은 지그시 K를 바라보고 있었으나 그 눈을 마치 꿈을 꾸고 있는 사람 같았다. K는 그 눈동자에 사로잡혀서 언제까지고 일어설 수가 없었다. 안주인은 게다가 다시 엷은 미소까지도 지어 보였는데 K가 난처한 얼굴을 하고 있는 것을 보고는 겨우 꿈에서 깨어난 듯한 표정을 지었다. 자기의 미소에 상대방이 대답해주기를 은근히 기다리고 있었으나 그 대답이 없자 이제야 겨우 정신이 들었다는 듯한 인상이었다.

"당신은 어제 뻔뻔스럽게도 내 옷에 대해서 무어라고 한 마디 했지요?"
K는 생각이 나지 않았다.

"생각이 나지 않나요? 뻔뻔스러운 데다가 비겁하기까지 하군요."

K는 어제는 완전히 지쳐 있었으니까요, 하고 변명을 했다.

"어제 엉뚱한 소리를 한 것은 얼마든지 있을 수 있는 일입니다. 어떻든 지금은 생각이 잘 나지 않습니다. 아주머니의 옷에 대해서 내가 뭐라고 하던가요? 지금까지 한 번도 본 적이 없을만큼 아름다운 옷이라고 하던가요? 적어도 여관 안주인이 그런 옷을 입고 일하는 모습을 본 것은 어제가 처음이었으니까요." K는 앞뒤를 가리지 않고 대충 이런 식의 답변을 했다.

"그런 말은 그만두세요!"
하고 안주인은 빠른 말투로 말했다. 그러고는 다음과 같이 계속했다.

"옷에 대해서는 당신에게 한 마디도 더 듣고 싶지 않아요. 내 옷에 신경을 쓸 필요가 없지 않아요? 절대로 상관하지 말아주세요."

K는 다시 한 번 인사를 하고는 문 쪽으로 걸어갔다.

"그런 옷을 입고 일하는 안주인을 지금까지 본 일이 없다니 그것은 도대체 무슨 뜻이지요?"
하고 안주인은 K의 등 뒤에서 말을 걸었다. 그러고는 미처 흥분이 가시지 않는 듯이 계속 소리를 질렀다.

"그런 무의미한 말을 무엇 때문에 해요? 전혀 아무런 뜻도 없지 않아요! 도대체 무슨 의도로 그런 말을 했나요?"

K는 뒤를 돌아보며 그렇게 흥분하지 말 것을 안주인에게 부탁했다.

"물론 그런 소리는 아무런 뜻도 없어요. 나는 의상에 대해서는 전혀 문외한이니까요. 나같은 경우에 있는 사람은 설사 이음새가 맞지 않더라도 깨끗한 옷을 보기만 하면 그것은 벌써 훌륭한 옷처럼 보이는 법입니다. 당신이 한밤중에 그곳 복도에서 거의 옷 같은 것을 몸에 걸치지 않은 사나이들 속에 그런 아름다운 야회복을 입고 나타난 것을 보고 완전히 놀랐을 뿐입니다. 절대로 다른 뜻은 없었습니다."
하고 K는 구차스럽게 변명했다.

"그럼 당신은 자기가 어제 한 말을 이제야 겨우 생각해낸 모양이군요. 그리고 거기에 다시 무의미한 말을 덧붙여서 한층 더 완전한 것으로 만들어보겠다는 것이군요. 당신이 의상에 대해서 전혀 문외한이라는 말은 납득이 가요. 그러나 그렇다면——이것은 아까도 진심으로 바란 것 같지만——훌륭한 옷이 어떻다느니 어울리지 않는 야회복이 어떻다느니 하는 그런 적당한 판단을 내리는 일은 그만 하세요. 대체로——."

여기까지 말했을 때 오한(惡寒) 같은 것이 그녀의 전신을 휩싸고 도는 것 같았다. 그러나 그녀는 말을 계속했다.

"대체로 당신이 내 옷에 신경을 쓰는 것이 이상하지 않아요? 네, 그렇게 생각하지 않아요?"

K가 말없이 그대로 가려고 하자 안주인이 다시 물었다.

"대체 당신은 어디서 옷에 관한 지식을 갖게 되었나요?"

K는 아무것도 모른다는 듯이 어깨를 움츠려 보였다.

"역시 아무것도 모르는군요. 그러면서 아는 체를 한다는 것은 여간 쑥스러운 일이 아니에요. 저쪽에 있는 카운터로 함께 가봐요. 당신에게 꼭 보여주고 싶은 것이 있으니까. 아마 그것을 보면 그 따위 뻔뻔스러운 말을 다시는 하지 않게 될 거예요."

안주인은 앞장서서 문 밖으로 나갔다. 뻬삐는 K로부터 계산을 해 받는다는 이유로 그의 옆으로 달려왔다. 두 사람은 곧 약속을 했다. K가 안뜰의 구조를 잘 알고 있기 때문에 약속하기는 아주 쉬웠다. 안뜰에는 옆길로 통하는 문이 있고 이 문옆에 쪽문이 하나 있었다. 뻬삐는 지금부터 한 시간쯤 후에 이 쪽문 안쪽에 서 있다가 세 번 문을 두드리면 그때 열어준다는 것이었다.

안주인의 카운터는 술을 마시는 자리와 마주보는 위치에 있었다. 현관을 가로질러가기만 하면 되었다. 안주인은 이미 불을 켠 가운데 속에 서서 초조한 듯이 K쪽을 바라보고 있었다. 그러나 거기에 또 하나의 방해물이 생겼다. 게르스텍커가 현관에서 기다리고 있다가 K와 할 이야기가 있다는 것이었다. 그를 뿌리친다는 것은 쉬운 일이 아니었다. 안주인도 도와주려고 와서는 너무 뻔뻔스럽다고 말한다고 게르스텍커를 호되게 나무랐다.

"어디로 가는 거요? 대체 어디로?"

이미 문이 닫히고 난 다음에도 아직도 게르스텍커의 외치는 소리는 계속 들려오고 있었다. 그리고 그 목소리에는 한숨과 기침 소리가 섞여 있어서 몹시 귀에 거슬렸다.

카운터는 조그마한 방으로 되어 있고 난방이 잘 되어 있었다. 좁은 쪽 벽

384

옆에는 책상과 쇠를 만든 금고가 있고 긴 쪽 벽 옆에는 옷장과 소파가 놓여 있었다. 옷장은 방의 대부분을 차지하고 있었다. 긴 쪽의 벽을 완전히 가리고 있었을 뿐만 아니라 깊이도 매우 깊었기 때문에 방의 대부분을 차지하고 있었다. 이 옷장을 열기 위해서는 미닫이문이 세 개가 필요했다. 안주인은 자리에 앉으라면서 K에게 소파를 권했다. 그러면서 자기는 책상 옆에 있는 회전의자에 앉았다.

"재단은 한 번도 배운 적이 없나요?"
하고 안주인은 물었다.
"네, 한 번도 없어요."
"그럼 어떤 일을 하고 있지요?"
"측량 기사지요."
"그것은 어떤 일을 하는 건가요?"

K는 설명을 했다. 그러나 그 설명을 듣고 있는 동안에 안주인은 하품만 늘어지게 했다.

"당신은 사실을 말하고 있지 않아요. 어째서 터놓고 사실을 말해주지 않는 거죠?"

"사실을 말하지 않기로는 당신도 마찬가지요."

"내가요? 당신은 또 서서히 뻔뻔스러운 말을 하기 시작하는군요. 설사 내가 사실을 말하고 있지 않더라도 그것을 내가 당신 앞에서 변명을 하지 않으면 안 될 이유가 뭘일까요? 그리고 대체 어떤 점에서 내가 사실을 말하고 있지 않다고 생각하시는 거죠?"

"당신은 당신 스스로는 그렇게 말씀하고 계시지만 단순히 안주인만은 아니니까요."

"아니, 무슨 말씀을 하고 계시는 거예요! 당신의 머릿속은 실로 여러 가지 발견으로 꽉 차 있군요! 그럼 대체 나는 무엇을 하는 사람이란 말씀인가요?"

"당신이 안주인 이외에 또 무엇을 하고 있는 사람인지 나는 몰라요. 내가 알고 있는 것은 다만 당신이 이 집의 안주인이면서 이 집의 안주인으로서는 도저히 어울리지 않는 옷을 입고 있다는 사실뿐이에요. 이러한 옷은 아마 내가 알기로는 이 마을에서 당신 이외에는 입고 있는 사람이 없을 거예요."

"그럼 이제 이야기는 드디어 본론에 들어간 셈이네요. 당신은 가만 있지를 못하는 사람이군요. 어쩌면 당신은 조금도 뻔뻔한 사람이 아닐는지도 몰라요. 아니, 다만 어린애 같을 뿐이에요. 무언가 어리석은 것을 알고 있으면 누가 뭐라든 그것을 말하지 않고는 배길 수가 없으니 말예요. 그럼 말씀해보세요! 이 옷의 어디가 이상하단 말인가요?"

"그것을 말씀드리면 아마 당신은 화를 내실걸요."

"아니에요. 아마 웃을 거예요. 보나마나 어린애 같은 이야기일 테니까요. 그래, 이 옷의 어디가 어떻다는 말인가요?"

"정 알고 싶으시다면 말씀드리지요. 당신의 옷은 확실히 고급 천으로 되어 있고 또 무척 값비싼 것이에요. 그러나 시대에 뒤져 있고 또 너무 복잡하게 장식을 했어요. 그리고 몇 번씩 수선을 했고 너무 낡아서 지금은 당신의 나이에도 당신의 모습에도 또 당신의 지위에도 어울리지가 않아요. 그것은 아마 1주일쯤 전이었을 거예요. 이곳 현관에서 당신을 처음 뵈었을 때 말이에요. 그때 내 눈에는 곧 그 옷이 눈에 띄었지요."

"잘 보셨어요! 이 옷은 당신의 말대로 유행에 뒤지고 게다가 덕지덕지 너무 요란하게 장식을 하고, 또 무엇이라고 말했지요? 그런데 당신은 그런 것을 대체 어디서 배웠지요?"

"보면 알 수가 있지요. 배울 필요까지는 없어요."

"어렵지 않게 잘 꿰뚫어보시는군요. 아무에게도 묻지 않고 유행이 무엇을 구하는지를 곧 알아보시는군요. 그러면 당신은 나에게는 없어서는 안 될 사람이 될는지도 모르겠군요. 어쨌든 나는 아름다운 옷에 대해서는 완전히 백지니까요. 이 옷장 속에 옷이 잔뜩 들어있다는 것을 알면 당신은 뭐라고 말씀하시겠어요?"

그러면서 안주인은 옷장의 미닫이문을 열었다. 옷장에는 옷이 가득 들어있었다. 대개는 어두운 빛깔의 옷, 회색이나 갈색, 또는 검은 빛깔 뿐이고 어느 것이나 꼼꼼하게 펴서 매달아놓고 있었다.

"모두가 내 옷이에요. 당신 말씀대로 모두 유행에 뒤지고 복잡하게 꾸며져 있어요. 하지만 여기에 있는 것은 이층에 있는 내 방에는 갖다놓을 수 없는 것뿐이에요. 이층에는 또 옷장 두 개에 옷이 가득 들어 있으니까요. 두 개가 모두 이것과 거의 같은 크기의 옷장이에요. 놀라셨나요?"

"아니오, 아마 그러리라고 생각하고 있었지요. 당신은 단순한 여관집 안주인이 아닐 것이라고 아까도 말씀드리지 않았던가요? 당신은 무언가 다른 목적을 가지고 있을 거예요.”

“내 목적은 아름다운 의상을 몸에 걸치는 것뿐이에요. 당신은 바보든가 어린애, 그렇지 않으면 속이 검은 위험 인물이에요. 자아, 이제는 그만 나가주세요! 썩 나가달란 말예요!”

K는 이미 현관에 나와 있었다. 게르스텍커가 또 다시 그의 소매를 붙잡았을 때 안주인이 그를 향해서 외쳤다.

“내일 새 옷이 다 돼서 와요. 어쩌면 당신을 부르러 사람을 보낼지도 모르겠어요.”

　프란츠 카프카는 1883년 7월 3일, 당시 오스트레일리아 제국에 속해 있던 체코의 수도 프라하 중심부에서 유태인 상인의 아들로 태어나, 1924년 6월 3일, 윈 근교에 있는 사나토륨에서 41세의 생애를 마쳤다. 그의 생애는 약간의 연애사건만 빼면 외면적으로는 그다지 파란이 없는 평범한 일생처럼 보인다. 하지만, 내면적으로는 불행한 별〔星〕로 태어난 고뇌의 41년이었다고 할 수 있다.

　"나는 이 세상에 상처를 가지고 태어났다. 그것이 내가 이 세상을 향해 몸치장을 한 전부이다."라고 단편《시골의사》에서 말하고 있는데, 이것은 카프카 자신에게 그대로 해당되는 말이다.

　그의 상처는 시대의 상흔(傷痕)과 깊은 연관이 있다.

　"나는 이 시대의 부정적인 면을 강하게 받아들였다. 이 시대는 나에게 있어 매우 긴밀한 것이었고, 내게 이 시대와 다툴 만한 권리는 없다고 해도 어느 정도 이 시대의 부정적인 면을 대표하는 권리는 있었기 때문이다. 나는 조금 긍정적인 면으로도, 또는 긍정적으로 변화해가는 극단적인 부정적인 면으로도 시대에 전혀 관여하지 않았다. 나는 키에르케고르처럼 점점 쇠약해져가는 크리스트교에 의해 끌려들어가는 인생을 산 것도 아니었고, 시오니스트처럼 시대의 폭풍에 휩쓸리는 유태교의 망토 자락에 감싸여 있지도 않았다. 나는 내 자체가 종말이거나 발단이다."

라고 그는 말하고 있다. 정말로 카프카는 시대의 부정적인 면을 대표하는 것에 자신의 생애를 바친 작가이다. 시골 의사와 같이 환자(시대)의 상처를 '치료하는' 역할을 했다.

　그의 생애를 고뇌의 연속으로 밀어넣었던 그의 상처는 출생과 함께 시작되었다. 비록 유태인으로 태어났지만 그는 소위 유럽화된 '서방 유태인'이었기 때문에 민족을 중요시하는 동방 유태인이나 정통 유태인은 아니었다. 또 유태인이면서도 크리스트교에도 속해 있지 않았음은 물론, 독일어를 구사하지만 체코인도 아니었다. 그렇다고 보헤미아·독일인도 아니며 보헤미아 태생이지만 오스트레일리아에도 속해 있지 않았다. 또 노동자 재해보험국 사원이었기 때문에 시민계급도 아니었고, 상점주인의 아들이기 때문에 노동자계급도 아니었다. 그리고 자신을 작가라고 생각하고 있었기 때문에 관료계급도 아니었을 뿐 아니라, 자기 힘의 대부분을 전제적인 아버지가 지배하는 가정과 싸우는 데에 소비했기 때문에 완전한 작가도 아니었다. 그는 《아버지에게 보내는 편지》에 "나는 내 가정 속에서 타인보다도 더 타인처럼 살고 있다."고 말하고 있다. 여러 세계에 조금씩 속해 있으면서도 그 어떤 세계에도 완전히 소속되어 있지 않은, 태어나면서부터의 '이방인' 또는 천민, 그것이 바로 그의 숙명적인 별자리였다. 카프카는 어떤 아포리즘에서 존재한다는 것은 단순히 '그곳에 있다'는 것만이 아니라 '그곳에 속한다'는 것을 의미한다고 쓰고 있다.

여기서 '그곳'이라는 존재 및 소속의 장소를 일반적으로 '세계'라 본다면, 인간존재는 단순히 '세계 속에 존재한다'는 것만이 아니라 '세계 속에 소속되어 있다'는 것이며 어떠한 세계에도 소속되어 있지 않은 존재는 결코 아니다. 세계라는 좌표에 속해 있을 때 한해서만 존재의 가치가 있다. 무소속은 비존재와 같다. 이것이야말로 카프카 문학―그것은 진정한 '존재의 문학'이다―의 대전제라고도 해야 할 존재론의 근본이념이다. 그의 작품에 반복되어 나타나는 법률, 죄, 재판 등의 관념은 모두 여기에서 유래된 것이다. 그러나 세계가 양진영으로 분열되어 그 어느 쪽에도 속하지 않는 삶의 방식은 있을 수 없다고 하는 요즈음, 이러한 카프카의 존재에 대한 파악은 소름이 끼칠 정도로 딱 들어맞는 진실성을 가지고 있다. 단적으로 말해서, 현대의 정치적 상황이 바로 존재론이라고 말할 수 있다. 현대는 인간존재의 모든 상황이 정치적이지 않을 수 없는 시대이다. 카프카 문학은 가장 근원적인 의미에서의 리얼리즘 문학이지만, 그 리얼리즘은 항상 이런 점을 바탕으로 하여 성립된다.

이제 카프카 자신의 상처의 의미가 명확해진다. 어떠한 세계에도 소속될 수 없는 이방인이라는 것은, 존재를 상실하고 있다는 것, 즉 존재가 상실된 곳에 유형당하고 있다는 것을 의미한다. 그는 존재의 상실이라는 원죄를 짊어지고 태어났다. 그의 생애에 있어서의 고뇌와 노력은 어찌하면 세계 속에 소속되어, 어떻게 존재가치를 획득하는가 하는 점에 달려 있다. 질적으로도 양적으로도 카프카 최대의 작품만이 아닌, 세계문학 사상 《카라마조프가의 형제》에 필적할 수 있는 유일한 작품이라 생각되는 장편소설 《성》은 존재획득을 둘러싼 고투(苦鬪)를 집중적으로 표현하고 있으며 존재가 상실된 존재의 '유형지'로부터의 탈출을 꾀한 현대의 《출애굽기》라고 할 수 있다. 언제까지나 성과 마을에 소속되기를 거부당하는 측량사 K의 생애는, 태어나면서부터 이방인이었던 카프카의 모습이다.

그러나 이 세계에 소속된다는 것은 세계와 인간의 사이에 하나의 계약관계, 말하자면 여호와와 이스라엘 민족 사이에 연결되어 있는 그런 계약관계를 성립시키고 있다. 하나의 세계에는 그 세계에만 통용되는 삶의 방식에 관계된 약속과 관습의 복합체가 있게 마련이다. 그것은 일반적으로 도덕이라는 호칭이 붙어 있지만 사실은 세계에 소속되어 세계 속에서 자신의 존재를 획득하려 하는 사람이 절대적으로 준수해야 하는 그 세계의 '법률'이다. 만약 이것에 따르지 않으면 존재할 수가 없게 된다. 법률은 세계에 소속되기 위한 계약의 조건이라고 할 수 있다. 《신명기(申命記)》의 표현에 의하면, 법률에 '순종하고', 그것을 '삼가 실천하는' 사람은 선량한 시민으로서 '모범적으로' 인정받고 세계와의 계약에 있어 보증받는 은총을 누리게 된다. 이에 반해 '모반자'는 '자신을 증오하는 자'로서, '크나큰 노여움을 유발시킨' 그를 '지표면으로부터 사라지게' 하고 말 것이다. 계약의 신, 법률의 신 역할을 하는 세계는 또한 '질투의 신'이기도 하고 재판의 신이기도 하다. 따라서 카프카의 작품에는 세계가 항상 재판관으로 등장하고 있는 것이다.

예를 들어, 카프카의 중·단편 중에서도 가장 잘 알려진 《변신》의 주인공이 비극적으로 되는 것은 바로 이 법률에 거슬렸기 때문이다. 유능한 샐러리맨으로 한 가족의 경제적 지주였던 그레고르 자무자의 뇌리에 문득 '가족만 아니라면 이런 일은 단숨에 그만두고 싶다.'는 생각이 떠올랐을 때, 그는 이미 갈색 곤충으로 변해버렸다. 이러한 생각은 '누구에게나 있을 수 있는'것으로 특별히 이상한 것은 아니다. 그러나, 그것은 자기 본래의 성을 자각했음을 의미하기도 한다. 그레고르는 가정에서는 선량한 아들이고, 사회의 모범적인 시민이었지만, 이러한 것은 그의 존재가 가족과 사회를 위한 존재이며 그 자신을 위한 존재는 아니라고 하는 것, 자기 자신의 상황과 관계되어야 할 그가 자기 이외의 상황에 직면하는 경우에 빠지고 말았다는 것은, 자기 본성으로부터 이탈된 '세속적인 인간'의 세계로 타락하고 말았다고 할 수밖에 없다.

자기 본성을 포기함으로써 '세계의 모범적인 시민'이 될 수 있었던 그레고르는 이러한 자신의 타락을 깨달았다. 하지만 현대사회의 법률은 인간이 자기 자신의 본성을 유지하도록 허락하지 않는다. 현대사회는 그 경제적인 불가피성으로 인간을 '자기소외'의 상태에 빠뜨렸다. 인간을 사회라고 하는 거대한 메커니즘 속에 단순히 하나의 톱니바퀴처럼 철저히 기능화, 추상화, 비인간화시키고 말았다. 인간은 1개의 톱니바퀴와 직업이라는 형태의 기능만 담당할 뿐이다. '황제는 자고 있을 때도 황제다.'라는 로마의 격언이 있지만, 자고 있을 때도 한 개인으로, 자기 자신으로, 인간으로 될 수 없는 것이 현대사회이고 여기서는 직업이 인간 유일의 존재형식이다.

　인간은 '본질'인가. 실존철학은 인간의 '본성'에 대한 의문을 절망적으로 제시했다. 그러나 인간의 '본성'은 이미 존재하지 않는다는 것을 알았던 카프카는 그러한 무의미한 질문을 하지도 않을 뿐더러 그것에 대답하려고도 하지 않는다. 존재한다는 것은 직업인간만을 의미한다. 《성(城)》의 관리와 하인들도 그러한 직업인간들이다. 직업인간은 단지 사회의 메커니즘이 명령하는 기능적인 역할을 충실히 완수하기만 할 뿐, 조금의 양심도 갖지 않는다. 아니, 양심을 갖는 것을 허용하지 않는다. 하인들은 성 안에 있을 때는 법률의 충실한 이행자이지만, 마을로 내려오면 방종한 한 떼의 무리가 된다. 양심이 없는 곳에서는 책임있는 행동이 생겨날 리 없다. 그러나 어떠한 일에도 책임감을 가지고 행하지 않으면서 명령이 떨어지면 어떠한 일도 무책임하게 해치우는 기능적인 인간을 대량으로 사육해두는 것은 현대 권력체제의 자명한 수법이다. 카프카는 장편소설 《심판(審判)》의 제5장에 나오는 태형리(笞刑吏 : 때리는 사람)에 의해 이러한 인간의 전형을 제시하고 있다. 이 인물은 두 남자를 가차없이 후려갈기면서, "나의 임무는 때리는 것이다. 그러므로 때린다."라고 하며 태연하게 큰소리를 친다. 프로이트파(派)처럼 이러한 행동을 일종의 사디즘과 결부시키는 것은 옳지 않다. 이것은 책임감있는 자유를 빼앗긴 인간의, 파시즘적인 지배형태 속에 예속되어 있는 인간의 자기고백이다.

　오늘날 많은 작가들은 작중 인물들의 직업이 무언지 모르는 듯한, 혹은 그 직업 이외의 장소에 인물들의 진정한 생활이 있는 듯한, 결국 직업이 인간 유일의 존재형식이라는 것을 잊어버린 듯한 작품을 의연하게 쓰고 있다. 철저한 리얼리스트였던 카프카는 결코 그런 작품들을 쓰지 않았다. 그의 작품에 등장하는 인물들은 직업적인 기능만 묘사되어 있다. 그 인물들이 언뜻 추상적으로 보이는 것은 바로 그 때문이다. 그러나 한편 그것은 그들이 현실의 인간을 추상화시킨 것도 아닐 뿐더러 추상관념을 인간화(우의적인 인물)시킨 것도 아닌, 이미 현실의 인간 그 자체가 추상적 존재로 타락하고 만 것이라고 할 수 있다. 그들의 추상성은, 다시 말해서 카프카 문학이 리얼리즘임을 증명하는 것이다. 카프카의 작품 중에서 이러한 직업적 기능을 가지지 않은 것은 다만 주인공뿐이다. 그러나 그 때문에 주인공은 사회로부터 외면당하고, 세계에 소속될 수 없다는 비극을 초래한다. 《성》의 K의 경우도 그렇다.

　《성》이 그렇듯, 카프카의 작품의 대다수는 '도착'하는 장면에서 시작된다. 존재가치를 갖지 않는다는 것은 이방인으로서 세계 속에 자기 집을 갖고 있지 않다는 것, 결국 이방인의 생애는 세계로 도착하는 것에서부터 시작된다는 것을 의미한다. 그러나 이것은 시민사회에 있어서 시민 개인의 본연의 모습이다. 봉건사회에서는 혈통과 가문이 존재가치이다. 인간은 귀족이라면 귀족으로서의 천성을 가지고 세계에 태어났다. 이에 비해 시민사회에 있어서의 개인은 평등하게 이 세상에 태어났다. 이러한 개인이 어떻게 시민으로서 세계에 정착을 하고 존재가치를 갖게 되는가 하는 것이 게라의 《빌헬름 마이스터》와 케라의 《초록의 하인리히》로 대표되는 19세기 독일의 소위 '교양소설' 내지 '발전소설'의 근본 테마이다. 《성》은 이 시민사회 교양소설의 최후 사례에 속한다고 말할 수 있다. 왜냐하면 세계에 정착하는 것이 바로 여기서는 좌절로 끝을 맺고 있기 때문이다. 이방인 K는 결국 영원한 도착자인 것이다.
　세계로의 정착이 좌절로 끝나는 것은 이방인에게 있어서는, 세계로 귀속되는 조건인 법률에 다가가는 길이 없기 때문이다. 법률은 그 세계의 주민에게는 명백한 약속이지만 이방인의 눈에는 전혀 미지의 이해할 수 없는 규칙체계로 비칠 뿐이다. 더구나 이 규칙은 절대적인 복종을 요구하기 때문에 강제 명령으로 보일 수 있다. 여기서 카프카 작품에 반복해서 나오는 복잡한 관리 관계(예를들어, 《심판》의 재판소와 《성》의 관리 등)의 의미가 명확해진다. 그것은 이방인의 눈에 강제 명령체계로 보이는 법률의 모습이다. 《성》의 K는 보통 통용되는 행동은 하지 않는다. K의 유일한 행위는 성 안의 법률에 대한 해석과 이해의 시험뿐이다. 결국, 이방인은 합리적 이해라고 하는 길을 통해 법률에 가까이 가려고 한다. 그러나 그 세계에서 통용되는 관습적인 약속인 법률은 결코 합리적이고 보편타당한 것이 아니기 때문에 '이방인의 합리주의’는 그것을 불합리한 체계로 생각하고 만다. 그의 합리적인 이해가 정확하고 철저할수록 법률은, 즉 성은 그에게서 멀어져가는 것이다.

K에게 있어서 성과 그 법률에 이르는 길은 결국 존재하지 않는 것일까. “목표는 있다. 그러나 길은 존재하지 않는다.”라는 말이 격언집《그것》에 씌어 있다. 또《판결》의 게오르크 벤데만은 아버지로부터 투신자살의 선고를 듣고 흔쾌히 강물 속으로 몸을 던졌다. 아버지 앞에서는(카프카의 작품에서 아버지는 결국 세계의 권위와 법률의 체현자이다.) 윤리적 판단이 버려져서는 안 되는 것이 아닐까. 카프카가《일기》에서 키에르케고르의 작품을 읽고 마치 ‘친구 같은’ 공감을 느꼈다고 한 것은 바로 이 점에 있어서이다. 그가 공감한 것은, 사랑하는 아들 이삭을 살해하라는 명령을 신으로부터 받은 아브라함의 인간적인 나약함이며 신의 의지 앞에서는 인간의 모든 ‘윤리적인 것의 목적론적 정지’가 필요하다고 설득하고 있는《두려움과 전율》의 작가 키에르케고르에 대한 것이다. 게오르크 벤데만의 거리낌없는 투신자살은 ‘윤리적인 것의 목적론적 정지’를 실천한 것이다. 미완으로 끝난《성》의 주인공도 똑같은 전철을 밟고 있다고 생각된다. 어떻든 이 윤리적 불가지론이 바로 카프카가 추구해온 귀결점이라고 말할 수 있다. 그러나 여기에 카프카 문학의 위험성이 내재해 있다. 왜냐하면 이해하려 하지 않고 무조건 복종한다고 하는 불가지론은 정치적으로는 파시즘에의 굴복을 의미하기 때문이다. 그런데 이러한 위험성을 가장 잘 알고 있는 사람은 바로 카프카 자신이었다. 그는 작품을 소거해줄 것을 유언하고 죽었던 것이다.

이방인은 법률을 모른다. 그러나 법률을 모른다는 것은 편견에서 비롯된 것이다. 자기를 소외시키는 현대사회의 부조리를 가장 예리하게 관찰하고 분석한 사람이 영원한 이방인인 두 사람의 유태인, 즉《자본론》의 저자인 마르크스와《성》의 저자인 카프카라는 것은 결코 우연은 아니다.

세계명작학술문고 **일신 그랜드 북스**

① 여자의 일생	(51) 싯다르타
② 데미안	(52) 이방인
③ 달과 6펜스	(53)(54) 무기여 잘 있거라(Ⅰ Ⅱ)
④ 어린 왕자	(55)(56) 지와 사랑(Ⅰ Ⅱ)
⑤ 로미오와 줄리엣	(57)(58) 생활의 발견
⑥ 안네의 일기	(59)(60) 생의 한가운데(Ⅰ Ⅱ)
⑦ 마지막 잎새	(61)(62) 인간 조건(Ⅰ Ⅱ)
⑧ 젊은 베르테르의 슬픔	(63) 이반 데니소비치의 하루
⑨⑩ 부활(Ⅰ Ⅱ)	(64)(65) 25시(Ⅰ Ⅱ)
⑪⑫ 죄와 벌(Ⅰ Ⅱ)	(66)~(68) 분노의 포도(Ⅰ Ⅱ)
⑬⑭ 테스(Ⅰ Ⅱ)	(69) 나의 생활과 사색에서
⑮⑯ 적과 흑(Ⅰ Ⅱ)	(70)~(72) 누구를 위하여 종은 울리나(Ⅰ Ⅱ)
⑰⑱ 채털리 부인의 사랑(Ⅰ Ⅱ)	(73) 주홍글씨
⑲⑳ 파우스트(Ⅰ Ⅱ)	(74) 슬픔이여 안녕
㉑㉒ 셜록홈즈의 모험(Ⅰ Ⅱ)	(75) 80일간의 세계일주
㉓ 이솝 우화	(76) 물과 원시림 사이에서
㉔ 탈무드	(77) 람바레네 통신
㉕㉖ 한국 민화(Ⅰ Ⅱ)	(78)~(80) 인간의 굴레(Ⅰ~Ⅲ)
㉗ 철학이란 무엇인가	(81) 독일인의 사랑
㉘ 역사란 무엇인가	(82) 죽음에 이르는 병
㉙ 인생론	(83) 목걸이
㉚㉛ 정신 분석 입문(Ⅰ Ⅱ)	(84) 크리스마스 캐럴
㉜ 소크라테스의 변명	(85) 노인과 바다
㉝ 금오신화 · 사씨남정기	(86)(87) 허클베리 핀의 모험(Ⅰ Ⅱ)
㉞ 청춘 · 꿈	(88) 인형의 집
㉟ 날개	(89)(90) 그리스 로마 신화(Ⅰ Ⅱ)
㊱ 황토기	(91) 인간론
㊲ 백범 일지	(92) 대지
㊳ 삼대(上)	(93)(94) 보봐리 부인(Ⅰ Ⅱ)
㊴ 삼대(下)	(95) 가난한 사람들
㊵ 조선의 예술	(96) 변신
㊶㊷ 조선 상고사(Ⅰ Ⅱ)	(97) 킬리만자로의 눈
㊸ 백두산 근참기	(98) 말테의 수기
㊹ 선과 인생	(99) 마농 레스꼬
㊺㊻ 삼국유사(Ⅰ Ⅱ)	(100) 젊은이여, 시를 이야기하자
㊼ 욕망이라는 이름의 전차	(101) 피아노 명곡 해설
㊽ 리어왕 · 오셀로	(102) 관현악 · 협주곡 해설
㊾ 도리안그레이의 초상	(103) 교향곡 명곡 해설
㊿ 수레바퀴 밑에서	(104) 바로크 명곡 해설

판형 / 4 · 6판 ✻ 면수 / 평균 256면

世界敎養思想100選

~ 계속 간행합니다.

🙂 일신서적출판사

121-110 서울시 마포구 신수동 177-3

TEL : 703-3001~6   FAX : 703-3009

성(城)

발행 • 1994년 9월 10일   값 10,000원

- 저 자 / F. 카 프 카
- 역 자 / 심 형 민
- 발행자 / 남   용
- 발행소 / 一信書籍出版社

주 소 : 121 – 110
    서울 마포구 신수동 177 – 3
등 록 : 1969. 9. 12. (No. 10 – 70)
전 화 : 703 – 3001 ~ 6
FAX : 703 – 3009
대체구좌 / 012245 – 31 – 2133577

ISBN 89-366-0261-6